PLASTIC
DREAM
플라스틱 드림

修 Dream 審 Real Pride

Change 身 Right 美

플라스틱 드림

PLASTIC DREAM

김수신 지음

ViaBook Publisher

성형을 위한
인문학적 변명

메스 하나 들고 인술을 펼치겠노라 사람들 사이를 오간 지 벌써 수십 년이 흘렀다. 하지만 스스로 인술을 펼쳤다고는 장담하지 못하겠다. 단지 할 수 있는 일에 최선을 다하려 노력했을 뿐이다. 잘린 손가락을 붙이는 미세접합수술에서 얼굴의 윤곽을 바꾸는 미용성형에 이르기까지, 나는 내가 가진 모든 것을 쏟아부을 수 있기만을 바라왔다. 검 한 자루 들고 강호를 방랑하는 검객처럼 메스를 움켜쥔 채 살아왔다. 그런데 요즘 들어 자주 답답함을 느낀다.

나는 성형의다. 말도 많고 탈도 많은 성형외과, 그 한복판에 서 있는 성형의다. 의술을 상술로 만들어버리는 사회 담론과 인술을 기술로 착각하는 성형외과 의사들 사이에서 남모를 답답함은 괴로움이 되어간다. 지금의 난 지난날 내가 꿈꿔왔던 나인가? 불현듯 열 손가락이 모두 잘린 채 구급차에 실려왔던 환자가 떠오른다. 선생님께서 붙여준 것은 열 손가락이 아니라 생명의 끈이었다는 그 환자의 말이 떠오른다. 그런 말을 들을 자격이 있는지 혼자 부끄러워하며 얼굴 붉히던 지난날의 내 모습이 떠오른다.

그때와 지금, 나는 어떻게 달라졌을까? 나는 또 어떤 생각을 하고 살아왔는가? 세상이 변한 것인가, 내가 변한 것인가? 변했다면 무엇 때문일까? 세상과 나 사이에, 환자와 나 사이에, 동료 의사와 나 사이에 흐르는 이 팽팽한 긴장감은 또 뭐란 말인가?

고민은 때늦은 사춘기처럼 찾아왔다. 소나기처럼 시작된 고민은 나의 정체성, 인술의 정체성, 성형수술에 대한 정체성으로 굽이쳐 흘러갔다. 정체성에 대한 물음은 나 혼자만의 고민이 아니었다. 나는 그것이 성형, 의사, 환자, 그리고 우리를 둘러싼 세상에 대한 이야기임을 깨달았다. 또한 내 안에 존재하는 주체할 수 없을 만큼 많은 이야기들을 이제는 풀어내야 할 때임을 깨달았다. 물론 쉽지도, 재밌지도 않을 수 있는 이야기들이다.

먼저 성형을 이야기해보자. 지식인들은 쉽게, '쿨' 하게 말한다. "대한민국은 성형 공화국이다. 대한민국의 모든 미인은 성형외과에서 태어난다." 성형을 부추기는 사회를 비판하고 성형을 통해 획일화되는 외모를 걱정한다.

　늘 '쿨' 한 지식인들과 달리 늘 '핫' 한 텔레비전은 그런 비판과 염려 따위에는 아랑곳하지 않는다. 행인들에게 원하는 성형 부위에 대해 묻는가 하면, 연예인들의 성형 부위와 성형 유무에 대해 웃고 떠들기도 한다.

　양쪽 모두에 성형은 없다. 성형이라는 단어만 만지작거릴 뿐, 성형을 집도하는 의사와 성형을 받는 사람들, 그리고 성형에 대한 진지한 이야기는 존재하지 않는다. 성형은 지식인의 책상 서랍이나 오락 프로그램의 스튜디오에 갇혀버린 듯하다. 그렇다. 지금까지 성형은 박제된 대상일 뿐이었고 오락 프로그램의 소재가 되는 가십 창고일 뿐이었다.

　나는 성형의 다른 부분을 이야기하고 싶다. 아주 간단하게 말하면 성형은 의학이다. 그런데 치료의학과는 또 다르다. 성형은 치료와 미용의 중간에 놓여 있다. 또 사회적 인식의 변화 사이에 놓여 있다. 환자의 몸과 몸에 의한 정신의 변화를 살펴야 하니 의사와 상담 심리학자의 중간에 놓여 있으며, 마지막으로 자본주의사회에서 성형은 의술과 상술의 중간에 놓여 있다. 결국 성형은 딜레마에 처해 있고, 회색지대에 방치돼 있다.

　성형에 대한 성찰과 재정의가 쉽지 않은 게 당연할지 모른다.

그러나 누군가는 이야기해야 한다고 생각한다. 피상적인 관찰의 대상이나 웃고 떠드는 오락의 소재로서의 성형이 아니라 수많은 사람들의 고민거리이자 수많은 사람들이 받고 있는 성형을 누군가 한 번쯤은 진지하게 이야기해야 한다고 생각한다. 그래서 나는 이 책을 성형 때문에 고민하고 있는 사람들이 꼭 읽어주기를 바란다.

성형외과를 개업하기 전, 나는 재건수술, 그중에서도 미세수술에 몸을 바쳤다. 그리고 그 분야에서 나름의 성취를 얻었다. 새로운 분야인 미용성형에 뛰어들어 성형에 대해 조금 알 것 같다고 생각할 즈음, 세상이 변하기 시작했다. 그리고 성형은 딜레마에 빠져버렸다.

개업 초기, 나는 성형외과의 성공은 90퍼센트가 의사의 실력에 달려 있다고 믿었다. 그리고 나머지 10퍼센트가 마케팅에 좌우된다고 여겼다. 10년 후에는 실력이 80퍼센트, 마케팅이 20퍼센트라고 생각하게 되었다. 그리고 또 한 번 강산이 바뀐 지난해, 나는 실력과 마케팅의 비율을 50 대 50으로 수정했다. 지금은, 의사의 실력이 20퍼센트, 마케팅이 80퍼센트라고 생각한다. 이 기준에서 나 역시 자유롭지 못하다. 이런 변화는 치료의학 시대에서 출발한 나 같은 의사에게는 견디기 힘든 과정이었다.

　본격적인 미용의학 시대의 의료 경영 컨설턴트들은 요즘 잘 나가는 성형의로서의 최적 나이를 41세로 꼽는다. 그런 이야기를 들으면 저절로 고개가 저어진다. 41세는 성형에 대해 조금씩 알아갈 나이, 한참 성장할 나이다. 35세 안팎에 자격증을 받은 전문의에게는 말 그대로 수술을 집도할 자격이 주어질 뿐이다. 이후 수많은 수술을 통해 의사란 무엇인지, 사람이란 어떤 존재인지를 몸과 머리, 그리고 가슴으로 배우고 느끼고서야 자기 앞에 놓인 길에 대해 조금씩 알아가게 된다.

　성형의라고 다를 바 없다. 성형수술 역시 한번에 완성되지 않는다. 수술 직후의 모습은 아직 미완성일 따름이다. 성형수술이 성공적인지 아닌지는 수년이 지나야 제대로 알 수 있다. 그래서 성형에는 의술의 완성을 추구해가는 의사가 있을 뿐, 모차르트나 살리에리는 없다. 성형은 영감이나 천재성에 의존하는 예술이 아니다.

　지금 성형에는 인술을 펼치는 의사와 상술을 펼치는 기술자가 동시에 존재한다. 말없이 자신의 소임을 다하는 의사는 뒷전으로 밀리고 환자를 금광처럼 여겨 환자에게 돈을 캐내려는 의사들이 오히려 대접받기도 한다. 한편에는 성형을 만능의 도구로 착각하여 중독된 사람들도 있다. 자기 결정권을 포기한 채 얼굴과 몸, 그리고 영혼까지 타인의 시선에 맡겨버린 사람들이 있다.

나는 성형의다. 스스로 기술자인지 상인인지, 아니면 하청업체 직원인지를 되물으며 고민하는 사춘기 성형의다. 그럼에도 불구하고, 아니 그러하기 때문에 딜레마와 혼돈에 처한 성형에 대해 불편한 사실들을 이야기해야 한다고 믿는다. 천재를 자처하는 후배들과 마케팅에 열을 올리는 의사들, 성형을 경배하는 '성형 신도'들에게 한 사람쯤은 경종을 울려야 한다고 생각한다.

어느 성형의학 세미나에서 있었던 일도 그런 생각에 일조를 했다. 한 참가자가 척추만곡증 환자에게 쌍꺼풀 수술을 하면 좌우비대칭 쌍꺼풀이 될 수 있으며, 그 경우 좌우비대칭을 조정하는 수술은 어떻게 해야 하는지를 발표했다. 나는 자리에서 일어나 물었다.

"우리는 하나님이 되려 하는가? 세상에 완벽한 대칭을 지닌 쌍꺼풀이 있을 수 있는가? 오차범위를 과감히 인정해야 하는 것 아닌가? 0.1밀리미터의 오차를 없애기 위해 또 한 번의 수술을 환자에게 권해야 하는가? 의술의 한계를 겸허히 인정하고 그 안에서 최선을 다하는 게 의사의 본령 아닌가?"

결코 그 발표자를 폄하하기 위해 한 말은 아니었다. 거울과 연애를 하며 스스로 비대칭을 찾는, 다시 말해 고고학적 세심함을 동원해 미세한 결함을 기어코 발굴해내는 환자들이 있다. 그럴 때 나는 경험 많은 성형의로서가 아니라 상식을 가진 일반인으로서 얘기한다. 상식에 따르면, 어떤 것도 완벽하거나 영구한 것은 없다. 아무리 단단한 것도 시간의 흐름 속에서는 연기처럼 흩어진다.

돌아보면 현실은 온통 회색이다. 누구는 검정에 가까운 회색일 수 있고, 누구는 하양에 가까울 회색일 수 있다. 완벽한 검정, 완벽한 하양은 존재하지 않는다. 다채로운 회색의 세계, 나에게는 이것이 상식이고 나답게 살 수 있는 세상이다. 지금 시대는 변화와 속도, 그리고 완벽에 대한 강박을 지니고 있는 것 같다. 흑 아니면 백, 도 아니면 모, 미 아니면 추. 좋은 세상은 발전과 안정, 변화와 지속을 잘 융합할 수 있는 척도와 상식을 지닌, 진정 나다운 사람들이 만든다.

지금부터 할 내 성형 이야기에 결론은 없다. 나에게도 우리 사회에게도, 성형에 대한 이야기는 이제 겨우 시작일 뿐이다. 성형의학이 눈부신 발전을 이루고 성형에 대한 사회적 인식도 많이 달라졌지만 아직 우리는 성형의 깊숙한 속살에 대해서는 이야기하지 않았다. 이제 나는 그 이야기를 해보려 한다.

이 책의 첫 번째 장에서는 성형의 김수신의 이야기와 성형의 역사, 그리고 세계의 성형에 대해서 이야기했다. 두 번째 장에는 대한민국의 성형 담론을 담았다. 성형이 인문학적으로 사회학적으로 어떤 의미인지를 짚어보고자 했다. 세 번째 장에서는 성형을 둘러싼 사회현상을 이야기했다. 성형외과의 현실과 한계, 그리고 가능성도 함께 말하고자 했다. 그리고 마지막 장에는 성형에 대한 궁금증을 풀 수 있도록 했다.

여기에는 내 30년 성형의 역사와 경험이 녹아 있다. 성형은 무엇인가? 성형은 어떠해야 하는가에 대한 김수신의 이야기를 쏟아냈다. 비록 다른 생각이 있다 해도 내가 먼저 말하면 또 그것에 보태고 빼어 더 좋은 이야기들이 나올 수 있으리라 믿는다.

2012년 2월, 압구정동 진료실에서

김수신

PLASTIC DREAM Contents

아프로다르다. 성형은 치료와 미용의 중간에 놓여 있다. 또 사회적 인식의 변화 사이에 놓여 있다. 환자의 몸과 몸에 대한 정신의 의술과 상술의 중간에 놓여 있다. 반복 시술은 필요하게 되기도 하고, 퇴색시대에 방치돼 있다. 지금 현실에는 인술을 펼치는 의사의 금창치료 외거 환자에게 몸을 꿰대려는 의사들이 오히려 대접받는다 한다. 한비자는 성형을 만능의 도구로 착시하여 충동질 시 도 한다. 나는 성형의다. 흔히 기술자인지 상인인지, 아니면 화장암체 작원인지를 허문으로써 고민하는 사슴기 성형의다. 그 렇다고 믿는다. 천재를 자처하는 후폐들과 다가날에 열송 올리는 의사들 성형을 경배하는 '성형 신도'들에게 한 가림줌은 이 탄들이 읽어주기를 바란다.

1부
성형을 말하다

얼굴 근육은 몇 가지 역할을 한다.

안구를 보호하고 구강과 눈거풀을 열고 닫는다.

얼굴 근육의 수축과 이완은 피부 안에 가로놓인 많은 주름을 넓고

얼굴의 표정을 만들어준다.

《마비된 얼굴의 소생》 레오나르드 부빈

메스 든 검객이 되어

하늘거리는 대나무 잎을 밟고 두 고수가 가주하고 있다. 살랑거리는 바람에도 댓잎은 출렁거린다. 미동도 하지 않는 두 고수의 이마에는 땀방울이 맺힌다. 서로를 향해 겨눈 검은 한 치의 오차도 허용하지 않는다. 긴장은 금방이라도 폭발할 듯하다. 불꽃처럼 검이 부딪힌다. 흩어진 댓잎 사이로 하나는 남고 하나는 떠난다. 이것이 강호의 법칙이다.

그렇다. 나는 고수를 찾아 떠나는 방랑 검객처럼 세상을 주유했다. 내가 가진 검은 메스였고, 내가 가진 무공은 의학이었고, 내가 가진 꿈은 치료였다. 나는 머물기를 좋아하지 않는다. 하나의 분야에서 또 다른 분야로, 나는 개척하고 도전하기를 좋아했

다. 남이 살지 않는 벌판을 개간하고, 인적 없는 광야에 길을 내
는 사람이 되고 싶었다.

내 인생에 벌어진 일들이 어떤 의미였는지 지금 돌아보면 조
금은 알 것 같다. 그리고 이제 내가 무엇을 해야 할지도 알게 되
었다. 공자는 나이 50에 천명을 알았다는데, 나는 나이 60이 넘
은 지금에야 천명의 끄트머리라는 게 있는 줄 알겠다.

히포크라테스의 삐딱한 제자

시련이 닥치기 전까지 사람은 자신을 돌아보려 하지 않는다.
그렇다. 나는 정말 별 탈 없이 자랐다. 어찌 보면 별 탈이 없는 정
도가 아니라 다른 사람이 부러워할 정도였다. 집안은 유복했고,
공부도 제법 잘했다. 모난 데 하나 없이 모두의 기대에 부흥하는
맞춤형 아이였다.

예전에는 고교 평준화 제도가 없었다. 좋은 중학교와 좋은 고
등학교에 진학하려면 대학입시를 방불케 하는 입시를 치러야
했다. 그때 나는 서울에서 가장 좋다는 경기중학교와 경기고등
학교를 졸업했다. 지금으로 따지자면 나는 소위 '엄친아'였다.
그리고 서울대학교 의과대학에 입학했다. 그때까지만 해도 세
상이 순탄한 줄 알았다. 나를 중심으로 세상이 돌아간다고 느꼈
을지도 모르겠다. 하지만 대학에서 본 세상은 그때까지 내가 알
던 세상과 달랐다.

1970년대는 야만적인 군사정권의 시대다. 하지 말아야 할 것, 말하지 말아야 할 것, 보지 말아야 할 것들이 너무 많았다. 세상은 귀머거리, 벙어리, 장님을 강요했다. 그때 내가 민주화 운동을 했다고 하면 쑥스럽다. 단지 나는 귀머거리가 아니었고 벙어리가 아니었고 장님이 아니었을 뿐이다. 듣고 보고 말하고 싶은 것이 많았다. 그리고 그것은 당연한 인간의 권리였다. 인간의 권리가 짓밟히는 사회에서는 아주 우스운 이유로도 사람이 구속된다. 옳지 않은 것을 옳지 않다고 말했기 때문에, 읽고 싶은 책을 읽었기 때문에 나는 감옥에 구속되어야 했다. 어느 순간 나는 '엄친아'에서 삐딱하고 불온한 대학생이 되어 있었다.

나를 감옥에 보낸 원흉은 지적 호기심이었고, 주범은 카를 마르크스와 엥겔스의 《공산당 선언》 영문판이었다. 지금은 서점에서도 인터넷에서도 거리낌 없이 살 수 있는 책이지만, 당시에는 소지한 것만으로도 투옥 사유가 될 만큼 '흉악한' 서적으로 취급되었다.

나는 6개월 간 감옥 생활을 했다. 감옥에는 놀라운 인연이 기다리고 있었다. 철창을 지키는 간수가 내 환자였던 것이다. 환자와 의사가 간수와 죄수로 만났다. 그분은 맹장수술을 받고 입원해 있을 때 내가 잘 돌봐준 것에 대해 감사하고 있었다. 그 일은 내 삶의 전환점이 되었다. 그때 많은 생각을 했다. 병원과 감옥, 의사와 투사. 나는 투사가 될 인물은 아니었다. 내가 무엇을 가장 잘할 수 있을지 고민했다. 그리고 아주 간단한 사실 하나를 깨달았다.

나는 나 자신을 잊고 있었다. 나는 의대생이었다. 의사의 사명은 무엇인가? 사람을 치료하는 것이다. 민주 투사가 억울한 민중의 마음을 치유한다면 나는 아픈 사람의 몸을 치료하는 의사였다. 내가 왜 의대에 진학했는지를 다시 생각했다. 그저 의대에 진학한 '엄친아'가 아닌, 사람들의 아픔을 덜어주고 치료하는 의사가 되고 싶었다. 아주 간단한 이유, 그래서 아주 선명한 전제를 나는 잊고 지냈던 것이다.

감옥에서 의사의 길을 내 삶의 지도에 되새기게 되었다면, 한 작은 섬에서 나는 그 길을 마음으로 걸을 수 있게 되었다. 그 섬의 이름은 작은 사슴을 닮았다는 뜻의 소록도小鹿島다. 소록도는 다른 어떤 섬보다 아름답다. 하지만 사람들은 소록도를 한센병으로 기억한다. 보통 사람들이 말하는 한센병의 또 다른 이름은 나병, 문둥병이다. 구한말에서 일제 강점기를 거쳐 해방 후에 이르기까지 소록도는 한센병 환자를 강제로 격리하기 위한 수용 시설로 사용되었다. 그리고 지금도 소록도에는 한센병을 앓아 배척 받고 낙인찍혀 분리된 사람들이 산다.

우리는 가끔 다름과 틀림의 차이를 잊고 산다. 나와 다른 사람은 틀린 사람일까? 그렇지 않다. 사람은 어디에서든 먹고 자고 싸며 산다. 기뻐하고 성내고 사랑하고 슬퍼하며 산다. 소록도에 머문 기간은 길지 않았지만 소록도가 내게 준 영향은 자못 컸다. 뒤늦게 나는 내가 왜 '히포크라테스의 선서'를 했는지 알게 되었다.

의대에 진학하고 감옥에 갔다 오고, 의사로서도 인간으로서도 분명한 삶의 갈피를 잡지 못하던 내게 소록도는 '나도 무언가를 할 수 있는 사람'이라는 것을 알게 해주었다. 그리고 희미하게 되새긴 의사의 길이 어디로 향해 있는지를 알려주었다.

소록도에서의 주된 업무는 한센병 환자들을 돌보는 것이었다. 하지만 업무 외의 일도 했다. 생애 첫 쌍꺼풀 수술인 동시에 생애 첫 성형수술을 집도했던 것이다. 환자는 소록도의 간호사였다. 아이러니한 일이다. 헌신적으로 한센병 환자들을 돌보는 간호사에게도 예뻐지고 싶은 여자의 욕망은 있었던 게다. 몇몇 간호사들에게 쌍꺼풀 수술을 해주면서 본의 아니게 훌륭한 의사라는 칭찬도 많이 받았지만, 당시에는 지금과 같은 성형의가 되리라고는 꿈에도 생각하지 않았다.

양적으로나 질적으로나 예전의 성형과 지금의 성형은 많이 다르다. 더군다나 당시는 성형에 대한 사회적 시선이 곱지 않았다. 물론 성형수술은 존재했지만 미용보다는 치료의 목적으로 행해지는 재건성형의 경우가 훨씬 많았다. 나는 상처나 흉터 부위를 이전과 같이 복구하는 재건성형에 뜻이 있었다.

메스, 사람을 살리는 칼

재건수술에 목숨을 걸었던 레지던트 시절, 나는 미세수술에 특별한 애착을 느꼈다. 마침 현미경을 이용한 미세수술법이 한국에 도입될 시기였다. 낯설수록, 어려우면 어려울수록, 도전 의지가 솟구쳤다. 첨단 수술법이 실린 의학잡지를 들여다보면서 나는 최선을 다하는 외과의를 꿈꾸었다. 그러나 미세수술을 경험할 수 있는 경우는 많지 않았다. 시립병원 등지에서 근무하는 선배와 동료에게 인력이 필요하다면 언제든 나를 불러달라고 요청했다. 만약을 대비해 사비를 털어 올림푸스에서 만든 포터블 현미경과 미세수술 전용 실 등을 구입해 지니고 다녔다. 그래서였는지 수술 부탁이 적잖이 들어왔다. 해당 환자의 의사조차 성공을 자신할 수 없는 극단적인 경우도 많았다. 어떻게 보면 신참 의사의 만용일 수도 있었다. 천만다행인 점은 거의 대부분의 수술이 성공적이었다는 사실이다.

사실 거창한 사명감은 나에게 어울리지 않는다. 다만 나는 새로운 수술이 좋았고 그것에 최선을 다하자고 마음먹었을 뿐이다. 좋아하는 것에 몰두하기. 그것이 지금의 나를 만든 원동력이다. 소위 '돈 안 되는 수술'을 자청해 맡았고, 어려운 수술을 찾아 서슴없이 달려갔다. 하지만 주위에서는 그것을 이상하게 생각했다. 수술이 어렵다고 해서 금전적 이득이 더해지는 것은 아니기 때문이다. 나중에는 나 자신이 칼 한 자루 들고 고수들을 찾아다니는 '방랑 검객'처럼 여겨졌다. 물론 사람을 결딴내는 칼잡이가 아니라, 사람을 살리는 검객으로서 말이다. 그렇게 7년 정도를 보내자 재건수술 분야에서 어느 정도 경력을 쌓을 수 있었다. 그리고 10년 후쯤에는 나를 배우고 싶어 하는 후배들이 생겼다.

레지던트 시절에는 좀 더 수준 높은 선진국의 의학을 경험하고 싶었다. 기회를 만들었다. 친구의 도움으로 아무런 망설임 없이 미국 존스홉킨스대학교 미세수술 실험실로 연수를 다녀왔다. 전공의가 외국에 나가 연수를 하는 것은 처음이 아니었나 싶다. 나는 당시 한국에서는 생소한 분야였던 미세접합수술을 전문적으로 익혀야겠다고 결심했다. 그러나 전공의가 수술할 기회는 많지 않았다. 당시는 수술에 필요한 실조차 구하기 어려웠고 수술 현미경도 없는 병원이 많았다. 경우에 따라서는 수술에 필요한 재료를 스스로 구해야 했다.

미세접합수술을 넘어

의사란 사람에 대한 추억을 누구보다 많이 지닌 사람이다. 아픈 사람들이 많이 사는 곳에서 일한 의사라면 특히 그렇다. 80년대에 나는 제본소가 밀집된 구로 지역에서 근무했다. 고려대학교 구로병원이 개원하면서 백세민 교수를 모시게 된 것이다. 당시에는 제본할 때 사용하는 절삭기에 손가락 여덟아홉 개를 잘려 병원으로 실려오는 사람들이 많았다. 어려운 수술 끝에 성공적으로 접합된 노동자의 손을 보며 이 세상 어느 의사보다 자부심을 느꼈다. 그중에서 특히 기억에 남는 수술이 있다.

당시 접합수술은 절단된 지 8~12시간 내에 수술해야 성공을 보장할 수 있었다. 그러나 48시간이 지나버렸다. 절단된 지 48시간이 지난 손가락을 붙여야 했다. 절망스러운 상황이었다. 실낱같은 희망을 부여잡고 미세현미경을 들여다보며 손가락 사이의 뼈를 이어나갔다. 손가락을 구부리는 힘줄을 봉합하고 정맥과 동맥을 비롯한 혈관과 신경조직을 봉합했다. 몇 시간이 흘렀는지도 몰랐다. 다행히 수술은 성공적이었고, 내 이력에는 '48시간'이라는 영광스러운 수식어가 붙었다.

그리고 나는 다시 열 손가락과 맞닥뜨렸다. 응급실에 온 환자는 열 손가락이 모두 절단된 상태였다. 손가락 하나 봉합하는 데도 짧게는 3시간이 걸린다. 그건 시간과의 싸움이고 체력과의 싸움이고 의지와의 싸움이다. 다른 건 생각할 겨를도 없다. 수술은 26시간 동안 계속되었다. 이 수술은 영국 성형외과 학술지에 발표되어 세계를 놀라게 했다. 감사했다. 환자가 다시 손을 쓸 수 있게 된 것에, 그리고 내가 그런 일을 할 수 있게 된 것에 감사했다.

육안으로 보는 것과 미세현미경으로 보는 것은 천양지차다. 미세현미경을 사용하는 수술에는 미세함만큼의 정밀함이 필요하다. 혈관과 신경을 꿰매는 바늘 하나하나에 온 신경을 집중해야 한다. 그래야 피가 통하고 손가락을 살릴 수 있다. 옷도 그렇지 않은가? 천사의 옷은 꿰맨 흔적이 없다고 한다. 천의무봉 天衣無縫이란 말은 완전무결함을 뜻한다. 미세접합수술에서의 바느질도 그래야 한다. 그렇게 미세현미경을 들여다보며 바느질 연습을 했으니 미용성형에서의 기초는 그때 다져진 셈이다.

미세접합수술에 매진하던 중 뉴욕대학교 메디컬센터 성형외과 연구소에 교환교수로 가게 되었다. 뉴욕대학교에 머문 1년여 동안 나는 첨단 성형의학에 눈을 뜨게 되었다.

나는 틈이 날 때마다 정중동 靜中動이라는 단어를 되새긴다. 고요함 가운데 움직임이 있다는 뜻이다. 나는 부산한 것을 좋아하지도 않지만, 한자리에 머물러 있는 것도 좋아하지 않는다. 한국의 미세접합수술이 세계 수준에 올라섰을 때, 미세접합수술에서 벗어나 다른 것을 하고 싶은 욕망이 생기기 시작했다.

아름다움에 도전하다

고려대학교 재직 시절 나는 미용성형과 깊은 인연을 맺고 있었다. 당시 백세민 박사는 안면기형 연구의 대가였다. 백세민 박사는 안면 윤곽 수술에 대한 새로운 기술을 개발했다. 1986년 대한성형외과 학회지에 발표된 〈하악각의 미용적 교정술〉은 미용을 목표로 얼굴뼈를 축소하는 최초의 시도였다. 3년 후 이 논문은 미국 성형외과 학회지에 발표되어 미국 내에서도 돌풍을 일으켰다. 이 성형법이 지금 성형외과에서 시술하는 안면 윤곽 수술법의 토대가 된다. 나는 지금도 그때를 감사하게 생각한다. 배울 수 있는 기회는 흔치 않다. 백세민 박사를 모시면서 많은 것을 배웠고 위의 논문에도 참여할 수 있었다. 그것은 내 일생에서 또 하나의 전기였다.

본격적으로 미용성형 분야에 뛰어들자 많은 사람들이 놀라움과 안타까움을 표했다. 재건성형의로서의 탄탄한 입지를 포기하는 것으로 여기는 사람들이 있었고, 미용성형이라는 분야 자체에 거부감을 갖는 사람도 많았다. 그러나 나는 안주하고 싶지 않았다. 미용성형은 내게 또 다른 연구 분야였고 사람을 아름답게 하고 기쁘게 만드는 일이었다.

1991년, 나는 '김수신 성형외과'를 개원했다. '레알성형외과'의 모태다. 대학 병원 의사의 수술이 목검으로 하는 승부라면, 개업의의 수술은 진검 승부다. 환자들과의 만남 하나하나가 성공과 실패로 귀결되는 전장이 바로 개업의가 서 있는 곳이다. 솔직히 말하면 당시 내 마음에는 의사로서의 욕심이 가득했다. 새로운 수술은 새로운 도전이었고, 그 도전에서 이겼을 때의 쾌감은 무엇과도 바꿀 수 없을 만큼 짜릿했다.

나는 성형의로서 유명세를 타게 되었다. 미스코리아 선발 대회 심사위원으로 초빙되었고 '대한민국 베스트닥터'로 선정되었다. 그러나 남들의 평판이나 허울 좋은 이름에 만족하여 한자리에 머물 수는 없었다. 세계 최고 수준을 자랑하는 미국 성형외과학회에 꾸준히 참석하여 많은 지적 자극과 아이디어를 얻고자 했다. 그 결과 짧은 코의 개방형 수술 도입, 쌍꺼풀 수술에 디자인 개념 도입, 쌍꺼풀 재수술에 전기 마련, 백세민 교수팀으로서 사각 턱 및 광대뼈 축소술 최초 시작, 코 보형물 고어텍스의 사용, 내시경을 이용한 이마거상술 도입, 하안검 수술의 지방 재배치 도입 등 성형수술의 발전을 위해 나름의 보폭으로 열심히 걸어왔다.

성형을 말리는 의사

내가 정말 좋아하고, 나를 더 유명하게 만든 타이틀은 '성형을 말리는 의사'다. 의사는 모두 힘들다. 그건 성형의나 일반 의사나 마찬가지다. 다른 의사와는 달리 성형의에게만 있는 어려움은 눈에 보이는 아름다움을 추구해야 한다는 사실이다.

질병 치료를 목적으로 한 의학은 그 질병이 아무리 깊은 몸속에 감춰져 있어도 원인과 처방을 비교적 분명하게 제시할 수 있다. 그러나 성형의학은 몸의 겉모양으로부터 나오는 아픔을 넘어, 다시 말해 몸뿐 아니라 마음의 내밀한 곳에서부터 비롯된 상처까지도 치유해야 한다. 그런 의미에서 성형의의 스트레스는 외과의사의 스트레스에 정신과의사와 목사의 스트레스를 더한 것과 같지 않을까 생각한다.

성형의가 된 이상 당연히 직업상의 스트레스는 감내해야 하겠지만, 스스로 안타까운 것은 내 자신이 태생적으로 서비스 정신을 타고나지 못했다는 점이다. 환자를 상대할 때 스스로 약간의 가식이라도 느껴지면 견딜 수 없었다. 특히 성형외과 개원 초기에는 재건성형을 중심으로 한 치료의학 시대의 사고방식에서 벗어나지 못했다. 그때는 성형수술 역시 비정상을 정상으로 만드는 의료 행위이며 따라서 10퍼센트의 사람들만 성형할 필요가 있다고 생각했다. 만약 내가 정한 90퍼센트의 범위에 해당하는 정상적이고 평범한 환자가 오면 성형을 권하기는커녕 어떻게 만류할까를 고민할 정도였다.

부족한 서비스 정신에다 의사로서의 자부심이 더해지면서 환자들과의 마찰도 종종 일어났다. 특히 내가 가장 참을 수 없었던 환자는 의사를 마치 하수인처럼 대하는 사람들이었다. 성형수술을 상품 구입쯤으로 여기는 사람들은 성형의를 장사꾼, 하수인처럼 대하게 마련이다. "콧방울을 좀 도톰하게 고쳐주고, 앞트임 조금, 뒤트임 조금 해주세요"라는 식의 주문에는 말문이 막힐 따름이었다. 하지만 언제까지 내 기준을 고집할 수만은 없는 노릇이었다.

지금도 나는 타락한 의사가 되고 싶다. 환자가 의사를 "내가 여기를 성형할까요, 말까요?" 정도의 여론조사 대상쯤으로 여기는 요즘 같은 환경은 의사를 쉽게 타락의 길로 이끈다. 마케팅 시대의 의사, 의료 산업 시대의 의사, 장사꾼과 하수인으로서의 의사. 차라리 스스로 그런 의사임을 인정하는 편이 소위 '쿨'한 게 아니겠는가 싶을 때도 있다.

그러나 성형의도 의사다. 세상이 변해도 의사는 의사다워야 한다. 세상, 그리고 사람과 소통하고 공감하는 의사, 생명을 다루는 사람으로서 책임과 윤리를 소중히 지키는 의사가 진짜 의사다. 성형의 목적은 돈을 버는 데 있지 않다. 사람을 아름답게 하는 것, 그것이 성형의 진짜 목적이다. 이 '진짜 의사'와 '오래된 목적'이 나를 비롯한 우리 모든 의사들의 미래다.

모두가 꺼리는 재수술을 하는 이유

성형의들은 재수술을 꺼린다. 하지만 나는 재수술로 유명한 의사이기도 하다. 얼마 전, 쌍꺼풀 수술 부작용으로 눈을 뜨지 못하는 환자가 찾아왔다. 수술 받은 병원에서는 재수술을 하지 못하겠다고 했단다. 다른 병원을 찾아갔지만 그곳에서도 거절 당하고, 대학병원을 찾았지만 그것도 허사였다. 찾았던 병원에서 수술의 난이도와 실패에 대한 두려움이 있었음을 나는 안다. 그리고 그 환자는 수소문 끝에 나를 찾았다.

아마도 수술 중 안검거근 신경에 문제가 생긴 듯했다. 정말로 위험부담이 컸다. 그러나 나는 다시 수술하자고 했다. 환자가 너무 안쓰러웠다. 그리고 성형외과 의사의 잘못을 책임질 사람은 또 다른 성형외과 의사인 나라고 생각했다. 하지만 마음이 씁쓸했던 것도 사실이다.

젊은 의사들이 인기가 많다는 것을 나는 알고 있다. 젊기 때문에 유행에 민감하고, 그래서 유행에 맞는 수술을 해줄 거라 믿기 때문이라는 것도 알고 있다. 하지만 도처에 변수와 돌발 상황이 기다리고 있는 수술에는 수십 년의 임상 경험이 필요하다. 그렇다고 젊은 의사들의 실력을 평가절하하려는 의도는 없다. 그러나 자신 없는 수술은 집도하지 말았으면 한다. 수술은 용기로 하는 것이 아니다.

물론 의사는 실패를 통해 배운다. 그러나 그 실패는 책임질 수 있는 실패여야 한다. 그래서 나는 책임을 강조한다. 나는 책임지지 못하는 수술은 하지 않는다. 다만 내가 책임질 수 없는 것은 시간이다. 낫는 데는 시간이 필요하고 재수술을 하는 데도 시간이 필요하다.

대부분의 성형의들이 기피한다는 쌍꺼풀 재수술을 나는 많이도 했다. 재수술도 그렇지만 처음 수술을 할 때, 나는 그 사람이 얼굴에서 눈이 가장 예쁘다는 말을 듣게 되기를 소망한다.

어떤 경우 쌍꺼풀 수술은 난이도가 매우 높다. 두세 번에 걸쳐 수술해야 하는 경우도 있다. 지방이 한곳에 몰린 사람도 있고 곳곳에 퍼져 있는 경우도 있다. 겉으로 보기에는 같아 보여도 그 속에는 엄청난 다름을 간직하고 있다. 두세 번 해야 하는 수술을 한 번에 끝내기 위해서는 많은 시간과 노력이 필요하다. 다른 병원에서 두세 번 하는 수술을 내가 한 번에 하는 이유는 간단하다. 내가 피곤하면 환자가 행복해지기 때문이다. 시간이 많이 걸려도 이 세상 어느 병원보다 잘해주고 싶은 것이 내 마음이다. 물론 나도 두세 번 수술을 하는 경우도 있다. 하지만 지금의 나를 만든 건 환자에 대한 정성 때문이었을 것이다.

의사란 내가 필요한 것을 하는 것이 아니다. 내가 가진 기술을 베푸는 것이 아니다. 그 사람이 필요한 것을 생각하고 그 사람이 조금 덜 아프고 그 사람에게 조금 더 효과적이고 조금 더 좋은 방법을 생각하는 것이다. 그러다 보니 새로운 방법을 생각해내고 펼칠 수 있게 된 것이다.

앞으로도 그 마음을 가지고 사는 것, 그 가음으로 메스를 드는 것, 그래서 최고가 아니라도 최선을 다하는 김수신이 되고 싶은 것, 그것이 나의 바람이다.

미래의 하이브리드 성형

1980년대, 조지 루커스는 기술의 한계에 부딪혀 〈스타워즈〉 시리즈 제작을 단념한다. 하지만 시간이 흐르면서 특수 효과 기술이 발전하자 머릿속에서만 그릴 수 있었던 장면을 영화에 구현할 수 있게 되었다.

생각해보면 그렇다. 지금 세상은 어린 시절 상상조차 할 수 없었던 모습이다. 그 시절 누가 인터넷이나 스마트폰을 쓰는 세상을 상상했을까? 하지만 나의 어린 시절도 몇 백 년 전 사람들에게는 상상도 할 수 없는 세상이었을 것이다. 의학의 발전도 그렇다.

파스퇴르와 코흐가 인간의 질병이 미생물 때문이라는 것을 밝히기 전, 사람들은 천연두, 콜레라, 폐렴 등과 같은 질병이 귀신의 소행이라고 믿었다. 몇 백 년 전 인간의 평균수명은 지금과 비교되지 않는다. 30세를 넘기지 못하는 것이 보통이었다. 그러나 알렉산더 플레밍이 최초의 항생제 페니실린을 발견한 이후 의학은 비약적인 발전을 했다. 지금은 쉽게 치료되는 결핵도 예전에는 죽을병으로 여겼다. 성형도 다르지 않다.

바로 15년쯤 전만 해도 성형수술은 모두 칼을 대는 외과적 수술이라고 생각했다. 그러나 보톡스가 등장했고 레이저 치료도 시행착오 끝에 자리를 잡았다. 그리고 필러가 개발됐고 세포치료가 생겨났다. 칼을 대지 않는 비침습적 성형이 앞으로는 자리를 잡을 것이다. 나는 이를 '미용내과'라 칭한다. 20년 전 미용내과학회가 생겼고 나 역시 가입한 적이 있다. 하지만 당시까지만 해도 미용내과란 말은 생소했고 콘텐츠도 부족했다. 하지만 지금은 또 달라졌다.

어떤 피부과 의사는 레이저를 이용한 비수술적 치료가 많아져 안면의 주름을 제거하는 페이스 리프트 수술을 받는 연령이 높아질 것이라고 이야기한다. 이 말은 '안티에이징'의 기술이 점점 발달하고 있다는 뜻이다.

생각해보라. 지금 60대의 얼굴은 예전 40~50대의 얼굴처럼 젊다. 동안 열풍 속에는 사실 '안티에이징'이라는 패러다임이 숨어 있고, 그 패러다임을 뒷받침하고 있는 것은 의학의 발달이다. 만약 연골 손상이 심하지 않다면 수술을 하지 않고 치료할 수도 있다. 그중 대표적인 것이 자가혈액을 이용하는 PRP(혈소판풍부혈장) 주사 요법이다.

이 모든 현상은 기술과 기술의 결합에 의해 생겨난다. 결국 새로운 기술은 또 다른 기술을 낳고, 그 기술은 또 다른 발달을 일으킨다. 어쩌면 이것은 또 다른 발견일지도 모른다. 우리는 없었던 것을 만드는 것이 아니라 몰랐던 것을 알아가는 것이다. 이를 위해서는 끊임없이 무언가를 갈구해야 한다. 내가 새로운 기계를 도입하고 새로운 연구를 하고 이전의 것을 검증하는 것도 어제가 아니라 내일을 위해서다. 또한 내가 연구소를 만들어 줄기세포를 연구하는 것도 미래의 성형에 조금이나마 도움이 되고 싶은 마음 때문이다.

가만히 미래의 성형이 어떤 모습일지 상상해본다. 어쩌면 이런 모습일지도 모른다. 야외에 나왔다가 자동차를 탄다. 운전석 버튼 중에 '미용'이라는 버튼이 있다. 그 버튼을 누르면 다시 여러 항목이 뜬다. 야외에서 자외선을 받았으니 자외선을 중화시키는 항목을 선택한다. 그럼 얼굴에 빛이 쬐어진다. 야외 활동으로 자극 받은 피부를 회복시키는 광선이다.

어쩌면 50년 후쯤이면 젊어지는 것 정도는 신경 쓸 일이 아닐지도 모른다. 무협지에 백 살 먹은 아리따운 여고수가 등장하는 것처럼 얼굴이나 신체를 보고 나이를 가늠하기 어렵게 될지도 모른다. 무협지에서 젊음을 유지하는 비결이 내공이라면 미래에 젊음을 유지하는 비결은 의학일 것이다.

균형과 보편을 탐하는 성형

남사당패에서 줄타기하는 줄꾼을 어름사니라 한다. 어름사니에게는 줄이 길이고 삶이다. 체조선수는 평균대 위를 자유로이 오간다. 얇은 줄과 한 뼘이 안 되는 평균대에서 사람이 자유로울 수 있는 이유는 균형감각 때문이다. 균형감각을 잃으면 사람은 설 수도 걸을 수도 없다.

나는 성형의로서의 균형감각을 생각한다. 성형의에게 균형감각은 무엇보다 중요하다. 성형이 의학과 상업 사이에서 줄타기를 하고 있기 때문이다. 명의가 한순간에 장사꾼이 돼버리는 사태는 어름사니나 체조선수가 한 번의 실수로 자신이 선 곳에서 떨어지는 것과 마찬가지다.

그래서 나는 무작정 성형을 권하지 못한다. 어떤 친구들은 세상 가는 데로 따라가라고 이야기한다. 다들 그러는데 너 하나 그런들 어떠냐며 이방원의 〈하여가〉를 읊기도 한다. 그러나 균형감각을 버릴 수는 없다. 그래서 또다시 생각한다. 한국 사회에서 성형은 무엇인가? 성형의의 균형감각은 무엇인가?

아킬레우스와 신체발부

아킬레스건이란 발뒤꿈치 뼈에 붙어 있는 힘줄을 말한다. 이 미세하지만 특별한 신체 기관의 중요성은 그리스 신화에서 처음 모습을 드러낸다. 바다의 여신 테티스는 갓난아이인 아들 아킬레우스를 불사신으로 만들기 위해 황천의 강물에 아킬레우스를 담근다. 이때 테티스가 손으로 잡고 있던 발뒤꿈치만은 물에 젖지 않는다. 황천의 강물이 닿지 않은 그곳만이 아킬레우스의 치명적인 급소로 남게 된다. 그리고 트로이전쟁에서 아킬레우스는 그 치명적인 급소에 화살을 맞는다.

불사라 불렸지만 아킬레우스도 결국 불사는 아니었다. 아킬레우스가 불사이되 불사가 아니었던 것처럼, 진리라 여겼던 수없이 많은 명제들이 오류로 판명되는 시대를 우리는 살고 있다. 지금 우리가 아는 절대명제는 언젠가 파괴될 것이고 또 다른 명제가 그 자리를 대신할 것이다. 세상은 그렇게 변한다. 과학자들은 우주에서 지구에만 생명체가 있다고 믿었으나 지금은 다른 행성 어딘가에 생명체가 있다고 믿는 과학자가 대부분인 세상이다.

우리가 알고 있는 담론도 달라진다. 성형에 관한 인식 역시 변화의 과정에 있다. 동양에서는 예로부터 '신체발부수지부모 불감훼상 효지시야身體髮膚受之父母, 不敢毁傷, 孝之始也'라 했다. 《효경》에 실린 말이다. 사람의 신체와 털과 피부는 부모에게서 받은 것이니, 이것을 손상시키지 않는 것이 효의 시작이라는 뜻이다. 물론 맞는 말이다. 부모에게 받은 귀중한 몸을 손상시키지 않는 것이 효다. 자식의 아픔을 제 몸의 아픔과 같이하는 이가 부모 아닌가? 그러나 여기서 중요한 것은 그 명제가 아니라 그 명제를 담고 있는 시대다. 어떤 패러다임이 지배하는 사회냐에 따라 명제에 대한 해석은 달라지게 마련이다.

어떤 사람들은 뼈와 힘줄, 온갖 장기, 그리고 피부와 털을 신이 창조한 것이라 믿는다. 어떤 이들은 부모가 물려준 것이라 믿는다. 또 다른 이들은 진화에 의해서 인간이 출현했고 인간의 육체는 작은 세포의 분화일 뿐이라고 말한다. 신의 창조물이든, 부모의 디엔에이(DNA)로 비롯되었든 신체 기관은 신성하고 소중한 것이다.

신체를 소중히 여기는 생각을 나는 매우 지혜로운 사고의 산물이라 생각한다. 자신의 신체 기관을 방치하거나 돌보지 않으면 항상 대가를 치르게 된다. 게다가 인간은 참으로 현명해서 이러한 믿음을 버리지 않으면서도 의학과 과학의 발전을 도모해 왔다. 이는 이성과 감성, 종교와 과학, 성聖과 속俗이 공존하는 것과 같은 이치다. 사랑하는 사람이 장기이식 수술대에 올랐을 때 사람들은 자신의 신에 기도하면서도 의학의 힘을 믿는다. 대를 이어야 한다는 관념을 위해 우리는 인공수정이라는 아주 현실적이고 과학적인 방법을 찾는다. 물론 인공수정이 단지 대를 잇겠다는 의지의 표명은 아니겠지만 말이다.

만일 조선시대에 장기이식과 인공수정이 있었다면 어떠했을까? 부모에게 물려받은 신체를 손상한다고 서슬 퍼렇게 비판했을까? 이 시대에 장기이식이 유교적으로 옳지 않으니 우아한 죽음을 택하겠다는 이를 도덕주의자라고 칭송할 수 있을까? 매주 불임클리닉에 나가 인공수정을 도모하는 부부에게 어찌 천륜을 거스르냐며 탓하는 시대는 지났다. 오히려 현대의학을 거부하고 자연치유를 주장하는 이들을 미련하거나 보수적인 사이비 종교 집단으로 치부한다.

현대의학의 한 분야인 성형에 대해서는 어떠한가? 생명의 탄생과 생존을 위한 의학은 이미 종교적 믿음과 대타협을 이루었다. 그런데 아름다움과 사회적 관계를 위한 의학, 즉 성형수술에 대해서는 여전히 '신체발부수지부모'를 들먹이고 도덕적 잣대를 들이대며 비난하기 일쑤다. 가톨릭대학교 병원에도 성형외과가 있다. 과문해서인지 나는 아직 교황, 혹은 교황청이 성형에 대한 입장을 표명했는지, 혹은 어떠한 입장을 가지고 있는지 들어보지 못했다.

나는 성형의학이 생명의 탄생과 연장만큼이나 중요하다고 생각한다. 세상에 태어났고 생존해 있다는 사실도 중요하지만 그에 못지않게 어떻게 타인과 더불어 살아갈 것인지도 중요하다. 성형의학은 살아 있는 존재 그 자체가 아니라 존재가 살아가는 삶의 질에 더 큰 관심을 갖고 주의를 기울인다.

박가분, 하루나 그리고 성형

아마도 대부분의 여성이 그러하리라. 외출을 앞둔 여성의 마음은 들뜬다. 화장대 앞을 떠날 줄 모른다. 그 여인이 느낄 설렘은 화장이라는 행위를 통해 구체적으로 드러난다. 곱게 분을 뿌리고 입술연지를 세심히 바르고 향긋한 향수를 뿌려 화장을 완성시키고 나서야 비로소 미소를 짓는다. 그 미소의 뒤편에는 스스로에 대한 자신감이 자리하고 있을 것이다. 그제야 여성은 화장대를 떠나 집 밖으로 향한다.

어떤 여성들은 화장을 하지 않으면 벌거벗은 느낌이라고 말한다. 화장이 타인을 위한 최소한의 예의라고 이야기하는 사람도 있다. 어떤 이는 화장을 통해 자신이 문명인임을 느낀다고 한다. 그들에게 화장은 원활한 사회적 관계를 형성하고 자신의 모습을 변화시키는 수단이다. 어쩌면 화장이란 실제 자신의 모습과 다른 왜곡된 상일지도 모르겠다. 하지만 여성들은, 아니 모든 사람들은 더 아름다워지고 싶은 욕구를 지닌다. 이는 본능이다. 머리를 만지고 옷을 고르는 것도 모두 그 연장선상에 있다.

화장품은 고대부터 있었을 것이다. 시집갈 때 신부의 볼에 찍었던 연지 곤지도 일종의 화장이었을 것이다. 그러나 우리의 개념에 부합하는 공식적인 화장품은 근대에 들어서 나타난다.

'박가분'은 우리나라 최초의 허가 받은 화장품이다. 1920년대에 공산품으로 제작·판매되었는데, 인쇄된 라벨이 붙은 번듯한 상자에 담긴 박가분은 발전한 서구 문명을 상징하는 듯 보였다. 그런 박가분을 소유한 여성들은 지금의 명품을 소유한 여성들처럼 우월감과 자신감을 가졌음 직하다. 한마디로 박가분은 식민지 근대화 시절, 아름다움에 대한 욕구를 상징하는 아이콘이었다. 그러나 겉모습과 달리 그 속은 참담했다. 피부를 하얗게 보이도록 하기 위해 납 성분을 집어넣었던 것이다.

모든 것은 도전과 오류에서 시작된다. 지금이야 나조차 알지 못할 별별 성형법이 등장하지만 성형의 시작은 그렇게 복잡하지 않았다. 솔직히 고백하자면 나는 요즘 인터넷에 나도는 성형법을 모두 알지는 못한다. 동일하거나 비슷한 수술법에 또 다른 이름을 붙이고 그것을 최신 성형이라고 이야기하는 이들도 적지 않다. 물론 그런 길은 의사보다는 기술자로 향하는 길이다. 분명한 것은 박가분의 등장이 또 다른 화장품을 만드는 자양분이 되었듯 이전의 방법은 이후의 길을 가는 이정표가 된다는 사실이다.

박가분의 뒤를 이은 것이 '하루나'였다. "흑인이 변하여 미인이 된다." 1926년 〈동아일보〉에 실린 하루나의 광고 문구다. 여기서 나는 또 다른 일면을 발견한다. 흑인과 미인은 대립관계에 있다. 당시 사람들은 '흑인=추녀', '백인=미인'의 등식을 가지고 있었는지 모른다. 일부러 선탠을 해서 피부를 검게 만들기도 하는 지금으로는 이해할 수 없는 공식이다. 하지만 시대 상황은 사람들의 생각을 틀에 넣게 마련이다.

상품으로서의 화장품은 근대 이후에 유입된 서구 신식 문명일지 모르나 화장이라는 풍습 자체는 오랜 과거에도 존재했다. 우리 고대사 문헌에도 화장으로 자신을 치장하는 조상들에 대한 기록이 있다. 어떤 이는 단군신화에서 인간이 되고자 하는 곰과 호랑이에게 쑥과 마늘을 먹고 100일 동안 햇빛을 보지 못하게 한 것을 화장과 연관시키기도 한다. 고대 지배층이 하얀 피부를 선호했기 때문이라는 것이다. 그리고 다른 근거로 쑥과 마늘이 미백에 우수한 효과가 있다는 점을 든다. 물론 크게 믿음이 가는 이야기는 아니다.

고대 한국인들은 겨울에 피부를 보호할 줄 알았고, 계급과 신분에 따라 치장을 달리하였으며, 돌과 조개껍데기, 짐승의 뼈로 만든 장신구를 패용佩用하기도 했던 것 같다. 신라인들은 아름다운 육체에 아름다운 정신이 깃든다는 영육일치사상靈肉—致思想에 따라 남성인 화랑花郎들도 여성 못지않은 화장을 하고, 귀고리 · 가락지 · 팔찌 · 목걸이 등 갖가지 장신구로 치장을 했다. 여성들은 지금의 향수와 같은 향낭을 차고 다녔고 연지와 분을 발랐다. 이처럼 미를 추구하는 전통은 인간의 오랜 삶 속에 유유히 이어져온 보편적 현상이다. 그리고 오늘날에는 성형으로 이어지고 있다.

모든 것은 변한다

내가 처음 성형의를 시작했던 30년 전, 성형의를 찾는 사람은 대부분 장애를 가진 사람들이었다. 당시 성형은 미용보다 치료의 성격이 강했다. 쌍꺼풀 수술을 해달라는 젊은 여성에게 나는 차라리 그 돈을 시집갈 밑천으로 삼으라고 한 적도 있다. 그때는 그랬다. 뒤에서 설명하겠지만 쌍꺼풀 수술은 단지 예뻐지기 위해서만 하는 것이 아니다. 쌍꺼풀 수술은 얼굴 근육을 위해 꼭 필요한 수술이다.

이제는 성형수술을 통해 변화된 외모가 시집 밑천이 되는 시대다. 현대사회에서 외모는 그 사람의 이미지를 만들고 그 이미지는 그 사람의 자산이 된다. 그야말로 외모가 경쟁력이 된 것이다. 나아가 외모를 권력이라 표현하는 사람도 있다.

오늘날은 많은 이들이 인정하듯 외모가 우선시되는 사회다.

그리고 외모 경쟁력은 전근대사회의 신분처럼 낙인찍히고 마는 것이 아니라 개인의 노력을 통해 획득할 수 있는 것이다. 누군가는 외모가 어떻게 획득될 수 있느냐고 물을 것이다. 하지만 이렇게 묻는 그 누군가도 이미 외모를 가꾸는 데 얼마나 많은 노력이 필요한지 잘 알고 있다. 적절한 운동과 절제된 식생활은 훌륭한 외모뿐 아니라 건강한 육체를 위해서도 좋다. 하지만 이런 수준으로 극복할 수 없는 문제가 있다면 그때는 성형수술을 시도해도 좋을 것이다.

나는 세상에 고정불변, 절대불변은 없다고 믿는다. 우리는 비록 최고는 아니라 할지라도 최선을 다해 스스로를 바꿀 수 있다. 마음을 바꾸면 세상을 다르게 볼 수 있다. 신체의 콤플렉스가 마음의 상처가 된다면 지금은 그것 또한 바꿀 수 있다. 현대 의학은 그것을 가능하게 하고 있다. 여기에서 중요한 것은 바꿀 수 있다는 자신감이다.

기술은 나날이 발전하여 의료적 위험 부담이 낮아진 시대가 되었다. 경제적 풍요는 성형수술을 위한 개인적 소비를 가능하게 했다. 무엇보다 사회문화적으로 성형한 사람들에 대해 관대해졌다. 물론 고루한 편견도 여전히 남아 있다. 외모 지상주의를 비판하는 동시에 아름다운 육체의 연예인을 우상화하면서 말이다.

나는 고루한 사고에 대항하는 동시에 불필요한 수술을 결심한 이들에게는 수술을 만류하기도 한다. 그럴 때면 나는 또다시 친구들이 불러주는 〈하여가〉를 들어야만 한다. 그때마다 나는 옛 조상님들의 영육일치사상을 되새겨본다. 건강하고 아름다운 정신에 아름다운 육체 또한 함께하리라는 그 단순한 진리가 나를 다잡아 흩어진 균형감각을 다시 추스르게 한다.

필요가 낳은 성형의 역사

과연 성형은 언제 생겨났을까? 간단히 말하면 고칠 곳이 있었을 때부터 생겨났을 것이다. 그건 의학 역시 마찬가지다. 사람이 아프지 않다면, 세상에 병이 없다면, 의사나 의학이 필요하지 않을 것이다.

　불멸의 존재가 아닌 인간은 병들고 아프고 죽는다. 병을 고치고 아픔을 덜고 생명을 연장하기 위해 의학이 생겨났다. 그리스의 히포크라테스가 의사의 아버지라 불리는 것은 그가 사람의 병을 고치는 데 일생을 바쳤기 때문이다. 중국의 신농神農이 독초에 의한 중독을 무릅쓰고 수많은 풀을 맛보며 약초를 찾아낸 것도 사람의 병을 고치기 위함이었다.

병이라는, 죽음이라는 절망적 상황에서 치료라는 희망이 생겨났다. 성형도 그렇다. 고칠 곳이 없었다면 성형은 생겨나지 않았을 것이다. 그러나 고쳐야 하는 이유는 시대마다 달랐다. 성형이 지금처럼 작은 눈, 낮은 코, 사각 턱 때문에 생겨난 것은 아니었다.

재건성형의 역사

사실 성형의 역사는 슬프다. 성형은 기형과 정상, 주변과 중심, 추醜와 미美의 관념을 포함하고 있다. 상반되는 두 개념이 성형에서 모아진다. 그리고 기형, 비주류, 추는 고쳐야 할 대상이 된다. 기형을 정상으로, 비주류를 주류로, 추를 미로 만들기 위해 성형은 행해져 왔다.

기형이란 정상과 다름이다. 기형이 되는 원인이 선천적 이유 때문만은 아니다. 기원전 6세기 인도에서는 전쟁 포로와 죄인의 코를 잘랐다. 잘린 코를 복원하기 위해 수술이 시작되었는데, 이것이 바로 최초의 코 수술이다. 하지만 누가 어떤 방법으로 코를 수술했는지에 대해서는 자세히 알 수 없다. 그러나 이러한 수술법이 유럽으로 전해진 것은 확실하다.

서구의 경우 성형 역사의 첫 페이지를 장식한 수술 중 하나가 바로 피부이식수술이다. 피부이식은 현대의학조차 완전히 해결하지 못한 분야라는 점에서 역사의 아이러니를 느끼게 된다. 피부이식에서 빼놓을 수 없는 인물은 로마 최초의 외과의사인 아우렐리우스 코르넬리우스 셀수스다. 그는 '성형 부위와 가장 가까운 피부를 이식한다'는 원칙을 세웠다.

그러나 본격적인 성형의 원조로는 15~16세기의 타글리아코치를 꼽는다. 타글리아코치는 팔의 피부와 살을 코에 이식하여 코를 만들어주었다. 그의 환자는 무모한 결투를 벌이다 코가 떨어진 사람, 귀가 떨어진 사람, 입술이 베인 사람, 매독 같은 병 때문에 코와 귀가 떨어져 나간 사람들이었다. 여기서 놀라운 점은 타인의 피부가 아니라 환자 본인의 피부를 이식했다는 것이다.

인체는 자신의 것이 아닌 데서 이식된 장기를 거부한다. 이를 '거부반응'이라 한다. 거부반응은 피부에서 특히 강하게 나타난다. 얼굴을 통째로 이식한다는 충격적인 설정으로 개봉 당시 화제를 모았던 오우삼 감독의 영화 〈페이스 오프〉에 나오는 것처럼 간단하지 않다. 피부이식 자체도 어렵지만 자신과 맞는 피부를 찾는 일도 쉽지 않다.

안면 부분 이식수술이 처음 실시된 건 2005년, 개에 물린 프랑스 여성에게였다. 안면 전체 이식수술은 2007년, 프랑스 랑티에리 박사가 선천성 유전병인 신경섬유암을 앓는 안면 기형 환자에게 시술한 것이 처음이었다. 2010년 7월에는 안면 전체 이식수술을 받은 스페인 청년의 얼굴이 공개되었다. 총기 오발 사고로 코와 입술은 물론 얼굴 대부분의 피부와 근육을 상실한 스페인 청년은 다행히 수술에 성공했지만 평생 동안 이식 거부반응 치료 약을 복용해야 한다. 피부조직 이식에서 가장 중요한 것은 바로 이식 거부반응을 해결하는 일이다. 사실 이식 거부반응에 대한 무지 때문에 많은 사람들이 희생된 것도 사실이다.

19세기 초에는 독일 베를린의 외과의사 폰 그라페가 안검성형술, 즉 쌍꺼풀 수술을 시도했고 이후 두 차례의 세계대전을 거치며 성형의 급격하고도 본격적인 발전이 이루어진다. 역설적이게도 죽음의 고통이 난무하는 전쟁이 사람을 살리기 위한 의학의 발달을 견인한 것이다. 이전과는 비교가 되지 않는 무기들과 대규모 전투는 수천만의 사상자를 낳았다. 얼굴이 무너지고 사지가 절단되고 장기가 손상된 부상자를 치료하기 위해 당대 모든 의학이 동원되었다. 기존 의학에 새로운 방법이 고안되고 새로운 치료법이 시도되며 의학은 새로운 경험을 하게 된다. 성형도 마찬가지였다.

최초로 근대적 성형수술을 받은 월터 여 역시 제1차 세계대전 참전자였다. 1916년, 영국군 소총수였던 월터 여는 속눈썹과 윗눈썹이 없어지는 부상을 입었다. 월터 여에게 최초로 피부조직 수술을 한 의사가 바로 '성형수술의 아버지'로 알려진 해럴드 길리스였다. 그는 이후 재건성형에 커다란 업적을 남겼다.

미용성형의 원류를 찾아서

전쟁이 끝나도 성형은 계속 이어졌다. 전쟁으로 기형이 된 얼굴과 몸을 고치기 위한 치료는 끝나지 않았기 때문이다. 그리고 훼손된 신체, 고쳐야 할 곳을 고치는 재건성형은 아름다움을 추구하는 미용성형의 기술적 기반이 되었다.

사실 재건성형과 미용성형의 차이는 미묘하다. 아름다움에 대한 욕구를 기본으로 한다는 점은 동일하지만, 그 목적은 서로 다르다. 재건성형이 선천적이거나 후천적인 사고에 의한 기형 또는 상처를 치료하는 게 목적이라면, 미용성형은 외모를 조화롭고 아름답게 만드는 게 목적이다.

사람마다 혹은 문화마다 상처나 기형, 미에 대한 인식이 다르다. 누군가에게 반드시 고쳐야 할 상처와 기형이 누군가에게는 큰 문제가 아닐 수도 있다. 반대로 누군가가 대수롭지 않게 여기는 상처나 외모의 부조화가 누군가에게는 심각한 비정상으로 간주될 수 있다. 외모의 조화와 신체 기능의 정상성 역시 전혀 별개의 범주로 보기 힘들다. 조화를 이룬 외모는 정상적 신체 기능을 드러내는 지표이기도 하다. 몸에 관해서는 내용과 형식이 둘이 아닌 것이다.

사람에게는 누구나 보여주기 싫은 면이 있다. 그것이 아름답고 예쁘다고 생각하지 않기 때문이다. 그리고 사람들은 그것을 가리고 싶어 한다. 그런 생각은 예나 지금이나 다르지 않다.

미용성형의 원류를 찾는다면 고대 이집트와 로마를 들 수 있을 것이다. 고대 이집트의 상류계층이나 미라를 만드는 과정에서 성형수술을 했다는 기록이 전해진다. 또한 고대 로마에서는 흉터를 없애기 위한 성형이 행해졌다. 주된 이유는 공중목욕탕 때문이다. 고대 로마 시대 공중목욕탕은 단지 몸을 씻는 장소만이 아니었다. 사교의 장이자 커뮤니티였다. 로마인들은 자신의 흉터를 보이는 것을 싫어했다. 발가벗고 들어가야 하는 목욕탕에서 흉터를 가릴 수 있는 방법은 성형이었을 것이다.

그러나 미용성형의 본격적인 시작은 19세기 말부터였다. 특히 재건성형의 발달은 미용성형의 기초가 되었다. 또한 항생제의 개발은 성형수술의 위험부담을 감소시키는 결정적 계기가 되었다. 목숨을 걸고 하는 수술이 아니라 아름다워지고 싶은 욕구를 충족시키기 위한 수술이 가능해진 것이다.

독일 의사 게일즈니는 파라핀 주사를 통해 유방을 확대시키는 수술을 성공시켰다. 유방 확대 수술의 성공은 분명 획기적인 사건이지만 그 재료가 문제였다. 파라핀은 피부 괴사를 일으키는 원인이 되었다. 피부 괴사가 심각해지면 죽음에 이를 수도 있다. 그래서 파라핀 대신 사용된 재료가 식염수와 실리콘이다. 지금은 실리콘백을 많이 사용한다. 실리콘백은 신체 부위를 풍성해 보이게 하는 데 매유 유용하다. 남미에서는 탄탄한 가슴을 강조하고 싶어 하는 남자들이 가슴에 실리콘백을 넣기도 한다. 심지어 엉덩이를 탄력 있게 만들려고 엉덩이에 실리콘 백을 삽입하는 경우도 있다.

확대하고 싶은 곳이 있으면 줄이고 싶은 곳도 있게 마련이다. 실리콘백을 이용한 수술이 대표적인 확대 수술이라면 대표적인 축소 수술은 지방 흡입술이라 하겠다. 현대의 지방 흡입술이 처음 등장한 것은 불과 40여 년 전인 1977년, 프랑스 의사 이브 제라르 일루즈에 의해서다. 이제 지방 흡입술은 팔과 다리, 배와 같은 부분 지방 흡입은 물론 온몸에 걸쳐 시술되는 전신 지방 흡입까지 이루어지고 있다.

오늘날 성형수술은 눈의 크기, 코의 높낮이, 얼굴 윤곽은 물론 몸 전체를 바꿔줄 수 있게 되었다. 콤플렉스 탈출을 넘어 적극적인 미모 가꾸기로 확대되고 있는 것이다. 성별과 연령을 초월하는 것은 물론이다.

나는 성형외과 전문의 94호다

대한민국에서 외과수술이 본격적으로 시행된 것은 서양의 선교사들이 들어오면서부터다. 그렇지만 근대적 성형수술의 시작은 한국전쟁 때부터라 하겠다. 국내에 주둔한 미국 군의관들은 기능 복원 차원에서 재건수술을 시술했다. 그중에서도 가장 많았던 수술이 소위 말하는 언청이 수술이다.

전쟁 이후 성형의학은 '돌팔이의 시대'를 맞게 되었다. 체계적인 의료 훈련이나 의학 지식의 없는 사람들에 의해 마구잡이로 성형이 행해졌기 때문이다. 외과에 대한 전문 지식과 기술이 없는 개원의나 소위 돌팔이로 불리는 비의료인이나 비전문가가 성형 대신 '미용정형'이라는 이름으로 쌍꺼풀을 만들고 코나 유방에 파라핀을 주입했다. 이런 부적절한 의료 행위가 마치 성형외과의 전부인 양 오해를 받기도 했다. 1967년 3월 20일 〈경향신문〉은 미용정형이라는 이름으로 성형수술을 하던 비전문가가 구속된 사건을 기록하고 있다. 어쩌면 성형에 대한 잘못된 인식은 여기서부터 출발했을지도 모를 일이다.

한국인 최초로 쌍꺼풀 수술을 받은 사람은 오엽주라는 여성이다. 1972년 〈조선일보〉 기사에 따르면 오엽주는 1930년대 일본 도쿄에서 쌍꺼풀 수술을 받고 돌아온다. 그녀의 경험을 통해 공안과에서 쌍꺼풀 수술을 시작했다. 그러나 대한민국에서 성형외과 전문 진료와 교육이 시작된 것은 1961년, 미국에서 성형외과를 전공하고 미국 성형외과 전문의 자격을 취득한 유재덕 박사가 연세대학교 부속 세브란스병원에서 성형외과를 진료하면서부터다. 1966년 5월에는 성형외과에 관심을 가진 외과, 정형외과, 이비인후과, 안과 등의 전문의 30여 명이 모여 대한성형외과학회를 창립했다. 1973년에는 성형외과가 전문 진료 과목으로 인정되었다. 그리고 1975년, 성형외과 전문의 자격고시가 시행되면서 성형외과 전문의가 배출되기 시작했다.

내가 의사 자격증을 취득한 지 벌써 35년이 넘는다. 성형외과 전문의 자격을 딴 건 1983년이었는데, 너가 94호였다. 아마 지금 성형외과 전문의는 수천에 이를 것이다. 한국의 성형의학은 양적 성장뿐 아니라 질적으로도 눈부시게 발전했다. 한국은 지금 미국, 브라질과 더불어 세계 3대 성형지로 손꼽힌다.

성형의학의 양적·질적 발전과 상관없이 변하지 않는 것이 있다. 성형의학은 사람의 필요에 의해 발전해왔다. 재건성형이나 미용성형 모두 사람의 필요에 의한 것이었다. 그리고 발전의 이면에는 무수한 희생이 따랐다. 어쩌면 우리는 선대의 수혜자인 셈이다. 그래서 나는 성형에 하나의 전제가 있어야 한다고 생각한다. 성형은 자신을 부정하는 행위가 아니라는 점이다. 더 나은 자신을 만드는 과정이지 현재 자신의 자존을 버리는 행위가 아니다. 성형은 자신을 사랑하는 마음에서 시작되어야 한다.

거울아, 세상에서 누가 제일 예쁘니?

사람의 희미한 탄식 소리 한번 못 들어본 거울이 있을까? 때로 거울은 존재만으로도 사람을 분노케 한다. 세상에서 누가 가장 예쁘냐는 왕비의 질문에 "백설공주!"라는 솔직 담백한 진술로 왕비를 분노케 한 동화 속 거울도 있다. 지금이었다면 왕비는 백설공주에게 독이 든 사과를 주는 대신 성형외과를 찾아 보톡스를 맞는 '평화로운 방법'을 택하지 않았을까. 혹시 내게 찾아왔다면? 안타깝게도 왕비를 세계 최고의 미인으로 만들 재주는 없지만 자신의 아름다움에 눈뜰 수 있도록 최선을 다했을 것이다.

다행인지 불행인지 우리가 사는 곳에는 '말하는 거울'이 없다. 하지만 매일 아침 거울을 보며 '이건 내가 원한 내 모습이 아넌데'라고 되뇌는 사람들은 지구촌 곳곳에 있다. 거울 앞에 선 그 또는 그녀가 미국에서 태어나 자란 사람이라면 자신의 배를 내려다보며 어제 먹은 감자 칩과 스테이크를 떠올릴 것이다. 이 글을 읽고 있는 한국인인 당신은 얼굴을 탈색하느라 소중한 아침 시간을 흘려보냈을지 모른다.

일본, 중국, 영국, 베네수엘라에서 많은 사람들이 "거울아, 거울아. 내 외모는 괜찮은 거니?"라고 묻는다. 그러나 거울은 답이 없다. 현실 세계의 사람들은 동화 속 거울 이상으로 강력한 답을 제시하는 텔레비전과 인터넷 같은 매스 미디어에 노출돼 있기 때문이다. 더 아름답고, 더 이상적인 외모의 이미지를 텔레비전과 인터넷은 수없이 실어 나른다. 그리고 그들 곁에는 왕비의 선택지에는 빠져 있었던 '성형수술'이라는 대안이 자리하고 있다.

나라마다 역사와 문화, 사회 분위기, 인종, 의학 수준이 다른 만큼 성형수술의 트렌드와 성형수술을 받는 이유 등도 차이를 보인다. 예를 들어 미국이나 유럽에서는 지방 흡입, 가슴 확대 수술 등이 성형수술의 주를 이루는 반면 아시아에서 인기 있는 안면 윤곽 수술은 거의 이루어지지 않는다. 지금부터 그 다름의 이유를 말하고자 한다.

미국 | 몸, 사회적 지위를 드러내는 지표

할리우드 영화 〈미녀 삼총사〉에 등장하는 '미녀' 중 한 명은 동양인이다. 미국 드라마〈그레이 아나토미〉에서 중요한 배역을 맡고 있는 인물 중 한 명도 한국계 미국인이다. 세계화 시대의 중심부답게 다양성이라는 가치를 옹호하기 때문일까? 그것이 다양한 인종들이 어울려 사는 미국의 사실적인 반영이라거나 그들의 미적 포용력 때문이라고 말하기에는 뭔가 석연치 않다.

내게 두 배우의 공통점을 꼽아보라면 동양의 미인상과는 거리가 먼 외모를 지녔다는 점이다. 찢어진 눈, 튀어나온 광대, 작은 키와 왜소한 체구 등은 표준적 혹은 이상적 동양의 미인상과는 거리가 멀다. 그들의 외모는 평균적 동양 미인의 모습이라기보다는 서구인들이 오리엔탈리즘을 통해 만들어낸 동양 여성의 관습적 이미지에 불과하다.

물론 미국은 다인종 사회답게 다양한 외모의 사람들이 어울려 사는 나라다. 아이러니한 점은 다양한 외모가 다양한 아름다움을 만들지 못했다는 것이다. 미국 사회의 비주류라 할 수 있는 동양인과 흑인은 백인 주류 사회에 동화되기 위해 성형을 해왔다. 대표적 예가 마이클 잭슨일 것이다. 최근 들어와 비주류의 외모 따라잡기는 많이 사라진 게 사실이다. 그 대신 미국의 사회적 질병으로 일컬어지는 '비만'이 새로운 성형 트렌드 형성에 큰 몫을 하고 있다.

개척자와 이민자의 후손답게 미국인들은 전 세계에서 성형을 가장 많이 하고 있다. 미국성형협회(ASAPS)에 따르면 2006~

2008년, 22만 명이 넘는 사람들이 성형을 했고, 이는 10년 전보다 무려 457퍼센트가 증가한 것이라고 한다. 연령별로 보면 35세에서 50세 사이의 성형 인구가 46퍼센트로 가장 많다. 그리고 19세에서 34세 사이가 21퍼센트로 2위를 차지했다. 이 조사에서 눈여겨볼 대목은 남성 성형 인구가 전년 대비 17퍼센트나 증가했다는 사실이다. 미국 남성의 77퍼센트가 성형을 찬성 혹은 고려하고 있고, 79퍼센트는 주변인들에게 성형한 사실을 당당하게 밝힐 수 있다고 대답했다.

그렇다면 미국인들에게 가장 인기 있는 성형 시술은 무엇일까? 외과 시술 1위는 단연 지방 흡입이다. 비만이 사회적 질병이된 나라이기에 당연한 결과라고 생각할 수 있겠지만 그 속내를들여다보면 조금 다른 측면이 엿보인다. 비만을 사회적 질병이라고 부르는 까닭은 단순히 비만 인구가 많기 때문만은 아니다. 비만의 원인에는 보다 심각한 사회적 맥락이 닿아 있다. 비만의원인이 되는 햄버거나 패스트푸드, 가공식품 등 정크푸드를 섭취하는 많은 사람들은 미국 사회의 저소득 빈곤 계층에 속한다. 결국 비만의 사회학은 비만을 단순히 각종 성인병의 원인이라는 병리학적 관점으로만 읽을 수 없게 한다.

비만 해결이 국가의 정책적 과제로 부각된 미국 사회에서 몸은 사회적 지위를 드러내는 지표로서 기능한다. 비만한 몸은 게으름과 가난을, 날씬한 몸은 부지런함과 부富를 표시하는 것으로 읽힌다. 비만하면 할수록 그 사람은 가난할 사람이거나 가난한 사람으로 보일 가능성이 높다. 더군다나 미국은 의료보험이 부실한 것으로 악명 높다.

민영 의료보험의 적용 대상이 아닌 비싼 성형수술과 지방 흡입술을 받을 수 있는 사람은 중산층 이상이다. 비만이지만 가난한 사람은 지방 흡입 수술을 받기 어렵다. 미국 사회에서 비만은 사회적 질병인 동시에 사회적 '구별 짓기'의 수단이 된다.

지방 흡입 수술 다음으로 미국인들이 많이 받는 성형수술은 가슴 확대술이다. 미국식품의약국(FDA)에서 실리콘 삽입을 공식적으로 허용한 이후 지젤 번천, 파멜라 앤더슨, 브리트니 스피어스의 가슴을 닮고 싶어 하는 여성들이 망설임 없이 가슴 성형을 감행하고 있다. 남성들 역시 아널드 슈워제네거나 브래드 피트 같은 탄탄한 가슴을 만들기 위해 성형외과를 찾고 있다.

가슴 성형에 있어서는 영국도 빼놓을 수 없다. 영국인들이 가장 많이 받는 성형수술이 바로 가슴 확대술이다. 최근까지 성형수술을 '천박한 미국인들이나 하는 짓'으로 여겼던 영국에서 가슴 확대 수술이 붐을 이루게 된 데는 유명 배우나 가수, 모델 등의 영향이 크다.

미국에서 세 번째로 인기 있는 시술은 의외로 상안검(눈꺼풀) 수술이다. 눈매가 크고 또렷한 서양인들이 눈꺼풀 수술을 하는 이유는 동양인들과는 차이가 있다. 그들은 주로 눈 주변의 지방과 주름을 제거하고 눈꺼풀 처짐을 개선하기 위해 눈꺼풀 수술을 한다. 미국 여성이 가장 이상적으로 생각하는 눈은 영화배우 안젤리나 졸리의 눈이라고 한다. 그 다음은 캐서린 제타존스와 데미 무어 순이고, 남성은 조지 클루니와 브래드 피트, 벤 애플렉 순으로 조사됐다. 외모는 물론 자신의 재능과 부를 과시하는 데 주저함이 없는 할리우드 스타의 영향력이 성형수술에도 유감없이 발휘되고 있는 셈이다.

미국인들이 네 번째로 많이 하는 성형수술은 복부 지방 절제술이다. 주로 급격한 체중 감량이나 출산으로 인해 늘어진 피부 혹은 남아 있는 지방을 제거하기 위한 것이다. 한편 칼을 사용하지 않는 비외과적 시술로 가장 많은 사람이 선호하는 것은 역시 보톡스다. 시술이 간단하고 상처가 남지 않으며, 일상생활에 지장을 주지 않기 때문이다. 다음으로는 '쁘띠성형'으로 잘 알려진 필러와 레이저 제모, 박피, 레이저 재생술이 뒤를 잇고 있다.

그러나 무엇보다 중요한 것은 지속적인 관리다. 우리는 흔히 뉴스에서 망가진 할리우드 스타의 모습을 보게 된다. 한때 최고의 섹시 배우로 군림했던 샤론 스톤의 사진이 공개되었다. 늘어진 뱃살과 탄력을 잃어버린 피부는 많은 사람들을 놀라게 했다. 어쩌면 샤론 스톤도 이제 50대 중반으로 접어들었기 때문이라고 쉽게 이야기할 수 있을지 모른다. 그러나 2009년 프랑스 잡지에 실린 샤론 스톤은 예전의 섹시함과 매력을 자랑했었다. 불과 몇 년 사이에 변한 것은 그녀가 지속적인 관리에 실패했기 때문이다. 세상에는 영원이 존재하지 않는다. 근육질을 자랑하던 왕년의 액션배우도 관리하지 않으면 배불뚝이 중년으로 변한다. 미모를 유지하는 것은 꾸준한 관리에 있다.

꾸준한 관리를 통해 아직도 미모를 유지하는 대표적인 배우로 라켈 웰치를 들 수 있을 것이다. 그녀는 1960~70년대를 대표하는 섹시스타, 20세기 최고의 섹시스타로 불렸다. 007시리즈의 본드걸로도 출연했으니 그녀의 인기를 짐작할 만하다. 더욱 놀라운 것은 2011년 미국 남성 잡지인 〈멘즈 헬스〉가 실시한 온라인 투표 '역대 가장 인기 있는 여성(the hottest woman of all time)'에서 메릴린 먼로, 브리트니 스피어스, 마돈나, 안젤리나 졸리를 제치고 2위를 차지했다는 것이다. 1위는 제니퍼 애니스턴이었다. 그런데 더욱 놀라운 것은 라켈 웰치의 나이가 71세였다는 사실이다. 라켈 웰치는 70대의 나이에 지금도 30~40대의 모습을 유지하고 있다. 그녀가 보여주는 것은 관리의 중요성이다.

하지만 미국에서 지속적인 의료 서비스를 받기는 힘들다. 마이클 무어 감독의 다큐멘터리 영화 〈식코〉에서 볼 수 있듯이, 미국에서는 민간 의료보험에 가입한 사람들조차 제대로 된 의료 서비스를 받기가 힘들다. 성형도 예외가 아니다. 이에 최근 미국에서는 '성형 휴가'가 급부상하고 있다. '싸고 질 좋은' 성형을 받기 위해 멕시코, 브라질 등지로 휴가 여행을 떠나는 것이다.

저렴한 가격으로 성형수술을 받을 수 있는 데다 휴가까지 즐길 수 있으니 언뜻 일석이조로 보인다. 하지만 자본주의사회에서 잔뼈가 굵은 사람이라면 '싸고 질 좋은' 것이 무엇을 뜻하는지 무릇 의심해봐야 할 터다.

중국 | 아름다움도 자본이다

지금 중국의 가장 큰 고민은 무엇일까? 중국에는 한국 인구보다 많은 백만장자가 있다. 동시에 그보다 더 많은 절대 빈곤 계층이 존재한다. 미국과 함께 G2라 불리며 '대국굴기'의 꿈을 키우는 중국의 가장 큰 딜레마이자 해결 과제는 바로 빈부 격차 해소다.

양극화 현상은 경제뿐 아니라 사회 곳곳에서 일어나고 있다. 성형도 예외는 아니다. 나는 자주 베이징과 상하이로 출장을 간다. 성형수술을 해주기 위해서다. 때로는 중국 성형의들이 나를 찾아와 성형 기술을 배워가기도 한다. 몇몇 성형의는 중국의 동료 성형의에게 받은 성형 결과가 만족스럽지 않아 내게 재수술을 받고 가기까지 했다. 물론 이러한 현상이 중국의 의학 수준을 대표하는 것은 아니다. 어렵지 않게 우주선을 쏘아 올리는 나라가 중국이다. 마찬가지로 중국의 의학은 세계 최고 수준이다. 다만 세계 최고 수준의 중국 의학이 자본주의 시장 원리, 경쟁 원리에 밀착하지 못한 결과 성형수술만큼은 빠르게 발전하지 못했다.

내가 보기에 중국인들은 이제 막 성형을 알게 되었고, 늦은 만큼 성형에 더욱 매료되는 듯하다. 물론 중국에서 일반인들이 성형수술을 받기에는 경제적 무리가 뒤따르는 것도 사실이다. 하지만 많은 중국인들이 성형을 하고 싶어 하고, 성형을 하면 뭔가 달라질 수 있으리라는 기대를 가지고 있다. 이러한 현상은 하나의 풍조, 사회적 트렌드가 되고 있다.

　　나는 여기서 대한민국, 중국, 일본의 묘한 상관관계를 발견했다. 일본은 1964년 도쿄올림픽을 계기로 경제대국으로 발돋움한다. 그와 함께 성형수술이 급격히 증가했다. 이러한 현상은 대한민국에서도 동일하게 반복된다. 1988년 서울올림픽 이후 대한민국은 새로운 전기를 맞는다. 내가 성형외과를 개업한 해가 1991년이다. 대한민국에서 성형이 일반화되기 시작한 것도 그때쯤이다. 중국은 2008년 베이징올림픽을 개최했다. 올림픽 이후 중국은 세계 경제를 좌지우지하는 패권 국가를 향해 나아가고 있다.

　　현재 중국인들의 가장 큰 삶의 목표 가운데 하나는 부의 획득이다. 중국인들이 가장 좋아하는 숫자는 8이다. 8의 중국 발음이 돈을 번다는 의미의 '파차이發財'의 '파發'와 비슷하기 때문이다. 부의 획득과 함께 부의 소비에 대한 관념 역시 변하고 있다. 중국인들은 이제 더 이상 돈을 벽장 사이에 감추지 않는다. 미래를 위해 투자하고 자신을 위해 소비한다. 그 소비의 한 축에 아름다움에 대한 욕구가 자리한다. 더 예뻐지기 위해 부를 소비하는 중국인들이 늘고 있는 것이다.

중국의 상당수 대학생들은 외모가 좋은 직장을 얻는 요인 중하나라고 생각한다. 그래서 학생들 중 60퍼센트 정도가 취업 경쟁력을 높이기 위해 성형수술을 받고 싶어 한다. 그 결과 중국의 학생들은 잠재적으로 가장 큰 성형수술 소비자군으로 인식되고 있다.

웃고 넘길 수만은 없는 일화가 있다. 한 농촌 출신 여학생이 병을 고치기 위해 수술을 받는 김에 '더 나은 생존을 위해' 성형수술도 함께 받았다. 가난했던 그녀의 아버지는 거금 8,000위안(160만 원 정도)을 빌려 수술비를 댔다고 한다.

이러한 현상은 중국의 실업률을 반증한다. 얼마 전 중국에서 방영이 금지된 〈워쥐蝸居〉라는 드라마가 있었다. '워쥐'는 달팽이집이라는 뜻이다. 드라마는 취업을 하지 못한 가난한 청년들이 달팽이집 같은 좁은 집에서 생활하는 모습을 그렸다. 드라마에서 높은 경쟁률을 뚫고 좋은 직장을 구하기 위해 등장한 또 다른 무기가 외모다. 실제로 중국에는 취업 후 3년 동안은 연애도 결혼도 하지 말 것을 요구하는 회사가 있는가 하면, 남장을 하는 여자, 가슴이 드러나고 등이 노출되게 사진을 찍어 면접관의 마음을 움직이는 수법을 사용하는 등 취업 택태가 나타나고 있다.

내가 보기에 중국의 성형수술은 두 가지 목적으로 이뤄진다.

하나는 단순히 예뻐지기 위해서고, 다른 하나는 살아남기 위해서다. 부유한 중국인들은 비행기를 타고 한국에 오는 것을 주저하지 않는다. 한국에서 수술을 받고 돌아가던 중국 여성이 확연히 달라진 외모 때문에 재입국 때 다른 사람으로 오인 받았다는 이야기는 식상할 정도다.

중국인들은 한꺼번에 수술하는 것을 선호한다. 마치 세트 메뉴를 고르듯 얼굴에서 몸까지 전체적으로 수술 받으려는 경우가 많다. 물론 한국과 마찬가지로 쌍꺼풀과 코 수술을 가장 많이 하지만 일반적으로 중국인들은 전체적인 모습을 한 번에 바꾸고 싶어 한다. 베이징의 백화점에서 옷을 고르던 중국 여성이 마네킹이 입은 옷 전체를 쇼핑했다는 말을 들은 적이 있다. 물론 이런 사람들은 충분한 부를 소유한 경우다.

부유하지는 않지만 성형을 통해 인생의 돌파구를 찾으려는 경우가 있다. 바로 예뻐져서 살아남기 위한 경우다. 이러한 현상은 중국에서도 외모가 하나의 자본으로 자리 잡았음을 말해준다.

많은 사회학자들과 페미니스트들이 성형수술로 인한 여성의 대상화와 자기 소외 등에 우려를 표한다. 그러나 문제는 자유이며 자유의 행사가 가능해지는 조건이다. 개인이 자기의 능력대로 돈을 자유롭게 벌 수 있는, 다시 말해 자신의 능력에 맞추어 자원을 획득할 수 있는 기회가 공평하게 보장된 사회가 자본주의사회의 이상이다. 그러나 현실은 많이 다르다. 부모의 재력에 따라, 인맥과 교육 수준에 따라 경쟁력이 결정되어 버리는 것이다. 내가 가장 가슴 아픈 것은 외모 때문에 사회에서 당연히 받아야 할 기회를 얻지 못하는 사람들이다. 그건 한국이나 중국 모두 마찬가지다.

일본 | 축소 지향형, 안전 지향형

예전 이어령 교수는 일본을 '축소 지향형의 나라'로 정의했다. '축소 지향'이라는 키워드는 일본의 고전, 역사는 물론 과거 및 현재의 과학기술과 산업 분야를 아우른다. 일본인은 부채나 가면, 도시락 등에 세상을 축소한 풍경을 담아낸다. 또한 산업 문화에서도 일본인들은 축소 지향의 잠재적 의식을 많이 표출한다.

한편, 미국의 인류학자 루스 베네딕트는 일본 문화의 특성을 '국화'와 '칼'이라는 두 가지 극단적인 상징으로 규정했다. 일본인은 아름다움을 사랑하고 예술가를 존경하는 동시에, 칼을 숭배하고 무사에게 최고의 영예를 돌리는 민족이라는 것이다.

런던대학교 타이먼 스크리치 교수는 《에도의 몸을 열다》라는 책에서 또 다른 '칼'을 이야기한다. 바로 18세기 네덜란드로부터 들여온 '서양 가위'와 '메스'다. 패러다임의 전환을 겪은 일본에서 사무라이의 칼은 힘을 잃었다. 무사의 칼은 더 이상 환영받는 존재가 아니었으며, 유곽에 들어갈 때도 자신을 상징하는 칼을 내려놓아야 하는 굴욕을 당했다. 사무라이들은 차라리 상인이나 의사로 변장했다. 사무라이의 몰락과 함께 칼 역시 구시대의 유물로 취급되었다. 그러던 일본인들이 네덜란드의 가위와 메스를 만났다. 에도 사람들은 잘 드는 서양 칼에 금세 매료되었다. 병을 고친다는 명목으로 사람의 몸을 가르는 메스에 묘한 두근거림을 느꼈던 것이다. 일본에서 메스와 외과는 흥분을 자아내는 이국적 상징으로 치부되었다.

동아시아 어느 나라보다 이른 시기에 서양의 외과를 경험했지만, 외과가 본격 의학으로 받아들여진 것은 더 이후의 일이다. 하지만 일본이 '칼'과 특별한 인연이 있는 것만큼은 틀림없어 보인다.

그럼 '축소 지향'과 '국화'와 '칼'로 비유되는 일본인의 성향은 성형에서 어떻게 드러날까? 나는 성형에 대한 일본인의 양면적인 태도를 먼저 말하고 싶다. 국화와 칼은 물론, 축소를 지향하는 것 역시 그럴 수밖에 없는 현실적 조건에서 비롯된 양면성의 다른 표현이다. 넓은 집과 영토, 자연을 향유하고 싶지만 현실은 그렇지 못하기 때문에 그것을 축소하여 소유하려는 것이다. 인위적으로 축소된 자연과 사물에 만족하는 것 같지만 사실 그들이 지향하는 것은 드넓은 현실이다.

축소와 확대를 오가는 양가적 태도는 성형 시술의 방법, 성형외과의 위치에서도 드러난다. 한국의 압구정 대로에는 이름 있는 성형외과들이 즐비하다. 그러나 일본의 성형외과는 사람들의 눈에 잘 띄지 않는 골목에 자리해 있다. 2009년 국제미용성형수술협회(ISAPS)의 조사에 의하면 일븐의 성형 인구는 세계 6위를 기록한다. 아시아에서는 첫 번째다 100명 중 3명이 성형을 하는 셈이니 하라주쿠나 신주쿠에 성형외과 몇 개쯤 있어도 이상할 것이 없다. 그러나 일본은 성형하고 싶은 욕구와 타인에게 들키고 싶지 않은 욕구가 공존하는 곳이다. 일본인들이 가까운 부산에 와서 '성형 쇼핑'을 하는 것은 상대적으로 저렴한 수술비와 함께 홀가분하게 남의 눈치 안 보고 성형을 할 수 있다는 편안함까지, 일석이조를 노린 게 아닐까.

일본 여성들은 성형에 대해 비교적 소극적이다. 대다수 일본인들이 성형을 고려할 때 가장 먼저 염두에 두는 것은 '안전제일'이다. 바꿔 말해, 위험하지 않다면 성형을 할 수 있고, 또 하고 싶다는 뜻이다. 그래서 일본인들은 상담 과정을 중요하게 여긴다. 수술 경험자의 이야기를 듣고 의사와 상담하며 여러 가지 사항들을 꼼꼼히 챙긴다. 이러한 안전 지향성의 영향인지 일본인들은 칼을 대는 수술보다는 주사로 효과를 볼 수 있는 '쁘띠성형'을 선호한다. 짧은 시간 내에 시술을 받을 수 있고, 성형 사실을 들킬 염려도 적기 때문이다.

라틴아메리카 | 미인은 만들어진다

한국인은 잘생겼는가? 그렇다. 한국인은 어느 인종이나 민족 못지않게 잘생겼다. 많은 외국인들이 한국인의 모습에서 자신감과 역동성을 발견한다. 식민지에서 독립한 나라 중 경제 발전과 민주주의라는 두 마리 토끼를 잡은 나라는 한국밖에 없다. 그런 나라의 국민이 자긍심과 자신감을 지니지 못한다면 도리어 이상한 일이다. 그러나 일제 식민지 시대로 거슬러 올라가면 전혀 딴판이다. 식민지 조선인의 외모를 '빌어먹을 상'으로 바라본 당대 지식인들을 어렵지 않게 찾아볼 수 있다. 특히 서구 유학을 경험한 조선의 인텔리들은 '민족적 외모'에 대한 자기 비하가 다반사였다.

소설가 이광수는 1926년 〈매일신보〉에 발표한 글에서 "빛나는 눈동자에 예리한 기운이 가득하고, 바싹 다문 입에 의지력이 담겨 있으며, 나체를 보면 가슴이 볼록 나오고 양 어깨에 근육이 울뚝불뚝하여 단단하기가 돌 같았다. 그래서 일본인은 책상물림이라도 하루 100리를 달릴 수 있고, 전쟁이 일어나면 즉시 총과 배낭을 메고 풍찬노숙을 견딜 수 있다." 그에 비해 조선인은 "눈동자는 풀렸고, 입은 헤 벌어졌으며, 팔다리는 늘어졌고, 가슴이 움푹 들어가고 걸음걸이에 기력이 없고, 안색은 누랬다. 조선인의 용모에서는 쇠퇴할 쇠衰 자, 궁색할 궁窮 자, 천박할 천賤 자가 화인 찍힌 듯 보였다."

조선인의 얼굴에서 쇠퇴, 궁색, 천박을 읽어내는 이광수의 눈은 제국주의자들의 눈, 바로 그것이었다. 인종주의와 사회진화론으로 무장한 서구의 제국주의자들은 비서구 식민지인들의 '인종적 열등'을 식민지 지배의 정당성으로 내세웠다. 식민지 피지배인들은 지배자들보다 지적·육체적으로 열등한 존재로 여겨졌고, 그런 열등성은 당시 아시아, 아프리카 등지에서 증명된 '과학적 사실'로 간주되었다. 서구 제국주의자의 눈을 이식한 일본 제국주의자들, 그리고 그들의 눈을 복제한 이광수에게 조선인은 비참한 나락에 빠질 만한 운명적 용모를 지닌 존재였던 것이다.

이광수 발언의 맥락과 진정성을 따져 물을 수도 있을 것이다. 그 답은 이광수를 연구하는 학자들에게 듣자. 나는 식민지 시대에 그런 말을 들어야만 했던 조선 민중의 무력함이 애처로울 따름이다. 지금 이광수가 되살아나 같은 말을 한다면 어떨까? 현재 우리 사회에서 이광수와 같은 '용맹한 지식인'은 찾기 힘들다. 그러나 라틴아메리카는 사정이 다르다.

500여 년 전 스페인 정복자들은 잉카의 수도였던 쿠스코에서부터 멕시코의 아스테카와 마야문명에 이르기까지, 1만 년 이상 이어져온 대부분의 원주민 문명을 무참히 그리고 신속하게 유린했다. 더불어 자신들의 사상과 종교, 가치관과 세계관을 문명의 폐허 위에 덮어씌웠다. 수세기가 지난 지금도 폭력과 파괴의 상처는 라틴아메리카의 사회문화적 정체성 한가운데 도사리고 있다. 그중에서 가장 문제가 되는 것은 인종적 열등감이다. 유럽 출신 백인의 피를 물려받은 크리오요, 라틴아메리카에서 출생한 백인들과 소수 백인이 정치·경제·사회·문화의 주도권을 장악함으로써 라틴아메리카의 원주민과 메스티소, 에스파냐계 백인과 인디오와의 혼혈들은 인종적 열등감이라는 감옥에 갇히고 말았다. 인종적 열등감과 구별 짓기는 외모 따라잡기로 이어진다.

페루 전체 인구의 80퍼센트를 차지하는 원주민과 메스티소들은 우선 백인과 크리오요에 대해 외모적 열등감을 느끼게 된다. 열등감을 확대 재생산하는 매체는 매스미디어다. 페루에서 인기리에 방영 중인 한 텔레비전 드라마의 광고가 열등감에 불을 지폈다. 광고에는 흰 피부에 푸른 눈, 갈색머리의 모델들이 등장한다. 광고 이미지에 반복적으로 노출된 메스티소 여인들은 '백인처럼' 보이는 머리 손질과 화장법, 성형수술 등을 고민하게 된다. 권력의 불평등이 외모로 드러나는 사회에서 외모 꾸미기와 성형수술은, 설사 그것이 자기 충족적 환상에 불과하더라도, 계층 이동을 꿈꾸는 사람들의 자구책이다.

2009년 국제미용성형수술협회의 조사에 의하면 멕시코와 브라질은 세계에서 성형수술을 가장 많이 하는 나라 2, 3위를 각각 차지했다. 미국인이 성형 휴가를 위해 가장 많이 찾는 나라가 멕시코와 브라질이라는 사실은 현지인들의 거센 성형 열풍을 짐작케 한다.

브라질의 2008년 미용성형 횟수는 약 15만 7,500여 건으로 추산된다. 이는 2006년 대비 17.4퍼센트 성장한 결과로, 역시 자국민의 성형 인구와 미국, 영국, 독일, 호주 등에서 성형 여행을 온 관광객들이 늘어난 결과다. 브라질에서 가장 인기 있는 시술은 지방 흡입과 몸매 수정이고, 다음으로 가슴과 얼굴 축소, 코, 눈 성형이 뒤를 잇는다.

브라질의 경우, 눈여겨볼 대목이 바로 지방 흡입이다. 브라질의 전통적 미인 기준은 작은 가슴과 풍만한 하체였다. 1950년대 중반 미스브라질 출신 마르타 로차가 엉덩이와 넓적다리가 다소 풍만하다는 이유 때문에 미스유니버스 대회에서 준우승에 그치자 브라질에서는 서구적 취향에 대한 회의가 제기됐을 정도다. 그러나 최근 브라질 정부가 내놓은 자료에 의하면 식욕억제제 복용 인구가 2001년과 2005년 사이에 2배로 증가해 브라질이 세계 제1의 다이어트 알약 소비국으로 부상했다고 한다.

'풍만함이 부의 상징이고 수척함은 공포의 대상'이라는 전통적인 가치관이 사라지고 있는 것이다. 풍만함에 대한 미학적 가치 부여는 '북반구로부터 건너온 이미지'인 백인 모델들에 의해 밀려나고 있다. 바비 인형과 닮은 세계적 톱모델 지젤 번천으로 인해 수천 명의 10대 소녀들이 모델학교와 모델 선발 대회에 몰려들기도 했다.

하지만 큰 키에 가늘고 긴 손발, 풍만한 가슴을 지닌 금발 여성 이미지와 브라질은 어울리지 않는다는 반발 여론도 만만치 않다. 또 저소득층이 많이 사는 아마존과 북동부 지역에서는 아직까지 풍만한 육체가 미덕으로 여겨진다. 전문가들 역시 계급과 인종에 상관없이 브라질 남성들은 호리호리한 몸매의 여성보다 전체적으로 살이 있고 엉덩이가 풍만한 여성을 선호한다는 점을 지적한다.

여기까지 보면 브라질에서는 전통적 미와 현대적 미가 작용과 반작용의 과정을 통해 아슬아슬한 타협점을 찾아가는 것처럼 보인다. 하지만 브라질 미적 기준의 변화 및 외모 따라잡기와 성형 문제는 여기서 그치지 않는다. 그중 하나가 저소득층 소비자를 확보하기 위한 성형 할부제도의 도입이다. 성형외과와 미용 산업 업체들이 저소득층을 상대로 '공격적 마케팅'을 펼치고 있는 것이다. 특히 상파울루 시 외곽 지역의 경우, 인기 있는 미용사들과 성형의들은 최고 25회 분할 지불 제도로 저소득층 소비자들을 끌어모으고 있다.

성형수술에 대한 찬반 논란이 일고 있는 브라질과 달리, 베네수엘라는 성형수술이 보편화된 나라다. '세계 최고의 미인 국가'라는 칭호를 들을 만큼 많은 국제 미인대회 수상자를 배출하고 있는 베네수엘라는 가장 적극적인 성형수술 옹호자들의 나라이기도 하다. 베네수엘라에는 어릴 때부터 여자아이에게 '미녀의 꿈'을 갖게 하는 독특한 사회적 분위기가 존재한다. 전체 인구의 90퍼센트가 빈민층인 베네수엘라에서 '미인'이라는 공식적인 인정은 여성에게 부와 명예를 보장하는 최고의 자격증이자 기회다.

베네수엘라에서 미인은 태어나는 게 아니라 만들어지는 존재다. 베네수엘라 여성들은 미인으로 태어났더라도 더 아름다워지기 위해 전신 성형을 불사한다. 또 세계 미인대회 수상자의 90퍼센트 이상을 배출한 미인 사관학교 '긴따 미스베네수엘라'의 입학 경쟁률은 수천 대 1이 넘는다. 일단 입학하는 것만으로도 미스베네수엘라가 되고자 하는 꿈의 절반은 이루어진다는 믿음 때문이다. 부모 역시 완벽한 외모를 물려주지 못해 미안해할 뿐 자식의 성형수술에 반대하지 않는다.

베네수엘라는 외모를 경쟁력의 하나로 간주하는 사회다. 우리가 살고 있는 자본주의사회에서 개인의 경쟁력이란 개인이 지닌 사용 가능한 모든 자본이라고 불러도 좋을 것이다. 경제학자라면 자본주의사회에서 경쟁력을 가르는 가장 중요한 기준을 돈의 많고 적음에 놓을 것이다. 이 경우 돈은 경제적 자본이 된다. 하지만 돈만이 중요한 자본의 역할을 하는 것은 아니다. 학연·지연·혼연婚緣과 같은 사회적 자본이 소위 경쟁력의 한 축을 담당한다. 더불어 문화적 소양, 인문학적 교양, 예술을 즐길 수 있는 능력과 개성적인 취향 등과 같은 문화적 자본도 역시 개인에게 중요한, 그리고 개인이 얻고자 하는 자본이다.

그럼 현실에서 개인의 경쟁력으로 평가되는 외모는 어떤 자본일까? 외모는 돈과 인맥, 교양이나 세련된 문화적 취향이 아닌 생물학적 영역에 포함되는 자원이다. 경제·사회·문화적 자본은 후천적으로 축적하고 만들 수 있는 반면, 선천적으로 타고난 외모 혹은 신체적 우열은 부와 명예보다 얻기 힘들고, 변경이나 획득이 불가능한 자원이다. 성형수술이 발달하기 전, 아름다운 외모는 다른 어떤 자원으로도 대체할 수 없는 특별한 자본이었다.

공정한 사회의 가장 기본적인 조건은 기회의 평등이다. 반면, 불공정한 사회란 자신이 아닌 부모의 자본, 즉 재력이나 지위, 또는 인맥이나 학벌에 따라 그 사람의 사회적 지위가 결정되어버리는 사회다.

베네수엘라의 부모들이 가장 가슴 아파하는 것은 자식에게 완벽한 외모를 물려주지 못해서가 아니라 더 나은 외모를 갖추게 해줄 만큼의 뒷바라지를 해주지 못해서다. 베네수엘라에서는 외모가, 우리나라에서는 교육이, 신분 상승을 위한 획득 가능한 자본인 것이다.

까마귀는 무엇을 잘못했을까?

어느 날 한 기업의 취업 공고에 다음과 같은 문구가 나붙었다고 가정해보자.

'쌩얼 면접, 성형미인 사절.'

성형 공화국의 역사와 국민 모두를 한순간 배제해버리는 '천연의 폭력성'을 느낄 수 있지 않은가? 화장과 성형 등을 통해 아름다워질 수 있는 가능성을 원천 봉쇄한 사회, 만들어진 아름다움을 부인하는 사회는 또 뭐란 말인가?

이솝 우화의 〈왕이 되고 싶은 까마귀〉에서 가장 아름다운 새가 왕으로 추대되는 날, 까마귀는 각종 새의 깃털로 몸을 치장한다. 새들은 까마귀의 아름다움에 반해 그를 왕으로 뽑는다. 거만해진 까마귀는 거드름을 피우다 결국 남의 깃털로 치장한 사실을 들키게 되고, 부끄러움에 숲을 떠난다.

까마귀의 잘못, 아니 부끄러움은 어디에 기인하고 있을까? 숲에 떨어진 깃털을 주워 자신의 몸을 치장한 점? 꾸민 외모로 왕에 뽑힌 사실? 내가 보기에 까마귀의 잘못은 자신의 모습을 부끄러워했다는 데 있다.

검은 것은 검을수록 아름답다는 자신만의 원칙을 고수하지 못한 나약함도 지적할 수 있겠다. 까마귀 이야기는 서구의 인종주의를 내면화한 비서구의 식민지인들을 떠올린다. 1960년대 미국 사회를 휩쓸었던 흑인 인권운동가들이 그렇게 목이 터져

라 외친 구호가 "검은 것은 아름답다!(Black is beautiful!)"였다. 그건 스스로에 대한 긍정이었다. 자신에 대한 긍정, 자존감은 아름다운 외모의 기초가 된다.

미모가 하나의 자원, 혹은 경쟁력이라면 왜 미모를 얻으려는 적극적인 노력을 저열한 행위로 비난하는가. 아름다움이 돈을 주고 얻는 구매 행위가 되어서? 그렇다면 당신은 소비를 통해 얻는 즐거움 거의 대부분을 자기기만과 환상에 불과하다고 선언한 후에 금욕주의를 실천해야 할 것이다.

치아 교정을 하는 사람을 보자. 교정이 올바르지 못하다고 여기는 사람은 거의 없을 것이다. 치아 교정을 하는 동안에는 교정기를 부착하고 아름답지 못한 시간과 불편함을 감수해야 한다. 만약 안면윤곽술이 얼굴에 교정기 같은 것을 덕지덕지 부착하고 오랜 시간을 보내야 하는 것이라면 그렇게 힘들게 얻은 아름다움은 비교적 정당한 대가로 간주할 사람들이 많아질 것이다. 여기에 핵심이 있다. 쉽고, 빠르고, 간편하게 얻을 수 있는 아름다움은 진정한 아름다움이 아니라는 엄숙주의와 금욕주의는 시대착오적이다.

새로운 성형 패러다임, 안티에이징

세상의 모든 것은 변한다. 성형 역시 마찬가지다. 미래의 성형은 지금과는 또 다를 것이다. 아름답고자 하는 욕구는 나이를 가리지 않는다. 평생을 아름답고자 하는 것이 사람의 욕구다. 지금까지 성형의 주류가 젊은 여성이었다면 미래의 성형은 평생 성형이 될지도 모른다. 나는 새로운 성형 패러다임의 단초를 노인 성형에서 발견하게 되었다.

2년 전 간이식을 했던 50대 환자가 쌍꺼풀 수술을 하고 싶다며 찾아왔다. 남들이 들으면 주책이다, 살 만한가 보다고 여길 것이다. 하지만 나는 먼저 진심으로 축하해주었다. 그리고 무엇을 준비해야 하는지, 무엇이 필요한지에 대해 긴 이야기를 나누었다.

나이 든 사람들은 무엇을 해야 할지 잘 모른다. 단지 눈가와 이마의 주름살만 없으면 좋겠다고 이야기한다. 눈가와 이마의 주름살을 개선하는 것은 어찌 보면 간단한 일이다. 그러나 얼굴은 조화다. 이마와 눈가는 팽팽한데 볼과 턱이 처져 있는 얼굴이라면 이는 분명 기형적이다. 얼굴의 조화를 고려해서 하나씩 조금씩 만져가야 하는 게 또한 노인 성형의 관건이다. 이때 환자는 배우고 경험해야 하고, 의사는 친절하고 참을성 있게 기다려야 한다.

그 환자와 대화를 나누면서 나는 모처럼 편안했다. 모든 것을 다 알고 나타나 의사를 하수인 취급하며 명령하는 일부 환자와는 확실히 달랐다. 그 후 그는 정말 새로운 삶을 시작했다. 얼굴의 변화가 마음의 변화를 이끈 것이다. 새로운 성형의 패러다임은 나이에 상관없이 자신을 찾아가는 데 있다.

'안티에이징'이라는 차별

몸짱 열풍에 이어 동안 열풍이 한동안 우리 사회를 거세게 흔들었다. 도저히 그 나이의 얼굴이라고는 여겨지지 않는 사람들이 텔레비전에 나와 누가 더 동안인지 겨루는 프로그램이 인기리에 방영되기도 했다. 출연자들이 실제 나이를 밝히면 어떻게 관리를 했을까, 탄식이 흘러나왔다. 그런 과정을 지켜보며 나는 너무 허전했다.

무언가 중요한 것이 빠져 있었다. 텔레비전 프로그램은 너무 현상에만 집중하고 있었다. 노안과 동안, 그리고 '안티에이징(anti‒aging)'에 대해서는 아무런 언급도 하지 않았다. 동안 열풍은 마치 '안티-노안'을 전제로 한 듯하다. 나이보다 늙어 보인다면 부끄러운 일일까? 나이 들어 늙는다는 게 '안티'의 대상이 될 수 있을까?

'나이 듦에 대한 거부(anti‒aging)' 신드롬은 나이 차별이라는 또 다른 얼굴을 숨기고 있다. 젊음과 늙음은 서로 대립되는 가치 개념이 아니다. 더불어 젊다는 것은 육체적 측면만으로는 정의될 수 없는 정신적 가치를 지니고 있다. 그럼에도 정작 노인들에 대한 사회적 존중과 존경은 엷어지고 있다. '노인의 지혜'란 인디언 전설에나 나오는 이야기처럼 여겨진다.

사람은 태어난 시점에서부터 누구나 늙어간다. 더 엄밀하게 말하자면 죽어간다. 늙음과 죽음은 모든 사람들에게 평등하게 다가오는 변화다. 아무리 동안이어도 늙어가는 자신의 모습을 발견하게 된다.

젊어지고 싶다는 욕구, 최소한 노화를 늦추고 싶은 욕구는 미용과 성형에 대한 더 큰 욕구를 낳을지도 모른다. 결국 '안티에이징'은 순환이다. 동안과 노안의 순환, 그리고 동안을 만들기 위한 미용에 대한 욕구의 순환이다. 굳이 칼을 대는 수술이 아니라 할

지라도 머리 모양을 바꾸고 화장을 하고 피부 관리를 받는 것처럼 사람들은 자신의 외모에 끊임없이 관심을 가진다. 외모에 대한 평생의 관심은 성형에서도 새로운 장을 열 것이란 생각이 든다.

노인을 위한 나라는 없다?

한국 사회는 이미 고령화사회로 진입했다. 반대로 출산율은 세계 최저를 갱신하고 있다. 어디선가 노인들이 불쑥불쑥 새로 나타나기라도 하는 것처럼, 20~30년 후에는 지하철의 노약자석과 보통석의 배분을 바꿔야 할지도 모른다고 야단법석을 떨고 있다.

말이야 바른말이지, 지금도 노약자석은 부족하다. 노인, 아이, 임산부, 장애인 등 모든 사회적 약자를 배려했다는 동방예의지국의 지하철 노약자석이 겨우 그 정도냐고 말하고 싶다. 더 나아가 노약자석이 있는 것 자체가 그리 자랑할 만한 일이 아니다. 노인과 임산부를 배려하는 문화가 있다면 외딴 섬 같은 노약자석이 따로 필요하지 않았을 것이다. 오히려 노인이나 임산부가 노약자석을 두고 왜 일반 좌석에 앉아 있느냐고 눈총을 준다고 하니, 쓸쓸하다.

매스컴도 공정하지 않다. 노인 인구가 늘어나 '다이내믹 코리아'의 활력이 떨어지고 있으며, 노인들의 연금과 의료비 등으로 국가의 여러 재원이 바닥을 드러낸다고 경고를 멈추지 않는다.

그러나 여기에는 분명 함정이 존재한다.

정확하게 짚고 넘어가자. 노인은 증가하지 않는다. 다만 오래 남을 뿐이다. 그럼 왜 노인들은 오래 남아 더 큰 '무리'를 이룰까? 아니, 이루는 것처럼 보일까? 이 착시 현상의 이면에는 현실과 통계의 괴리가 놓여 있다. 불과 40여 년 전인 1960년대만 해도 한국인의 평균수명이 60세였지만 지금은 80세를 돌파했다. 의학자들은 평균수명이 100세 이상으로 늘어나는 것은 시간문제라고 말한다. 평균수명이 늘어난 만큼 노인 인구는 통계적으로 더 큰 비율을 차지하게 되었다.

60세에 하는 환갑잔치가 민폐로 여겨지는 시대다. 늙음이 꼭 축하 받을 일이냐는 물음에는 할 말이 없다. 하지만 60대 스스로도 나는 늙지 않았다고 생각하는 데는 이유가 있다. 노인이라는 규정에 반대하는 것이 아니라 노인 취급에 반대하는 것이다. 그들에겐 젊은이 못지않은 자신감과 열정, 그리고 살아오면서 축적한 경륜이 있다. 고령화 시대라는 규정에는 노인들에 대한 사회적 부담이 아닌 노인들의 역할에 대한 새로운 정의가 수반되어야 한다.

예전에 이야기하는 노인과 지금 이야기하는 노인은 다르다. 일생의 잔치였던 환갑을 치른다는 것이 이제는 조금 계면쩍은 일이 되어버렸다. 예전과 지금은 영양 상태가 다르고 환경이 다르다. 다른 환경에서는 그에 맞는 다른 패러다임이 적용되어야 한다.

　고령화사회, 노인들의 나라에서 반드시 고려해야 할 것은 수치에 불과한 평균수명이 아닌 삶의 질을 표시하는 건강 수명이다. 발 빠른 기업들은 100세 인생에 대비하는 다양한 상품을 내놓고 있다. 의학 역시 병의 치료에 주안점을 두던 치료의학에서 건강을 유지하는 데 도움을 주는 '웰빙의학'으로 변하고 있다. 고령화 시대에 성형수술은 삶의 한 단계에서 새로운 삶을 재건축하는 의미로 재해석되어야 한다.

나의 삶은 늙지 않는다

　노화의 시계는 평균 25세부터 작동하기 시작한다. 50세 정도에 이르면 얼굴 전체에 주름살이 생기고 날카롭던 턱 선은 긴장감을 잃는다. 눈꺼풀은 생기 없이 늘어져 눈동자를 가리고, 눈 밑 지방 주머니는 불룩하게 튀어나온다. 평균수명은 길어졌지만 노화 시계는 전과 다름없이 우리 신체 곳곳에 자신의 시간을 기록한다. 결국 특별한 동안이 아닌 우리 대부분은 40~50년을 노인의 얼굴로 살아가야 한다.

　마흔 이후 자신의 얼굴에 책임을 지라는 말처럼 얼굴은 그 사람이 살아온 자취를 간직한다. 또 사람들은 얼굴을 통해 많은 정보를 얻는다. 그 정보가 합리적이든 무의식적이든 간에 얼굴은 감출 수 없는 사실들을 담고 있다. 얼굴이 알려주는 여러 정보는 사랑하는 사람을 찾는 데도, 쓸 만한 인재를 고르는 데도 무시할 수 없는 변수로 작용한다.

여러 실험을 통해 가장 까다로운 선택과 판단이 이뤄지리라 기대했던 이성 간의 끌림 역시 순간적인 판단에 기초하는 것으로 드러났다. 순간적인 판단은 이성이 아닌 시각, 청각, 후각 등의 감각에 의존한다. 찰나에 감지되는 그 사람의 목소리가, 그 사람의 체취가, 그리고 무엇보다 그 사람의 얼굴이 나를 잡아끈다.

현대사회에서는 다른 어떤 감각보다 시각을 중요하게 여긴다. 시각 정보인 얼굴은 다른 사람과의 관계 형성에서 핵심적 역할을 한다. 그런 점에서 노안은 심각한 약점이 될 수 있다. 나이보다 늙어 보이는 얼굴은 제 나이보다 건강하지 못하다는 신호로 파악되기 쉽다. 더불어 남보다 고생을 많이 했다는 표시로 읽힐 가능성도 있다. 물론 이것은 노안에 대한, 혹은 노안이 불러일으키는 선입견이며, 인종차별과 다를 바 없는 편견이다. 그러나 '안티에이징'을 외치는 현실에서 노안과 노인이 받는 차별 또한 엄연히 존재한다.

노인들이 성형외과를 찾는 이유는 나이 듦에 대한 거부보다는 나이 차별에 대한 거부 때문이라고 보는 게 맞다. 중년 이후의 성형은 자신의 삶에 대한 자신감, 충실도, 만족도를 나타낸다. 자식들이 어버이날이나 생신 선물로 주름 제거 성형수술을 해준다는 것은 더 이상 화젯거리도 되지 않는다. 요즘은 나우족(New Old Wemen)이나 루비족(Refresh, Uncommon, Beauty, Young), 노무족(No More Uncle)처럼 40~50대가 넘어도 나이 들어 보이는 것을 거부하고 운동이나 성형수술 등으로 젊어 보이려 하는 사람들이 늘고 있다. 건강 수명을 유지하고, 새로운 삶의 활력을 찾고자 하는 것이다.

최근 성형계에 가장 두드러지는 특징 중 하나는 중년 남성 환자들이 증가하는 것이다. 조기 퇴직 이후에 뭔가 다른 삶을 살고자 외모의 '리디자인(redesign)'에서부터 인생 2막을 시작하려는 이들이 늘어나고 있기 때문이다. 과거에는 쑥스러워하며 안경이나 모자를 쓰고 왔던 이들이 이제는 당당하게 병원을 방문한다. 그리고 주름 없이 팽팽해진 얼굴과 매끄러워진 눈 밑 부분 덕분에 한결 젊어 보이는 것을 확인하고는 행복해한다.

물론 성형수술이 주름을 감추는 화장처럼 간단한 일은 아니다. 마술처럼 20대 얼굴로 되돌려주지도 않는다. 다만 충분히 자신의 얼굴을 관리하고 보완할 수 있음에도 나이 들어가는 얼굴을 수동적으로 받아들이는 것이 삶에 대한 긍정적인 태도는 아니라고 생각한다. 젊고 건강한 정신과 마음이 가장 중요하다. 그리고 얼굴이 젊어지면 마음도 젊어질 수 있다.

잃어버린 나를 찾아서

한국의 노인들은 대부분 '자기 배려'라는 삶의 기술을 모르고 살아왔다. 자기를 사랑하고, 자신에게 몰두하고, 자신을 돌보는 삶이란 늘 '다음 기회'로 밀어둔 채 자식만 보고, 앞만 보고 달려왔다. 성형은커녕 자신의 건강조차 제대로 돌보지 못한 사람들이 이 땅의 노인들이다.

지난 반세기 동안 한국은 생존의 문제를 해결하는 한편 생활의 질을 향상시키는 데 전력을 다해왔다. 의학 역시 국민 건강의 관점에서 질병의 치료와 예방에 집중해왔음은 물론이다. 20세기가 치료의학의 시대였다면 현대는 예방의학을 넘어 미용의학의 시대로 접어드는 과도기라 하겠다.

이는 앞서 말했듯 평균수명이 길어진 결과이기도 하다. 경제적 여건이 나아지고, 의료 기술이 발전하고, 영양 상태가 호전되면서 자연스럽게 평균수명도 늘었다. 평균수명이 늘고, 고령화 사회로 접어든 지금, 한편에서는 정년 연장에 대한 논의도 활발히 진행되고 있다. 그에 따라 사회적 활동 기간이 훨씬 길어질 전망이다. 비아그라 등의 개발로 노년의 성생활 역시 충분히 가능하게 되었다. 노년의 생활 방식과 활동 범위가 다른 차원으로 변하고 있는 지금, 우리 앞에는 '노년의 바람직한 삶이란 무엇인가'라는 문제가 놓여 있다. 성형의학 역시 건강한 몸과 더불어 아름다운 외모를 만들기 위한 미용의학의 중요성이 강화되는

쪽으로 나아가는 것은 자연스러운 변화라 하겠다.

나는 내 나이를 '새 사십(New Forty)'이라고 이야기한다. 거꾸로 읽으면 '14세'와 발음이 비슷하다. 내 나름의 우스갯소리지만 결코 허튼소리만은 아니다. 지금의 현실에서 나이 60은 새로운 40이다. 펄벅이 《대지》를 쓰던 시대, 메뚜기가 생존을 위협하던 시대, 먹고 사는 것이 문제였던 시대의 나이 60과는 다르다. 보편적 차원에서 생존의 문제가 해결되고 영양과 발육 상태가 좋아진 지금의 나이를 예전의 나이와 등치로 놓을 수는 없다.

호모사피엔스가 전 세계에 뿌리를 내리기 시작한 때는 4~5만 년 전부터다. 생각해보면 길다고만은 할 수 없는 시간이다. 원시 상태에서 지금의 문명을 쌓아온 기간은 25년을 한 세대로 잡아도 5만 년이면 2,000세대밖에 지나지 않았다. 하지만 그간 얼마나 많은 변화가 있었는가? 그리고 지난 100년 간 지식의 축적은 또 얼마나 엄청난 변화를 몰고 왔는가?

치료의학의 시대를 넘어 예방의학, 미용의학의 시대를 맞이하는 지금, 나는 '성형주치의'의 필요성을 진지하게 고민한다. 한 번의 수술로 모든 것을 해결할 수는 없다. 감기에 걸린 사람도 자신에게 잘 듣는 약이 있다고 이야기한다. 이 약, 저 약을 먹어보고 자신에게 맞는 약을 찾았을 터다. 그건 나와 가장 잘 어울리는 방법을 찾아가는 과정이다. 암 환자의 치료는 한 단계로 이루어지지 않는다. 여러 가지 치료법 중에서 가장 효과가 있는 치료법을 찾는다. 성형 역시 마찬가지다. 그 사람에게는 가장 잘 맞는 방법이 존재한다. 그 방법을 찾아서 그 사람을 가장 잘 아는 의사와 함께한다면 성형의 오차도 훨씬 더 줄일 수 있다.

그런데 많은 사람들이 성형에서만큼은 그 과정을 생략하고 싶어 한다. 한 번의 오차 때문에 다른 사람을 찾고 그곳에서 만족하지 못하면 또 다른 의사를 찾는다. 주치의란 그런 오차를 줄여 최적의 시술을 하는 사람이다. 자신의 아름다움을 가꾸고 잊고 있었던 자신의 아름다움을 찾아가기 위해서는 그런 과정이 꼭 필요할 것이다.

나는 지금껏 성형의학의 숨 가쁜 변화를 만들고 또 체험했다. 앞으로도 나는 성형의학의 새로운 변화를 현장에서 목격하고 체험할 것이다. 행운이다.

가장 드라마틱한 의학, 성형!

사람은 변한다. 그것이 사람이다. 변화는 사람의 모든 부분에 걸쳐 있다. 나이가 들고 몸이 커지고 다시 나이가 들고 몸이 움츠러드는 것도 변화다. 몸이 바뀌고, 마음이 바뀌고, 생각이 바뀌고, 자신과 세상을 바라보는 눈도 바뀐다. 살아 있는 것은 바뀐다.

　사람은 변화를 꿈꾼다. 사람이 변화를 꿈꾸는 까닭은 좋아지기 위함이다. 아픔을 치료하기 위해 병원을 찾는 것도 좋아지기 위함이다. 그러나 성형의학과 일반의학에는 결정적인 차이가 있다. 일반의학이 나빠진 몸을 원 상태로 복귀하기 위한 치료라면 성형의학은 현 상태에서 더 좋아지기 위한 치료다. 물론 성형도 치료의학의 한 분야다.

수술, 혹은 시술로 미학적 가치와 실용적 가치를 추구하는 게 성형의학이다. 지금부터 내가 지금껏 해왔던 경험과 연구를 소개하고자 한다. 눈 수술을 중심으로 얼마만큼 효과를 볼 수 있는지, 왜 성형의학이 가장 드라마틱한 의학인지 소개하고자 한다.

어울림은 아름답다

인간은 참으로 아름답게 창조된 존재다. 미세한 근육 하나하나와 온몸에 퍼져 있는 신경과 혈관, 두뇌와 장기를 비롯한 사람의 몸은 오묘함의 극치를 이룬다. 그건 얼굴도 마찬가지다. 눈동자 하나에 거의 모든 표정이 담겨 있다. 눈동자와 눈꺼풀의 움직임, 이마와 코와 입, 그리고 얼굴의 근육들은 사람의 희노애락을 모두 담아낸다.

그러나 가만히 살펴보면 사람의 얼굴을 구성하는 근육들은 모두 자신이 담당하고 있는 기능이 있다. 입으로 먹고 코로 냄새 맡고 눈으로 보는 것은 가장 기본적이고 중요한 기능일 것이다. 그건 얼굴을 움직이는 근육도 마찬가지다. 눈에는 눈을 뜨고 감게 하는 근육이 존재한다. 그런데 쌍꺼풀이 없는 사람은 그 근육을 잘 사용하지 못한다. 그러나 그렇다고 그 사람이 눈을 뜨고 감지 못하는 것은 아니다. 사람이 또 오묘한 것이 여기에 있다. 눈의 근육을 사용하지 못할 경우에 우리는 이마를 움직이게 된다. 이마는 눈을 뜨고 감는 비상 발전기와 같은 존재인 것이다.

비상 발전기는 말 그대로 특별한 상황에 이용하는 것이다. 이마는 놀람과 같은 표정을 만들 때 사용된다. 그런데 눈을 뜨기 위해 이마를 치켜올리고 그것을 반복하게 되면 이마에 주름이 생기면서 이마가 좁아진다. 눈을 뜰 때마다 이마의 전두근이 수축되기 때문인데, 그럼 이마에 주름이 생기고 얼굴 전체의 모습이 흐트러지게 된다.

쌍꺼풀 수술의 기본적인 목적은 근육의 기능을 되돌려놓는 것이다. 그런데 얼굴의 근육이 자신의 일을 하지 못하고 다른 일을 하게 되면서 얼굴에 변형이 생긴다. 눈의 근육을 사용해서 정상적으로 눈을 뜨고 감을 때, 얼굴은 본래의 모습을 되찾을 수 있다. 그래서 쌍꺼풀 수술은 단지 미용을 위해서만 이루어지지 않는다. 대표적인 예가 돌아가신 노무현 대통령이라고 할 수 있다. 노무현 대통령이 쌍꺼풀 수술을 받았다고 했을 때, 나는 의구심을 가졌다. 하지만 이마의 근육과 눈의 근육과의 상관관계를 생각하고는 그것이 당연한 일임을 알았다.

쌍꺼풀 수술은 우리가 생각하는 것만큼 그렇게 간단하지 않다. 단지 예뻐지기 위한 수술이 아닌 것이다. 심한 경우 갓 태어난 아이가 쌍꺼풀 수술을 받는 경우도 있다. 눈꺼풀이 눈을 덮어 약시가 되는 것을 방지하기 위해서다. 그런 경우가 아니라도 쌍꺼풀은 앞서 말한 것처럼 제대로 된 근육을 사용하게 만드는 수술이다. 심하게 눈을 가린 경우라면 고등학생이 될 때까지 기다리는 것이 아니라 얼굴의 균형을 위해서라도 더 일찍 해주는 것이 좋다. 이것은 핸드폰 같은 것이다.

핸드폰을 가지는 것은 필요하기 때문이다. 나이가 어리더라도 핸드폰이 필요하다면 부모는 아이에게 핸드폰을 쥐어준다. 쌍꺼풀 수술도 마찬가지다. 그것이 필요하면 나이와 상관없이 수술을 해주어야 하는 것이다. 단지 예뻐지기 위해서가 아니라 얼굴과 얼굴의 근육을 위해서 말이다.

그렇다. 쌍꺼풀 수술은 예뻐지기 이전에 우리의 얼굴을 정상적으로 회복시켜 주는 역할을 하는 것이었다. 그리고 또한 예뻐진다는 또 하나의 결과를 얻을 수 있는 수술인 것이다. 그런데 나는 쌍꺼풀 수술을 통해서 얼굴이 아니라 눈에만 집착하는 사람을 마주하게 된다.

쌍꺼풀 수술을 하는 목적이 무엇일까? 첫 번째는 얼굴의 근육이 제 역할을 하도록 해서 정상적인 얼굴을 만드는 것이다. 두 번째는 정상적인 얼굴을 통해 아름다운 얼굴을 얻기 위해서일 터다. 그런데 쌍꺼풀 수술을 하고 얼굴을 보는 대신 눈만을 보는 사람들이 있다. 그건 아름다운 숲을 만들기 위해서 나무를 심었는데, 숲을 보지 않고 나무 한 그루만 보는 것과 같다.

돋보기를 갖다 대듯 거울을 눈 바로 앞에 갖다 대고 눈만을 바라본다. 영점 몇 밀리미터의 차이라도 발견하려는 듯, 더욱 거울을 가까이 가져간다. 그리고 조금의 다름이라도 찾아내면 그것을 수술의 실패로 연결시킨다. 나는 세상에 완벽과 절대는 없다고 생각한다. 사실 95퍼센트가 같다면 나는 그것을 성공으로 여긴다. 100퍼센트 완벽한 사람이 없듯 100퍼센트 완벽한 수술도 존재하지 않기 때문이다.

거울을 눈앞에 가져간 사람을 보면 마치 국회의 청문회에서 흠결만을 찾아내기 위해 안달이 난 사람들을 보는 것 같다. 때로 사람은 그 사람의 전체를 평가하는 것이 아니라 흠을 찾기 위해 집착한다. 그런 현상이 쌍꺼풀 수술에서도 벌어지고 있는 것이다.

우리가 사람을 만나 이야기를 나눌 때, 현미경을 들이대듯 그 사람의 눈을 바라보지는 않는다. 사람과 사람이 만나 대화할 때는 대화의 거리가 있다. 다른 이의 얼굴을 보는 것과 거울을 보는 것도 마찬가지다. 거울을 본다는 것도 대화를 나누는 것이다.

교육의 목적이 모든 사람을 1등으로 만드는 것은 아닐 것이다. 이 사회에서 건강한 삶을 살 수 있는 소양을 길러주는 것이다. 쌍꺼풀 수술도 마찬가지다. 모든 근육이 제 역할을 하고 그럼으로써 얼굴의 조화와 균형을 찾아주고, 그래서 또한 아름다워지는 것이다. 그리고 사람은 그 아름다움으로 자신의 삶을 긍정할 수 있게 된다.

숲의 아름다움은 가까이에서 느낄 수 없다. 숲을 볼 수 있는, 사람의 아름다움을 느낄 수 있는 거리가 있기에 아름다움을 느낄 수 있는 것이다.

눈동자에서 커튼을 걷어라

눈은 마음의 창이라고 한다. 우리는 창에 커튼을 친다. 커튼은 따가운 햇볕이나 차가운 바람을 막아준다. 하지만 화창한 봄날 우리는 커튼을 걷는다. 따스한 햇살과 살랑이는 바람을 만끽하기 위해서다. 우리는 1년 내내 커튼을 치지는 않는다. 커튼의 효용은 그것을 걷고 칠 수 있다는 데 있다.

눈이 마음의 창이라면 눈꺼풀은 눈동자에 드리운 커튼일 것이다. 그런데 쌍꺼풀이 없어 눈의 피부조직이 눈을 가리거나 덮고 있다면 어떨까? 그건 아마 1년 내내 창에 커튼을 반쯤은 치고 사는 것과 같은 기분일 것이다. 쌍꺼풀 수술은 항상 반만 걷을 수 있었던 커튼을 모두 걷게 만들어준다.

쌍꺼풀 수술을 거듭하면서 나는 한 가지 중요한 사실을 깨닫게 되었다. 피부가 눈을 덮고 있는 경우 쌍꺼풀 수술을 하게 되면 구체적으로 이마와 눈썹 사이, 눈의 크기에 구체적인 변화가 일어나게 된다.

쌍꺼풀 수술은 우선 눈을 크게 해준다. 이 부분은 뒤에 다시 설명하겠지만 눈을 크게 하는 데서 쌍꺼풀 수술은 놀라운 효과를 보인다. 다음, 쌍꺼풀 수술은 눈썹과 눈의 거리를 좁혀준다. 그리고 마지막으로 쌍꺼풀 수술은 이마를 높게 만들어준다. 그리고 이러한 효과는 얼굴 전체의 변화로 이어지게 된다.

쌍꺼풀 수술로 눈이 커지게 되면 사람의 얼굴은 초롱초롱해

수술 전 : 눈의 가로길이가 짧고 눈꺼풀이 눈동자를 덮고 있다. 눈과 눈썹 사이가 멀고 이마 길이가 좁으며 눈꼬리가 위로 올라가 있다. 눈과 눈 사이 거리가 멀다.

쌍꺼풀 수술 후 : 눈동자가 또렷이 보인다. 눈과 눈썹 사이가 좁아지고 이마 길이가 길어졌다. 전체 인상의 80퍼센트가 변화하였다.

쌍꺼풀+앞트임 : 눈 앞쪽 몽고주름이 없어져서 시원해 보이고 눈과 눈 사이 거리가 가까워졌다.

밑트임+뒷트임 : 눈 뒤쪽으로 가로길이가 길어지고 올라간 눈꼬리가 내려갔다.

쌍꺼풀 수술 후 부위별 변화

부위	차이(%)
눈의 높이	+12(최대 +77)
눈썹과 눈의 거리	−14(최대 − 47)
상 안면부(이마)의 높이	+5(최대 +20)

진다. 눈이 커지게 되면 눈썹과 눈 사이의 거리가 줄어든다. 이로써 맹해 보이는 얼굴이 생기를 찾게 된다. 다음은 이마의 변화다. 이마가 넓어진다는 것은 시원하고 균형 잡힌 얼굴로 바뀐다는 말이 된다.

작은 변화가 가져다주는 커다란 효과, 그것이 쌍꺼풀 수술의 가장 큰 매력일 것이다. 거기에 건강한 얼굴을 만들어주기까지 한다. 마다할 이유가 없는 것이다.

눈의 변화, 수술의 진화 – 네 방향 수술

대한민국에서 성형수술의 시작은 한국전쟁이라고 할 수 있다. 전쟁의 포화 속에서 재건수술, 언청이 수술이 주로 이루어져 왔고 수술은 역시 외국인 의사에 의해서 진행되었다. 그 후 조금씩 성형수술은 다른 양상을 보여왔다.

1960~70년대 눈 수술에는 쌍꺼풀 수술만이 존재했다. 그리고 그 수술을 받는 사람들도 일부 계층에 한정되었다. 사실 쌍꺼풀 수술을 받은 사람을 바라보는 시선도 곱지 않았다. 외부의 이질적인 문화에 대한 거부감이 있었던 것이다. 그러나 1980년대 들어 대한민국의 경제성장과 더불어 아름다움을 추구하는 비중이 늘어난다. 그리고 88올림픽이라는 국제화의 추세 속에 쌍꺼풀 수술은 보편화의 길을 걷게 된다. 그리고 1990년대가 왔다. 90년대에는 쌍꺼풀 수술은 보편화되었지만 재수술을 할 수 없

다는 통념이 존재했다. 그러나 기술은 계속 진화해왔다. 돌아보면 또한 그 발달이 감히 나의 인생의 궤적과 같이하고 있다고 말하고 싶다.

쌍꺼풀 수술이 전부였던 눈 성형에 이후 앞트임이 도입된다. 나는 1997년 한국 성형외과 학회에서 앞트임 주제의 발표를 처음할 때 참여했다. 그렇다고 앞트임이라는 수술이 존재하지 않았던 것은 아니다. 일본이나 미국에서는 앞트임을 하고 있었지만 사실 앞트임은 기피하는 수술이었다. 수술 후에도 사라지지 않는 흉 때문이었다. 그리고 나를 필두로 한 성형의들은 흉이 가장 덜 남는 결과를 만드는 앞트임 수술을 하게 되었다. 그것이 대한민국의 눈 성형에서 새로운 장을 연 계기였다. 그리고 다시 나는 15년 전쯤부터 뒤트임을 도입하게 된다. 또한 쌍꺼풀 수술은 재수술이 힘들다는 통념도 깨게 된다. 1998년 김수신 성형외과가 쌍꺼풀 재수술을 발표하게 된 것이다.

눈 수술의 역사는 꼭 휴대전화의 진화와 닮았다. 처음엔 휴대전화가 없지 않았는가? 전화를 하려면 사람들은 집이나 사무실에 가거나 공중전화를 이용해야 했다. 그때는 휴대전화라는 개념 자체가 없을 때였다. 성형도 마찬가지였다. 성형이란 재건수술이었지 미용을 위한 수술이 아니었다. 그런데 휴대전화라는 새로운 개념이 등장한 것처럼 미용성형이라는 새로운 분야가 등장하게 된다.

그렇다고 휴대전화가 처음부터 지금과 같은 스마트폰의 모습이었을까? 아니다. 처음 휴대전화는 조그만 가방만 했고 전화도 잘 걸리지 않았다. 그러나 기술이 발달함에 따라 휴대전화의 크기는 점점 줄어들었고 기능은 점점 늘어갔다. 그리고 현재의 스마트폰이 나오게 된 것이다.

성형수술의 진보도 그러했다. 쌍꺼풀 수술 하나만 있던 시절에서 앞트임, 뒤트임이 나오고 쌍꺼풀 재수술을 할 수 있게 되고 2~3년 전부터는 밑트임이 도입됐다. 마치 잿더미 속에서 대한민국이 아이티(IT) 강국을 이룬 것처럼, 우리의 성형의학은 세계를 선도하는 수준에 이르게 되었다. 하지만 밑트임은 고도의 기술을 요하는 어려운 수술이다.

현재까지 눈 성형은 쌍꺼풀, 앞트임, 뒤트임, 밑트임의 네 종류가 될 것이다. 이 네 종류의 수술은 눈의 네 방향을 모두 책임지게 되었다. 물론 그렇다고 해서 아주 작은 실눈을 왕방울 눈으로 바꿀 수 있다는 것은 아니다. 눈의 변화는 골격 구조, 뜨는 힘, 피부의 여분 등 각자의 조건에 따라 조금씩 달라진다. 하지만 역시 눈 성형의 핵심은 쌍꺼풀 수술이다.

쌍꺼풀 수술이 눈 수술에서 차지하는 비중은 얼마나 될까? 나는 70퍼센트 이상이라고 생각한다. 그리고 나머지 30퍼센트를 차지하는 수술이 앞트임, 뒤트임, 밑트임과 같은 트임 수술이다.

눈 면적의 13~20퍼센트는 전체 얼굴 면적이나 신체에 비하

수술 전

쌍꺼풀

쌍꺼풀+앞트임

쌍꺼풀+앞트임+뒤트임

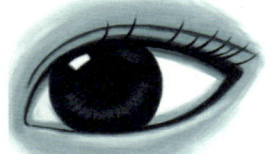

쌍꺼풀+앞트임+뒤트임+밑트임

수술별 눈 면적 차이

수술 종류	차이(%)
쌍꺼풀	13
쌍꺼풀+트임 하나(앞트임/뒤트임/밑트임 中 1)	16
쌍꺼풀+트임 둘(앞트임/뒤트임/밑트임 中 2)	18
쌍꺼풀+트임 셋(앞트임+뒤트임+밑트임)	20
트임만 두셋(앞트임/뒤트임/밑트임 中 2~3)	10.4

면 아주 작은 부분이다. 그러나 눈의 작은 변화는 얼굴의 큰 변화를 만든다. 단지 얼굴 모습만 바뀌는 것이 아니다. 얼굴의 변화는 표정의 변화를 이끌고 사람의 인상을 좌우한다. 달라진 자신의 모습에 만족하면 마음도 바뀐다.

눈을 크게 하는 데 가장 효과적인 수술은 쌍꺼풀 수술이다. 쌍꺼풀 수술 하나로 눈 면적은 13퍼센트의 차이를 보인다. 이 수치는 평균이다. 최대 80퍼센트가 커지는 경우도 있다. 물론 눈꺼풀이 눈을 많이 덮은 경우지만, 쌍꺼풀 수술 하나로 지금보다 거의 2배나 큰 눈을 만들 수도 있는 것이다. 그러나 쌍꺼풀 수술 없이 앞트임, 뒤트임, 밑트임의 세 가지 수술을 했을 경우, 눈 면적은 10.4퍼센트 정도 밖에 커지지 않는다. 세 건의 수술이 쌍꺼풀 수술 한 건의 효과에 미치지 못하는 것이다. 쌍꺼풀 수술과 함께 세 개의 트임 수술을 모두 하면 눈 면적이 최대 90퍼센트까지 커지는 효과를 볼 수 있다. 그러나 수술의 건수와 면적의 차이를 고려한다면 쌍꺼풀 수술의 효과가 월등하다고 할 수 있다.

쌍꺼풀 수술은 일종의 기본 윤곽을 만드는 수술이다. 그리고 트임은 기본 얼굴에 액세서리를 더하는 것과 같은 역할을 한다. 그건 마치 귀고리와 같다. 귀고리는 작지만 얼굴에 어울리는 귀고리는 외모를 훨씬 돋보이게 한다. 이런 역할을 트임이 하게 되는 것이다. 그러나 그 효과 또한 무시할 수 없다. 트임은 좀 더 부드럽고 자연스럽고 시원한 눈매를 만들어주기 때문이다.

'눈은 마음의 창'이라는 말을 성형의 관점에서 보자면 눈의 변화가 얼굴 전체의 변화를 이끈다는 의미로 해석할 수 있다. 실제 눈의 변화만으로도 사람의 얼굴은 전혀 달라 보이기도 한다. 그리고 그렇게 달라진 모습은 그 사람의 마음에까지 영향을 미친다. 쌍꺼풀 수술과 같은 작은 변화로 한 사람의 몸과 마음을 바꿀 수 있기에 성형을 가장 드라마틱한 의학이라고 하는 것이다.

이러한 이유들이 수술을 말리던 의사 김수신을 또 다른 사람으로 만들었다. 사실 나는 쌍꺼풀 전도사를 자처한다. 어쩌면 나는 쌍꺼풀 수술로 수많은 드라마의 작가가 되었다. 그리고 그 드라마는 해피엔딩이었다. 건강과 아름다움을 찾아주는 나는 쌍꺼풀 전도사를 자처하고 싶다.

나를 찾는 사람들

과유불급過猶不及, 사람들은 이 말을 과한 것은 부족함만 못하다고 알고 있다. 하지만 과유불급의 본래 뜻은 과한 것이나 부족한 것이나 미치지 못한다는 것이다. 과하지도 부족하지도 않아야 한다는 말이다. 모든 것이 그렇다. 아무리 좋은 약도 잘못 쓰면 독이 된다. 그건 성형에도 적용되는 말이다.

나는 많은 사람을 만난다. 성형에 과대한 망상을 가진 사람, 허영에 사로잡힌 사람, 성형에 중독된 사람, 극단적인 상황에서 자신의 탈출구로 성형을 택한 사람, 그리고 상식적인 필요에 의

한 사람이 그들이다. 그러나 나에게는 원칙이 있다. 성형을 하지 않아도 좋아질 수 있는 사람에게는 성형을 권하지 않는다.

한번은 이런 일이 있었다. 입이 작은 사람이 나를 찾아와 쌍꺼풀 수술을 하고 싶다고 했다. 쌍꺼풀 수술을 하러 온 사람에게 나는 입 이야기를 꺼냈다. 얼굴에서 중요한 것은 조화와 균형이다. 그 사람은 작은 입이 얼굴의 조화를 깨고 있었다. 하지만 나는 반대로 이야기했다.

"부모님에게 감사해야 겠어요. 아주 훌륭한 콤플렉스를 주셨네요."

그 사람은 무척 의아해했다. 나는 그 사람에게 자주 웃으라고 했다. 웃으면 입이 커지는 효과를 볼 수 있다고 했다. 그리고 웃을 수밖에 없는 상황을 가졌기에 일부러라도 웃어야 하고 그 웃음이 기쁜 일을 가져올 것이고 결국에는 자신에 대한 긍정적 에너지가 될 것이라고 말해주었다.

사람들은 물건 사듯 아름다움을 살 수 있다고 생각한다. 하지만 그보다 더 중요한 것은 아름다움을 가꾸는 것이다. 나는 이미 전체적인 균형과 조화에서 아름다움이 탄생하는 것임을 이야기했다. 수술보다 중요한 것은 또한 자신의 얼굴과 마음의 조화, 얼굴의 표정이며 몸의 자세다.

자세를 이야기하니 또 생각나는 학생이 있다. 입시를 끝내고 찾아온 학생이 내 앞에 앉았다. 구부정한 허리, 처진 어깨. 찡그린 얼굴을 하고 있었다. 나는 허리를 펴고 눈을 똑바로 쳐다보라고 이야기해주었다. 그건 바른 자세로 앉아야만 얼굴의 대칭을 볼 수 있기 때문만은 아니었다. 바른 자세는 건강한 몸을 만들어주고 자신을 긍정하게 만든다. 우리가 사관생도의 행렬을 멋있게 생각하는 것은 그들 하나하나의 얼굴을 보기 때문이 아니다. 그들의 절도 있는 움직임과 바른 자세가 만들어내는 멋에 감탄하기 때문이다.

그러나 그 학생은 나에게 반문했다. 쌍꺼풀 수술을 하려고 왔으니 그런 이야기를 들을 필요가 없다는 것이었다. 그러나 아름다움은 그렇게 만들어지는 것이 아니다. 사람과 사람의 만남은 혼과 혼이 만나 교류하는 것이다. 더욱이 나는 의사가 아니던가? 만약 쌍꺼풀 수술을 하러 온 환자의 피부에서 종양이 발견되었는데 그것을 말하지 않는다면 그 사람은 의사가 아닐 것이다. 나쁜 점을 이야기해주고 그것을 고치는 사람이 의사다. 나는 고쳐달라는 부분만을 기계적으로 고치고 끝내는 전파사 수리공이 아니다.

40대의 한 남자가 나를 찾은 적이 있다. 어두운 얼굴에 생기를 잃은 표정이었다. 눈 수술을 원했던 남자의 얼굴에서 기쁨이라고는 찾아볼 수 없었다. 얼마 전 이혼을 했기 때문이었다. 그 이유를 눈으로 돌리고 눈을 수술함으로써 탈출구를 찾으려는 듯했다. 하지만 얼굴에 웃음이 없는 사람은 수술을 해도 달라지지 않는다. 기쁨이 없는 사람이 수술로 웃을 확률은 1퍼센트도 되지 않을 것이다. 나는 수술과 다른 이야기를 했다. 날씨 이야기를 하고 사람 사는 이야기를 하니 얼굴에 디소가 보였다.

성형의는 얼굴만 보지 않는다. 얼굴 뒤편에 숨어 있는 사람의 내면을 함께 본다. 그것이 또한 의사의 자세다. 나는 그 남자에게 성형이 필요 없는 눈이라고 했다. 눈이 완벽해서가 아니다. 자신의 문제에 대한 모든 죄를 뒤집어쓰고 있는 눈이 무죄임을 밝히는 것이었고 자신에 대해 먼저 긍정하라는 메시지였다. 자신의 눈에 자신감을 찾으면 얼굴에 자신감을 찾을 것이고 그럼으로써 자신을 긍정하고 자기 주도적 삶을 살기를 나는 바랐다. 그리고 그날 나는 눈이 마음의 창임을 다시 한번 느끼게 되었다.

마지막으로 한 가지 당부하고 싶은 말이 있다. 나를 찾은 학생이 이렇게 말한 적이 있다.

"한꺼번에 다 해주세요."

나는 그럼 묻는다.

"왜 하려고 합니까?"

나는 한꺼번에 하는 것을 권하지 않는다. 몸이 다 컸다고 정신까지 다 자란 것은 아니다. 변화를 겪고 필요한 것을 다시 판단해야 하는 것이다.

첫 성형수술은 이제 막 운전면허를 딴 사람이 차를 선택하는 것과 같다. 처음 운전하는 사람이 최고급 차를 사려고 하지는 않는다. 그것은 돈 이전의 문제다. 경차를 타면서 안전하게 운전하는 법을 배우고 조금씩 자신을 업그레이드해나가는 것이 안정적이다.

물론 한꺼번에 하는 경우도 있다. 그건 특수한 경우다.

물론 반응은 제각각이다. 내 말에 수긍하는 사람도 있고 별꼴을 다 보겠다며 입을 삐죽이는 사람도 있다. 하지만 나는 의사이기 때문에 그런 말을 하는 것이다. 인터넷을 보고 와서 잘 알지도 모르는 수술을 모두 하겠다는 사람에게 지침을 주는 것, 그것이 또한 성형의의 일이다. 그래서 성형의는 다른 어떤 분야보다 윤리가 필요하다.

나는 오늘도 성형을 말릴지 모르겠다. 그러나 나는 또 오늘 성형을 권할지도 모른다. 모든 문제에는 맥락이 있다. 그 맥락을 파악하고 지침을 주고 좀 더 나은 방향으로 인도하는 것이 나 김수신의 길이라 믿는다. 그때 더욱 드라마틱한 삶의 긍정이 있을 것이다.

2부
성형인가?
생존인가?

환자가 들어온다. 그러나 다시 생각해본다.

저 사람을 환자라 부를 수 있을까?

의사를 찾아오는 사람은 아픈 사람이다. 그는 '아픈님'이다.

그리고 의사는 '아픈님'의 아픈 곳을 치료해주는 사람이다.

외모 지상 공화국에서의 생존법

성형의인 내가 보기에 대한민국은 민주공화국인 동시에 외모 지상 공화국이다. 그리고 외모 지상의 중심에 성형이 있다. 포털 사이트 검색창에 '성형'이란 단어를 입력해보라. 인터넷에 넘쳐 나는 성형 관련 정보와 광고만으로 성형 열풍을 짐작하고도 남 을 것이다. 성형은 패션처럼 트렌드의 중심에 선 지 오래다.

텔레비전 광고를 보자. 어떤 신묘한 성분이 함유되었는지, 마 시는 차에도 V(브이)라인 얼굴을 연관시켜 광고한다. 연예인의 성형 사실을 밝혀내는 '네티즌 수사대'의 활약도 더 이상 주목 을 끌기 어려워졌다. 연예인은 물론이고 일반인도 성형 사실을 숨기지 않기 때문이다. 당당하게 밝히면 오히려 솔직하다는 평을 듣는다. 성형에 대한 정보를 공유하고 성형 결과를 품평하는 인터넷 카페가 있는가 하면, 시청자들의 외모 변신을 도와주는 텔레비전 프로그램도 인기를 얻고 있다. 쌍꺼풀은 대학 입학 기념, 코는 졸업 기념, 보톡스는 효도 선물이라는 소리도 심심치 않게 들려온다. 대한민국에서 성형이 이토록 열풍인 이유가 무엇일까?

이 죽일 놈의 외모

서울대학교 의과대학 정신과 류인균 교수의 조사에 의하면 한국 여대생의 52.5퍼센트가 미용성형을 경험했으며, 82.1퍼센트는 한 가지 이상의 미용성형을 희망하고 있었다. 여대생들이 미용성형을 적극적으로 고려하는 경우는 성형수술로 예뻐진 친구를 볼 때(32.5%), 거울을 볼 때(24.3%), 연예인을 볼 때(20.9%) 순으로 나타났다. 이쯤 되면 한국은 명실공히 성형 공화국이다. 그런데 어쩐 일인지 이 성형 공화국의 국민들은 전혀 행복해 보이지 않는다. 외모 콤플렉스 때문이다.

최근 한 구인구직 포털 회사가 대학생 1,628명을 대상으로 실시한 설문 조사 결과, 남학생 90.3퍼센트, 여학생 95.7퍼센트가 자신의 외모에 콤플렉스를 느낀다고 응답했다. 남학생의 경우 키에 대한 콤플렉스가 24.4퍼센트로 1위를 차지했고, 피부·머릿결(15.3%), 얼굴 크기(11.6%)가 각각 뒤를 이었다. 여학생들은 몸매(26.7%)가 1위였고, 코(12.8%)와 치열(10.7%), 피부·머릿결(10.6%) 순이었다.

그럼 대학생들이 가장 성형하고 싶어 하는 곳은 어디일까? 한 포털 사이트에서 대학생들의 첫 성형수술 부위를 조사한 결과, 1위가 코 성형(34%), 2위는 눈 성형(31%)이었으며, 안면 윤곽 성형, 가슴 성형 등이 뒤를 이었다.

2005년, 다국적 생활용품업체인 유니리버가 아시아 10개 국 2,100명을 대상으로 발표한 설문 조사에 따르면 자신이 아름답다고 생각하는 한국 여성의 비율은 1퍼센트에 그쳤다. 이는 조사 대상 국가 중 가장 낮은 수준이다. 반면, 성형수술을 고려했다는 응답은 아시아 10개 국 중 가장 높은 53퍼센트였다. 외모에 대한 불만이 큰 만큼 외모를 고치려는 욕망 또한 강하다는 것을 알 수 있다.

성형 공화국의 여성들은 남성과 달리 평가의 대상이 되는 신체 부위를 세세하게 나눈다. 쌍꺼풀 있는 큰 눈, 가늘고 긴 손가락, 달걀형 얼굴, 매끈한 피부, 세로로 일자-인 배꼽과 34 - 24 - 34의 몸매 사이즈. 몸에 대한 세부적인 기준들과 예뻐야 한다는 강박관념에 시달리는 여성들은 자신의 몸에 대해 과도한 열등감이나 집착에 시달리기 쉽다. 그러다 결국 자존감을 상실하거나 성형 집착 현상을 보이는 경우를 종종 목격한다.

같은 반 남학생들이 자신의 외모 점수에 대해 얘기하는 걸 우연히 듣고는 성형을 결심하게 된 청소년의 경우가 그렇다. 남학생들이 여학생들을 대상으로 점수를 매기는데, 자기가 최저점이었다는 것이다. 또, 갓 결혼한 남편이 부인에게 유방 확대술을 권한 사례도 있다. 그 부인은 말로는 표현할 수 없는 모멸감을 느꼈다고 한다.

누구든 타인이 자신의 몸을 문제 삼거나 성형수술을 해서 뜯어고치라고 한다면 모욕감을 느낄 것이다. 하지만 다른 누구도 아닌 자기 자신이 스스로의 외모와 얼굴에 만족하지 못하는 수준이라면 어떨까? 상대적 미모가 아닌 절대적 미모라는 척도에서 말이다.

삼순이도 감지덕지

인터넷과 스마트폰의 보급으로 우리는 아름다운 외모를 가진 연예인들의 모습을 언제 어디서나 쉽게 접할 수 있게 됐다. 더불어 우리는 성형 기술의 발달로 원하는 모습으로 외모를 개선할 수 있는 시대에 살고 있다. 드라마에 나오는 배우들의 모습이야말로 성형 욕망을 자극하는 가장 강력한 매체다.

2005년 인기리에 방영된 〈내 이름은 김삼순〉은 가진 것도 없고, 볼품도 없는 주인공이 꿋꿋함과 성실함만으로 사랑과 일에 성공을 거둔다는 내용의 드라마다. 이 드라마는 50.5퍼센트의 시청률을 기록할 정도로 대단한 인기를 얻었다. 평론가들 역시 해당 드라마의 작품성을 인정했다. '삼순'이라는 촌스러운 이름과 다소 뚱뚱한 외모에도 불구하고 전문 파티시에로 당당히 살아가는 30대 노처녀의 삶과 사랑을 경쾌하게 그렸다는 것이다.

한 조사에 의하면 한국 여성 중 73퍼센트는 자신이 뚱뚱하다고 생각하는 것으로 나타났다. 그래서인지 많은 여성 시청자들이 '삼순'이라는 '뚱뚱한' 캐릭터에 적극적으로 호응했다. 더 놀라운 것은 마초에 가까운 남자들조차 자존감과 진정성이란 미덕으로 세상의 편견과 오해를 이겨낸 삼순이에게 박수를 보냈다는 사실이다. 비록 세 살 연하의 프렌치 레스토랑 사장이 삼순이를 사랑하게 되고 도움을 주지만, 삼순이 자체는 분명 신데렐라도 캔디도 아닌 새로운 캐릭터였다.

삼순이의 여성스러움에는 능동성이라는 새로운 의미가 부여되어 있었다. 어떤 드라마 평론가의 말대르 "사랑에 능동적인 여성, 일을 통해 사회적 자아를 실현하는 적극적인 여성, 과거에 얽매여 징징대지 않으면서 내숭 떨지 않고 스스로 성적 관계를 선택하는 여성"이 삼순이가 보여준 여성상이었다.

삼순이가 보여준 '어떻게든 자신의 힘으로 인생에서 성공해야 한다'는 자기 주도적 인생관은 모름지기 현대 여성이라면 필수적으로 갖춰야 할 덕목이 되었다. 그러나 페미니스트들의 말처럼, 어떤 면에서 현대 여성은 남성을 성가시게 하지 않을 만큼만 독립을 허용 받은 존재인지도 모르겠다.

나 역시 삼순이에 대한 호평 속에 "평범하지만 봐줄 만하네. 좋아, 귀엽게 봐줄게"라는 남성들의 관대한 목소리가 섞여 들리는 듯했다. 그러나 드라마는 드라마고, 관대함은 관대함일 뿐이다. 문득 〈내 이름은 김삼순〉이라는 드라마는 진정한 현실의 변화를 꿈꿀 수 없게 하는 덫이 될지도 모른다는 불길한 생각이 들었다.

이 드라마는 또 다른 판타지를 제공하기도 했다. 드라마 속 삼순이는 일상적 여성, 혹은 평균을 밑도는 조건의 여성으로 설정되었다. 삼순이를 곱게 바라보지 않는 여성들은 "삼순이조차 평균적 여성보다 마르고, 예쁘고, 능력 있는 여자 아닌가?"라는 질문을 던졌다. '드라마의 문법'이라는 암묵적 룰을 깨고 바라보면 '김삼순 – 김선아'의 설정이 억지스러웠다는 지적이다. 김삼순을 연기한 배우 김선아의 외모는 당연히, 그리고 분명히 평균 이상이다.

여기서 문제가 발생한다. 시청자들은 예쁘지 않은 주인공을 본 적이 없다. 가장 평균적인 여성을 연기하는 배우조차 평균을 훨씬 상회하는 미모의 소유자라는 불편한 사실이 외모 지상주의를 상기시킨다. 드라마 종영 후 "김삼순 정도만 되어도 원이 없겠다"는 여성 시청자들의 푸념은 그래서 씁쓸하고 쓸쓸했다. 외모의 비교라는 불행의 사슬이 못생긴 인물로 설정된 예쁜 배우를 통해 더욱 강해지는 것은 아닌지 의심해볼 일이다.

차별 받지 않으려는 절실함

흔히 '남들보다 눈에 띄게 예뻐지기 위해' 성형수술을 한다고 생각한다. 그러나 실제 성형수술의 욕망 속에는 남들만큼만 되고 싶다는 평범한 욕구가 자리하고 있는 경우를 많이 볼 수 있다. 이 경우 성형수술이란 남에게 잘 보이기 위한 것이라기보다는 남들과의 관계에서 동등해지겠다는 적극적 의지의 표현이다. 구별 짓기와 주류에 의한 차별이 존속하는 사회에서 성형수술은 남들과 같아지고자 하는 평범을 향한 욕망이기도 한 것이다.

'성형수술의 문화사'라는 부제가 달린 엘리자베스 하이켄의 《비너스의 유혹》에 따르면 유대인의 코, 흑인의 입술과 함께 아시아인의 실눈은 늘 성형의 주요 대상이었다. 성형을 원하는 아시아인들은 미국 사회가 아시아인에 대해 부정적 시각을 갖게 된 이유를 '작고 가는 눈'에서 찾았다. 자신들이 가진 아시아인의 전형적인 실눈이 '재미없고 즐길 줄 모르는 인간형', '책벌레'에 '졸리고 지루한 인상'을 준다고 여겼다. 결국 쌍꺼풀 수술은 동양에서 서구 세계로 옮겨온 이주민에게 피하기 힘든 유혹이었다. 비 서구에서 온 이주민들은 앵글로색슨계 백인을 닮고 싶어 했고, 미국 사회의 주류 속에 편입하고 싶어 했다. 아시아인의 쌍꺼풀 수술은 유대인의 코 성형, 흑인의 입술 수술과 더불어 미국 주류가 되기 위한 과정이었던 것이다.

결국 하이켄은, 아시아계 미국인들이 자격지심에서 주류 백인의 생각과 관점, 외모 기준을 내면화했다고 주장한다. 그러나 나는 성형에는 그보다 근본적인 인간의 욕구가 숨어 있다고 생각한다.

성형을 주류와 비주류로 나눌 수는 없다. 내가 이런 생각을 하는 것에는 두 가지 이유가 있다. 첫째, 우리는 성형을 하는 여성이 서구의 미인형을 따라 간다는 선입견을 가지고 있다. 미스코리아 선발 대회가 끝나고 나면 '한국 미인의 기준은 서구형'이라는 신문 기사가 나기도 했다. 나는 '미인은 서구형'이라는 등식에 의문을 가졌다. 그리고 과연 그러한가를 연구한 적이 있다.

결론은, 미인은 서구형이 아니었다. 앞머리에서 눈썹까지의 이마, 눈썹에서 코, 코에서 턱으로 얼굴을 3등분 할 때, 가장 이상적인 비율은 1 : 1 : 1이다. 그런데 조사해보면 한국 여성은 0.826 : 1 : 0.985의 비율을 가지고 있으며, 서양 여성은 0.878 : 1 : 1.089의 비율을 보인다. 한국 여성의 경우 이마와 눈썹 사이는 좁지만 코와 턱 사이는 서양 여성보다 더 이상적인 비율을 가지고 있다. 서양 여성은 이마와 눈썹 사이가 한국 여성보다 넓지만 그렇다고 이상적이지도 않다. 게다가 코와 턱 사이는 한국 여성보다 넓다. 결국 한국 여성이나 서양 여성 모두가 바라는 것은 좀 더 이상적인 비율, 나아가 좀 더 이상적인 아름다움에 다가가는 것이다.

둘째, 나는 아시아인들이 쌍꺼풀 수술을 선호하는 이유가 외모 콤플렉스 때문이라기보다 사회적 상호작용에서 얻은 경험의 소산이라고 본다. 결론부터 말하자면 의꺼풀보다는 쌍꺼풀이 사회적으로 좀 더 유리하게 작용하는 신체 기관이다.

왜 그럴까? 우선 쌍꺼풀은 눈동자를 더 많이 노출하게 만든다. 눈의 흰자위는 홍채의 움직임을 돋보이게 하여 시선의 방향을 상대방이 쉽게 파악할 수 있게 해준다. 쌍꺼풀이 지면 눈 자체가 강조돼 보일 뿐 아니라 상대적으로 눈알이 더 많이 드러나면서 동공이 더 크게 보이는 효과가 있다. '눈에 띄는 사람'이라는 표현대로 호감을 느끼는 사람을 보는 순간 동공은 팽창한다. 사람들은 자신에게 호감을 표시하는 듯한 '커다란 동공의 소유자'에게 곧잘 매력을 느낀다. 쌍꺼풀 수술은 '나는 당신에게 매력을 느낀다'는 신호를 만드는 '호감' 수술로 볼 수 있다.

그래, 나는 성형한다? 했다!

모든 일에는 과정이 따른다. 성형도 마찬가지다. 성형에는 몇 가지 과정이 있다. 첫 번째는 성형을 결정하기까지의 과정이다. 두 번째는 성형을 하는 과정, 그리고 마지막은 성형한 자신과 사회, 즉 타인과 대면하는 과정이다.

이러한 과정에서 많은 사람들이 실수를 범한다. 첫 번째 실수는 너무 쉽게 성형을 결정하는 데서 빚어진다. 성형을 결정할 때는 외모의 변화뿐만 아니라 성형 후 자신의 변화된 삶에 대한 고려가 있어야 한다. 두 번째 실수는 성형수술의 과정과 순서를 따르지 않고 결과만을 바라는 데서 나온다. 100퍼센트 완벽이 없는 세상에서 절차와 순서를 따르는 것은 실패를 최소화하기 위한 가장 좋은 방법이다.

그리고 이 과정에는 자기 관리가 따라주어야 한다. 많은 사람들은 성형수술을 한순간에 자신을 예쁘게 만들어주는 '마법의 지팡이'로 오해한다. 성형은 마법의 지팡이가 아니라 내 삶의 부족한 부분을 채워주고 삶을 보다 나은 방향으로 이끌어주는 도우미다.

또 다른 소통, 또 다른 선택

콤플렉스 때문에, 취직 때문에, 결혼 때문에, 흉터가 있어서. 성형을 하는 이유는 다양하다. 그러나 성형을 통해 기대하는 효과는 한 가지로 수렴된다. 더 예뻐지고 싶다는 것이다. 그리고 그 안에는 아름다움에 대한 본능적 욕구가 숨어 있다.

의사로서 성형의 시작은 상담이다. 그런데 환자 입장에서 성형의 시작은 의사와의 상담이 아닌 것 같다. 내가 보기에 환자들은 성형을 사람들과의 대화, 그리고 인터넷 검색으로 시작한다. 인터넷의 깨알 같은 정보들을 읽어 내려가다 보면 마치 성형에 달통한 전문가가 된 듯한 느낌을 받는다.

나는 그게 미련한 짓이라고 생각한다. 밤을 지새워 인터넷을 검색해도 쓸 만한 정보를 얻기는 힘들다. 인터넷의 정보가 쓰레기라는 말이 아니다. 사람은 모두 다르다. 각자의 신체가 지닌 구조의 차이와 기능의 차이, 즉 성형의 조건이 다르다. 간단히 말해 같은 성형수술이란 있을 수 없다는 이야기다. 인터넷에 올라온 성공 사례와 실패 사례는 개별적 기록일 뿐이다. 물론 자신의 상태를 잘 안다고 생각하는 사람은 사례들을 비교해보면서 스스로 판단할 수 있으리라 믿는다. 그러나 자신의 모습을 아는 것과 그것을 바꾸는 수술은 별개의 문제다. 스스로 수술법을 결정하는 행위는 선무당이 사람 잡는 행위다. 밤을 새워 인터넷을 뒤질 시간과 정력이 있다면 빨리 의사를 만나 상담을 받아보라고 권하고 싶다. 그것이 훨씬 현명한 방법이다.

지금부터 성형 과정을 설명하려 한다. 어떤 성형, 어떤 사람을 예로 드는 것이 좋을지 고민이 되지만, 아무래도 가장 흔한 수술인 쌍꺼풀 수술을 예로 드는 것이 좋겠다. 그러고 보니 생각나는 사람이 있다. 실명을 거론할 수 없으니, 모란이라 칭해본다.

모란이 나를 찾기까지

모란이라는 여성이 있었다. 모란은 매일 인터넷에서 성형에 관련된 정보를 검색했다고 한다. 당시 20만 건의 성형 관련 정보가 있었단다. 모란은 하루에도 몇 번씩 검색창에 '쌍꺼풀'을 입력했다. 나를 찾아왔을 때, 모란은 반 전문가였다. 문제는 그녀가 이론만 아는 '돌팔이'가 되었다는 것이다.

매일 거울을 들여다보는 사람도 사실 자신의 눈에 대해 알지 못하는 경우가 허다하다. 내 눈이 어떤 형태며 눈의 지방이 어느 정도인지 판단하기 쉽지 않다. 더욱이 쌍꺼풀 수술 후에 어떤 변화가 있을지 예측하기란 더욱 어렵다. 그런데 모란은 거울도 잘 보지 않는다고 했다. 거울 속에 비친 자신의 모습이 싫다고 했다.

어떤 일이나 생각이 연달아 생겨날 때 흔히들 꼬리에 꼬리를 문다는 말을 쓴다. 모란의 경우도 마찬가지였다. 모란은 작은 눈이 외모의 최대 콤플렉스라고 생각했다. 콤플렉스가 있는 눈이 싫어서 거울을 보기도 싫고, 자신을 둘러싸고 벌어지는 모든 일이 작은 눈에서 비롯된다고 믿게 되었다. 모란은 자신이 청년 실업 대열에 서게 된 것도, 변변한 연애 한번 해보지 못한 것도 모두 작은 눈 때문이라 여겼다. 그리고 어느 순간, 스물다섯 꽃다운 나이의 그녀는 세상과 담을 쌓기 시작했다.

성형을 하러 온 사람 중에는 모란처럼 자신의 외모를 지나치게 비하하는 경우가 간혹 있다. 그런 사람일수록 나는 특히 상담에 신경을 쓴다. 상담을 통해 수술로는 고치기 힘든 외모 콤플렉스의 원인을 파악하기 위해서다. 외모 콤플렉스에서 비롯된 자존감 상실은 어린 시절 부모나 친구들에게 자신의 외모와 얼굴을 있는 그대로 인정받지 못한 데서 시작된다. 모란 역시 그런 경험이 있었다.

모란의 경우는 눈에서 시작된 성형수술이 전신에 걸친 성형수술로 옮아가기 쉬운 경우다. 만일 돈에 눈먼 의사나 브로커를 만난다면 말이다. 상술을 펼치는 의사는 눈이 조금 더 커지면,

얼굴이 조금 더 갸름해지면, 입술이 조금 더 도톰해지면, 가슴에 조금 더 볼륨이 생기면, 지방을 조금 더 제거하면, 취직도 연애도 한 방에 해결될 것이라며 토끼몰이 하듯 모란을 몰아갔을지도 모른다. 그럼 눈에 멈춰 있던 모란의 콤플렉스는 온몸으로 확대될 테고 쌍꺼풀 수술은 전신 성형으로 번지게 될 터였다.

수많은 환자 중에 내가 모란을 기억하는 이유가 있다. 모란은 속된 말로 나를 세 번이나 물 먹인 환자다. 상담 예약만 하고 나타나지 않은 게 세 번이었다. 예약 환자의 이름에서 모란을 발견한 그날도 나는 모란이 오지 않을 것이라고 예상했다.

모자를 푹 눌러쓴 모란은 조심스럽게 내 방에 들어왔다. 한눈에 봐도 무언가에 주눅 들어 있는 모습이었다. 말에도 자신감이 없었다. 먼저 모란의 마음을 안심시켜 주어야 할 것 같았다.

"모란 씨, 우리 병원에서 유명한 거 알아요?"

내 말에 모란은 놀라는 눈치였다.

"저는 병원에 처음 온 건데……."

"아니, 세 번이나 예약을 펑크 낸 걸로 유명하다고요. 하하하."

분위기를 바꿔보려 한 말인데, 모란에게는 그렇지 않았다. 모란은 더욱 고개를 숙이고 어렵게 말을 이었다.

"죄송해요."

혹을 떼려다 붙인 격이었다.

"아니, 그건 아닌데. 허허."

나는 허탈한 웃음을 짓고 모란의 차트를 보았다. 의사와 만나기 전, 환자는 상담실장과 기본적인 상담을 하게 된다. 그건 마음을 안정시키기 위한 일종의 중간 단계다. 처음부터 의사를 만나 "나는 어디를 어떻게 고치고 싶다"고 말하는 걸 많은 환자들은 어색해한다. 그리고 환자는 상담실장과의 대화를 통해 의사와의 상담 과정이 어떻게 진행되는지, 만일 수술을 결정한다면 어떤 식으로 일정을 잡게 되는지에 대한 정보를 제공받게 된다. 이 과정은 의사와 환자 사이의 완충 단계인 셈이다.

"눈을 고치고 싶다고요. 모자를 한번 벗어봐요."

모란은 머뭇거렸다. 의사인 내게조차 자신의 모습을 보여주기가 힘든 것 같았다.

"괜찮아요. 눈을 봐야 문제점을 알죠."

모란이 조심스럽게 모자를 벗었다. 눈이 작은 편이었다. 그러나 그것 역시 상대적일 수 있다. 누군가에게 커 보이는 것도 누군가에게는 작고, 누군가에게 작은 것도 또 누군가에게는 큰 것이다. 그리고 그 작은 변화가 더 큰 변화를 불러올 수도 있다. 눈 때문에 콤플렉스를 갖게 된 사람의 경우, 눈이 커진다면 콤플렉스는 사라지게 될 것이다. 나는 성형을 통해 성격도 바꾸고 자신감이 충만해진 사람을 많이 보아왔다. 타자의 기준이 아니라 자신만의 기준을 가진다면 더할 나위 없이 좋겠지만 조금의 변화를 통해서 더 큰 자신의 변화를 만든다면 그것 역시 좋은 일이다. 다만 문제는 타자의 기준에 매몰되어 자신을 잃어버리게 되는 경우다.

사실 내 생각에 모란의 문제는 작은 눈이 아니라 마음이었다. 모란의 마음을 치료하는 방법은 눈을 크게 만들어주는 것이었다. 그리고 당시 모란은 눈에 테이프를 붙여 혼자만의 쌍꺼풀을 만든 상태였다. 테이프를 떼어내고 눈을 살폈다. 그런데 나보다 먼저 모란이 수술법을 말하는 것이었다.

물론 말은 아주 조심스럽게 했지만 내용은 상당히 위험한 것이었다.

"절개법이나 매몰법, 크게 두 가지 수술법이 있겠지요. 부분 절개법이나 연속단매듭법도 있고요. 그런데 저는 눈이 많이 커지고 싶어요. 그래서 절개법으로 수술을 했으면 좋겠어요. 절개법 중에서도 완전 절개법이 좋을 것 같아요. 그리고 앞트임과 뒤트임을 함께하는 방법도 좋고요."

성형외과 전문의 앞에서 환자가 수술법을 정하는 사태가 일어났다. 사실 드문 일도 아니었다. 나는 다시 찬찬히 모란의 눈을 살폈다.

"모란 씨, 성형수술에 대해 아는 것이 많네요. 그럼 모란 씨의 눈이 어떤 상태인지도 잘 알겠죠?"

내 말에 모란이 머뭇거렸다.

"그러니까 제 눈은 쌍꺼풀이 없고 조금 작고……."

모란은 수많은 수술법을 달달 외우고 있지만 정작 자신의 눈에 대해서는 잘 모르고 있었다.

"모란 씨의 눈은 눈꺼풀이 얇고 지방이 적어요. 그리고 미간이 좁은 편이에요."

"제 눈이 그런가요? 그럼 절개법으로 수술해야 되는 거겠죠?"

나는 다시 웃음을 지었다. 서울을 가본 사람보다 안 가본 사람이 서울에 대해 더 많이 안다는 속담을 실감했다.

"모란 씨, 의사가 왜 있을까요?"

모란은 고개를 갸웃거렸다.

"수술을 하기 위해서……."

"그렇죠. 의사는 수술을 하죠. 하지만 수술을 하기 전에 환자의 상태를 파악해서 환자에게 가장 좋은 방법을 찾는 것도 의사의 중요한 역할이랍니다. 모란 씨의 눈은 눈꺼풀이 얇고 지방이 적다고 했지요. 이 경우에 가장 좋은 방법은 대물법입니다. 매몰법으로도 충분한 효과를 볼 수 있어요. 매몰법은 눈꺼풀에 절개창을 내지 않고 작은 구멍 몇 개를 통해서 수술하기 때문에 부기가 오래가지 않아요. 게다가 모란 씨의 얼굴은 갸름한 편이라 눈과 눈 사이가 멀지 않아요. 앞트임을 할 이유가 없습니다. 좋은 방법을 두고 굳이 더 어렵고 힘든 수술을 해야 할 이유는 없겠죠."

내 설명을 한참 듣던 모란은 한숨을 내쉬었다. 참 무거운 한숨이었다. 한숨의 이유도 참 처절했다. 그동안 인터넷 검색을 하며 보낸 시간과 노력이 너무 아깝다는 것이다. 나는 쓴웃음을 지었다. 모란은 잠시 말이 없었다. 복합적인 감정이 고스란히 느껴졌다. 모란이 다시 말문을 열었다.

"아프지 않을까요? 실패하면 어떻게 하나요? 혹시 부작용은 없을까요?"

모란의 걱정은 끝이 없었다. 그런데 이럴 때, 나는 참 문제다. 어떤 의사 같으면 절대 아프지 않으며, 수술한 당일에도 쇼핑을 할 수 있을 뿐더러, 일주일이면 확실하게 자리를 잡고, 100퍼센트 성공을 장담한다고 하겠지만 나는 그러지를 못한다.

성형수술에는 100퍼센트 만족이 없다. 환자마다 조건과 목표가 다르기 때문이다. 게다가 아침에 수술하고 점심에 출근할 수 있을 정도로 티가 나지 않는다는 것은 어불성설이다. 물론 출근할 수도 있다. 커다란 선글라스를 쓰고 아픔을 참으며 업무를 봐도 괜찮다면 말이다. '나는 오늘 성형수술 한 사람입니다.' 하고 광고하고 싶은 경우에도, 괜찮다.

모든 성형수술은 짧게는 3개월, 길게는 6개월 이상의 치유 기간이 필요하다. 물론 부작용도 있을 수 있고 쌍꺼풀이 풀릴 수도 있다. 하지만 그렇게 될 확률은 3퍼센트 정도에 불과하다. 그리고 두 눈의 크기는 완벽하게 똑같아질 수 없다. 그건 사람이기 때문에 그렇다. 한 사람의 두 손과 두 발은 모두 같지 않다. 수술을 한다는 것은 그 차이를 최소화하는 것이다.

모란은 이렇게 말하는 나를 이해하지 못하는 눈치였다. 인터넷에서 보았던 병원 광고와는 다를 것이었다. 지금 한국에는 치유 기간을 속이고 부작용도 이야기하지 않고 수술 과정을 설명하지 않는 경우가 많다. 그런데 또 이상한 일이 발생했다.

"선생님, 감사합니다. 선생님은 정말 의사선생님 같아요."

고맙다는 말이 참 씁쓸하게 느껴졌다. 의사가 응당 해야 할 말을 했을 뿐인데. 또, 의사에게 의사 같다니…….

모란은 당장이라도 수술하고 싶다 했다. 하지만 그럴 수 없었다. 테이프를 붙여 인위적으로 쌍꺼풀을 만들고 있었기 때문에 눈꺼풀이 약해진 상태였다. 나는 2주 후에 수술하자고 했다. 설명을 듣고 난 모란은 다시 안도의 한숨을 쉬었다.

손으로 빚는 꿈

2주 후, 모란이 왔다. 보통, 환자에게는 수술 1시간 전까지 병원에 오도록 한다. 환자에게 흥분을 가라앉힐 시간을 주기 위해서다. 병원은 사람을 긴장하게 한다. 감기 때문에 주사 한 대 맞는 것에도 마음의 준비가 필요한데, 수술이야 어떻겠는가? 환자에게는 안심이 필요하다.

어떤 환자는 불안에 몸을 벌벌 떨기도 한다. 그럴 때는 처음 만났던 상담실장이 환자를 도와준다. 떨리는 손을 잡아주고 위로해주고 안심시켜 준다.

모란의 마음에는 기대와 불안이 뒤섞여 있다. 마음을 가라앉힌 모란의 혈압과 맥박, 체온을 체크했다. 어떤 수술도 쉽지 않다. 수술은 의사가 메스를 대는 순간 시작되는 것이 아니다. 수술 준비 단계부터 이미 수술은 시작된 것이다. 그리고 그 준비 단계에서 중요한 부분이 환자의 상태를 알아보는 것이다. 문제는 작은 것을 소홀히 할 때 생기는 법이다.

성형수술에는 다른 수술과 다른 과정이 하나 있다. 사진을 찍는 일이다. 성형수술의 목적은 모습의 변화에 있다. 수술을 통해 전과 다른 모습을 갖게 하는 것이 성형수술이다. 엑스레이(X-ray) 촬영으로는 상태 변화를 관찰하고, 수술 전과 후의 모습을 확인하기 위한 사진 촬영 과정을 거친다.

마취는 상당히 주의해야 할 절차다. 마취를 잘못하면 사람이 죽을 수도 있다. 전신마취의 경우에는 다양한 검사가 먼저 이루어져야 한다. 흉부 방사선 촬영, 혈액검사, 소변검사, 심전도검사를 통해 환자의 상태를 체크한다. 환자의 상태를 알아야 제대로 마취할 수 있다. 사람마다 투여하는 마취약이 다르고, 마취 효과도 다르게 나타난다. 소주 한 잔만 마셔도 취하는 사람에게 소주 한 병을 마시게 하면 치명적인 결과를 가져올 수 있는 것과 같다.

의학의 발달은 마취의 발달과도 같다. 성형과 마취 역시 뗄 수 없는 관계다. 1990~95년쯤 수면 마취가 성형수술에 적용되었다. 과거에는 부분 마취를 통해 수술 부위만 마취하는 방법을 사용했다. 예민한 환자에게는 부분 마취도 부담일 수 있었다. 지금은 정맥주사를 통해 진통제, 모르핀, 마취약 등을 투여하여 잠자는 상태에서 부분 마취를 하므로 통증의 감소는 물론 훨씬 편한 상태에서 수술 받을 수 있다.

마취약은 칵테일과 같다. 달콤한 칵테일은 기쁨을 키워주고, 슬픔을 달래준다. 마취약 역시 육체를 잠들게 하고, 대신 영혼을 깨운다. 술이 과하면 주정을 하는 사람이 있듯이, 마취 상태의 사람들 모습은 천태만상이다. 나는 그들을 '불편한 영혼을 가진 사람과 편안한 영혼을 가진 사람'으로 구분하기도 한다. 의식 밑바닥에 가라앉아 있던 불만과 욕망들이 마취 상태에서 돌출되는 경우가 있기 때문이다. 어떤 이는 마취 상태에서 몸부림과 비명의 형태로 잠재의식이 의식의 표층을 뚫고 올라오기도 하고, 어떤 이는 아무런 변화 없이 평온하고 아름다운 꿈을 꾸기도 한다. 가끔 농담과 진담을 섞어서 결혼을 앞둔 간호사들에게 "애인이 어떤 영혼을 가진 사람인지 알고 싶다면 우리 병원에서 수술을 해보자"고 권유하기도 한다. 마취에서 한 사람의 인간적 성숙도를 알아볼 수 있기 때문이다. 마취를 통해 고통스러운 육체는 잠들지만, 억눌린 영혼은 깨어난다.

이제 수술을 시작할 때가 되었다. 수술모와 마스크를 쓴다. 신발도 수술화로 갈아 신는다. 이제 손을 씻을 차례다. 베타딘 비누를 두 손으로 문지른다. 갈색 거품이 일어난다. 손가락 끝에서부터 팔꿈치 관절까지 비누를 묻힌다. 한 번, 두 번, 세 번, 10초씩 반복한다. 멸균 수건으로 손을 닦고 멸균 가운을 입고 멸균 장갑을 낀다. 이제 수술실로 들어가는 일만 남았다.

수술등이 켜져 있다. 간호사가 나를 맞는다. 실과 거즈, 생리식염수와 국소마취제, 수면 마취제가 보인다. 모란의 눈이 보인다. 디자인을 위해 룰러라 불리는 자를 든다. 간호사가 준비한 잉크로 수술 부위를 디자인한다. 목표를 계획하고 이루는 중요한 과정이다. 다음, 준비된 정맥주사 라인에 진정제가 투입되면 곧 잠을 잘 것이라고 설명한다. 모란이 눈을 깜빡이며 알았다고 한다. 수면 상태에 들어가면 눈에 마취가 시작된다. 모란의 담담함을 나에 대한 신뢰라고 믿는다.

환자들마다 마취를 시작할 때 짓는 표정이나 띠는 안색이 다르다. 성형수술이 재건이나 치료의학을 넘어섰다는 징후를 나는 환자들의 고통 회피에서 체감한다. 성형수술을 받고자 하는 사람들은 고통에 대한 민감도가 전에 없이 높다. '편하게, 고통 없이' 수술 받고자 하는 욕망은 마취 기술의 발달을 앞서가는 것 같다. 수면 마취를 위해 놓는 주사조차 고통 없이 맞기를 원한다면, 패치를 붙여 팔에 주사 맞을 부위 자체를 국소마취한 이후 다시 혈관주사를 놓기도 한다.

아름다움이란 고통과 가장 멀리 떨어진 가치가 아닌가. 고통을 통해 아름다워질 수 있다는 믿음은 자아의 성숙이나 내면의 아름다움을 말할 때 사용되었던 신화에 불과한 것이 되었다. 적어도 고통은 성형외과 수술대에 존재해서는 안 되는 것이 돼버렸다. 무통에 가깝도록 수술할 수 있게 돼었음에도 불만은 존재한다. 잠자는 숲 속의 공주처럼 자고 일어나면 미인이 되어 있길 원하는 환자도 있다. 그러나 아무리 마취가 고통을 줄여준다고 해도 수술 자체가 왕자의 키스처럼 달콤할 수만은 없다.

이제 본격적인 수술을 시작할 차례다. 내 신경도 팽팽해진다. 수술은 모두 특별하다. 바둑을 둘 때, 똑같은 대국이 이루어질 확률은 0.00000000000000000000598705퍼센트라고 한다. 수술도 마찬가지다. 똑같은 바둑을 두지만 같은 대국이 이루어질 확률이 없는 것처럼 똑같은 수술이 이루어질 확률은 거의 없다. 마찬가지로 사람마다 수술의 의미 또한 다르다. 나는 감히 이 수술을 통해 그 사람의 인생에 관여하고 있는 것이다. 인생과 관계된 수술이기에 내 신경은 더욱 팽팽하게 긴장될 수밖에 없다.

한쪽 눈을 먼저 매몰하고 다른 한쪽을 수술한다. 그리고 양쪽 눈을 떠보게 하여 대칭임을 확인한다. 수술은 큰 무리 없이 끝났다. 그러나 아직까지 그건 내 생각일 뿐이다. 성형수술의 성공 여부는 의사가 판단하는 것이 아니라, 환자의 만족도에 달렸다. 환자가 만족하는 정도에 따라 수술의 성패가 판가름 난다. 수술이 끝나면 나는 환자가 만족하기를 기대한다. 그리고 환자가 활기찬 모습으로 세상을 살아가기를 빈다.

모란은 회복실로 향했다. 그러나 아직 다 끝난 것이 아니다. 과대광고에 익숙해진 환자들은 질문을 던지고 불안해하고 회의한다. 수술 후 모란도 내게 질문을 던질 것이다. 나는 모란이 던질 질문을 생각해본다.

눈이 다 감기지 않고 눈을 뜨기가 아직 불편해서 생기는 현상을 물어볼지도 모른다. 시간이 지나면 해결되는 문제다. 또, 눈이 짝짝이가 되었다며 볼멘소리를 할 수도 있다. 하지만 수술 후의 눈은 짝짝이일 수밖에 없다. 짝짝이를 만드는 것은 아주 세밀한 차이다. 얼굴뼈의 비대칭, 눈 뜨는 근육의 기능 차이, 부기 등에 따라 양쪽 눈은 짝짝이가 된다. 이것 역시 시간이 지나면 나아진다. 하지만 5~10퍼센트의 오차는 정상으로 받아들여야 한다.

이제 4일이 지나면 실밥을 풀고 일주일 정도면 세수를 할 수 있다. 그러나 쌍꺼풀이 완전히 자리 잡으려면 통상적으로 6개월 이상 걸린다. 물론 일주일 만에, 수술한지도 모를 정도로 자연스러워지는 경우도 있다. 그러나 이는 특수한 경우다. 잘 붓지 않는 체질, 얇은 눈꺼풀, 작은 속 쌍꺼풀 크기로 수술할 경우에만 그렇다.

나는 모란의 또 다른 모습을 기대해본다. 커진 눈만큼이나 세상을 향해서도 마음을 열기를 기대해본다. 이런 기대는 또 성형의만이 느낄 수 있는 보람일 것이다. 아마도 그때면 모란은 진짜 모란처럼 자신을 활짝 꽃피우지 않을까.

성형미인은 똑같지 않다

성형수술을 비판하는 논지 중 하나가 외모의 획일화 조장이다. 획일화를 내세우는 이들은 이렇게 말한다.

"화장처럼 쉽게 시행되는 성형수술로 전 국민이 미모의 평준화를 이룬다면 그것은 미의 민주주의가 아니라 미의 획일화며 미의 전체주의다. 대한민국은 성형의의 손길로 만들어진 복제 얼굴의 세상이 되어가고 있다."

나는 성형수술이 획일화된 외모를 만들어낸다고 비판하는 사람들이 오히려 획일적인 시각으로 현실을 재단하고 있는 것이라 생각한다. 유감이지만, 성형수술이 각기 다른 얼굴들을 획일적인 얼굴, 그것도 획일적으로 아름다운 얼굴로 바꿀 수 있는 기술적 수준에 도달하려면 아직 많은 시간을 기다려야 한다. 타고난 얼굴과 마찬가지로 성형을 받은 얼굴 역시 모두 다르고 특별하다.

외모의 획일화라는 거짓말

외모의 획일화라는 말은 일부 진실을 담고 있기는 하다. 요즘 유행하는 머리 모양과 옷차림, 화장법으로 무장한 10대, 20대의 외모가 기성세대 눈에는 비슷해 보일 수 있다. 하지만 무난한 스타일의 양복과 정장을 걸쳐 입고, 비슷한 머리 모양에 늘 피곤한 표정을 짓는 기성세대야말로 획일화된 외모의 집단 아닌가.

기성세대가 "요즘 애들이란……" 하며 혀를 찰 때, 그 '애들'은 '꼰대'라는 단어로 기성세대를 비아냥거린다. 두 집단 모두 상대방을 획일 군집으로 보기 때문이다. 무리지어 있는 군중의 얼굴은 기껏해야 "젖은, 검은 가지 위의 꽃잎들"(〈지하철 정거장에서〉, 에즈라 파운드)로 보일 뿐이다.

사람들은 성형하는 사람들을 쉽고 편하게 규정한다. 그들을 가부장제와 남성 중심 사회의 희생양이라든가, 외모 지상주의를 내면화한 가련한 주체라든가, 자기 정체성에 혼란을 겪고 있는 미성숙한 인격체로 본다면 당신은 자신이 보고 싶은 것만을 보는 셈이다. 불행하게도 현실은 그렇게 단순하지 않다.

만약 성형수술이 외모의 획일화를 만드는 게 아니라면 어쩔

텐가? 현재의 성형수술이 외모의 특성을 살려주는 동시에 결점을 보완해주는 차원에서 이뤄지고 있다면? 결론부터 말하자면, 인간의 얼굴은 아무리 획일적으로 만들려 해도 만들 수 없는 유일무이한 기호다. 여기까지 말하면 성형 비판론자들은 또 이렇게 말할 것이다. 외모로 그 사람을 평가하는 '기준의 획일성', 즉 외모 지상주의와 성형 부위별 모범 답안을 제시하는 성형외과의 마케팅이 문제라고 말이다.

사실 일부 비즈니스에 몰두한 성형외과의 마케팅은 심각한 문제다. 일부 성형외과는 '눈은 김태희, 코는 한가인, 얼굴형은 한예슬, 가슴은 김혜수, 쇄골은 윤은혜'라는 식의 신체 부위별 '표준 스펙'을 제시하기까지 한다. 만약 이 매뉴얼에 맞춰 수술을 하면 어떻게 될까?

최고의 미인이 아닌 부자연스럽고 조화되지 않은 얼굴이 나올 공산이 크다. 성형외과의 마케팅 문제와는 별도로 외모로 사람을 평가하는 '미적 기준의 획일성' 문제는 좀 더 복잡하다.

변하지 않는 미의 기준

성형을 하는 이유는 예뻐지기 위해(여성), 멋있어 보이기 위해(남성), 젊어 보이기 위해(중·노년층), 취업을 위해서다. 이 중 가장 근본적인 이유인 예쁘고 멋있는 것의 기준을 살펴보자.

조선시대 혜원 신윤복의 〈미인도〉는 당시 미인의 전형을 담고 있다. 화폭 속 미인은 쌍꺼풀 없이 가는 눈매에 단아한 콧방울, 붉은 색이 도는 입술, 흰 피부를 지니고 있다. 이 밖에도 수많은 고전 속에 표현된 삼백(三白 하얀 살결 · 치아 · 손), 삼흑(三黑 검은 눈 · 머리카락 · 눈썹), 삼홍(三紅 붉은 입술 · 뺨 · 손톱), 삼장(三長 긴 몸 · 머리 · 팔다리), 삼단(三短 짧은 치아 · 귀 · 발), 삼광(三廣 넓은 가슴 · 이마 · 미간), 삼협(三狹 가는 입 · 허리 · 발목), 삼세(三細 얇은 손가락 · 목 · 콧날), 삼소(三小 작은 젖꼭지 · 코 · 머리), 삼태(三太 풍만한 엉덩이 · 허벅지 · 가슴)와 같은 미인의 기준과 많은 부분이 닮아 있다.

중세 서양의 미인은 어떤 모습일까? 바로크미술을 대표하는 네덜란드 화가 렘브란트의 그림에서 답을 엿볼 수 있다. 렘브란트가 그린 미인은 물들인 머리카락, 가지런히 다듬은 눈썹, 하얀 분가루를 바른 듯한 피부, 어린아이처럼 홍조를 띤 뺨, 커다란 눈과 흰 치아가 두드러진다. 그러면서도 부드러운 목선 아래로 풍만한 몸매를 지니고 있다.

눈을 제외하면 혜원과 렘브란트가 각각 화폭에 담은 '미인'은 비슷한 특징을 공유하고 있다. 두 미인의 외모는 생물학적 미를 구현한 것이다. 만약 진화심리학자들에게 혜원이 그린 미인의 나이를 물어본다면 임신할 가능성과 아기를 정상적으로 낳을 가능성이 가장 높은 24세 정도라 답할 것이다.

진화심리학자들이 이렇게 주장하는 데는 과학적인 근거가 있다. 뉴캐슬대학교의 크레이그 로버츠 박사 연구팀은 여성들의 얼굴을 배란기 직전과 후로 나눠 촬영한 뒤 각각의 사진을 남성들에게 보여주었다. 그 결과 많은 남성이 배란기 직전의 얼굴을 훨씬 더 매력적으로 생각한다는 사실을 발견했다. 배란기가 시작되기 전의 여성들은 〈미인도〉에서처럼 입술이 약간 도톰해지고 빨개지며 동공이 확장되고 피부색이 뽀얘진다.

또 다른 생물학적 미의 기준은 '얼굴의 대칭성'이다. 사회적인 미의 기준을 알 리 없는 아이들을 대상으로 한 실험에서 밝혀진 사실이다. 아이들은 얼굴이 비대칭인 사람보다 대칭인 사람을 더 좋아했다. 여기서 주목해야 할 것은 대칭의 생물학적 의미다. 인간이건 동물이건 배우자를 선택할 때 선호하는 외모의 특징들은 생존 및 자손 번식과 직결되어 있다. 대표적인 것들이 얼굴의 대칭, 근육질 몸매나 풍만한 가슴과 입술, 그리고 허리둘레와 엉덩이둘레의 비율 등이다.

결국 아이들은 태어나면서부터 생존 및 자손 번식에 적합한 신체와 외모를 가진 사람을 본능적으로 알아본다는 얘기다. 이처럼 번식과 관련된 건강함을 나타내는 특징들은 시대를 초월한 미의 기준이 되어왔다.

획일화가 아닌 평준화?

생물학적인 미에 기초한 것이든 사회문화적인 유행에 의한 것이든, 사람들이 선호하는 눈, 코, 입, 얼굴형 등에는 일정한 기준이 있다. 대부분의 사람들이 그 범주에서 성형을 선택한다. 이 지점에서 미의 평준화란 말이 가능해진다.

얼핏 미인은 우리와는 매우 다른 얼굴을 가졌을 것으로 생각되지만 면밀한 조사 결과, '전형적인 얼굴'에서 크게 벗어나지 않은 평균적 외모가 오히려 미인으로 평가된다는 사실이 밝혀졌다.

심리학자 주디스 랑글루아와 로리 로그먼은 컴퓨터 그래픽 프로그램을 이용하여 여자의 얼굴 사진을 둘 이상 합성해 각각의 얼굴을 평균한 이미지를 만들었다. 심리학자들은 피험자들에게 이렇게 섞은 사진의 매력을 평가해보도록 하였다. 피험자들은 16명의 실제 얼굴을 합성해 만든 인공 얼굴이 합성에 이용한 어떤 실제 얼굴보다 매력적이라는 평가를 내렸다. 남성의 얼굴 사진을 합성한 결과도 비슷했다.

진화심리학자들은 인류가 건강한 배우자를 선호하도록 진화되었다는 관점에서 이러한 연구 결과를 설명해왔다. 출생 전후 건강상의 문제가 비대칭성과 불규칙성을 초래할 수 있기 때문에, 평준화된 얼굴의 대칭과 균형은 건강의 표지다. 여기에는 범주화 메커니즘이 작용한다. 평균치에 해당하는 성원이 전형에 가까우며 더 매력적이라고 여기는 경향이 있는 것이다.

범주화 메커니즘은 사람의 얼굴을 판단하는 데서만 그치지 않는다. 새와 개, 손목시계를 볼 때도 마찬가지다. 이 실험에 참가한 피험자들은 평범하게 생긴 개나 손목시계가 특이하게 생긴 것보다 멋지다고 말했다.

미국의 심리학자 주디스 리치 해리스는 저서《개성의 탄생》에서 범주화 메커니즘의 다른 측면에 대해서도 설명하고 있다. 인공적으로 합성한 얼굴을 평가하는 것은 실물을 평가하는 것과 다르다. 합성한 얼굴이나 낯선 사람의 얼굴을 평가하는 것은 범주화 메커니즘의 영역이다. 또한 세상에서 가장 아름다운 사람 가운데는 얼굴이 평균도 안 되고 대칭도 아닌 경우가 있다.

내가 개인적으로 알지 못하는 사람들은 사회적 범주의, 다시 말하면 익명의 대표들로 비쳐질 수 있다. 하지만 아는 얼굴이면 관계 체계가 끼어들어 목청을 돋운다. 일단 누군가를 알고 나면 내 눈에 비친 그 사람의 매력은 '생물학적 미'로만 좌우되지 않는다. 낯익은 누군가의 매력에 대한 견해는 외모뿐 아니라 그 사람의 말, 행동, 가치관, 성격, 재력에 강한 영향을 받는 것이다. 여기서 평준화를 추구하는 범주화 메커니즘은 뒤집힌다. 낯을 익히게 되면 그 사람은 나에게, 나는 그 사람에게 특별한 '의미'가 되는 것이다.

역설적인 다양성

타고난 얼굴은 다양하지만, 성형수술로 인해 획일화되어 간다는 주장은 현실적이지도 않고 논리적으로도 모순이다. 오히려 성형수술은 비슷비슷하게 생긴 얼굴의 숲에 낯선 얼굴들을 하나둘씩 드러나게 해준다. 사람들이 성형을 희망하는 얼굴에 공통된 특징이 있는 것은 사실이다. 특히 큰 눈, 오뚝한 코, 갸름한 턱 선과 볼록한 옆선이 그것이다.

그러나 성형의인 내게 좀 더 현실적인 고민은 다음과 같다. 어떻게 개성을 살린 아름다운 얼굴을 만들 것인가, 환자의 자기 결정권을 어떻게 존중할 것인가, 성형 부작용에 대한 설명 등 환자의 알 권리를 어떻게 보장할 것인가이다.

마지막으로 외모의 획일화와 다양성의 역설에 대해 살펴보자. 외모의 획일화를 이야기하는 사람들이 자주 드는 예 중 하나가 세계무대에서 활약하는 한국 모델들, 혹은 배우들의 이야기다. 세계무대에서 각광받는 한국인 모델의 얼굴은 우리가 생각하는 미인형과는 다르다는 것이다. 실제 동양인 최초로 샤넬과 프라다의 모델이 된 혜박과 신진 모델 세계 랭킹 10위 안에 든 한혜진의 얼굴에는 공통점이 있다. 외꺼풀 눈에 툭 튀어나온 광대뼈, 높지 않은 코. 우리가 생각하기에 결코 미인이라 할 수 없는 얼굴이다.

그렇다면 우리는 서구가 높게 사는 '우리의 미'를 제거하고 무시하기에 급급한, 모자란 사람들인가? 이 질문의 해답에 다양성의 역설이 존재한다. 세계화 시대에 미국이 중심부라면 한국은 주변부다. 오랫동안 한국 문화의 특성을 연구한 김영명 교수의 논의를 빌리자면, 중심부의 문화적 다양성은 주변부 문화의 여러 요소를 끌어오면서 성립한다.

결국 중심부의 힘이 강할수록 중심부의 문화적 다양성도 증가한다. 반면에 주변부의 문화적 다양성은 '힘없음 - 피지배'를 반영한다. 중심부의 문화적 기준을 받아들인 결과, 주변부의 다양성도 증가하기 때문이다. 앞서 말했듯 우리의 얼굴은 오히려 다양해지고 있다. 미국과 유럽 등 중심부의 미적 기준을 다양한 변형을 통해 수용하기 때문이다.

타고난 미모가 진정한 미모라는 논리는 시대착오적 보수의 냄새를 풍긴다. 진정한 미인은 내면의 아름다움을 지닌 사람이라는 말은 공허하게 들린다. 주변부인 우리에게는 '외모의 획일화'가 아닌 '다양화되는 외모'를 논의하는 편이 현실적이며 생산적일 것이다. 성형수술과 외모의 획일화를 관련짓는 주장에 타고난 외모의 불변적 가치나 내면의 아름다움을 편애하는 목소리가 섞여 들리는 게 불편한 이유다.

얼굴에서 욕망을 비워라

환자들과 처음 상담할 때 나는 상대방의 얼굴을 유심히 살펴보며 수술법을 생각한다. 그러나 얼굴을 보는 데는 또 다른 이유가 있다. 얼굴이 건네는 말, 즉 표정을 보기 위해서다. 상담 과정에서 환자의 표정을 세심하게 살피다 보면 말로 표현되지 못한 환자의 욕망을 알아낼 수 있다.

　기쁨보다는 슬픔이, 안정보다는 불안이, 여유보다는 조급함이 얼굴에 묻어나는 사람에게는 더 많은 이야기를 건네게 된다. 그렇게 상담을 지속하다 보면 성형수술로는 극복할 수 없는 욕망의 뿌리가 드러나기도 한다. 그것은 대개 자신의 얼굴을 다른 사람의 시선으로 들여다보는 데서 생겨난 욕망이다. 이러한 경우에는 수술이 아무리 잘되었어도 만족을 얻지 못한다. 내 얼굴이 내 것이 아니라 타인의 것이 되고 말았기 때문이다.

자기만의 표정이 없는 얼굴, 드러낼 면목이 없는 얼굴은 수술로 아름다워질 수 없다. 수술 후에도 내 것이 아닌 욕망이 얼굴에 그늘을 드리우기 때문이다. 의사의 입장에서 성형수술은 아름다움에 대한 욕망을 기르는 게 아니라 그 욕망을 비워내도록 도와주는 행위라고 생각한다. 나는 그들의 얼굴에서 욕망 대신 내면의 빛을 깨우고 싶다.

내 것인 얼굴, 남의 것인 얼굴

흔히들 성형수술이라고 하면 아름다움에 대한 욕망을 충족시키는 수술이라고 생각한다. 그리고 성형수술은 무엇보다 얼굴을 중심으로 행해진다. 성형의에게는 얼굴이 미적 추구의 직접적 대상일 수밖에 없다.

아름다움이란 무엇이고 거기에 대한 욕망이란 무엇인가를 따지기 전에 먼저 '얼굴'이라는 일상적 용어부터 정리해보자.

얼굴이란 무엇인가? 얼굴이야말로 인간을 인간답게 만들어주는 인간만의 육체적 부위다. 개인의 인간다움을 드러내는 동시에 인간 사회의 욕망이 투영되는 특정한 신체 부위가 얼굴이다. 얼굴과 성형, 그리고 욕망의 관계를 쉽게 말할 수 없는 까닭이 우선 여기에 있다.

국어사전은 '눈, 코, 입이 있는 머리의 앞면'이라고 얼굴을 정의한다. 그럼 얼굴은 머리가 있는 동물들에게도 존재하는 기관 아닌가? '벼룩도 낯짝이 있다'는 말도 있다. '낯짝'이 얼굴을 비하한 말이기는 하지만. 사전적 정의를 넘어 얼굴은 '얼이 드나드는 굴'로도 풀이된다. 우리 민족은 얼과 혼을 소중히 여겨 신이 나면 "얼씨구" 하며 흥을 돋우었고, 정신 나간 사람을 '얼빠진 친구'라 불렀다. '얼의 굴'이란 정의를 사용한다면, 동물들에게 머리의 앞면은 있을지 모르겠지만 진정 얼굴이라 부를 만한 신체 기관은 없다.

얼의 변화, 즉 표정 역시 인간에게만 있다. 동물에게는 눈, 코, 입, 그리고 수많은 근육들이 어울려 빚어내는 표정이 없다. 동물들의 얼굴은 소통을 위해 있지 않다는 이야기다. 인간은 얼굴을 통해 타인과 소통한다. 얼굴도 언어 못지않은 의사소통 매체다. 얼굴에 있는 30여 개의 표정 근육으로 만들 수 있는 1만 개 이상의 표정을 통해 인간은 감정과 정보를 교환하고 고도의 사회성을 표출한다.

찰나에 불과한 눈동자의 움직임이 때로는 수천 마디의 글과 말이 담지 못하는 감정을 드러낸다. "사랑해!"라는 말이나 글보다 물빛을 머금은 눈, 미세하게 떨리는 볼, 살짝 벌어진 입술이 사랑의 진실을 더욱 잘 전달한다. 진심을 담아내는 얼굴이 가장 아름다운 얼굴이다. 진심 어린 표정 속에서 자신감과 자기 면목이 빛을 발한다.

　그러나 내 얼굴이 때론 내 것이 아닐 수도 있다. 내 눈이 아닌 다른 이의 눈으로만 보는 얼굴은 자신의 얼굴이 아니다. 다른 이의 눈은 사랑하는 사람의 눈일 수도 있고, 가족이나 직장 동료, 혹은 사회 공동체의 눈일 수도 있다. 물론 다른 이의 눈을 무시할 수는 없다. 그것은 바람직한 일도, 가능한 일도 아니다. 사회적 동물인 인간의 얼굴은 사회성을 유지하고 강화하는 방향으로 진화해왔기 때문이다.

　문제는 다른 이의 눈만으로 내 얼굴을 보는 순간, 무수히 많은 약점과 결핍이 드러난다는 점이다. 그 사람 눈에 내 광대뼈가 너무 튀어나와 보이지는 않을까? 처진 눈꼬리 때문에 면접관이 나를 자신감 없는 사람으로 보지는 않을까? 낮은 코가 사람들의 웃음거리가 되지는 않을까?

　사랑받을 수 없는 얼굴과 사랑받기에 최적인 얼굴, 면접에 떨어질 얼굴과 면접에 철썩 붙을 얼굴이란 관상학자의 생계 수단일 뿐이다.

　나는 성형의로서 자신 있게 말할 수 있다. 그런 얼굴이란 없다. 스스로의 진면목을 드러낼 수 있는 얼굴, 참된 표정이 있을 뿐이다. 남의 얼굴로 짓는 표정에 진심과 진실이 깃들기란 밧줄이 바늘구멍을 통과하기만큼 어려운 일이다.

얼굴을 사랑하는 법

참된 표정을 소유한 스님이 있었다. 또 스스로를 '바보'라 칭한 성직자가 있었다. 지금 나는 고 김수환 추기경과 법정 스님의 얼굴을 떠올린다. 한 분은 바보로, 또 한 분은 '무소유'로 세상 사람들에게 깊은 울림을 주었다. 성형의의 입장에서 감히 두 분의 얼굴을 바라본다면 어찌 고쳐야 할 곳, 또는 고칠 수 있는 곳이 없겠는가? 하지만 나뿐만 아니라 세상 사람들은 그분들의 얼굴에서 평화와 겸손, 그리고 사랑을 읽는다. 하나의 종교가, 아니 온전한 하나의 삶이 그분들의 얼굴에 넓고 깊은 표정을 새겨놓았다. 많은 사람들이 그분들의 얼굴에서 욕망과 가식을 비워낸 진심과 진실을 발견한다. 내면과 외면이 아름답게 일치한 결과다.

그러나 평범한 사람들이 일상 속에서 내면의 아름다움을 외면의 아름다움으로 자연스럽게 표출하기란 분명 쉽지 않은 일이다. 때문에 나에게 가장 즐겁고 어려운 수술은 내면의 얼굴을 드러내주는 수술이다.

훌륭한 조각가는 대리석만 봐도 거기에서 무엇을 꺼내야 할지 안다고 한다. 돌이 품고 있는 형상을 드러내기만 할 뿐 인위적으로 모양을 만드는 작업은 하지 않는다고 한다. 마음이 있을리 없는 차가운 대리석 속에서 형상을 읽어내는 조각가에 비하면 환자와의 대화를 통해 겨우 환자의 내면을 읽어내는 나는 하수임에 분명하다.

그러나 나는 영감에 의존하는 예술가라기보다는 의술을 연마하고 환자와의 소통에 힘쓰는 의사다. 환자의 내면을 읽어내지 못한다면 수술은 이미 반쯤 실패한 것이나 다름없다. 한 사람이 지니고 있는 내면의 아름다움이란 얼굴에 배어나오기 힘든 가치다. 두께가 몇 밀리미터에 불과한 얼굴 피부가 빙하보다 두껍게 내면을 가둬놓기도 한다. 그럴 때 얼굴은 내면의 감옥이 된다. 내가 해줄 수 있는 일은 최선을 다해 그 감옥의 빗장을 아주 조금 풀어주는 것이다. 그 변화는 놀랍다.

얼굴을 바꾸면 내면이 바뀌고, 내면이 바뀌면 얼굴이 바뀐다. 이 간단한 전환에 성형의 보람과 의미가 깃들어 있다. 무엇이 먼저 바뀌어야 하는지에 대한 물음은 닭이 먼저냐 달걀이 먼저냐의 문제와 같다. 관건은 선순환의 고리를 만들어주는 데 있다. 다른 사람의 눈에 예쁘게 보이는 눈, 코, 입, 윤곽을 만들어주는 게 얼굴 성형의 목적이 아니다. 나에게는 환자 자신의 내면이 드러날 수 있는, 또 내면을 드러낼 수 있는 얼굴을 만들어주는 게 중요하다.

수없이 많은 이들의 얼굴을 성형하면서 모두 다른 얼굴, 다른 표정을 지닌 얼굴로 만들기 위해 일부러 노력한 적은 없다. 그럼에도 수술 후에 다시 만난 환자들은 무척이나 자연스럽게, 다르지만 아름다운 얼굴들로 바뀌어 있었다. 각자의 삶이 다르듯이 개성이 다르고 내면이 다르기 때문이다.

이마, 눈썹, 눈, 코, 광대뼈, 입, 턱이 나름의 조화를 이루게 도와준다면 자연스럽게 개성도 살아난다. 개성은 V라인 얼굴이나 짙은 쌍꺼풀로, 혹은 유행하는 수술법으로 만들어지는 것이 아니다.

이 지구상에는 60억이 넘는 사람이 살고 있지만 똑같은 얼굴은 하나도 없다. 심지어 일란성쌍둥이조차 서로 완전히 닮지는 않는다. 정말 놀랍지 않은가? 자신을 사랑한다는 것은 남과 다른 나를 사랑한다는 말 아닐까. 남과 다른 나를 발견하게 해주는 일이 성형의가 가장 먼저 해야 할 일이다.

다시 거울 앞에 설 어린 학생에게

중국 고사에 곡식의 싹을 빨리 자라게 하려고 당겼더니 모두 말라죽고 말았다는 이야기가 있다. '조장助長'이라는 한자어가 거기에서 나왔다. 성형수술은 얼굴의 아름다움을 조장하는 것이 아니라 내 것이 아닌 욕망을 비워주는 것이다. 내 것이 아닌 욕망에 사로잡혀 자신과 타인을 삐딱한 시선으로 바라보는 사람에게 온전한 자기 면목을 세울 수 있도록 계기를 마련해주는 일이 성형의가 할 일이다.

그럼 성형하기에 가장 좋은 나이는 몇 살일까? 결론부터 말하면 성형수술은 육체의 성장과는 관계가 없다. 의학적으로 필요할 경우 몇 살 되지 않은 어린아이도 쌍꺼풀 수술을 할 수 있다.

그러나 거듭 강조하지만 성형과 내면의 성장은 떼려야 뗄 수 없는 관계를 맺고 있다.

자기 성찰의 힘이 부족하고, 자기 결정에 익숙하지 못한 고등학교 1, 2학년 여학생들이 찾아오면 상담 끝에 돌려보낸다. 몸은 컸지만 정신적으로는 아직 성숙하지 않았고 자기 자신의 욕망을 책임질 정도의 내면의 힘이 마련되지 않았기 때문이다.

어느 날, 예쁘장한 고등학교 2학년 여학생이 찾아왔다. 전부터 눈과 코, 얼굴 윤곽을 고치고 싶었는데, 마침 장학금을 탔으니 얼굴 성형 외에 가슴 성형까지 하고 싶다 했다. 가슴 성형은 성인도 하기 주저하는 공격적 수술이다. 어디선가 한꺼번에 하는 성형, 올인원(all-in-one) 방식의 성형에 대해 들은 모양이라고 짐작했다. 처음에는 당돌한 아이로만 여겼다. 설득 끝에 가슴 성형은 포기하도록 만들었다. 그러나 그 이상은 고집을 꺾지 않기에 나는 부모님과 함께 오라고 했다. 결국 부모님까지 설득해 눈 수술만 하기로, 그것도 간단한 매몰법을 사용하기로 타협을 보았다. 하나하나 차례로 가는 성형 접근법을 택한 것이다.

옛날 같으면 나는 눈 수술도 하지 않을 것이었다. 그러나 지금은 또 시대가 달라졌다. 쌍꺼풀을 만든다고 테이프를 붙이는 것보다 간단한 수술로 자신감을 찾는 게 더 나을 것이다.

게다가 쌍꺼풀은 얼굴 근육을 온전히 사용할 수 있게 해주기도 한다. 나는 어느덧 내 절대적인 기준보다 환자가 처한 상황과 맥락을 먼저 고려하게 되었다. 때로는 의사로서 말려야 할 일도 있지만 때로는 내가 아닌 환자의 처지에서 수술을 고려해야 할 때도 있는 것이다.

나는 다만 거울 속 얼굴을 외면하던 그 아이가 거울에 비친 자신의 얼굴에서 스스로의 참된 욕망과 내면의 힘과 아름다움의 가능성을 발견할 수 있으면 좋겠다. 그리하여 내면의 아름다움을 외면하지 않는, 외면의 아름다움만을 경배하지 않는 현명한 여성으로 자라줬으면 좋겠다.

타인이 아닌 자신을 바라보는 얼굴은 시들지 않는 꽃이다. 내 것이 아닌 욕망으로 성형을 원하는 청소년들이 있다면, 계절에 앞서 꽃을 피우려 하지 않는 나무를 기억하기 바란다. 아름다운 꽃을 피우기 위해 나무는 때를 기다리며 뿌리부터 줄기, 잎사귀 하나하나를 먼저 튼실하게 키우는 법이다.

절대를 묻는 그대에게

우리는 늘 묻는다. 이것이 옳은가? 이것이 맞는가? 그 대답은 늘 객관과 주관 사이에 있다. 하지만 세상 어느 곳에도 객관과 주관은 존재하지 않는다. 다만 객관과 주관을 나누는 기준만이 존재할 뿐이다. 그리고 그 기준은 또다시 변한다.

서로의 반대편에서 팽팽한 줄다리기를 하는 객관과 주관의 기준, 그 기준이 달라지는 것이 또한 세상이다. 때로는 세상의 통념이 기준이 되고 때로는 법이 기준이 되고 때로는 자신의 주관이 기준이 된다. 성형이란, 아름다움이란, 또 다른 기준일 뿐이다. 성형의로서 나는 보편적인 미의 기준을 따르기 위해 노력했다. 그러나 때로는 다른 누구도 아닌 당신의 기준을 만드는 것이 중요할 수 있다.

제일 예쁜 코를 만들어주세요

환자가 들어온다. 그러나 다시 생각해본다. 저 사람을 환자라 부를 수 있을까? 의사를 찾아오는 사람은 아픈 사람이다. 그는 '아픈님'이다. 그리고 의사는 '아픈님'의 아픈 곳을 치료해주는 사람이다. 하지만 지금 들어오는 사람이 어디가 아픈 사람인지, 나는 알 수 없다. 아프다는 것, 아픔이라는 것은 상처에만 있지 않다. 육체의 아픔, 정신의 아픔, 사람과 사람 사이의 아픔, 그리고 자신만 아는 아픔이 있다.

성형외과를 찾는 사람들도 아파서 오고, 아파서 운다. 하지만 그 아픔은 생명과 직결된 아픔이 아니며 그 울음은 몸으로 우는 울음이 아니다. 그것은 일종의 정신적 결핍, 아니면 욕망의 과잉, 또는 현실과 이상의 괴리 등에서 느껴지는 아픔이며, 스트레스나 콤플렉스라고 이름 붙일 수도 있는 아픔이다. 어느 정도 견디며, 그러나 마음으로 울어가며 살아갈 수밖에 없는 아픔인 것이다. 그리고 그 아픔의 깊은 우물 속에는 아름다움에 대한 욕망이 있다.

나는 욕망이 나쁘지 않다고 생각한다. 세상이 변한 것도, 역사가 진보한 것도 모두 사람의 욕망 때문이지 않은가? 무언가 새로운 것을 만들고 싶은 욕망, 좀 더 편리해지고 싶은 욕망, 병을 고치고 싶은 욕망은 세상을 좀 더 살기 좋게 만든다. 하지만 더 가지고 싶은 욕망, 빼앗고 싶은 욕망은 세상을 살기 힘들게 만든다.

욕망과 시대 변화에 대한 상념은 오래전부터 내 머릿속을 떠나지 않는 주제였다. 오래도록 건강하게, 젊고 아름답게 살고자 하는 인간의 욕망이 의학의 발전을 이끌어왔다. 그리고 치료의학, 예방의학, 미용의학이 의학 발전의 선두 자리를 차례로 바꾸면서 세 부문의 의학이 하나로 융합되고 있다. 지금 우리는 새로운 의학 패러다임의 태동기에 살고 있는 것이다. 새 시대를 열기 위해 의학의 용광로를 뜨겁게 달구는 데 있어 어쩌면 나와 같은 성형의의 책임도 있을지 모르겠다.

나도 모르게 상념에 빠진 사이 환자가 조심스럽게 앉는다. 코를 고치고 싶어 하는 환자다. 나는 가만히 환자의 얼굴을 본다. 얼굴에는 많은 표정이 숨어 있다. 예뻐지고 싶다는 욕망, 수술에 대한 두려움과 성공에 대한 막연한 기대, 수많은 감정들이 얼굴에 빼곡히 들어차 있다. 나는 먼저 '아픈 님'에게 웃음을 지어 보인다.

"코를 고치고 싶어요."

밉지 않은 코였다. 하지만 더 예뻐질 수도 있는 코였다. 예전 같으면 수술을 하지 말라고 권했을 것이다. 그러나 지금은 미용의학 시대다. 하루 세 끼, 끼니를 때우기에 급급한 시대, 옷이 단지 몸을 가리고 보호하는 도구에 불과한 시대가 아니다. 우리는 지금 끼니를 때우는 것이 아니라 무엇으로 어떻게 미각을 향유할지 고민한다. 옷은 피부의 연장이라는 미디어학자 맥루한의 말은 지금 여기서는 통용되지 않는다. 오히려 옷은 자신을 표현하는 또 다른 상징이다. 프랑스의 기호학자 롤랑 바르트는 그렇게 이야기하지 않았던가? 밍크코트를 두른 부인이 단지 추위를 피하기 위해서 밍크코트를 입었다고 말하는 것은 어불성설이라고. 성형도 마찬가지다. 이제 성형은 자신을 표현하는 하나의 수단이자 소통의 방식이 되었다.

"어떻게 고치고 싶나요?"

아가씨는 살짝 부끄러운 표정을 짓는다. 나는 머릿속으로 코모양을 그려본다. 코의 연골과 콧구멍 모양이 떠오른다. 그리고 대답을 기다린다. 연예인 누구처럼 고치고 싶다고 할까? 아니면 높게? 자연스럽게? 짧은 시간, 나는 이런저런 모양을 그려본다.

"선생님, 제일 예쁜 코를 만들어주세요."

나는 할 말을 잃는다. 수많은 코가 머리를 스치고 지나간다. 나는 어떤 코가 제일 예쁜 코인지 알지 못하겠다. 한숨이 나오려한다.

"그럼요. 제일 예쁜 코를 만들어드리죠."

이건 내가 할 수 있는 대답이 아니다. 많은 성형의들이 저런 대답을 하고 있음을 나는 알고 있다. 그렇지만 그 대답은 진실이 아니다.

의사가 환자에게 진실이 아닌 답을 해도 도덕적으로 묵인되는 시대가 있었다. 치료의학 시대의 의사는 한편으로는 환자의 심리적 안정을 위해, 다른 한편으로는 관행적으로 "잘될 겁니다", "걱정 마세요"라며 구체적 부작용을 설명하지 않고 수술을 진행했다. 설혹 그 결과가 나빠도 대부분의 환자는 의사가 최선을 다했으리라 믿고 받아들였다. 선의(선한 의지와 선한 의사)의 시대에 악의(악한 의지와 악한 의사)는 예외적인 일부였다. 그러나 현재 일부 성형외과에서는 더 많은 환자를 유치하고 더 많은 수술을 해서 더 많은 돈을 벌기 위한 '립서비스' 식 문장을 앵무새처럼 뱉고 있다.

우리는 흔히 이런 경험을 가지고 있다. 중국집에 음식을 시킨다. 한참을 기다려도 배달원이 도착하지 않고, 뱃속의 아우성이 척수를 따라 올라 뇌를 자극한다. 참을 수 없는 허기에 전화기를 든다.

"○○동 △△에서 자장면 시켰는데요?"

즉각적인 응답이 온다.

"네. 출발했습니다."

세상에서 제일 예쁜 코를 만들어준다는 것은 방금 출발했다는 중국집 주인의 말과 다르지 않다. 그건 기계적인 '립서비스'일 뿐이다.

성형의는 절대 미감을 가지고 있는가? 절대미는 존재하는가?

나는 길게 설명하기 시작한다. 사람마다 얼굴이 다르고 기준이 다르다. 보는 각도에 따라 보이는 얼굴도 다르게 마련이다. 그런데 어떻게 세상에서 가장 예쁜 코가 존재할 수 있단 말인가? 보통 이런 식으로 설명하면 곤혹스러운 쪽은 환자다. 절대를 믿고 왔는데, 절대가 없다고 하니 말이다. 어쩌면 나는 이 순간 절대적인 해법을 제시해주지 못하는 무능한 의사로 낙인찍힐지도 모를 일이었다.

발렌도르프의 비너스

아름다움, 그것은 인간의 원초적 욕구였을 것이다. 시간이 지나도 아름다움에 대한 원초적 욕구는 바뀌지 않았다. 바뀐 것이 있다면 아름다움을 나누는 기준이다. 아름다움을 이야기하면 우리는 흔히 비너스를 떠올린다. 미의 여신 비너스. 그러나 비너스는 우리가 알고 있는 그리스·로마신화의 비너스만이 아니다.

위 사진은 발렌도르프의 비너스다. 구석기시대의 여인상인데 처진 가슴과 불룩 나온 뱃살이 도드라져 있다. 지금이라면 도저히 미인이라고 할 수 없는 모습이다. 하지만 구석기시대 사람들의 기준은 우리와 달랐다. 기능을 따지는 시기와 디자인을 따지는 시기는 분명 다르다.

금성 텔레비전의 광고 문구는 지금도 전설로 여겨진다. "순간의 선택이 10년을 좌우한다." 많은 사람들이 이 말에 금성 텔레비전을 샀다. 하지만 지금은 디자인의 시대다. 같은 값이면 예쁜 것을, 아니 기능이 조금 떨어져도 디자인이 좋은 것을 선호한다. 구석기시대 사람들은 아이를 많이 낳을 수 있는 여성의 모습을 아름답다고 생각했다. 이는 분명히 기능적인 생각이다. 기능이 세상을 지배하는 패러다임에서 디자인은 중요치 않다. 그러나 세상과 세상을 지배하는 담론은 변한다.

나는 가장 예쁜 코를 만들어달라는 환자의 이야기를 들으며 발렌도르프의 비너스를 떠올렸다. 세상에 절대란 존재하는가? 나는 다시 이야기를 이어나갔다.

"이 세상에 절대는 없어요. 많은 사람들이 커다란 눈을 원하지만 어떤 사람에게는 너무 큰 눈이 콤플렉스가 됩니다. 중요한 건 나와 어울리는 내 모습을 찾아가는 겁니다."

"여기가 유명하다고 해서 온 건데. 제일 예쁘게 해준다고 해서……."

이야기가 쉽게 끝날 것 같지 않았다. 나는 차근차근 다시 설명했다.

"고맙습니다. 만약 제일 예쁘게 해준다는 소문이 났다면 그건 얼굴에 어울리는 코를 만들었기 때문일 거예요. 먼저 코 수술을 하고 싶은 이유를 말해보세요."

그녀는 잠시 머뭇거린다. 뭔가 부끄러운 모양이다. 미소로 괜찮다고, 이야기하라고 신호를 보내니 그제야 입이 열린다.

"실은 친구가, 제 코가 너무 낮다고 해서요. 그러고 보니 코 라인이 뭉툭한 것도 같고요. 그리고 코에 비해서 콧구멍도 너무 큰 거 같아요. 겨울이면 콧물이 뚝뚝 떨어져요."

이제야 말이 통하는 느낌이다. 낮은 콧대를 세워주는 대표적인 수술은 융비술이다. 실리콘이나 고어텍스 같은 인공 보형물을 삽입하거나 자신의 진피와 지방조직을 이식하는 방법, 즉 귀의 연골을 이식하여 코끝을 세워주면 된다. 이 여성은 레스틸렌, 래디어스 등의 필러 주사제를 이용해서 콧대와 코끝을 자연스럽게, 원하는 만큼 살려줄 수도 있을 것 같았다.

처음 그녀는 모든 것을 내가 결정해주기를 바랐는지 모른다. 친구의 말 한마디에 성형외과를 찾은 그녀의 용기도 어쩌면 대단한 것이다. 자신의 중요한 일을 다른 사람의 말에 맡길 수 있는 용기, 정말 놀랍지 않은가. 이것은 내 주관이 상대에게 결정적인 영향을 미친 결과다. 그래서 내 주관을 상대에게 강요하면 안 된다.

환자들 중에는 여러 유형이 있다. 어떤 사람은 자신의 말에 따라 로봇처럼 수술하는 하수인 같은 의사를 원한다. 또 어떤 사람은 의사에게 모든 것을 맡겨버린다. 그런데 문제는 수술 후 자신의 상상과 다르다고 불만을 표시하는 경우다. 또 다른 유형으로는 의사와 소통하며 좋은 방법을 찾아가는 환자다.

성형은 의사가 모든 것을 결정하는 것이 아니다. 보다 중요한 것은 소통이다. 소통을 통해 더 나은 결과를 만들어가는 과정이 또한 성형인 것이다. 그러나 많은 사람들은 성형의를 절대적인 존재로 생각한다. 그리고 그 절대적인 존재가 자신의 기대를 충족시키지 못했을 때는 가차 없이 돌팔이로 몰아버린다. 그러나 자신이 절대적인 존재라고 이야기하는 성형의는 거의 없을 것이다. 만약 그런 말을 하는 성형의가 있다면 그가 바로 돌팔이다.

모든 것은 주관적이다. 내가 어떻게 느끼느냐에 따라 아름다움과 추함은 결정된다. 문제는 사람들의 귀가 얇다는 것이다. 내 기준을 가지지 못했기 때문에 다른 사람의 기준으로 자신을 재단하려 한다. '내가 느끼기에'가 아니라 '다른 사람이 어떻게 느낄까?'가 결정의 더 중요한 근거가 된다. 물론 그것도 중요하다. 하지만 그건 마치 치마와 바지의 차이와 같다.

치마는 바지보다 여성성을 더 잘 표현해준다. 그런 면에서 치마는 여성의 아름다움을 추구하는 옷이다. 바지가 강조하는 것은 활동성이다. 그러나 이도 절대적인 것은 아니다. 어떤 이는 치마보다 바지를 입는 것이 더 어울린다고 여긴다. 자신의 곡선을 살릴 수 있다고 믿기 때문이다. 그래서 치마와 바지의 경계에 있어서도 절대는 존재하지 않는다. 중요한 것은 맥락이다.

머리. 이마, 눈, 코, 입, 턱, 목으로 이어지는 얼굴의 맥락에서 어떤 코가 어울릴지 결정된다. 그리고 자신이 원하는 모습, 자신이 선호하는 얼굴의 맥락에서 어울리는 코의 모양이 결정된다. 모든 것은 결정된 것이 아니라 또 수많은 맥락에서 달라질 뿐이다. 중요한 것은 절대를 믿는 것이 아니라 자신의 기준을 세우는 것이다.

두려움은 거울 안에 있다

미인의 기준은 시대에 따라 조금씩 변했다. 현대의 대표적인 미인으로 우리는 60~70년대의 김지미, 80년대의 정윤희, 90년대 김희선, 그리고 지금은 김태희를 꼽는다. 그러나 그들 역시 절대미를 대표하지 않는다. 사람들이 열광하는 연예인은 다 제각각이다. 그건 사람이 다 다르기 때문이다. 중요한 것은 누구를 절대 신뢰하는 것이 아니다.

성형을 고민하는 사람에게 꼭 당부하고 싶은 말이 있다.

"거울을 보라!"

"거울을 보되, 거울 속의 자신을 보라!"

"거울 속 자신을 보되, 스스로의 눈으로 자신을 보라!"

무슨 말인가? 거울 속 나와 연애라도 하라는 말인가? 나는 하루에 열두 번도 넘게 거울을 보고, 거울 속에 있는 건 항상 나였다고? 내 두 눈으로 거울을 본다고? 그럴지도 모른다. 그런데 그게 정말일까? 나는 아니라고 생각한다. 당신은 거울을 보기는 한다. 그런데 성형을 겨냥하는 눈으로만 거울을 볼 뿐이다. 다시 물어본다.

"거울 속의 당신은 당신인가?"

"거울을 보는 당신의 눈에는 당신의 기준이 담겨 있는가?"

당신은 거울을 본다. 거울 속에는 당신의 얼굴이 들어 있다. 그리고 당신은 생각한다. '내 눈은 조금 더 커야 돼. 내 코는 조금 더 높아야 돼. 내 얼굴은 V라인이 아니야.' 그런데 문제는 그렇게 고쳐야 하는 기준이 내가 원하는 게 아니라 다른 사람들이 원하는 모습에 있다는 사실이다. 내 얼굴이 다른 사람이 이야기하는 아름다움의 기준에 한참 못 미치는 것만 같기 때문에 성형에 대한 고민, 성형에 대한 욕망이 시작되는 것이다.

남들의 기준에 자신을 맞추기 시작하면 나는 너무 보잘것없어지지 않을까? 타자의 기준에 맞는 나는 영원히 만들 수 없는 게 아닐까? 그래서 성형하고 또 성형하고 또 성형하는 것 아닐까? 그래서 아무리 성형을 해도 욕망이 채워지지 않는 건 아닐까? 그리고 '성형앓이'에 빠져버리는 건 아닐까?

그럼 성형이 나쁘다는 것인가? 아니면 욕망이 나쁘다는 것인가? 두려움이 나쁘다는 얘기인가? 아니다. 그렇지 않다. 좋음과 나쁨을 결정하는 것은 존재가 아니라 맥락이다.

공부를 잘하고 싶은 욕망과 다른 친구를 공부로 이기고 싶은 욕망이 있다. 두려움을 떨치기 위한 노력과 두려움에 벌벌 떨며 아무것도 하지 못하는 무기력이 있다. 성형을 통해 자신감을 회복하고 당당해지는 사람이 있고 성형에 중독되어 자신을 망치는 사람이 있다. 성형의 가치를 결정하는 것은 그것이 무엇으로 말미암아 생겨났으며 무엇으로 귀결되는가에 있다. 문제의 시작은 거울 속 자신을 바라보는 태도와 기준에 있다는 말이다.

거울을 보고 두려움을 느껴도 좋다. 거울을 보고 욕망이 생겨도 좋다. 거울을 보고 성형을 결정해도 좋다. 대신 정말 내게 필요한지, 스스로의 기준에서 한 번쯤 생각해보자는 거다. 돈벌이에 급급한 장사꾼 의사들의 기준이 아니라, 인터넷에 떠돌아다니는 다른 사람의 정보가 아니라, 자신의 기준에서 성형을 하라는 거다. 그렇지 않으면 몸은 예뻐져도 정신은 병이 든다. 점점 예뻐지는데도 자신은 만족하지 못하게 된다.

나는 나를 결정할 권리가 있다

의사의 길을 걸어오면서 나는 늘 의사란 무엇인가에 대해 자문해왔다. 그것은 자기 정체성에 관한 질문이며, 사회적 역할과 책임에 대한 내 나름의 절박한 문제 제기다. 먼저 의학에 대해 물어보자. 의학은 과학인가? 그렇다. 그러나 의학은 불확실성의 과학이다. 의학은 불확실성을 최소화하기 위해 끝없이 노력해야만 하는 과학이다. 의사란 저마다 다른 한 사람, 한 사람을 과학적 통계와 임상 경험으로 치료하는 자다. 약만 먹어서 감기가 낫는다면 의사가 필요치 않을 것이다. 또 뛰어난 의사와 그렇지 못한 의사를 구분할 필요도 없을 것이다.

의학은 확률의 과학이다. 동일한 질병이라도 그것을 치유하는 방식에는 다양한 변수가 존재한다. 그렇다면 의학은 불확실성의 과학이기만 한가? 그렇지 않다. 의학은 과학이자 인문학이다. 의학의 목적이 인간의 육체적·정신적 질병을 치유하는 것이기 때문에 의학은 인문학과 통한다. 인간의 몸과 마음의 구조를 쉼 없이 탐색하고 성찰하는 학문이 의학이다. 따라서 좋은 의사는 가장 성실한 휴머니스트라 할 수 있다.

의사는 인간이 불가피하게 겪을 수밖에 없는 고통의 의미를 존재의 문제로 제기하는 사람이기도 하다. 우리의 육체는 삶의 바다를 묵묵히 헤쳐 나가는 믿음직한 배와 같다. 우리가 각자 올라탄 육체라는 배는 암초와 같은 고통에 맞닥뜨렸을 때 스스로의 존재감을 드러낸다. 고통은 몸의 존재감을 절실하게 드러내는 수단이다.

인간의 몸과 마음을 침묵 속에서 일깨우는 고통은 때론 한 사람의 일생을, 삶의 의미를 뒤흔들어놓을 만큼 절대적이기도 하다. 따라서 의사는 고통이 일깨운 '아픈님'의 몸과 마음에 가장 따스한 손을 내미는 연민의 과학자여야 한다.

불확실성의 과학으로서, 또한 치유의 인문학으로서, 의학은 발전하는 과학기술과 변화하는 인간의 존재 조건에 발맞추어 끊임없이 자신의 길을 개척해왔다. 의사 역시 기술자나 과학자를 넘어 통합적 사유의 지식인이 되어야 한다고 나는 믿는다.

'얼굴'이라는 스토리

나는 신체적 고통을 겪는 이들에게 재건성형으로 새 인생을 찾아주는 것을 목표로 성형외과 전문의를 선택했다. 재건성형에서 미용성형으로 전향하면서 한때는 쌍꺼풀 수술이나 코를 높여주는 수술로 돈을 번다는 사실에 자존심이 상한 적도 있다. 그러나 이제는 사람들에게 아름다움과 자존감을 갖게 해주는 것에 보람과 긍지를 느낀다.

미용성형을 하는 나에게는 '아름다움이란 무엇인가'에 대한 고민이 있다. 한 여성이 찾아왔다. 표정이 어둡다는 것 외에는 그다지 손댈 데가 없었다. 그런데 막무가내로 수술을 요구했다. 결국 "어떻게 해드릴까요?" 하고 물으니 "예쁘게만 해주세요"라고 한다. 예쁘게? 이럴 때 "수술하면 예뻐지시겠습니다."하고 말할 수 있다면 얼마나 편할 것인가. 대신 나는 "표정을 조금만 바꿔보세요. 사진 찍을 때처럼 '김치~' 하고 거울을 보세요"라고 권했다. 그녀는 금세 자신이 원하는 예쁘고 건강한 얼굴을 갖게 되었다.

성형의 목표는 자연스러운 얼굴이다. 자연스러움을 벗어난 성형은 성공한 수술이라 보기 힘들다. 얼굴 모양이나 이목구비는 예뻐진 것 같은데 전체적으로 뭔가 어색하게 느껴진다면 자연스러움이 부족한 것이다. 그래서 성형은 어렵다. 비교적 간단한 시술인 보톡스도 그렇다. 표정근을 마비시켜 주름살을 방지

한다는 보톡스도 잘못 사용하면 표정 없는 '데드 마스크'를 만들 수 있다.

사실 성형외과를 찾는 많은 사람들의 얼굴에는 수심과 불만이 가득하다. 자신의 얼굴을 자책하며 거울 보는 것을 두려워하고, 심지어 카메라를 들면 기겁을 한다. 자신은 쌍꺼풀 없는 눈이나 낮은 코 때문에 못생겼다고 생각하지만 정작 그것이 이유가 아닌 경우가 많다.

얼굴은 스토리다. 얼굴에는 그 사람이 살아온 자취가 아로새겨져 있다. 수심과 불만이 가득한 얼굴은 수심과 불만이 가득한 삶을 의미한다. 성형수술은 새로운 스펙을 갖추도록 만드는 게 아니라 새로운 스토리를 시작할 수 있는 계기가 되어야 한다.

성형외과계에는 '상담을 시작하고 처음 5분 동안 한 번도 웃지 않는 사람에게는 수술하지 말라'는 격언이 있다. 웃음이 없는 사람은 성형을 아무리 잘해도 예뻐지지 않는다. 사람의 인상은 결코 부분적인 이목구비에 의해 결정되지 않는다. 오히려 관심을 갖지 않는 뺨이나 눈가, 입가 등 '여백'의 영향이 더 크다. 이 여백을 연출하는 것이 표정근육이다. 30여 개의 미세한 근육이 서로 밀고 당기며 다양한 감정을 연출한다.

쌍꺼풀과 오뚝한 콧날과 갸름한 턱 선이 있어도 그것들을 생기 있게 만들어줄 표정과 웃음이 없다면 예뻐 보이지 않는다. 표정이 없다면 아무리 훌륭한 이목구비조차 사막 위에 세워진 단조로운 조형물일 뿐이다. 죽은 사람은 아무리 예뻐도 아름답다고 하지 않는다. 영혼이 없는 표정이기 때문이다.

또 하나 중요한 것은 얼굴의 색감이다. 밝은 표정을 지으면 얼굴의 온도가 올라간다. 표정근육이 움직이면서 혈액순환이 활발해져 발그레한 혈색이 도는 것이다. 밝은 표정 하나로 건강하고 활기 넘치는 얼굴이 된다.

표정근육과 얼굴의 색감을 만드는 것은 오로지 개인의 몫이다. 눈꺼풀이나 코의 모양을 바꿔주고, 턱이나 광대뼈를 깎아 얼굴 틀을 교정한다고 될 일이 아니다. 성형을 해도 완벽해지지는 않는다. 중요한 것은 자신이 자신의 얼굴을 사랑하도록 계기를 부여해주는 일이다. 얼굴에서 결핍이나 장애를 찾는 게 아니라 사랑을 느끼도록 해야 한다. 물론 그 결핍이나 장애가 개인과 사회라는 두 축 모두에서 만들어질 수 있음을 모르는 게 아니다.

늘 새로운 얼굴들

80년대에는 노동운동을 많이들 했다. 극단적 선택인 분신을 시도하는 사람도 많았다. 그런 사람들 중 치료가 끝난 후에도 우울증에 걸리고 마는 경우를 많이 보았다. 그러나 좀 다른 사람을 알고 있다. 노동운동을 했던 한 여성이 있다. 노조 활동을 하던 중 체포를 피해 창을 넘다 얼굴에 커다란 흉터가 생긴 여성이다. 그녀의 치열한 삶을 잘 알고 있던 나는 안타까운 마음에서 무료로 수술을 해주겠노라고 제안했다. 하지만 그녀는 수술을 거부했다. 자신의 흉터가 노동운동의 훈장이라고 했다. 흉터와 훈장의 차이가 놀라웠다. 그녀는 자신의 얼굴을 삶의 맥락 속에서 바라보고 있었다. 그녀에게 상처 입은 얼굴은 자랑스러운 삶의 스토리 중 하나였다.

또 다른 사람은 페미니즘에 관심이 많았던 젊은 여성이다. 그녀는 오랜 고민 끝에 쌍꺼풀 수술을 받았다. 누가 보더라도 자연스러웠다. 그녀와 절친한 일부를 제외하면 누구도 그녀의 쌍꺼풀 수술 사실을 알아보기 어려웠다. 하지만 그녀는 우울증을 호소했다. 페미니즘이라는, 자신이 지향하는 세계관과 가치관에 어긋나는 결정을 했다고 자책하였다. 쌍꺼풀 수술이 그녀의 자존감에 상처를 입힌 것이다.

많은 페미니스트들은 미용성형을 사회의 구조적인 프레임으로 바라보는 데 익숙하다. 그들은 여성의 성형수술을 '여성의 몸에 대한 학대'라고도 이야기한다. 성형수술은 가부장적인 사회에서 여성인 자신을 대상화한 결과이며, 사회의 차별적 시선을 내면화한 상태에서 내리는 '끔찍한 선택'이라고 보는 것이다.

일부 진보나 페미니즘 진영의 말은 정치적으로는 '너무나' 올바르다. 그러나 성형을 했거나 하고자 하는 사람들에게 죄의식의 올가미를 씌울 수 있다는 점에서, 또한 그들의 결정을 수동적인 것으로 만듦으로써 페미니즘이 원하는 사회구조적인 해결

방안의 모색을 오히려 힘들게 만들 수 있다는 점에서 우려되는 바가 있다. 개인의 결정은 사회구조적인 틀에서 파생될 수 있다. 역으로 사회구조적인 문제의 해결은 개인에 대한 이해에서 시작될 것이다.

한 여성에게는 안타까운 마음에 수술을 해주려 했고, 다른 한 여성에게는 수술 후 안타까운 마음이 들었다. 나는 불필요한 수술을 거절해서 존경을 받았고, 어려운 수술에 성공해서 먹고 살았다. 그리고 한 사람, 한 사람을 만나며 성형의 의미를 새롭게 깨달아왔다.

권유와 만류, 자율과 타율 사이에서

"대중들은 게으른 여배우를 싫어한다. 성형한 여배우를 보면 성형했다고 지적하고, 여배우가 안 가꾼 얼굴로 나타나면 그것을 또 비난한다. 여배우라는 자리가 힘든 것 같다. 그래도 여배우는 자신을 꾸준히 관리해야 한다고 생각한다."

연기자 장서희가 자신의 성형 의혹을 해명하면서 이렇게 말한 적이 있다. 미모로 평가받는 연예인에게 성형수술은 감추거나 고민해야 할 선택 사항이 아닌 자기 관리를 위한 필수 사항이 되었다.

자기 관리의 중요성은 연예인에 국한되지 않는다. 요즘에는 세대나 남녀를 가리지 않고 자기 계발, 자기 관리가 일종의 화두처럼 제시되고 있다. '당신은 성공할 자격이 있다', '자신을 경영하라', '주입식 교육은 가라, 이젠 자기 주도 학습의 시대' 등의 구호는 스스로를 계발과 경영의 대상으로 삼으라고 요구한다. 자아의 발견을 넘어 발견한 자아를 관리하고 경영해야 한다. 자기 관리와 자기 경영 전도사들은 우선 자신을 철저히 대상화하고 객관화하라고 말한다.

어떤 사람들은 이를 '자아의 식민지화'라고 부른다. 자신의 내부에 야만의 상태로 버려진 미개척지 혹은 식민지를 세밀하게 마련된 프로그램에 따라 관리·경영하여 문명화하는 것이기 때문이다. 단, 식민지의 거주민인 자아는 그것이 결국 자신을 위한 조치이며, 지금의 상태보다 좋아지는 유일한 방법임을 인정해야 한다. 분 단위 시간표처럼 세심하게 계획된 자기 관리와 경영 프로그램은 자율성을 바탕으로 실행되어야 하기 때문이다. 자신을 대상화하되 그것이 스스로의 자율적 선택임을 끊임없이 각성해야만 성공적 결과를 얻을 수 있다. 이 '타율적 자율'이 자기 관리 및 자기 경영의 키워드다.

성형은 취업 등 현실적 필요에 대한 '적극적 대응의 일환'이기도 하다. 그러나 돈에 급급한 성형의들은 환자의 자기 결정권, 자율성을 유린한다. 그들은 의사 개인의 미적감각과 현실적 필요성을 환자의 얼굴에 투영한다. 결국 환자는 고양이 앞에 던져진 생선 꼴이 돼버린다. 자기만족을 위해 성형수술을 받으러 왔지만 결국 장사꾼 의사의 만족을 충족시킬 뿐이다. 장사꾼 의사는 끊임없이 환자의 자기만족을 지연시키는 재주를 가지고 있다. 그들은 새로운 불만, 욕망의 발명가다.

인간은 결핍을 느끼는 존재다. 충족되지 못한 결핍을 참아낼 수 있는 사람은 많지 않다. 결국 결핍은 자기 합리화를 낳거나 보상 심리를 작동시킨다. 유명한 우스갯소리가 있다. 양발의 크기가 다른 부인이 신발을 사러 갔다. 신발가게 점원이 부인의 발을 보고 "한쪽 발이 더 크시네요"라고 말하자 부인은 가게를 그냥 나오고 말았다. 다음에 들른 가게의 점원이 "한쪽 발이 더 작으시네요"라고 말하자 부인은 기분이 좋아져 점원이 권해준 신발을 사 집으로 돌아갔다.

소통은 그 사람의 마음을 아는 데서 시작한다. 결핍을 채워주느냐, 아니면 결핍을 이용하느냐는 백지 한 장 차이일지 모른다. 어디에서든 부인은 신발을 샀을 것이다. 그러나 두 가게의 차이는 상대의 약점을 이용하느냐와 상대의 마음을 이해하느냐에 있다. 상대에 대한 이해에서 출발한다면 성형도 장사가 아니라 따뜻한 드라마가 될 수 있다.

간혹, 정말 미용성형이 필요치 않은 사람이 찾아온다. 그 사람에게 필요한 것은 수술이 아니라 자기 확신과 자존감이다. 나는 상담을 통해 그런 사람들을 돌려보낸다. 아니, 확신을 갖도록 도와주려고 한다. 나는 단순한 성형의가 아니다. 의사이면서, 성형외과 전문의다. 그건 나의 가장 기본이 의사의 윤리에 기반함을 말한다. 나는 먼저 의사로서 환자를 보호하기 위해 노력한다.

압구정에 있는 수많은 성형외과들은 사람들에게 유혹의 손짓을 보낸다. 가장 가슴 아픈 경우는 내가 돌려보낸 사람이 재수술을 하기 위해 나를 찾아왔을 때다. 퉁퉁 부운 코, 감기지 않는 눈을 한 채 이중, 삼중의 고통을 겪는 사람을 보면 차라리 내가 해주었더라면 하고 자책하게 된다.

나에게는 환자의 자기 결정권 존중이 가장 중요한 성형의 윤리다. 만일 당신이 성형을 해야 할지 말아야 할지 정말 모르고 있다면, 나는 당신 대신 그것을 선택해줄 수 없다. 그러나 만약 당신이 정말 하고자 한다면, 그것을 못하도록 막을 수 있는 사람은 아무도 없다.

나는 그 실행과 중지의 중간에서 어정쩡함을 무릅쓰고 최선을 다해 당신이 올바른 선택을 할 수 있도록 도와줄 뿐이다. 여기에 자기 결정권의 문제가 있다. 자기 결정권이란 모든 것을 자신 혼자 판단한다는 것이 아니다.

포기할 수 없는 자기 결정권

환자의 자기 결정권은 '인간 자율의 원리'에서 파생된 가치다. 인간은 자유의지에 따라 자신의 행위를 스스로 결정할 수 있는 유일한 존재다. 성형 환자라고 해서 예외가 될 수는 없다. 환자의 자기 결정권이 제대로 존중되려면, 환자 스스로 자신의 삶, 외모, 얼굴의 가치를 평가하고 자신이 수술 여부를 결정할 수 있어야 하며, 선택한 대로의 결과를 얻을 수 있어야 한다.

여기에 나는 또 다른 필수 요소가 포함되어야 한다고 생각한다. 앞서 나는 두려움은 거울 안에 있다고 했다. 자신의 기준이 아닌 타인의 기준으로 판단하면 어떤 성형도 그 사람을 만족시킬 수 없다. 자기 결정권에는 건강한 자아가 뒷받침되어야 한다. 권리와 책임은 언제나 같이하는 법이다. 그런데 가장 소중한 자신의 몸에 대한 수술을 결정할 때, 가장 먼저 고려해야 할 기준은 자신이다. 이때 필요한 사람이 나와 같은 존재다.

그 사람이 올바른 결정을 내릴 수 있도록 도와주는 게 내 역할이다. 식사 자리에 대학병원장인 친구가 딸을 데리고 온 적이 있다. 친구의 딸은 성형을 원하고 있었다. 나는 친구의 딸에게 "참 예쁘게 생겼다"고 말했다. 그 말을 듣고 친구의 딸은 성형수술을 포기했다. 내 한마디에 자신감을 찾은 것이다.

개인에게는 개인적인 기준이 있다. 내가 이야기하는 것은 개인적인 기준 역시 왜곡될 수 있다는 것이다. 그 첫 번째 왜곡이 타인의 기준을 자신의 기준으로 착각하는 것이고, 두 번째가 맹목적으로 자신의 기준이 옳다고 믿는 아집이다. 성형에서도 이런 일은 종종 발생한다.

명문대에 다니는 한 학생이 찾아왔다. 도톰한 입술이 고민이라고 했다. 도톰한 입술을 줄이고 싶은 이유는 무엇이었을까? 미국의 영화배우 안젤리나 졸리의 도톰한 입술을 극찬하면서도 자신의 조금 도톰한 입술에 불만을 가지는 이유가 무엇일까? 그것은 자신에 대한 왜곡 때문이다.

누군가 그녀에게 입술이 도톰하다 했고, 그녀는 그것이 자신의 가장 큰 문제점이라고 인식한 것이다. 그 후 그녀는 입술에 자신이 없어, 사람을 볼 때 입술을 오므리는 버릇을 갖게 되었다. 입술을 오므리면서 그녀의 표정은 부자연스러워졌다. 표정은 점점 굳어갔고 그녀는 모든 문제의 근원을 입술에서 찾게 되었을 것이다. 이때 나와 같은 사람이 필요하다. 마음을 고치는 것이 먼저인지 입술을 고치는 것이 먼저인지 그것을 생각해보게 하는 것이 의사인 나의 몫이다. 그래서 자기 결정권이란 순전히 자신에게만 한정되는 것이 아니다.

물론 성형이 진정으로 환자에게 가장 좋은 것인지를 판단하기는 쉽지 않다. 2007년 뉴질랜드 의사협회의 결정은 성형 환자의 자기 결정권에 대해 많은 것을 시사해준다. 뉴질랜드 의사협회가 의사들이 성형수술을 시술하려면 반드시 환자들에게 일주일 간의 숙고 기간을 주어야 한다는 기준을 제정한 것이다. 처음 의사를 찾아왔을 때부터 수술에 들어가기까지의 일주일은 성형수술의 좋은 점과 나쁜 점을 환자 스스로 고려할 수 있는 시간적 여유가 될 수 있다. 또한 수술을 하기 며칠 전에 의사들은 반드시 환자의 서면 동의서를 받고, 수술에 들어가기 직전에 다시 한 번 동의를 확인하는 과정을 거쳐야 한다고 규정하고 있다.

실제로 우리나라에서도 예전 대학병원 근무 시에는 수술을 진료 당일에 해달라고 해도 며칠을 미루도록 했다. 몸뿐만 아니라 심리 상태도 고려했기 때문이다. 불안함은 판단 착오를 일으키는 원인이 된다. 그래서 수술이 꼭 필요한가를 스스로에게 묻는 시간을 주었던 것이다.

성형에서 환자의 자기 결정권을 충분히 보장하는 일은 반드시 필요하다. 스스로가 아닌 다른 사람에 의해 자존감에 상처를 입은 사람들일수록 더욱 그러하다. 청소년들의 경우도 예외는 아니다. 나는 고등학교 학생들에게 어디, 어디를 수술하면 예뻐질 수 있다고 말하지 않는다. 대신 자신이 무얼 얻길 원하는지, 왜 원하는지, 어떻게 원하게 된 것인지, 원하는 걸 얻게 된 후에는 어떻게 될 것인지를 그들과 함께 고민한다.

외모 때문에 받은 모욕감은 쉽게 잊히지 않는다. 모욕감은 자아를 병들게 하는 아주 강력한 기생충이다. 모욕감은 아무리 씻어도 지워지지 않는 주홍글씨처럼 끈질기게 남아 숙주인 자아에 치명상을 입힌다.

남학생들로부터 외모 최하점을 받은 여학생에게, 면접관에게 외모를 지적당한 취업 준비생에게, 미팅 때마다 소위 폭탄 취급을 당하는 여대생에게 있어 외모 차별은 자존감은 물론 자기 결정권을 심하게 훼손시킨다. 이때 성형의가 먼저 해야 하는 일은 제동을 거는 것이다. 모욕감에 시달린 마음에 숨 고를 시간을 주고, 자기 결정을 위해 충분한 성형 정보를 제공하고, 성형수술의 예상 결과를 객관적으로 제시해야 한다. 이처럼 성형의는 어렵지만 필요한 균형을 잡아가야만 한다. 만류와 권유, 타율과 자율의 변증법에 의사의 의무와 보람이 놓여 있다.

3부

이런 성형 절대로
하지 마라

"괴물과 싸우는 사람은 그 싸움 속에서 스스로도 괴물이 되지

않도록 조심해야 한다. 그대가 오랫동안 심연을 들여다볼 때,

심연 역시 그대를 들여다본다."

단점을 말하는 의사, 장점만 말하는 장사꾼

40대 여성 환자가 나를 찾은 적이 있다. 얼굴이 퉁퉁 부어 있었다. 한눈에 심각한 상태임을 알 수 있었다. 피부조직은 괴사가 진행되고 있었고 부드러워야 할 가슴은 꽉딱하게 굳어 있었다. 누구의 꾐에 빠졌는지, 의사도 아닌 사람에게 성형수술을 받은 것이다. 그녀는 분명 피해자다. 그러나 그녀는 내 앞에 죄지은 사람의 모습을 하고 있었다.

잘못된 성형의 피해는 참혹하다. 잘못된 선택이 그녀의 얼굴과 가슴을 망치고, 정신을 병들게 했다. 상술은 인술을 생각하지 않는다. 상술이 생각하는 것은 돈, 그것뿐이다. 마치 도박에서 베팅을 하듯 성형을 우습게 생각하고 제멋대로 시술하는 타짜들

이 아직도 이 세상에는 존재하고 있다. 그들에게 권하노니,

　"성형 기술자들이여, 이제 그만 메스를 놓아라!"

아직도 살아있는 이름, '야매'

　'야매'라는 말이 성행하던 때가 있었다. 먹고 사는 일이 시급해 디자인이나 완미함 같은 건 따지지도 않을 때였다. 그 시대를 지배했던 가치는 '더 싸게, 더 오래, 더 튼튼하게'였다. 싸고 튼튼하고 오래간다면 그보다 더 좋은 건 없는 시기였다. 하지만 세상에는 기회비용이라는 것이 있다. 모든 것이 다 좋을 수는 없다. 어떤 일을 함에 있어 사람은 적어도 몇 가지를 포기해야 한다.

　예전에는 많은 사람들이 '야매'를 선택했다. 치아도 성형도 '야매'였다. '야매'는 가짜, 짝퉁, 사이비라는 뜻이다. 말하자면 의사가 아닌 사람이 돈을 받고 수술하는 것을 말한다. 당시 사람들이 '야매'를 선택하는 이유는 간단했다. 싸고, 쉬웠다. 거기에 불법 시술자의 달콤한 말이 더해지면 많은 사람들이 이성을 상실하고 최면에 걸린 사람처럼 '야매'를 받았다. 앞서 이야기한 여성도 그랬다.

　얼굴에 맞은 주사와 가슴에 넣은 보형물이 파라핀일 것이라는 짐작이 들었다. 하지만 속단은 금물이다. 정확한 시술은 정확한 진단에서 나온다. 조심스럽게 이물질이 무엇인지를 검사했

다. 역시 파라핀이 맞았다. 얼굴에 외과 수술을 하고 가슴에서 응고된 파라핀 덩어리를 꺼냈다. 그녀에게 두 번 상처를 주지 않기 위해서는 최대한 흉터를 줄여야 했다. 하지만 완벽할 수는 없었다. 치명적인 실수가 부른 흉터가 남게 되었다.

물론 이 일은 최근의 상황과는 다르다. 하지만 지금도 또 다른 이름의 '야매'들이 존재한다. 성형외과에서도 예외는 아니다. 나도 처음에는 사람들이 왜 그렇게 쉽게 현혹되는지 이해할 수 없었다. 앞의 환자 또한 큰 부자는 아니어도 살 만큼 사는 집의 주부였고 교육도 받을 만큼 받은 사람이었다. 똑똑한 사람들이 왜 그렇게 쉽게 속아 넘어가는 것일까? 어떤 사람들은 그건 옛날에나 벌어지는 일들이라고 이야기할지 모른다. 하지만 나는 지금 이 순간에도 그런 사람들을 대하고 있다.

술만 사람의 이성을 마비시키는 것이 아니다. 마취제만 사람의 감각을 마비시키는 것이 아니다. 자신이 만들어낸 허상과 달콤한 말들, 거리에 넘쳐나는 간판과 광고, 최신이라 불리는 숱한 시술법 또한 사람의 이성과 감각을 마비시킨다. 그럼 지극히 상식적인 사람들도 지극히 비상식적인 판단을 내리게 된다.

문제는 성형을 단순한 상품으로 이해하는 데 있다. 상품은 반품이 가능하다. 반품이 안 된다면 치워버리거나 쓰지 않으면 된다. 상품을 구입하기 위해 지불한 금액은 잃어버린 셈 치면 된다. 그러나 성형수술은 반품도 교환도 되지 않는 의료 행위다. 잘못된 성형을 되돌리기 위해서는 돈보다 더 큰 육체와 정신의 고통을 지불해야 한다. 그러나 일부 의사들은 장사를 위해 수술과 부작용에 대해 설명하지 않는다. 대신 달콤한 말로 사람들을 현혹하기에 급급하다. 그것을 의사들만의 잘못이라고 보기도 힘들다.

만약 있을 수 있는, 혹은 어쩔 수 없는 부작용을 정직하고 정확하게 이야기하면 대다수 사람들은 왜 겁을 주냐며 반발한다. 어떤 사람들은 무서운 의사라며 발길을 돌려버린다. 솔직히 어떤 의사도 수술 부작용의 모든 측면을 설명해줄 수는 없을 것이다. 그러나 많은 의사들이 최대한 환자의 알 권리를 존중해주려고 한다. 그것이 의사의 의무이기 때문이다.

성형수술은 광고 문구로 구매를 결정하는 소비 행위가 아니다. 성형외과는 성형을 파는 쇼핑몰이 아니다. 성형은 마우스 클릭 한 번으로 장바구니에 담고 인증서를 통해 결제를 하는 상품이 아니다. 상품을 설명할 때, 판매자는 상품의 장점을 극대화한다. 대신 단점은 극소화하기는커녕 언급조차 하지 않는다. 광고의 범람 속에서 소비자는 차단된 정보만 제공받고 있는 것이다.

이런 상황이 의학에서 발생한다는 것은 극히 위험하다. 못 쓰게 된 상품은 버릴 수 있지만 내 몸은 버릴 수 없다. 내 몸을 대체할 수 있는 것은 존재하지 않는다.

나는 되묻고 싶다. 내 소중한 몸을 기술자에게 맡기겠는가, 아니면 의사에게 맡기겠는가. 이건 상식이다.

수술은 성공적인가요?

나는 치료의학과 미용의학을 구분한다. 둘은 용어와 개념에서부터 차이를 보인다. 치료의학에서 중요시하는 것은 진단학이다. 진단이란 쉽게 말하자면 아픈 이유, 병의 원인을 찾는 것이다. 진단학이 중요한 것은 진단을 통해 대부분의 치료 과정과 방법이 결정되기 때문이다.

배가 아픈 환자가 있다. 환자는 복통을 호소한다. 그럼 의사는 배를 눌러보고 청진기를 대본다. 그래도 확신이 서지 않으면 엑스레이 촬영을 한다. 이런 과정은 모두 진단을 위해서다. 쉽게 이야기해서, 맹장이 터져서 배가 아픈 건데 그걸 변비로 인한 복통으로 오해하지 않기 위해서란 말이다. 이렇듯 진단이란 치료의 첫걸음이 된다. 맹장이 아프면 맹장 수술을 하고 폐가 아프면 폐를 고치고 심장이 아프면 심장을 치료한다.

진단학에서 치료로 이어지는 이러한 과정에는 일정한 규칙이 있다. 하지만 성형에는 정해진 규칙이나 매뉴얼이 존재하지 않는다. 앞서 이야기했지만 성형은 미용의학이다. 미용의학은 생명과 직결되지는 않는다. 중요한 것은 만족도다. 수술의 성공도 마찬가지다.

우리는 드라마에서 종종 이런 장면을 본다. 구급차가 보이고 응급 환자가 침대에 실려 수술실로 향한다. 수술을 알리는 불이 꺼질 때까지 가족이나 애인은 두 손을 모으고 기도한다. 이윽고 수술을 마친 의사가 힘겹게 수술실을 나선다. 그때 제일 먼저 애달프게 묻는 말이 있다.

"수술은 성공적이었나요?"

의사의 대답은 보통 세 가지다. 첫 번째는 "수술은 성공적이었습니다." 그럼 사람들은 환호한다. 두 번째는 "경과를 지켜봐야 할 것 같습니다." 그래도 아직은 희망이 있다는 말이다. 그리고 마지막 세 번째는 "……." 침묵. 그것은 수술이 실패했다는 의미다.

집도한 의사가 성공과 실패를 가늠할 수 없는 것, 그것이 바로 성형이다. 그러나 나는 수술 성공 여부를 묻는 말에 답을 한다. 나는 최선을 다했고, 만족한 결과가 나올 때까지 수술을 멈추지 않기 때문이다. 그래서 나는 수술이 아주 잘됐다고 말한다. 그렇지만 성형에서 수술의 성공과 실패를 가늠하는 사람은 의사가 아니라 환자다. 나는 최선을 다할 뿐이다. 판단의 열쇠는 의사 김수신이 아닌 환자 자신의 몫으로 남는다.

성형이란 분야에서 외부의 객관적 성공 기준은 존재하기 힘들다. 그것은 성형이 생명이 아닌 아름다움에 가치를 두고 있기 때문이다. 수술을 받은 사람이 만족했다면 그 수술은 성공이다. 하지만 만족하지 못했다면 그 수술은 실패가 된다. 성형의학에서는 진단과 치료, 성공과 실패의 획일화된 기준이 존재하지 않는다.

아침 버섯과 쓰르라미 그리고 최신 성형

《장자》에 "아침 버섯은 초하루와 그믐을 모르고 쓰르라미는 봄가을을 모른다"는 말이 있다. 아침에 잠시 났다 해가 지기 전에 사라지는 버섯, 여름 내내 울다 사라지는 매미. 이들이 비유하고 있는 것은 바로 눈앞의 상황에만 급급한 사람들일 것이다. 나는 앞서 '야매'와 기술자를 이야기했다. 그리고 성형에서 성공과 실패의 기준은 환자의 만족도에 달려 있다고 했다.

다시 한번 곱씹어보자. '야매'로 성형을 받는 이유는 멀리 보지 못하기 때문이다. 값이 싸고 당장 효과가 나타난다는 조급증 때문이다. 기술자의 달콤한 말에 자신도 모르게 성형을 결정하는 것은 꼼꼼히 따져보지 않고 눈앞의 상황에 매몰되었기 때문이다. 그리고 성공과 실패의 기준이 자신에게 달려 있음에도 불구하고 의사에게 모든 것을 맡겨버리는 환자 역시 눈앞의 상황에 매몰되어 자신의 결정권을 잃어버린 것이다.

환자의 자기 결정권을 빼앗는 많은 요소 중 하나가 최신 수술이니 신개념이니 무통이니 하는 것들이다. 물론 성형의학의 발전은 현장의 중심에 있는 나조차도 놀랄 정도로 빠르다. 환자의 입장에서 보면 자신이 선택할 수 있는 수술 기법이 많아진 것일 수도 있다. 나는 많은 의문을 가진 환자, 그리고 인터넷 정보만으로 자신이 의사가 된 양 착각하는 환자에게 다양한 수술 기법과 효과에 대해 최대한 설명하려 한다. 그럼 환자들은 되묻는다.

"유명한 병원에 왜 이런 수술법은 없는 거죠?"

순간 나는 당황한다. 하지만 나는 그것이 백지장 차이임을 곧 깨닫는다. 많은 성형외과들이 광고를 한다. 그중에는 내가 모르는 수술법이 많다. 그래서 그 수술법이 무엇인지 살펴보고 나면 쓴웃음을 지을 수밖에 없다.

최신 성형수술법은 정말 최신일까? 사실 최신 성형수술법과 기존 성형수술법의 차이는 수술법에 있지 않다. 수술법의 이름에 있다.

수술법에 이름을 붙여 최신 성형이라고 이야기하는 광고를 숱하게 보아왔다. 예컨대 엑스레이를 찍는데, 올해 새로 들여온 기계로 찍는다고 해서 최신이라고 할 수 있을까? 된장찌개를 끓이는데 버섯을 넣은 것과 넣지 않은 것, 두부를 잘게 썬 것과 크게 썬 것이 있다. 버섯의 유무와 두부의 크기 때문에 된장찌개가 김치찌개가 되지는 않는다. 버섯의 유무와 두부의 크기는 식성에 따라 달라지는 것이다. 성형수술도 마찬가지다.

작은 변화는 항상 존재해왔고 앞으로도 그럴 것이다. 환자의 상태에 따라 같은 수술이라도 조금씩 달라지기도 한다. 그런데 그럴 때마다 새로운 이름을 붙인다고 그것이 최신 수술법이 될까? 대부분의 최신 수술법은 상술이 낳은 일종의 광고 카피일 뿐이다.

물론 그중에는 정말 기존의 수술이나 기계를 그 병원이나 의사만의 효과적인 치료 행위로 활용하는 경우도 있다. 유럽의 아이디어가 미국에서 현실화되어 미국이 강대국으로 발돋움한 것처럼 말이다.

라식 수술이 처음 시작된 것은 30여 년 전 러시아에서다. 당시의 라식 수술은 각막을 칼로 절개하는 것이 전부였다. 그러나 그 수술법을 받아들인 미국의 의사들은 레이저를 사용했다. 레이저를 사용하자 예측 가능하고 정교한 시력 교정술인 라식이 탄생할 수 있었다. 러시아에서 처음 시도된 사지 연장술 역시 비슷한 경로를 거쳤다. 이러한 경우는 청출어람이라 할 것이다. 하지만 어설픈 모방은 귤화위지橘化爲枳를 만들 수도 있다. 귤이 회수를 건너 탱자가 되듯이 새로운 것을 가미하려다 본래의 정수를 잃게 되는 경우가 생긴다.

나는 성형에 객관적인 진단이 존재하지 않는다고 말했다. 그러나 성형의들 중에는 치료의학처럼 진단을 하고 처방을 하는 경우가 있다. 결국 그것은 성형의의 기준일 뿐이다. 수술이 끝난 후 마음에 들지 않는다고 땅을 쳐도 후회는 언제나 늦은 법이다. 더욱이 돈벌이를 최대 목표로 하는 성형의의 말을 모두 믿는 것은 고양이에게 생선가게를 맡기는 격이다. 성형에서 가장 중요한 것은 환자와 의사가 소통을 통해 최적의 방법을 만들어내는 것이다.

전문의와 돌팔이의 차이는 환자 개인에게 맞는 수술 기법을 얼마나 지니고 있는가에 달렸다. 수술은 변수와의 싸움이다. 다양한 경험과 다양한 수술법이 몸에 체득되지 않았다면 의사는 변수와의 싸움에서 지고 만다. 전문의가 다양한 무기를 가지고 전장의 상황에 맞게 전술을 전개한다면, 돌팔이는 소총 하나로 전쟁을 하는 군인과 같다. 수술 중에는 어떤 저격수가 나타날지 모른다. 전차가 나올 수도 있고 대포의 공격을 받을 수도 있다. 전문의는 그런 상황을 이겨낼 다양한 무기를 가지고 있어야 하는 것이다.

나는 늘 의사란 의사의 손길을 필요로 하는 사람의 충실한 도우미가 되어야 한다고 믿는다. 의료 행위나 치료 행위는 상품을 사고파는 구매 행위와는 다르다. 환자는 필연적으로 고통에 대한 공포, 그리고 불확실한 미래에 대한 두려움을 지닌다. 의사는 그런 환자에게 필요한 믿음을 주어야 한다. 환자가 감수해야 할 공포와 두려움을 말해주고 그 이상을 넘어선 공포와 두려움을 제거해주어야 한다.

패키지의 함정

의술을 다른 말로 인술仁術이라고 한다. 사람을 살리는 어진 기술이기에 그렇게 부른다. 돈에 눈먼 의사의 의술은 사람을 살리는 인술이 아니다. 그건 하나의 기술일 뿐이다. 지금도 많은 의사들이 인술을 펼치고 있다. 성형의도 마찬가지다.

그러나 성형의가 의사의 본분을 잃게 되면 의술은 더 이상 인술이 아니라 기술로 변한다. 말없이 인술을 펼치고 있는 의사들을 위해 나는 기술자들의 이야기를 하려고 한다. 그것은 또한 내 자신에게 울리는 경종이기도 하다.

내가 지금부터 하려고 하는 이야기는 물질을 위해 양심을 팔아버린 의사들, 집착과 허영에 사로잡혀 수술대에 눕는 사람들,

외모만 좇는 거리의 수많은 사람들에 대한 것이다. 왜 이런 사람이 생겨났을까? 세상에는 괴물이 점점 많아지는 것 같다.

"괴물과 싸우는 사람은 그 싸움 속에서 스스로도 괴물이 되지 않도록 조심해야 한다. 그대가 오랫동안 심연을 들여다볼 때, 심연 역시 그대를 들여다본다."

니체의 저서 《선악을 넘어서》에 나오는 구절이다. 나는 다른 괴물을 만들지 않기 위해서, 육체와 정신이 조화를 이룬 건강한 사람들과 인술을 펼치는 정직하고 성실한 의사들을 위해서, 내가 몸담고 있는 세상의 부끄러운 부분을 이야기하고자 한다.

칼끝에 바른 달콤한 꿈

불가佛家에서는 욕심을 '칼끝에 바른 꿀'이라 정의한다. 욕심 많은 사람은 그 달콤함을 참을 수 없어 칼끝의 꿀을 핥다 자신의 혀가 갈라지는 줄도 모른다. 돈만 생각하는 의사들의 말은 칼끝의 꿀처럼 달콤하다. 그들의 말에 의하면 성형수술은 하나도 아프지 않다. 아침에 수술하고 점심에 출근할 정도로 회복이 빠르다. 눈·코·입을 조금 고치고 턱을 조금만 깎고 가슴에 보형물을 넣어주고 여기저기 지방을 흡입해주면 바로 S(에스)라인의 미인이 된다. 그것도 한꺼번에 고칠 수 있다.

환자는 이성이 마비된 것처럼 칼끝의 꿀을 핥는다. 아무 고통 없이 그렇게 빨리 단지 몇 차례의 수술로 지긋지긋한 외모의 굴레에서 벗어날 수 있다고 생각한다. 턱을 당기고 허리를 꼿꼿이 세우고 거리를 걷는 자신의 모습을 상상한다. 그러나 과연 그럴까? 성형수술이 그렇게 달콤하기만 할까?

의사는 수술 과정과 통증, 혹시 일어날지 모르는 부작용에 대해 설명해야 한다. 쌍꺼풀 수술 후 완전히 자리를 잡는 데는 6개월이 걸린다. 윤곽 수술, 유방 성형술, 주름살 수술, 지방 흡입술 등 전신마취로 시행되는 수술의 경우, 아주 드물지만 안면신경 마비, 감각 저하, 염증, 출혈 등의 후유증이 생길 수도 있다. 물론 제대로 된 성형의에게 수술을 받는다면 후유증을 앓는 경우는 극소수다. 그러나 의사이기 때문에 그런 말을 해야 하는 것이다.

잘못된 의사, 기술을 파는 의사의 달콤한 말에 푹 빠졌던 한 여성이 신문의 사회면을 장식한 적이 있다. 그녀는 단지 아름다워지고 싶었을 뿐이다. 그래서 많은 돈과 시간을 들여 두 달 동안 두 차례에 걸쳐 아홉 가지의 수술을 받았다. 복부 지방을 흡입하고 유방을 확대하고 광대뼈를 축소했다. 얼굴 전반에 수술을 한 것은 물론 얼굴과 종아리에 보톡스를 주입받았다. 그녀는 현대 성형의학이 창조한 완벽한 아름다움의 결정체가 될 운명이었다. 적어도 그녀는 그렇게 믿었을 것이다.

어느 날, 복부에 이상한 주름이 발견되었다. 복부 지방 흡입술

이후 과도한 섬유성 유착과 연조직 구축 현상으로 인한 것이었다. 유방 삽입물도 내려앉았다. 설상가상으로 좌측 유방 일부분의 감각이 소실되었다. 광대뼈 축소술 후에는 얼굴 양쪽에 탈모 현상이 나타났고, 왼쪽 뺨 하부에는 6센티미터 길이의 비정상적인 주름이 나타났다. 단지 아름다워지고 싶었을 뿐인데, 그녀는 가슴의 감각을 영원히 잃고 지울 수 없는 상처처럼 반흔과 주름을 평생 갖고 살아가야 할 터였다.

그녀는 법정 투쟁을 통해 수천만 원에 이르는 배상금을 받게 되었다. 그러나 다시 아름다워질 수 있다는 희망을 영원히 잃은 사람에게 수천만 원이 무슨 위로가 되겠는가? 그토록 간절히 원했던 아름다움은 이제 그녀에게 영영 실현되지 않을 꿈이 되고 말았다.

모든 것을 한꺼번에 바꿀 수는 없다

성형의 중에 옷을 벗기는 의사가 있다고 한다. 쌍꺼풀 수술 상담을 받으러 온 여성 환자의 옷을 벗겼다는 것이다. 성추행 사건을 말하는 게 아니다. 성형을 만병통치약으로 아는 사람과 환자의 무지를 이용한 의사의 상술이 어울려 빚은 결과다.

환자가 찾아온다. 쌍꺼풀 수술을 상담한다. 눈만 조금 커 보이면 만족할 수 있을 것 같았는데, 환자는 의사와 대화를 나눌수록 점점 더 많은 결함을 발견하게 된다. 눈의 크기를 극대화하기 위해 앞트임과 뒤트임을 함께 시술받기로 한다. 이 정도는 그래도 괜찮다. 그러나 거기에서 끝나지 않는다는 게 문제다. 의사의 진단은 코로 옮겨간다. 괜찮아 보였던 코가 갑자기 너무 낮아 보인다. 광대뼈가 너무 튀어나왔고, 턱도 V라인과는 거리가 먼 사각턱이란다. 가만히 거울을 들여다보니 그런 것도 같다. 눈을 제외하면 별 문제가 없다고 여겼던 환자의 얼굴이 순식간에 추녀로 둔갑한다. 그러나 의사는 수술만 하면 연예인 못지않은 미인이 될 수 있다고 위로하듯 이야기한다. 그 말에 환자는 가슴이 뛴다.

의사가 이번에는 가슴 이야기를 꺼낸다. 가슴이 너무 빈약하다는 것이다. 가슴 수술을 권하기 위해 의사는 상의와 브래지어를 탈의시킨다. 의사의 이야기를 듣고 보니 가슴이 확실히 빈약해 보인다. 의사는 '간단한' 수술만으로 가슴을 풍만하고 탄력 있게 바꿔줄 수 있다고 이야기한다. '간단하게' 예뻐질 수 있다는 말에 환자는 또 넘어간다. 이어 허리, 종아리, 허벅지로 수술 부위가 옮겨진다. 수술 부위를 보려면 하의를 탈의해야 한다. 이 의사는 몇 마디 말로 환자의 옷을 모두 벗겨버렸다. 환자의 몸을 보고 싶어서가 아니다. 환자의 몸을 통해 성형수술을 팔기 위해서다.

성형외과에 근무하는 일부 의사와 직원들의 감언이설은 쇠도 녹일 정도다. 날로 경쟁이 치열해짐에 따라 일부 병원에서는 성형이 불필요한 상담자들까지 성형을 감행케 하는 전략을 펼친다. 부끄러운 일이다. 심지어 어떤 병원에서는 성형을 상담하러 온 여성 환자를 얼굴 들고 다니는 게 부끄러울 정도의 추녀로 만들기도 한다. 어떻게 그런 눈으로 살았느냐, 그런 코로 돌아다니면 욕먹는다, 요즘 성형을 안 하는 것은 화장을 안 하는 것과 마찬가지다, 성형은 예의다 등등. 심지어는 시집이나 가겠느냐는 식의 인신공격도 서슴지 않는다. 어르고 달래고, 그래도 안 되면 윽박지르는 일이 지금 성형외과에서 일어나고 있다.

나라면 이 수술의 효과는 어느 정도고 어떤 부작용이 있을 수 있는지, 어떤 방법으로 수술이 진행되는지를 전문의의 입장에서 설명할 것이다. 사실 이렇게 말하면 장사는 힘들어진다. 그런데 어쩌랴. 나는 장사꾼이 아니라 의사가 되고 싶은 것을.

장사의 끝은 어디인가?

현실에는 엄연히 성형 장사가 존재한다. 장사의 기본은 비싸게 파는 것과 많이 파는 것이다. 수술비는 어느 정도 가격이 형성되어 있으니 비싸게 팔지는 못할 것이다. 그렇다면 많이 파는 방법이 남는다.

어떻게 해야 많이 팔 수 있을까? 여러 사람에게 팔면 좋을 것이다. 그러나 그보다 더 좋은 방법은 한 사람에게 많이 파는 것이다. 그것도 풀세트, 패키지로 말이다. 홈쇼핑에서 카메라를 파는 과정을 지켜보며 나는 혹시 상술에 눈먼 의사들이 그 기법을 동원하지 않았나 생각해본다. 앞서 이야기한 옷 벗기는 의사도 여기에 해당할 것이다.

패키지는 홈쇼핑에 많이 등장하는 마케팅 기법이다. 생각해보자. 나는 DSLR 카메라를 한 대 사고 싶다. 그런데 홈쇼핑에서 렌즈 3개와 함께 패키지로 팔고 있다. 처음에는 본체만 살 생각이었다. 전에 쓰던 렌즈가 집에 이미 있기 때문이다. 그런데 홈쇼핑에서는 단렌즈, 줌렌즈에 망원렌즈까지, 그리고 다양한 액세서리를 동시에 팔고 있다. 따로 사면 더 비쌀 것 같다. 조금씩 마음이 흔들리기 시작한다.

한 달에 몇 만 원만 더 보태면 풀세트를 가질 수 있다. 유혹은 점점 더 심해진다. 결국 쇼호스트의 달콤한 말에 패키지를 질러버리고 만다. 성형 상술도 이와 비슷하게 전개된다. 쌍꺼풀 수술을 하려다 온몸을 다 수술하게 되는 것이다.

또 다른 방법은 하청이다. 서울 압구정과 인터넷에는 유명한 성형의들이 넘쳐난다. 환자는 그 명성과 소문을 믿고 의사를 찾는다. 어떤 유명한 의사는 하루에 70건의 수술을 한다고 한다. 절개수술은 안 하고 주사만 놓는지, 봉합을 한 땀만 하고 나머지는 다른 의사에게 넘기는지, 자세한 사정은 알 수 없지만 하루에 수술 70건은 상식적으로 불가능한 숫자다. 환자들이 밀려들어 끼니를 거르며 수술을 집도한다 하더라도 현실적으로 하루에 10명 안팎을 집도할 수 있을 뿐이다.

그럼 70건이라는 명성 이면에 숨은 비밀은 무엇일까? 바로 하청이다. 하루에 70건을 수술한다고 한 의사는 수술을 직접 집도하기도 하지만, 수술에 얼굴만 비치는 경우도 있고, 수술실에 들어가 지시만 하고 나오거나 아예 다른 의사가 수술을 담당하게 한 것이다. 비유하자면 나는 대기업의 브랜드를 믿고 물건을 샀는데, 사실은 영세공장에서 만든 물건이었던 것이다.

결국 그 의사는 자신의 이름을 팔아서 장사를 하고 있는 것이다. 하청 받은 다른 의사가 수술한다는 사실을 알았다면, 환자는 그 병원을 택하지 않았을 것이다. 하지만 이런 일은 엄연히 존재하는 사실이다.

가끔 수술 중 사망한 환자의 이야기도 듣는다. 그런데 수술을 집도한 의사와 환자의 가족이 하룻밤 사이에 합의를 봤다고 해서 놀란 적이 있다. 하지만 더 믿기 힘든 것은 그 의사가 아무렇지도 않게 다음날 다시 수술을 했다는 것이다. 성형외과나 병원들은 사고가 나면 쉬쉬하고 넘어가기에 바쁘다. 사고는 매출과 직결되기 때문이다.

수면 마취제 중에 '프로포폴'이라는 게 있다. 마이클 잭슨을 죽음에 이르게 한 약이기도 하다. 식약청에 의하면 2000년에서 2009년 사이 프로포폴과 관련된 사망 사고가 34건이다. 과도하게 투여하면 호흡곤란 등의 부작용이 생기기 때문이다.

한국의 일부 병원은 프로포폴을 다른 용도로 쓰고 있다. 프로포폴은 마취제이지만 환각 효과를 일으킨다. 그리고 반복 투여하게 되면 마약처럼 심각한 중독에 빠진다. 결국 일종의 마약인 셈이다. 그런데 어이없게도 일부 병원은 프로포폴을 비타민 주사라 속여 환자에게 투여했고, 어떤 성형의는 프로포폴을 맞으면 동안이 된다고 사람들을 속였다. 결국 의사가 먼저 피했어야할 일에 의사가 앞장섰던 것이다. 돈에 눈이 멀었기 때문이다.

사람을 위해 인술을 펼치는 수많은 의사들의 명예가 그런 장사꾼 의사, 사기꾼 의사들 때문에 실추되고 있다. 그러나 나는 지금도 수많은 의사들이 인술을 펼치고 있음을 안다.

의사는 의사다워야 한다

인술과 상술은 분명히 다르다. 그런데 왜 이런 일이 벌어지는 것일까? 성형 시장은 갈수록 커지고 있다. 문제는 성형 시장이 커질수록 성형외과 간의 경쟁도 심해진다는 데 있다. 2.53제곱킬로미터에 이르는 서울 압구정동에는 세계적 성형의 메카라는 명칭에 걸맞게 600여 개의 성형외과가 존재한다. 물론 인터넷상에는 그보다 훨씬 많은 성형외과의 공식 사이트가 입점해 있다.

대한성형외과학회가 집계한 바에 따르면 성형외과 전문의는 1,700여 명 정도다. 2005~2006년에 전국 65개 대학병원에서 행해진 성형수술 건수는 총 7만여 건에 이른다. 2008년 국세청 조사 결과 개인병원에서 벌어들인 연간 수입은 4,500억 원 정도였다. 어떤 이들은 국내 성형 시장 규모가 최소 1조 원 이상이라 하고 또 어떤 이들은 7조 원에 이른다고 한다.

한국 국민의 45퍼센트가 성형수술을 했다는 믿지 못할 외신의 보도도 있었고, 한 마케팅 조사 기관은 그 비율이 20퍼센트 정도라고 발표하기도 했다. 정확한 통계 자료는 많은 현실적 제약에 의해 드러나기 어렵다. 그러나 분명한 것은 성형 산업이 계속 성장하고 있다는 사실이다. 이는 성형에 대한 인식 변화에 기인한다. 많은 현대인들은 외모로 인해 불이익을 받거나 불이익을 받는다고 생각하고, 또 그것 때문에 위축된다. 그 돌파구가 바로 성형이다.

성형이 심리적 만족감을 주고 행복하고 원만한 사회생활을 영위하는 데 도움이 된다는 점에서 긍정적으로 인식되는 것도 사실이다. 하지만 성형 시장이 성장하고 성형에 대한 긍정적 인식이 확장됨에도 성형수술을 하고자 하는 사람의 어려움은 줄어들지 않고 있다. 오히려 어려움은 점점 더 커지고 있다. 성형 산업의 과도한 경쟁과 정보의 범람은 의학으로서의 성형이 아닌 장사로서의 성형, 즉 성형 장사를 낳고 있다.

성형수술은 삶을 개선하고 더 많은 행복을 얻기 위한 적극적인 삶의 전략이다. 궁극적으로는 과도한 욕심과 집착을 버리고 평상심을 유지할 수 있는 행복의 상태로 귀결되어야 할 것이다. 성형의학이 발전하고 성형하는 사람이 많아짐에 따라 습관적으

로 성형하는 사람이 많아진 것은 이러한 행복에 역행하는 결과
라 생각한다.

상담을 하다 보면 이미 다른 여러 병원에서 수차례 성형수술
을 했고 외적으로 봤을 때 아무런 문제가 없어 보이는 환자를 종
종 만나게 된다. 이들에게 성형이 필요한 부분은 외모가 아니라
마음이다.

물론 반드시 재수술이 필요한 경우도 많다. 성형수술 결과에
만족하지 못한다면 재수술을 통해 부담을 덜어내는 것도 현명
한 해결책이다. 하지만 반복적 성형수술의 원인 중 하나는 성형
에 대한 과도한 기대와 집착이다.

사람들은 모두 아름다운 외모를 꿈꾼다. 그리고 성형수술은
그 무엇보다도 드라마틱한 효과를 가지고 있다. 그러나 성형이
모든 것을 해결해주지는 않는다. 또한 아름다운 외모의 조건은
매우 세밀하고 다양하게 발전한다. 어제는 지방 흡입이었다면
오늘은 보톡스, 이후엔 필러. 이런 환경 속에서 '팔랑 귀'가 되
는 것은 당연한 결과일지 모른다.

또 다른 원인은 애초부터 저렴한 가격이나 과대광고에 낚여
실력이 충분하지 못한 의원을 통해 수술하게 되는 경우다. 무면
허, 불법 시술은 미적으로 만족스럽지 못하거나 기능적으로도
부작용을 낳을 확률이 높다. 그러므로 믿을 수 있는 전문의에게
상담을 받는 것이 매우 중요하다.

물론 성형 장사는 일부 성형외과의 일이다. 하지만 정말 위험한 일이다. 좋은 결과와 효과만 말하는 의사는 의사가 아니다. 의사라면 어느 정도의 효과가 있는지, 얼마의 위험이 있는지를 환자에게 설명해주어야 한다. 장사꾼은 자기 물건의 좋은 점만 이야기한다. 그것도 부풀려서. 하지만 의사는 좋은 점과 나쁜 점을 모두 이야기한다. 그리고 합리적인 선택을 유도해낸다. 그것이 의사다.

행복한 삶은 무엇일까? 과도한 욕심이나 집착을 버리고 현재의 삶 속에서 평화를 느끼고 만족하며 살 수 있다면 그보다 큰 행복이 있을까? 현대의 삶은 소극적으로 주어진 것들에 순응하지 말고 적극적으로 삶을 개척하라고 한다. 삶을 개척하기 위한 에너지는 많은 긍정적인 면을 갖고 있다. 자신이 선택하지 않은 많은 굴레 속에서 억압받고 포기하며 사는 것보다 가능한 한 모든 노력을 통해 더 나은 삶을 살 수 있다는 사실, 노력을 통해 자신의 삶을 개선한다는 성취감을 얻을 수 있다는 사실이야말로 현대인이 누리는 행복일 수 있다.

성형외과에 가기 전 체크리스트 7

1. 수술은 신중히 결정한다

아무리 성형이 보편화되어 있다지만 인체에 직접 가해지는 수술이라는 점을 가볍게 여기지 말 것. 성형수술은 메이크업이나 머리 모양으로 감출 수 없다고 생각될 때 고려하는 것이 바람직하다.

2. 수술 받기 전 반드시 주위 사람과 상의한다

자신의 의지가 아닌 타인의 강요에 의해 수술하는 것이 큰 문제다. 하지만 사전에 주변 사람들의 의견을 충분히 들어보는 것도 유용하다. 친구나 선후배 등 주위 사람 10명 이상에게 수술을 받는 것이 좋을지, 받는다면 어떤 부위를 어떻게 했으면 좋겠는지 등을 상의하고 이를 종합해서 판단한다.

병원의 상담실을 이용하는 것도 좋은 방법이다. 무리하게 수술을 권유하지 않는다면 상담실은 정보의 보고다. 상담실장들은 의사와 환자의 다리 역할을 해준다. 또한 상담실장은 대부분 여성이기 때문에 여성의 마음을 잘 이해한다.

3. 두세 군데 병원에서 상담을 받고 공부한다

성형수술 분야는 나날이 발전하고 있다. 국제학회 때마다 보다 자연스럽고 안전한 수술법이 발표되고 새로운 의료 기기가 소개된다. 의사에 따라 별 효과가 없는 의료 기기나 수술법을 대단한 것처럼 과장하기도 하고 반대로 좋은 정보를 무시하기도 한다. 몇 군데 병원에서 상담하여 얻은 결과를 취합하여 비교적 공정한 지식을 얻을 필요가 있다.

당뇨병 치료에 당뇨 교육을 통한 식이요법, 체중 조절, 운동요법, 약물복용, 주사 치료, 수술 등의 과정이 있듯 특히 노화 치료의 경우에는 많은 방법을 이해하고 본인에 맞는 방법을 찾아야한다. 10억이 생겼다고 멋쟁이가 되는 것은 아니다.

4. 처음에는 가장 단점인 한 부위를 선택한다

성형수술을 해본 경험이 없어 불안하다면 가장 결점으로 지목되는 한 부위만 먼저 수술 받는 방법을 추천한다. 성형 후 상처가 낫는 기간이나 본인의 수술 적응력을 경험해본 뒤 다음 단계의 수술을 결정할 수 있다. 또 수술 후 효과가 높아 기대치를 충분히 충족시킬 수 있고 나중에 다른 부위를 수술할 때도 자연스러운 조화가 가능하다.

5. 수술 전 얼굴을 관찰하여 자신에게 맞는 모양을 연구한다

수술하기로 결심했다면 그때부터는 거울 앞에 서서 자신의 얼굴을 잘 관찰하며 어울리는 모양을 생각해본다. 예컨대 어떤 눈 모양이 어울리는지, 쌍꺼풀은 큰 것과 작은 것 중 어떤 것이 좋은지, 또 속 쌍꺼풀이 안에서 나오는 것이 좋은지 밖에서 나오는 것이 좋은지, 양 눈 사이를 좁혀주는 것이 좋은지 등 다양한 경우를 미리 고려한 후 의사와 상담한다. 무조건 "알아서 해주세요"는 곤란하다.

6. 경험이 많은 성형외과 전문의를 선택한다

수술의 노하우는 하루아침에 생기는 것이 아니다. 수많은 환자와 다양한 임상 경험이 기술과 수술의 안목을 키워준다. 의사를 선택하기 어려울 때는 그 병원에서 수술한 사람의 성형 부위를 직접 보거나 수술 결과가 좋은 사람에게 소개를 받는 것도 비교적 믿을 만하다. 물론 그 사람과 나의 조건이 같을 수는 없지만 많은 사람들이 일정하게 좋은 결과를 얻었다면 그만큼 신뢰도가 높아진다.

7. 재수술은 최소한 6개월이 지난 후에 한다

먼저, 재수술이라고 하여 엄청나게 생각할 필요가 없다는 사실을 밝힌다. 성형수술은 모양을 만드는 것이므로 단 1회의 수술로 완벽해지기 힘들다고 생각되는 경우도 있다. 미용실에서 머리 모양을 만들고 그냥 집에 보내지는 않는다. 머리를 감고 다시 한 번 모양을 가다듬는다. 그래서 나는 재수술이라는 엄청난 말보다 모양의 완성도를 높이기 위한 수정으로, 필수적일 수 있는 과정으로 생각하라고 말한다.

성형수술 후 염증이나 기타 심각한 부작용이 일어나 바로 재수술을 해야 하는 경우는 매우 드물다. 대개는 수술한 모양이 마음에 들지 않아 재수술을 희망하는데, 이때는 최소 6개월이 지난 후가 좋다.

환자의 조건이나 의사의 숙련도에 따라 수술 후 2주 내에 수정을 할 수 있는 경우도 종종 있다. 특히 피부가 늘어져 한쪽 피부를 더 제거하여 좀 더 대칭적인 모양을 만들려면 2주 내에 할수 있다. 그러나 사람의 해부학적 구조는 뼈와 피부 늘어짐, 근육의 움직임 등이 비대칭인 경우가 많기 때문에 일반적으로 수술 후 부기가 가라앉고 자연스럽게 자리 잡기까지 몇 주에서 몇달이 걸린다.

그리고 갑자기 변한 얼굴에 적응하는 기간도 필요하므로 수술 부위가 완전히 회복되는 6개월 후에 재수술을 고려해볼 것을 권한다.

누구를 위한 브로커인가?

세상의 모든 것에는 명암이 있다. 나는 지금 성형 시장에 존재하는 브로커에 대해 이야기하려 한다. 병원에서 열심히 환자들과 상담하는 상담실장 이야기가 아니다. 물론 그중에도 브로커 같은 이들이 존재한다.

하지만 대부분의 상담직원은 의사와 대면하기 어려워하는 환자에게 1차적 성형 정보를 편안하게 제공하는 역할을 수행한다. 또 바쁜 의사를 대신하여 의사와 환자를 연결하는 가교 역할을 한다. 그러나 빛이 있으면 그림자가 있는 법이다.

어떤 상담실장은 직접 병원을 차려 의사들을 하수인으로 부리기도 하고, 어떤 이는 완벽한 브로커로 변신하여 소개비를 챙기는 것에만 관심을 갖는다. 그들에게 환자의 건강과 아름다움에 대한 갈망은 돈이 되지 않는 추상적인 도덕관념일 뿐이다.

성형을 유혹하는 브로커들

문제는 브로커의 비전문성과 비윤리성, 과대광고다. 브로커란 말 그대로 중개상일 뿐이다. 물건을 넘기고 중간에서 이득을 보는 것이 브로커다. 물론 예외도 있겠지만, 한번 생각해보자. 산지에서 직거래를 하는 것과 중개인을 통해 물건을 사는 것 중 어느 것이 더 쌀까?

브로커의 문제는 단순히 비용에만 있지 않다. 브로커는 이성적인 판단과 합리적인 선택을 어렵게 만든다. 마치 패키지 상품을 파는 것처럼 수술을 조금이라도 많이 시키려 발버둥 치기 때문이다. 그래서 브로커와 병원의 과대광고가 합쳐지면 성형은 삶에 없어서는 안 될 존재로 바뀌게 된다.

한편 브로커가 꼭 사람인 것은 아니다. 브로커는 다양한 형태로 존재한다. 여대생 A의 예를 보자. A는 인터넷 검색 엔진에서 습관적으로 '가슴 성형'이라는 단어를 입력한다. 스스로 돈을 벌게 되면 적어도 결혼 전까지는 가슴 성형을 받겠다는 소위 '절벽녀' A의 고충은 여기서부터 시작된다. A는 매일 아침 옷을 입고 다른 사람을 만날 때마다 자신만의 절벽에 부딪힌다. 대학에서의 전공 선택, 영어 자격시험을 위한 학원 선택 등 자신의 일을 늘 심사숙고하며 결정해왔던 것처럼 성형수술의 경우에도 가장 현명한 선택을 하고 싶어 치밀하게 정보를 탐색하고 있지만 학점을 관리하고 취업 정보를 얻는 것만큼이나 어려운 것이 현실이다.

검색 엔진을 통해 '가슴 성형 잘하는 곳'을 문의해보기도 하고 몇 개의 성형 관련 카페에도 가입했다. 수시로 타인의 블로그도 엿본다. 뉴스 및 성형 관련 사이트에서 최신 성형 정보를 찾기도 하지만 무엇보다 어려운 것은 장사꾼들이 범람시킨 오염된 광고 속에서 '순수한' 정보를 골라내는 일이다.

성형수술은 디지털카메라나 노트북처럼 완제품을 사는 것이 아니다. 사람은 모두 다른 몸을 가지고 있다. 일률적으로 수술 방법을 통일할 수 없다는 말이다. 성형수술에서는 개개인의 특성을 파악하고 각자가 선호하는 모습을 찾아내야 한다.

한국 의료법에는 의료 광고에 대한 몇 가지 규약이 있다. "의료 법인·의료 기관 또는 의료인이 아닌 자는 의료에 관한 광고를 할 수 없고, 과대·과장광고 등 환자를 유인, 알선하는 내용을 포함해서는 안 된다"는 내용이다. 그러나 성형수술의 경우, 마치 치외법권을 얻은 외교관처럼 다양한 이들에 의해 다양한 과장광고가 행해지고 있다. 그리고 그로 인한 폐해는 고스란히 소비자, 바로 성형을 필요로 하는 이들의 몫이 되어버렸다.

과대광고에 대처하는 자세

과장광고의 대표적인 예가 하나 있다. 성형외과 전문의 B가 서울 동작구 보건소장을 상대로 낸 과징금 부과 처분 취소 청구소송 상고심이다. 대법원은 원고 패소 판결을 내렸다. 사건의 내용은 이렇다.

B는 인터넷에 수술 전후의 실물 사진을 300장 이상 게재했다. 문제는 성형수술 부위와 관계없는 부분에 화장 등을 함으로써 수술 효과를 부풀린 허위 사진이었다는 사실이다. 사람들은 그 사진을 보고 성공적 시술에 대한 기대감을 높이고 수술만 받으면 그렇게 될 수 있다는 착각에 빠질 터였다.

성형 전후의 사진은 비단 인터넷에만 있는 것이 아니다. 지하철역 복도와 지하철 벽면에도 걸려 있다. 성형을 통해 달라진 모습을 보면서 나도 저렇게 변할 수 있다는 기대감을 갖는다. 중요한 것은 사진이 아니라 사진이 실제를 왜곡했을 때, 그 왜곡으로 피해자가 생겼을 때의 문제다.

성형외과가 성공 사례를 광고하는 것은 당연한 일이다. 셀프 카메라를 찍을 때도 최대한 예쁘게 나오는 얼짱 각도를 취하는 것이 사람 마음 아닌가. 하지만 이것만큼은 반드시 알아두자. 우리가 가장 예쁘게 나온 사진을 입사지원서나 여권에 쓰듯 성형외과 광고 사진 역시 가장 성공한 예라는 것이다. 누구나 다 그렇게 되는 것은 아니라는 말이다. 물론 성형의는 최대한의 효과를 만들기 위해 최선을 다해 노력하지만 말이다.

나는 이런 말을 자주 한다. 성형을 통해 100퍼센트 만족할 수는 없다고. 성형은 꼴등인 아이를 1등으로 만들어주는 것이 아니다. 그것은 한국 최고의 강사도 할 수 없는 일이다. 대신 성형은 성적이 하위권인 아이를 중위권 이상으로 만들어줄 수는 있다. 중요한 것은 과대 포장된 광고에 마음을 빼앗길 것이 아니라 정확한 정보를 통해 최선의 방법을 찾아가는 것이다.

과대광고가 횡횡하는 것도 성형이 장사가 되기 때문이다. 많은 물건을 팔기 위해서는 소비자, 즉 고객을 유혹할 수 있어야 한다. 더 많은 이익을 남기기 위한 과대광고가 결국에는 성형하고자 하는 이들의 합리적 선택을 방해하고 있는 것이다.

과대광고나 인터넷뿐만 아니라 미용실 또한 성형을 필요로 하는 이들을 낚기 위한 공간이 되었다. 강남의 유명 미용실 원장들은 성형외과 사무장들의 방문을 심심치 않게 받는다. 그리고 그 사람들은 미용실을 자주 찾는 고객들에게 본인이 근무하는 성형외과를 소개해주면 일정 금액의 중개료를 주겠다고 제안한다. 아마도 미용실에 근무하는 미용사들은 오랜 단골손님의 머리를 매만지며 손님은 얼굴에 보톡스만 조금 맞으면 얼마나 더 예뻐지겠느냐고 말할 것이다.

물론 예뻐지고자 하는 이들에게 유용한 정보를 준다는 면에서는 긍정적이다. 그러나 이익만을 위해 제공된 정보가 성형하고자 하는 이들의 합리적인 판단을 방해하리라는 것은 불 보듯 뻔한 일이다. 어디까지나 인간을 위한 의술이 돈벌이를 위해 이용되는 것 같아 씁쓸하다.

보다 전통적으로는 잡지 지면을 이용한 홍보도 있다. 이 또한 블로그와 마찬가지로 정보를 주는 형태지만 해당 성형외과와 성형의에 대한 홍보만으로 이루어져 있기 일쑤다. 요즘 소비자가 얼마나 현명한데 거기에 낚이겠는가 생각하겠지만 성형수술을 필요로 하는 이들은 어디까지나 환자다. 절박한 마음으로 자신을 구원해줄 곳을 찾고 있다. 책장을 펼쳤을 때 거기서 필요한 정보를 얻는다면 마치 신의 계시처럼 움직이게 된다.

"얼굴에 칼을 대면 취업이 가능하다"는 감언이설에 마음이 흔들리기도 한다. 극소수의 영악한 성형의들이 이런 방법까지 동원하고 있다.

다른 시술법은 다 필요 없고 자신의 시술법만이 옳다고 광고하는 전문의도 있다. 또한 성형외과 수련을 받지 않은 일반의들이 기술만을 익혀 전문의를 사칭하거나 하버드대학교니 하는 유수의 대학과 기술 결연을 했다고 과대광고를 하는 경우도 있다. 이 또한 보건복지부에 의해 고발된 예가 수 건에 이른다.

텔레비전에 출연해서 명성을 얻은 전문의, 대기자 수가 수백 명에 이른다는 거짓 정보도 성형하고자 하는 이들을 미혹하게 한다.

경제적 여유만 있다면

'워너비(wannabe)'라는 용어가 있다. 유명 연예인을 선망해 그와 닮고 싶다는 욕망을 뜻한다. 우리 병원에서도 김태희나 원빈처럼 해달라는 환자들을 쉽게 볼 수 있다. 우리는 텔레비전과 스크린을 통해 부와 사랑을 한 몸에 받는 수많은 우상을 어렵지 않게 접하면서 그들처럼 되기를 꿈꾼다. 자연히 연예인이 시술받은 성형외과는 믿음과 명성을 얻게 된다. 그래서 많은 성형외과들이 연예인에게 무료 시술을 한 후 홍보자료를 만들거나 연예인에 한해 할인 혜택을 주기도 한다.

나 역시 많은 연예인들을 시술한 바 있다. 그러나 연예인 또한 사람이다. 아름답고 어려 보이고 싶다는, 다른 이들과 다르지 않은 욕구를 갖고 성형외과를 찾는 사람일 뿐이다.

최근 한 조사 결과에 따르면 무료 수술의 기회가 주어지면 성형수술을 받겠다는 항목에 대해 총 응답자의 70퍼센트가 긍정적으로 답했다고 한다. 경제적 여유만 있다면 성형수술을 받겠다는 뜻이다. 이런 심리를 이용해서 이벤트에 당첨되면 성형수술 기회를 주거나 할인 혜택을 주는 경우도 늘어나고 있다.

최소한의 비용으로 최대의 효과를 누리고 싶은 것은 모든 현대인의 욕구다. 그러나 성형은 로또가 아니다. 커다란 쌍꺼풀을 가진 여자 연예인 C는 가끔씩 토크쇼에 나와 가난한 신인 시절에 쌍꺼풀 수술을 잘못해 눈꺼풀이 너무 커져버렸다고 울먹인다. 성형수술에서 저렴한 가격이나 이벤트 당첨은 최선의 선택이 아니다. 오히려 가장 마지막에 고려해야 할 조건이다.

상담실장과 브로커의 차이

나는 앞서 상담실장의 역할에 대해 말했다. 사실 나는 상담실장들의 도움을 많이 받는다. 그리고 나는 상담실장이 꼭 필요한 존재라고 생각한다. 항상 문제는 일부 잘못된 사람들 때문에 벌어진다.

상담실장은 왜 필요할까? 그것은 의사가 보지 못하는 부분, 의사가 느끼지 못하는 부분을 그들이 채워주기 때문이다. 의사와 환자는 많은 시간을 같이하지 못한다. 이는 성형외과가 아닌 일반 병원에서도 마찬가지다. 환자는 위로받고 싶어 하고 또 많은 정보를 알고 싶어 한다. 그러나 많은 환자를 대해야 하는 의사는 모든 환자를 다독일 수 없다.

또한 환자는 의사에게 거리감을 느낀다. 묻고 싶어도 참을 때가 있고 자신의 이야기를 쉽게 꺼내지 못하는 경우도 있다. 이때 상담실장은 환자가 묻고 싶은 것을 의사에게 대신 물어주고 환자가 하고 싶은 이야기를 의사에게 대신 전달한다. 그것도 친절하게 말이다.

나는 이런 경우도 본 적이 있다. 수술을 앞두고 너무 아플까 봐 걱정하는 환자가 있었다. 그 환자를 위해 상담실장은 직접 수술실에 들어가 수술이 끝날 때까지 환자의 손을 꼭 잡아주었다. 환자는 심리적으로 안정되었고 고통에 대한 걱정도 덜 수 있었다. 더구나 여성들은 성형을 받고 싶어 하는 자신의 내밀한 사연을 가지고 있다. 그 사연을 의사에게 털어놓기가 쉽지 않을 것이다. 하지만 상담실장에게서 많은 환자들은 편안함을 느낀다. 상담실장은 의사의 빈자리를 채워주는 존재인 것이다.

하지만 역시 문제는 일부 브로커 노릇을 하는 상담실장들이다. 의사가 아님에도 수술 부위와 수술법을 결정한다. 더욱이 이런 사람들은 감언이설과 윽박질로 환자가 더 많은 수술을 받도록 만든다. 이런 브로커들에게 의사는 수술만 하는 기술자일 뿐이다.

일부 의사들 때문에 인술을 펼치는 많은 의사들의 명예가 더럽혀지듯, 일부 브로커들 때문에 열심히 일하고 있는 상담실장들의 명예도 더럽혀지고 있다. 지금도 환자를 다독여주는 많은 상담실장이 있기에 나는 이렇게 첨언하지 않을 수 없다.

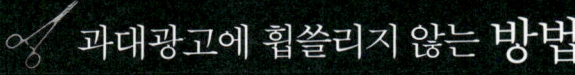 과대광고에 휩쓸리지 않는 **방법**

1. 인터넷상의 정보를 맹신하지 않는다

　검증되지 않은 무분별한 정보는 오히려 독이다. 또한 과대광고에 현혹되면 부작용의 피해를 입을 수 있다. 성형은 개인차가 크다. 인터넷상에 떠도는 일률적인 정보는 개인차를 무시하고 있다. 성형을 하고 싶다면 인터넷을 뒤지기 전에 먼저 의사를 찾는다.

2. 성형외과 전문의 자격 취득 여부를 확인한다

　요즘 세상에도 불법 시술을 하는 사람은 분명히 존재한다. 자격증도 경험도 없는 사람에게 내 몸을 맡기고 싶은가? '간단, 저렴'이라는 말에 속으면 안 된다. 실력과 경험을 두루 겸비한 양심적인 의사를 만나야 한다.

3. 비즈니스맨이 아닌 의사를 찾는다

　성형을 판매하는 의사는 피해야 한다. 비즈니스맨의 첫 번째 덕목은 물건을 파는 것이다. 진정한 의사는 이익이 아니라 환자를 먼저 고려한다. 최선을 다해 최적의 성형을 하는 의사를 찾는다.

쉽고 빠른 성형?

우리에게는 상식이라는 것이 있다. 상식은 이성을 바탕으로 한다. 예컨대 병에 걸리면 아프고, 아프면 치료를 받아야 하는 것은 상식이다. 우리 몸의 수많은 신경세포들은 외부 자극에 즉각 반응한다. 손가락을 베이면 피가 나고 신경세포들은 뇌에 아픔을 전달한다. 베인 손가락이 온전히 아무는 데 일주일은 걸린다.

그런데 아프지 않다, 금방 회복된다고 말하는 의사가 있다. 가만히 생각해보면 상식에 어긋나는 말인 것을 금방 알 수 있다. 그러나 사람들은 비상식적인 말을 쉽게 믿는다. 사실 수술을 하기 전 통증이 수반될 수 있다는 말을 해주는 것이 좋다. 통증이 있다고 여길 때 느끼는 통증의 강도와 통증이 없다고 믿을 때 느끼는 통증의 강도는 다르다. 아픔을 준비한 사람은 덜 아플 수 있다. 하지만 아무런 준비 없이 통증과 맞닥뜨리게 되면 더 큰 아픔을 느끼게 된다. 성형수술은 아무런 고통 없이 순식간에 이루어질 수 없다. 이것이 상식이다.

수술은 고통을 수반한다

매끈하고 아름다운 얼굴형을 갖고 싶은 사람이 많아졌다. 돌출 입은 입체적이고 활발한 인상을 주기도 하지만 오늘날 미의 기준에서 보면 위아래 턱이 제대로 자리 잡지 못해 안 좋은 인상을 줄 수도 있다. 이런 경우 양악수술을 통해 위아래 턱뼈를 잘라 정상 교합으로 만들 수 있다.

양악수술이 상당히 고난이도의 수술임에도 불구하고 요즘 각광받고 있다. 그 이유는 동안 수술이라는 소문 때문이다. 수술을 받은 연예인들이 작아진 얼굴로 브라운관에 나타나자 '드라마틱한 변신', '인생역전'과 같은 수식어로 포장되기에 이르렀다.

얼마 전 텔레비전의 시사 고발 프로그램에서 양악수술 후 음식물을 씹지 못하는 사람들, 턱의 감각을 상실한 사람들의 모습이 방영되었다. 취재진이 직접 서울 강남 일대의 성형외과 및 치과 여러 곳을 방문하여 직접 상담을 받아본 결과, 대다수의 병원에서 수술 후 부작용에 대한 사실을 제대로 설명하지 않고 감언이설만을 늘어놓았다고 한다. 의술을 제공해야 할 성형외과에서 환상을 팔고 있는 것이다.

　모든 원인에는 결과가 따른다. 수술이 원인이라면 고통과 회복은 결과다. 의학의 발달과 함께 고통의 크기와 회복 시간은 분명 줄어들었다. 그러나 고통 없는 수술은 존재하지 않는다. 그리고 하루아침에 모든 것을 해결할 수도 없다. 현재 의학 기술은 간단히 바르기만 하면 점이 빠지는 연고는 발명하지 못한 상태다. 육체는 한낱 작은 점이라 할지라도 그리 쉽게 변형할 수 있는 것이 아니다.

　어찌됐든 예뻐지고 싶은 인간의 욕구는 살을 지지는 고통을 감내하는 한편, 좀 더 고통 없이 편하게 예뻐지는 방법을 고민하게 한다. 그리고 그런 약한 면을 건드려 더 많은 이익을 얻으려는 상술이 존재하는 것도 사실이다.

　지하철 내 광고판이나 잡지 지면 광고에서 "주사 없이 젊어진다", "점심시간에 수술하고 근무하러 돌아간다", "부작용이 전혀 없다"는 글을 자주 보게 된다.

　상식적으로 생각해보자. 모든 상처는 아프다. 손가락의 작은 상처가 아무는 데도 일정 시간이 필요한데 하물며 수술 받은 자리가 반나절 만에 아물 수 있겠는가?

　광고는 광고일 뿐이다.

모든 일에는 부작용이 있다

　과대광고에는 현실적인 제재가 따라야 한다. 몇 해 전 법원은 지방 이식에 대해 "광대뼈와 턱뼈를 제외한 나머지 얼굴의 모든 부분은 지방 이식이 간단히 시행되는 데 부작용이 없으며 어느 부위든지 원하는 만큼 자연스럽게 교정이 가능하다"고 광고한 병원에 대해 과대광고라는 판결을 내렸다. 성형하고자 하는 이들에게 부작용이 전혀 없을 것이라는 잘못된 기대를 갖게 한다는 것이다.

　부작용이 없다고 하는 내용만 과대광고인 것은 아니다. 만약 광고에서 100퍼센트 만족이라는 말을 쓴다면 그 광고는 100퍼센트 가짜다. 성형뿐 아니라 세상 어떤 일에도 100퍼센트는 있을 수 없다. 중국 속담에 '십전십미+全+美는 없다'는 말이 있다. 십전십미는 모든 것이 완벽한 완전무결 상태다. 문제는 만족의 정도다.

　성형은 암세포가 퍼진 장기를 잘라내는 것과는 차원이 다른 문제다. 수술 결과에 대해 불만족하는 것도 부작용이 될 수 있고 흉터, 염증, 색소 침착, 비대칭과 같은 부작용이 나타날 수 있으며 나아가 목숨을 잃게 되는 경우도 있다. 성형수술의 결과는 변화된 신체 기관의 모습으로 나타나게 되고 1차적 외상이나 불편함이 없어도 성형하고자 한 사람이 만족하지 못하면 성공했다고 말하기 어렵다.

보편적인 미의 기준은 언제나 존재해왔지만 사람마다 느끼는 정도는 다르다. 본인이 원한 대로 신체 기관이 변화했더라도 자신의 눈에는 그렇게 보이지 않을 수 있고, 그토록 원했던 새로운 얼굴은 또 다른 마음의 짐이 될 수 있다. 물론 전문의를 찾아 충분한 상담을 거친 후라면 1차적 외상이나 불편함은 최소화할 수 있을 것이다. 그러나 다시 말하지만 하루아침에 모든 상처가 아물고 어떤 부작용도 없는 성형수술이란 존재하지 않는다.

예를 들어 눈을 성형했을 경우, 양쪽 눈이 완벽하게 똑같을 수는 없다. 쌍꺼풀이 풀리는 경우도 있는데 그 확률은 약 3퍼센트 정도 된다. 부작용이 생겼을 경우에도 인내가 필요하다. 만약 다시 수술하고자 한다면 흉터가 본연의 피부처럼 부드러워질 때를 기다려야 한다.

시간은 정직하다

성형의학의 눈부신 발전으로 수술 시간과 절차가 단축된 것은 사실이다. 그러나 잘 담근 김치를 맛보려면 참고 기다려야 하듯 성형의 경우도 마찬가지다. 일반적으로 수술 후 급성 부기는 1~2주 정도면 없어진다. 그래서 회복이 끝났다고 생각하는 경우가 많다. 하지만 겉으로 드러나지 않더라도 수술로 인한 상처가 완전히 아물고 수술 부위가 자연스럽게 자리를 잡는 데는 3~6개월 정도의 시간이 걸린다. 이 기간 동안 환자는 수술 부위가 변화하는 과정을 지켜보며 인고의 시간을 가져야 한다.

물론 수술 후 곧장 꿈꾸던 얼굴로 변화하고 싶은 욕구는 이해하고도 남는다. 그러나 앞서 말했듯 인간의 육체는 한낱 작은 점일지라도 쉽게 변형할 수 있는 것이 아니다. 수술 직후에는 당연히 상처도 있고 부어오르기도 하며, 붕대로 칭칭 감아야 하기도 한다. 인고의 시간을 견뎌야 비로소 원하는 것을 가질 수 있다. 의사는 그 시간을 조금이라도 단축하도록, 또 조금의 고통이라도 줄일 수 있도록 노력하는 것이다.

'빨리 빨리'를 외치는 이들에게는 오히려 성형수술보다 요즘 흔히 이야기하는 '쁘띠성형'을 권하고 싶다. 우선, 나는 '쁘띠성형'보다 '미용내과'라는 말을 사용하고 싶다. 내과와 외과를 구분하는 가장 쉬운 방법은 칼을 대느냐 대지 않느냐다. 미용내과는 칼을 대지 않고 시술하는 모든 방법을 뜻한다고 볼 수 있다. 주사기로 시술하는 보톡스와 필러, 미세 자가 지방 이식, PRP, 피부 레이저 시술, 태반주사, 줄기세포 치료 등이 이에 속한다. 현대 의학이 주사를 맞는 것만으로 주름을 펴고 얼굴을 갸름하게 만들며, 코를 높이는 경지에까지 이른 것이다. 하지만 미용내과는 외과적 시술에 비해 효과가 적고 지속 기간이 짧다는 한계가 남아 있다.

모든 성형수술은 유효기간을 갖는다. 시간이 흐름에 따라 신체가 변화하기 때문이다. 성형한 신체 기관도 변화할 수밖에 없다. 피부는 늘어진다. 수술한 피부도, 그렇지 않은 피부도 모두 변화한다. 영구적 성형수술은 존재하지 않는다.

성형수술이 궁금하다

1. 성형수술은 스스로 부족하다고 생각되는 신체 특정 부위의 단점을 보완하여 보다 나은 모습으로의 개선을 꾀하는 의료 서비스이므로 100퍼센트 만족이 있을 수 없다.

2. 사람마다 조건이 다르고 기대하는 목표에 차이가 있으며 똑같은 수술 결과에 대한 반응도 사람마다 다르다.

3. 모든 성형수술은 최소한 3개월 이상의 치유 기간이 필요하다. 체질에 따라 차이가 있지만 이론적으로 상처가 아물고 편해지려면 최소한 3~6개월의 시간이 필요하며 그 기간 동안에는 수술 부위가 불편하고 부자연스러운 것이 정상이다.

4. 수술 시 발생할 수 있는 부작용의 확률은 3퍼센트 정도다.

5. 수술의 확실한 결과는 수술 후 약 6개월이 지나서 알 수 있다. 그 과정에서 기대했던 것과 다르게 부족한 부분이 있을 수 있고, 그런 경우 재수술을 통한 수정이 필요할 수 있는데, 그 시기는 보통 6개월 정도 경과한 후가 좋다.

V라인 제품화 공정?

전문가는 왜 존재하는가? 그들은 왜 전문가라고 불릴까? 바로 그 분야에서 더 많은 지식과 경험을 갖췄기 때문이다. 그런데 성형 업계에는 너무 많은 전문가가 존재한다. 그러나 일반인이 의사보다 더 전문적일 순 없다.

그런데 어떤 환자는 나를 하수인 취급한다. 수술법은 물론 수술 과정까지 환자가 결정한다. 이런 현상이 발생하는 이유는 의사를 신뢰하지 않기 때문이다. 성형의는 성형외과 분야의 전문가다. 그런 전문가를 앞에 두고 전문가 행세를 하는 사람이 점점 많아지고 있다. 자신의 소중한 몸을 맡길 때는 자신이 가진 얄팍한 지식이 아니라 의사를 신뢰해야 한다.

정보는 답이 아니다

가끔 성형하려는 사람들이 의사인 나보다 더 많은 전문 정보를 갖고 있다는 생각이 들 때가 있다. 요즘은 정보가 권력이라고 한다. 정보를 가진 사람이 경쟁력 있다고들 한다. 인터넷상에 워낙 많은 정보가 있기에 아무것도 모르는 상태에서 성형외과를 찾는 사람들은 거의 없다.

네티즌들은 정보를 탐색하고 공유하며 또 새로운 이야기를 재생산한다. 성형수술 관련 정보를 교환하기 위해 만들어진 인터넷 카페에 들어가 보면, 어떤 병원이 좋고 어떤 성형술이 좋다더라 하는 이야기가 난무한다. 어디 그뿐인가? 성형수술을 위한 공동구매가 행해지기도 하고, 이벤트를 통해 성형수술 이용권을 나누기도 한다.

성형수술 전문가 집단도 다양화되어 전문의뿐만 아니라 성형 컨설턴트, 뷰티 디렉터, 코디네이터 등 이름만 들어서는 알 수 없는 전문가 집단이 생겨났다. 외모에 많은 공을 들이고 성형 관련 정보를 발 빠르게 수집하며 여러 번의 성형수술도 감행하는 '뷰티 마니아'라는 신종 집단도 출현했다. 문제는, 자신에게 유용한 정보와 해가 되는 정보를 구별할 수 있느냐다. 이들의 특징은 개인의 경험을 일반화시킨다는 것이다. 개인의 경험이 강조되면 필연적으로 객관성은 떨어질 수밖에 없다.

인터넷은 다양한 여론을 생성하고 전파한다. 매우 유용하고 유익한 정보도 있지만 왜곡되고 과장된 경우도 많다. 성형 정보도 마찬가지다. 더욱이 모두가 옳다 해도 나는 아닐 수 있는 것이 성형이다.

요즘 유행하는 V라인 얼굴을 예로 들어보자. V라인 성형이란 말 그대로 둥글거나 각진 얼굴이 아닌 달걀형의 갸름한 얼굴을 만드는 성형수술이다. 아름다운 얼굴 라인은 전반적인 인상을 결정할 뿐만 아니라 눈, 코, 입의 조화를 돋보이게 하는 중요한 역할을 한다. 그러나 오늘날은 달걀형의 갸름한 얼굴 라인을 최고로 치지만 모두가 달걀형 얼굴이 된다면 과연 그때도 달걀형 얼굴을 예쁘다 칭송할까? 사람들의 미의식은 모두가 갖고 있는 보편적인 것보다 손에 넣기 어려운 귀한 것을 칭송한다.

얼굴이 둥근 경우, 각진 경우, 얼굴에 살이 많은 경우, 살이 없는 경우 등 V라인 얼굴을 만들기 위한 성형법은 사람에 따라 다르다. 흔히 조막만 한 얼굴, 시디(CD)만 한 얼굴 등으로 작은 얼굴을 칭하는데, 사람마다 얼굴이 큰 원인은 모두 다르다. 볼살이 많은 경우, 근육이 발달한 경우, 뼈 자체가 발달한 경우 등 다양한 원인이 있다.

그러나 얼굴이 큰 대부분의 사람들은 두세 가지 증상이 복합적으로 작용한 경우가 많다. 근육이 많다견 보톡스를 통해 근육을 축소시키는 것이 좋겠다. 뼈 자체가 크다면 안면 윤곽 수술을 행하는 것이 가장 효과적이다. 무엇보다 중요한 것은 자연스러운 아름다움이다. 이것은 개인의 고유한 특성을 고려해야만 얻을 수 있다.

눈 수술 역시 마찬가지다. 눈꼬리가 내려간 것이 유행이라고 누구나 이를 따라 하는 것은 바람직하지 않다. 아름다움이란 다른 이목구비와의 조화를 이루었을 때 가능하다. 다양한 형태의 몸매를 가꾸는 데도 한 가지 방법이 모두에게 적용될 수는 없다. 지방 흡입 수술을 결심했다면 해당 분야의 임상 경험이 풍부한 전문의와의 충분한 상담을 통해 각자 상황에 맞는 수술법을 선택하여 부작용은 줄이고 효과를 극대화하는 것이 바람직하다. 문제는 다양성을 고려하지 않고 획일적인 기준을 적용하려는 데 있다.

사람은 모두 다르다

사람의 얼굴이 다르고 미의 기준이 다르듯 성형수술 방법도 사람마다 다르다. 어떤 환자는 아예 자신이 수술법을 결정해서 병원에 온다. 인터넷에 난무하는 정보를 토대로 자가 진단을 내리고 수술법은 물론 회복 기간, 성형 후 모습까지 결정해서 의사 앞에 앉는다. 더욱 문제인 것은 그런 환자일수록 막무가내라는 것이다.

물론 내가 장사를 하겠다고 마음먹는다면 굳이 그런 환자를 설득할 이유가 없다. "그렇죠. 네, 달라진 모습에 놀라실 겁니다.

완벽합니다." 이런 말로 환자를 기분 좋게 해주면 그만이다. 하지만 나는 의사다. 최적의 수술법을 이야기하고 만일에 있을지 모르는 수술의 부작용과 수술 후 필요한 회복 기간에 대해 책임을 다해 설명해야 한다. 그러나 스스로 모든 것을 결정한 환자는 의사의 말을 잘 들으려 하지 않는다. 심지어 다른 방법을 권하면 오히려 나를 의심하는 경우도 있다. 의사가 장사꾼으로 오해를 사고 마는 것이다.

특히 곤혹스러운 경우는 수술법과 회복 기간에서 나타난다. 거듭 말하지만 수술은 변수와의 싸움이다. 물론 기본적인 과정은 존재한다. 그렇지만 모든 수술은 다 다르다. 성형은 매뉴얼에 따라 반도체를 찍어내는 공정이 아니기 때문이다. 반도체 공장에서는 1밀리미터가 아니라 1/1,000밀리미터에 해당하는 미크론의 차이도 용납되지 않는다. 그러나 사람에게는 규격이 없다. 때문에 똑같은 쌍꺼풀 수술을 해도 모두 조금씩 다르다. 그런데 어떤 환자들은 규격을 요구한다. 그것도 모든 것을 스스로가 정해온다.

"몇 밀리미터를 절개하고 몇 밀리미터를 붙이고……."

이런 환자를 만나면 한숨이 절로 나온다. 돌팔이가 사람 잡는다고, 환자 스스로 돌팔이가 되어 자신을 망치고 있는 형국이다. 전문의와 돌팔이의 차이는 환자 개인에게 맞는 수술 기법을 얼마나 지니고 있느냐에 달려 있다. 환자가 요구하는 수술과 환자에게 맞는 수술에 대한 판단을 내리고, 진단에 맞는 수술을 할 수 있을 만큼 다양한 수술을 집도한 경험이 있어야 하며, 또 다양한 수술을 할 수 있어야 한다.

수술은 서비스를 공급하는 것이다. 환자에게 내가 할 줄 아는 수술만을 도식적으로 적용하는 게 아니다. 수술이란 결국 환자와 의사는 물론 여러 사람이 함께 협력해 실수를 최소화하고 최적의 결과를 얻기 위한 행위다. 개인의 회복 시간, 사회활동 여부 등의 조건과 변수를 고려해야 하고, 의사는 수술 자체가 본인에게 적절한가를 판단할 수 있게 설명해줘야 한다.

자기 결정의 오류는 늘 있을 수 있기 때문에 자신의 판단이 제대로 서지 않은 환자에게는 수술을 만류하기도 한다. 물론 나 역시 내 판단이 옳다는 확신이 서지 않을 경우 동료 의사의 의견을 참고한다. 이 모든 과정과 행위가 결국은 환자를 위한 최선의 길이다.

회복 역시 마찬가지다. 쌍꺼풀 수술을 한 환자가 찾아온 적이 있다. 한눈에 보기에도 온 얼굴을 찡그리고 있었다. 수술에 대한 불만이 가득했다. 수술 후 부기가 빠지지 않고 양쪽 쌍꺼풀이 짝짝이라는 것이다. 모양을 갖추는 데는 시간이 걸린다. 한 몸이라도 부위에 따라 부기 빠지는 속도가 다르다.

쌍꺼풀 수술 후 짝짝이로 보이는 이유는 대개 부기 빠지는 속도가 양쪽 눈이 서로 다르기 때문이다. 게다가 사람마다 얼굴이

다르듯 아무는 속도도 다르다. 하지만 자신의 기준만 생각하고 자신만 똑똑하다고 생각하면 다른 말이 들어올 리 만무하다. 설령 전문의의 말일지라도 의사의 말을 설명이 아니라 변명이라고 생각한다.

수술법에 따라 부기가 없다고 하는데, 이런 경우는 10퍼센트 정도에 불과하다. 중요한 것은 환자의 조건이다. 좋은 학원 간다고 다 공부 잘하는 것은 아니지 않은가? 마찬가지로 사람마다 체질이 다르다. 어떤 사람은 복숭아를 좋아하지만 어떤 사람은 복숭아에 알레르기 반응을 보인다. 어떤 사람은 노래를 잘하지만 어떤 사람은 음치다. 체력이 강한 사람이 있고 체력이 약한 사람이 있다. 마찬가지로 상처가 빨리 아무는 사람이 있고 늦게 아무는 사람이 있게 마련이다. 그래서 사람의 몸에는 매뉴얼이 있을 수 없다. 매뉴얼이 있다면 의사를 찾는 대신 애프터서비스를 받아야 할 것이다.

연령에 따라 달라지는 눈 성형

부모님의 눈 성형은 젊은 사람들이 하는 쌍꺼풀 수술과는 다르다. 나이가 들면 자연스럽게 눈꺼풀이 처지는데 이를 개선하는 것이 중·노년층의 눈 성형으로, 상안검성형이라고 한다.

눈꺼풀이 처지면 기능적인 불편이 따른다. 눈이 가리기 때문에 텔레비전이나 신문을 볼 때 답답하고, 여름철이면 접힌 눈꺼풀이 짓물러 염증이 생기기도 한다. 또한 눈을 크게 뜨기 위해 무의식적으로 이마 근육을 사용하게 되는데 이는 두통의 원인이 된다. 미용적인 측면에서도 불만스럽다. 눈꺼풀이 처지니 눈이 작아 보이고, 이마 근육의 잦은 사용으로 이마의 주름이 더 깊어진다. 이쯤 되면 거울을 보는 것이 괴롭다.

수술 방법도 차이가 있다. 라인을 만들어주는 것이 쌍꺼풀 수술의 포인트라면 상안검성형은 처진 눈꺼풀을 없애주고, 본래의 또렷한 눈매를 만들어주는 것이 특징이다. 원한다면 눈매를 교정하면서 쌍꺼풀 라인을 만들 수 있다.

상안검성형은 국소마취로 진행되고 수술 시간도 1시간 내외로 짧아 중·노년층의 신체 조건에도 무리가 없다. 하지만 병력에 따라 마취 방법이 달라질 수 있으므로 부작용 없이 안전한 시술이 이뤄지기 위해서는 고혈압이나 당뇨병 등 병력 여부를 반드시 의사에게 알려야 한다.

　또 안전하게 수술을 받으려면 2주 전부터 약이나 영양 보충제를 주의해서 섭취해야 한다. 지혈을 방해하는 아스피린이나 비타민E가 포함된 약품이 대표적이고, 최근 인기가 높아진 오메가3 영양제도 당분간 섭취를 중단하는 것이 좋다.

중독의 올가미

외모에 대한 이야기가 넘쳐난다. 도도하고 허영심 많고 머리가 나쁜 것으로 인식되어 온 미남 미녀들에 대한 인식이 달라졌다. 자기 관리에 능하고 현명하며 세련된 능력자로 격상된 것이다. 반면 착하고 후덕하며 명민하게 그려지던 추남 추녀들은 폐쇄적이고 괴팍하며 무절제한 루저(looser)로 취급된다.

그런 상황에서 성형은 드라마틱하다. 외모의 변화가 내면의 변화를 일으킨다. 그래서 성형은 사람을 바꾸어놓기도 한다. 그러나 나는 그 성형이라는 드라마에 너무 빠지지 말라고 충고하고 싶다. 모든 것에는 도道가 있다.

성형을 통해 아름다워지는 것은 좋다. 그러나 너무 지나쳐 도를 넘게 되면 중독에 이른다. 성형 중독은 일종의 강박관념이고 정신병이다.

디드로 효과, 성형에도 있다

외모를 바라보는 사회적 인식과 합의는 변화해왔다. 사회학자들은 이를 두고 오늘날은 루키즘(lookism)이 지배하는 시대라고 한다. 인종·성별·종교·이념 등과 같은 전통적 요인뿐만 아니라 인간을 판단하는 새로운 차별 요인으로 외모가 등장했다는 것이다.

S라인 몸매, V라인 얼굴, 동안의 비결, 얼짱, 몸짱, 꽃미남, 꽃미녀, 미중년 등 이 시대를 사는 우리는 온 사회가 선망하는 외모를 갖기 위해 수능 성형, 취업 성형, 웨딩 성형, 관상 성형, 황혼 성형을 한다. 마치 개인의 중요한 인생사마다 성형이 등장하는 듯하다. 쌍꺼풀부터 안면 윤곽, 쇄골 융기 등 성형의 분야도 다양해졌다. 칼을 대지 않아도 된다는 말도 거짓이 아니다. 간단한 주사만으로 원하는 외모를 갖는 것이 가능해졌다.

18세기 프랑스의 계몽주의 사상가인 드니 디드로의 〈나의 옛 실내복과 헤어진 것에 대한 유감〉이라는 제목의 에세이에 나오는 이야기다. 어느 날 디드로는 친구로부터 진홍색 비단으로 만든 아주 우아한 실내복을 선물 받는다. 디드로는 낡았지만 편안한 옛 실내복을 버리고 선물 받은 실내복으로 갈아입었다. 붉은 빛을 은은하게 내뿜는 실내복을 입고 나니 문득 자신의 잠옷과 책상이 잘 어울리지 않는 것 같다고 여겨졌다.

얼마 후 디드로는 실내복에 어울려 보이는 책상을 샀다. 그러자 이번에는 서재의 벽걸이 장식이 초라해 보였다. 역시 새것으로 바꿨다. 나중에는 옷장, 의자 등 서재의 모든 걸 다 바꾸고 말았다. 낯설게 변한 서재에서 디드로는 탄식한다.

"나도 모르는 사이 내 정든 것들을 다 떠나보내고 말았다."

여기서 '디드로 효과'라는 용어가 나왔다. 성형에도 디드로 효과가 있다. 성형 결과에 만족하지 못하고 반복적으로 성형하는 행위, 즉 성형 중독이 그것이다. 습관적으로 성형수술을 계획하고 그와 관련된 정보를 수집하며 돈이 없으면 빚을 내서라도 성형하고자 하는 이들은 성형 중독을 의심해봐야 할 것이다. 이자율 높은 사금융 대출 상품에 성형 대출이 있을 정도다.

이들은 현재 자신의 외모에 만족하지 못한다. 성형할수록 더 예뻐질 거라 생각한다. 여기에는 성형수술을 통해 달라진 외모에 대한 드라마틱한 경험의 쾌감이 자리하고 있다. 마치 더 독한 것을 찾는 마약중독자처럼 더 큰 쾌감을 얻고자 성형수술을 행하는 것이다.

내가 더 이상 성형수술을 할 수 없다고 진단한 환자가 이웃 병원에서 시술을 받았다는 이야기를 듣고 씁쓸했던 경험이 있다. 나는 그 환자의 어두운 얼굴을 아직도 잊지 못한다. 도박 중독자나 마약중독자처럼 불안하고 고립되어 보이던 그 환자는 아마 이웃 병원에서 수술을 받고 환희를 되찾았을 것이다. 그러나 시간이 흐르면 거울을 꺼내들고 인터넷을 탐색하며 다시 성형할 곳을 기어이 찾아낼 것이다.

성형에 중독된 사람은 지속적인 관리와 성형 중독을 혼동한다. 피부를 관리하면 피부가 좋아진다. 운동을 하면 몸이 좋아진다. 그러나 관리라는 선을 넘는 순간 중독이 되고, 중독은 자신을 망친다. 운동중독으로 자신의 몸을 망치는 사람들도 있다. 너무 많은 박피로 인해 자신의 피부를 상하게 하는 사람이 있다. 성형도 마찬가지다.

관리의 수준을 넘어서면 자신의 몸을 해하게 된다. 그리고 성형 중독의 이면에는 개인의 책임 못지않게 사회적 요인이 함께한다.

나는 품격 있는 사람이 좋다

아파트 단지의 개인주의적 삶, 현대인의 고독한 삶에 대해 말하지만 한국 사회는 그 어느 사회보다 사회망(social network)이 긴밀하다. 유행에 민감하고 타인의 시선을 의식하는 우리. 어쩌면 이토록 긴밀한 사회적 관계가 성형 중독을 부추기는지도 모르겠다.

오랜만에 동창회에 나갔더니 모두들 보톡스를 맞아 팽팽한 얼굴을 하고 앉아 있었다든지, 옆자리 동료가 쌍꺼풀 수술을 한 후 승진도 하고 결혼도 잘했다든지, 연예인 누구의 확 달라진 얼굴이라든지……

이 대열에 동참하지 않으면 낙후될 것 같은 두려움, 사회적 관계에 실패하리라는 공포감이 성형수술을 부추긴다. 그러므로 성형 중독은 개인의 문제이자 사회적 문제로 봐야 한다. 온 사회가 치유해야 할 질병이다.

의사로서 나는 성형 중독도 반드시 치료가 필요한 병이라 생각한다. 그 병을 치료하는 방법은 스스로가 자신을 자각하고 느끼게 하는 것이다. 만일 자신의 얼굴에 콤플렉스가 있다고 느낀다면, 그것이 반복적인 성형으로 해결되지 않는다면, 다른 방법을 찾아야 한다. 자신의 다른 장점을 살려 그것을 키워나가는 것이다. 운동을 열심히 해서 몸짱이 되는 것도 좋고, 다른 특기를 살리는 것도 좋다.

그리고 마지막으로 이야기하고 싶다. 성형은 백화점이나 면세점에서 사들이는 명품이 아니다. 명품 가격에 따라 자신의 지위가 결정된다고 생각하는 사람들이 있다. 성형에도 그런 사람들이 있다. 명품을 소비하듯 성형을 쇼핑하는 사람들이다. 그들은 유행에 따라 새로운 명품을 사들이듯 성형을 감행한다. 그러나 성형의 횟수가 자신의 지위를 나타내줄 리 없다.

자기과시형 성형 역시 일종의 성형 중독이다. 진정한 아름다움은 조화에서 생긴다. 이목구비의 조화가 얼굴의 아름다움을 만든다면 내면과 외면의 조화는 사람의 품격을 만든다. 나는 품격 있는 사람이 좋다.

성형수술, 이것만은 피한다

1. 무조건 뜯어고치면 예뻐진다고 생각하는 것은 위험하다

성형은 무에서 유를 창조하는 것이 아니며, 선천적인 해부학적 조건을 바꾸기는 어렵다. 성형수술은 신체 조건을 인위적으로 조금씩 변화시켜 더 나은 조화와 균형의 미를 만드는 것이다.

2. 수술을 혼자서 결정하지 않는다

자신의 얼굴을 늘 보다 보면 편견과 오해를 가질 수 있다. 어떤 부위에 대한 불만이 계속 쌓이면 편견을 가진 채 의사에게 무리한 요구를 하기도 한다. 자신의 얼굴에 대해 객관적 평가를 들어본다.

3. 한꺼번에 얼굴 전체를 성형 받으려고 욕심 부리지 않는다

수술 후 피부의 부기가 빠지고 아무는 시간을 수술 적응 기간이라고 하는데, 개인에 따라 이 기간이 달라 고생을 하는 경우가 종종 있다. 또 얼굴이 갑자기 바뀌어 주위 사람들과의 관계에 실패할 수도 있다.

4. 미용실이나 헬스클럽 등에서 소개하는 곳은 피한다

여성들의 출입이 잦고 사람들이 모이는 장소에서 소개하는 병원은 피하는 것이 좋다. 성형외과에서 사무장(일종의 영업사원)을 고용해 환자를 유치하는 경우가 많기 때문이다. 이럴 경우, 수술비의 일부를 환자 소개비로 주는 게 관행이다.

5. 신문, 잡지, 방송 등에 많이 등장한다고 최고의 의사는 아니다

수술이나 연구보다는 매스컴을 이용한 홍보에 더욱 열심인 의사들이 있는데, 자기 홍보나 광고를 많이 할수록 환자 유치에 조급한 의사일 수 있다. 환자가 없거나 지나치게 상업적일 가능성이 높다는 말이다.

6. '간편하게', '아프지 않게' 등의 말을 과신하지 않는다

성형의학이 하루가 다르게 발전하고 있지만 역시 수술은 수술이다. 일정 기간 동안 수술 부위가 부자연스럽고 통증도 있을 수 있음을 감안해야 한다. 수술이 쉽고 간편하면 좋겠지만 그보다는 환자의 결점을 확실히 개선하는 것이 주목적이다. 감쪽같이, 틀림없이, 출혈 없이, 아프지 않고, 금방 등의 말은 제대로 된 의사라면 하기 어려울 것이다.

7. 특별한 수술 방법이나 최신 성형수술을 최선인 것처럼 홍보하는 의사를 경계한다

개인의 얼굴 모양과 피부 특성은 제각각 다르므로 수술 방법도 다 다를 수밖에 없다. 이목구비의 조화와 피부를 고려해 다양한 수술 기법을 구사해야 명의라는 뜻이다. 한 가지 방법으로 모든 것을 해결한다는 것은 난센스다. 또한 최신 성형수술은 아직 시술한 의사도 경험한 환자도 적다는 말이므로 지나치게 믿을 필요가 없다.

4부

아름다움을
묻는 그대에게

부족한 내 눈, 코, 입과 부족한 능력과 부족한 인성을 사랑하라.

자신을 사랑하는 진심에서 우러난 변화와 진보를 꿈꿔라.

더 사랑스러운 자신이 되게 해달라고 말할 것이다.

거울 앞에 선 당신

사람은 완벽한 아름다움을 꿈꾼다. 그러나 완벽과 아름다움은 이루어질 수 없는 조합이다. 세상에는 수많은 아름다움이 존재한다. 그러나 세상에 완벽은 존재하지 않는다. 완벽한 아름다움은 애초에 인간에게 허락되지 않은 이상일지도 모른다. 다만 우리는 상대적인 아름다움을 이야기할 수 있다. 아름다움을 평가하는 시선은 시대와 문화에 따라 달라진다. 사람마다 느끼는 아름다움도 그렇다. 결국, 절대미는 존재하지 않는다.

그러나 아름다움은 분명히 존재한다. 비록 사람마다 기준이 다르지만 같은 시대, 같은 사회 속에 있는 우리들은 보편적인 기준을 가지고 있다. 그리고 그 기준에 따라 누군가의 외모는 아름답다 칭송받고 누군가의 외모는 추하다 평가받는다.

그럼 우리 시대의 보편적 아름다움이란 무엇인가? 재단사는 옷본에 맞춰 원단을 자른다. 제빵사는 반죽을 틀에 넣어 케이크를 굽는다. 모두 본이 있고 틀이 있다. 어떤 사람들은 이를 원형이라고 한다. 그럼 성형의도 본과 틀에 맞춰 작업을 할까?

최근 얼굴형 수술 때문에 병원을 찾은 20대 여성 환자에게 재미있는 이야기를 들었다. 민족의 명절 추석을 지내고 출근한 첫날, 그 여성은 이상한 점을 하나 발견했다. 회사 동료 2명의 코가 무척이나 닮아 있었던 거다. 마침 코 성형을 염두에 두고 있던 터라 유심히 동료들의 얼굴을 관찰했고, 그 결과 거의 똑같다는 사실을 발견했다. 이를 보고 그 여성은 고민하기 시작했다. 본인도 남들이 말하는 '버선코 라인'에 얼굴 1/3에 해당하는 길이의 '명품 코'를 갖고 싶기는 하지만 결코 인조인간이 되고 싶지는 않았다.

이 이야기에 나는 실소를 금치 못했다. 동시에 성형의의 한 사람으로서 반성하는 계기가 되었다. 많은 사람들이 아름답다 생각하는 보편적 아름다움은 아주 세밀한 차이에 의해 느껴진다. 마치 포토샵으로 얼굴을 조금 더 깎고 눈을 조금 더 크게, 코를 좀 더 높게 하는 것과 같은 아주 작은 차이들이 변화를 만든다. 흔히 말하는 명품 코 역시 작은 차이에서 비롯된다.

김태희를 닮고 싶다는 욕망을 가진 이들이 병원을 찾는다. 김태희와 같은 코를 갖게 된 환자는 만족한다. 물론 성형에서 관건은 환자의 만족이다. 환자가 원했기 때문에 충분한 고민이나 상담 없이 김태희 틀을 맞추면 될 일이다. 그러나 환자가 보는 것은 코 하나다. 코가 전체 얼굴과 어떤 조화를 이루는지 살피는 것이 아니라 그저 코만 바라본다.

여기에서 의문이 생긴다. 코만 명품이 되면 그만인가? 또, 세상 모든 여성들이 김태희 코를 갖는다면 우리가 그 코를 명품 코라고 부를 수 있을까? 누구나 김태희 얼굴을 하고 있다면 김태희의 가치는 떨어진다. 그와 함께 어렵게 변화시킨 명품 코의 가치도 떨어지게 된다.

성형을 위한 본과 틀은 분명 존재한다. 그러나 그 본과 틀은 하나가 아니다. 지구상에서 성형을 꿈꾸는 사람들 하나하나에 따른 무수히 많은 본과 틀이 존재한다. 사람은 로봇이 아니기에 모두 다른 얼굴을 하고 있고 모두 다른 체형을 갖고 있다. 성형법 역시 본래의 얼굴과 체형에 따라 달라질 수밖에 없다.

나에게 맞는 최적의 성형을 하기 위해서는 많은 준비가 필요하다. 성형하겠다는 의지와 가족들의 합의가 선행되어야 하고 금전적인 여유도 있어야 한다. 어떻게 성형할 것인가에 대한 고민도 충분히 따라야 한다. 나는 그 후에 잘 훈련된 전문의를 찾아 상담한 후 성형대에 오를 것을 권장한다. 요즘은 인터넷상에 성형 관련 정보가 넘쳐나고 의학 지식이 뛰어난 환자들도 많다.

최신 기술은 물론, 연예인 누가 다니는 병원이 어디고 어떤 의사가 인기 있는지를 꿰고 있다. 물론 이런 정보들은 유용하다. 그러나 손가락이 아프고 눈이 벌게지도록 인터넷 정보를 찾아 헤매기보다 먼저 자기 자신을 사랑하라 권하고 싶다.

부족한 내 눈, 코, 입과 부족한 능력과 부족한 인성을 사랑하라. 자신을 사랑하는 진심에서 우러난 변화와 진보를 꿈꿔라. 그때가 되면 결코 김태희처럼 해달라고 말하지 않을 것이다. 더 사랑스러운 자신이 되게 해달라고 말할 것이다.

눈은 화룡점정이다

중국의 양나라에 장승요라는 걸출한 화가가 있었다. 한번은 그가 금릉 안락사의 벽에 용 네 마리를 그렸다. 그런데 용의 눈동자를 그리지 않았다. 최고의 화가가 실수를 했을 리는 없고……. 사람들이 그 까닭을 물으니 장승요는 눈동자를 그려 넣으면 용이 곧바로 날아가 버릴 것이라고 한다. 사람들은 비웃으며 믿지 않았다. 이윽고 장승요가 붓을 들어 용의 눈동자를 그려 넣었다. 순간 천둥과 번개가 치고 비가 쏟아지더니 눈동자를 그린 용 두 마리가 하늘로 올라갔다. 아직 눈동자를 그리지 않은 용 두 마리만이 벽에 남아 있을 뿐이었다.

이 이야기에서 '화룡점정畫龍點睛'이라는 말이 나온다. 용을 그리고 마지막으로 눈동자를 그린다는 뜻이다. 그림 속의 용이 하늘로 날아갈 만큼 눈은 중요하다. 눈의 중요성은 옛날 옛적부터 이야기되었다. 몸이 천 냥이면 눈이 구백 냥이라고 하지 않던가. 그건 얼굴에서도 마찬가지다. 얼굴을 결정하는 가장 큰 요소 역시 눈이다.

텅 빈 눈동자는 공허하다. 수분을 머금어 반짝이는 큰 눈은 충만하고 풍요롭다. 우리는 눈으로 세상을 보고 아름다움을 판단한다. 그래서일까, 아름다운 눈을 갖고 싶은 욕구는 아주 오래된 것이었다. 특히 근대화 이후 서구인의 커다란 눈을 동경하던 우리는 오드리 헵번 같은 커다란 눈을 갖고 싶어 했다. 그러다가 자연스러운 눈을 추구하는 사람들도 나타났다. 미의 기준이 변화함에 따라 갖고 싶은 눈의 형태도 변화하고 성형법도 변화했다. 그러기에 가장 쉬우면서도 어려운 수술이 쌍꺼풀 수술 아닌가 한다.

눈꺼풀은 얼굴 중에서도 가장 얇은 피부로 구성된다. 다른 어느 곳보다 먼저 노화가 나타나고 예민한 곳이 바로 눈이다. 때문에 더욱 잘 관리해주어야 한다. 그러면 쌍꺼풀 수술은 어떻게 하는 것이 가장 좋은 방법일까?

먼저 자신의 눈 형태와 특성에 대해 정확히 파악해야 한다. 원하는 눈의 형태와 특성이 무엇인지 곰곰이 생각해보는 시간도 필요할 것이다.

눈은 빛을 받아들여 뇌에 시각을 전달하는 감각기관이다. 눈이 놓인 자리를 안와眼窩라고 한다. 사람의 눈은 얼굴 전면 좌우 한 쌍의 안와 속에 존재한다. 눈은 안구와 시신경으로 이루어져 있다. 동그랗고 투명한 안구가 흔히 말하는 눈동자다. 눈은 조절 작용을 통해 초점을 맞추고, 안내압을 조절하여 눈물을 흘린다. 이 소중한 눈을 위아래로 보호하는 것이 바로 눈꺼풀, 안검眼瞼이다. 우리는 주로 지방과 속눈썹이 존재하는 위 눈꺼풀을 쌍겹으로 만드는 수술을 하고 있다. 이는 안구를 더 크고 아름답게 보이도록 한다.

성형의학적으로 아름다운 눈이란 눈의 좌우 폭이 양쪽 눈 사이의 넓이와 같으며 정면을 보고 있는 상태에서 눈 내측의 눈물 주머니가 살짝 보이는 눈이다. 통계에 의하면 한국 여성의 경우 평균적인 눈의 좌우 길이는 28.4밀리미터, 눈의 상하 폭은 8밀리미터다. 평균보다 조금 높은 수치인 가로 3센티미터, 세로 1센티미터를 이상적으로 본다. 다시 한번 말하지만 이것은 단지 평균일 뿐이다. 이 수치가 본인의 해부학적 조건에 의해 달라야 하는 것은 당연하다. 가로 폭이 좁다면 앞트임, 뒤트임 등을 하고 세로가 좁다면 절개법과 매몰법을 주로 사용한다.

코는 얼굴의 중심이다

코는 얼굴의 중심에 자리한다. 중심에 있기에 코는 사람의 인상을 결정하는 중요한 요인이 된다. 높고 오뚝한 코는 강한 인상을 준다. 동그랗고 뭉툭한 코는 복스러운 느낌을 준다. 낮고 퍼진 코는 편안한 느낌을 준다. 사람들은 이런 의식의 안경을 쓰고 타인을 바라보고 평가한다.

18세기에 살았던 찰스 다윈은 주먹코였다. 그는 갈라파고스 섬을 찾아 연구를 계속하고자 했는데, 갈라파고스로 항해할 배 '비글호'의 선장인 로버트 피츠로이는 주먹코를 한 다윈이 마음에 들지 않아 배에 태우려 하지 않았다. 골상학을 믿고 있었던 18세기 유럽인들은 코가 사람의 성격과 지성을 판단할 수 있는 중요한 기관이라고 보았다. 그러나 다행히 다윈은 비글호에 탈 수 있었고, 주먹코를 가지고도 놀라운 지성을 발휘했다. 갈라파고스의 연구를 통해 놀라운 과학적 · 철학적 변화인 '진화론'을 발표하여 세상을 뒤흔든 것이다.

아프리카의 어느 부족은 재채기를 할 때마다 "영혼을 빼앗지 마소서"라고 기도한다. 콧구멍을 영혼의 길이라고 믿기 때문에 재채기는 영혼이 빠져나가는 것이라 생각한다. 또 이누이트들은 상가喪家에 갈 때 사슴가죽으로 코를 막는다고 한다. 코를 통해 영혼이 빠져나가 죽은 이를 따라가게 될까 두려운 것이다. 인도네시아에서는 심한 병을 앓고 있는 이의 콧구멍에 낚싯바늘을 달아놓는다. 그렇게 하면 낚싯바늘에 걸려 영혼이 빠져나가지 못할 것이라고 믿는다. 이렇듯 코는 영혼과 생명의 상징으로 인식되어 왔다.

무엇보다 코는 후각을 담당한다. 코의 형태는 삼각형의 추 모양이다. 얼굴 외부에 돌출한 것을 외비外鼻라 하고 내부를 비강鼻腔, 밑면은 비저鼻底라고 한다. 좌우 눈과 눈 사이에 비근鼻根이 있고 비근과 비저를 연결하는 둔한 능선이 콧날 또는 콧등이다. 콧등의 아래쪽에서 가장 돌출해 있는 부분이 코끝이고, 코끝에서 좌우측으로 부푼 부분이 콧방울, 콧방울로 둘러싸인 구멍이 콧구멍이다. 코의 뼈는 콧등을 이루는 뼈와 연골로 이루어져 있는데, 콧구멍으로 개방된 독특한 구조와 연골로 이루어진 뼈가 코 성형수술을 쉽게도, 어렵게도 한다.

성형학적으로는 콧등부터 코끝까지가 남자는 일직선, 여자는 곡선으로 이어진 코가 이상적이다. 또 코끝이 위로 살짝 들린 '버선코'를 예쁜 코라 한다. 길이는 얼굴 길이의 1/3, 높이는 코 길이의 3/5 정도가 적당하다. 입술로 이어지는 각도는 95~105도를 이루는 것이 보기 좋고, 콧구멍 사이의 기둥은 옆에서 볼 때 콧방울 선보다 1~2밀리미터 아래로 보이는 것이 이상적이다.

코 성형에는 절개하여 콧대를 세우거나 형태가 잘못된 부분을 제거하여 바로잡는 방법, 주사제를 이용하여 간단히 교정하는 '쁘띠성형'까지 다양한 방법이 활용되고 있다.

얼굴은 변한다

경주 영묘사 터에서 출토된 얼굴 무늬 수막새에는 알 듯 모를 듯한 미소를 띠고 있는 신라인의 얼굴이 조각되어 있다. 이 신비해 보이는 얼굴을 두고 신라인의 미소라 부른다. 기와 왼쪽이 오랜 세월에 자취를 감춰 온전한 얼굴은 알 수 없으나 따뜻함이 느껴지는 미소 띤 입술과 오뚝한 콧날을 미루어 여인의 얼굴이라 짐작한다.

미소하면 또 빼놓을 수 없는 이가 있다. 바로 레오나르도 다빈치의 모나리자다. 모나리자의 미소는 아름다움과 평화를 준다. 그렇지만 우리 병원에 모나리자 사진을 가지고 와서 "이렇게 해 주세요"라고 부탁한 환자는 지금까지 한 명도 없었다. 오늘날의 미적 기준에서 보면 모나리자의 얼굴형은 조금 교정이 필요한 것 같다. 게다가 눈썹도 없고 말이다.

얼굴은 인간이 가진 머리의 앞쪽 부분이다. 이마부터 머리카락, 눈썹, 눈, 코, 빰, 입, 입술, 인중, 이, 피부, 턱을 포함한다. 각기 다른 얼굴 모습을 통해 우리는 사람을 구별한다. 또한 얼굴은 인간이 느끼는 모든 감정을 표현한다. 아픔과 슬픔과 기쁨, 감정의 변화를 겪을 때마다 얼굴은 달라진다. 세상 사람 중에는 자기감정을 숨기는 데 능숙한 이들이 있다. 그렇지만 얼굴은 태어날 때 그랬던 것처럼 순수한 인간의 감정을 드러낸다.

얼굴은 그 사람을 표현한다. 갸름한 얼굴형이나 잘난 이목구비가 아니라 표정과 분위기를 통해 살아온 날들이 드러난다. 얼굴을 관리한다는 것은 그저 외적인 아름다움을 추구하는 것이 아니다. 얼굴에는 세상을 바라보는 태도와 삶의 자세도 드러난다. 옛말에도 신언서판身言書判이라 하여 사람을 판단하는 기준에 있어 모습을 그 앞에 두었다. 결국 얼굴을 관리한다는 것은 자신의 인생을 관리하는 것일지 모른다.

해부학에서 말하는 사람의 얼굴 부분은 안면을 덮고 있는 피부를 일컫는다. 두 개의 눈썹을 지나 귀 앞부분에 이르는 선보다 아래쪽을 말한다. 한 쌍의 눈썹과 눈꺼풀로 덮인 안구, 삼각뿔형의 코와 지방체가 존재하는 뺨, 하악부 · 안와부 · 안와하부 · 협부 · 협골부 · 이하선교부 등으로 이루어진 턱, 위아래 입술로 이루어진 입 등이 얼굴을 구성하고 있다.

이러한 얼굴의 형태는 문화적 특성과 환경적 요인이 다른 각 문화권마다 특성을 갖고 있다. 현재 대한민국에 거주하고 있는 이들의 얼굴형은 시베리아의 냉혹한 추위를 견디기 위해 평평한 얼굴과 작은 이목구비를 가진 북방계형이 주류를 이룬다. 남방계형은 눈이 크고 입술이 두텁고, 턱뼈의 경우 안면의 오목함과 볼록함이 뚜렷하다. 요즘은 남방계형 얼굴이 많아진다고도 하는데, 실상 변화의 속도는 더디다. 분명한 것은 한국인들이 남방계형을 더 선호한다는 것이다.

갸름한 얼굴로 태어났다면 감사할 일이다. 적어도 아름다울 수 있는 첫 번째 조건을 어려움 없이 얻게 되었기 때문이다. 뼈를 깎는 아픔이라는 표현이 있듯이 갸름한 얼굴을 갖기 위한 성형술은 복잡하고 어려운 것이 사실이다. 그러나 최근 성형술이 발달하면서 수술법도 다양해지고 환자의 부담도 덜어줄 수 있게 되었다.

가슴은 여자의 자존심이다

〈여자는 남자의 미래다〉라는 영화가 있다. 감독은 이렇게 말한다.

"'여자는 남자의 미래다'라는 제목도 내용에 얽매이지 않고 그냥 느낌대로 지은 거예요. 파리의 한 책방에서 파는 그림엽서에서 루이 아라공의 그 글귀를 본 순간, 설명할 수 없는 그 말이 그냥 좋아지더라고요. 의미가 아니라 어감 자체가 말입니다."

나도 참 멋진 말이라는 생각이 든다. 여자는 남자의 미래다. 남자들은 사랑하는 여자를 만나야 비로소 철이 든다고 한다. 결혼해야 책임감을 느끼고 가장이 되려 열심히 노력한다. 여자는 또 이 남자와 함께 새로운 생명체를 낳고 키운다. 여자의 몸에서 잉태되어 탄생한 자녀야말로 미래가 아니겠는가. 여자는 남자의 미래다.

그럼 남자의 미래를 상징하는 여자의 상징은 무엇일까? 가슴이다. 그런데 흥미롭게도 가슴은 가장 순수한 모성의 상징이자 가장 성적인 기관으로 인식된다. 요즘에는 모유수유를 하는 젊은 어머니들이 늘어나고 있는데, 모유수유는 외적인 미의 기준에서만 보자면 일종의 희생이다. 아기에게 젖을 먹이기 위해 어머니는 식생활을 제한하고 육체적인 피로를 감내해야 하기 때문이다. 그렇지만 많은 어머니들은 아이와 본인의 건강을 위해 모유수유를 행한다.

유방 절제 수술을 한 여성들은 깊은 상실감을 겪는다고 한다. 나이가 들어 성적인 매력을 발휘할 기회가 줄고, 수유를 할 자녀가 없는 상황에서도 말이다. 결국 가슴은 여성 그 자신을 상징한다. 그러므로 여자의 미래는 가슴이다. 무엇보다 규칙적인 관리를 통해 유방암 예방에 힘써야 할 것이다.

유방의 크기는 개인·연령·인종에 따라 다르고, 젖샘의 활동기에 따라서도 달라진다. 반구형을 하고 있고 중앙부에는 유두가 있고, 주변에 갈색 고리 모양의 띠인 유륜이 있다. 유두의 길이와 크기도 개인차가 있다. 유두 표면에는 주름이 많고, 그 사이 갈라진 틈에 다수의 유공(乳孔)이 열려 있다. 유두 내부에는 탄력성·근육성의 격자상조직이 관통하고 있어서 유두를 기립시켜 유아가 물기 좋게 되어 있다. 유륜에는 지방은 없으나 다량의 민무늬근 섬유와 땀샘이 있다.

이상적인 가슴은 가슴의 실루엣, 가슴 전체의 모양, 유두가 향하고 있는 방향, 크기 등으로 결정된다. 옆에서 보아 가슴의 선이 유두를 향하여 내려가다가 유두에 이르러 약간 위로 올라가는 것이 좋다. 유방의 크기는 유방 아래 부분의 버스트와 양쪽 유두를 지나는 톱 버스트에 기준을 두고 허리 사이즈보다 20~25센티미터 정도 크거나 엉덩이둘레보다 4~5센티미터 작은 사이즈면 이상적이라고 본다. 또한 정면에서 보았을 때 목 아래의 들어간 홈과 양쪽 유두를 연결한 삼각형이 정삼각형이 되는 것이 이상적이다. 유두의 높이는 자신의 어깨와 팔꿈치 중간 정도에 있어야 한다. 또 크기는 3.5~4센티미터, 색깔은 붉은색을 띠고 있어야 한다. 이상적인 가슴의 크기는 사람들마다 체지방 정도에 따라 약간의 차이가 있을 수 있으나 키×0.52~0.53 정도가 적당하다.

체형은 관리된다

조금 서글픈 이야기지만 몸은 그 사람을 말한다. 그 사람의 영양 상태와 관리 수준, 어떤 일을 하는지, 어떤 곳에서 살고 있는지를 말해준다. 예를 들어 아주 건조한 곳에 사는 이들의 피부는 당연히 건조할 것이다. 잘 손질된 손톱을 하고 있으면 자기 몸을 관리하는 사람이라는 것을 알 수 있고, 부스스한 머리를 한 여자는 좀처럼 꾸미는 것에 관심이 없다는 것을 알 수 있다. 근육의 상태가 그 사람의 운동량을 말하고, 손과 발, 팔꿈치의 굳은살과 구부정한 어깨, 걸음걸이와 체취가 그 사람 삶의 양식을 드러내는 것처럼 사람들이 체형에 관심을 가지게 된 것은 아마 이런 근원적 인식에서 비롯된 것일지 모른다.

성형의학의 발달로 이상적인 이목구비를 가진 사람들이 많아진 오늘날, 자신을 드러내고 과시하는 차별화된 표현 수단으로 '몸'이 남게 되었다. 몸은 쉽게 변하지 않는다. 부모에게 물려받은 유전적 형질, 식습관과 운동량이 체형을 형성한다. 잘 관리된 몸은 여유 있는 경제 상황, 즉 풍요로움을 드러낸다.

얼굴, 목, 팔, 어깨, 등, 허리, 복부, 엉덩이, 허벅지 등의 체형 관리를 호소하는 이들이 많다. 지방 흡입 수술이 도입되면서 가장 많이 시행된 부분이 배와 허벅지다. 복부, 엉덩이 등은 지방 축적이 가장 잘 되는 부위로, 지방의 두께가 두껍다. 복부 지방에는 뱃속 깊숙이 내장 사이에 끼어 있는 내장지방과 피부 밑에 겹겹으로 쌓여 있는 피하지방이 있다. 피하지방은 활동량이 부족한 여성에게 흔히 발달한다. 피하지방이 많은 곳은 지방세포가 섬유화되어 피부가 귤껍질처럼 울퉁불퉁하다. 이러한 피하지방을 줄이기 위해서는 기본적으로 신체 전반에 활동량을 증가시켜 기초대사량을 늘림으로써 지방이 피하에 더 이상 쌓이는 것을 막아야 한다.

주름은 인생의 무게일 뿐인가?

어머니의 굵은 주름을 보고 추하다고 생각하는 사람은 없다. 우리를 위해 희생한 시간과 눈물을 말해주는 어머니의 주름은 아름답고 성스럽다. 그러니 굳이 돈을 들여 그 주름을 펼 필요는 없다고 생각할지 모른다. 그런 생각이 나를 한숨짓게 한다. 이런 시선은 어머니에게 있어 사회생활이 이미 끝났다는 편견의 작용이다. 아니면 어머니에게 사회생활이 존재하더라도 이미 나이가 드셨으니 주름은 그다지 문제가 되지 않으리라는 편의적인 생각이다.

서른 넘은 자식 놈이 하라는 결혼은 않고 밤새워 온라인 게임을 하는 세상이다. 나이 든 부모가 대학생이 된 자녀와 오토캠핑을 하는 세상이다. 예전보다 인류는 훨씬 젊어졌고 보다 오랫동안 인생을 즐기고 있다. 실제로 60대가 되어서야 비로소 세상을 즐길 시간적, 경제적 여유가 생긴다. 인생의 그 어느 때보다 많은 사람을 만나고 어느 때보다 많은 곳을 여행하게 된다. 당연히 나이 먹어서도 사회적 관계를 유지하게 되고 누구보다 젊고 건강한 모습을 뽐내고 싶어진다. 때문에 '동안'이 사회적 관계에 기본적인 자신감을 주는 중요한 조건이 되었다.

깊게 팬 주름이나 나이 먹어 생긴 검버섯에 당당할 수 있다면 참 멋지고 긍정적인 인생이다. 그러나 그렇지 못하다면 심리적으로 위축되거나 고독해지기 전에 시술을 통해 자신감을 가지라고 권하고 싶다.

동안의 적은 비만과 주름이다. 피부가 노화되면 진피상층의 콜라겐 및 진피 성분이 퇴행되면서 탄력성이 줄어드는데, 이때 발생하는 것이 주름이다. 개인차가 있지만 보통 25세가 지나면서 진행되기 시작해 30대 초반이면 서서히 눈에 띄는 변화가 나타난다. 나이가 들면 피하지방이 얇아지면서 주름이 더 악화된다. 눈 밑 잔주름이 대표적이다. 또한 중력은 피부를 늘어지게 하는 주요 원인이다. 위 눈꺼풀과 눈 아래가 주머니처럼 처지며 양 볼이 아래로 축 늘어져 얼굴이 커지게 된다. 표정 주름은 피부 밑 근육이 수축함에 따라 나타나는 현상이다. 나이가 어릴 때도 이 주름은 존재하지만 나이가 들면서 피부가 얇아지고 피하지방이 위축되면 두드러진다.

주름을 관리하기 위해서는 자외선과 수분 관리가 효과적이다. 태양광 속에 포함되어 있는 자외선 A와 B를 오랜 시간 동안 과다하게 접할 경우 콜라겐과 엘라스틴의 파괴로 탄력섬유가 감소하고 이 과정에서 주름이 유발된다. 또한 건조한 기후나 환경 때문에 피부가 거칠어지거나 탄력이 저하되면 눈가나 입가 등 피부가 연약한 부위에 잔주름이 생기기 쉽다. 주름은 시간과 중력에 의해 일어나는 자연현상이지만 자외선 차단과 수분 공급을 통해 관리할 수 있다.

지금 만나러 갑니다

성형법을 어떻게 정리해서 이야기할까 고민했다. 수술 하나하나를 이야기하려다 문득 그건 너무 쉬울 수도, 어려울 수도 있겠다는 생각이 들었다. 그래서 가장 많이 하는 질문에 대한 답을 소개한다.

Q : 늘 쌍꺼풀 테이프를 붙이고 다니는 여고생입니다. 지각을 해도 쌍꺼풀 테이프 붙이는 일은 포기할 수가 없어요. 그런데 쌍꺼풀 테이프를 붙이면 진짜 쌍꺼풀이 생기나요?

A : 아니요. 잠깐 생겼다고 믿었을 때, 바람과 함께 사라질 뿐

입니다.

쌍꺼풀 테이프를 붙인다고 쌍꺼풀이 만들어지는 것은 아니다. 쌍꺼풀 테이프를 붙여서 쌍꺼풀이 생긴다면 세상에 쌍꺼풀 수술은 필요치 않을 것이다. 아주 드물게 피부가 얇고 지방이 적은 사람에게서 엷은 쌍꺼풀 선이 생기는 경우도 있지만 대부분 그것은 일시적인 현상에 불과하다. 오히려 피부 알레르기를 유발하는 경우가 많고 피부의 늘어짐을 촉진한다. 테이프를 붙이는 데 쓰는 시간과 정성을 아끼려면 당연히 수술을 권한다. 평생 쌍꺼풀 테이프를 붙일 생각이 아니라면 테이프 사용을 그만두는 것이 좋다.

Q : '모여라, 눈, 코, 입'이라 불리는 연예인이 있던데, 반대로 저는 눈 사이가 이산가족처럼 떨어져 있어요. 그래서 앞트임 수술을 받고 싶은데, 흉터가 남는다는 얘기를 들었습니다. 티 안 나는 방법은 없나요?

A : 흉터도 티도 남지 않는 앞트임 수술이 있습니다. 무흉 앞트임입니다.

눈의 길이가 짧고 눈이 작은 사람들의 공통점은 쌍꺼풀이 없다는 것이다. 그리고 쌍꺼풀이 필요한 사람 중 반 이상은 몽고주름이 있다. 몽고주름을 제거하는 앞트임을 하면 눈 사이의 간격이 적당히 조절되고, 눈의 시야가 넓어진다. 그러나 빛이 있으면 그늘도 있는 법. 앞트임의 단점은 몽고주름을 제거할 때 흉터가 남을 수 있다는 데 있다. 무흉 앞트임 수술은 흉터를 최소화하면서 자칫 사나워 보일 수 있는 눈매를 자연스럽게 만들어준다. 미간이 좁거나 보통인 경우에도 눈의 모양과 크기를 자연스럽게 조절할 수 있다. 수술 후 4~5일 후면 실밥을 제거할 수 있어 답답한 선글라스를 벗을 수 있다.

Q : 여자 아이돌이 토크쇼에 나와 "살짝 집었다"고 이야기하던데, 그건 어떤 수술법인가요?

A : 결론부터 말하자면 매몰법을 의미합니다. '매몰차게' 말하자면 누구나 '집을' 수 있는 건 아닙니다.

'눈을 집었다'는 말은 연예인들이 쌍꺼풀 수술을 고백할 때 자주 등장한다. 실제로 눈꺼풀을 집어 쌍꺼풀을 만드는 수술법은 없다. 쌍꺼풀 수술에는 크게 매몰법과 절개법이 있다. 매몰법은 눈꺼풀을 절개하지 않고 피부와 안검판 사이를 실로 연결해 쌍꺼풀을 만들어주는 방법이고, 절개법은 눈꺼풀을 절개한 후 피부 속에 있는 근육, 지방 등의 조직을 적당량 제거하여 쌍꺼풀 라인을 만드는 방법이다. 집는 수술은 매몰법을 가리킨다. 메스가 필요 없이 실매듭만으로 라인을 만들기 때문에 수술이라는 말보다 집는다는 표현을 많이 쓰는 것이다. 그러나 원한다고 해서 누구나 집을 수 있는 것은 아니다. 눈꺼풀이 얇고 눈두덩에 지방이 없는 경우에만 매몰법이 가능하다. 최근에는 반은 집고, 반은 절개하는 수술법도 개발됐다.

Q : 남자 대학생입니다. 쌍꺼풀 수술은 하고 싶지만, 티가 날까 봐 '집는' 방법으로 하고 싶습니다. 그런데 집는 쌍꺼풀은 잘 풀린다고들 하던데 해결 방법이 있나요?

A : 매몰법처럼 절개하지 않으면서도 절개법처럼 풀리지 않는 수술법이 있습니다.

쌍꺼풀 수술을 원하는 대부분의 사람들은 흉터가 없고 자연스러운 모양을 원한다. 남성들이라면 더욱 그렇다. 그래서 작은 크기의 속 쌍꺼풀을 주로 원한다. 수술법에서도 눈꺼풀을 집는 방법인 매몰법을 선호한다. 절개하지 않기 때문에 흉터가 없고 부기도 빨리 빠지기 때문이다. 하지만 매몰법 방식의 쌍꺼풀은 쉽게 풀린다는 속설 때문에 망설이는 경우가 적지 않다. 실제 매몰법으로 시술한 경우, 3퍼센트 정도 쌍꺼풀이 풀린다. 대부분은 절개법을 적용했어야 할 눈에 매몰법을 적용한 경우다.

이중 매몰법은 그런 우려를 불식시키는 수술이다. 눈꺼풀 안쪽에서 바깥쪽으로 피부와 눈 뜨는 근육을 연결시키는 수술 방법으로, 피부와 근육을 고리 형태로 묶기 때문에 잦은 자극이나 중력에 의해서도 쉽게 풀리지 않는다.

Q : 수능을 마친 여고생입니다. 평소 눈이 가려 답답하고, 의식적으로 눈을 크게 뜨고 있다 보면 머리가 아팠습니다. 게다가 사람들이 모두 졸려 보인다고 이야기해요. 제 눈은 왜 그런 건가요?

A : 전문용어로 '안검하수'라고 합니다. 눈꺼풀을 들어올리는 근육의 힘이 약해 생기는 증상입니다.

안검하수의 경우 무의식중에 눈을 뜨면 눈꺼풀이 눈동자를 가려 시야 확보가 어렵고, 의식적으로 눈을 크게 뜨면 이마 근육을 사용하게 돼 두통이 유발된다. 결국 이마에 주름이 생겨 나이가 더 들어 보이고, 눈이 졸려 보이기 때문에 인상마저 어두워진다. 일반적인 수술법은, 먼저 눈꺼풀을 글어올리는 근육인 안검거근이 팽팽해지도록 길이를 짧게 절제하거나 봉합사로 묶는 시술을 한 다음, 쌍꺼풀 라인을 만드는 절개법을 진행하는 것이다. 주의할 것은 안검하수증은 원인에 따라 수술법이 다르고, 효과에 있어서도 차이가 날 수 있기 때문에 전문의와 상의해 적합한 수술법을 찾아야 한다.

Q : '단춧구멍 눈'을 가진 여성입니다. 단춧구멍 눈은 쌍꺼풀 수술을 해도 효과가 별로 없다고 하는데, 정말 그런가요?

A : 쌍꺼풀 수술과 함께 다른 수술을 병행하면 더 나은 효과를 얻을 수 있습니다.

작은 눈을 개선하는 방법은 가로와 세로 중 어느 부분이 짧은

지에 따라 크게 달라진다. 좌우 폭이 좁다면 흉터를 최소화하며 몽고주름을 절제해주는 무흉 앞트임을, 앞트임만으로 만족할 만큼 좌우 폭이 넓어지지 않을 때는 외안각 교정술이라고 하는 뒤트임을 해줄 수 있다. 위아래 폭이 문제라면 눈동자를 가리고 있는 위 눈꺼풀을 걷어 올려줘야 한다. 쌍꺼풀을 만들어주거나 눈꺼풀을 끌어올리는 안검거근을 짧게 절제하는 수술이 가능하다. 또 눈꼬리가 너무 올라간 경우에는 밑으로 내리는 수술을 할 수도 있다.

Q : 61세 주부입니다. 눈 아래가 불룩해져 더 나이 들어 보이는 것 같아요. 해결 방법이 있나요?

A : 눈 결막을 통해 눈 밑 지방을 빼내고, 팬 부분에 지방을 재배치시키면 됩니다. 좀 무섭게 들릴 수 있지만, 실제 수술은 간단합니다.

중·노년층에는 눈 밑 지방 주머니 때문에 괴로워하는 여성들이 많다. 세월의 흐름도 야속한데, 눈 밑 지방은 왜 자꾸 쌓이는 것일까. 이유는 바로 피부의 탄력 저하에 있다. 나이가 들면 피부가 가장 얇은 눈가부터 탄력이 떨어진다. 눈가의 피부가 처지면 지방을 받치고 있던 근육과 격막의 힘도 함께 약해져 지방이 눈 밑 아래로 이동하면서 쌓이게 된다. 거기에 얼굴 전체 피부의 탄력이 떨어지면서 눈 밑 지방 주머니가 군데군데 패기까지 하는 것이다. 말했듯이, 눈 결막을 통해 볼록한 지방을 빼주면서, 골이 팬 부분에는 적당량의 지방을 골고루 주입해주면 주름 없는 눈매를 만들 수 있다. 또한, 늘어진 피부는 제거하거나 레이저로 '타이트닝' 시킴으로써 피부의 질을 개선시킨다. 결막을 통해 수술이 진행되므로 흉이 눈에 띄지 않고 회복도 빠르다.

Q : 다크서클이 심한 직장여성입니다. 피곤해서 생긴 줄 알았던 다크서클이 없어지지 않아요. 눈 화장을 소홀히 할 때마다 밤 샜냐는 질문을 받아 스트레스를 받습니다. 왜 그런 건지, 어떻게 해야 하는지 궁금해요.

A : 한마디로 답하기 어렵군요. 다크서클은 발생 원인을 정확히 진단해 거기에 맞는 치료 방법을 택해야 하기 때문입니다.

다크서클이 생기는 원인은 크게 세 가지로 나눠볼 수 있다. 첫째는 눈 밑 피부의 색소가 침착돼서다. 눈 주위에 피부병이나 트러블이 발생했거나 습관적으로 눈을 자주 비비면 멜라닌색소가 침착된다. 둘째, 얇은 피부 탓이다. 여기에 피하정맥이 발달해 있으면 혈관이 내비쳐 보인다. 셋째는 눈 밑 지방이 뭉쳐 있거나 피부가 처졌을 경우, 눈 밑에 그림자가 져 어두워 보이는 것이다.

색소가 침착된 경우에는 비타민C를 직접 투여하는 미백 관리가 효과적이다. 간혹 레이저 치료를 권하는 경우가 있는데 색소 침착을 유도해 눈 밑이 더욱 어두워질 수 있으니 신중하게 선택해야 한다.

얇은 피부 때문에 피하정맥이 도드라져 보인다면 피부층을 두껍게 만드는 자가 지방 이식이 도움이 된다. 허벅지나 복부 등에서 채취한 지방을 이식하기 때문에 이물감이나 부작용은 염려하지 않아도 된다. 그러나 이 역시 피부 표면이 울퉁불퉁할 수 있으므로 쉽게 결정할 일은 아니다.

눈 밑 피부가 늘어진 경우라면 늘어진 피부와 지방을 동시에 제거하는 하안검 성형술을 받는 방법이 있다.

Q : 여대 2학년생입니다. 고등학교 마지막 겨울방학 때 쌍꺼풀 수술을 받았는데, 1년 6개월이 지난 지금도 눈이 소시지 같아요. 아직도 부기가 안 빠진 걸까요?

A : 쌍꺼풀 수술 후 부기는 6개월이 지나면 대부분 빠집니다. 하지만 절망은 금물. 재수술을 통해 바로잡으면 됩니다.

쌍꺼풀 수술 후 라인이 예쁘기는커녕 소시지처럼 퉁퉁 부어 있다면? 일명 '소시지 쌍꺼풀'의 원인은 부기가 아니다. 일반적으로 수술 후 급성 부기는 일주일에서 최대 한 달 사이에 대부분 빠지고, 남은 부기는 6개월 내에 사라진다. 소시지 쌍꺼풀은 수술할 때 쌍꺼풀 라인 아래 지방, 근육을 충분히 제거하지 않았거나, 라인을 지나치게 높게 고정한 경우에 생긴다. 또한 절개법을 사용해야 할 두꺼운 눈꺼풀을 매몰법으로 수술했을 때도 소시지 쌍꺼풀이 될 수 있다. 소시지 쌍꺼풀의 재수술은 눈꺼풀의 유형에 따라 다르다. 눈꺼풀 자체가 두꺼운 경우라면 절개법으로 피부, 근육, 지방의 두께를 적당하게 조절해주고, 라인이 높게 잡혔다면 쌍꺼풀 크기를 조절하여 라인을 다시 잡아줘야 한다. 물론 라인 밑의 근육과 지방을 적절히 제거해야 한다.

Q : 눈꼬리가 올라간 편이라 사납게 보인다는 소리를 자주 듣습니다. 째려보는 게 아니냐며 시비에 휘말린 적도 있습니다. 어떻게 하면 조금이라도 순한 눈매를 가질 수 있을까요?

A : 매섭게 올라간 눈꼬리는 뒤트임을 통해 낮출 수 있습니다.

눈의 바깥쪽을 작게 절개하는 뒤트임을 통해 눈꺼풀을 아래로 내려줄 수 있다. 비교적 간단한 이 수술은 성형 직후 인상의 변화가 바로 나타나 환자의 만족도가 높다. 하지만 뒤트임 성형에도 주의해야 할 점은 있다. 눈 바깥쪽 절개의 크기를 개개인의 결막 깊이에 따라 달리해야 한다. 눈꼬리를 낮추고 눈을 크게 만들려는 과도한 욕심으로 무리하게 절개 범위를 넓게 하면 안구와 결막이 닿지 않아 보기 흉하거나 안구건조증이 생길 수도 있다.

Q : 초가지붕처럼 축 처진 속눈썹을 가진 여중생입니다. 속눈썹이 눈을 자꾸 찔러서 아프고 눈물도 많이 나요. 개선 방법이 있나요?

A : 쌍꺼풀 수술로 간단하게 치료할 수 있습니다.

쌍꺼풀이 없고 속눈썹이 두세 겹으로 나 있는 경우에 나타나는 현상이다. 짧은 속눈썹이 바깥쪽으로 뻗지 못하고 눈 쪽으로 자라나게 되는데, 이때 눈썹이 눈동자를 오랜 시간 자극하면 각막염이나 결막염 등의 안 질환이 생기기 쉽다. 이것을 안검내반증이라고 하는데, 심할 경우에는 시력장애도 초래할 수 있다. 안검내반증의 경우에는 눈꺼풀을 들어주면 속눈썹이 저절로 위로 말려 올라가 교정이 될 뿐 아니라 눈도 시원스럽게 뜰 수 있게 된다. 쌍꺼풀 수술은, 성장이 멈춘 후 수술해야 하는 코나 얼굴뼈와 달리, 어린 나이에도 시술이 가능하다.

코

Q : 텔레비전에서 어떤 연예인이 코 수술 후 실리콘이 튀어나왔다고 하는 말을 들었습니다. 정말 코 수술 후 실리콘이 튀어나올 수 있나요?

A : 수술 후 관리를 잘해야 해요. 코에 충격을 주면 그럴 수 있습니다.

코 성형 후 코에 삽입한 보형물이 자리를 잡기까지는 최소 두 달 가량 소요된다. 더욱이 수술 후 2주 간은 코에 작은 압력도 주지 않도록 노력해야 한다. 그렇지 않으면 보형물이 비틀어질 수 있다. 안경도 착용하지 않는 것이 좋다. 테니스, 스키 등 과격한 운동은 한 달 이상 참는다. 회복 기간이 지나면 코를 푸는 것처럼 일상적인 압력은 괜찮지만 강도 높은 자극은 주의해야 한다. 보형물이 비틀어지거나, 피부 노화나 보형물로 인해 코끝 피부가 얇아져 보형물이 튀어나올 수 있다. 그때는 당황하지 말고 바로 병원에 오는 것이 좋다.

Q : 오버사이즈 크기의 선글라스를 쓰려면 코 수술을 하라는 말을 들었어요. 왜인가요?

A : 선글라스가 코가 아닌 볼에 걸릴 정도라면, 콧대를 높이는 융비술이 필요하기 때문입니다.

얼굴을 절반 이상 가리는 오드리 헵번 스타일의 선글라스를 쓰면 선글라스가 코끝도 아니고 볼에 걸리는 사람들이 있다. 콧대가 낮기 때문이다. 콧대를 높이려면 보형물을 삽입하는 융비술이 필요하다. 융비술에 사용되는 보형물은 크게 실리콘과 고어텍스, 두 종류다. 실리콘은 원하는 모양대로 세밀한 디자인이 가능하고 성형 후 오랜 시간이 지나도 모양이 변하지 않는다는 장점이 있다. 반면 고어텍스는 신체 조직과 융합돼 자연스러우면서 높은 콧대를 만들 수 있다. 단, 수술 후 2주 동안은 안경이나 선글라스 착용을 삼가야 한다. 작은 압력에도 보형물이 비틀어질 수 있다.

Q : 코를 높이면 확 예뻐질 줄 알았는데 뭔가 조금 부족해 보

여요. 어떻게 해야 될까요?

A : 코끝 모양을 조금 다듬는 방법이 있습니다.

콧대만 세웠다가 전체적인 모양이 불만족스러워 재수술을 하는 환자들이 많다. 코를 높이는 것만으로는 전체적인 이미지를 변화시킬 수 없기 때문이다. 높은 콧대 만들기가 과거 코 성형의 핵심이었다면 최근에는 코끝으로 관심이 옮겨가고 있다. 이제는 보형물을 콧등뿐 아니라 코끝에도 삽입하여 오뚝한 콧날을 만들어주는 것이 코 성형의 트렌드가 되었다. 코끝에는 주로 자가 연골 삽입술이 시행된다. 보형물로 자가 조직인 코의 좌우를 나누는 비중격 연골과 귀 연골이 사용된다. 연골은 움직임이 부드러워 생활 속에서 압력을 많이 받는 코끝에 이상적이다.

Q : 비염이 심하면 코 수술을 하라는 말도 있던데, 사실인가요?
A : 비염의 원인이 휜 코 때문인 경우가 있습니다. 그 경우, 휜 코를 바로잡으면 비염도 호전될 수 있습니다.

심한 비염이 휜 코 때문이라니. 휜 코의 내부 구조를 알면 그 이유를 이해할 수 있다. 휜 코를 보면 코뼈뿐 아니라 코 안을 좌우로 나누는 비중격 연골도 한쪽 방향으로 휘어 있다. 이로 인해 산소 통로인 콧구멍의 크기도 달라지는데, 휘어진 방향에 따라 한쪽 구멍이 매우 좁아진다. 이 때문에 코 안에서 산소 순환이 원활하지 않아 비염이 생기게 된다. 휜 코는 미용적으로도 좋지 않지만 코의 기능을 저하시킬 수 있다. 휜 코 교정이 비염의 직접적인 치료법은 아니지만, 호흡이 원활해져 증세가 호전될 수 있다.

Q : 부모님은 '복 코'라고 부르지만, 저는 맘에 안 듭니다. 복 코도 날렵해질 수 있나요?

A : 원인별로 시술 방법이 다르고 까다로운 수술이지만, 복 코도 오뚝하고 날렵한 코로 만들 수 있습니다.

흔히 코끝에 살이 많거나 코가 큰 경우, 복 코라고 부른다. 의학적으로 봤을 때 복 코는 코끝 연골이 크고 좌우가 벌어져 있는 코, 또는 코끝을 감싸고 있는 피부, 지방 등을 포함한 연부조직이 두꺼운 코를 말한다. 원인별로 성형 방법도 다르다. 사실 복코 성형은 매우 까다로운 시술이다. 코끝 연골이 크고 양옆으로 벌어진 경우라면 뼈 일부를 제거해주고 벌어진 연골을 가운데로 모아주는 시술을 해야 한다. 살이 많다면 콧속을 통해 살 일부를 절제해주고, 원인이 복합적이라면 두 가지 시술이 병행돼야 한다. 이렇게 코끝을 날씬하게 만들어준 뒤에는 귀 연골이나 비중격 연골을 이용해 코끝 모양을 세련되게 다듬어준다. 이와 함께 콧대를 높이는 시술을 병행하면 오뚝하고 날렵한 코가 완성된다. 더불어 콧방울의 살이 두텁고 넓은 경우라면 콧방울 축소술을 함께 해주는 게 좋다.

Q : 코 수술을 하면 '돼지 코'를 못한다던데, 텔레비전에서는 코 수술 받았다는 연예인이 코끝을 들어올리더라고요. 꼭 그렇지도 않은가 봐요?

A : 돼지 코를 할 수 있는 수술 방법도 있습니다.

코 성형을 하고 난 뒤 코끝을 뒤로 젖히지 못하는 것은 일부 맞는 말이기도 하다. L자 모양의 실리콘을 이용하여 콧대와 코끝을 세우면 그렇다. 하나의 보형물로 두 부위가 연결되기 때문에 움직임이 쉽지 않다. 하지만 최근에는 일(-)자형 실리콘과 고어텍스, 코끝에는 자가 연골 보형물을 주로 삽입하기 때문에 원한다면 얼마든지 돼지 코를 만들어 남을 즐겁게 해줄 수 있다.

Q : 코 수술을 하면 겨울에 코가 심하게 빨개진다고 하던데, 정말인가요?

A : 잘못된 상식입니다. 코 성형을 하지 않아도 날씨가 추우면 코끝이 빨개지니까요.

쌀쌀한 겨울, 코처럼 노출된 말단 부위가 빨갛게 변하는 것은 인체의 자연스런 변화다. 하지만 날씨와 상관없이 코끝이 빨갛게 변하거나 파래진다면 부작용일 가능성이 매우 높다. 원인은 크게 세 가지다. 첫째, 코를 절개할 시 코 기둥의 동맥이 절단되면 혈액 공급 저하 현상이 나타난다. 둘째, 보형물 압력에 의해 코끝 주위의 혈류 통로가 막힌 경우다. 그대로 방치하면 피부가 얇아져 보형물까지 비쳐 보일 수 있다. 셋째, 이물 반응이나 감염 등에 의해 염증이 생기면 통증과 함께 코가 빨갛게 달아오른다.

Q : 눈 사이가 좁아 걱정인 여성입니다. 코를 높이는 수술을 하고 싶지만 눈이 더 몰려 보일까 걱정입니다. 눈 사이가 좁으면 코 수술을 할 수 없나요?

A : 아닙니다. 오히려 코를 높이면서 미간이 넓어 보이게 할 수 있습니다.

콧대를 세운다고 실제로 두 눈 사이가 좁아지지는 않는다. 하지만 콧대가 높아지면 착시 현상에 의해 미간이 수술 전보다 좁아 보일 수는 있다. 코 높이를 조절하는 보형물의 폭을 넓게 디자인하여 삽입하면 된다.

Q : 코를 성형하고 싶지만 통증 때문에 결정하기가 어렵습니다. 코 수술을 성형수술 중 아픈 수술로 꼽는다던데, 사실인가요?

A : 다른 성형과 마찬가지로 수술 중에 환자가 느끼는 통증은 거의 없습니다.

피부를 절개하기 때문에 약간의 통증은 발생하지만, 부분 마취(국소마취)를 하기 때문에 환자 스스로 느끼는 통증은 거의 없다. 먼저 환자의 혈관에 진정제나 마취 유도제 등을 소량 주입하여 수면 상태에 빠지게 하는 무통 마취를 한 후 부분 마취제를 주입하므로 환자는 별 고통 없이 편안하게 수술 받을 수 있다. 수면 마취는 무통 마취 시 사용했던 진정제나 마취 유도제 등을 지속적으로 사용해 수술 내내 수면 상태를 유지해주는 방법이다. 보형물 삽입술 외에 휜 코나 양쪽으로 넓게 퍼진 코뼈를 절골하는 수술을 할 때는 통증이 더 크기 때문에 한 단계 강한 수면 마취가 사용된다. 안전한 마취를 위해 수술 전 혈액검사, 소변검사 등의 신체검사가 필요하다.

안면 윤곽

Q : 얼굴이 짝짝이인데, 치아 교정을 통해 좋아질 수 있다는 말을 들었습니다. 정말인가요?

A : 턱 중심이 얼굴 중심선에서 벗어나 있으면 치아 교정 치료와 함께 양악 턱 교정술이 필요합니다.

먼저, '왜 내 얼굴은 좌우 비례가 안 맞는 걸까?'라고 걱정할 필요는 없다. 대부분이 그렇기 때문이다. 하지만 한눈에도 턱 끝 중심이 한쪽 방향으로 틀어져 있어 보이는 안면 비대칭이라면 교정 치료가 반드시 필요하다. 턱 중심이 얼굴 중심선에서 벗어나 있으면 치아가 부정교합 상태가 되기 때문에 미용적인 목적뿐 아니라 기능적인 이유에서도 교정을 해줘야 한다. 결론적으로, 중심선 비대칭의 교정을 위해서는 위턱과 아래턱을 동시에 개선하는 양악 턱 교정술과 치아 교정 치료를 병행하는 것이 필수적이다.

Q : 진짜 미인은 옆에서 본 모습이 예뻐야 한다는데, 저는 턱이 들어가 있어요. 해결 방법이 있나요?

A : 턱이 들어간 정도에 따라 보형물을 삽입하거나 턱 끝 전진술을 시술할 수 있습니다.

의외로 앞모습보다 옆모습에 콤플렉스를 느끼는 사람들이 많다. 정면 얼굴은 메이크업을 통해 이목구비가 뚜렷한 모습으로 꾸밀 수 있지만, 옆모습은 가리는 방법이 아니면 그대로 드러낼 수밖에 없기 때문이다. 턱이 뒤로 후퇴된 모습을 '무턱'이라고 하는데, 그 정도가 5밀리미터 이하인 경우에는 보형물 삽입이나 미세 지방 이식 등의 간단한 성형술로 개선이 가능하다. 5밀리미터 이상 후퇴된 경우에는 턱 끝을 절골하여 앞으로 빼내는 턱 끝 전진술이나 하악 전체를 앞으로 빼내는 하악 전진술이 필요하다.

Q : 입이 튀어나온 것 같지는 않은데 주변에서는 '돌출 입'이라고 놀립니다. 제가 정말 돌출 입인가요?

A : 입이 돌출돼 보이는 이유는 앞으로 나온 치조골 때문이거

나 뒤로 밀린 턱 때문일 수 있습니다. 앞의 경우에는 돌출 입, 뒤의 경우에는 무턱이라고 합니다.

돌출 입 때문에 성형을 원하는 사람들이 많다. 돌출 입이란 치조골이 튀어나와 말 그대로 입이 앞으로 돌출된 것을 말한다. 반면에 아래턱 전체가 뒤로 들어가 상대적으로 입이 튀어나와 보이는 무턱의 경우가 있다. 돌출 입과 무턱의 구분은 매우 중요하다. 적용되는 수술법이 전혀 다르기 때문이다. 무턱을 돌출 입으로 오해해 턱을 뒤로 밀어 넣어주면 아래턱이 더 들어가 할머니 입과 같은 '합죽이'가 될 수 있다. 돌출 입의 경우에는 튀어나온 치조골을 뒤로 밀어 넣어줘야 한다. 안면 윤곽 수술은 재수술이 정말 어렵기 때문에 수술 전 정확한 진단이 중요하다.

Q : 친구와 같이 사각 턱 보톡스 시술을 받았는데 저만 4개월이 지나도록 효과가 없어요. 왜 그럴까요?

A : 근육이 아닌 뼈 때문에 턱이 각져 보이는 경우, 보톡스로는 효과를 보기 어렵습니다.

모두가 수술 없이 주사만으로 갸름한 얼굴을 만들 수 있는 것은 아니다. 음식을 씹을수록 발달하는 저작근 때문에 각진 턱이 된 경우가 있다. 이 경우 보톡스를 주입해주면 저작근이 마비되면서 이미 커진 근육이 퇴축해 부피가 작아진다. 저작근의 크기가 줄어들어 이전보다 턱 선이 갸름해지는 것이다. 만약 얼굴 뼈 때문에 턱이 각진 것이라면, 턱뼈를 절제하는 양악 수술이 필요하다. 각진 부위를 모두 절제하지 않고 귀 밑 1.5센티미터 정도 각을 남겨두면서 피질절골술을 병행하면 티가 나지 않으면서 얼굴 축소 효과는 최대가 된다.

Q : 한 연예인이 "코는 세웠지만 돌려 깎기는 하지 않았다"고 하던데, 사과 · 배도 아니고, '돌려 깎기'가 뭔가요?

A : 돌려 깎기란 갸름하면서 뾰족한 턱 끝을 만드는 안면 윤곽술, 일명 V라인 수술을 말합니다.

성형수술에 대한 각종 별칭을 듣다 보면 대단하다 싶다가도 쓴웃음이 나온다. 돌려 깎기란 좌우 귀밑 턱뼈부터 턱뼈 끝까지 고루 절제한다고 해서 붙은 별명이다. 하지만 V라인 수술로 불리는 안면 윤곽술은 사과를 깎듯 간단하고 쉬운 시술이 아니다. 수술을 원한다면 반드시 전문의와의 상담과 철저한 수술 계획이 필요하다.

Q : 저는 턱이 길고 앞으로 나와 있습니다. 치아 교정을 통해 좋아질 수 있다는데, 맞나요?

A : 그렇지 않습니다. 치아 교정은 아랫니와 윗니의 틀어짐을 교정하는 것이므로 주걱턱 자체를 개선시켜 주지는 못합니다.

보통 턱이 앞으로 길게 튀어나온 얼굴을 주걱턱이라고 한다.

주걱턱은 아래턱뼈가 돌출돼 있어 아랫니가 윗니보다 앞으로 나와 있는 부정 교합 상태를 보인다. 치아 교정은 그런 부정 교합을 바르게 교정하는 데만 효과가 있을 뿐, 돌출된 아래턱뼈에는 아무런 치료 효과를 주지 못한다. 그러다 보니 교정 후에도 외관상으로 호전된 모습을 볼 수 없어 불만을 가지게 되는 경우가 많다. 반면 안면 윤곽 수술만을 통해 치료할 경우에는 보통의 턱처럼 모양이나 위치가 좋아질 수 있지만, 부정 교합 현상을 더욱 심화시킬 수 있다. 주걱턱 환자의 아랫니는 정상인보다 뒤로 기울어져 있다. 이런 상태에서 아래턱뼈를 뒤로 밀어 넣어주면 아랫니가 더욱 안으로 들어가게 되어 음식을 씹을 수 없을 정도로 심각한 부정 교합 상태가 된다. 주걱턱을 치료하기 위해서는 반드시 치아 교정과 악 교정 수술, 두 가지 치료를 병행해야 한다.

Q : 여직원들이 진짜 미인은 '하트라인' 어쩌고 하던데, 하트라인이 대체 뭐죠?

A : 뺨에서 턱으로 이어지는 선에 붙여진 이름입니다. 볼륨감 있는 볼과 갸름한 턱 선이 하트 모양을 이룬다고 하여, 동안의 비유로도 쓰입니다.

사실 하트라인은 V라인과 크게 다르지 않다. 탄력 있고 볼륨감 있는 뺨도 중요하지만 턱이 갸름하지 않으면 '라인'을 완성할 수 없기 때문이다. V라인은 턱뼈 모양과 깊은 관련이 있다.

갸름한 턱을 만들고 싶다면 복합 V라인 윤곽술이 필요하다. 사각 턱 절제술과 피질절골술, 턱 끝 성형 등 세 가지 수술이 복합 시술된다. 이 세 가지 수술은 여러 번에 나눠서 시행되는 게 아니라 한 번의 수술로 진행되며, 수술 시간은 2~3시간 정도 소요된다. 물론 환자의 턱 상태에 따라 단계가 생략될 수도 있다. 복합 V라인 윤곽술은 환자의 인내가 필요한 수술이다. 수술 당일부터 5일까지 압박용 마스크를 착용하여 부기를 빼줘야 한다. 약 2주 정도 지나면 급성 부기가 서서히 빠져 얼굴이 약간 부은 정도로 보인다. 3~6개월 정도 지나면 하르라인의 하이라이트인 V라인 윤곽이 서서히 자리를 잡게 된다.

가슴

Q : 모유수유 후 처진 가슴을 되돌릴 수는 없을까요? 마사지나 관리만으로는 영 효과가 없어요.

A : 유방 하수증 때문에 고민하시는군요. 운동으로는 회복이 힘듭니다. 수술적 도움을 받으세요.

처짐의 정도에 따라 치료하는 방법에 차이가 있다. 유두가 가슴 중앙 부분보다 1센티미터 이하로 내려간 A급의 경우는 유방 확대술로 개선이 가능하다. 보형물을 삽입하면 볼륨이 보충되면서 처진 가슴이 봉긋하게 올라온다. 지방이 빠져나가 쭈그러진 현상도 개선되어 가슴이 한층 젊어진다. 그러나 유두가 1~3센티미터 혹은 3센티미터 이상 처진 B급과 C급의 경우라면 먼저 처진 조직을 잘라주는 절제술이 필요하다. 조직의 길이가 짧아지면 자연적으로 처진 가슴이 위로 잡아당겨진다. 유방 하수 교정술은 2시간~2시간 30분 정도의 수술 시간이 소요되며, 입원은 따로 필요 없다. 그러나 3~5일 정도의 회복 기간이 필요하므로 이 기간 동안 전문의의 지시에 따라 특수 브래지어를 착용하고 격렬한 운동은 피해야 한다. 그렇지만 한 가지를 당부하고 싶다. 보형물의 무게를 받쳐줄 수 있는 탄력성이 남아 있어야 만족스러운 결과를 볼 수 있다. 수술은 먼저 전문의와 상담한 후 결정한다.

Q : 남자인데, 커다란 가슴이 고민이에요. 친구들이 A컵이냐 B컵이냐고 물어볼 때마다 억장이 무너집니다. 불치병은 아니겠죠?

A : 비교적 간단한 시술로 해결할 수 있습니다. 이번 여름에는 바닷가로 놀러 가실 수 있겠네요.

지방의 축적이나 유선의 발달로 남성이 여성처럼 가슴이 커지거나 멍울이 잡히는 것을 여유증이라고 한다. 유형에 따라 수술 방법은 유선형과 지방형으로 나뉜다. 유선형이란 성호르몬이나 내분비계 호르몬 계통의 불균형적인 분비로 가슴의 유선 조직이 발달한 경우다. 유륜(젖꼭지 둘레) 밑 5밀리미터 가량을 절개하여 유선 조직을 잘게 잘라 제거해주는 방법이 있다. 절개 부위가 국소적이어서 흉터는 거의 남지 않는다. 지방형은 가슴에 체지방이 많은 경우로, 지방 흡입 수술을 한다.

Q : 가슴 수술을 하면 흉터가 남나요?

A : 예뻐지라고 하는 수술에 흉터가 보일 리 없겠죠.

수술을 결심한 환자들은 흉터에 대해 고민한다. 요즘에는 겨드랑이 주름을 절개하여 대흉근 근위와 근막 사이에 보형물을 삽입하기 때문에 흉터가 거의 보이지 않는다. 또한 보형물의 위치를 가장 안정적인 부위에 위치시키는 근막 하 유방 성형으로 구형 구축이 적게 생기면서도 자연스러운 모양을 낼 수 있다. 수술 시 가장 중요한 것은 자신의 체형을 고려하여 전체적인 실루엣이 자연스럽도록 크기를 결정하는 것이다.

Q : 가슴을 수술하고 나서 앞으로 모유를 먹이지 못할까 봐 걱정이에요.

A : 가슴 확대 수술로 풍만한 가슴과 모유수유, 두 마리 토끼를 잡으세요.

가슴 확대 수술은 특수 제작한 보형물을 유방 조직에 직접 삽입하기 때문에 성형 후 모유수유에 영향이 있는지에 대해 많은 여성들이 의문을 가진다. 하지만 가슴 확대 수술 자체만으로는 임신, 출산은 물론 수유에도 전혀 지장을 주지 않는다. 가슴 보형물을 조직과 근육 사이에 삽입하기 때문에 유선 조직에 크게 영향을 주지 않기 때문이다.

Q : 가슴 성형 후에 잘못하면 보형물이 터진다는 말이 있던데, 설마가 사람 잡을까요?

A : 보형물이 파열돼 터지는 경우도 있습니다. 그렇지만 이제는 걱정을 덜 만한 보형물이 나왔습니다.

부작용이 심하고 티가 많이 나는 식염수백은 요즘 거의 사용하지 않는다. 수술 후 인체에서 파열되는 경우가 빈번하고 부작용도 심하기 때문이다. 그래서 대체된 것이 실리콘 보형물이다. 요즘 각광받고 있는 실리콘 보형물은 '코히시브젤'(코젤)이다. 미국 FDA와 국내 식약청에서 안전을 공식 인정한 코히시브젤은 기존 액체형 실리콘에서 발전한 젤 타입 보형물로, 점성이 높아 인체에서 터지더라도 흘러내리거나 인체에 흡수되지 않아 부작용을 최소화할 수 있다. 또한 코히시브젤의 최대 장점은 부드러운 촉감에 있다. 본래 가슴과 유사한 촉감을 주며, 서 있거나 누워 있을 때, 어떠한 자세에서도 모양 변화가 자연스러워 인위적인 느낌을 주지 않는다. 수술 후 딱딱해지는 구형 구축 현상도 적은 것으로 나타났다.

Q : 평소 손가락만 살짝 베어도 팔짝팔짝 뛰는 겁 많은 여성입

니다. 가슴 수술을 하고는 싶은데, 아프다는 말 때문에 엄두가 안 납니다.

A : 최소의 아픔과 최대의 효과를 얻을 수 있는 방법이 있습니다.

통증은 누구나 걱정하는 부분이다. 그렇지만 요즘에는 전신 마취 하에서 수술하므로 수술 중에는 통증을 거의 느끼지 못한다. 또한 수술 직후 무통 관리 시스템을 적용하여 통증을 최소화한다.

체형

Q : '통통녀'입니다. 다이어트도 이제는 요요 때문에 못하겠어요. 지방 흡입에도 요요가 있나요?

A : 수술은 요요가 없지만 관리하지 않으면 살이 찔 수도 있습니다.

지방 흡입술은 체내에 불필요한 지방을 몸 밖으로 빼내주는 수술로, 지방을 감량하는 데 확실한 효과를 보인다. 제거하는 지방량은 사람마다 차이가 날 수 있지만, 수술 자체가 요요 현상을 불러오지는 않는다. 그러나 지방 흡입술을 받은 후 살이 다시 쪘다면 생활 습관을 의심해봐야 한다. 기존의 식습관을 그대로 유지했거나 운동을 게을리했는지 따져보아야 한다. 지방 흡입술을 받았다고 해서 그 상태가 영원히 유지되는 것만은 아니다.

Q : 지방 흡입 시술을 받은 후 부작용에 시달린다는 인터넷 기사를 봤습니다. 수술 후 흉터가 많이 남으면 어떻게 해요?

A : 한 번에 너무 많은 욕심을 부리지 않는다면 흉터도 없겠죠.

지방 흡입술의 대표적인 부작용은 수술 부위가 울퉁불퉁해지거나 절개 부위에 흉터가 생기는 것이다. 또 피부색이 거뭇거뭇하게 변하기도 한다. 종종 미세한 신경조직이 손상되어 감각이 둔해지는 부작용이 생기기도 한다. 그러나 이러한 부작용은 흔한 것이 아니다. 부작용은 지방을 과도하게 흡입하거나 수술 시 과다 출혈이 발생한 경우에 생긴다. 의사의 실수보다 환자의 무리한 요구에서 비롯될 때가 많다.

Q : 예뻐지고 싶은 여성입니다. 하지만 지방 흡입이 위험하다는 말을 들어 망설이고 있습니다.

A : 지방 흡입술은 생각보다 위험하지 않습니다.

지방 흡입은 위험한 대형 수술로 인식되지만, 사실 그렇지 않다. 지방세포에 강한 진동을 줘 아이스크림 녹듯 지방을 녹게 한 후 흘러나오는 지방만을 선택적으로 흡입하는 방법이다. 시술 과정에서 주변 조직에 손상을 거의 주지 않기 때문에 출혈과 부작용이 거의 없다. 또한 지방 흡입은 시술 직후 효과가 뚜렷하기 때문에 만족도가 매우 높은 시술 중 하나다.

Q : 날씬한 사람도 지방 흡입을 한다던데, 뭐가 부족해서 그러죠?

A : 사람마다 감추고 싶은 부위가 있습니다. 다이어트나 운동으로 빠지지 않는 군살 때문입니다.

학생이나 직장인은 공부나 컴퓨터 작업을 위해 책상에서 보내는 시간이 많은데, 등과 허리 부위의 활동량이 적다 보니 자연스럽게 군살이 찌게 된다. 한 번 오른 군살은 밥을 굶는다고 해도 쉽게 빠지지 않는다. 또 군살은 심부 지방층에 발달되어 있기 때문에 단기간 운동으로도 빼기가 어렵다. 이때 고려해볼 만한 방법이 미니 지방 흡입술이다. 미니 지방 흡입술은 복부나 허벅지 등의 대용량 지방 흡입술과 달리 국소마취로 간단히 시술된다.

Q : 미니 지방 흡입술에 대해서 자세히 알고 싶어요.

A : 운동과 다이어트로 잘 빠지지 않는 군살은 미니 지방 흡입술에 맡기세요.

체형은 사실 운동과 식이요법으로도 바꾸기 힘들다. 특히 다리를 포함한 하체는 가슴과 함께 여성의 상징이라고 할 수 있다. 그런데 유독 다리가 짧고, 상체에 비해 풍퍼짐한 엉덩이 때문에 고민인 여성이 많다. 그건 유독 굵은 허벅지도 마찬가지다. 미니 지방 흡입술은 100~150cc 정도 소량의 지방을 흡입해주는 시술로 운동과 다이어트로 잘 빠지지 않는 군살을 효과적으로 제거할 수 있다. 시술에 대한 부담이 적고, 지방의 양이 많은 경우에도 여러 번에 나누어 시술할 수 있다. 또한 소량의 지방을 제거하기 때문에 흉터나 부종이 거의 없고 식사, 샤워 등의 일상생활에 거의 불편함이 없다는 장점도 가지고 있다.

Q : 종아리 알이 너무 커요. 다리는 조선무, 종아리 알은 알타리무라고 놀림 받습니다. 줄일 수 있을까요?

A : 종아리 알을 줄이는 방법으로는 비절개 종아리 복합신경차단술이 있습니다.

종아리의 알통은 근육이 발달하여 생기는 것으로, 다이어트나 운동으로는 없앨 수 없다. 따라서 의학적인 방법으로 알통을 치료하고자 하는 사람들이 많아지고 있다. 최근 선호되고 있는 치료법은 비절개 종아리 복합신경차단술이다. 종아리 근육을 키우는 신경 분지와 신경근육이 만나는 길목을 차단하는 방식으로, 이미 비대해진 근육 부피를 줄이고 더 이상 커지지 않도록 예방한다. 시술 시간도 30~40분 내외로 비교적 짧다. 또한 기존 종아리 시술과 달리 운동신경과 감각신경에 손상을 주지 않기 때문에 안전한 치료법으로 평가받고 있다.

Q : 긴 치마와 바지만 입고 살아온 여성입니다. 초미니스커트에 킬힐 한번 신어보는 게 소원이에요. 종아리 알 수술은 한 번

하면 평생 유지되나요?

　A : 잘못하면 1년, 잘하면 반영구적입니다.

　뒤꿈치를 들었을 때 두드러지는 종아리 알통은 시술 직후부터 없어진 것을 눈으로 확인할 수 있다. 2~3개월이 지나면 효과가 더욱 확연하게 나타난다. 비절개 복합신경차단술은 보톡스와 같이 간편하면서도 고주파와 신경 용해 물질의 두 가지 방법으로 신경을 이중 차단함으로써 최소 1년 이상 효과가 지속된다. 꾸준히 종아리를 관리하고, 다리 근육을 쓰는 무리한 움직임을 피한다면 그 효과는 반영구적으로 지속될 수도 있다.

　Q : 종아리 성형을 하면 까치발이 되거나 부작용이 심하다는데, 정말인가요?

　A : 그건 극소수의 일입니다.

　극소수의 부작용 사례가 방송 전파를 타면서 다수의 시술 경험자들이 겪는 부작용으로 비춰지고 있다. 이 같은 부작용은 종아리 알통을 퇴축시키는 과정에서 운동신경과 감각신경을 손상시켰을 때 생기는 현상이다. 최근 도입된 복합신경차단술로는 이러한 부작용이 발생하는 최소한의 가능성조차 배제할 수 있다.

Q : 예뻐지고 싶지만 성형수술을 받기에는 민망한 나이의 여성입니다. 주변 친구들은 그래서 '쁘띠성형'을 받는다고 하던데, '쁘띠성형'이 뭐죠?

A : '쁘띠성형'은 메스 대신 주사를 이용해 짧은 시간 내 간단하게 시술을 받는 방법입니다.

'쁘띠성형'은 부기나 멍이 거의 남지 않아 시술 직후 일상생활 복귀가 가능하다. 보톡스, 필러 등이 대표적인데, 수술에 대한 부담이나 주위의 시선이 신경 쓰이는 중·노년층에게 적합하다. 하지만 시술이 간단하고 저렴해 비의료인에게 불법 시술을 받는 경우가 간혹 있다. 매우 간단한 시술이라도 환자의 병력, 체질을 고려해야 하며, 불법 시술을 받을 경우에는 2차 감염으로 염증이 생길 수 있고 주입 성분을 제거해야 하는 경우도 생길 수 있으므로, 안전하게 효과를 보려면 반드시 전문의에게 시술을 받아야 한다.

Q : 세상도 복잡하고, 성형도 복잡하네요. 보톡스는 뭐고 필러는 뭐죠?

A : 보톡스, 필러 등에 대해 설명해드리겠습니다.

환하게 웃을 때 입가나 눈가에 주름이 두드러진다면 보톡스 시술이 필요하다. 보톡스는 근육을 마비시키는 원리를 이용하여 근육 움직임에 따라 생기는 표정 주름을 효과적으로 잡아준다. 하지만 노화가 심화돼 표정을 짓지 않아도 주름이 고정되어 있을 경우에는 필러를 병행해주어야 보다 만족스러운 결과를 볼 수 있다. 필러는 볼륨 성형이라고 할 수 있는데, 코의 팔자주름이나 이마 등 깊게 팬 피부조직을 필러 주사제로 채워 올려주는 시술법이다. 필러 주사제로 사용되는 성분은 콜라겐, 엘라스틴, 히알루론산 등 피부를 구성하는 주된 성분으로, 안전하며 피부 탄력을 높이는 효과도 낸다.

Q : 주사만으로 코 수술 효과를 낼 수 있다는데, 정말인가요?
A : 맞습니다. 매끄러운 코 라인을 만들 수 있습니다.

필러는 푹 꺼져 있거나 편평한 부위에 볼륨감을 주는 시술 방법으로, 낮은 콧대와 매부리코에 제격이다. 히알루론산을 주성분으로 하는 필러 주사제를 낮은 콧대에 주입해주면 전체적으로 콧대가 오똑해진다. 또 뼈가 약간 튀어나온 매부리코 콧등 부분에 넣어주면 튀어나온 주변이 채워져 콧등이 매끄러워지면서 코 라인이 살아난다.

Q : 볼이 홀쭉해지면서 주름이 두드러져 보여 고민입니다. 볼을 통통하게 해서 동안으로 보이고 싶은데, 보톡스로 해결이 될까요?

A : 보톡스는 표정 주름을 없앨 때 효과가 있는 방식이며, 볼에 볼륨을 채우고 싶다면 자가 지방 이식술을 권합니다.

볼이 홀쭉해지는 원인은 지방 감소에 있다. 그래서 볼을 통통하게 해주려면 지방을 다시 채워 넣어야 한다. 이 시술법이 바로 자가 지방 이식술이다. 본인의 허벅지, 엉덩이, 복부 등에서 채취한 지방을 정제한 후, 거기에서 얻은 순수 지방세포를 볼에 주입하는 방식이다. 시술 후 급성 붓기, 멍은 1~2주 정도면 사라지며 일상생활에 큰 불편이 없다.

Q : 수술을 한 것 같지는 않은데 갑자기 예뻐진 친구가 있어요. 비결이 뭘까요?

A : 필러 덕분입니다.

간단한 주사 요법을 통해 미모를 돋보이게 해주는 방법으로 보톡스와 필러를 들 수 있다. 10분 정도의 시간만 투자하면, 영구적이지는 않지만 1년 내외의 시간 동안 그 효과를 누릴 수 있다. 수술에 대한 두려움이 크거나 확신이 없는 사람들에게 적합하다.

성형의 김수신의 마음

"너의 꿈은 뭐니?"

"너는 왜 그렇게 일을 열심히 하니?"

이러한 물음과 마주할 때마다 나는 망설인다. 나는 그저 순간 순간 최선을 다하고자 했다. 대답이 부족하다면, 나는 다시 스스로를 좁쌀 한 알이라고 칭한 장일순 선생의 글귀를 떠올린다.

"조석으로 끼마다 상머리에 앉아 한울님의 큰 은혜에 감사하자. 하늘과 땅과 일하는 만민과 부모에게 감사하자. 이 모두가 살아가는 한 틀이요. 한 뿌리요. 한 몸이요. 한 울이니라."

밥알 한 톨에는 온 우주가 들어 있다. 볍씨가 자라 한 톨의 쌀이 되기 위해서는 하늘과 땅의 기운을 받아야 한다. 햇볕과 물과 바람과 땅의 기운에·농부의 땀이 더해진다. 볍씨를 심고 모를 내고 김을 매고 수확하는 농부의 마음은 또한 정성이다. 수확된 쌀은 상인의 손을 거쳐 가정으로 전해진다. 어머니는 그 쌀 한 톨에 정성을 더하여 밥을 짓는다. 우주의 순환과 같은 정성의 과정을 거쳐야만 우리는 한 끼의 밥을 먹게 된다.

그렇다. 밥알 한 톨은 단순한 물건이 아니라 하느님이다. 어렸을 적 선생님은 세상에 세 가지 격(格)이 있다고 하셨다. 물건을 대하는 물격, 사람을 대하는 인격, 그리고 하느님처럼 대하는 신격이다.

성형수술을, 쌍꺼풀을 물건으로 대하면 나는 의사가 될 수 없다. 내게 쌍꺼풀은 물격이 아니라 신격이었다. 세상에는 물건으로 대할 것이 없다. 발에 차이는 돌멩이 하나도 몇 억 년을 거쳐 그 자리에 서 있는 것이다. 하물며 소우주인 사람의 얼굴과 몸이야 말해 무엇 하겠는가?

인터넷에서 내가 '수느님'으로 불린다 들었다. 성형수술을 잘한다고 하여 이름의 '수' 자를 따서 붙인 별명이란다. 부끄러움에 피식 웃을 뿐이다. 예전에는 손가락 수술을 워낙 잘해서 '손귀신'이라는 별명으로 불렸다고 한다. 그런데 가만히 돌아보면 그것이 단지 수술을 잘했기 때문만은 아니라는 생각이 든다.

나는 하느님을 대하는 마음으로 환자를 대하고자 했다. 제품을 만드는 장인이 아니라 아픈 곳을 쓰다듬는 어버이의 마음을 가지고자 했다. 상처에 반창고 하나를 붙이면서도 잘 낫게 해달라는 소망을 담았다. 그러나 많이 부족함을 안다. 하지만 그 마음을 잃지 않고 진심이 이어지기를 바랐다. 많은 사람이 나를 믿고 찾아온 것은 단지 그런 마음 때문이 아닌가 짐작해본다.

플라스틱
드림

지은이 | 김수신

초판 1쇄 인쇄일 2012년 2월 20일
초판 1쇄 발행일 2012년 2월 27일

발행인 | 한상준
기획 | 임병희 · 김훈겸
편집 | 김민정
디자인 | 김경년
본문 삽화 | 박예영
마케팅 | 박신용
독자관리 | 이재희
종이 | 화인페이퍼
인쇄 · 제본 | 영신사

발행처 | 비아북(ViaBook Publisher)
출판등록 | 제313-2007-218호(2007년 11월 2일)
주소 | 서울시 마포구 연남동 567-40 2층
전화 | 02-334-6123 팩스 | 02-334-6126 전자우편 | crm@viabook.kr
홈페이지 | ViaBook.kr

Copyright ⓒ 2012, 김수신
ISBN 978-89-93642-40-7 13800

Real
Pride

美

PLASTIC
DREAM

아주 지적인 클래식

Part 1 Music

알아 두면 쓸모 있는
클래식 상식

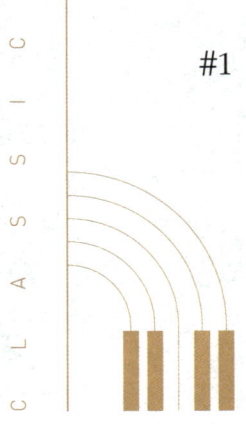

1

보이저 2호 타고 날아간 27곡

화성에 우주선을 타고 여행을 간다면 어떤 음악을 들으며 갈까? 한두 시간 차를 타고 이동할 때도 음악을 듣는데 2~3년 동안 화성으로 가면서 심심하게 그냥 갈 수는 없지 않은가?

1977년 8월 20일, 보이저 2호가 음악 27곡을 싣고 우주로 날아갔다. 약 30㎝ 크기의 구리 레코드판에 금박 코팅을 한 '골든 레코드'는 수억 년을 버틸 수 있도록 제작되어 115개의 그림, 지구의 소리, 55개 언어의 인사말, 27곡의 음악이 탑재되었다. 칼 세이건[2]과 NASA가 협의해 6개월간 자료를 수집하여 결정했다.

샤를 보들레르의 시와 지미 카터의 편지가 탑재되었고, 6천 년 전 수메르에서 사용한 아카디아어부터 한국어 '안녕하세요', 영어 'Hello from the children of planet Earth'까지 55개국의 언어가 담겨 있다. 지구의 소리 뒤에 87분 30초 길이의 음악이 실렸다. 클래식부터 로큰롤의 아버지 '척 베리'의 〈조니 B. 굿〉, '루이 암스트롱'의 〈멜랑콜리 블루스〉, 페루의 〈결혼 노래〉, 인도의 라가, 호주 원주민의 노래 등 다양한 음악이 탑재되었다.

장르 구분 없이 가장 많은 곡이 실린 작곡가는 누구일까? 〈브란덴부르크 협주곡 2번〉 1악장, 〈바이올린을 위한 파르티타〉 제3번 가보

•••

2 칼 세이건: 세계에서 가장 유명한 천문학자 중 하나로 과학 대중화에 앞장섰으며 30권의 저서 중 『코스모스』가 대중적으로 잘 알려져 있다.

트와 론도, 〈평균율 클라비어 곡집〉 2권 1곡 전주곡과 푸가 등 세 곡이 실린 바흐(J. S. Bach)이다.

세상의 모든 음악이 사라져도 바흐만 있다면 클래식 음악을 재건할 수 있다는 표현처럼 바흐의 영향력이 다시 한번 증명된 순간이다. 클래식 음악사에서 가장 많은 음악가를 배출한 바흐 집안은 할아버지, 아버지, 삼촌, 사위, 심지어 바흐의 아들들까지도 유명한음악가이다. 빠른 정보력과 결속력으로 2백여 년 넘도록 넘버 1 음악 가문을 이어 왔다.

1693년 어느 날, 궁정 오케스트라에 결원이 생겼을 때 다급해진궁정 악장이 이같이 말했다고 전한다.

"빨리 바흐 집안에 연락하시오."

이 한마디만 봐도 바흐 가문의 음악 실력이 어느 정도인지 알 수있다. 뛰어난 결속력으로 유행하는 음악 기법을 서로 알려 주고, 어느 교회에 오르간 연주자 자리가 공석이라든지 하는 일자리에 대한정보 공유도 이루어졌다. 바흐 가문 외에 누구도 넘보지 못하도록말이다.

바흐에게는 무려 스무 명의 자녀가 있었다. 가장 유명한 아들은베를린의 바흐로 불리는 'C. P. E. 바흐'로, 모차르트는 "그는 아버지고 우리는 아이들이다."라고 말하며 존경심을 표했다. 막내아들 '요한 크리스찬 바흐'는 밀라노 바흐 또는 런던 바흐로 불렸고, 당대 최고 스타로 모차르트의 스승이었으며 협주곡에 큰 영향을 끼쳤다.

혹시 유럽에 가서 바흐의 얘기를 하면 "요한 세바스찬 바흐? 크리스토프 바흐? 하인리히 바흐? 미하엘 바흐? 어떤 바흐를 말하는 것이냐?"며 아마 바흐의 이름을 끝없이 듣게 될 것이다.

보이저 2호에 탑재된 〈브란덴부르크 협주곡 2번〉은 클래식 FM의 시그널 음악이나 방송 순서 배경 음악으로 많이 사용되어서 아주 익숙한 곡이다. 크리스티안 루드비히 후작에게 헌정한 곡으로, 곡명은 그의 영지였던 브란덴부르크에서 가져왔다. 원숙기에 접어든 30대 중반의 바흐가 작곡한 작품으로, 총 여섯 곡으로 이루어져 있는데 1번부터 6번까지 악기 편성이 모두 다르다. 1번은 오보에 3대와 호른 2대와 바순 1대와 현 5부, 3번은 현악기들만으로 구성되는 등 악곡마다 다양한 구성의 음향을 즐길 수 있다.

2단 건반의 빨간 하프시코드로 연주하는
〈브란덴부르크 협주곡 2번〉을 감상해 보자.

〈바이올린을 위한 파르티타〉 제3번 가보트와 론도는 영화 〈스캔

들: 조선남녀상열지사〉에 등장한다. 시대극임에도 가야금을 연주하고 창을 부르는 것이 아니라 조선의 정반대에 위치한 독일의 작곡가 바흐의 음악을 사용하여 고정관념을 던져 버린 선곡에 무척 놀랐던 기억이 난다.

이미숙 배우가 입술을 붉게 칠하고 분을 바르며 외출을 준비하고, 연못에서 물놀이를 하는 등 영화의 트레일러에 바흐의 〈가보트와 론도〉 외에 〈두 대의 바이올린을 위한 콘체르토 BWV 1043〉이 흘러 긴장감과 영상미를 돋보이게 했다. 시대극에서 다채롭게 음악을 사용한 이병우 음악감독은 한국대중음악상 최우수 OST 상을 수상했다.

영화 〈스캔들〉 속 아름다운 영상과
바흐의 명곡을 만나 보자.

영화 〈관상〉의 한재림 감독이 이병우 음악감독과 함께 작업을 하고 싶었으나 제작비가 부족하여 고심하던 중 수양대군 역으로 캐스팅된 이정재 배우가 자신의 개런티를 깎아서 음악 제작비로 써 달라고 했다는 이야기를 들은 바 있다. 그렇게 탄생한 〈관상〉 속 음악과 수양대군의 등장 장면은 지금도 잊을 수 없을 만큼 강렬했다. 배우와 관객이 뽑은 등장 장면 1위로 꼽힌다.

바흐에 이어 많은 곡이 실린 작곡가는 '음악의 성인'이라 불리는 베토벤이다. 〈교향곡 5번〉 1악장과 〈현악 4중주 13번〉 5악장이 실렸다. 바흐보다 수록 수는 적지만 연주 시간은 가장 길다.

◆ ◆ ◆

신형 엔진으로 불리는 구스타보 두다멜의 열정적인 지휘로
베토벤 〈교향곡 5번〉 1악장을 감상해 보자.

모차르트의 작품은 오페라 〈마술피리〉 중 〈밤의 여왕 아리아(Der Hölle Rache kocht in meinem Herzen)〉 한 곡이 실렸으며, 모차르트 음악에 대해 뛰어난 해석을 가진 독일 출신 소프라노 에다 모저의 음반이다. 스트라빈스키의 발레곡 〈봄의 제전〉 중 〈희생의 춤〉은 1960년 스트라빈스키 지휘, 컬럼비아 심포니 오케스트라 연주 음반으로 탑재되었다.

언젠가 외계 생명체가 이 멋진 음악을 들을 날이 올까?

요한 제바스티안 바흐

30년 전부터 준비한 엘리자베스 여왕의 장례식 음악

하이든, 베토벤, 슈베르트 등 유명 음악가의 장례식에서는 어떤 곡이 연주되었을까? 베토벤을 비롯해 나폴레옹의 이장식, 캐네디 대통령의 추모 미사, 9·11 테러 추모식에 울려 퍼진 곡은 모차르트의 〈레퀴엠〉이다. 캐네디 대통령의 추모 미사의 지휘자 에리히 라인스도르프는 이 곡을 선곡한 이유에 대해 캐네디가 모차르트처럼 젊은 나이에 세상을 떠났기 때문이라고 밝혔다.

'레퀴엠'은 라틴어로 휴식, 안식이라는 의미로 죽은 이에게 영원한 영혼의 안식을 주기 위해 연주하는 전례음악이다. 하지만 죽은 자는 들을 수 없으니 남아 있는 자에게 안식을 준다고 표현하는 것이 맞을 듯하다.

모차르트의 〈레퀴엠〉만큼이나 장례식에 많이 연주되는 곡은 쇼팽의 〈장송 행진곡〉이다. 쇼팽 자신의 장례식에 연주되었고 김구 선생님의 장례식에서 운구 행진곡으로 울려 퍼진 곡이다. 루스벨트 대통령과 케네디 대통령의 영결식에 연주된 곡은 베토벤 〈교향곡 3번〉 2악장이고, 평소 바이올린 연주를 즐겼던 아인슈타인의 장례식에는 사무엘 바버의 〈현을 위한 아다지오〉가 연주되었다.

빅토리아 여왕의 장례식에는 미리 선곡해 둔 쇼팽의 〈장송 행진곡〉과 베토벤 〈교향곡 3번〉 2악장이 울려 퍼졌고, 평소 친분이 있었던 멘델스존의 음악도 연주되었다. 영국 왕실에서 궁정 음악가를 지낸 헨델의 음악이 연주되지 않은 것은 빅토리아 여왕이 생전에 헨델의 음악을 좋아하지 않았기 때문이다.

베를린 필하모닉과 카라얀의 지휘로
베토벤 〈교향곡 3번〉 2악장을 감상해 보자.

1997년 다이애나 왕세자빈의 장례식에 연주된 곡은 영국을 대표하는 작곡가 헨리 퍼셀의 곡이고, 엘리자베스 2세 여왕의 장례식에선 여왕의 바람에 따라 백파이프 연주로 스코틀랜드의 민요 〈잠들게나, 고운 이여, 잠들게나(Sleep Dearie, Sleep)〉가 연주되었다. 매일 아침 9시 침실 창가 아래의 백파이프 연주를 들으며 하루를 시작했던 여왕은 생을 마감하는 순간까지도 백파이프 연주와 함께했다.

장례식의 마지막 음악도 왕실 백파이프 연주자가 직접 연주한 〈신이여, 여왕을 지켜 주소서〉이고, 이 곡은 영국의 국가이다. 영국 왕실은 결혼식만큼이나 장례식을 중요하게 여겨 드레스 코드부터 음악까지 철저하게 준비한다. 장례식 때 여성은 베일이 달린 검정 모자와 검정 정장을 입고, 왕실 남성은 상복으로 제복을 입는다.

2022년 9월 8일, 영국의 엘리자베스 2세 여왕이 96세를 일기로 생을 마감했다. 약 2천여 명의 조문객 앞에서 오전 11시에 시작된 국가 장례식은 전 세계에 생중계되었다. 장례식이 열린 웨스트민스터 사원은 엘리자베스 여왕의 결혼식과 대관식을 올린 곳이어서 여왕에게 무척 의미 있는 장소이다.

장례식은 몇십 년 전부터 조금씩 세밀하게 준비해 왔는데, 30여 년 전에 관도 이미 제작됐고 장례에 사용될 음악도 치밀하게 기획되었다. 장례식을 위해 웨스트민스터 사원으로 운구할 때 맨 앞에서 군악대가 백파이프로 스코틀랜드 전통 음악을 연주한 것은 여왕이 생전에 장례식에 사용해 달라고 했기 때문이다. 그레이트 브리튼의 통합을 위한 상징적인 노력이라고 볼 수 있고, 평소 강인한 사운드의 백파이프를 좋아한 점도 그 이유인 듯하다.

관이 이동될 때 여왕의 생애를 반영해 1분마다 종을 96회 울렸고, 세인트 조지 교회에 도착했을 때 두 번째로 불려진 시편 23편 〈주님은 나의 목자〉는 필립 공과의 결혼식에서 연주되었던 곡이다.

본격적인 장례식 시작 전 순서에 따라 첫 곡으로 영국의 작곡가이자 오르가니스트인 '올란도 기본스'의 〈네 부분의 환상곡〉이 연주되고, 이어서 '본 윌리암스'의 〈교향곡 5번〉 3악장 로만자, 다음 곡으로 여왕의 궁정 음악가를 지낸 작곡가이자 지휘자 '피터 맥스웰 데이비스'의 〈Reliqui Domum Meum〉이 연주되었다.

이어서 영국 작곡가의 작품을 다섯 곡 정도 더 연주하고 마지막

세 곡으로 엘리자베스 여왕이 애정한 엘가의 〈엘레지〉, 〈오르간 소나타 G장조〉, 〈탄식(Sospiri)〉이 연주되었다. 〈탄식〉은 현악 오케스트라에 하프 또는 피아노, 그리고 오르간을 위한 느린 곡으로 차분하고 처연한 분위기이지만 맑고 청초한 하프 소리로 잠시나마 평온함과 쉼을 느끼게 해 준다. 존 엘리엇 가디너의 지휘로 〈탄식〉을 듣는다면 그의 부드러움과 우아함에 감탄하게 된다.

◆ ◆ ◆

손끝에서 음 하나하나를 만들어 내는 가디너의 지휘로
〈탄식〉을 감상해 보자.

〈탄식〉의 작곡가인 엘가의 아버지는 피아노 조율사이자 교회 오르간 연주자였고, 본인도 오르간 연주자이어서 작품 중에 오르간곡이 많다. 어릴 적부터 들어왔고 아버지로부터 음악 기초를 배웠기 때문에 오르간에 대한 편안함과 자신감이 있었다. '탄식'을 영어가 아닌 이탈리아어 'Sospiri'로 제목을 정한 것은 그가 헨델과 마찬가지로 이탈리아로부터 많은 영감을 받아서이다.

처음에는 〈사랑의 인사〉와 짝을 맞추어 '사랑의 탄식'으로 하려고 했으나, 쓰다 보니 맞지 않는다고 생각했는지 작품의 규모를 키우고 '탄식'이라고 제목을 정했다. 클라이슬러의 〈사랑의 기쁨〉과 〈사랑의 슬픔〉 같은 단짝이 나올 뻔했는데 아쉬움이 남는다. 1차 세계 대전이 발발하기 6주 전에 초연된 곡이라 불안한 정세의 처절함이 담기지 않았을까 싶지만 오히려 고요하고 평온하다.

엘가 외에 영국 출신의 클래식 작곡가가 있나 싶지만 헨리 퍼셀, 본 윌리엄스, 벤자민 브리튼 외에 스타워즈 OST에 영향을 준 〈행성〉의 작곡가 홀스트 등이 있다. 영국 작곡가들은 종교음악 분야에서 매우 뛰어나 헨델도 종교음악을 배우기 위해 영국에 왔을 정도이다.

여왕의 장례 예배는 웨스트민스터 사원의 오르간 연주자이자 합창단 마스터의 지휘 아래 웨스트민스터 사원 합창단과 세인트 제임스 궁전의 채플 로열 합창단이 노래하며 진행되었다. 장례식을 마치고 윈저성으로 옮겨 소규모의 의식을 치른 후 비공개로 하관식을 마치고 남편 필립 공의 곁에서 영면에 들었다.

유럽을 유혹한 코르티잔의 마지막 노래

"내가 고급 의상실을 차릴 수 있었던 것은 두 신사가 나의 멋지고 아담한 몸매를 놓고 서로 경쟁을 벌인 덕분이었다."

가브리엘 샤넬의 말이다. 루이 15세의 정브 마담 퐁파두르, 베르디의 오페라 〈라 트라비아타〉의 비올레타, 에밀 졸라의 나나, 영화 〈물랑루즈〉의 사틴, 그녀들을 '코르티잔(Courtesan)'이라고 부른다.

영화 〈물랑루즈〉에서 니콜 키드먼(사틴 역)은 화려한 옷을 입고 천장에서 그네를 타고 내려와 〈Sparkling Diamonds〉를 노래한다.

내 진정한 벗은 다이아몬드
키스가 집세를 내주진 않죠
고양이 사룟값을 대 주지도 못하죠
미모와 젊음은 시들어도
다이아몬드는 영원히 빛을 발하네

영화 〈물랑루즈〉

◆ ◆ ◆

물랑루즈의 화려한 무대와 연출, 대역 없이 연기한
니콜 키드먼의 춤과 노래를 감상해 보자.

현대판 코르티잔이 등장하는 또 한 편의 영화 〈귀여운 여인〉 속에서 줄리아 로버츠는 거액의 돈을 받고 리처드 기어와 일주일을 보내게 된다. 함께 오페라 〈라 트라비아타〉를 보러 가서 '언제나 자유롭게(Sempre libera)'를 노래하는 비올레타에게 감정이입이 돼 눈물을 흘리는 줄리아 로버츠를 보고 리차드 기어는 사랑에 빠지게 된다.

부유한 남자들이나 귀족들과 관계를 가진 코르티잔이 고급 창부에 지나지 않는다는 해석도 있지만, 그녀들을 단순한 창부라고 말하기는 어렵다. 하룻밤의 상대로 끝나지 않았고, 사창가에서 살지 않았으며, 포주가 없었고, 수준 높은 교양을 갖췄다.

당시 상류층 부르주아들 사이에서는 코르티잔을 두는 것이 자랑거리였고 유행이었다. 그녀들과 파티에 가고 오페라를 보러 가고 살롱에 드나들며 집에서 친구들을 접대하기도 했다. 코르티잔은 상류층의 옷차림과 말투, 우아한 걸음걸이, 춤과 피아노, 식사 예절뿐만 아니라 문학, 역사 등에 깊은 지식을 갖추었고 뛰어난 글솜씨로 소설이나 시를 발표하기도 하였으며, 노래 실력과 춤으로 카바레에서 이름을 날리기도 했다.

고급 주택, 화려한 마차, 하녀와 요리사, 고가의 미술품과 보석,

당대 최고의 디자이너가 만든 화려한 의상을 입고 다니는 그녀들은 살롱의 주인공이었으며 파리 사교계의 스타였다. 오펜바흐의 대본 작가는 당대 최고의 코르티잔이었던 '리안 드 푸지'의 누드를 보는 조건으로 8만 프랑을 지불했다고 한다.

코르티잔은 요즘의 연예인처럼 주간지의 헤드라인을 장식했고 유명 인사들과 염문설을 뿌렸으며, 그녀들의 옷차림은 유행을 이끌었고 칼럼니스트들은 앞다투어 글을 생산했다. 오트 쿠튀르를 이끈 많은 디자이너들이 코르티잔을 위해 옷을 디자인한 이유는, 코르티잔이 보수적인 귀부인들과 달리 대담하게 옷을 입어 창의력을 마음껏 발휘할 수 있었기 때문이다.

19세기부터 20세기 초반까지 코르티잔이 파리의 유행을 이끌었다 해도 과언이 아니며 그녀들이 없었다면 문학, 미술, 음악, 의상 등 19세기 문화 예술이 달라졌을 것이라 평가하기도 한다.

그렇다면 어떤 여인들이 코르티잔이 되었을까? 귀족의 딸이지만 가문이 몰락해서 결혼 지참금을 가지고 갈 수 없는 경우, 혼전 순결을 잃었다는 이유로 명예가 실추된 경우에 부잣집의 가정 교사나 수도원에 들어가는 것이 아니라면 코르티잔을 선택할 수 있었다. 그에 반해 평민 계층에서 코르티잔이 되기란 하늘의 별 따기였다.

19세기 초, 프랑스의 농촌 경제가 무너지면서 돈을 벌기 위해 파리로 상경한 수많은 사람들 때문에 집세는 치솟고 적은 임금으로 하루 끼니를 때우기도 어려웠다. 젊은 여성들은 주로 의류 산업체에서 근무했는데, 하루 16시간을 일하고도 입에 풀칠하기 어려울 정도였다. 그녀들은 생활비를 벌기 위해 낮에는 어두운 회색 옷을 입고 공장에서 일하고 밤에는 거리에 나가거나 카바레에서 노래와 춤을 추었다. 그녀들은 '그리제트(Grisette)'라 불렸다.

그리제트 중 간혹 하룻밤 화대를 받고 거리로 나간 여인들 때문에 문란한 여성으로 치부되기도 했다. 그리제트 가운데 춤과 노래 실력이 뛰어난 여인들이 부유한 남자의 정부 생활을 하며 몰려 살았던 곳이 로레트 성당 근처인 것에 연유하여 그녀들을 '로레트'라고 불렀다.

그녀들은 코르티잔이 살던 고상한 동네나 그들의 살롱에 어울리지 못했고, 신분 상승을 꿈꾸며 자유분방한 삶을 살았다. 푸치니의 오페라 〈라보엠〉의 전신인 앙리 뮈르제의 〈보헤미안 생활의 풍경(Scènes de la vie de bohème)〉 속 미미처럼 말이다. 부유한 집안에서 코르티잔이 되는 경우도 있지만 그리제트를 거쳐 로레트가 되고, 그중에서 뛰어난 재능을 가진 상위 1%가 코르티잔이 될 수 있었다.

어린 시절 샤넬은 아버지에게 버림받고 고아원에서 성장했으며 모자를 만드는 여공으로 일을 했고 밤에는 카바레에서 노래를 불렀다. 카바레에서 만난 에티앙 발상의 정부가 되었지만 거기에 안주하지 않고 에티앙 발상을 설득해 파리에 모자 가게를 차려 오늘날의 샤넬을 만들었다.

베르디의 오페라 〈라 트라비아타〉의 여주인공 비올레타는 실존했던 파리 살롱의 스타 '마리 뒤플레시스'를 모델로 알렉상드르 뒤마 피스가 쓴 소설 『동백꽃 여인(La Dame aux camélias)』을 기반으로 한다. 그녀는 그리제트에서 코르티잔으로 수직 상승한 케이스로, 어릴 적 어머니를 여의고 알코올중독 아버지가 헐값에 팔아 넘겨 그리제트가 되었다.

하루 16시간씩 공장과 모자 가게 점원으로 일을 했지만 형편없는 임금에 생활은 쪼들렸고, 독학으로 교양을 쌓아 16세에 최고의 코르티잔이 되었다. 상경한 지 단 몇 해 만에 파리지엔느의 정확한 프랑스어를 구사할 정도였고, 파리에서 가장 멋지게 옷을 차려입는 여인이 되었다.

코르티잔은 한 달에 25일간 가슴에 흰 동백꽃을, 5일은 빨간 동백꽃을 달고 다닌다. 샤넬을 상징하는 로고가 동백꽃인 것과 연관이 있을까? 샤넬 공식 채널에 따르면, 동백꽃과 샤넬의 공통점을 이렇게 말한다.

"동백꽃은 겨울에 피는 꽃으로 다른 꽃들보다 언제나 한 계절 앞서 피며 푸른 잎을 잃는 법이 없어 어떤 나이에도 매혹적인 모습을 지켜 낸다."

하지만 베르디는 여인을 폄하하는 듯한 〈동백꽃 여인〉이라는 제목 대신 '방황하는 여인, 잘못 인도되었다'는 뜻의 〈라 트라비아타(La traviata)〉를 제목으로 썼다. 한국에서 가장 처음 공연된 오페라이자 베르디 오페라 중 가장 많이 무대에 올려진 작품이다. 한번 들으면 결코 잊히지 않는 선명한 멜로디의 아리아가 가득하다.

막이 오르면 비올레타의 살롱에서 화려한 파티가 벌어진다. 젊은 귀족 알프레도가 등장하자 사람들은 환영하며 노래를 권하고 술과 사랑을 즐기라며 〈축배의 노래(Libiamo ne'lieti calici)〉를 부른다. 경쾌한 왈츠풍의 곡으로 요즘도 오페라 가수들이 무대에서 가장 많이 부르는 노래이다.

마시자, 즐거운 잔 속에서 아름다운 꽃이 핀다네
마시자, 따뜻한 입술로
사랑의 잔 속에서 진짜 행복을 느끼리라

"노세 노세 젊어서 노세"의 이탈리아 버전 노래이다. 파리 사교계를 주름잡던 코르티잔 비올레타는 알프레도와 사랑에 빠져 파리 근교에서 동거를 시작한다. 하지만 알프레도의 아버지 제르몽의 부탁으로 알프레도와 헤어져 파리로 돌아온 후 병세가 깊어졌다.

알프레도는 자신이 그녀를 오해했다는 것을 알았지만 이미 죽음을 눈앞에 둔 비올레타는 홀로 눈물을 흘리며 〈지난날이여 안녕(Addio del passato)〉을 부른다. 부드럽게 이어서 부르다가 음을 당겨서 악센트의 위치를 바꾸고, 심지어 숨표도 없이 12마디 동안 불러야 한다. 노래도 어렵지만 감정 묘사가 무척 힘들다.

주세페 베르디

안녕, 지난날의 아름답고 즐거웠던 꿈이여,

장밋빛 얼굴도 창백해지고, 알프레도의 사랑조차 이제는 없네

신이시여, 저의 소원에 미소를 보여 주세요

용서하고, 받아 주세요

이제 모든 것이 끝났어요

비올레타는 알프레도가 돌아왔으니 다시 일어서겠다고 외치지만 결국 그의 품에서 쓰러져 숨을 거둔다. 진정한 사랑을 찾았고 과거도 청산했지만 그녀에게 남은 건 이별뿐! 파리 사교계의 최고 스타에서 사랑하는 연인마저 떠나고 얼마 남지 않은 죽음을 예감한 비올레타가 부르는, 슬프지만 너무나 아름다운 아리아이다.

메트로폴리탄 오페라 2022~23 시즌 〈라 트라비아타〉는 화려한 의상, 레드와 블루의 강렬한 대비를 이룬 무대 조명, 절박한 비올레타의 상황이 너무나 잘 표현된 그녀의 침실, 주인공들이 돋보일 수 있도록 한 연출과 오페라 가수들의 뛰어난 연기와 노래 등 흥미로운 볼거리가 가득하다. 비올레타를 맡은 나딘 시에라의 연기와 노래에 전율이 느껴진다. 많은 평론가들이 지금까지 공연된 〈라 트라비아타〉 중 최고라는 찬사를 아끼지 않았으며, 나 역시 깊이 동감한다.

2005년 잘츠부르크 페스티벌에서 최고의 화제였던 〈라 트라비아타〉는 빌리 데커의 연출도 뛰어났지만 레드 컬러의 드레스를 입고

미모와 가창력과 뛰어난 연기력까지 보인 안나 네트렙코의 활약이 눈부시다. 강렬하며 선이 굵은 가창력과 뛰어난 표현력으로 드라마틱하게 노래 부르는 명불허전 마리아 칼라스와 크로스오버 가수 필리파 지오르다노의 노래를 비교해서 들어 보는 것도 추천한다. 지오르다노의 노래를 듣고 비올레타의 아리아를 이렇게 부를 수도 있구나 하고 놀라지 않기를.

◆ ◆ ◆

나딘 시에라, 마리아 칼라스, 필리파 지오르다노가 부른 〈지난날이여 안녕〉을 감상해 보자.

거세된 가수 카스트라토의 히트곡

"Lascia ch'io pianga Mia cruda sorte."

화려한 옷을 입고 소프라노처럼 〈울게 하소서〉를 노래하고 있는 남자 가수를 '카스트라토'라고 부른다. 라틴어 'Castrare(거세하다)'에서 파생된 카스트라토는 변성기가 오기 전 소년들을 거세하여 높은 음역대를 계속하여 노래할 수 있게 한 가수이다.

18세기 초반 이탈리아에서는 그 인원이 한 해 4천 명이 넘을 정도였다. 가난한 집의 아들로 태어나 성공할 수 있는 유일한 방법이었고, 대부분은 부모에 의해 거세를 당했다. 평균 8세에서 10세 때 아편 등을 사용하여 고통을 덜 느끼게 한 후, 얼음이나 우유 욕조에 담그고 거세를 한 다음 고환이 위축될 때까지 비틀거나, 절단 수술을 수행하는 방식이었다.

그런데 이 과정에서 아편을 투여하다 복용량 과다로 죽기도 하고, 의식을 잃게 만들려는 의도로 목을 조이다가 경동맥을 너무 심하게 압박해 죽기도 했다. 수술 부위가 썩거나 장까지 감염된 소년들은 죽거나 평생 장애를 갖고 살았으며, 거세 시술의 사망률은 무려 80~90%에 달했다. 그런 힘든 고통을 이기고 카스트라토 가수로 성공하는 경우는 1%도 안 되었으니 정말 슬픈 일이다. 당시 거세 수술만 전문적으로 하는 외과의사가 있었고 그들은 많은 돈을 벌었다고 한다.

10년 동안 엄격하고 고된 훈련을 버텨 내지 못하고 포기하는 소년들도 있고, 가족과 떨어져 외출이 제한된 생활 속에 우울증으로 자살을 하기도 했다. 어려운 기교들을 몇 시간 동안 반복하여 연습하고 음악 이론, 대위법, 하프시코드[3], 작곡 등 음악 공부와 문학, 신학, 철학 등 인문학 분야를 새벽부터 밤까지 공부해야 했다. 그렇다

...

3 하프시코드(Harpsichord): 독일어 쳄발로(Cembalo)로 피아노의 전신인 건반 악기이자 현악기이다.

시티 앤 더 클래식

면 여자 가수 대신 카스트라토를 무대에 세우는 이유는 무엇일까?

첫 번째, 중세 유럽의 교회에서는 여성 합창 단원에 대해 부정적이어서 신성한 무대에 세우지 않았다. 불과 2백 년 전까지만 해도 성가대석에 여성의 자리는 없었다.

19세기까지 한국도 판소리는 남성의 영역이었고 기예로서 익히는 기생들을 제외하고는 여성 소리꾼으로 인정받기 어려웠으며 판소리 수업을 받을 수도 없었다. 영화 〈도리화가〉에서 수지가 연기한 '진채선'은 조선 왕조의 연회장에서 당당하게 판소리 공연을 했던 첫 번째 여성 명창이었으나 남장을 하고 공연했다는 증언도 있다.

두 번째, 마이크나 스피커 등 증폭 장치가 없던 시절, 교회나 극장 등 큰 공간을 채우기에 여성보다 상대적으로 큰 남성의 몸통과 폐활량으로 부르는 것이 훨씬 성량이 컸다. 몇 시간씩 노래를 불러야 했고, 큰 극장을 본인의 소리로만 채우기에 체력 소모가 컸기에 남성이 선호되었던 것이다.

카스트라토들은 신체는 남성으로 성장하지만 테스토스테론 호르몬의 부족으로 팔과 다리와 갈비뼈가 비정상적으로 길어져 폐의 공간이 커지면서 폐의 힘과 호흡 능력이 타의 추종을 불허할 만큼 강화된다. 더욱이 어릴 적 거세를 하기 때문에 성장판이 닫

파리넬리

히지 않아서 키가 크고 피부는 부드러우며, 어깨는 좁고 머리카락은 풍성하고, 엉덩이는 둥글고 목소리는 나긋나긋했다.

세 번째, 여성과 남성의 두 음색이 공존하는 독특한 목소리 때문에 공연계의 블루칩으로 각광받았다. 잘나가는 카스트라토는 지금의 아이돌 가수만큼 인기를 끌었고 스타급 대우를 받았다. 왕족과 귀족, 고위 성직자, 여성과 남성을 가릴 것 없이 그들과 연인이 되고 싶어 했다.

하지만 만인에게 사랑을 받았던 것은 아니다. 여성도 남성도 아닌 그들은 폄하되었고, 여성 호르몬이 많아짐에 따라 허벅지와 엉덩이 뒷쪽에 살이 붙어 오리 같다며 놀림받기 일쑤였으며, 동성애자로 치부하고 학대를 가하기도 했다. 말년의 카스트라토는 귀족의 불면증을 위해 1파운드의 돈을 받고 노래를 부르는 신세가 되고 돌봐 주는 가족도 없이 쓸쓸하게 생을 마치는 경우가 많았다.

비인륜적이라는 비판이 거세짐에 따라 1878년 교황 레오 13세는 교회에서 카스트라토 고용을 전격 금지했고, 마지막 카스트라토 알레산드로 모레스키의 노래가 음반으로 남아 있다. 말년의 목소리여서 전성기 시절의 화려함은 없지만, 그가 부른 구노의 〈아베마리아〉를 듣다 보면 울컥 눈물이 날 것 같다.

마지막 카스트라토 모레스키의 노래로
〈아베마리아〉를 감상해 보자.

헨델이 영국의 귀족들을 사로잡은 오페라 〈리날도〉 속 아리아 〈울게 하소서(Lascia ch'io pianga)〉는 성악가뿐만 아니라 고음역대 노래를 잘하는 가수들도 앙코르곡으로 많이 부른다. 헨델은 파리넬리(본명 카를로 브로스키)를 '노래하는 기계'라며 폄하했지만, 노래를 듣고 기교에 감탄하며 한 귀부인의 평가에 대해 인정할 수밖에 없었다.

"One God, One Farinelli!"
(신이 하나이듯 파리넬리도 하나이다)

영화 〈파리넬리〉의 주인공 브로스키는 아버지에 의해 12세에 거세당했고, 카스트라토가 되어 빈부터 런던까지 유럽을 투어하며 인기 스타가 되었다. 화려한 치장을 하고 아름답고 힘이 있는 목소리로 풍부한 기교과 유연한 장식음을 노래한 브로스키는 가수로 성공하고 높은 지위도 얻었다. 많은 부를 축적하여 은퇴 후에는 이탈리아에서 그림을 그리기도 하며 여유로운 말년을 보냈다. 그를 찾아온 많은 음악가 중에 모차르트도 있었다.

〈울게 하소서〉의 수많은 음원 중 메조소프라노 조이스 디도나토

는 반드시 들어 보아야 한다. 2016년 워너클래식의 뮤직비디오 속 디도나토는 눈물로 얼룩진 마스카라를 하고 어둠 속에서 등장한다. 시작부터 압권이다. 보통의 템포보다 매우 느리게 노래한다. 이 곡만큼은 영상과 함께 그녀의 연기와 노래로 듣는 것을 추천한다.

메조소프라노 디도나토의 〈울게 하소서〉와 영화 〈파리넬리〉 속 카스트라토의 노래로 〈울게 하소서〉를 감상해 보자.

열차 소리로 만든 드보르작 교향곡

작곡가들의 독특한 취미나 취향은 입이 벌어질 정도이다. 고양이를 너무 좋아해서 고양이와 가족처럼 함께 지낸 라벨은 샴고양이만 키웠다. 라벨은 자신이 고양이 말을 이해할 줄 안다고 주장했다. 고양이의 울음소리를 높낮이로 구분해서 신호를 나눴다는 것인데, 고양이 말을 모르니 맞다 틀리다 평을 할 수가 없다.

독특한 취미를 가진 또 한 명의 작곡가는 안톤 드보르작이다.

"내가 기관차를 발명할 수 있다면 내가 쓴 교향곡을 전부 포기해도 좋을 텐데….”

드보르작이 살았던 체코의 넬라호제베스에 아홉 살 때 열차가 놓이는데, 철도가 완공되고 나서 군인들을 가득 실은 열차가 쏜살같이 지나가는 장면을 보게 된다. 말도 없이 달려가는 열차에 완전히 매료된 그는 매일 기찻길에 나가서 열차가 오기를 기다렸다. 기차를 타고 역마다 내려서 시간표와 열차 번호를 적고, 열차의 특징들을 그리고 적었으며, 열차 기술자들과 대화하며 열차에 대한 지식을 넓혀 갔다.

이후 기관사 친구가 생기자 무척 즐거워했고, 여행을 마치고 돌아온 제자에게 어떤 열차를 타고 왔는지 이름과 모델 번호가 무엇인지 묻곤 했다. 수집한 장난감 기차만 해도 어마어마했다. 그의 이러한 기차 사랑은 관심에서 그치지 않고 철도 동호회에 가입해 당시 운행하던 거의 모든 열차의 차종과 제원, 분류 번호, 노선도, 시간표를 달달 외우고 다녔다.

훗날 그가 미국으로 간 이유가 대륙의 증기 기관차를 보기 위해서라는 추측도 있다. 실제 뉴욕 음악원 수업 도중에 "기차 들어오는 거 보러 가야 되니까 오늘은 휴강"이라면서 기차역으로 뛰어갔다는 일화가 남아 있다. 열차는 인류 최고의 발명품이며 자신이 열차 발명가였다면 행복했을 것이라고 자주 말하곤 했다.

한번은 드보르작이 큰 열차 사고를 막은 적이 있다. 그날도 기찻길로 뛰어가서 기차를 구경하다가 기적 소리가 평소와 다르다고 느끼고 철도청에 신고했다. 기차의 문제가 확인되어 빠르게 조치한 덕분에 큰 사고를 막을 수 있었고, 철도청은 감사의 마음을 담아 빈에서 프라하까지 운행하는 특별호 '안토닌 드보르작호'를 만들 정도였다.

음을 듣는 청음 능력이 여기서 이렇게 발휘되다니 놀라울 따름이다. 드보르작의 집을 찾은 제자는 그가 집 근처에 지나가는 기차를 보며 이런 말을 했다고 전한다.

"기관차는 부품들 모두가 각기 있어야 할 위치에 있지. 가장 작은 나사 하나도 있어야 할 곳에 있어서 다른 뭔가를 꼭 붙들고 있어. 모든 부품에 목적과 역할이 있고 그래서 놀라운 결과를 만들어 내지. 이런 기관차를 궤도에 올려 물과 석탄을 공급하고, 한 사람이 작은 레버를 움직이면 큰 지렛대가 운직이기 시작해. 저렇게 크고 육중한데도 토끼처럼 재빠르게 움직이잖아. 기관차를 내가 발명할 수 있었다면, 내가 쓴 교향곡 전부를 포기해도 좋을 텐데….”

빠밤 빠밤, 영화 〈죠스〉를 연상하게 하는 〈교향곡 9번 신세계로부터〉 4악장은 포르티시고로 아주 세게 연주를 시작하면서 에너지를 폭발한다. 드보르작이 열차에 집중했던 만큼 4악장의 도입부가 열차의 발차 소리에서 착안한 것이라고 많이들 추측한다.

드보르작이 〈교향곡 9번〉에 대해서 열차와 관련되었다고 직접적으로 언급한 적은 없다. 하지만 드보르작의 열차 사랑을 따라가다 보면 연

안토닌 드보르작

결 고리를 찾을 수 있다. 〈교향곡 7번〉 작곡 당시 그는 이렇게 밝혔다.

"부다페스트에서 체코인들을 싣고 국경절 축제에 오는 기차가 역에 닿는 순간 이 주제를 떠올렸다."

런던의 세인트 제임스 홀에서 초연된 〈교향곡 7번〉에 대해 영국의 평론가들은 고전시대 형식을 잘 따랐고 브람스 교향곡과 가장 많이 닮아 있으며 침잠된 정열과 낭만적인 감성이 잘 조화된 드보르작 최대의 걸작으로 꼽았다.

QR 링크를 따라 드보르작 〈교향곡 9번〉 앞부분과
〈죠스〉 OST를 같이 감상해 보자.

프랑크푸르트 라디오 심포니 연주로 드보르작
〈교향곡 7번〉을 감상해 보자.

현악 4중주 〈아메리카〉는 드보르작이 미국에서 기차를 타고 이동 중 바깥 풍경을 바라보며 기차 소리를 음악으로 묘사한 곡이며, '밤빠 밤빠 밤빠 밤빠~' 길고 짧은 음표 사이 쉼표가 반복되며 시작하

시티 앤 더 클래식

는 〈유모레스크 7번〉은 레일에 닿는 열차 바퀴 소리를 응용해서 만든 멜로디이다.

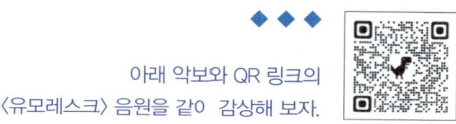

아래 악보와 QR 링크의
〈유모레스크〉 음원을 같이 감상해 보자.

아주 재미있는 상상이 만든 위트 넘치는 곡이다. 이 곡은 음악 교과서에 실렸고 영화 〈암살〉에서 명우 역의 허지원 배우가 바이올린으로 연주하는 부분이 등장할 정도로 많은 사랑을 받았다.

체코 시골 마을에서 태어난 드보르작은 고전주의 형식을 존중했고, 선명한 선율과 가슴을 적시는 보헤미안의 정서로 전 유럽을 사로잡았다. 체코의 남부 시골 마을 비소카의 한 허름한 목장을 개조해서 별장으로 개축한 드보르작은 예쁜 정원에 비둘기를 키우며 그랜드피아노를 갖춘 스튜디오를 만들고 가족과 행복한 시간을 보내면서 수많은 명작들을 탄생시켰다. 유럽의 스타가 되고 뉴욕 음악원 원장을 지내며 성공한 인생을 살았던 드보르작이었지만 그가 생을 마감한 곳은 가족과 함께 행복한 시간을 보낸 비소카의 집이었다.

그래서일까. 비소카에서 작곡한 〈교향곡 8번〉은 다른 교향곡에 비해 경쾌하고 낙천적이며 체코 시골의 흙 냄새 듬뿍 담겨 있다. 독일 스타일의 교향곡에서 벗어나 보헤미안의 성격이 가장 잘 드러난 작품으로, 〈교향곡 9번〉과 더불어 대중적으로 잘 알려진 곡이다.

김연아 피겨 음악 1위,
등골 오싹 밤 12시 해골과 춤을

'당신이 생각하는 김연아 선수의 최고 프로그램은?'이라는 설문 조사에서 〈죽음의 무도〉가 1,000표 중 365표를 받아 1위를 차지했다. ISU 세계선수권 대회에서 강렬한 눈 화장에 블랙 원피스를 입고 등장한 김연아는 센세이션 그 자체였다. 기술 점수 42.20점, 예술 점수 30.04점으로 역대 최고 점수 총 72.24점을 받으며 여자 싱글 쇼트 프로그램 세계 신기록을 기록했다.

해골의 뼈마디처럼 손가락을 쫙 펴고 째려보는 듯한 강렬한 눈빛으로 무대에 오른 김연아의 모습은 죽음의 무도회 한 장면을 보는 듯하다. 안무를 구성할 때 오래된 교회의 괴물 석상이 깨어나는 것을 표현했다고 한다. 안무가가 가져온 3개의 후보곡 중에서 빠르고 강한 표현력이 좋다며 김연아가 직접 '생상스'의 〈죽음의 무도〉를 선택했다.

안무가 데이빗 윌슨은 이렇게 말했다.

"피아노와 바이올린이 서로 적절히 어우러져 피겨곡으로 안성맞춤이며 다소 어두운 듯하고 공격적이지만 전체적인 템포가 빠르고 드라마틱해 다이내믹한 몸 동작을 보여 주는 피겨스케이팅에 적합하고 김연아 특유의 아름다움과 파워를 느끼기 충분하다."

김연아를 통해 알려지면서 클래식 음악 판매 순위 1위에 오르기도 했다. 빠른 음악 비트와 잘 어우러지는 스텝, 강렬한 주제 선율에 맞춰 스피드 있게 트리플 플립과 트리플 토룹을 구사한 김연아의 기술도 놀랍지만, 음악에 딱 맞춰 점프를 만들어 내는 그녀를 보며 해외 해설 위원들은 '그녀를 이기는 것은 불가능하다!'며 극찬을 쏟아 냈다. 음악이 클라이맥스로 달하며 속도감 넘치는 컴비네이션 스핀으로 마무리해 경기를 끝내자, 놀라움을 감추지 못했다. 영상으로 꼭 확인해 보기를!

코로나19 이전 최악의 팬데믹이었던 흑사병을 모티브로 한 대표적인 음악으로 생상스의 작품 외에 바흐의 〈칸타타 BWV 25, 내 몸 성한 곳 없으니〉에는 흑사병과 30년간 계속된 종교전쟁의 상처가 고스란히 담겨 있다.

　피아노와 오케스트라를 위한 프란츠 리스트의 〈죽음의 무도〉[4]는 흑사병, 기근 등의 참화를 겪은 중세인들의 삶과 죽음을 모티브로 중세 성가의 선율을 인용했다. 리스트는 파리 병원을 자주 방문했고, 심지어 사형 선고받은 사람들을 보기 위해 지하 감옥에 들르기도 했다. 저음역에서 때리듯 연주하는 피아노와, 무덤을 뚫고 나올 것 같은 금관악기의 사운드가 죽음을 향해 가는 처절한 몸부림처럼 들린다.

QR 링크를 따라
바흐 〈칸타타〉 BWV 25를 감상해 보자.

"생상스의 음악에는 기술만 있을 뿐 정신이 없다."
"우아하지만 피상적이다."
"합리적이지만 내용은 없다."
"음악을 수학으로 변형시켰다."

　생상스는 유명세에 비해 참 혹평이 많다. 하지만 그가 뛰어난 천

- - -

4 죽음의 무도 : 프란스 리스트 작품으로 정확한 작품명은 'Totentanz (Danse Macabre) S. 126'이다.

재 음악가임을 부정할 수는 없다. 세 살도 안 되어서 피아노를 치며 선율을 만들었고, 네 번째 생일이 지나기도 전에 첫 작품을 작곡하여 1839년 3월 22일자로 서명한 악보가 파리음악원에 있다. 다섯 살에 모차르트 오페라 〈돈 조반니〉 오케스트라 악보를 연구하였다니 놀라울 따름이다. 작곡과 학생들이 가장 어려워하는 수업 중 하나가 오케스트라 총보 연구로, 분석은커녕 수십 개의 악기가 연주하는 음악을 들으며 악보를 따라가는 것도 쉽지 않다.

일곱 살에 라틴어를 마스터했고 열 살 때 데뷔 리사이틀에서 청중에게 앙코르로 베토벤의 32개의 피아노 소나타 중 아무 곡이나 고르면 연주하겠다고 했으니 이게 말이 된단 말인가. 30~40년간 공연한 피아니스트들이 전곡을 녹음하는 것도 어려운데, 무대에서 어떤 곡이든 말만 하면 연주하겠다니 듣고도 믿어지지가 않는다.

〈죽음의 무도〉는 카잘리스의 시에서 영감을 받아 39세에 작곡하고 다음 해 초연하여 처음으로 청중에게 열광적인 호응을 받은 교향시[5]이다. 생상스를 기념하는 음악회에서 대표적으로 연주되는 작품

•••

5 교향시: 프란츠 리스트가 처음 사용한 것으로, 음악과 시의 밀접한 결합을 담으려 했으며 교향곡과 달리 단일 악장으로 구성되어 있다. 음악 외적인 이야기나 묘사를 담고 있는 것이 특징으로 소재는 시, 소설이나 이야기, 회화 등 다양하며 표제 음악의 일종이다.

이 〈죽음의 무도〉와 〈동물의 사육제〉이다. 〈죽음의 무도〉는 성직자, 왕, 농민, 거지 등 여러 계층의 사람들과 죽음의 사자, 해골이 한데 어우러져서 한밤중에 무도회를 연다는 내용으로 죽음을 즐거운 잔치로 묘사했다.

위기의 시대를 살아가는 불안한 마음을 예술로 승화해 이겨 낸 대표적인 예이다. 당시 사람들은 교회 묘지에서 신들린 듯 춤을 추면 죽은 사람과 교감할 수 있다고 믿었다. 중세 시대 전쟁과 전염병으로 많은 사람들이 죽어 나갔고, 상대적으로 죽음에 대한 공포와 두려움을 극복하기 위해 죽음을

카미유 생상스

보편화시키려 한 풍속이다. 자주 보다 보면 두려움도 줄어들고 익숙해지는 법이니까. 교회의 회랑이나 문, 납골당, 무덤 등에 죽음과 관련된 그림이나 조각을 장식하고, 거리 예술가들도 죽음을 소재로 시를 낭송했다.

다음은 카잘리스의 시 「평등, 박애…」의 일부분이다.

> 지그, 지그, 지그, 죽음의 무도가 시작된다
> 발꿈치로 무덤을 박차고 나온 죽음은,
> 한밤중에 춤을 추기 시작한다
> 지그, 지그, 재그, 바이올린 선율을 따라
> 겨울바람이 불고, 밤은 어둡고,
> 린덴 나무에서 신음이 들려온다
> (중략)
> 지그, 지그, 지그, 사라반드 춤!
> 죽음이 모두 손을 잡고 원을 그리며 춤춘다
> 지그, 지그, 재그, 군중 속에 볼 수 있는
> 농부 사이에서 춤을 추는 왕
> 하지만 쉿! 갑자기 춤은 멈춘다
> 서로 떠밀치다 날래게 도망친다; 수탉이 울었다

아, 이 불행한 세계를 위한 아름다운 밤이여!

죽음과 평등이여 영원하라!

  지휘자의 사인과 함께 조용한 가운데 '땡 땡 땡 땡~' 하프가 밤 12시를 알리는 종을 울리고 뒤이어 강렬하게 바이올린의 선율을 타고 죽음의 사자가 등장한다. 날카롭게 귀를 찢을 듯한 바이올린 선율은 악마의 음정이라 불리는 증4도로, 클래식 음악에서 가장 귀에 거슬리는 불협음정으로 일반적으로는 사용하지 않는다.

  강렬한 바이올린 선율이 끝나고 나면 죽은 자의 뼈가 부딪히는 것처럼 빠르고 경쾌한 리듬의 주제가 흐르고, 뒤이어 부드럽지만 비극적이고 우울한 현악 선율로 산 자의 멜로디를 표현한다. 2분 정도 흐르면 해골이 삐걱거리는 듯한 독특한 음향으로 죽은 자의 주제를 실로폰이 연주한다. 정말 뼈가 부딪히면 이런 소리일까 싶게 잘 표현했고, 프랑스에서 처음으로 실로폰을 오케스트라 작품에 사용한 곡이기도 하다.

  무도회는 절정을 향해 가고 오케스트라도 화려하고 긴박하게 진행되다 아침을 알리는 닭 울음소리에 멈춘다. 춤을 추던 해골들도 두려움에 떨며 사라지고 죽음의 사자만이 홀로 남아 외롭게 아침을 맞이하며 음악이 끝난다. 산 자와 죽은 자를 표현한 두 주제와 악기들이 무엇을 표현했는지 알고 들으면 더욱 재미있게 즐길 수 있다.

시티 앤 더 클래식

마치 해골과 유령들이 다시 무덤 속으로 들어가는 듯한 엔딩이 무척 매력적이다.

생상스 〈죽음의 무도〉 오케스트라 연주와 김연아의 경기 모습을 감상하고 리스트 〈죽음의 무도〉와도 비교해 들어 보자.

당신의 심박수를 올리는
클래식 음악

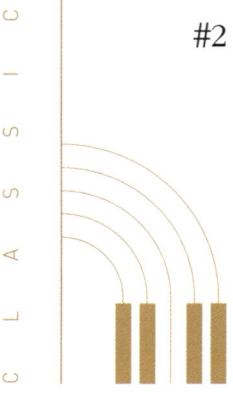

2

운동할 때 딱 좋아, 심박수 140 쾌속 질주 음악

운동을 할 때 음악을 들으면 운동 효과가 높아질까? 영국 브루넬 대 코스타스 카라게오르기 박사 연구팀은 성인 30명을 대상으로 음악을 들으며 운동을 하게 한 결과, 지구력이 평균 15% 향상되었다고 발표했다. 신진대사, 호흡, 심박수, 혈압, 내분비계 호르몬에 영향을 주어 근육의 반사 작용을 촉진한 것으로 추정했다.

이탈리아 베로나대 연구팀은 러닝 머신 걷기와 레그프레스 머신을 수행하는 동안 100bpm 미만의 음악과 140bpm 이상의 음악을 번갈아 듣게 한 결과, 빠른 템포의 음악을 들었을 때 심박수가 증가했다고 발표했다. 교감신경의 자극을 받아 흥분 물질이 분비되고 운동에 쓰이는 에너지가 많아지면서 신체가 더 빨리 움직이게 된다는 분석이다.

스칸디나비아 스포츠 의학 및 과학 저널(Scandinavian Journal of Medicine & Science in Sports)의 연구 발표에 따르면, 대학생들을 대상으로 동일한 노래를 10% 더 빠르게 또는 10% 더 느리게 재생하여 실내 자전거를 타는 동안 신체적 성과를 비교했는데 느리게 재생하면 운동 수준이 감소되고 빠르게 재생하면 운동 성과가 높아졌다고 발표했다. 음악이 더 빨리 재생될 때, 참가자들은 힘든 운동을 더 잘 받아들이고 선호하기까지 했다는 것이다.

하버드 연구팀은 이렇게 분석했다.

"건강한 심장의 리듬이 클래식 음악에서 발견되는 리듬과 유사할 수 있으며, 특정 리듬이 심장을 더 정상적으로 뛰게 할 수 있다."

서울대학교 의과대학 국민건강지식센터에서 제시한 적정 운동 강도는 카보넨(Karvonen) 공식을 활용하면 된다. 공식에 따라 나의 운동 강도도 계산해 보자.

최대 심박수 = 220 − 나이

젊고 건강한 성인에게 권장하는 운동 강도는 50~85%이고, 75~80%로 운동할 경우 지구력과 근지구력을 키울 수 있다. 가령 45세 평상시 심박수가 70일 때 운동 강도를 70%로 잡으면, 최대 심박수는 '220−45=175'이고 적정 운동 강도는 '(175−70) × 0.7+70=143.5', 즉 분당 심박수를 143회 정도로 유지하여 운동하면 효율적이다.

음악의 템포는 이탈리아어로 표기하는 '빠르기말'이 있고 숫자로 나타내는 '메트로놈'[6] 기보가 있다. 메트로놈은 베토벤의 절친 멜첼이 자신의 이름 약자와 메트로 노모스의 약자를 합쳐 M.M이라고 기보하여 사용한다. 브랜드별로 약간의 차이가 있지만 프레스토[7]는 분당 140 이상으로 매우 빠르게 연주하라는 뜻이다.

가령 '4분음표 = 60'이라고 표기되어 있으면 1분에 4분음표를 60개 연주하라는 뜻이므로 4분의 4박자의 경우 '60÷4'를 하여 15마디

•••

6 메트로놈: 속도를 지정해 주면 그에 맞춰서 똑딱거리며 정확한 박자를 알려 주는 기계로 '측정'을 뜻하는 그리스어 메트론(metron)과 '규칙적이게 하다'를 뜻하는 그리스어 노모스(nomos)의 합성어이다.
7 프레스토(Presto): 매우 빠르게 연주하라는 빠르기말.

가 나오고, '4분음표 = 120'이라고 표기되어 있으면 1분에 4분음표를 120개 연주하라는 뜻이므로 '120÷4'를 하여 30마디가 된다. 1분에 15마디 연주하는 것과 30마디 연주하는 속도의 차이를 말한다. 빠르기에 따라 마디 수를 구하는 문제는 음악대학 기초 이론 시험에 자주 출제되는 문제이다. 물론 음대 시험 문제는 이것보다 훨씬 복잡하다.

그렇다면 퀴즈! '4분음표 = 80'이라고 표기되어 있는 4분의 4박자 곡의 30마디를 연주하는 데 걸리는 시간은? 정답은 1분 30초이다. '80÷4=20', 즉 1분에 20마디라는 결론에 도달했으니 30마디가 1분 30초임을 쉽게 계산할 수 있다.

'미하일 글린카'의 〈루슬란과 루드밀라 서곡〉은 프레스토 빠르기로 심박수에 시너지를 주며 우리의 운동에 동기를 부여할 것이다. 숨이 턱까지 차올라 덤벨을 내려놓고 싶은 순간 빠른 비트로 질주하는 글린카의 음악으로 우리는 조금 더 버틸 수 있다. 이 곡은 우크라이나에 전해 내려오는 루드밀라 공주와 루슬란의 사랑과 결혼 이야기를 러시아의 작곡가 글린카가 오페라로 만든 작품이다.

　서곡에서 용감한 기상이 넘치는 루슬란 기사가 말을 타고 거센 바람을 가르며 달리는 짜릿한 전율을 느낄 수 있다. 활이 부러질 듯 질주하는 오케스트라의 도입부가 무척 유명하다. 이 곡은 스포츠 뉴스 타이틀 음악으로 오랫동안 사용되어 듣는 순간 '아, 이 곡!' 하며 알 수 있다. 모든 악기가 포르티시모로 아주 세게 시작하여 음들을 짧게 끊어 가며 올라갔다 내려왔다 힘차고 화려하게 진행하여 활기가 넘친다. 아주 세게 연주하라는 ff 외에 첫 박마다 음표 위에 악센트[8]가 지시되어 있어 음악이 흘러나오면 뛰어야 할 것 같은 에너지가 마구마

···

8　악센트: 그 음은 특히 세게 연주하라는 기호이다. 음표 머리 위에 '﹥'를 적는다.

구 솟구친다.

특히 보스턴 오케스트라와 함께한 벤자민 젠더의 영상으로 이 곡을 듣는다면 지휘자의 활기찬 퍼포먼스에 매료되고 만다. 등장하자마자 숨도 고를 틈 없이 지휘봉을 들고 바로 연주를 시작하는 것이 무척 유쾌하다.

글린카는 클래식 음악사에 몇 안 되는 러시아 귀족 가문 출신으로, 어릴 적부터 부유한 환경 덕에 많은 음악을 접하고 즐기며 자랐다. 열 살에 피아노와 바이올린을 배웠고, 열세 살에 상트페테르부르크에서 본격적으로 음악 공부를 시작해 열아홉 살에 많은 작품을 발표했다.

스물여섯 살에 이탈리아로 건너가 여러 도시를 순례하며 다양한 음악을 접하고 이탈리아 전통 성악 작곡법을 공부했다. 당대 최고의 오페라 작곡가였던 벨리니와 도니제티에게 오페라를 배우려 했으나 자신의 스타일과 맞지 않았는지 독일로 건너가 '지그프리트 덴'에게서 작곡 수업을 받았다.

공부를 마치고 러시아 정서의 가극을 만드는 것이 자신의 사명이라 생각한 글린카는 푸쉬킨과 고골리 같은 작가들과 함께 러시아 문학이 담긴 음악극을 만들기 위해 애썼고, 국딘 가극 〈황제에게 드린 목숨〉과 푸쉬킨의 서사시로 만든 〈루슬란과 쿠드밀라〉를 작곡해 대

성공을 거두었다.

키예프 왕국의 아름다운 루드밀라 공주와 용감하고 지혜로운
기사 루슬란의 결혼식 날, 갑자기 신부 루드밀라 공주가 사라
져 버린다. 키예프 대공은 공주를 구해 온 사람과 공주를 결혼
시키겠다고 소리치고, 세 명의 기사들이 그녀를 찾아 떠난다.
기사 중 한 명인 루슬란도 루드밀라를 찾기 위해 긴 여정을 떠
나고, 요괴의 방해 등 여러 힘든 일을 물리치고 무사히 그녀를
구출해 낸다.

5막 8장의 장대한 오페라 〈루슬란과 루드밀라〉는
슬라브 민족의 삶과 풍속이 동화 같은 환상 속에 어
우러져서 러시아뿐만 아니라 세계적으로 사랑받고
있다. 서곡은 리드미컬한 타악기의 사운드와 쾌속
질주하는 템포로 흥미진진하고 역동적인 분
위기를 자아낸다. 〈루슬란과 루드밀라
서곡〉을 들으며 심박수를 올려 보는
건 어떨까?

미하일 글린카

포디움에 오르면서 숨 쉴 틈 없이 지휘를 시작하는 벤자민 젠더의
〈루슬란과 루드밀라 서곡〉을 들으며 뛰어 보자.

청력을 잃은 베토벤의 잃어버린 동전에 대한 분노

데굴데굴 굴러가는 조그만 동전, 잃어버린 동전을 소재로 곡을 쓴다고? 얼마나 절실했으면 작은 동전 하나 때문에 베토벤이 분노했을까?

어느 날 베토벤이 동전을 잃어버리고는 카펫을 들추고 의자와 테이블 등 가구들을 모두 다 들어 가며 동전을 찾았다고 상상해 보자. 대작곡가가 바닥을 기어서 여기저기 동전을 찾는 모습을 상상하니 웃음이 절로 나온다. 베토벤의 〈론도 아 카프리치오 G장조 Op. 129 잃어버린 동전에 대한 분노〉는 관객들에게 인기가 많아 자주 연주되는 곡이다.

곡명과 함께 붙어 있는 '헝가리풍 기상곡처럼'이라는 부제는 베토벤의 친필 원고에 나와 있다. 반면 '잃어버린 동전에 대한 분노'라는 부제는 베토벤이 붙였는지 확인되지 않지만, 통통 튀는 스타카토와 올라갔다 내려갔다 빠르게 움직이는 선율을 듣다 보면 곡의 이름이 절묘하게 어울린다는 생각이 든다. 대중성을 의식한 출판업자가 붙인 것이라는 의견도 있고, 친구이자 비서인 안톤 쉰들러가 1828년 출판할 때 제목을 붙였다는 주장도 있다.

이 곡이 언제 작곡되었는지는 알 수 없지만 네 마디 네 마디씩 여덟 마디로 정확하게 악구가 마무리되고, 선율이 반복될 때 '띠라 리라 란'을 '띠라리라 란 따라 란' 이런 식으로 음을 첨가하며 발전한다거나, 왼손에서 '빰빰빰빠' 정확하게 강박에 깊은 화음을 짚어주는 것을 보았을 때, 고전시대 초중반에 많이 사용된 작곡 기법으로 대략 1795년부터 1798년 사이 작곡된 베토벤의 초기 작품으로 추측된다.

한 가지 재미있는 사실은, 이 곡의 작품번호 '129'도 잃어버린 동전과 같다는 것이다. 베토벤이 세상을 떠난 뒤 출판된 곡이라 작품번호가 없다가 작품 목록에 129번이 빠진 것을 발견하고 이 곡에 129 번호를 붙인 것이다.

오른손 16분 음표로 빠르게 '레도레도' 하는 진행은 동전이 팽글팽글 돌아가는 것 같고, 왼손의 첫 음부터 시작되는 '빰빰빰빰~' 화음은 화가 난 베토벤의 상태를 나타내는 듯하다.

아래 악보를 보며 QR 링크의
〈잃어버린 동전에 대한 분노〉 음원을 감상해 보자.

론도(A-B-A-C-A-D-A)는 주제 A가 부주제 사이에 반복 등장하는 형식으로, 이 곡을 론도 형식으로 잡은 것도 빙글빙글 돌아가며 사라졌다 나타났다 하는 동전과 연결된다. 조성 또한 사장조-마단조-사장조-마단조-사단조-마장조로 계속 변경되며 중심음이 솔과 미로 돌고 돌며 반복된다.

많은 피아니스트들이 이 곡을 연주했지만 알프레드 브렌델과 키신을 비교해서 듣는다면 시작 부분 크기와 확연히 다른 속도감을 느낄 수 있다. 클래식 음악을 재미있게 듣는 꿀팁! 연주자를 비교해 가면서 듣는다.

1809년 초 베토벤은 '로브코비츠 공작', '킨스키 공작', '루돌프 대공'에게 연 4천 플로린이라는 거액의 연금을 평생 받기로 하고 안정된 생활을 꿈꾸며 행복에 젖어 있었다. 하지만 1809년 2월 프란츠 1세가 프랑스에 전쟁을 선포하면서 매일매일이 전쟁이었고, 그해 5월 나폴레옹 군대가 빈을 점령하면서 베토벤의 꿈은 산산조각났다.

전란에 연금은 날아가고, 적군의 포탄에 약해진 청력을 보호하기 위해 책상 밑으로 들어가 베개로 머리를 감싸며 고통의 시간을 버텼지만 진군의 북소리와 거대한 군화 소리에 스트레스는 극에 달했다. 당시 베토벤의 편지를 보면 얼마나 상황이 급박하고 힘들었는지 짐작이 간다. 베토벤의 집은 빈의 성벽 근처로 나폴레옹군의 공격이 치닫던 곳이었다. 이런 혼란스러운 상황 속에서도 지하실에 머물며 작곡에 열중했다.

"그동안 우리는 가장 심각한 형태의 비참함을 겪고 있었습니다. 5월 4일 이후 나는 일관성 있는 작품을 거의 하나도 쓰지 못했습니다. 주위에서는 온통 파괴적이고 무질서한 행태밖에는 보이지 않습니다. 온통 북소리, 대포 소리, 모든 형태의 비인간적인 처참함뿐입니다."

〈Op.129〉를 쓸 때 즈음, 베토벤은 청력 이상이 시작되어 극도의 스트레스를 받고 있었다.

"한때 가장 완벽하다고 인정받았던 청각이 이제는 가장 치명적인 것이 되고 말았어. 얼마나 가혹하게 더 이상 듣지 못한다는 참담한 경험을 되풀이하게 되었던가. 그렇지만 나는 아직 사람들에게 '더 크게 말하시오. 나는 귀가 안 들리니까요.'라고 말할 수 없었다. 그 어떤 감각보다 완벽해야 할 감각에 결함이 있다는 것을 내 어찌 인정한단 말인가. 이러한 상황들은 나를 절망에 빠트렸고 그래서 나는 자살을 기도할 뻔한 적도 있었다. 나를 붙드는 것은 예술, 오직 그것뿐이었다."

베토벤이 하일리겐슈타트에서 요양하며 동생에게 쓴 편지의 일부분이다. 청각 장애로 인한 처절함과 그럼에도 예술을 통해 계속해서 살아 내겠다는 결심을 담고 있다. 또한 오래된 친구 베겔러에게 보낸 아래의 편지를 보면 그가 얼마나 고통받고 있는지 자세히 알 수 있다.

"귀에서 밤낮으로 윙윙거리는 소리가 들려. 내 삶은 사실 비참하다네. 내 귀가 어떻게 안 들리는지 자네에게 말해 주겠네. 극장에서 배우들의 말을 이해하기 위해 오케스트라에 가까이 간다네. 조금만 떨어져도 악기와 가수들의 높은 음을 들을 수 없고, 더 멀어지면 아무것도 들리지 않아. 낮은 소리로 나누는 대화는 약간 들리기도 하는데 단어를 이해할 수 없다네."

베토벤의 청력 상실에 대한 추측만 난무할 뿐, 정확한 원인은 밝혀지지 않았다. 다만 본인이 1798년경 한 가수와 다툼 후 발작한 것이 원인이 되어 청력 상실이 발생했다고 이야기한 자료가 있다. 그후 이명 증세가 심각해졌고, 음악을 감지하기 어려워졌으며 사람들과의 대화도 피하게 되었다.

부검 결과 오랫동안 외상이 커져 귀 안쪽이 부푼 상태였으며, 많은 의학자들은 귀경화증[9]을 원인으로 보고 등자뼈가 경화되어 진동을 전달하지 못해 청각 신경 퇴화를 동반했을 것이라 분석한다. 베토벤은 사람의 목소리를 듣지 못하는 상태였음에도 피아노를 치는 제자의 소리가 이상하다고 주의를 준 일화가 있다. 사람 목소리는 듣지 못하지만 피아노의 고음부 진동은 약간 느낄 수 있는 것이 귀경화증 환자의 주요 증상이다.

베토벤이 긴 나무 막대기를 입에 물고 피아노 현 위에 올려서 음악을 느꼈다는 일화도 그가 귀경화증에 걸렸을 것이라는 주장을 뒷받침한다. 제자 체르니는 베토벤이 1812년(42세)까지도 여전히 언어와 음악을 들을 수 있었다며 청각을 완전히 잃지 않았을 가능성을 피력했다.

베토벤은 청력이 악화되지 않기 위해 최선을 다했다. 의사의 권유에 따라 잘나가던 빈 생활을 뒤로하고 시골로 요양을 떠났으며, 필요하다면 민간 요법과 전기 충격 요법까지 받을 각오를 했다. 그러

•••

9 귀경화증: 귀 안의 뼈가 과다하게 자라나 중이가 굳어 가는 질환.

시티 앤 더 클래식

나 이러한 그의 노력에도 불구하고 청력은 나아지지 않았다.

멀어져 가는 청력은 베토벤의 삶을 크게 바꿔 놓았다. 뒤에서 누가 불러도 듣지 못하니 성격이 괴팍하다는 말을 듣고, 입 모양을 빤히 쳐다본다고 오해를 받기도 했다. 동전이 데굴데굴 굴러가서 눈앞에서 사라졌다? 굴러가거나 떨어지는 소리를 들을 수 없는 베토벤은 감쪽같이 사라진 동전에 어쩌면 더 화가 났을 수도 있다.

청각을 잃은 사람이 곡을 쓸 수 있을까? 물론 많이 불편하고 어려운 점이 있지만 그렇다고 불가능한 것은 아니다. 수많은 악기가 나오는 곡을 쓴다 하여 작곡가가 바이올린, 플루트, 트럼펫 등을 동시에 연주할 수는 없지 않은가. 악상을 떠올리고 악기를 구성하여 머릿속에서 소리를 상상할 수 있다. 특히 베토벤처럼 뛰어난 절대 음감을 가지고 있다면 동시에 울리는 몇십 개의 음을 적을 수 있고, 악기의 도움 없이 악보만으로 하모니를 느낄 수 있다. 눈으로 음표들의 조합을 읽어 가며 소리를 그려 낼 수 있다.

작곡을 공부하게 되면 피아노를 치면서 곡을 쓰지 말라는 충고를 많이 듣는다. 악기에 의존하지 말라는 이야기이다. 소리를 들으며 곡을 쓰다 보면 나도 모르게 익숙한 진행으로 가기 쉽고 상상의 한계에 부딪힐 수도 있다. 악보 안에서는 무한한 도전과 상상이 가능하다. 베토벤이 새로운 방법을 많이 시도한 연유도 어쩌면 들을 수 없었기 때문일지도 모른다.

　왼쪽 귀가 들리지 않는 바이올리니스트 한수진을 베토벤에 비유하는 평론가들이 많다. 어머니로부터 받은 유전적 결함 때문에 선천적으로 왼쪽 청각을 잃었고, 그 사실을 안 것은 네 살 때였다. 그녀는 세상의 어떤 소리도 스테레오로 들은 적이 없다고 한다. 그래서일까? 그녀의 소리가 누구보다 다채롭고 독특한 이유가 바로 이것 때문이라는 분석이다.

　하지만 그녀에게 청력 장애가 왜 문제가 되지 않았겠나? 앙상블 연주 시 왼편 연주자의 소리가 들리지 않으니 양해를 구하고 자리를 바꿔 연습하기도 하고, 시벨리우스의 〈바이올린 협주곡〉에서 플루트과 함께 나오는 부분에서는 플루트 연주자가 왼편 뒤에 있는 데다 다른 악기들의 소리가 커서 들리지 않으니 리허설 때 플루트 연주자와 호흡을 맞춘 후 실제 연주 때는 지휘자에 의지하며 연주한 적이 있다는 인터뷰 기사를 본 적이 있다.

청력을 상실한 음악가가 음악을 포기하지 않을 확률이 얼마나 될까? 가장 먼저 직업을 바꾸려 고민할 것이다. 하지만 베토벤은 청력 상실 후 더 많은 명작을 탄생시켰으니, 그의 곡에 플러스 점수를 주고 감상하는 것은 당연한 결과이다. 베토벤에게 청각 장애는 곡을 쓰는 데 큰 어려움이라기보다는 음악을 사랑하는 한 인간의 가장 행복한 순간을 빼앗는 고통에 가까웠을 것이다.

잃어버린 돈 때문에 작곡된 또 하나의 곡은 라흐마니노프의 〈악흥의 순간〉이다. 자신의 삶 중에서 가장 궁핍하던 시절을 보내고 있던 라흐마니노프는, 1896년 가을경 엎친 데 덮친 격으로 전 재산에 가까운 돈을 들고 기차에 올랐다 지갑을 통째로 도둑맞은 후 돈을 벌기 위해 급하게 작곡을 했다. 곡을 쓰기 전 알렉산드로 자타예비치[10]에게 아래와 같은 편지를 썼고, 곡을 완성한 후 그에게 헌정했다.

...

10 알렉산드로 자타예비치: 러시아의 작곡가이자 합창단 지휘자로 소비에트 연방 국가를 작곡했다.

"끊임없는 경제적 압박의 상황은 때로는 유용하기도 해. 12월 20일까지 6개의 피아노곡을 다 마무리 지어야 하거든."

배우 윤여정이 생활비를 벌기 위해 절실히 노력하다 보니 지금의 모습이 되었다는 것처럼 라흐마니노프도 때론 경제적 궁핍이 채찍질이 되었던 듯하다.

6개의 곡으로 이루어진 〈악흥의 순간〉 중 가장 사랑받는 4번은 매우 빠르고 셈여림도 극단적이다. 왼손에 끊임없이 등장하는 반음 때문에 손가락이 꼬이기 일쑤이고 빠른 손목과 팔 동작이 필요하다. 어떤 부분에서는 쇼팽의 〈에튀드〉 느낌도 나고 서정적인 멜로디에 화려한 테크닉이 동반되어 듣는 재미가 넘친다.

베토벤이 잃어버린 것이 동전이라 금액이 적어서일까? 라흐마니노프의 비장함에 비해 분노가 크게 다가오지 않는다. 베토벤의 〈잃어버린 동전에 대한 분노〉에 비해 피아노 건반을 빠르게 움직이며 훑는 라흐마니노프의 곡은 매우 혼란스럽다. 돈을 잃은 두 작곡가의 곡을 비교해서 감상해 보기를 추천한다.

◆ ◆ ◆

베토벤의 〈잃어버린 동전에 대한 분노〉를 생각하며
라흐마니노프의 〈악흥의 순간 4번〉을 감상해 보자.

볼레로가 치매 때문에 탄생했다고?

　12분에 한 명씩 발생하는 질환, 뇌 손상 때문에 기억을 잃어가고 인지 장애를 가져오는 '치매'. 한국 보건 사회 연구원의 『치매 정책 추진 체계의 현황과 과제』 보고서에 따르면 2020년 65세 이상 치매 유병률은 10.3%로 약 84만 명이고 2050년에는 15.9%, 약 302만 명에 이를 것으로 추정한다.

　프랑스 인상주의와 신고전주의를 대표하는 작곡가 모리스 라벨이 그의 작품 〈볼레로〉에서 같은 리듬을 169번이나 반복한 것에 대해 뇌과학자들과 정신과 의사들은 똑같은 리듬을 단 두 개의 주제만 가지고 17분 동안 반복할 수 있겠느냐며 뇌의 문제를 제기했다. 전두측두엽치매는 말과 행동을 반복하고 판단력이 흐려지는 증상으로, 〈볼레로〉의 반복적 리듬이 치매 증세의 반영이라는 것이다.

　1932년 10월, 라벨은 택시를 타고 가다가 교통사고를 당해 머리를 크게 다쳤고 이후 건강이 악화되어 가벼운 생활을 하기 어려울 정도로 심각한 상태가 되었다. 친구들의 증언에 따르면 교통사고가 나기 몇 년 전부터 라벨은 가끔씩 멍해 있었고 실어증을 보이기도 했으며 영화 〈돈키호테〉의 음악 작업에 들어갔지만 일정 맞추기는 고사하고 친구가 악보 작업을 대신할 정도였다고 한다.

1988년 영국 의학 저널[11] 발표에 따르면, 교통사고가 뇌질환을 악화시켰을 것이라고 결론지었고, 병명을 정확히 진단할 수 없지만 종양의 가능성은 적으며 전두측두엽치매, 알츠하이머, 크로이츠펠트-야콥병 등으로 유추했다. 스트라빈스키도 라벨의 증상에 대해 이렇게 말했다.

"그의 말년은 잔인했다. 왜냐하면 그는 점차 기억력과 조정력을 잃어 가고 있었기 때문이다. 물론 그는 그것을 꽤 잘 알고 있었다."

파리의 저명한 외과의사 클로비스 빈센트는 수술을 권유했으며 이미 대화나 판단이 불가능한 라벨 대신 동생의 동의하에 수술을 진행하였다. 깨어나는 듯 보였으나 곧 혼수상태에 빠졌고, 결국 1937년 62세의 나이로 사망했다.

라벨의 음악은 매우 정교하고 치밀해서 스트라빈스키가 "스위스 시계 장인"이라고 빗대어 말할 정도였다. 자기 객관화가 매우 잘되는 사람으로 마지막 순간까지 "나는 오케스트레이션[12]의 기교를 더

• • •

11 영국 의학 저널(British Medical Journal) : 세계에서 가장 오래된 종합 의학 저널.

12 오케스트레이션 : 관악기와 현악기 등 오케스트라의 연주를 위해 작곡하는 기법으로 관현악법 또는 기악 편성법으로 불린다.

배워야 한다."고 말했고, 작품의 완벽성을 위해 출판한 뒤에도 끊임 없이 악보를 수정한 사람이다.

〈볼레로〉는 마지막 몇 마디를 제외하고 스네어드럼(작은북)이 계속 같은 리듬을 반복하지만, 주 선율에 악기를 바꾸거나 화음을 추가해 가며 점점 커져서 마지막에는 엄청난 사운드를 방출한다. 곡의 템포[13] 하나도 허투루 쓰지 않아서 이탈리아어로 'Tempo di Bolero, moderato assai(볼레로의 템포로, 매우 보통 빠르기로)'라고 적었고, 추가로 메트로놈 기호로 '♩ = 66'[14]이라 적었다. 원래는 76 으로 적었다가 빠르다고 생각했는지 가위표를 치고 66이라고 적었다. 이것도 빠르다고 생각했는지 1931년 7월 영국 '데일리 텔레그래프'와의 인터뷰에서 "이 곡은 17분이 적당한 연주 시간이다."라고 말했으니 이렇게 정교한 판단을 한 사람이 과연 치매였을까?

라벨이 얘기한 17분을 지킨 경우는 많지 않다. 구스타프 두다멜이 17분에 연주했고, 다니엘 바렌보임 14분, 정명훈 14분 30초, 알론드라 데 라 파라 14분 50초, 대부분의 지휘자가 14분 내외로 템포를 잡았고 절친이었던 토스카니니는 겨우 13분을 넘겼다. 라벨은 템포가 너무 빠르니까 조금 느리게 지휘해 달라그 지시했으나, 토스카

•••

13 템포: 곡의 빠르기를 가리키는 이탈리아어이다.
14 1분에 4분음표를 66개 연주하는 속도를 말하며 느리게 연주하는 템프이다.

니니는 너무 느리다며 견해를 굽히지 않았다.

나는 라벨의 생각에 동의한다. 빠르게 연주하면 리듬의 반복만 느껴질 뿐, 곡의 긴장감과 음향을 제대로 느낄 수 없다.

최소한의 리듬과 선율을 포인트로 잡고 기계적으로 반복하면서 상상 이상의 사운드를 방출하며 클라이맥스에 이르는 이 설정은 후대의 많은 작곡가들에게 영향을 끼쳤고, 단순한 재료로 최상의 효과를 구현하는 음악의 대명사가 되어 20세기 등장한 미니멀리즘 음악[15] 사조에 큰 영향을 끼치게 된다.

곡의 속도 하나도 끊임없이 고민하고, 음계의 선택, 전체적인 곡의 구성, 클라이맥스 위치, 음향적인 효과까지 철저하게 계획한 라벨의 〈볼레로〉를 단지 리듬이 반복적으로 등장한다는 이유로 치매라고 보는 것에 동의할 수 없다. 세인트 장 루즈에서 휴가를 보내던 중 피아노 앞에 앉아 〈볼레로〉 선율을 연주하며 친구와 나눈 대화가 이를 뒷받침해 준다.

"이 주제에 지속성이 있다고 생각하지 않나요? 발전 없이 몇 번

•••

15 미니멀리즘 음악: 최소 음악(最小音樂)으로 부른다. 의도적으로 리듬, 선율, 화성을 단순화시키는 작곡 방법으로 소리의 움직임을 최소한으로 억제해 패턴화된 음형을 반복하는 음악이다.

이고 반복해 오케스트라를 최대한 늘려 갈 거예요."

한두 마디만 들어도 하루 종일 뇌리에서 반복되는 희대의 중독성을 가진 〈볼레로〉는 정작 연주자들에게 매우 힘든 곡이다. 곡이 끝날 때까지 스네어 드럼 연주자는 한 번도 쉬지 않고 같은 리듬을 반복해야 해서 20번쯤 치고 나면 헷갈리기 시작하여 엄청난 집중력을 요구한다.

만일 우리가 같은 말을 17분간 반복한다면 어떨까?

콩깍지 콩깍지 콩깍지 콩깍지 콩깍지 콩깍지 콩깍지 콩깍지….

이 곡은 매우 작게 시작하여 서서히 커지면서 세세하게 강도를 조절해 마지막에는 모든 악기가 집중해서 매우매우 크게 연주해야 한다.

라벨의 〈볼레로〉는 무용가 루빈스타인의 의뢰를 받고 만든 발레음악이다. 현재는 관현악곡으로도 연주되지만 발레로 감상하면 또다른 매력을 느낄 수 있다. 야한 발레 작품으로 유명한 모리스 베자르의 안무로 〈볼레로〉를 감상하면 17분 동안 숨을 못 쉴 수도 있다. 캄캄한 무대 위에서 손끝의 움직임만 조명을 비추다 점점 커져 가는 사운드처럼 온몸으로 확장되는 동작과 움직임을 빛과 사운드로 연출한다.

연주 버전과 발레 버전 〈볼레로〉를 감상하기를 추천한다. 알론드라의 지휘는 듣는 즐거움과 보는 즐거움을 동시에 선사한다.

작곡을 전공한 입장에서 볼 때 이러한 라벨의 창의적인 시도가 놀랍고, 반복되는 리듬과 간단한 주제만으로 좋은 곡을 완성해 낸 것도 감탄스러울 따름이다. 영화 〈밀정〉에서 일본 간부들 파티에 잠복해 들어간 송강호 배우가 폭탄을 터트리는 장면에 배경음악으로 등

장한 〈볼레로〉는 엄청난 전율을 전달하며 영화의 클라이맥스를 장식한다. 파티 장면에 너무 안 어울리는 곡이 아닌가 하는 생각이 들었지만 적인지 동지인지 모를 일제강점기에 속고 속이는 〈밀정〉과 돌고 돌고 변화하다 다시 돌아오는 〈볼레로〉의 리듬이 이렇게 절묘하게 맞을 수가 있을까!

심쿵 유발, 썸 타기 위해 작곡한 4Hands 곡

두 명의 피아니스트가 한 대의 피아노에 나란히 앉아 손이 살짝 스치기도 하고 팔이 크로스되기도 하면서 연주하는 곡을 '4Hands' 또는 '잇닿을 연'과 '총알 탄' 자를 사용하여 연이어 두드린다는 의미로 '피아노 연탄곡'[16]이라고 부르기도 한다. 두 대의 피아노에 각각 피아니스트가 앉아 연주하면 4Hands 가 아니라 '피아노 듀오'라고 부른다. 4Hands는 뛰어난 음향을 위해 작곡하기도 했지만 19세기까지 남녀의 마음을 대변하는 심쿵 음악이었다.

정략결혼이 많았던 유럽의 상류층에서 결혼 전 여성의 명예는 매

• • •

16 오랫동안 연탄곡이라 사용해 왔지만 음악 용어 중에 원곡의 의미와 다르게 붙여진 이름이 너무나 많아 수정되어야 할 부분이다.

우 중요하여 혼전 순결을 잃거나 추문에 휩싸이는 경우 파혼을 당하거나 사교계에서 제명될 수 있었다. 19세기까지 수 세기 동안 여성들은 많은 제약과 통제를 받았다. 집안이 부유하다 해도 아버지, 오빠, 남동생 혹은 남편의 선심에 의존해야 했고 집을 소유하거나 허락 없이 가구나 도자기나 옷 등을 마음대로 살 수 없었다. 모든 결정권은 경제력을 쥐고 있는 남자들에게 있었고, 상류층 여성들의 경제적인 자립은 불가능했다.

자수, 노래, 피아노, 춤 실력을 쌓아야 했고 사교계에 진출하여 좋은 남편감을 찾는 것이 인생의 목표였으며, 혼인은 집안의 체면을 위한 비즈니스로 자신의 감정이나 취향은 존중되지 않았다. 집안 간의 합의가 없는 사랑은 더더욱 그러했다. 남녀가 유별한데 공개석상에서 바짝 붙어 앉아 있을 수도 없었으니 4Hands 곡이 얼마나 고마웠을까. 연주를 한다는 명분하에 때로는 살갗이 스치며 서로를 바라보고 같은 방향으로 움직이고 같이 호흡하며 행복감은 절정에 이르렀을 것이다.

슈베르트나 모차르트를 비롯한 많은 작곡가들이 사랑하는 사람과 썸을 타기 위해서 또는 피아노 레슨을 위해서 4Hands 곡을 작곡했다. 모차르트는 친분이 두터운 귀족 가문의 살롱 음악회에서 누나와 함께 연주를 선보이기도 하고, 귀족의 딸과 함께 연주하기도 했다. 일부러 손을 부딪히게 작곡해 웃음이 터져 나오는 유머러스함도 잊

지 않았다.

19세기 경제력과 교양 수준이 높아진 부르주아가 많아지면서 부인이나 딸들이 피아노를 배우는 것은 필수였다. 음악가가 되기 위해서 배우는 것이 아니라, 음악의 안목을 키우고 손님이 오면 피아노 연주를 하며 교양을 뽐내기 위해서였다.

1980년대 한국도 부잣집 거실에 피아노가 있었고 아파트 상가에 피아노 학원이 없는 곳이 없었다. 재밌는 사실 하나, 1990년대 이전 한국에서 생산된 피아노는 가운데 열쇠 구멍이 있고 열쇠도 있었다. 당시 특별소비세가 부가될 정도로 피아노가 비싼 물건이었기 때문이다. 지금과 달리 광택이 있는 검정색 유광 피아노가 인기 있었던 이유는 반짝반짝해서 인테리어용으로 효과가 좋아서였다. 피아노를 배울 때 열쇠 구멍 위에 있는 도를 기준으로 오른손과 왼손을 나누어 가르쳐 주는 선생님도 계셨다.

　현재 음반이나 음원을 사는 것처럼 그 옛날에는 악보를 구매했다. 유행하는 곡과 유명 작곡가의 신곡 악보를 가지고 있는 것은 부와 교양의 상징이었다. 음반이나 음악 재생 기술이 없어서 연주회장에 가야만 오케스트라와 같은 풍성한 사운드를 들을 수 있었던 시절, 두 명의 연주자가 스무 개의 손가락으로 4Hands 곡을 연주하게 되면 많은 성부로 넓은 음역을 커버할 수 있고 복잡한 음악도 연주할 수 있었기 때문에 오케스트라에 버금가는 음악을 집에서 감상할 수 있게 된다.

　그래서 4Hands 곡은 매우 인기였다. 18세기 중후반 귀족의 살롱에 피아노가 놓이면서 상업적인 악보 출판이 본격화되었고, 작곡가들은 집중적으로 4Hands 곡을 발표하여 큰 수익을 얻게 되었다. 처음에는 오케스트라곡을 두 명이 연주할 수 있도록 편곡하는 식이었다가 점차 독립된 곡으로 발전하였다.

　리드하는 피아니스트 한 명만 테크닉이 필요하도록 작곡하고 다른 파트는 어려운 연주 기술이 필요하지 않도록 하여 아마추어 음악가들에게 큰 인기였다. 오른쪽에서 고음을 연주하는 사람을 '프리모'

라고 부르고 왼쪽에서 저음을 연주하는 사람을 '세콘도'라고 부르는데, 프리모는 주로 멜로디를 맡고 세콘도는 호성과 리듬으로 멜로디를 도와주는 역할을 한다. 왼쪽 연주자가 혼자 페달을 밟기 때문에 순간의 호흡이 중요하고, 서로의 사운드와 터치를 완벽히 이해해야 하며, 서로에 대한 음악적 신뢰가 기반되어야 한다. 계속해서 눈을 마주 보며 호흡의 속도를 맞추다 보면 없던 사랑도 싹트게 되지 않을까.

4Hands 곡 가운데 가장 많이 연주되는 곡은 단연 슈베르트의 〈네 손을 위한 환상곡 F단조〉이다. 레슨하던 에스테르하지가의 둘째 딸 캐롤라인에게 헌정한 곡으로, 생애 마지막 해에 작곡했으나 안타깝게도 그녀와 함께 연주하지 못했다. 나란히 앉아 연주하는 꿈을 꾸었겠지만 가난했던 슈베르트는 신분의 벽에 부딪혔고 결국 가슴 아픈 짝사랑으로 끝나게 된다.

'평생의 사랑'이라 표현한 그녀를 음악 속에 담기라도 한 듯 작품 속에 이루지 못한 사랑에 대한 갈망과 열정이 가득하다. 슈베르트 특유의 서정적이며 가곡적인 멜로디가 전체적으로 흐르며 달콤한 분위기를 자아내다 때로는 어두운 발걸음이 강렬하게 밀고 들어온다.

슈베르트 스페셜리스트 '미츠코 우치다'는 두 연주자의 손이 매우 가깝다고 말하면서 이같이 해석했다.

"손가락들은 계속해서 서로 스친다. 여기에는 사랑에 대한 갈망이 담겨 있다."

슈베르트는 유난히 4Hands곡을 많이 썼다. 〈환상곡 G장조 D.1〉은 13세에, 〈환상곡 G단조 D.9〉는 14세에, 〈환상곡 C단조 D.48〉은 16세에 작곡했다. 정리해 보면 13~14세에 4곡, 16세 1곡, 20~22세 13곡, 26~31세 21곡, 총 39곡이나 작곡한 셈이다. 작품 번호 1번 4Hands 곡은 1810년에 작곡되다 보니 화성이나 반음의 사용 등 낭만적인 요소가 있지만 형식 면에서 고전시대 느낌이 강하다. 두 명의 연주자가 서로 아름다운 하모니를 만들어 내기 위해 아주 규칙적으로 움직인다.

〈네 손을 위한 환상곡 F단조〉는 슈베르트를 나타내는 가장 대표적인 곡으로 평가받고 있으나, 연주자에게는 무척이나 힘든 곡이다. 네 부분으로 구성은 되어 있지만 악장이 나뉘어 있지 않아서 쉼 없이 연주해야 한다. 분위기가 네 번이나 바뀌지만 마음 가다듬을 틈도 없이 악역을 했다가 착한 역을 했다가 극과 극의 감정을 표현해야 한다. 20여 분간의 원맨쇼는 감성적으로나 체력적으로 무척 힘들고 굉장한 에너지를 필요로 한다.

곡의 마지막은 처음 멜로디가 재현되다 클라이맥스로 치닫듯 폭발하나 싶다가 갑자기 멈추고는 언제 그랬냐는 듯이 차분하게 주제를 들려준다. 그렇게 흐르나 싶다 매우 세게 화음을 강하게 친 후 갑자기 작은 소리로 체념하는 듯 음악이 잦아들건서 곡을 마친다. 터질 듯 터지지 않고 안으로 머금는 클라이맥스는 고백도 못 하고 고민하는 슈베르트와 같고 끊임없이 등장하는 주제는 끊어 내지 못한 사랑의 미련과 같다. 이룰 수 없는 사랑을 예감이라도 한 듯 슈베르트의 긴 사랑의 여정이 곡에 묻어난다.

〈네 손을 위한 환상곡 F단조〉를 유센 형제의 연주와 티엠포&아르헤리치의 연주를 비교해 들어 보자.

계절 따라 달라지는 클래식 선곡

3

봄 향기 가득 담은 클래식 음악

비발디의 〈봄〉

클래식 음악 중 가장 먼저 떠오르는 봄은 비발디의 〈사계〉가 아닐까? 세계인이 사랑하는 클래식 1위의 위상! 지하철 역사에서도 흐르는 익숙한 음악이다. 작곡가이자 뛰어난 바이올리니스트였던 비발디는 200여 곡의 바이올린 협주곡을 작곡했다.

〈사계〉는 바이올린 협주곡을 모아 놓은 작품집 '화성과 창의에의 시도(Il Cimento dell' Armonia e dell' Inventione)'에 들어 있는 작품 중 사계절을 묘사한 네 곡을 따로 일컫는 제목이다. 만토바에서 받은 영감을 담은 곡으로, 사람을 행복하게 해 주기 위해 만든 세계 최초의 콘셉트 음반이라고 할 수 있다. 18세기 초반에 이런 생각을 하다니! 첫 악구만 들어도 싱그러운 풀과 지저구는 새소리와 맑은 시냇물이 그려진다.

바로크 페스티벌 오케스트라의 연주로
〈사계〉 중 〈봄〉 1악장을 감상해 보자.

비발디는 다작을 한 덕분에 수많은 악플에 시달렸다. 법률가이자 극작가였던 '카를로 골도니'[17]는 폄하의 말을 날렸다.

"비발디는 바이올리니스트로는 만점, 작곡가로서는 그저 그런 편, 사제로서는 빵점."

가만히 있을 비발디가 아니다. 골도니에게 한 방 제대로 먹였다.

"골도니는 험담가로는 만점, 극작가로서는 그저 그런 편, 법률

•••

17 카를로 골도니(Carlo Osvaldo Goldoni, 1707~1793): 이탈리아 베네치아 출신의 유명 극장가로 희비극과 멜로드라마 그리고 이탈리아어 · 베네치아 방언 · 프랑스어로 쓰인 극작품들을 총 250여 편 이상 남겼다. 18세기 극에서 골도니를 빼고 이야기할 수 없을 정도이고 지금도 세계 곳곳에서 그의 공연이 올려지고 있다. 프랑스어로 쓴 『회상록』은 그를 이해하는 데 중요한 작품이다.

가로는 빵점."

스트라빈스키 역시 강도 높게 비발디를 비판했다.

"비발디는 작품을 수백 개 쓴 게 아니라 한 곡을 수백 번 베껴 쓴 사람이다."

미국의 피아니스트이자 음악 작가 찰스 로젠은 1987년 뉴욕 타임스에 이렇게 적었다.

"나는 그의 음악이 싫증 난다. 스트라빈스키가 그를 '똑같은 협주곡을 500번 쓴 사람'이라고 했다는데, 나는 동의하지 않는다. 그 대신에 나는 비발디가 5백 곡의 작곡을 시작만 했을 뿐 아무런 결말과 성공을 거두지 못한 사람이라고 생각한다."

비발디에 대해 이와 같이 폄하한 것에 동의할 수 없다. 물론, 구성이 비슷비슷해서 자기 표절이라는 비판을 받는 것은 이해할 수 있다. 개인의 생각과 철학을 자유로운 양식으로 작곡하는 현대의 시점으로 비발디를 바라보면, 비슷한 곡을 계속 만든 것으로 보인다.
하지만 당시에는 정형화된 작법이 있었고 고정화된 법칙 아래 음

악을 만들던 시대였다. 또한 교회나 귀족들의 많은 행사에 곡이 필
요했고 기한 내에 납품해야 해서 빠르게 쓰다 보니 대부분의 바로크
작곡가가 자기 표절 논란에서 자유로울 수 없었다. 다만 비발디의
작품 수가 많다 보니 비슷한 곡이 잘 부각되고 유명한 곡도 많아서
그 비판이 더 날카로운 것으로 보인다. 바흐가 괜히 수많은 비발디
곡을 밤을 새워 공부했겠는가?

'샤를 드 브로스'[18]의 편지에 따르면 그가 얼마나 열정을 가지고 작
품을 썼는지 알 수 있다.

*"비발디는 작곡에 대한 엄청난 열
정을 가진 노인이다. 나는 그가 사
보가가 사보하는 속도보다 훨씬 빨
리 협주곡 하나를 작곡해 내겠다고
하는 것을 들었다."*

비발디의 〈봄〉이 지루하다면, 화
사한 봄날 아침에 모닝 커피와 비

안토니오 비발디

...

18 샤를 드 브로스(Charles de Brosses, 1709~1777): 계몽기 프랑스의 사상가이자 비교민족학자이며 휴
머니스트이다.

발디의 〈만돌린[19]협주곡 RV.425〉를 함께하기를 추천한다.

청아하면서 아름다운 아비 아비탈의
만돌린 연주에 빠져 보자.

베토벤의 〈봄〉과 멘델스존의 〈봄의 노래〉

바이올린곡 중 가장 알려진 곡은 베토벤의 〈바이올린 소나타〉 5번 〈봄〉이다. 무게감 있는 베토벤의 다른 바이올린 소나타와 달리 봄을 연상하게 하는 밝은 멜로디 때문에 후대에 붙여진 별칭이다. 바이올린으로 시작되는 하행 멜로디와 오른손에서 반복적으로 진행하는 피아노 반주가 경쾌함을 더해 준다. 이 아름다운 바이올린 멜로디를 한 번 더 듣고 싶을 때 즈음 피아노가 화려하게 장식하며 주제를 연주한다. 봄이 한층 더 다가온 것처럼.

전반부의 바이올린 소나타들에 하이든과 모차르트의 영향이 상당 부분 들어 있다면, 5번에는 베토벤의 개성이 많이 드러난다. 베토벤의 중기를 여는 작품으로 2~3개 악장의 구성을 4개 악장으로 만들

•••

19 만돌린: 하프처럼 손으로 뜯는 발현악기로 청아하고 맑은 소리를 낸다. 1620년경 이탈리아 베네치아의 파록키(Parocchi)가 만돌라를 소형으로 하여 높은음을 내도록 만든 것을 만돌리노라고 이름 붙인 것이 시초이다.

시티 앤 더 클래식

고, 베이스음을 연주하며 바이올린을 보조하는 반주 역할의 피아노가 아니라 두 개의 악기를 대등하게 협주하도록 만들었다. 봄을 여는 바이올린의 선율에 잔잔히 흐르는 시냇물 같은 피아노 반주의 1악장을 듣자마자 첫 음부터 매료될 것이다.

베토벤의 〈봄〉을 연주하지 않은 바이올리니스트 있을까? 조슈아 벨, 이작 펄만, 정경화, 한수진 등 좋은 연주가 많지만 데이빗 가렛을 스타로 만들어 준 베토벤 〈봄〉을 감상해 보기를 추천한다. 13세 최연소 나이로 도이치 그라모폰과 독점 계약을 한 후 발표한 앨범으로, 순수함이 가득한 소년의 봄을 만날 수 있다. 알프스에서 흐르는 1급수의 느낌이랄까.

겨울을 지나 싱그럽게 반겨 주는 봄을 기다린다면,
데뷔 시절 데이빗 가렛의 연주로 베토벤 〈봄〉을 만나보자.

멘델스존의 〈무언가〉 30번 〈봄의 노래〉는 48곡(유작까지 합하면 49곡)이 수록된 〈무언가〉 5권 여섯 번째 곡이다. 통화 대기음으로 사용될 만큼 누구나 듣기에 아름답고 편안한 분위기이다. 도#, 레, 레#, 미, 반음씩 상행하는 멜로디와 왼손의 세겹꾸밈음은 화사하게 피어나는 아지랑이 같고, 잊을 만하면 등장하는 스타카토는 봄이 오고 있음을 상기시켜 준다. 곡의 시작 부분에 명시된 'Allegretto grazioso'는 조금 빠른 템포로 우아하게 연주하라는 뜻이다. 멘델스존은 너무 급하지 않게 다가오는 우아한 봄을 그리고 싶었나 보다.

가사가 없는 노래라는 뜻의 '무언가'는 말이 없지만 멜로디가 선명해서 마치 노래를 부르는 것 같다고 붙여진 이름이다. 짧은 길이에 비해 완성도가 높아서 부르주아지부터 빅토리아 여왕까지 폭넓게 사랑받은 곡이다.

QR 링크를 따라 〈봄의 노래〉를 감상하며
가사를 붙여 보는 건 어떨까?

요한 슈트라우스 2세 〈봄의 소리 Frühlingstimmen〉 왈츠와 차이콥스키 〈현을 위한 세레나데 Op. 48-2〉 2악장 왈츠

봄을 대표하는 〈봄의 소리〉는 요한 슈트라우스 2세의 작품뿐만 아니라 모든 왈츠 중 가장 인기 있는 곡이다. 쿵짝짝 리듬에 봄바람을 얹은 듯 풍성하고 아름다운 봄이 연상된다. 프란츠 리스트와 그의 연인 마리다구 백작부인이 함께 피아노를 연주하는 모습을 보고 슈트라우스가 즉흥적으로 작곡한 왈츠 곡이다. 예순이 넘어가는 나이였지만 빈을 떠나 독일에서 아델레와 세 번째 결혼을 하고 행복과 활력이 넘치던 시기에 작곡되어 어떤 왈츠보다 경쾌하고 화사하다.

우아한 파티 장면에 나올 법한 왈츠가 영화 〈타짜〉에 전혀 생각지도 않은 장면에 등장한다. 김윤석(아귀 역)과 조승우(고니 역)가 서로 손을 묶고 마지막 도박을 벌이는 긴박한 장면에서 김윤석 배우가 승리를 확신하며 콧노래를 흥얼거린다.

"준비됐어? 까 볼까? 자, 지금부터 확인 들어가겠습니다. 따라 란 따라란 쿵짝짝 쿵짝짝."

김윤석 배우가 화투장을 뒤집으며 부른 곡이 〈봄의 소리〉이다. 많은 오케스트라 버전이 있지만 독보적으로 사랑받는 연주는 앙드레 류 지휘의 요한 슈트라우스 오케스트라이다. 황금빛으로 치장한 그의 무대와 퍼포먼스는 팬들의 마음을 사로잡기에 충분하다. 객석에서 왈츠를 추고 싶게끔 엉덩이를 들썩이게 만드는 마력의 앙드레 류[20], 하지만 그가 오스트리아 태생이 아니라 네덜란드 음악가임을 알고 놀라지 말기를.

화려한 황금빛 무대 위에서 연주하는
앙드레 류의 〈봄의 소리〉 왈츠에 빠져 보자.

•••

20 앙드레 류(André Rieu, 1949~): 네덜란드의 바이올린 연주자이자 지휘자. 왈츠를 연주하는 요한 슈트라우스 오케스트라를 만들었으며 클래식과 왈츠 음악을 세계적인 콘서트 투어로 변모시켰다.

봄 분위기 물씬 나는 또 다른 왈츠는 차이콥스키의 〈현을 위한 세레나데〉 왈츠이다. 러시아로 순회 공연을 온 슈트라우스 덕분에 러시아에서 왈츠가 유행했고, 슬라브 민족 특성의 우수와 슬픔의 서정성이 결합되며 왈츠가 꽃을 피웠다. 러시아 왈츠의 왕이라 불리는 차이콥스키는 수많은 왈츠를 작곡했다.

〈현을 위한 세레나데〉 2악장 왈츠는 〈호두까기 인형〉의 〈꽃의 왈츠〉와 비슷하지만 현악기만으로 연주되어서인지 부드럽고 우아한 리듬을 가지고 있다. 쿵짝짝 쿵짝짝 3박자 왈츠 반주를 선율에 비해 작게 연주하여 최대한 악센트를 배제한 느낌이다. 마치 봄꽃이 수줍게 피어오르는 느낌이랄까. 〈호두까기 인형〉의 〈꽃의 왈츠〉가 우아한 백조의 모습을 담은 것이라면, 〈현을 위한 세레나데〉 2악장 왈츠는 백조가 왈츠를 추는 모습을 지켜보고 있는 듯하다.

◆ ◆ ◆

베를린 필하모닉의 연주로
차이코프스키 〈현을 위한 세레나데〉 2악장 왈츠를 만나보자.

스트라빈스키 〈봄의 제전〉과 애런 코플랜드 〈애팔래치아의 봄〉

이고르 스트라빈스키의 〈봄의 제전〉은 발레를 위해 작곡한 2부 14곡 구성의 작품이다. 20세기를 상징하는 독창적이고 혁신적인 클래식 작품이라는 평가를 받고 있으며, 초연의 혹평과 달리 점차 작곡가들도 그의 기법을 차용하기 시작했다. 아름다운 소리에 가치를 둔 기존의 화성 체계를 무시하듯 귀를 찢을 듯한 불협화음이 연속으로 등장하고, 두 개 이상의 조성을 동시에 사용하여 불편한 사운드를 만들어 냈으며, 3도로 쌓는 전통 화음을 완전히 무시하고 5도 구성의 화음을 사용했다. 기존에 사용하던 장조와 단조의 음계가 아닌 제한된 음의 수를 사용하여 편파적인 선율로 새로운 음악을 표현하였다.

초연의 안무를 맡은 니진스키는 우아하고 아름다운 발레의 전통에서 벗어나는 파격적인 동작을 도입하여 몽환적이고 추상적인 움직임을 만들어 냈다. 이러한 파격적인 안무와 음악은 초연 당시 폭동에 가까운 야유와 비난 사태가 일어나면서 역대 사건으로 기록됐다. 영화 〈샤넬과 스트라빈스키〉에서 그날의 상황을 세세하게 묘사하고 있다.

스트라빈스키는 어린 시절 척박한 땅에서 매년 봄마다 싹이 트이고 솟아오르는 자연의 폭발적인 에너지에 감명받곤 했다. 언젠가 음악으로 만들겠노라 다짐한 소년의 꿈은 31세가 되던 1913년 5월 29일 파리 샹젤리제 극장에서 실현되었다. 또한 보이저 2호에 탑재된 골든 레코드에 컬럼비아 심포

이고르 스트라빈스키

니 오케스트라의 연주 버전으로 〈봄의 제전〉이 수록되었다. 만약 화창한 봄날을 생각하고 듣는다면 곧 후회하게 될 수 있다. 마음보다는 머리로 이해해야 하는 곡이다.

◆ ◆ ◆
영화 〈샤넬과 스트라빈스키〉가 시작하면 상상 초월의
〈봄의 제전〉 무대가 펼쳐진다.

19세기 어느 날 애팔래치아 산맥에 봄이 찾아왔다. 애런 코플랜드의 발레음악 〈애팔래치아의 봄〉은 미국 개척민들이 농가를 세운 후 봄 축제를 즐기는 모습을 묘사한 곡으로, 실내악 오케스트라를 위해 만들어졌다. 1944년에 초연되고 1945년 이 곡을 통해 퓰리처상을 수상한 이후 아카데미상까지 수상하며 대중성과 예술성을 모두 잡았다. 느리거나 빠르거나를 반복하며 8개의 악곡으로 구성되어 있다.

차이콥스키 〈종달새의 노래〉와 하이든 〈종달새〉

차이콥스키의 〈사계〉는 1월부터 12월까지 각각의 부제를 가지고 계절을 그린 피아노곡이다. 3월 〈종달새의 노래〉는 러시아 서정시인 아폴론 마이코프의 시를 인용해 표현한 곡으로, 듣다 보면 종달새가 노래한 차분한 봄비 같다.

"들에는 꽃들이 흔들리고 있고
하늘에는 빛의 파도가 출렁이네
푸르고 끝없는 깊은 곳에는
봄날 종달새들의 노래가 가득하네"

단지 풍경 묘사에 그치지 않고 종달새의 노래를 셋잇단음표, 꾸 밈음과 스타카토로 표현했다. 왼손으로 멜로디가 내려가 오른손과 주고받으며 피아니시시모(ppp)로 매우 작게 사라지듯 엔딩을 맞이 한다.

차이콥스키가 느낀 종달새의 노래는 이런 것일까? 종달새를 노 래한 대부분 곡이 높은 음역대에서 빠르고 경쾌하게 진행한 것에 비 해, 차이콥스키는 느린 템포로 중저음역을 사용하였다. 하늘을 높 이 날며 봄이 왔다고 밝고 청아하게 노래하는 종달새라기보다는 곧 봄을 보내야 하는 고민이 많은 종달새 같다. 종다리, 한국에서는 노 고지리로 불리고 구름처럼 높이 나는 참새 같다 하여 '운작(雲雀)'이 라고도 한다. 아쉬케나지의 연주로 〈종달새의 노래〉를 들으면 템포 가 늦어서인지 유독 슬프게 다가온다.

러시아의 피아니스트 아쉬케나지가 연주하는 종달새는
어떻게 노래하는지 감상해 보자.

하이든의 〈현악 4중주 Op.64-5〉에도 '종달새'라는 별칭이 붙어 있다. 화려한 드레스를 입고 봄 나들이를 나가는 느낌이랄까. 와인 한 잔 마시며 틀어 놓으면 우아함이 가득하고 성공한 듯한 느낌마저 든다. 30년의 궁정 음악가 생활을 마치고 인생의 전환점을 맞이해 열심히 살아온 인생과 새로운 후반부의 시작에 대한 기대를 담아 작곡한 곡이다.

1악장 바이올린의 고음부 주제 선율이 하늘을 날아올라 지저귀는 종달새 같다고 하여 런던에서 초연 후에 관객들이 붙여 준 제목이다. 하이든도 만족했다고 전해지는 이 〈종달새〉의 선율은 천부적인 멜로디 감각과 유쾌한 낙천성이 그대로 드러나며 현악 4중주 중에 가장 인기 있는 레퍼토리이다. 피곤한 저녁, 와인 한잔하면서 하이든의 종달새를 듣는다면 18세기 귀족이 된 듯 세상이 아름다워 보일 것이다.

자, 와인을 준비하고, 하이든의 현악 4중주 〈종달새〉 QR 링크를 열어 보자.

쇼팽과 슈만, 그리그의 피아노곡 〈나비〉

봄바람 타고 날아다니는 나비를 표현한 피아노곡이 있다. 쇼팽이 작곡한 27곡의 에튀드(연습곡) 중 〈Op.25-9번〉은 나비처럼 경쾌하게 날갯짓하는 것 같다고 해서 평론가들과 그의 팬들이 붙여 준 별명이다. 쇼팽의 에튀드 중에서 가장 짧은 곡으로 귀엽게 날아다니는 나비처럼 짧게 끊어 치는 스타카토와 부드럽게 이어 주는 이음줄이 반복적으로 등장한다. 피아니스트마다 속도가 달라서 빠른 나비와 느린 나비를 비교하는 재미가 있다. 블라디미르 아쉬케나지의 연주는 다른 피아니스트보다 빠른 편이고, 왼손 반주가 오른손 멜로디를 방해하지 않을 만큼의 크기로 연주하여 훨씬 경쾌하게 날갯짓하는 나비가 연상된다.

슈만의 12개의 피아노 모음곡 〈Op.2 나비(Papillons)〉는 그에게 무척 의미가 깊다. 일찍 아버지가 돌아가시고 법대에 가길 원했던 어머니의 반대를 무릅쓰고 음악가가 되기로 결심한 후 야심차게 작곡한 곡이다. 열아홉 살 젊은 슈만의 천재성과 독창성이 잘 드러나 있는 곡으로, 1829년 법대 2학년에 시작해 1831년 완성했고 다음해 키스트너에서 출판되었다. 슈만이 좋아한 낭만주의 작가 장파울의 장편소설 『자유분방한 시절(Flegeljahre)』 63장 무도회 장면에서 영감을 받아 작곡하였다.

이 소설은 자유로운 성격의 소유자 발트가 정신적으로 성장해 가는 과정을 담고 있다. 발트는 법대를 준비하는 24세의 청년이다. 라이프치히 법대를 입학한 슈만이 자연스럽게 감정이입이 되었을 듯하다. 순진하지만 주위와 잘 어울리지 못하는 감성적인 발트에 반해 그의 쌍둥이 형제 불트는 강하고 열정적인 성격을 가지고 있다. 두 사람은 63장 무도회 장면에 함께 등장하여 아름다운 비나의 마음을 얻기 위해 경쟁한다.

슈만은 지인 렐스타프와 가족들에게 보낸 편지에 『자유분방한 시절(Flegeljahre)』의 무도회 장면이 영감을 주었다고 설명했다. 발트와 불트, 비나를 비롯한 등장인물은 이질적인 음악적 주제 및 대비되는 기법들을 통해 묘사됨으로써 작품을 무궁무진한 방향으로 이끈다. 〈나비〉는 문학의 인상을 음악으로 표현한 본격적인 작품으로, 문학과 음악의 진정한 콜라주인 셈이다.

짧은 서곡과 가면 무도회의 왈츠를 연상시키는 1분 안팎의 12곡이 쉼 없이 연주된다. 때로 부제가 붙어 소개되기도 하지만 속도와 왈츠, 폴로네이즈 정도의 악곡 형식만 슈만이 명시했고 부제를 붙인 적은 없다. 〈카니발〉 9번 곡의 부제도 '나비'이다. 꿀벌도 있고 잠자리도 있는데 슈만이 나비를 좋아했나 보다.

쇼팽 곡은 제철을 만나 쉼 없이 날갯짓하며 할 일을 찾아다니는 나비 같고, 슈만 곡은 이 꽃 저 꽃 날아다니면서 춤을 추고 있는 한량 나비 같다. 노르웨이 대표 작곡가 그리그의 서정적 모음곡(또는 서정 소곡집) 〈Op. 43-1 나비〉도 함께 비교하여 감상해 보기를 추천한다. 나비가 날아가는 움직임이 피아노를 따라 그려진다. 독창적인 화성 언어는 인상주의를 풍기기도 하고, 시적이며 화려한 장식은 멘델스존에 버금간다.

◆ ◆ ◆
반짝이는 테크닉의 얀 리시에츠키 연주로
쇼팽의 〈나비〉와 알렉산더 울만의 세련된
기교로 슈만 〈나비〉를, 에밀 길레스의 연
주로 그리그의 〈나비〉를 감상해 보자.

모차르트 〈봄을 기다리며〉와 슈베르트 〈봄날의 꿈〉

누구에게나 마지막 봄은 올 텐데 천재 작곡가 모차르트는 1791년 마지막 봄을 맞이한다. 서른다섯의 나이로 세상을 떠난 모차르트는 1791년 3월, 마지막 〈피아노 협주곡 27번 K.595〉를 발표했다. 1788년 이후 점차 내리막 길을 걸으며 곤궁하게 생계를 이어 가다가 1791년을 맞이하면서 새로운 제자도 맞이하그 작품 의뢰도 들어왔다. 예약 연주회도 다시 재개할 듯했고 삶에 활기가 돋는 것 같았다.

하지만 그의 바람과는 달리 그의 몸은 병들어 갔고, 결국 그해를 넘기지 못하고 12월 5일 세상을 떠나게 된다. 모차르트의 악보에는 '1791년 1월 5일'이라고 쓰여 있지만 많은 평론가들과 음악학자들은 그전에 작곡되었을 것이라고 추정하며 아직까지 논쟁을 벌이고 있다.

〈피아노 협주곡 27번〉은 귀족의 궁도 아니고 그랜드홀도 아닌 레스토랑 한편의 홀에서 발표됐다. 타악기와 금관악기를 뺀 간소한 악기 구성으로 표면적인 아름다움보다는 내면적인 아름다움을 느낄 수 있는 실내악적 협주곡이다.

1악장은 목관악기와 현악기 사이에 주고받듯 긴밀한 대화가 이어지는 가운데 피아노가 더해지면서 현악기와 본격적인 화성 색채가 펼쳐진다. 세 개의 악기군이 완벽한 균형을 이루면서 정제된 사운드를 그려 낸다. 2악장은 피아노 솔로 멜로디가 차분하게 흐르는 우수에 찬 악장으로, 한 폭의 동양화처럼 부드러운 대비와 여백의 미가 일품이다.

3악장은 비슷한 시기 작곡된 가곡 〈봄을 기다리며 K. 596〉와 주제 멜로디가 같다. 피아노가 경쾌하게 멜로디를 연주하면 오케스트라가 이어받는다. 피아노와 오케스트라의 2중주는 아이들이 주고받는 대화처럼 사랑스럽다. 가곡 〈봄을 기다리며〉가 따뜻하고 소박한 분위기라면 〈피아노 협주곡 27번〉 3악장은 화창하고 경쾌하다. 피아노뿐만 아니라 다양한 악기로 예쁜 멜로디를 계속 들을 수 있어서 좋다. 시작 부분 주제를 피아노가 계속 변형해 가는 것을 찾아가는 재미도 쏠쏠하다. 소풍 가서 보물찾기를 즐기던 것처럼 모차르트가 곳곳에 보물을 숨겨 놓은 것 같다.

가곡 〈봄을 기다리며〉는 모차르트의 생애 마지막 해인 1791년 1월, 한 어린이 잡지의 의뢰로 작곡되었고 〈피아노 협주곡 27번〉 3악장의 주제를 인용하였다. 동요가 연상되는 순수한 멜로디와 따뜻한 분위기 때문에 모차르트 작품 중 많은 사랑을 받는 곡 중 하나이고,

음악 교과서에 〈봄노래〉라는 제목으로 실렸으며 오랫동안 클래식 FM 시그널 음악으로 사용되었다.

"오라, 사랑스런 5월이여, 그래서 나무들을 다시 초록빛으로 물들여다오. 그리고 시냇가의 작은 제비꽃들도 나를 위해 만발하게 해다오!"

독일 시인 크리스티안 오베르베크의 시를 바탕으로 5월의 화창한 하늘, 봄을 즐기는 사람들, 아름다운 꽃이 피어나는 봄날을 기다리는 천진난만한 마음을 그리고 있다. 모차르트가 기다렸던 봄은 이런 느낌이었나 보다. 동요처럼 맑고 화사한 멜로디로 인해 때론 슬프게 다가온다. 35세에 마지막 봄을 맞은 모차르트를 생각하니 마음이 짠해 온다.

〈피아노 협주곡 27번〉 3악장을 감상하고, 바리톤 헤르만 프라이와 소프라노 엘리자베트 슈바르츠코프[21]의 노래를 비교해서 들어 보기를 추천한다. 디스카우과 함께 세계적인 바리톤으로 꼽히는 헤르

•••

21 엘리자베트 슈바르츠코프: 1970년대 초, 음악평론가들과 지휘자, 오페라 연출가, 성악 교수 등을 대상으로 "우리 시대의 가장 위대한 소프라노 가수"에 대한 설문조사를 실시한 결과 1위 엘리자베트 슈바르츠코프, 2위 마리아 칼라스, 3위 빅토리아 데 로스 앙헬레스가 선정되었다.

만 프라이는 모차르트 소년합창단에서 활동하였고 모차르트 작품
해석에 특히 뛰어나다.

〈피아노 협주곡 27번〉 3악장과 가곡 〈봄
을 기다리며〉를 함께 감상해 보자. 같은
노래임에도 바리톤과 소프라노가 연출하
는 분위기가 무척 다르다.

　끝내 오지 않은 슈베르트의 봄을 담은 두 곡의 가곡을 소개한
다. 평생 꽁꽁 얼어붙은 겨울 같은 인생을 살았던 슈베르트는 모
차르트보다 무려 네 살 이른 31세에 생을 마감했다. 슈베르트가 평
생 가난하게 살았다는 전기에 대해 슈베르트 연구가 '오토 비버'는
그의 악보 수입이 10년 이상 근무한 공무원 월급 정
도와 비슷하다고 반론했다.

　하지만 그 돈은 아무도 사 주지 않는 슈베르트
악보를 친구들이 거금을 내고 사 준 것이다. 좋
은 친구를 두었으니 큰돈도 부럽지 않았을
듯하다. 슈베르트는 겨우 번 돈도 자신
을 위해 쓰지 않고 가난한 예술가나 후
배와 친구들에게 밥을 사 주고 용돈도
주느라 모두 써 버렸다.

프란츠 슈베르트

몸도 아프고 경제적으로 어려웠던 슈베르트가 자신의 죽음을 예감이라도 한 듯이 써 내려간 연가곡집 〈겨울 나그네〉는 슈베르트의 삶이 가장 잘 담긴 작품이다. 사랑에 상처받은 청년의 길고 긴 여정을 노래한 곡으로, 인생을 알아야 이해할 수 있다는 말이 있을 만큼 침잠되고 사색적이다. 성악가들 사이에 〈겨울 나그네〉 24곡을 다 부르면 우울해진다는 말이 있을 정도이다.

하지만 11번 〈봄날의 꿈(Frühlingstraum)〉은 기나긴 겨울 같았던 슈베르트의 인생에서 잠시나마 달콤한 꿈을 선물한다.

> 나는 꿈을 꾸었다, 봄날에 여러 꽃들이 활짝 피는 것을
> 나는 꿈을 꾸었다, 즐겁게 새들이 지저귀는 푸른 들판을
> ─「봄날의 꿈」중

〈봄에(Im Frühling)〉는 에른스트 슐체(Ernst Schulze)의 시에 슈베르트가 멜로디를 입힌 곡이다. 봄을 노래한 곡인데 〈봄날의 꿈〉과는 느낌이 전혀 다르다. 멘델스존의 〈봄〉이나 비발디의 〈봄〉을 상상했다면 깜짝 놀랄 수도 있다. 스물아홉 살이 되던 1826년 3월에 작곡한 〈봄에〉는 이별의 슬픔과 애틋한 그리움을 섬세하게 표현했다. 멜로디 못지않게 매

에른스트 슐체

력적인 피아노 반주에 집중해 보자. 뺨을 부드럽게 어루만지면 슬퍼하지 말라고 위로해 주는 듯하다.

슐체는 슈베르트보다 세 살이나 이른 28세에 세상을 떠났다. 슈베르트는 자신의 삶이 슐체와 닮아 있어 그의 시에 끌렸다고 했다. 이루어질 수 없는 사랑을 주제로 한 연시를 많이 남긴 슐체는 연인 체칠리아가 23세에 세상을 떠나자 충격과 슬픔에 빠져 아무것도 하지 못하다가 그녀에 대한 그리움을 담아 수많은 시를 쓰기 시작했다. 그중 한 작품이 바로 '봄에'이다. 슐체가 적은 원제는 '1815년 3월 31일'이고, 발표할 때 제목을 '봄에'로 수정했다.

시를 읽은 슈베르트는 연인을 잃은 슐체가 되어 단숨에 곡을 써 내려갔다. 누구라도 이 시를 읽는다면 슈베르트와 같은 감정이 될 것이다.

> 비탈진 언덕에 조용히 앉아 있네
> 하늘은 아주 맑고 푸른 계곡엔 미풍이 불어오네
> 이곳에서 처음으로 봄빛을 받았을 때
> 아, 얼마나 행복했던가!
> 이곳에서 난 그녀와 나란히 다정하게 거닐었지
> (중략)
> 사랑의 행복은 덧없이 사라지고,

사랑만이 홀로 남아 괴로움이 되어 버렸네
아, 내가 만일 언덕 위의 한 마리 새라면
저 언덕의 나뭇가지에 앉아
그녀에 관한 달콤한 노래를 여름 내내 부를 텐데

마지막 시구가 뇌리에서 지워지지 않는다. 얼마나 그리웠을까. 〈봄날의 꿈〉은 슈베르트가 꿈꿨던 봄 같고, 〈봄에〉는 슈베르트가 지나온 봄 같은 느낌이 든다. 봄을 꿈꿨지만 결국 따뜻한 봄을 맞지 못하고 11월 19일 세상을 떠난 슈베르트가 음악 속에 남긴 봄 이야기였다.

◆ ◆ ◆

QR 링크를 따라 슈베르트 가곡의 정석,
피셔 디스카우의 노래로 두 개의 봄을 감상해 보자.

여름휴가에 가져갈 머스트 해브 음악

여행을 준비하면서 이미 여행은 시작된다. 완벽한 여름휴가를 위해 꼭 챙겨야 할 필수 음악템! 여름도 휘리릭 날려 버릴 사이다 음악! 어떤 게 있을까? 작곡가들은 여름을 테마로 작곡할 때 청량하고 시원한 느낌을 주기 위해서 활을 빠르게 쓰는 높은 음역대의 현악기나 직진성이 좋은 화려한 금관악기를 선호한다. 주제는 명확하게, 악상의 대비는 분명하게, 화성은 딱딱 맞아떨어지게, 저음역보다는 중간 이상 높은 음역대로.

비발디 〈여름〉과 차이콥스키 〈6월〉

여름의 대명사인 비발디 〈사계〉는 빠르고 거친 현악기 사운드로 격정적인 여름을 그렸다. 특히나 3악장은 연주가 시작하자마자 전 악기가 총출동하여 준비할 시간도 없이 거센 폭풍을 맞게 된다. 현악기만으로 풍성한 화음과 극명한 대비를 만들어 내다니!

빠르고 강렬하게 하행하는 현악기 사운드는 소낙비를 흠뻑 맞은 듯 가슴이 뻥 뚫리는 경험을 하게 한다. 복잡한 리듬도 없이 16분음표와 가끔 등장하는 8분음표의 반복적인 리듬을 가지고 이렇게 드라마틱한 음악을 만들어 내다니, 작곡을 전공한 사람이라면 악보를 보고 깜짝 놀랄 수밖에 없다.

비발디는 강렬한 대비를 위해 악기 간에 반 진행과 스트레토 기법[22]을 자주 사용했다. 때론 주제가 끝나고 충분히 여운을 준 후에 새로운 주제가 등장하는 것도 좋지만, 매번 그렇게 진행한다면 밀도감이 떨어지고 단절감마저 생긴다. 대화를 하는 데 마침표로 문장을 끝내고 시작하고를 반복하는 것과 같다. 그래서 작곡가들은 긴장감을 주기 위해 스트레토 기법을 자주 사용한다. 끝나기 전에 반박, 한 박, 또는 한 마디 등을 겹쳐 차고 들어가는 것이다.

비발디 〈사계〉는 광고 속에서 자주 등장한다. 특히 〈여름〉 3악장은 스피드를 보여 주는 광고의 대명사로, 빠르게 달리는 기아자동차 포르테 GDI 광고의 배경음악으로 절묘하게 등장한다. 광고 속 차를 타고 도착지까지 날아가는 상상을 해 본다.

비발디 스페셜리스트,
이무지치 연주로 더위 안녕~

차이콥스키 〈사계〉 중 6월 〈뱃노래(Barcarolle)〉는 여름 저녁 뱃놀이를 하는 풍경을 그렸다. 편안하고 서정적인 멜로디 때문에 사계 중 가장 많은 사랑을 받고 있고 독립적으로 자주 연주된다. 몸과 마음을 쉬게 해 주는 힐링 클래식 음반에도 자주 수록된다.

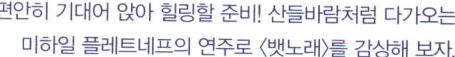

편안히 기대어 앉아 힐링할 준비! 산들바람처럼 다가오는
미하일 플레트네프의 연주로 〈뱃노래〉를 감상해 보자.

•••

22 스트레토 기법: 어떤 성부의 주제 가락이 끝나기 전에 다른 성부가 겹쳐 나타내는 것으로 긴박감을 자아내는 기법이다.

헨델의 〈하프 협주곡 Bb장조〉와 〈수상음악〉

헨델의 협주곡 중 가장 인기 있는 〈하프 협주곡 Bb 장조 HWV 294〉는 시원한 시냇물이 흐르는 듯 청량함이 가득하다. 맑고 아름다운 하프 선율 때문에 일기 예보나 방송 프로그램을 안내할 때 배경음악으로 자주 등장한다.

헨델의 〈수상음악〉은 시원한 강바람이 쏴악 지나는 듯 청쾌해 여름과 잘 어울린다. 연주자들이 왕과 귀족들이 탄 배를 빙글빙글 돌면서 서라운드로 연주했으니 선상 파티가 꽤나 신이 났을 듯하다. 강에서 연주하다 보니 호른이나 트럼펫 등 직진성이 좋고 소리가 크며 화려한 사운드가 특징인 금관악기가 주를 이루었다. 현악기는 실내악에 적합한 악기이기 때문에 야외에서 들리지 않을뿐더러 온도나 습도에 민감해서 물이 튀어오를지 모르는 강 위에서 연주하는 것은 위험천만한 행동이다.

독일을 떠나 영국에서 지내던 중 자신이 버리고 온 하노버왕국의 선제후가 영국의 국왕으로 오자, 왕의 마음을 풀어 주기 위해 수상음악을 작곡했다는 이야기는 유명하다. 그럴듯한 미담이지만 어디에도 그런 기록은 찾을 수 없다. 단, 당시 선상 파티가 유행이었고 1717년 조지 1세가 템즈강에서 유람하며 선상 파티를 할 때 〈수상음악〉이 초연된 것은 사실이다. 헨델이 어떤 마음으로 곡을 썼는지 본인만 알겠지만, 그날 연주에 흡족해한 조지 1세가 세 번이나 더 연

템즈 강에서 헨델(좌)과 조지 1세(우)

주하라고 지시했다는 기록이 남아 있다. 헨델은 왕의 총애를 받게
되고, 연금도 두 배나 올랐다.

밝고 화려한 화성과 출렁이는 리듬이 매력적인 헨델의 〈수상음
악〉 중 선상 파티와 어울릴 만한 1권 HWV 348의 3번 F장조 〈알레
그로〉와 2권 HWV 349의 2번 D장조 〈알라흔파이프〉를 추천한다.
총 세 권으로 쓰여진 〈수상음악〉 중 HWV 348은 '서곡/아다지오와
스타카토/알레그로−안단테−알레그로 다 카프/미뉴에트/에어/미뉴
에트/부레/혼파이프/알레그로/알레그로/알라 혼 파이프'로 구성되
어 있고, HWV 349는 '서곡/알라 혼파이프/미뉴에트/렌토/부레',
HWV 350은 '알레그로/리고동/알레그로/미뉴에트/알레그로'로 이

루어져 있다. 하지만 헨델의 〈수상음악〉은 여러 판본이 존재하고 오늘날 연주 또는 음반 녹음 시 순서를 따르지 않거나 몇 곡만 발췌해 연주하기도 한다.

HWV 349는 전 곡이 D장조[23]이다. 작곡가들이 화려하고 밝은 곡을 쓰고 싶을 때 가장 많이 사용하는 조성으로, 아마도 조지 1세의 파티에 화려한 곡을 선물하고 싶었나 보다.

청량한 〈하프 협주곡〉을 감상하고, 루이 14세 궁 앞에서 연주하는 화려한 금관 사운드로 〈수상음악〉을 감상해 보자.

리스트 〈에스테 빌라의 분수〉와 라벨 〈물의 유희〉

프란츠 〈리스트 순례의 해〉 중 3권 4번 〈에스테 빌라의 분수〉는 오른손과 왼손이 한 기둥으로 묶인 32분음표[24]가 끝없이 등장한다. 밑에서 위로 물 흐르는 듯 그려진 악보만 봐도 청량하게 분수가 솟아오르는 모습이 느껴진다.

이 곡은 사랑하는 여인과 사랑의 도피 중 받은 영감을 추억하며

•••

23 D장조: 라장조, 올림표(#)가 두 개 붙은 조성으로 '레'가 으뜸음이다. 프랑스의 음악학자 라비냑이 발표한 조성의 특성에 따르면 D장조는 '밝고 사치스럽고 화려하다'고 분석한다.

24 32분음표: 꼬리가 세 개 달린 음표로 8분의1 길이(반의반의 반박).

시티 앤 더 클래식

몇십 년 후 작곡한 곡이다. 이탈리아 티볼리에 위치한 에스테 별장은 16세기 건축된 로마의 3대 별장이자 물의 정원이라고 불린다. 유네스코 세계 문화 유산으로도 등재된 티볼리의 주요 관광지이다.

라벨의 〈물의 유희〉는 리스트의 〈에스테 빌라의 분수〉에서 영감을 받아 작곡한 곡으로, 스승 포레에게 선물했다. 퍼지는 물결, 떨어지는 폭포, 샘 등을 담은 표제음악으로 듣기에는 좋으나 건반 끝을 왔다 갔다 도약이 심하고 손가락을 찢을 듯이 쉴 새 없이 움직여야 해서 연주하기 무척 어려운 곡이다. 하지만 듣는 사람은 피아노의 현란한 트레몰로와 트릴이 솟아올랐다 떨어지는 분수처럼 느껴지고 청량한 물방울이 퍼지는 듯한 사운드가 그저 좋을 뿐이다.

◆ ◆ ◆

브렌델 〈에스테 빌라의 분수〉와 아르헤리치 〈물의 유희〉,
두 피아노곡을 감상해 보자.

멘델스존 〈한여름 밤의 꿈〉

셰익스피어의 5대 희극 중 하나인 『한여름 밤의 꿈』은 아버지의 반대에 부딪혀 도망치는 커플과 그들을 쫓는 약혼남, 그를 사랑하는 또 다른 여인과 요정의 실수로 빚어진 엇갈린 운명, 하지만 진실한 사랑은 왕의 마음을 움직이고 결국 결혼하게 된다는 해피엔딩의 스토리이다. 멘델스존을 비롯한 벤저민 브리튼 등 많은 음악가와 에드

윈 랜시어, 헨리 푸젤리 등 많은 화가들에게 영감을 주었다.

1막 1장에 나오는 아름다운 글귀이다.

Things base and vile, holding no quantity,

Love can transpose to form and dignity :

Love looks not with the eyes, but with the mind.

(아무리 쓸모없고 비천한 것이라 해도 사랑은

그것들을 가치 있고 귀한 것으로 바꿔 놓을 수 있어.

사랑은 눈으로 보는 게 아니라 마음으로 보니까)

멘델스존은 『한여름 밤의 꿈』을 읽는 순간 매료되었다. 겨우 열일곱 나이에 장대한 대서사를 시작해 17년 후 그 모든 음악을 완성했다.

서곡이 끝나고 등장하는 〈스케르초〉는 목관악기들이 가벼운 리듬으로 춤을 추는 듯하고, 숲속에서 요정들이 나올 듯 상쾌한 분위기 가득하다. 이어서 등장하는 〈요정들의 행진〉은 금관악기의 팡파르와 함께 경쾌한 리듬으로 여기저기에서 요정들이 팡팡 튀어나올 것 같고, 〈광대의 춤〉은 시작부터 비트감 넘치고 딱딱 맞아떨어지는 리듬은 더위를 싹 날려 버릴 듯하다.

13곡 중 9번째 곡은 결혼식 퇴장 음악으로 등장하는 바로 그 음악, '빰빰빰 빠 빰빰빰 빠' 트럼펫 선율로 시작하는 〈축혼행진곡〉이다. 멘델스존, 브람스, 부르크너 등 독일 음악을 매우 중후하게 해석한다고 정평이 나 있는 오토 클렘퍼러 지휘의 음반을 추천한다.

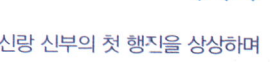

신랑 신부의 첫 행진을 상상하며
〈축혼행진곡〉을 감상해 보자.

나폴리 민요 〈오 나의 태양(O sole mio)〉과 〈Marechiare〉

이탈리아 남부 해안 도시 나폴리 민요 〈오 나의 태양〉은 성악가들이 분위기를 띄우는 앙코르로 가장 많이 부르는 곡이다. 쓰리 테너[25], 안드레아 보첼리를 비롯한 여러 성악가 외에 팝가수들도 많이 불렀다.

엘비스 프레슬리가 영어 가사를 입혀 부른 〈It's now or never〉는 시원한 고음으로 화려하게 쏟아 내는 테너의 목소리와 달리 해변에서 달달한 칵테일을 마시면서 연인에게 불러 주는 것처럼 달콤하고 낭만적이다. 버터 한입 가득 문 것처럼 'Kiss me my darling'을 노래한다.

•••

25 3대 테너: 20세기를 대표하는 이탈리아의 성악가 루치아노 파바로티와 스페인의 성악가 플라시도 도밍고, 호세 카레라스 3인을 지칭한다.

오 나의 태양이여 너 참 아름답다

폭풍우 지난 후 너 더욱 찬란해

나의 마음에는 사랑스런 나의 태양만이 비치네

빠른 피아노 반주로 경쾌하게 시작되는 토스티의 〈Marechiare〉
는 나폴리의 작은 동네 이름으로 어원은 '맑은 바다'이다.

발코니에서 미소 짓는 마레키아레의 아가씨를 향한

나의 열정은 불타고 가슴은 두근거리네

별이 빛나고 있다고 누가 말했는가

그는 당신의 눈동자가 빛나는 것이 보이지 않는 것이네

선율도 매력적이지만 이탈리아 남자의 사랑 가득한 노랫말에 저
절로 미소 지어진다. 이 곡의 진가를 느끼고 싶다면 조금 빠른 템포
로 시작해 갑자기 템포를 늦추고 다시 빨라졌다 느려지기를 반복하
는 밀당의 고수, 파바로티의 낭만 넘치는 노래를 추천한다.

엘비스 프레슬리의 버터 맛 〈오 나의 태양〉,
칸초네를 맛깔나게 잘 부르는 파바로티의
〈오 나의 태양〉과 〈Marechiare〉를 만나
보자.

시티 앤 더 클래식

오펜바흐 〈호프만의 뱃노래〉와 포레 〈뱃노래〉

물 위의 음악은 크게 수상음악과 뱃노래로 나뉜다. 뱃노래라고 하면 '어기어차 노를 저어라'를 생각할 텐데 클래식 작곡가들이 만든 뱃노래의 분위기는 전혀 다르다. 멘델스존, 차이콥스키, 쇼팽을 비롯한 많은 작곡가들의 작품이 있고 오펜바흐의 〈호프만의 이야기〉 속 뱃노래는 가장 아름다운 뱃노래로 평가받는다.

시원하게 출렁이는 물결을 타고 가는 베네치아의 곤돌라가 연상되는 〈호프만의 뱃노래〉는 여름과 참 잘 어울린다. 오펜바흐의 오페라 〈호프만의 이야기〉 2막에 나오는 아리아로 워낙 인기가 많아서 독자적으로 자주 연주된다. 안타깝게도 오페라를 완성하지 못하고 사망하여 친구 에르네스트 기로가 완성하였고, 그 외 다양한 판본이 존재한다.

QR 링크를 열면 마리아 칼라스 이후 가장 영향력 있는 소프라노로 꼽히는 안나 네트렙코와 메조소프라노 엘리나 가랑차의 명불허전 환상적인 하모니로 〈호프만의 뱃노래〉를 만날 수 있다.

멘델스존의 〈무언가집〉에 수록된 〈Op.19 No.6〉, 〈Op.30 No.6〉, 〈Op.62 No.5〉 세 곡의 뱃노래가 모두 뛰어나지만 가장 낭만적으로 이탈리아를 표현한 곡은 〈Op.30 No.6〉이다. 잔잔하게 물결을 타고 노를 젓는 왼손 반주도 좋지만, 서정적이고 멜랑꼴리한 멜로디가 일품이다. 점점 멀리 사라지는 연인의 뒷모습을 보는 듯 차분히 사그러드는 엔딩도 무척 마음에 든다. 악곡의 시작에 'Allegretto tranquillo' 조금 빠른 템포로 조용하게 연주하라고 지시되어 있는데, 다니엘 바렌보임이 가장 충실히 연주한 것 같아서 들을 때마다 마음에 든다.

가브레엘 포레는 드뷔시보다 앞서 프랑스 근대 음악의 기초를 닦았고, 까미유 생상스의 제자이며, 모리스 라벨의 스승이기도 하다. 포레는 교향곡이나 협주곡 같은 대규모 음악보다 실내악, 가곡 같은 소규모 음악을 많이 작곡했다. 초창기 음악들은 파리 살롱을 중심으로 우아한 사교계 정서를 담아 낭만적이고 우미함이 가득한 프랑스의 느낌 그 자체이다.

1880년 〈뱃노래〉 1번을 작곡하고 13곡을 다 쓰는 데 무려 40여 년이 걸렸다. 포레는 뱃노래를 파리 음악계의 명사들에게 헌정했다. 내면적인 서정미와 신비로운 음향, 인간적 감정을 듬뿍 담고 있는 매혹적인 작품이라는 평을 받고 있다.

프랑스의 피아노 음악은 섬세한 감성 표현이 중요하다. 뭔가 대놓고 드러내지 않는 은은한 색채감이 특징이다. 고요하게 아름답고, 때로는 격정적이기도 하며, 그러나 과하게 드러내지 않는 낭만적인 서정성, 그 점이 프랑스 후기 낭만음악을 그려 낸 포레의 매력이다.

살롱의 스타였던 쇼팽과 같은 감성을 담은 1번, 물가에 비친 햇살이 생각나는 6번, 서정적인 멜로디가 부각되는 12번을 추천한다.

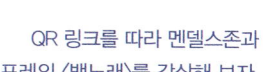

QR 링크를 따라 멘델스존과
포레의 〈뱃노래〉를 감상해 보자.

가을의 서정성을 흠뻑 느끼고 싶다면, 녹턴

〈녹턴〉을 어디서 들었더라? 호텔 로비에서 나올 법한 우아한 음악의 대명사, 영화나 드라마에서 음악 감독들이 배경음악으로 가장 많이 선곡하는 음악이다. 특히 쇼팽의 〈녹턴 2번〉을 듣는다면 '아하, 이 곡!' 할 것이다. 〈녹턴〉은 중세 시대 미사 전에 부르던 노래 또는 기도실에서 조용히 깔리던 음악으로, 가톨릭 교회의 기도 양식 중 하나인 '밤의 기도' 및 밤을 의미하는 라틴어(Nox)에서 유래되었다는 해석이 유력하다.

낭만시대 이후 느리고 낭만적인 서정적 기악곡으로 발전하면서 밤(night, evening)과의 연관성은 멀어졌음에도 한국에 들어올 때 '야상곡'이라고 번역되어 지금까지 불리고 있다. 그러나 'Rhapsody'를 '광시곡', 'Cappriccio'를 '기상곡'으로 부르면 원어와 다른 느낌으로 다가오는 것처럼 음악 용어를 한글로 바꾸지 않고 그대로 사용했으면 하는 바람이다. 외국에서 '김치'를 원어 그대로 부르지 않는가.

존 필드, 쇼팽, 포레, 드뷔시의 〈녹턴〉

〈녹턴〉은 18세기 작곡가 존필드[26]에 의해 피아노 독주곡으로 처음 소개되었고 쇼팽에 와서 널리 알려졌다. 바이올린이나 다른 악기로 편성되기도 하지만, 피아노로 연주되는 〈녹턴〉이 가장 유명하다.

'녹턴의 아버지'로 불리는 존 필드의 〈녹턴〉은 오른손으로 서정적인 선율을 연주하고 왼손으로 부드러운 분산화음을 연주하여 쇼팽 못지않은 아름다움을 느낄 수 있다. 차이점이 있다면, 쇼팽에 비해 길이가 짧고 고전시대의 형식이 느껴진다. 간결하면서도 밝은 느낌이 주를 이루고, 반음계적인 비화성음이 적으며, 화성이 심플하고 오른손 멜로디가 선명하게 부각된다. 그래서 어떤 평론가들은 '벨칸토 아리아'라고 묘사하기도 한다. 아무래도 고전시대 정점에 태어나 활동했고, 쇼팽과 28년이라는 격차가 있

존 필드

•••

26 존 필드(John Field, 1782~1827): 아일랜드 출신의 피아니스트이자 작곡가이다. 당시 매우 높은 평가를 받았으며 그의 연주와 작곡은 쇼팽, 브람스, 슈만, 리스트 등 많은 작곡가들에게 영향을 미쳤다.

어서이지 않을까?

◆ ◆ ◆

QR 링크를 따라 존 필드의
〈녹턴 1번〉을 들으며 계속 읽기를 바란다.

존 필드는 10세에 이미 천재 소리를 들을 만큼 재능이 뛰어나 영국 왕세자가 주최한 런던 콘서트에서 호평을 받았다. 19세기 초 귀족들과 상류층은 이른 저녁 식사를 마치고 초저녁에 음악회를 열어 피아니스트의 연주를 듣는 것이 유행이었다. 이때 연주할 목적으로 만든 아름답고 은은한 선율의 곡이 〈녹턴〉이었고, 귀족들은 차를 마시며 편안한 저녁 시간을 즐길 수 있었다. 특히 음을 길게 울리게 만드는 피아노의 오른쪽 페달(댐퍼 페달)을 능숙하게 사용하여 공명이 풍부한 사운드를 만들어 냈다.

존 필드의 〈녹턴〉은 18곡이 모두 아름답지만 8분의 12박자로 작곡된 5번은 조성과 상관없이 가끔씩 등장하는 반음 변화음이 상투적인 진행에서 벗어나 전혀 다른 방향을 제시하는 매력이 있다. 존 필드의 다른 〈녹턴〉에 비해 낭만적 색채가 잘 드러나는 아름다운 곡이다.

5번이 사랑스러운 연인을 그렸다면, 10번은 그리운 연인을 담은 듯 차분하다. 개인적으로 1번을 가장 좋아한다. 베토벤의 〈피아노 협주곡 5번〉 2악장의 멜로디가 연상되기도 하고, 존 필드의 세련된 선율 감각이 잘 드러난다. 쇼팽에 가려져 연주 음반이 많지 않아 아쉽지만 백건우, 조성진이 연주하면 어떨까 상상해 본다. 뉴욕타임스가 'brilliant'라고 극찬하였고, BBC는 통찰력 있고 감성적인 피아니스트라 평한 엘리자베스 조이 로의 연주는 사색적이기까지 하다. 존 필드의 〈녹턴 1번〉은 우아하게 아름답다는 설명에 가장 적합한 곡이 아닐까? 연주가 흐르고 있는지도 모르게 공간과 하나가 된다. 마치 산소처럼!

쇼팽의 〈녹턴〉이 처음 출판됐을 때 사실 칭찬보다 비판이 더 많았다. 당시 리스트나 알캉 같은 뛰어난 테크닉의 피아니스트들이 유행할 때라 흐르는 듯한 멜로디와 공간이 비어 있는 듯한 쇼팽의 연주를 심심하다고 느꼈을 것이다. 하지만 지금은 피아노 독주곡 가운데 최고로 꼽히는 곡 중 하나로서 피아니스트들의 주요 레퍼토리가 되었다. 폴란드에서 태어났지만 프랑스에서 오래 거주하며 살롱 문화를 접하고 프랑스의 서정성이 가미된 세련된 녹턴을 완성했다.

스물한 개의 쇼팽 〈녹턴〉 중에서 '우아한 슬픔'으로 불리는 1번은 첫 소절 시작부터 가슴이 뭉클해지면서 우아하기 이를 데 없는 멜로디에 사로잡히게 된다. 달콤한 슬픔으로 불리는 8번은 평론가들의 극찬을 받은 곡이다. 함축적으로 등장하는 멜로디를 감성적으로 표

라지비우 왕자를 위해 연주하는 쇼팽

현하기도 어렵지만, 끊임없이 등장하는 꾸밈음과 48잇단음표를 섬세한 울림으로 한 마디 안에 매끄럽게 연주해야 하는 고난이도 테크닉을 요한다. 음표 48개가 한 기둥에 연결되어 있는 52마디의 악보를 보면 이게 그림인가 싶다.

'가장 우아한 장식음이다.'

'쇼팽의 작품 중에서 가장 화려한 순간 중에 하나다.'

'두 개의 영혼이 합쳐진 것 같다.'

'화성의 신비로움이 묻어난 곡이다.'

결혼을 약속했지만 이루지 못한 마리아 보진스카와의 슬픈 이별은 화려하게 많은 음을 등장시키지 않고 함축적인 음만으로도 충분히 전달된다. 특히 시작 부분의 낮은 첫 음은 쇼팽이 내뱉는 탄식처럼 느껴진다. 이 곡의 대미는 마지막 부분이다. 이탈리아어로 매우 달콤하게 연주하라는 지시어와 함께 가장 높은 곳까지 올라간 오른손 선율이 절정에서 끝날 듯 끝나지 않고 한 박의 쉼표 후 차분히 내려와 화음을 연주하며 끝난다. 보진스카에 대한 그리움과 체념을 가슴에 묻듯 애잔한 엔딩이다.

　　〈녹턴〉은 피아니스트에 따라 사운드를 풍성하고 더 부드럽게 연결하도록 페달을 많이 사용하는 경우가 있고, 절제하여 사용하는 경우가 있다. 템포는 악보상에 'Lento sostetenuto(매우 느리고 충분히 눌러서)'라고 제시되어 있지만 피아니스트에 따라 체감 속도가 무척 다르다. 백건우의 〈녹턴〉은 잔향이 가득하고 여운이 깊다. 템포의 호흡을 느리게 잡고 오른손 선율을 왼손에 비해 충분히 눌러 달빛 위를 걷는 듯 연주한다. 쇼팽이라면 이렇게 연주하지 않았을까?

　　마우리치오 폴리니의 〈녹턴〉은 백건우에 비해 템포가 조금 빠르고 악상의 대비를 크게 하여 격정적인 느낌마저 든다. 파리 살롱을 생각한다면 백작부인에게는 폴리니의 연주가 제격이지 않았을까?

　　스타니슬라프 부닌의 연주에는 슬픔이 가득 담겨 있다. 폴리니처럼 악상의 대비를 강하게 보이나 피아노를 연주하며 내뱉는 숨소리가 탄식과도 같아 슬픔을 가중시킨다. 키신의 연주는 템포가 약간 느리고, 크게 나오는 부분은 조금 빠른 듯 연주한다. 시작 부분은 슬픔보다 몽환적인 느낌이 강하다. 마르타 아르헤리치와 미츠코 우치다의 스승으로 유명한 폴란드 태생의 벨기에 피아니스트 스테판 아스케나세는 깔끔하고 명확한 사운드와 우아함, 가식 없는 연주로 명성이 높다. 절제된 마지막 엔딩 부분의 여운이 강하게 남는다.

조성진은 페달을 최소화하여 소리를 깔끔하게 연결하고, 템포도 많이 느리지 않게 잡아서 절제된 감성으로 서련된 느낌을 준다. 특히 쇼팽 사후 1870년에 출판된 〈녹턴 20번 C# 단조, Op. Posth〉는 쇼팽이 누나에게 헌정한 작품으로, 조성진만큼 그 심연함을 잘 표현한 연주자가 있을까. 양손이 같은 리듬의 화음으로 시작하는 인트로를 들으면 어떤 곡이 전개될지 마치 안개 손에 있는 듯하다. 그 후 등장하는 오른손 멜로디 첫 음에서 모든 것이 결정된다. 솔# 첫 음을 듣고 감동이 없다면 과감히 다른 연주자로 패스해도 좋다.

근대 프랑스 피아노 음악의 꽃으로 불리는 가브리엘 포레의 〈녹턴〉은 쇼팽에게 영향을 받았음에도 같은 듯 다른 감성이 느껴진다. 프랑스에서 나고 자란 포레는 섬세하게 음을 다루고 선율 라인이 선명하며 풍성한 화성감이 느껴지는 반면, 건반을 넓게 사용하고 예측할 수 없는 선율 진행과 잦은 화성 변화 때문에 쇼팽에 비해 어렵고 친숙하지 않다.

밤이 될 때까지 기다렸다 쇼팽의 녹턴을
감상하면 감동 백배!
좌측부터 키신, 백건우, 폴리니 〈녹턴 8
번〉, 백건우 〈녹턴 1번〉, 조성진 〈녹턴
20번〉

선율에 의존하기보다는 자유로운 형식과 화성의 색채감이 부각돼
피아노의 세련된 기교가 돋보이며, 오묘한 음색의 변화
에서 인상주의적 색채까지 묻어난다. 포레의 음악은
멋있어 보이려고 과장된 기교를 넣지 않아서 좋다.
하지만 워낙에 음이 분산되어 있어 부드럽게 이어
서 연주하기 힘들고, 건반을 아래부터 위까지 넓게
사용해야 하며, 우아하고 기품 있는 음색을 표현해야
하기에 연주자들은 표현하기 어려운 곡이다. 독일
고전주의 형식과 낭만주의적 거대한 사운드
를 좋아하는 사람들이 포레의 음악을 깊
이가 없고 심오하지 못하다고 저평가하
는 데에 포레 애호가들의 심기를 불편하

가브리엘 포레

게 하는 것이라며 반감을 표명했다. 해럴드 숀버그[27]는 이러한 포레의 음악을 일컬어 '금욕적 신비주의'라고 표현했다. 그는 포레를 일생 동안 유연한 음악을 만들고자 노력했고 끊임없이 발전한 작곡가로 분석했다.

쇼팽의 〈녹턴〉이 '소리로 표현되는 시'라면 포레의 〈녹턴〉은 '울림으로 표현하는 서정'이라는 평론처럼 포레의 곡은 프랑스 서정 음악의 정수를 보여 준다. 특히나 피아니스트 백건우의 해석은 뛰어나다. 오랜 기간 프랑스에서 거주했기 때문일까. 〈녹턴〉 전반에 흐르는 반음계적 화성을 부드럽고 깊이 있게 처리하고 예측 불가한 전조도 물 흐르듯 완숙하게 표현한다. '뛰어난 테크닉으로 지금 보여 줄게요.' 하며 드러내는 것이 아니라, 들으면서 눈을 감게 되고 듣고 나서 눈을 뜨게 만드는 피아니스트이다.

포레는 40년에 걸쳐 13곡의 〈녹턴〉을 작곡했으며 1번과 3번이 가장 익숙한 느낌이고, 6번은 평론가들이 완벽한 밸런스라며 극찬한 곡이다.

•••

27 해럴드 숀버그(Harold Charles Schonberg, 1915~2003): 미국의 음악 평론가이자 작가이다. 1960년부터 1980년까지 뉴욕타임스에 기고하였으며 음악 평론가 최초로 퓰리처상을 수상했다.

◆ ◆ ◆

백건우의 연주로
포레 〈녹턴 6번〉을 감상해 보자.

포레의 가장 유명한 작품 중 하나인 〈파반느〉는 우아한 리듬과 선명한 멜로디 때문에 대중적으로 인기가 높다. 〈녹턴〉만큼 가을의 서정성을 대표하는 곡이다. 공작의 우아한 동작을 인용한 춤곡이라는 어원처럼 궁정에서 고풍스럽게 흐를 듯하다. 명상 음악 앨범에 자주 수록되고, 차병원의 태교 음반에 실려 있으며, 크로스오버 팝페라 그룹 '일 디보'가 가사를 넣어 발표한 〈Isabel〉은 세계적인 사랑을 받았다.

일 디보의 정규 앨범은 2천 5백만 장 이상의 음반 판매량을 기록했고, 크로스오버 앨범 최초로 빌보드 차트 1위에 오르기도 했다. 드라마 〈베토벤 바이러스〉에서 장근석이 부드러운 템포의 〈파반느〉를 빠르게 지휘하는 바람에 김명민(강마에 역)과 다투는 장면이 기억난다. 작곡가의 악보 지시에 충실할 것이냐 새롭게 해석할 것이냐에 대한 고민은 연주자들의 영원한 고민일 것이다. 여기서 베토벤의 명언이 생각난다.

"아름다움을 위해서 파괴하지 못할 규칙이란 존재하지 않는다."

어떤 규칙도 음악 자체의 아름다움을 위해서 변화할 수 있어야 한다는 베토벤의 유연한 사고에 동감한다. 이러한 시도가 음악의 폭을 넓히고 다양한 장르를 만들었으며 악기를 발달하게 만들지 않았나.

◆ ◆ ◆

장근석의 빠른 파반느와 런던필하모닉의 느린 파반느, 일디보의 노래로 재해석된 〈파반느〉를 비교하며 감상해 보자.

대부분 피아노를 위한 〈녹턴〉을 작곡했다면, 드뷔시는 〈관현악을 위한 녹턴 L.91〉을 작곡했다. 오케스트라와 여성 합창까지 더해져 판타지적인 색채가 강한 작품으로 마니아층의 사랑을 받는 곡이다. 1892년 작곡한 피아노를 위한 〈녹턴 L.82〉도 있다.

비발디, 차이콥스키, 피아졸라의 가을 음악

가을을 직접적으로 표현한 비발디의 〈사계〉 중 〈가을〉은 수확의 풍성함과 축제, 축제를 즐기는 사람들의 흥겨움을 묘사했다. 풍성한 가을의 완연함을 느끼고 싶다면 하프시코드가 편성된 연주로 감상하기를 추천한다. 하프시코드가 있고 없고의 차이가 확연하게 다르다. 바이올린이나 비올라, 첼로, 더블베이스 등 찰현악기 사이에서 건반악기이지만 손으로 뜯는 발현악기에 가까운 하프시코드와의 조화가 아주 매력적이고, 바이올린 솔로와 하프시코드의 하모니도 반드시 들어야 할 감상 포인트이다.

하프시코드와 함께하는
비발디 〈가을〉을 만끽해 보자.

차이콥스키의 〈사계〉 10월 〈가을의 노래〉는 차분하고 쓸쓸함이 가득한 내성적인 가을을 그리고 있다. 시작부터 눈물이 맺힐 것 같다. 그 이유는 악보 첫머리에서 알 수 있다. 'Andante Doloroso e molto cantabile' 느린 템포로 비통하게, 그리고 매우 선율적으로 연주하라고 지시되어 있기 때문이다. 'Doloroso'는 이탈리아어로 비통하게, 고통에 차서, 가슴 아프게 연주하라는 뜻이다.

조성진의 연주를 들으면 슬픔을 꾹 참고 가슴 한편에 담아 둔 고통이 느껴지고, 아쉬케나지의 연주를 들으면 가슴을 부여잡고 고통에 눈물이 주르륵 흐르는 느낌이다. 조성진의 피아니시모(매우 작게 연주하라)는 정말 명불허전이다. 어떻게 저렇게 작은 소리로 이렇게 큰 감동을 자아낼 수 있는지 놀라울 따름이다. 조성진 연주를 듣고 아래 댓글을 확인해 보면 동감 가는 문구가 많이 있다. 그중에 눈에 띄는 댓글을 적어 본다.

'차갑지만 따뜻하고, 비정하지만 섬세한, 투명한 얼음 같기도,

어쩌면 내 마음을 이렇게 잘 적어 놓았을까 싶다.

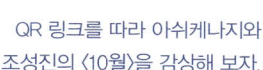  

QR 링크를 따라 아쉬케나지와
조성진의 〈10월〉을 감상해 보자.

부에노스아이레스 항구의 가을을 담은 피아졸라의 〈부에노스아이
레스의 사계〉 중 〈가을〉은 반도네온, 피아노, 바이올린, 베이스, 일
렉기타를 위해 작곡되었다. 대부분 사계가 봄, 여름, 가을, 겨울 순
으로 이어진다면 피아졸라는 여름, 겨울, 가을, 봄 순으로 작곡했
다. 처음부터 사계를 기획하고 작곡한 것이 아니라 악상에 따라 작
곡한 각각의 계절을 후대에 편집해서 내놓은 작품이라 할 수 있다.
다양한 악기로 연주하지만 부에노스아이레스 항구의 가을을 제대로
느끼고 싶다면 반도네온이 들어간 편성으로 들어 보기를 추천한다.
중간중간 등장하는 바이올린 솔로도 아주 매력적이다.

주의! 차분하고 감성적인 가을을 상상했다면 강력한 화음으로 시작하는
피아졸라의 〈부에노스아이레스의 사계〉 중 〈가을〉에 깜짝 놀랄 수 있다.

겨울 담은 가곡과 피아노로 그린 겨울

겨울을 담은 가곡

- 슈베르트 〈겨울 나그네〉 No.3 〈얼어붙은 눈물〉
- 슈베르트 〈겨울 나그네〉 No.4 〈응고, 얼어붙음〉
- 멘델스존 〈6 Gesänge, Op.19a〉 No. 3 〈겨울의 노래〉
- 리하르트 슈트라우스 〈Op.48〉 No.4 〈겨울의 축성〉

작곡가에게 사계절은 곡을 쓰기 좋은 소재이다. 계절이 주는 선명한 느낌이 있고 리듬이나 음정으로 구체화시킬 수 있는 단어가 많다. '뽀드득 뽀드득' 눈을 밟는 소리를 셋잇단음표[28]로 표현할 수도 있고, '미파솔' 선율로 연결할 수도 있다.

아래는 비발디의 〈사계〉 중 〈여름〉 3악장 악보이다. 낮음음역대에서 짧은 리듬을 반복하여 무섭게 다가오는 폭풍을 묘사하고 있다.

•••

28 셋잇단음표: 한 박을 3분의 1로 나누어 연주한다. 음표 위나 아래에 묶음표를 하고 숫자 3을 쓴다.

시티 앤 더 클래식

　계절을 그린 시나 문학 작품, 그림이 많아서 악상을 구체화시키기 수월하다. 봄, 여름, 가을을 담은 음악도 많지만, 비발디 〈사계〉 중 〈겨울〉, 하이든 〈사계〉[29] 중 〈겨울〉, 차이콥스키 〈사계〉 중 〈11월〉과 〈12월〉, 발레 작품 〈호두까기 인형〉, 바흐의 〈크리스마스 오라토리오〉 등 겨울을 그린 작품도 많다. 그중에서 겨울의 감성을 담은 아름다운 가곡과 피아노곡을 추천하고 싶다.

　19세기 초반까지만 해도 가곡은 이탈리아의 전유물처럼 여겨졌다. 모든 가곡과 심지어 오페라까지 이탈리아어로 쓰였다. 템포, 악상, 빠르기 등을 나타내는 음악 용어도 아직까지 대부분 이탈리아어이다. 발음이 쉽다 보니 음악 용어뿐만 아니라 자동차 소나타, 커피 돌체구스토, 나이키 에어 프레스토 등 브랜드의 이름도 많다. 이탈리아어는 부드럽게 연결되는 발음과 열린 모음 때문에 멜로디에 자연스럽게 녹아들어 노래할 때 물 흐르듯 불러진다.

　누구도 딱딱한 독일어로 노래를 만들겠다 생각지 못했을 때, 그

...

29　하이든 〈사계〉: 합창단과 독창자, 오케스트라로 구성된 대규모 작품이다. 천사들이 등장하는 〈천지창조〉에 비해 농민들이 주인공으로 나오는 〈사계〉는 서민적인 분위기다.

문을 열고 들어간 작곡가가 베토벤이고 가장 많은 가곡을 발표한 슈베르트가 정점을 찍었다. 친구 집을 전전하며 가난하게 살다 31세의 젊은 나이에 세상을 떠난 슈베르트의 인생은 그가 작곡한 〈겨울 나그네〉에 비견되기도 한다. 그래서 겨울에 가장 잘 어울리는 작곡가라고 불리는 것이 아닐까. 실제 슈베르트는 1월에 태어나 11월에 세상을 떠났으니 겨울과 인연이 깊다.

빌헬름 뮐러의 시에 슈베르트가 곡을 붙인 24곡의 연가곡집 〈겨울 나그네〉는 겨울을 배경으로 세상에 버림받은 주인공이 방랑하며 느끼는 허무함과 슬픔, 외로움 등의 감정을 담은 가곡집이다. 그렇다 보니 어둡고 쓸쓸하고 음울하다. 〈겨울 나그네〉의 독일어 제목 'Die Winterreise'에서 'Reise'는 독일어로 여행, 방랑을 뜻하기에 영어권에서는 'Winter Journey'로 표기한다. 우리말로 '겨울 여행'이라고 해야 맞지만, 슬픈 방랑의 여행이기에 그 느낌을 살리기 위해 '겨울 나그네'로 변경한 것이다.

시를 쓴 뮐러가 세상을 떠난 1827년은 슈베르트가 가장 존경한 베토벤이 사망한 해이기도 하다. 자신이 가장 존경한 뮐러와 베토벤을 한꺼번에 잃었으니 슈베르트의 〈겨울 나그네〉 속에 슬픔이 가득한 것은 너무나 당연하다. 〈겨울 나그네〉를 마치고 슈베르트는 다음 해인 1828년 서른한 살의 나이로 세상을 떠났다.

QR 링크를 따라 슈베르트의
〈보리수〉를 들으며 계속 읽기를 바란다.

〈겨울 나그네〉 중 가장 많은 사랑을 받는 곡은 단연 5번 〈보리수〉
이다. 세차게 바람이 부는 겨울밤, 연인에게 이별을 고하고 가지마
다 추억이 걸려 있는 우물가 보리수 나무를 지나 떠나는 청년의 고
통과 슬픔을 노래하였다. 피아노 반주의 오른손 셋잇단음표는 바람
결에 흔들리는 나뭇잎을 표현했다.

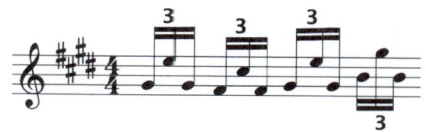

떨어질 듯 흔들리는 위태로움과 그럼에도 '여기 와서 안식을 취하
라'는 따뜻한 위로가 함께 느껴진다. 베이스-바리톤 토마스 크바스
트호프의 노래로 〈보리수〉를 들으면 이렇게 아름다울 수 있나 싶고,
성스러움에 눈물이 난다.

3번 〈얼어붙은 눈물〉은 아래 시구를 읽고 가사를 음미하며 감상하
기를 추천한다.

얼어붙은 눈물이 볼을 타고 떨어진다

나도 모르는 사이에 내가 울었던가?

눈물아, 나의 눈물아

차디찬 아침 이슬처럼 얼어붙기엔

이리도 너무나 따뜻하구나

눈물은 샘처럼 솟아나고

가슴은 뜨겁게 불타오른다

한겨울의 얼음을

모든 겨울을 녹여 버릴 것처럼!

　사랑에 상처 입고 자신도 모르게 흐르는 눈물을 표현한 시이다.
어쩌면 이런 표현을 쓸 수 있을까? 한 방울씩 볼을 타고 떨어지는 눈
물처럼 스타카토[30]와 당김음을 반복하며 피아노 전주가 시작된다.

● ● ●

30 스타카토: 표시된 음표의 길이보다 짧게 연주하여 음과 음 사이를 끊어서 연주한다.

　　　　　　　　　　　　　　시티 앤 더 클래식

넷째 마디부터 양손으로 연주하는 메조스타카토[31]는 따뜻한 눈물을 차가운 얼음이 붙잡기라도 하는 듯하다. 슬픔의 무게만큼 결코 가볍게 연주되어서는 안 될 스타카토 위에 서정적인 노래가 시작된다.

마지막에 정확하게 떨어지는 IV(버금딸림화음)-V(딸림화음)-I(으뜸화음)의 정격종지[32]는 사랑에 상처받은 젊은이의 미련과 달리 차갑게 사랑이 끝났음을 보여 준다. 정격종지 중에서도 슈베르트가 사용한 완전정격종지는 소프라노 멜로디가 이끎음(시)에서 으뜸음(도)으로 진행하고, 베이스는 딸림음(솔)에서 으뜸음(도)으로 진행하는 가장 완벽한 종지감을 주는 화성 진행이다. 더 이상 어떤 음도 나오면 안 될 것처럼, 더 이상 그 어떤 미련도 허용되지 않을 것처럼.

중저음의 매력을 가득 느낄 수 있는 베이스-바리톤
한스호터의 노래로 〈얼어붙은 눈물〉을 감상해 보자.

〈겨울 나그네〉 4번 〈응고, 얼어붙음(Erstarrung)〉, 의역해서 '얼어붙은 가슴'이라고 표기한다.

•••

31 메조스타카토: 스타카토 종류의 하나로 스타카토 기호 위에 테누토나 이음줄을 함께 쓴다. 원래 음길이의 4분의3 길이로 짧게 연주하라는 뜻이다.

32 정격종지: 딸림화음에서 으뜸화음으로 악곡을 끝맺는 가장 완전한 종지법이다. 딸림화음 앞에 버금딸림화음 또는 웃으뜸화음을 사용하면 종지감이 더욱 강력해진다

눈 속을 헤매며 그녀의 발자취를 찾고 있네

그녀와 손잡고 거닐었던 그 푸른 풀밭을,

얼음 덮인 눈길 내 눈물로 녹이고 흙을 찾아내리

내 가슴 깊은 곳에 얼어붙은 그녀

시구만 읽어도 가슴이 먹먹해진다. 하지만 슬픈 시상과 다르게 노래에서는 속도감이 느껴진다. 3분 남짓 동안 쉬지 않고 등장하는 셋잇단음표 반주 때문에 한순간도 마음을 놓을 수 없다. 여기서도 슈베르트는 셋잇단음표를 주된 리듬으로 사용했다.

작곡가들마다 시상과 악상을 표현하기 위해 자주 사용하는 리듬이나 음정이 있다. 어떤 작곡가는 음표의 길고 짧은 위치를 바꿔 악센트에 변형을 주는 당김음을 선호하기도 하고, 협화음보다 불협화음을 자주 사용하기도 하고, 잇단음표를 많이 쓰기도 한다. 학창 시절 작곡 실기 교수님이 잇단음표를 좋아하셔서 과제곡을 써 가면 지우개로 박박 지우고는 셋잇단음표, 넷잇단음표, 다섯잇단음표, 여섯잇단음표로 고치셨다. 그래서 다음 수업 때 어차피 써 가도 고치실 거라 곡을 안 써 갔다가 쫓겨난 적이 있다.

작곡을 공부하면서 원래의 박수보다 짧아지거나 길어지는 잇단음표가 나오면 머릿속에서 박자 계산하느라 바빠진다. 음표는 보통 짝수로 분할한다. 한 박을 8분음표로 분할하면 2개, 16분음표로 분할

하면 4개가 되지만 잇단음표로 분할하면 기존 체계에서 변화를 줄 수 있다. 초시계에 1초를 맞추고 한 번, 두 번, 세 번, 네 번, 박수를 쳐 보면 이해가 쉽다.

슈베르트의 4번 〈응고〉 속 셋잇단음표는 커졌다 작아졌다 빠르게 반복하며 점점 얼어붙어 가는 가슴을 그려 냈다. 결국 마지막에 으뜸화음을 깊게 연주하며 정확히 마무리하듯 그렇게 그녀는 가슴속 깊게 박제된다. 곡의 전주와 후주에 등장하는 강렬한 베이스 멜로디의 깊은 잔향이 곡의 매력을 더한다.

슈베르트 가곡의 해석에 뛰어난 바리톤 피셔 디스카우 노래와 제랄드 무어의 피아노로 감상하는 것을 추천한다. 피셔 디스카우의 아버지도 슈베르트 아버지처럼 교장 선생님이었고 테너였다. 색다른 〈겨울 나그네〉를 원한다면 요나스 카우프만의 노래도 좋다. 마치 오페라 아리아를 듣는 듯 매우 호소력이 있다.

무엇보다 테너 이안 보스트리지의 노래는 탄드시 들어 봐야 한다. '슈베르트 가곡은 바리톤으로 들어야 제대로'라는 선입견을 완전히 깨 준다. 고뇌에 찬 무게감 있는 소리를 원한다면 실망할 수도 있지만, 그의 투명한 음색은 청아하다 못해 눈물이 날 것 같다. 고통의 중심부에 있는 것이 아니라 한 발짝 멀리서 내면화시킨 슬픔의 응고와 같다. 수많은 반주자와 함께 녹음을 했지만 특히 토마스 아데스와 함께한 음반을 추천한다. 시작부터 날카롭게 등장하는 피아노 반주는 얼음을 깨고 나와 이제 그만 방황을 끝내라고 말하는 듯하다. 아물지 않은 상처를 어루만져 주듯이.

카우프만과 보스트리지의 노래로
〈응고〉를 감상해 보자.

멘델스존은 서른 여덟 살의 짧은 생애를 사는 동안 80여 편에 달하는 가곡을 작곡했다. 간혹 드라마틱한 곡도 있지만 대부분 서정적이고 아름다운 낭만 스타일의 작품이 주를 이룬다. 〈6개의 노래 Op.19a〉는 계절에 대한 주제로 가득하다. 1번 〈봄노래〉, 2번 〈첫 제비꽃〉으로 봄을 노래하고 있고, 3번은 제목 자체가 〈겨울의 노래〉이다.

서정적인 선율 때문에 오히려 따뜻한 느낌마저 들어 슈베르트의 겨울과는 전혀 다른 겨울이 그려진다. 유복한 집안에서 태어나 음악에 고민이 없고 아름답게만 만든다는 평가를 받기도 하지만 사랑, 이별, 계절, 꽃 등 다양한 소재의 시를 사용하여 문학과 음악의 조화를 추구하였고 우아한 정서와 로맨틱한 시정의 아름다움으로 고전적인 낭만주의를 그려 냈다.

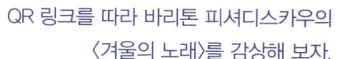 

QR 링크를 따라 바리톤 피셔디스카우의
〈겨울의 노래〉를 감상해 보자.

가곡에 대한 깊은 애정으로 말러와 함께 후기 독일 가곡의 절정을
이룬 리하르트 슈트라우스는 무려 2백여 곡에 달하는 가곡을 작곡
했다. 여섯살에 첫 번째 가곡 〈크리스마스 노래〉를 작곡했고, 여든
네 살에 작곡한 마지막 작품도 소프라노와 관현악을 위한 〈네 개의
마지막 노래〉와 가곡 〈아욱꽃〉이었다.

소프라노였던 어머니의 노래를 어릴 적부터 듣고 자라서 익숙하
기도 했고 누구보다도 소프라노에 대해 잘 알아서인지 유
독 소프라노 곡을 많이 썼다. 겨울을 담은 노래 중 〈오
토 율리우스 비버바움과 칼 행켈의 시에 의한 5개의 가
곡 Op. 48〉 중 4번 〈겨울의 축성〉은 소프라노 엘리자
베트 슈바르츠코프의 노래로 들어 보기를 추천한다.
첫 마디를 듣는 순간 겨울로 날아와 경건한 크
리스마스를 눈앞에서 만날 수 있다.

리하르트 슈트라우스

독일을 대표하는 소프라노 슈바르츠코프의 노래로
〈겨울의 축성〉을 감상해 보자.

피아노로 그린 겨울

– 쇼팽 〈연습곡 Op.25〉 11번 〈겨울바람〉

– 프란츠 리스트 〈초절 기교 연습곡〉 12번 〈눈보라〉

– 프란츠 리스트 〈크리스마스 트리 모음곡 S.186〉

– 슈만 〈어린이를 위한 앨범 Op.68〉 12번 〈산타클로스〉

– 드뷔시 〈어린이 세계 L.113〉 4번 〈눈은 춤춘다〉

– 드뷔시 〈전주곡〉 1권 6번 〈눈 위의 발자국〉

– 차이콥스키 〈어린이를 위한 앨범〉 2번 〈겨울 아침〉

쇼팽의 〈연습곡〉 11번 〈겨울바람〉은 겨울의 찬바람과 같다고 해서 붙여진 제목이다. 음악 시작 부분에 빠르고 힘차게 연주하라는 지시어 외에 'risoluto' 힘차고 분명하게 연주하라는 지시어가 나와 있다. 한 마디 안에 기둥이 6개씩 묶여진 24개의 음표가 92마디까지 쉴 새 없이 나온다. 덕분에 오른 손목이 부서질 만큼 어렵다는 평을 받고 있다.

반음계 아르페지오[33]로 펼쳐지는 강렬한 오른손의 진행은 살을 때리는 듯 휘몰아치는 차디찬 겨울바람을 연상시킨다. 빠르고 강렬한 곡과 달리 시작 부분에 등장하는 느린 멜로디는 출판하기 직전에 친구의 조언으로 추가됐다. 이 부분이 없었다면 무척 아쉬웠을 듯하다. 폭풍전야의 고요함 같은 네 마디 느린 부분 때문에 뭐가 불어닥칠지 모르는 불안함도 느껴지고, 뒤에 이어지는 빠른 진행이 더욱 차갑게 다가온다.

율리아나 아브제예바의 연주 실황으로 〈겨울바람〉을 감상해 보자.
부드러운 전주를 지나 차갑게 내리치는 사운드에 깜짝 놀람 주의!

반클라이번 콩쿠르에서 우승을 거머쥔 18세 피아니스트 임윤찬이 땀을 뚝뚝 흘리며 프란츠 리스트의 〈초절 기교 연습곡〉 전곡을 연주하는 모습은 전 세계를 사로잡았다. 65분의 엄청난 길이로 체력 소비가 크고 고난도의 테크닉을 요구하는 작품으로 슈만은 이렇게 말하기도 했다.

"이 작품을 그대로 재현할 수 있는 사람은 리스트 그 자신뿐일 것이다."

•••

33 세계에서 아르페지오: 이탈리아어 '아르페지아레(arpeggiare)', 즉 '하프를 타다'에서 유래되었다. 구성음을 하프처럼 차례로 울리게 연주하는 것, 펼침 화음으로 연주하는 방법을 말한다.

에튀드(연습곡)는 연주자의 기교를 높이기 위한 곡으로 바이엘, 체르니, 하농, 쇼팽 등 많은 작곡가들의 작품이 있다. 체르니는 제자들의 피아노 테크닉 향상을 위해 체르니 30번, 40번, 50번 등을 만들었고 몇 년 후 리스트는 초철 기교 연습곡을 만들어 스승 체르니에게 헌정했다. 리스트 같은 천재 피아니스트를 위해 만든 체르니곡집을 우리가 배웠으니 그렇게 어려웠나 보다. 체르니 30번에 들어가면 수많은 어린이들이 절망하지 않았나.

프란츠 리스트의 〈초절 기교 연습곡〉 12번 〈눈보라〉는 악보상에 '안단테 콘 모토(느리고 생생한 움직임을 가지고)'라고 연주 방향을 제시하고 있다. 윗 성부에서 유유히 흐르는 하행 선율과 아래에서 받쳐주는 빠른 트레몰로[34] 진행이 고요하다가 칼바람을 한 번 휘젓고 가는 듯하다. 휘몰아치는 반음계와 긴장감 넘치는 도약 진행은 온 세상을 눈보라로 뒤덮을 것만 같다.

리스트의 원제를 번역하면 '초월적인 연주를 위한 연습곡'으로 '초월적인 연주'가 '초절 기교'로 바뀐 것이다. 기교만을 위한 연습곡 같지만 테크닉과 음악성, 표현력 등 최고의 연주를 위해 필요한 모든 것을 위한 곡이다. 너무 오랫동안 〈초철 기교 연습곡〉이라 불러서

...

34 트레몰로: 한 음을 빠르게 반복하는 주법으로 피아노에서 사용될 때는 3도 이상 차이 나는 건반을 번갈아 가며 연타한다. 트릴과 비슷한데 한 음 또는 2도 차이 나는 음을 번갈아 빠르게 연주하는 것 이외의 연주는 트레몰로라고 보면 쉽다.

출판물이나 논문 등 그대로 표기하고 있다.

임윤찬의 〈눈보라〉 연주를 들으며,
반클라이번 콩쿠르 영광의 순간으로 가 보자.

리스트의 곡 중 겨울을 담은 또 다른 작품은 〈크리스마스 트리 모음곡〉이다. 12곡으로 이루어져 있고 대부분 크리스마스 캐럴을 기반으로 한다. 손녀 다니엘라에게 선물한 곡으로, 슈만의 〈어린이 정경〉에 견줄 만하다.

겨울은 특히 아이들이 좋아하는 계절이다. 눈, 크리스마스, 루돌프, 산타 할아버지, 썰매 등 생각만 해도 신나는 것들이 많아서일까. 슈만이 작곡한 〈어린이를 위한 앨범〉은 세 딸을 위해 만든 곡으로, 총 2권 43곡으로 구성된다. 12번 〈산타클로스〉, 38번 〈겨울 1〉, 39번 〈겨울 2〉 등 겨울을 담은 음악이 많다. 12번은 독일 설화 중 크리스마스에 크네흐트 루프레히트(산타클로스)가 찾아와 금색 책을 펼쳐 아이가 착한 일을 하면 과자와 초콜릿을 주고, 나쁜 짓을 하면 벌을 주는 이야기를 피아노로 표현했다.

클래식 음악사에는 딸 바보 아빠가 참 많다. 드뷔시의 〈어린이 세계〉도 딸 엠마(슈슈)를 위해 작곡한 피아노 모음곡이다. 이혼 후

새 연인 엠마를 만나 처음으로 딸을 낳고 인생의 가장 행복한 때를 맞았다. 귀염둥이라는 애칭의 '슈슈'라 불렸고, 사람들은 그녀에 대해 아버지로부터 전폭적인 사랑을 받는 쾌활하고 명랑한 아이라고 했다.

〈어린이 세계〉는 슈슈가 태어난 다음 해인 1906년부터 작곡에 들어가 1908년 완성하였고 3세가 된 슈슈에게 선물하였다. 어린이의 영역을 의미하며 '어린이의 차지'로 번역되기도 한다. 몽상에 빠진 소년처럼 상상을 즐겼던 드뷔시의 천진난만한 영감이 작품에 가득하다.

어린이가 연주하기 위해 만든 곡은 아니지만, 가장 친숙한 악기 피아노로 작곡한 것을 보면 언젠가 슈슈가 연주할 날을 꿈꾸며 쓰지 않았을까? 드뷔시의 다른 작품에 비해 비교적 단순한 리듬, 화성, 음계 등을 사용한 것은 동심을 나타내기에 적합한 점도 있지만 어린이가 감상할 것을 염두에 둔 것으로 보인다.

총 6곡으로 이루어져 있고 악곡별로 영어 제목을 가지고 있다.

클로드 드뷔시

1곡 Doctor Gradus ad Parnassum(그라두스 아드 파르나숨 박사)

2곡 Jimbo's Lullaby(코끼리의 자장가)

3곡 Serenade for the Doll(인형을 위한 세레나데)

4곡 The Snow Is Dancing(눈은 춤춘다)

5곡 The Little Shepherd(작은 양치기)

6곡 Golliwogg's Cakewalk(골리워그의 케이크워크)

4번 〈눈은 춤춘다〉는 흩날리듯 내리는 눈을 바라보는 천진난만한 아이의 모습 같다. 리스트의 〈눈보라〉가 고난도의 테크닉을 연습하기 위해 만든 곡이라면, 드뷔시의 〈눈은 춤춘다〉는 사랑하는 딸이 행복하게 눈을 바라보았으면 하는 마음을 담은 듯하다.

드뷔시가 아이를 낳지 않았다면 이런 곡이 탄생했을까? 또한 딸이 아니라 아들을 낳았더라면 곡의 제목이 바뀌지 않았을까? 〈코끼리의 자장가〉, 〈인형을 위한 세레나데〉, 〈눈은 춤춘다〉가 아니라 '장난감을 위한 행진곡', '기차는 달리다'처럼 말이다. 안타깝게도 드뷔시는 그녀가 자라는 것을 다 보지 못하고 〈어린이 세계〉를 세상에 내놓은 지 10년 뒤 1918년 암으로 세상을 떠난다. 그리고 다음 해 슈슈도 14세 나이로 세상을 떠났다.

그 외 드뷔시의 〈전주곡〉 1권 6번 〈눈 위의 발자국〉은 눈이 쌓인 길을 걷는 쓸쓸한 행인의 모습을 담았다. '슬프고 아주 느리게 연주하라'와 함께 '감정적으로 고통스럽게'라는 지시어가 쓰여 있다. 우울한 정서를 표현하는 것이 중요함을 강조한 것이다. 24개의 전주곡에 모두 부제가 붙어 있으며, 음악을 듣는 순간 부제가 떠오른다. 6번을 들으면 눈 위를 걷는 행인의 쓸쓸한 뒷모습이 그려진다.

드뷔시의 〈눈은 춤춘다〉와
〈눈 위의 발자국〉을 감상해 보자.

드뷔시는 고전주의 형식보다 '감성'에 관심이 많았고, 성인이 되어서 그의 감수성은 생활과 작품에 그대로 드러났다. 친구들이 유명 페스츄리 가게에서 저렴하고 양 많은 과자를 잔뜩 살 때, 그는 비싼 페스츄리 한 개를 사서 고상하게 베어 물었다. 고가의 판화와 책을 사는 데 아끼지 않았으며, 우아함을 더해 줄 크라바트[35]와 망토, 챙이 넓은 모자 등 머리끝부터 발끝까지 세련된 옷차림을 하고 다녔다.

파리음악원을 다니던 시절 프랑크 교수가 자꾸 조 바꿈을 하라고 하자, 그를 조바꿈 기계라고 부르며 이렇게 말했다.

"지금의 조성에 만족하는데 왜 조를 바꾸어야 합니까? 나는 나

• • •

35 크라바트: 넥타이의 전신으로 남성용 스카프.

의 음악을 진행하는 데 누구의 규칙이 아닌 내 기분을 따릅니다."

저명한 교수한테 이렇게 말대꾸할 학생이 몇이나 될까? 음악원 시절 이런 어려움도 있었지만 드뷔시는 1884년 프랑스 최고의 영예인 로마 대상을 거머쥐게 된다.

"프랑스인에게 능숙함과 섬세함은 지성의 딸들이다. 프랑스 음악가는 소리를 두껍게 쌓아 올려서는 안 된다. 이는 프랑스적이지 않다." [36]

음악은 전통과 고정된 양식에 끼워 맞출 수 있는 것이 아니며 색채와 리듬을 세심하게 표현하는 것이라는 그의 생각은 인상주의 음악의 서막을 보여 준다. 석사 학위 때 드뷔시의 선율을 연구하며 후대의 작곡가들이 얼마나 그의 선율을 응용하고 발전시켰는지 분석한 바가 있다. 아마도 그의 이러한 시도가 없었다면 현대 음악의 발전은 한 단계 늦어졌을지 모른다.

길고 추운 겨울을 가진 러시아 작곡가들은 유독 겨울에 대한 곡을

· · ·

36 헤럴드 숀버그, 『위대한 작곡가들의 삶』3권, 55p 인용.

많이 썼다. 피아노 작품 중 차이콥스키의 〈어린이를 위한 앨범〉 2번 〈겨울 아침〉이 있고, 겨울 교향곡으로 불리는 차이콥스키 〈교향곡 1번 겨울의 몽상〉이 있다. 발레 음악 〈호두까기 인형〉 중 1막과 2막을 잇는 〈눈송이 춤〉은 달빛이 비치는 들판에 눈발이 날리는 모습을 낭만적으로 묘사했다. 그 외 림스키 코르사코프 〈눈 아가씨〉, 프로코피에프 〈빙상의 전투〉 등이 있다.

◆ ◆ ◆

발렌티나 리시차의 연주로
차이코프스키 〈겨울 아침〉을 감상해 보자.

클래식 음악에도 캐럴이 있다

한국인이 사랑하는 크리스마스 캐럴 가수 1위는 단연 머라이어 캐리이다. 지니뮤직이 3년간 이용자들이 가장 많이 들은 캐럴송을 집계한 결과 〈All I Want For Christmas Is You〉가 1위로 꼽혔다. 1994년 발매되어 30년이 다 되어 가는데 캐럴송 차트에서 변함없이 1위 자리를 지키고 있고 전 세계적으로 1,600만 장이 팔려 기네스북에 오르기도 했다. 머라이어 캐리는 이 한 곡으로 연간 5억 원 이상을 벌어들인다.

이후 발표한 〈Sleigh Ride(썰매 타기)〉도 크리스마스 시즌에 절대 빠질 수 없는 인기곡인데, 놀랍게도 원곡은 클래식 음악이다. 미국의 작곡가이자 지휘자 '르로이 앤더슨'의 곡으로 많은 가수들이 불렀다. 머라이어 캐리의 노래는 경쾌한 비트감이 느껴지고, 엘라 피츠제럴드는 부드러운 템포의 재즈 향이 가득하며, 헬렌 피셔는 세련된 편곡의 오케스트라에 풍성한 보컬이 어우러져 매력적인 사운드를 선물한다. '유후~' 하며 내는 허밍이 리듬감을 더해서 어느덧 따라 부르게 된다.

머라이어 캐리, 피츠제럴드, 헬렌 피셔 노래로 형형색색의 〈썰매 타기〉를 만나 보자.

보스턴 팝스 오케스트라가 연주한 〈썰매 타기〉 앨범은 클래식 사상 최초로 빌보드 팝차트 1위에 오르기도 했다. 슬레이벨, 템플 블럭, 슬랩 스틱(클래퍼), 장난감 같은 타악기들이 효과를 더해 크리스마스 시즌과 잘 어울린다. 슬랩 스틱은 나무 판자 두 개를 마주쳐 채찍과 같은 소리를 내어 앤더슨의 〈썰매 타기〉와 요제프 슈트라우스[37]의 〈기수 폴카〉에서 말 채찍 소리를 표현하였다.

◆ ◆ ◆
지휘자의 사인에 따라 박수를 치며
〈기수 폴카〉를 감상해 보자.

　"리로이 앤더슨은 하버드대학에서 음악을 공부했고 교회 오르간 연주자이자 음악교사로 근무한 후 1935년 보스턴 팝스 오케스트라의 편곡자로 활동하면서 많은 곡을 발표해 명성을 얻었다. 영화음악의 거장 '존 윌리엄스'는 앤더슨에 대해 이렇게 평가했다."

　"미국적인 조화와 멜로디가 작품 안에 아름답게 다듬어져 있다. 그의 음악은 요한 슈트라우스의 왈츠와도 충분히 비견될 만하다. 100년 후에 미국에서 연말 공연이 열린다면 스트라우스가 아닌 앤더슨의 곡이 연주될 수도 있다."

　앤더슨이 보스턴 팝스 오케스트라를 위해 작곡한 짧은 콘서트곡들은 현대적인 감각과 재치가 넘친다는 평을 듣고, 풍성한 오케스트라 사운드가 매력적이며, 누구나 듣기 편안하고, 따뜻함이 느껴지

•••

37 요제프 슈트라우스: 요한 슈트라우스 1세의 아들이자 요한 슈트라우스 2세의 동생으로 형이 심하게 아 팠을 때 그의 오케스트라를 이끌기도 했다. 화가, 시인, 극작가, 가수, 작곡가 및 발명가로 다양한 분 야에 재능을 가지고 있었다.

는 작품이 많다. 어느 날 보스턴 팝스 오케스트라 지휘자가 앤더슨에게 성탄절에 연주할 곡을 만들어 달라고 요청했고, 앤더슨은 8곡의 유명한 캐럴과 성가를 메들리 형식으로 엮어 오케스트라로 연주할 수 있도록 화려하게 편곡해 〈크리스마스 페스티벌〉이라는 부제로 발표했다.

공식 녹음 앨범은 1952년 보스턴 팝스 오케스트라 연주로 앤더슨이 직접 지휘하여 데카 레이블을 통해 발매되었다. 수많은 오케스트라가 크리스마스 시즌에 가장 많이 연주하는 레퍼토리 중 하나이다.

◆◆◆

크리스마스 기분을 듬뿍 느끼고 싶다면 QR 링크를 따라
산타 모자를 쓴 앙드레 류 오케스트라의 연주로 〈썰매 타기〉를 감상해 보자

어릴 적 눈이 내리면 누구나 한 번쯤 썰매를 들고 나가 내리막길에서 타던 추억이 있을 텐데, 18세기에 살았던 모차르트도 어릴 적 썰매를 탔을까? 모차르트가 누나에게 보낸 편지를 보면, 썰매에 대한 추억과 누나에 대한 애정이 가득하다.

"이번 썰매 파티에서 누나가 즐거운 시간을 보냈다니 기뻐요. 그런 기회가 자주 와서 누나가 항상 즐겁게 지냈으면 좋겠어요."

르로이 앤더슨

시티 앤 더 클래식

모차르트의 고향 잘츠부르크는 겨울 명소로 유명해서 오스트리아 관광청이 겨울에 가면 좋은 여행지로 티롤, 케른텐과 함께 추천했다. 15세기부터 시작되어 6백 년 동안 이어진 잘츠부르크 시내의 크리스마스 마켓은 '유럽의 크리스마스 마켓 TOP 10'에 선정될 만큼 여행자들에게 인기가 높다. 11월부터 크리스마스 축제가 시작돼 크리스마스 마켓이 12월 말까지 무려 한 달여 간 잘츠부르크 대성당 광장에서 개최된다.

설경이 아름다운 잘츠부르크는 곳곳에서 눈을 볼 수 있다. 그래서인지 모차르트와 모차르트 아버지 둘 다 크리스마스에 딱 어울릴 〈썰매 타기〉를 작곡했다.

모차르트의 아버지 레오폴트의 〈썰매 타기〉를 들으면 이 곡이 정말 18세기 곡인가 싶을 정도로 현대적이다. 창울 소리, 나무 블록 소리, 슬레이벨, 말 우는 소리, 마부의 채찍 소리, 마침내 도착한 무도회장의 화려한 광경을 다채로운 악기의 조합으로 탄생시켜 풍성한 크리스마스를 느낄 수 있다. 밝은 비트와 재미있는 사운드로 창의력 발달에 좋은 어린이 놀이 클래식 음반 등에 자주 수록된다.

모차르트의 〈썰매 타기〉는 아버지의 곡과 쿤위기가 달라 궁정에서 들을 법한 세련된 춤곡 감성이다. 모차르트가 세상을 떠난 1791년 2월 작곡된 곡으로, 당시 모차르트는 굉장히 궁핍한 시기였고 귀족들의 작품 의뢰나 레슨도 거의 끊긴 상태였다. 생활비를 벌기 위해 당시 무도회에서 인기 있었던 춤곡을 작곡해야 했고 〈K.600〉, 〈K.602〉, 〈K.605〉, 〈K.606〉, 〈K.611〉이 그런 작품들이다. 이 시기 건강은 안 좋았고, 생활비도 바닥나 최악의 상황이었지만 아이러니하게도 작품은 경쾌함과 즐거움이 넘쳐난다. 그래서 더 애잔하게 느껴진다.

〈K.605〉는 당대 유행하던 세 개의 춤을 담은 모음곡집으로 '독일 무곡'이라는 제목이 붙여졌다. 그중 세 번째 곡 〈썰매 타기〉가 가장 유명하다. 종을 치고 나팔을 불며 썰매를 타고 노는 모습을 그렸다. 연주 속도에 따라 다르지만 30여 초 후 들리는 방울 종소리와 금관 악기의 멜로디가 크리스마스 느낌을 물씬 풍긴다.

캐럴 느낌 가득한 모차르트와 아버지의
〈썰매 타기〉를 함께 감상해 보자.

세계적으로 가장 많이 불리는 캐럴 〈고요한 밤 거룩한 밤〉의 탄생지 '오베른 도르프'는 모차르트의 고향 잘츠부르크주의 작은 마을이다. 이 곡은 오베른 도르프 성당의 한 신부님이 작곡한 곡이다. 성 니콜라스 성당의 요제프 모어 신부님이 성탄절을 준비하던 중 임종 직전의 시한부 환자가 있다는 이야기를 듣고 집을 방문했다. 성사를 마치고 돌아오는 길에 하얗게 눈 덮인 마을과 하늘의 반짝이는 별을 보며 시상이 떠올랐고, 성당으로 돌아오자마자 시를 써 내려갔다.

그 후 음악 교사이자 지휘자인 친구 프란츠 그루버에게 모든 사람들이 성탄에 함께 부를 수 있는 노래를 만들어 달라고 부탁했고, 신부의 가사로 만든 곡이 〈고요한 밤 거룩한 밤〉이다. 3백 개의 언어로 번역되어 2011년 유네스코 세계 문화 유산으로 등재되었다. 반주와 함께하는 노래도 좋지만, 색다른 하모니로 듣고 싶다면 아카펠라**38** 그룹 펜타토닉스(Pentatonix)의 노래로 감상하 보기를 추천한다.

◆ ◆ ◆

QR 링크를 따라 펜타토닉스의 〈고요한 밤 거룩한 밤〉을 듣는다면,
중세 시대 어디쯤에서 크리스마스를 만날 수 있을 것이다.

1월 1일이면 꼭 연주되는 왈츠

왈츠의 나라 빈, 1820년대 빈에서 축제 일요일 전 목요일에 하룻밤 1,600개에 달하는 무도회가 열렸고 귀족뿐만 아니라 부르주아까지 왈츠에 빠져 있었다. 축제가 다가오면 도시 전체가 들썩였고 임산부들까지 왈츠를 추러 가서 만일의 사태를 대비해 빈의 곳곳에 분

• • •

38 아카펠라: 악기 없이 목소리로만 화음을 맞추어 부르는 노래로 카펠라(cappella)는 이탈리아어로 교회를 의미한다. 중세 시대의 교회에서 반주 없이 합창을 했던 데에서 유래했다.

만 시설을 준비해 두기도 했다. 프랑스의 언론은 당시 이런 기사를 낼 정도였다.

"빈의 모든 집에는 피아노가 있고 그 위에 요한 슈트라우스 2세의 왈츠 악보가 있다."

부도덕한 춤이라며 왈츠를 폄하하는 목소리도 있었고, 영국의 언론에서는 품위와 고상함을 찾을 수 없는 역겨운 관행이라고 비난했다. 하지만 대세를 꺾을 수 없었고 시대의 흐름에 맞춰 수많은 작곡가들이 왈츠를 썼는데 그중에 전혀 어울릴 것 같지 않은 베토벤과 슈베르트도 있다.

부르주아들은 빈에서 열리는 오페라, 연극 등에 막대한 후원을 했고 재력 있는 귀족들은 오케스트라와 음악 살롱을 운영하는 등 교양 있는 중산층이 많아지면서 활발한 음악 소비가 이루어졌다. 지금도 빈에서는 수많은 음악회가 열리고 있고, 빈 필하모닉의 신년음악회는 90여 개 국가에서 5천만 명의 방청자가 청취할 정도로 클래식계의 가장 큰 공연이다.

매년 1월 1일 정오에 빈 무지크페라인 황금홀에서 개최되는 '신년음악회'는 1941년부터 공식적인 명칭으로 사용됐다. 레퍼토리가 가볍고 길이가 길지 않아 클래식을 잘 모르는 사람도 편안하게 감상할

시티 앤 더 클래식

수 있고, 수많은 꽃들로 화려하게 장식한 황금홀을 구경하는 재미도 쏠쏠하다. 신년음악회 입장권은 구하기 어렵기로 소문나 있다. 하지만 빈에 가지 않아도 TV, 유튜브, 메가박스 등 극장에서 라이브로 감상할 수 있다.

요한 슈트라우스 1세, 요한 슈트라우스 2세, 요한 슈트라우스의 둘째 아들 요제프, 셋째 아들 에두아르트의 작품에서부터 사교계에서 슈트라우스 형제와 강력한 라이벌이었던 칼 미하엘 치러, 친구이자 빈 춤곡 스타일 정립에 큰 역할을 한 요제프 라너까지 빈을 대표하는 폴카와 왈츠, 행진곡, 서곡 등이 연주된다.

프로그램의 구성은 매해 약간씩 바뀌지만 신년음악회에서 절대 바뀌지 않는 두 곡이 〈아름답고 푸른 도나우 왈츠〉와 〈라데츠키 행진곡〉이다. 요한 슈트라우스 부자(父子)의 왈츠는 빈 자체를 상징할 정도로 의미가 깊다. 오죽하면 '오스트리아 국가를 모르는 외국인은 있어도 〈아름답고 푸른 도나우〉를 모르는 외국인은 없다.'는 말이 있을까.

관현악과 합창의 완성도가 뛰어나고 선율이 아름다워서 작품성을 인정받을뿐더러 대중적으로도 가장 유명한 왈츠이다. 자동차들이 줄을 지어 왈츠를 추듯 이동하는 제네시스 광고와 넷플릭스 드라마 〈오징어 게임〉에서 게임장으로 이동할 때 등 드라마, 영화, 광고에 자주 사용되며 시대를 넘어 많은 사랑을 받고 있다.

◆◆◆
런던 필하모닉과 자동차 광고 속
〈아름답고 푸른 도나우〉를 비교 감상해 보자.

전쟁에 패배하고 전사자와 부상자로 암울하던 시기, 오스트리아 사람들에게 희망을 주고자 만든 〈도나우 왈츠〉는 원래 합창곡으로 만들었다가 후에 오케스트라곡으로 편곡하여 큰 성공을 거두었다. 많은 작곡가들이 요한 슈트라우스 2세의 왈츠를 사랑했고, 브람스는 이같이 말했다고 전한다.

"저런 곡을 한 곡만 쓸 수 있다면 내 곡을 다 내버려도 좋다."

사실 이 말은 출처가 불분명하다. 하지만 사인 요청을 받은 후 도나우 왈츠의 멜로디를 그려 넣고 '불행하게도 브람스의 작품이 아님'이라고 쓴 내용은 자료로 남아 있다. 바그너도 슈트라우스 춤곡의 애호가였고 브루크너가 슈트라우스 악단의 연주에 맞춰 춤을 춘 장면이 신문에 실리기도 했다.

〈봄의 소리 왈츠〉는 "봄 향기 가득한 음악" 편에서 앙드레 류의 연주로 들어 보기를 추천했는데, 소니클래식에서 제작한 왈츠 버전으로 감상해 보아도 좋다. 빈 곳곳의 전경과 함께 발레리나와 발레리노의 왈츠를 함께 만나 볼 수 있다.

빈 필하모닉과 무티의 지휘로
〈봄의 소리 왈츠〉를 감상해 보자.

〈도나우 왈츠〉를 연주하기 전에 지휘자가 새해 인사를 건네는 것
은 신년음악회의 전통이고, 이어서 라데츠키 행진곡이 연주되는 것
도 고정 순서이다. 빠른 폴카-도나우-라데츠키 순으로 앙코르가
연주되는데, 오케스트라와 청중 사이 암묵적인 약속이 있다. 〈도나
우 왈츠〉가 시작되면 관객들이 손뼉을 쳐서 음악을 중단시키고, 지
휘자에게 신년 인사를 할 시간을 주는 것이다.

화려한 〈도나우 왈츠〉가 끝나고 객석에서 박수가 터져 나오면 재
치 있게 〈라데츠키 행진곡〉이 등장한다. 클래식 음악 중에 박수를
쳐도 괜찮은 몇 안 되는 곡이다. 지휘자는 청중을 향해 뒤돌아서서
박수를 쳐야 할 곳과 멈춰야 할 곳을 위트 있게 알려 주고 박수 소리
를 크게 또는 작게 유도하며 퍼포먼스를 보인다. 전통과 형식을 중
요시 여기는 빈 필하모닉의 무대에는 박수와 미소와 즐거움이 넘친
다. 이렇게 행복한 얼굴로 감상하는 클래식 음악이 또 있을까.

오케스트라와 지휘자에 따라 연주가 무척 다르기 때문에 여러 버
전으로 감상하면 좋다. 주빈 메타 지휘로 빈 필하모닉이 연주하는
〈라데츠키 행진곡〉은 시작 부분 스네어드럼의 퍼포먼스가 압권이
다. 유머러스한 표정으로 객석을 향해 박수를 유도하는 카라얀, 단

1900년경 빈 호프부르크의 무도회

원들 사이를 다니며 신년 악수를 건네는 다니엘 바렌보임의 퍼포먼스는 엉덩이가 들썩이고 미소가 절로 나온다.

QR 링크를 열고 박수 준비!
〈라데츠키 행진곡〉을 들어 보자.

시티 앤 더 클래식

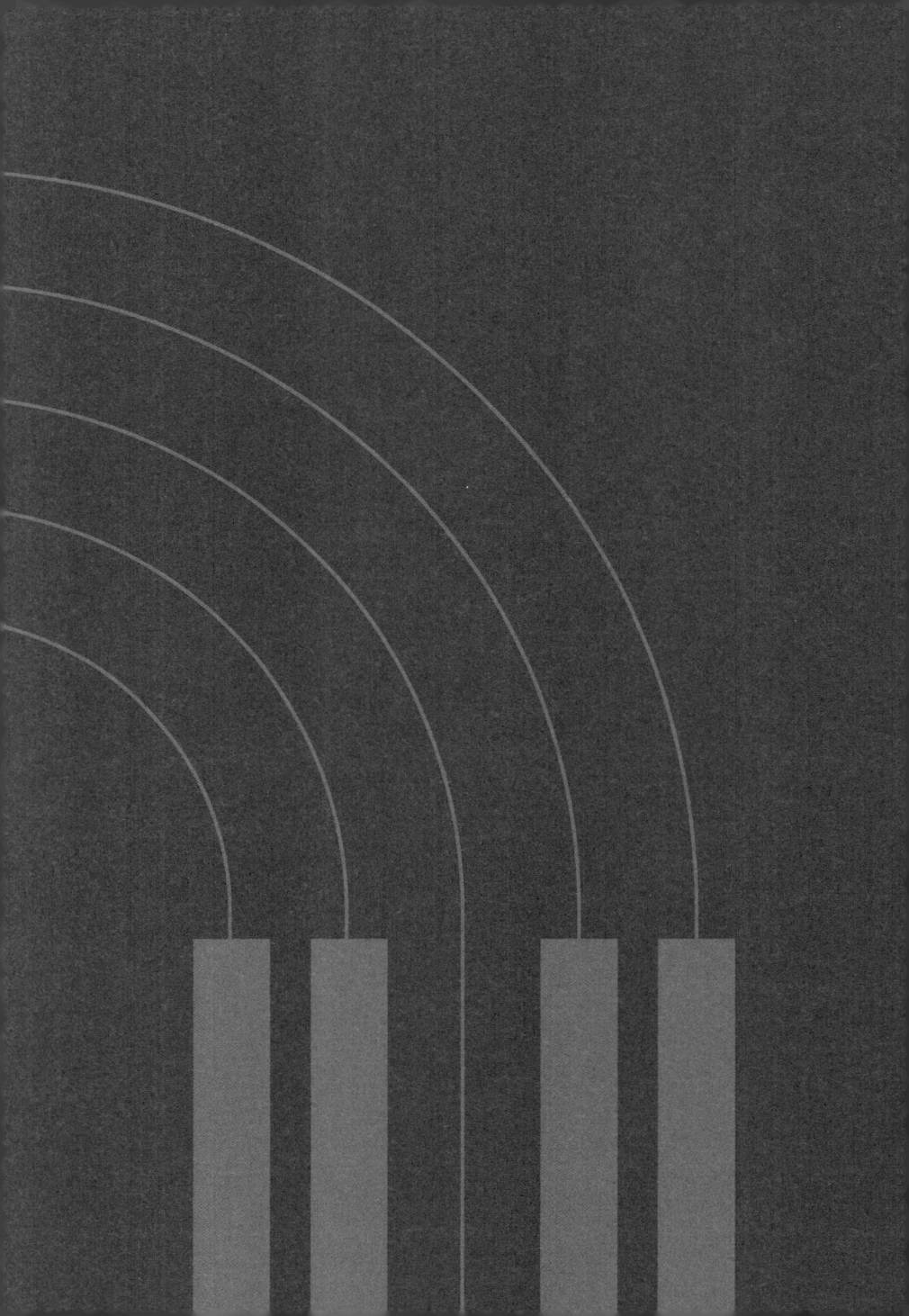

지극히 사적인 클래식

Part 2 Story

떼려야 뗄 수 없는
돈과 클래식의 관계

4

노래 한 곡으로 인생 대박? (feat. 저작권)

18세기까지 음악가는 요리사보다 낮은 직급이었고, 왕족의 식사가 열리는 무대 아래에서 연주를 하는 경우도 있었다. 루이 14세의 파티를 준비하던 콩테성의 연회 이야기를 담은 영화 〈바텔〉에서 루이 14세가 무대의 식탁으로 입장할 때, 음악가들은 무대 아래에서 거울을 비추어 왕의 동선을 파악하고 연주를 시작했다. 대부분의 음악가들은 적은 급료를 받았고 때때로 현물을 받거나 숙소와 식사가 제공되는 이중 보수 제도를 취하고 있었다. 하지만 그것도 안정적이지 못했고 궁정 악단은 해체와 결성을 반복하였으며 임금은 체불되기 일쑤였다.

또한 작곡가가 만든 곡의 저작권도 귀족이 가지고 있었다. 내가 고용했으니까, 저작권은 당연히 내 것! 엔터테인먼트는 귀족의 전유물이었고 불공정하다고 얘기할 수조차 없었다. 음악가들은 왕족이나 귀족들이 음악을 듣고 싶어 할 때면 언제든 달려와야 했다. 연주료가 얼마인지 모른 채 가기도 하고 심지어 어떤 귀족은 담배 케이스, 즉 휴대폰 케이스 정도를 던져 주곤 끝이었다. 간혹 연주비를 넉넉하게 챙겨 주는 귀족도 있었지만, 끼니를 챙기고 몇 날 며칠을 숙박해야 하고 마차까지 빌려서 산 넘고 바다 건너는 경비로 다 소진했다.

그런데도 작곡가들이 귀족의 초청 연주에 갈 수밖에 없었던 이유는 음악의 주 소비층이 귀족이었고, 자신을 알릴 수 있는 유일한 방법이었으며, 작품 의뢰와 개인 지도로 이어졌기 때문이다. 귀족의 딸과 귀부인의 개인 지도로 생계를 유지하는 현실은 지금과 별반 다르지 않다. 정규직 오케스트라 자리는 한정적이고 연주료를 받는 무대는 많지 않다 보니 대부분의 수입을 개인 지도로 충당해야 한다. 대체적으로 학사, 석사, 박사, 유학파, 메이저 오케스트라 소속 등 커리어에 따라 레슨비가 차이 나기 때문에 음악가들은 끊임없이 공부하고 경력을 쌓아야 한다.

19세기에도 인기 있는 음악가의 레슨비는 매우 고가였고, 개인 지도로 가장 많은 돈을 벌었던 음악가는 단연 쇼팽이다. 개인 지도

1회에 30만 원 정도를 받았고 하루에 대여섯 명을 지도했으니 지금과 비교해도 꽤 괜찮은 수입이다.

QR 링크를 열고 영화 〈바텔〉 속
화려한 파티를 만나 보자.

클래식 음악과 저작권료

그래도 지금은 저작물에 대한 권리가 작곡가에게 있고, 저작권료가 지급되며, 음악을 즐기는 소비층이 늘어나 영화, 드라마, 광고뿐만 아니라 개인 방송이나 게임 등 음악을 사용하는 곳이 많아지면서 수입의 경로가 다양해졌다. 국제 협정인 '베른조약'[39]에 따르면 창작자 사망 후 50년간 권리를 보호받게 되어 있다. 저작권은 나라마다 보호 기간이 달라 미국은 70년, 한국은 50년에서 한미 FTA 체결에 따라 70년으로 변경되었다.

한국에서 저작권 보호에 대한 개념이 정착된 것은 얼마 되지 않는다. 예전에는 외국곡을 그냥 가져다 부르고 앨범에 넣기도 했다. 영

• • •

39 베른조약: 서적·소책자·강의·연극·무용·영화 등 문학 및 예술적 저작물을 국제적으로 보호할 목적의 국제협정으로 정식 명칭은 '문학 및 미술 저작물 보호에 관한 국제협정' 또는 '만국 저작권 보호 동맹 조약'이다. 1886년 스위스 베른에서 체결돼 수차례의 수정을 거쳤다.

시티 앤 더 클래식

화 속에 '비틀스'의 〈Let It Be〉를 무단으로 썼다가 어마어마한 저작권료를 물었고 결국 비디오로 출시될 때는 비틀스 곡이 빠진 사건도 있었다.

114에 전화를 걸면 대기음으로 하이든의 〈세레나데〉[40]가 흘러나오고, 한국전력은 비발디 〈사계〉, 국민건강보험공단은 모차르트 〈아이네 클라이네 나흐트무지크〉, 자동차의 후진기어를 넣으면 베토벤의 〈엘리제를 위하여〉가 흘러나온다. 이렇게 클래식 음악을 많이 사용하는 이유는 친숙함과 고급스러운 이미지 때문이기도 하지만 저작권료가 지급되지 않기 때문이다. 관공서 통화 대기음으로 최신 유행음악을 사용한다면 어마어마한 저작권료를 내야 할 테니 말이다. 오죽하면 모차르트가 살아 있었다면 저작권료로 오스트리아를 사고도 남는다는 이야기가 있을까. 하지만 모차르트는 세상을 떠난 지 70년이 지나서 저작권료를 받지 못한다.

클래식 음악이 사용된 예는 셀 수 없이 많다. 특히 15초 동안 이목을 사로잡아야 하는 광고 속에 클래식 음악이 자주 등장한다. 에로이카 오디오 광고 속 베토벤 〈교향곡 5번〉, 소나타 자동차 광고 속 드뷔시 〈달빛〉, 올레드 TV 광고 속 차이콥스키 〈바이올린 협주곡

• • •

40 하이든 세레나데로 알려진 17번 현악 4중주 곡은 독일 신부 로만 흐프슈테터의 곡으로 밝혀졌으나 유명세 때문에 하이든 세레나데로 표기하고 괄호표로 원작자를 적는 경우가 많다.

D장조〉, 게보린 광고 속 비발디 〈사계〉 중 〈겨울〉 등등등!

소나타, 올레드TV, 게보린, 추억의 광고 속
클래식 음악과 만날 준비!

　대중음악에도 샘플링[41]된 클래식 음악이 많은데 비발디의 〈사계〉
중 〈겨울〉 2악장은 이현우의 〈헤어진 다음 날〉에, 베토벤의 〈그대
를 사랑해〉는 신승훈의 〈보이지 않는 사랑〉에 샘플링되어 음반 판매
기록을 세우며 기네스북에 실렸다. 여자친구의 〈여름비〉에는 슈만
의 가곡 〈아름다운 5월에〉가, 블랙 핑크의 〈셧다운〉에는 파가니니의
〈바이올린 협주곡〉 2번 3악장 〈라 캄파넬라〉가 샘플링되어 글로벌
차트 1위에 오르기도 했다.

데이빗 가렛의 연주로 〈라 캄파넬라〉를 듣고
블랙 핑크의 〈셧다운〉을 감상해 보자.

...

41 샘플링: 기존에 있던 곡의 일부 구간을 잘라내 새롭게 가공하고 배치하는 것으로 남의 음원을 사용하는
　　것이기 때문에 저작권료를 내야 한다. 표절과 샘플링은 전혀 다른 의미이다.

시티 앤 더 클래식

저작권료 세계 1위의 주인공은?

그렇다면 저작권료로 전 세계 1위를 차지한 곡은 무엇일까? 팝 음악도 아니고 클래식 음악도 아니고 〈생일 축하 노래〉다.

"생일 축하합니다. 생일 축하합니다.
사랑하는 ○ ○ ○ 생일 축하합니다."

누구나 1년에 한두 번 부르는 노래, 하지만 〈생일 축하 노래〉의 저작권이 너무 비싸서 영화나 드라마에서 마을대로 사용할 수 없었다. 영화 〈7급 공무원〉에서 김하늘의 생일 축하를 위해 10초간 불렀다가 1만 2천 달러(당시 1천2백만 원)를 지급한 바 있다.

이 곡을 작곡한 힐자매는 학교에 근무하며 학생들과 반갑게 아침인사를 하기 위해 〈Good Morning to All〉을 작곡했고, 후에 개사하여 생일 축하 노래로 불러졌다. 하지만 저작권이 워너뮤직으로 넘어가면서 워너 측은 1년에 23억 원이 넘는 금액을 벌어들였고, 저작권에 관한 이의제기 소송이 진행되면서 큰 이슈로 떠올랐다.

캘리포니아 중부 연방지방법원은 저작권 보호 기간이 만료되었음을 판결했고, 이제는 누구나 〈생일 축하 노래〉를 사용할 수 있게 되었다. 저작권 수입 전 세계 1위를 차지하고 있던 〈생일 축하 노래〉의 저작권이 사라지면서 2, 3위를 차지하고 있던 '빙 크로즈비'의

〈White Christmas〉와 '비틀스'의 〈Yesterday〉가 각각 1, 2위에 올랐다.

클래식 음악 중 단 한 곡으로 가장 많은 저작권료를 벌어들인 작곡가는 '모리스 라벨'이다. 바흐, 베토벤, 모차르트가 아니고 라벨? 익숙하지 않은 작곡가일 수 있지만 생각보다 많은 작품에 등장한다. 그의 작품 중 〈볼레로〉는 영화 〈밀정〉의 연회장 폭파 장면에서 작은 북을 치며 5분여 간 등장하고, 드라마 〈스카이 캐슬〉에서 차 교수의 주제 음악으로 사용됐다. 또 애니메이션 〈디지몬 어드벤처〉 극장판 타이틀 음악으로 사용되었으며, 영국 다이애나 왕세자빈의 추모 앨범에도 수록되었다.

라벨은 〈볼레로〉로 매년 220만 달러 이상 벌어들여 1937년 사망 후부터 2007년까지 약 1,680억 원을 벌어들인 셈이다. 하지만 수백억 원의 저작권료는 라벨과 전혀 상관없는 남에게 지급되고 있다. 라벨이 자식 없이 세상을 떠나자 동생 에두아르에게 저작권이 넘어갔고, 얼마 지나지 않아 동생 에두아르도 교통사고로 세상을 떠나게 되면서 자신을 지극히 간호해 준 간호사 타베른에게 모든 재산을 상속했다. 그런데 얼마 지나지 않아 그녀도 세상을 떠나고 타베른의 남편에게 유산과 라벨의 저작권이 넘어가게 된다.

문제는 에두아르가 살아생전에 저작권 수입의 80%를 파리시에 기부해 형을 기리는 음악의 노벨상을 만들겠노라 약속했다며 파리

시를 대표해 한 단체가 법원에 소송을 제기하며 불거졌다. 타베른의 남편은 유산을 빼앗길 위기에 처하자 전문 변호사를 고용했고, 오랜 재판 끝에 승소하여 라벨의 저작권을 변호사와 50%씩 나누어 갖게 되었다. 라벨은 자신의 저작권이 생판 모르는 남에게 지급되고 있는 것을 알까?

◆ ◆ ◆

드라마 〈스카이 캐슬〉에서 차 교수 주제 음악으로 등장한 〈볼레로〉를 감상해 보자.

클래식 음악 표절 분쟁

인기 뮤지컬 작곡가 앤드류 로이드 웨버[42]는 클래식 음악을 표절했다는 논란에 여러 번 휩싸였다. 뮤지컬 〈오페라의 유령〉 중 〈밤의 노래〉가 푸치니의 오페라 〈서부의 아가씨〉 중 〈당신이 말할 수 없는 것(Quello che tacete)〉의 일부분을 표절했다며 푸치니 재단에서 소송을 준비했고, 법정 공방 전 비공개 액수로 합의해 극적으로 화해한 사건이 자세히 다뤄져 있다.[43]

• • •

42 앤드류 로이드 웨버(Andrew Lloyd Webber): 영국의 뮤지컬 작곡가 겸 제작자. 〈지저스 크라이스트 슈퍼스타〉, 〈캣츠〉, 〈오페라의 유령〉 등 작품 작곡.
43 조병선, 『클래식 법정』 180p 인용.

뮤지컬 〈지저스 크라이스트 슈퍼스타〉 1막에 등장하는 대표 넘버 〈I Don't Know How To Love Him〉은 빌보드 핫 100에 오를 정도로 많은 사랑을 받고 있다. 하지만 멘델스존의 〈바이올린 협주곡 E단조 Op.64〉 2악장과 일정 부분에서 비슷함을 느낄 수 있다.

멘델스존 〈바이올린 협주곡〉의 선율 도입부 '미~ 파미레도'와 다음 마디 '라~ 솔', 긴 박에서 하행하는 선율 흐름이 비슷해 바이올린 선율에 〈I Don't Know How To Love Him〉의 가사를 입히면 자연스럽게 노래가 된다. 박자를 8분의 6박자에서 4분의 4박자로 변경했지만, 보이는 리듬만 다를 뿐 사실상 한 마디를 두 개의 그룹으로 나누는 유사한 진행으로 작곡가들이 6박 곡을 4박이나 2박으로 변경할 때 자주 사용하는 리듬 구성이라 웨버도 차용에 대해 일부 시인한 것으로 보인다.

하지만 웨버는 "멘델스존의 멜로디에 화성과 멜로디가 새로 추가되었다."라며 자신의 창작력이 만들어 낸 결과임을 주장했다. 물론 가사가 입혀져 리듬이 첨가되고 화성도 다양하게 발전하여 멋지게 창작된 곡임은 분명하며, 그렇기에 지금까지 사랑받는 넘버로 남아 있음에 동의한다.

〈I Don't Know How To Love Him〉과 멘델스존 〈바이올린 협주곡〉의 시작 멜로디를 함께 감상해 보자.

시티 앤 더 클래식

클래식 음악사에서도 표절 시비로 곤혹을 치른 작곡가가 있다. 〈헝가리 무곡〉으로 당대 최고 판매고를 올린 브람스는 독일 함부르크 항구 선술집에서 피아노를 치며 생활비를 벌어야 하는 우울한 청년 시절을 보냈다. 도시로 올라온 브람스는 슈만을 만나 점차 이름을 알리게 되고 슈만의 집에 기거하며 다양한 음악을 배우고 많은 작품을 발표했지만, 가난과 방황으로 가득 찬 무거운 분위기의 브람스의 음악을 당시 청중들은 받아들이기 어려웠다.

교향곡과 피아노 소나타 등 많은 작품을 발표했지만, 정작 그에게 부와 명성을 안겨 준 곡은 〈자장가〉와 〈헝가리 무곡〉이다. 독일 작곡가가 웬 헝가리 춤곡? 브람스는 당대 최고의 바이올리니스트 레메니의 연주에 반해 그의 반주자가 되어 두 달여 간 유럽 순회 공연을 떠났다. 브람스에게 연주 여행은 큰 공부가 되었고, 헝가리 출신 레메니의 집시 음악은 매력으로 다가왔다.

틈틈이 그의 음악을 피아노로 편곡하고 떠오르는 악상을 메모해 두었다가 1869년 〈헝가리 무곡집〉을 출판하였으나 레메니가 자신의 곡을 표절했다며 법원에 이의를 제기했다. 10여 년간의 법정 공방으로 두 사람의 관계는

요하네스 브람스

극에 달했다. 묵묵부답으로 일관하던 브람스의 태도 때문에 정말 표절한 것이 아니냐는 오해도 불러일으켰지만, 브람스의 성정이라면 존경하는 연주자이자 친구와의 다툼이 불편해서 그랬을 수 있다.

거리의 집시들이 연주한 춤곡의 원작자를 찾아낼 수도 없는 일이고 표절했다는 것을 증명하기도 어려운 일이라 결론적으로 브람스가 승소한 셈이다. 또한 관현악 버전으로 발표한 곡에는 작품 번호를 붙이지 않고 '편곡'이라 표기했기 때문에 브람스가 표절했다고 이의를 제기할 수 없다. 만약 〈헝가리 무곡집〉이 큰 인기를 얻지 않았다 해도 레메니가 표절을 제기했을까 싶다.

저작권으로 인생 대박을 외친 이들

현재 한국에서 가장 많은 음원 저작권료를 받는 음악가는 'BTS'의 프로듀서이자 작곡가인 '피독'이다. BTS가 전 세계를 휩쓸고 다니는데 작곡가는 얼마나 많은 저작권료를 벌어들였을까? 한국음악저작권협회에서 2022년 저작권료로 징수한 금액은 3,520억 원이다. 빌보드를 점령한 BTS의 위상과 인기를 생각해 볼 때 피독이 전체 저작권 수입 총액의 1% 이상을 차지할 것이라는 분석이다. 2019년부터 5년 연속 피독은 대중음악 부문 작사 1위와 작곡 1위에 올랐고, 금융감독원 발표에 따르면 연봉 4백억 원으로 최고 연봉을 받은 임원 1위에 올랐다. 정몽구 현대차그룹 명예회장이 302억으로 2위를 차

시티 앤 더 클래식

지했다.

　가수 '지드래곤'은 1년에 음원 수익으로 7억 9천만 원을 벌어들였고, 2018년에는 군 복무 중에도 작사 부문 저작권료 1위를 차지했다. 가수 '블락비'의 '지코'는 음악저작권협회에 등록된 곡이 130여 곡 되고, 그중에서 히트한 곡만 50곡이 넘는다. 지드래곤이나 지코처럼 작사와 작곡에 참여하는 아이돌 가수들이 늘고 있는 이유는 외모와 퍼포먼스로 때우는 것이 아닌 실력 있는 음악가라는 평가를 받을 수 있기 때문이다.

　가수이자 작곡가이자 프로듀서인 JYP는 2011년 한 해만 음원 수익으로 13억 7천 3백만 원을 벌어들였고, 2013년까지 3년 연속 음원 저작권 수입 1위를 기록했다. 자신의 음반 외에 비, 원더걸스, 2PM, 미스에이, 트와이스 등 다른 가수들의 음반에도 많은 곡이 들어 있다. 대한민국 남녀노소 다 아는 방송국 로고송 "KBS KBS KBS 한국 방송~"을 만든 장본인이고 노래를 부른 가수는 비이다.

작곡가들이 가장 부러워하는 작곡가는 '버스커 버스커' 장범준이다. 〈벚꽃 엔딩〉이 2012년에 발매됐는데 아직도 봄이 되면 음원차트 100위권에 진입하니 '벚꽃 연금', '벚꽃 좀비'라는 별명이 붙여질 만하다. 장범준이 〈벚꽃 엔딩〉으로 벌어들인 저작권료가 2016년까지 46억 원이 넘는데, 처음 저작권료를 정산받고서 9억 원짜리 집을 사서 부모님께 선물했다고 인터뷰에서 밝혔다. 내년 3월에 벚꽃이 피면 또다시 〈벚꽃 엔딩〉을 들을 수 있을까?

하이든은 사실 음악 하인이었다

"자식을 음대 보내면 바로 망하고 미대 보내면 천천히 망한다."는 얘기가 있다. 예로부터 음악은 비용이 많이 드는 예술로 연주 무대와 관람석이 들어갈 큰 홀이 필요하고 작곡가와 지휘자와 악기, 그리고 몇십여 명에서 몇백여 명의 연주자가 있어야 했기에 웬만한 권력과 재력이 있는 귀족이 아니면 오케스트라를 거느리기 쉽지 않았

시티 앤 더 클래식

다. 18세기까지 궁정 악단의 악기는 귀족의 소유였고 개인 악기가 아니었으니 수많은 악기값만 해도 만만치 않았다.

화려한 팡파르와 우아한 디베르티멘토[44]만큼 파티를 멋지게 만들어 주는 게 또 있을까. 장대한 음악이 자신의 정치를 숭고하게 만들어 줄 것이라 믿었던 나폴레옹은 대혁명을 거치며 재정 상태가 나빠졌음에도 오페라에 대한 지원을 아끼지 않았다. 승전, 즉위, 득남 등 행사 때마다 작곡가들은 앞다투어 음악을 헌정했고 마음에 드는 작품을 가져온 작곡가에게 6천 프랑과 금으로 장식한 담뱃갑을 하사했다는 기록도 있다.

나폴레옹의 열렬한 추종자였던 베토벤이 〈교향곡 3번 영웅〉을 헌정하려 했다는 사실은 너무나 유명하다. 물론 나폴레옹이 황제로 즉위한다는 이야기를 듣고 헌정을 취소했지만 말이다. 나폴레옹이 즉위한 후 당시 파리시의 음악 극장에서는 경찰 장관의 허가가 떨어진 작품만 연주할 수 있었고, 왕의 음악 극장에는 8명의 가수와 27명의 연주자가 절대 권력을 위한 음악을 만들었으며, 1812년이 되어서는

•••

44 디베르티멘토: 'Divertente(재미있는)'에서 유래하였으며, 18세기 후반에 유행한 기악모음곡의 일종으로 궁정이나 귀족의 저택에서 열리는 파티나 식사의 분위기를 돋우기 위해 연주되는 음악을 말한다. 교향곡이나 현악 4중주에 비해 형식이 자유롭고 악장 수도 다양하고 악기 편성도 각양각색이라 하이든과 모차르트가 많이 작곡했다. 형식이 엄격했던 고전시대에 다양한 시도를 해 보고 싶었던 모차르트에게는 생각을 자유롭게 담을 수 있는 단비 같은 악곡이었다.

음악가 50여 명에 예산도 1.7배 늘어났다.

나폴레옹 시대에 앞선 루이 14세는 궁정 행사 때마다 천 명에 달하는 악단을 올려 자신의 부과 권력을 과시했고 범접할 수 없는 왕의 무대를 보여 주며 왕권의 강력함을 확실히 각인시켰다. 귀족의 궁정 악장[45]은 작곡부터 지휘, 연주 등 궁정 내의 모든 음악회와 대외적인 행사나 파티 음악까지 완벽하게 준비해야 한다.

귀족이 원하는 음악을 잘 만드는 작곡가가 필요한 것이지, 자신의 음악 스타일을 고집하는 음악가는 필요 없다. 그래서 우리가 알고 있는 대부분의 작곡가는 정규직 음악가가 아니다. 귀족들이 보기에 베토벤은 자존심이 세며 진보적일 것 같고, 브람스는 무겁고, 슈베르트는 우울하고, 모차르트는 제멋대로일 것이라고 생각했을 것이다. 귀족들에게 음악적 가치, 새로운 작곡 기법은 중요하지 않다. 단지 오늘의 행사가 중요할 뿐.

교향곡의 아버지로 불리는 하이든은 유명한 작곡가 중 거의 유일한 정규직 음악가였다. 유럽 최고 가문 에스테르하지 후작의 궁정

•••

45 악장: 오케스트라의 반장, 영어로 'Concertmaster', 독일어로 'Konzertmeister'라고 불리는데, 지휘자의 보조적 역할을 함과 동시에 악단 사이의 중개 역할도 한다. 18세기까지만 해도 궁정 악장은 작곡, 지휘 외에 행정 관리 등 음악에 관한 모든 업무를 맡았다.

시티 앤 더 클래식

악장으로 무려 30년간 근속했다. 프랑스에 베르사이유궁이 있다면 오스트리아-헝가리에 에스테르하지궁이 있다고 할 정도로 규모가 크고 화려하다. 126개의 방과 2개의 오페라 극장, 호화스러운 커피 하우스에 미술관까지 있고, 뛰어난 음향에 프레스코화가 장식된 커다란 홀은 훗날 '하이든홀'이라 이름 지어져 매년 음악 축제가 열리고 있다.

'내 땅 안 밟고 오스트리아 못 지나가!' 할 정도로 넓은 영지를 가지고 있었고 큰 와이너리를 소유했으며 많은 예술가들을 후원하여 문화 전성기를 이루었다. 후원한 문학가 중에 괴테도 있었고 무려 음악 교사는 프란츠 슈베르트였으며, 집사가 프란츠 리스트의 아버지였다. 당시 귀족들이 음악 레슨을 받는 것은 음악가가 되기 위함이 아니었다. 교양을 쌓기 위해서이기도 하지만 주된 목적은 어떤 음악가를 후원할지 판단할 안목을 기르기 위함이었다.

하이든은 궁정 악장으로 안정적인 창작 활동을 보장받았고 많은 돈을 벌었으며 말년까지 승승장구했다. 귀족들이 앞다투어 스카우트하고 싶어 했고, 당대 음악가라면 모두 하이든에게 배우고 싶어 했다. 베토벤도 하이든에게 배우고 싶어서 직접 찾아갔을

요제프 하이든

정도였으니 하이든의 위상이 어느 정도였는지 짐작이 가지 않나. 후작과 낚시와 사냥을 다니고 빈으로 여행을 같이 다닐 정도로 신임을 받았다.

한번은 하이든의 집에 불이 나서 집과 가재도구들이 모두 불에 탔는데 후작이 수리비를 지불해 주었고, 실력이 부족한 하이든의 동생도 월급을 주며 궁정 악단에 데리고 있었다. 하이든이 이렇게 신임을 받았던 비결은 무엇일까? 바로 성실과 겸손, 그리고 실력이었다.

하이든 집안의 성실함은 집안의 가풍인 듯싶다. 오스트리아와 헝가리의 경계에 있는 시골 마을 로라우에서 마차 바퀴 수선공의 아들로 태어난 하이든의 어린 시절은 가난했다. 그 시골에 고급 마차가 얼마나 있었겠는가. 수레나 고치며 입에 풀칠하는 형편이었다. 하지만 할아버지부터 3대째 이어 오며 성실하게 일한 결과, 여유롭지는 않아도 선술집에서 저녁을 보내고 취미로 노래를 부를 정도가 되었다.

하이든은 훗날 어린 시절을 회상하며 아버지와 함께 식당에서 노래를 주고받던 때가 가장 행복했다고 말했다. 할아버지와 아버지에 이어 성실함을 보고 자란 하이든은 매일 저녁 열리는 연주회와 주말의 오페라를 완벽히 준비했고, 단원 채용부터 단원 교육과 악기 관리까지 완벽히 해냈다.

모든 음악가들의 워너비이자 당대 가장 잘나간 음악가 하이든이 굉장한 대우를 받았겠구나 싶지만, 당시 음악가의 위치는 고작 하인 신분이었다. 매일 저녁 식사 때마다 우아하게 연주를 해야 했고, 영주의 허락 없이 여행도 할 수 없었으며, 기념일마다 특별 곡을 작곡해야 했고, 귀족들의 자제에게 음악을 가르치는 일도 하이든 몫이었다. 하루는 후작에게 자신의 식사 자리가 궁정 관리자보다 못한 것에 하소연을 했다.

"저의 자리가 하인 중에서 상석이어야 한다고 생각합니다."

하이든은 궁정에 들어갈 때 14개 조항이 적힌 무척 굴욕적인 계약서에 사인을 했다. 그중 몇 개만 살펴보면,

제2항: 하인으로 취급받으며 인정받는다. 단원은 규정에 따라 깨끗한 옷차림을 갖추어야 한다.

깨끗한 옷차림에 대해서도 세세히 적혀 있는데 '얼굴에는 흰 분칠을 해야 한다. 머리에는 길고 흰 가발을 쓴다. 스타킹과 하이힐을 신는다.'는 것이다. 레이스 블라우스에 점점 좋아지는 소맷단과 무릎까지 내려오는 재킷은 연주하기에 결코 편안한 옷차림은 아니다. 귀족이 부르면 자다가도 이 불편한 옷차림으로 알현을 해야 했다.

이 복장은 하이든이 평생 입은 에스테르하지가의 하인 복장이다.

제4항: 영주가 의뢰한 곡만 작곡하고 작품을 무단 양도할 수
없다.

시간이 남아돌아도 다른 사람을 위해 작곡할 수 없고 저작권은 귀
족에게 있었다. 750곡이 넘는 곡을 작곡했지만 30년 근무를 마치고
나서야 비로소 저작권을 가지게 되었다.

제5항: 매일 점심 식사 전후 영주가 그날 저녁 어떤 연주를 듣
고 싶은지 확인하고 단원에게 연락한다.

굉장한 조항이다. 하이든의 삶이 어떠하였는지를 명확하게 보여
주는 대목이다. 만약 영주가 "오늘 저녁에 부부 동반 파티가 있으니
화려한 곡으로 준비하여라." 하고 명령을 내리면 하이든은 바로 작
곡을 시작해야 한다. 음반이나 음원 스트리밍 서비스가 있는 것도
아니고 그날의 행사를 위해 매번 곡을 써야 했다. 지난 파티에 쓴 곡
을 이번 파티에 쓸 수는 없다. 750여 곡을 작곡한 하이든의 다작은
천재적인 악상으로 쓴 곡도 있지만 처절히 살아남기 위해 매일매일
성실히 작곡한 노력의 산물인 것이다. 그야말로 '서바이벌 작곡'이었

던 셈이다.

그리고 계약서의 대미를 장식한 마지막 조항이 남아 있었으니….

제14항: 영주는 계약 기간 중 만족할 만한 근무가 될 때 승진
할 기회를 부여한다. 하지만 반대의 경우에는 언제든지 해고
할 수 있다.

이 조항이 당시 음악가의 위치를 너무나 잘 대변해 준다. 영주가
좋아하는 곡을 납품해야 생계가 유지될 수 있다. 내가 발라드곡을
좋아한다 하더라도 영주가 록을 좋아하면 평상 록 음악을 쓰며 살아

야 한다는 것. 가장 잘나가던 음악가의 계약서가 이러하였으니 다른 음악가들은 오죽했을까?

하이든은 급여를 현금 대신 와인으로 받은 적도 있다. 하이든이 와인 애호가였고 당시에 와인이 생활 필수품이었다 하더라도 와인으로 급여를 받은 것은 무척 불편한 일이다. 하지만 귀족이 돈 대신 현물로 급여를 지급하는 것은 당시 관례였다. 24년 후에 태어난 모차르트의 신세도 별반 다르지 않다. 어느 날 모차르트는 참다못해 잘츠부르크 대주교에게 편지를 썼다.

"주인 어른의 육체적 시종과 영혼의 시종 양쪽 모두가 거기에 모여 식사를 합니다. 감독관, 제빵사, 요리사… 그리고 불초소생이지요. 여기서 주의해야 할 점은 육체적 시종이 나보다 서열이 높다는 점입니다. 나는 음식 앞에서도 가장 서열이 낮은 셈입니다."

음악가로의 합당한 대우를 원했지만 대주교는 모차르트가 무뢰한이라며 단번에 거절했고 아예 내쫓아 버렸다. 바흐의 신세는 더욱 심했다. 그의 고용계약서 중 몇 개의 조항을 보면 당시 음악가의 삶이 얼마나 고단했는지 알 수 있다.

제3항: 시의회에 최대한 존경과 복종을 하고 의원들 중 누구나

음악을 듣고자 원하면 바로 학생을 보내 줘야 한다.

제4항: 학교 책임자들과 검열관들에게 복종해야 하며 교회의 불필요한 지출을 줄이기 위해 학생들에게 성악과 기악도 가르 쳐야 하고 허가 없이는 절대 도시를 떠나서는 안 된다.

18세기 이탈리아와 프랑스는 오페라에 빠져 있었지만 오스트리 아는 교향곡이 유행이라 귀족들은 앞다투어 오케스트라를 거느리고 싶어 했다. 음악에 대해 조금의 관심도 없으면서 따라 한 귀족들도 많았다. 어느 날 하이든은 연주회에서 떠들고 조는 귀족들에게 작은 일침을 날리고 싶었는지 아주 작게 연주하다가 갑자기 스포르잔도 (sf)[46]로 크게 연주해서 귀족들을 놀라게 했다. 〈교향곡 94번 놀람〉 2 악장이다. 귀족이 떠든다고 베토벤처럼 멈출 순 없었을 테고, 하이 든의 심성으로 봐서 최상의 선택이었다.

하이든의 회고록을 보면, 제자 '이그나츠 플레옐'이 같은 시기에 런 던에서 연주회를 열고 있었고 제자보다 뒤처지지 않을 특별한 작품을 쓰기 위해 고민했다는 내용이 있다. 하이든이 〈놀람 교향곡〉을 쓰며

...

46 스포르잔도(sf 또는 sfz): 특정 음을 갑작스럽게 세게 연주하라는 악상기호이다. 스포르잔도보다 더 세 게 치라는 것을 강조하기 위해서 'sffz'처럼 f의 개수를 늘리기도 한다. 악센트와 비슷하지만 스포르잔 도는 셈여림인 데 반해 악센트는 연주 기법에 기여하는 표현 방식이다.

귀족들에게 우아한 일침을 날리고 싶었던 것인지, 떠오르는 신예 작곡가에게 뒤처지지 않기 위해 새로운 시도를 한 것인지 의도야 본인만 알겠지만, 귀족들에게 일침을 날리기 위해 작곡했다 한들 당시 시대상으로 봤을 때 밝히진 못했을 것이다. 당시 청중들은 찬사를 보냈고 제자 플레옐도 극찬을 보냈으니 여러모로 성공한 것 아닌가.

◆ ◆ ◆

놀랄 마음의 준비가 되었다면
〈놀람 교향곡〉 QR 링크를 열고 클릭!

아침에 알람시계나 휴대폰의 알람을 들으며 일어나는 우리. 당시에는 빰 빠빠~ 기상음악, 식사할 때 깔리는 우아한 BGM, 늦은 밤 파티 음악까지 모두 궁중 오케스트라의 몫이었다. 쉴 틈 없이 휴가 한 번 못한 단원들의 불만이 늘어 갔고 가족들이 보고 싶어 우울증에 빠진 단원부터, 습한 늪지대를 개간해 만든 궁이라 호흡기 질환에 걸린 단원들도 있었다. 몇몇 단원들은 후작님에게 휴가에 대해 말해 달라 하이든에게 하소연했지만, 하이든 입장에서는 얘기를 할 수도 없고 안 할 수도 없어 고민에 빠졌다. 행여라도 휴가 얘기를 꺼냈다가 "네가 배가 불렀구나. 돌아가서 쭉 쉬어라."고 하면 어쩌나.

하이든은 단원들의 마음을 담아 교향곡을 써 내려갔다. 자신의 파트가 끝나면 촛불을 끄고 연주자들이 하나둘 퇴장하고 지휘자만 남게 되는 〈교향곡 45번 고별〉이다. 봉건사회 음악가의 은유적인 외침을 음악 속에 담아 표현한 것이다. 그의 노력은 성공! 후작은 촛불이 모두 꺼지자 의미를 알아차리고 "이들이 모두 떠난다면 우리도 쉬어야겠군."이라 말하고 전원 휴가를 보내 주었다는 훈훈한 뒷이야기가 전해진다. 음악으로 자신의 생각을 피력한 현명한 지휘자 하이든!

〈고별 교향곡〉은 지휘자들마다 퍼포먼스가 다양해서 보는 재미가 있다. '다니엘 바렌보임' 지휘로 함께한 빈 필하모닉 단원들은 와인 잔까지 들고 나가는 퍼포먼스를 선보였고 '저 이제 가겠습니다' 하는 표정으로 퇴장하자 바렌보임이 손가락을 흔들면서 '안 돼' 하는 표정을 지어 웃음을 자아낸다. 결국 혼자 남은 바렌보임이 지휘봉을 흔들자 객석에서 뜨거운 박수가 터져 나왔다. 모든 지휘자를 통틀어 가장 즐거운 퍼포먼스를 보인다. 콘라드 반 알펜은 지휘 도중 생각에 잠긴 듯한 표정을 짓다가 다섯 명의 현악 주자를 남겨 둔 채 등을 돌리고 퇴장하며 큰 웃음을 자아냈다. 클래식 연주를 들으며 웃을 수 있는 몇 안 되는 곡으로, 혹시라도 연주회장에서 연주자들이 악기를 들고 나간다고 놀라지 말기를.

◆ ◆ ◆

〈고별 교향곡〉 클릭. 25분경 고민에 빠진 지휘자의 표정과
퇴장 퍼포먼스를 만날 수 있다.

은퇴 후에 유명한 출판사와 계약을 맺고 영국으로 간 하이든의 런던 생활은 빈에서의 생활과 완전히 달랐다. 옥스퍼드대학에서 명예박사 학위를 받고 연주회와 리셉션으로 매일 불려 다니며 연예인과 같은 생활을 했다. 전 유럽의 작곡가들은 하이든의 음악을 듣고 따라 하며 카피 연주회를 열었고, 원곡자 하이든의 인기는 더욱 높아졌다.

유명 인사가 되어 빈으로 돌아온 하이든은 도시 근교 굼펜 도르프에 대저택을 소유할 정도로 부와 명성을 쌓았고, 콘서트마다 귀족들이 줄을 섰으며 너무 많은 군중이 몰려 경찰이 통제할 정도였다. 빈 대학에서 공연된 〈천지창조〉의 지휘를 살리에르가 맡았으며 베토벤은 큰 감동을 받아 무릎을 꿇고 스승의 손에 입을 맞췄다. 몇 해 전 베토벤과 하이든이 싸워서 절교한 상태였으나 음악 덕분에 스승과 제자가 화해하게 된 셈이다.

70곡이 넘는 현악 4중주만큼이나 유명한 〈교향곡 104번 런던〉은 하이든의 교향곡 중에서도 수작으로 꼽힌다. 처음 들었을 때 대비가 분명한 사운드와 매력적인 금관악기 진행 때문에 혹시 베토벤 곡인가 하는 생각이 들 정도로 기존의 곡과 많이 달랐다. 궁정 음악가로 오랜 시간 살았던 하이든의 음악은 긴장을 주거나 드라마틱하게 카타르시스를 준다거나 하는 갑작스러운 변화를 꾀하지 않고 우아하고 정확하고 정직하다. 형식과 비율이 중요한 고전시대의 면모를 가장 잘 보여 주는 하이든 곡은 '도도미미 솔솔미' 하고 2마디로 물어보면 '파파레레 시시솔' 이렇게 2마디로 정확히 대답한다.

그런데 궁정 악장 은퇴 후 런던에 머물던 시기에 작곡한 곡들은 새로운 시도와 기존과 다른 악풍이 가득하다. 산업적으로 많은 발전을 이룬 영국에 전 유럽의 음악가들이 몰려 상인들로 넘치는 거리 여기저기에서 연주회를 열었고, 과학 기술로 비약적인 개량이 이루어진 악기와 함께 연주자들의 기법도 덩달아 발전했다. 그러한 소용돌이 속에 탄생한 곡이 〈런던 교향곡〉이다. 마지막까지 안주하지 않고 새로운 시도로 발전해 나간 하이든의 진가를 느낄 수 있는 작품으로, 지휘자 카라얀이 하이든 교향곡 중 가장 좋아했던 작품이다.

시작부터 압도하는 〈런던 교향곡〉을 킨 필하모닉과
카라얀의 지휘로 감상해 보자.

성공하려면 오페라를 작곡하라

오페라 극장에서 가장 비싼 자리는 어디일까? 19세기까지 오페라 극장의 제일 비싼 자리는 1층 중앙 앞쪽이 아니라 베란다처럼 생긴 발코니석이었다. 오페라 극장은 귀족에게 박스석을 분양했고, 어떤 극장은 발코니석으로 올라가는 출입문이 따로 있었다. 스칼라 극장이 건축될 때 오페라 애호가 귀족들은 박스석을 분양받는 조건으로 극장에 투자했고 취향에 따라 박스석을 꾸몄다. 가문의 문양을 걸기도 하고 비단이나 태피스트리[47]를 건다거나 좋아하는 오페라 장면을 그림으로 걸기도 했다. 프레스코 벽화나 화려한 거울과 목재.조각품으로 천장을 장식하기도 했으니 박스석의 인테리어도 볼거리였다. 또한 차단막을 내리고 밀애를 즐기기도 했다.

영화나 드라마 속에서 발코니에 앉아 쌍안경(오페라글라스)을 들고 있는 장면을 보았을 텐데, 사실은 무대를 보는 것이 아니었다. 다른 발코니석을 보면서 무슨 옷을 입고 왔는지, 어떤 와인을 마시는지, 누구랑 왔는지 등을 살펴보는 용도였다. 오페라 극장은 요즘의 핫플레이스에 해당하며 유행과 소문의 근원지였고, 무대 위 공연은 분위기를 살리는 BGM 정도로, 음악가들은 귀족들이 집에 갈 때까지 연주를 해야 했으니 이 정도면 '인간 멜론'이 아닌가.

19세기 중반 파리에서는 여성들이 길에서 모르는 사람을 똑바로 바라보는 것이 예의에 어긋나는 행동이었다. 하지만 오페라 극장에서만큼은 쌍안경을 들고 다른 객석의 패션과 화장 등을 유심히 살펴볼 수 있었다. 극장에 올 때 숙녀들은 머리를 치장하고 레이스 장갑

...

47 태피스트리(Tapestry): 중세시대 유럽에서 성행한 직물 공예로 색실을 짜 그림을 표현한다. 염색과 직조의 난이도에 따라 제작 기간이 천차만별이어서, 2~3년 걸려 만든 태피스트리도 있었다.

에 화려한 드레스를 입었으며 오페라글라스도 필수 아이템이었다. 손잡이가 달린 오페라글라스 '로르네트(Lorgnette)'에 체인을 달아 목에 걸기도 하고 접어서 보석 지갑에 넣고 다니기도 했으며 다이아몬드 등 보석으로 장식하여 부를 자랑하기도 했다.

그렇다면 1층에는 누가 앉았을까? 주로 마부나 하인, 군인들이 앉는 자리였고 딱딱한 나무 의자로 되어 있었다. 18세기 전까지는 입석이었고 남자들만 출입이 가능했으며, 18세기 후반이 되어서야 벤치가 마련되었다. 공연 중 말다툼이나 주먹다짐이 벌어져 경찰이 항시 대기했다.

박스석 맨 위의 갤러리석은 서서 보는 좌석으로 서민들이 저렴하게 오페라를 즐길 수 있는 자리였다. 열렬한 오페라 팬들이 즐겨 찾았기 때문에 가수에 대한 환호나 야유가 터져 나오고 오페라의 성패가 좌우되는 살벌한 곳이다. 무대로 종이를 날리기도 하고 괴성을 지르기도 해서 무분별한 행동을 금해 달라는 수칙이 만들어지기도 했다. 지금도 갤러리석은 저렴한 가격에 오픈되어 음악 공부를 하러 온 유학생들에게 인기가 높다. 서서 관람해야 하고 아침 일찍 대기 줄을 서야 하는 번거로움이 있지만 큰 문제가 아니다.

19세기 유럽 상류층 사람들에게 극장은 공연을 관람하는 장소이기보다는 사교장에 가까웠고, 대부분 교회보다 더 좋은 위치에 자리했다. 일주일에 4~5회 정도 들러 친구를 만나고, 와인도 마시며 카드놀이를 즐겼다. 박스석에서는 크고 작은 도박판이 열렸고 오페라 극장의 포이어[48]에는 큰 규모의 카지노가 개장되었다.

오페라 극장에 웬 카지노인가 싶겠지만, 스칼라 극장을 비롯해 최초의 오페라 극장인 산카시아노 극장 등 대부분의 유명 오페라 극장에는 카지노가 열렸다. 짭짤한 수입을 올릴 수 있어서 극장 측에서도 적극 환영했으며, 심지어 연주회 감상은 뒷전이고 카지노에만 머물다 가는 전문 도박꾼도 있었다. 오페라 극장에서 게임만 한 것이 아니라 말을 사고 팔기도 하고, 주식 투자가 오고 가는 등 사업 거래가 이루어졌으며, 유명한 마담뚜가 상류층 자제들의 중매를 주선하기도 했다.

이탈리아 최고를 자랑하는 스칼라 극장은 150년이 넘은 역사 동안 350편의 오페라를 초연했다. 베르디의 〈아이다〉도 카이로 공연을 제외하고 유럽 초연이 1872년 스칼라 극장에서 이루어졌다. 극장 내 박물관에는 음악가와 후원 귀족들의 초상화와 두상, 흉상, 악보 등이 전시되어 있어 공연이 아니더라도 방문할 만하다.

스칼라 극장의 공연은 자정을 넘기면 안 되어서 상연 시간이 긴 오

•••

48 포이어(Foyer): 로비와 객석 사이의 공간으로 관객들이 막간에 시간을 보내는 휴게실로, 로비와 비슷한 공간이다.

시티 앤 더 클래식

페라는 시작 시간을 앞당겨 진행한다. 또한 스칼라 극장은 내부 전체가 레드로 화려하게 장식되어 있어서 여성들은 레드 컬러 드레스를 피하는 것이 불문율이고 민소매티, 반바지, 청바지 차림은 입장이 불가하다. 반바지 차림으로 티켓을 끊고 극장에 들어가더라도 공연장에는 들어갈 수 없으며 심지어 그 비싼 티켓은 반환되지 않는다.

토스카니, 줄리니, 아바도, 무티, 바렌 보임 등 유명한 지휘자가 모두 거쳐 갔고 2017년부터 리카르도 샤이가 지휘자로 있으며 합창단, 오케스트라, 스태프를 포함해서 상근 직원만 1천 명이 넘는다. 스칼라 극장이 3년간 리뉴얼을 마치고 2004년 12월에 재개관했을 때 소피아 로렌, 조르지오 아르마니 같은 밀라노 사교계를 주름잡는 부호와 명사들이 참석했다. 스칼라 극장의 개막 갈라 공연 티켓 최고가는 얼마였을까? 2천 유로, 거의 3백만 원을 호가했다.

10살 때 유명해진 오페라 작곡가, 로시니

클래식 음악사에는 부자가 많지 않다. 집도 없이 평생 떠돈 슈베르트, 항구 선술집에서 연주하며 생계를 이어 간 브람스, 아침 저녁으로 투잡을 뛰느라 바빴던 바흐 등 후원해 주는 귀족이 없다면 생계가 힘든 작곡가가 대부분이다. 안타깝게도 이들은 오페라를 쓰지 않았다. 슈베르트가 오페라와 무대 음악에 관심이 많아 몇 편 쓰기는 했지만 흥행과 멀다고 판단해 아무도 출판해 주지 않았다.

클래식 음악사에서 백만장자 반열에 오른 음악가는 상업적 감각이 뛰어난 오페라 작곡가들이다. 로시니는 10세 때부터 유명세를 치르고 오페라로 거액의 작곡료에 러닝개런티까지 받으며 백만장자가 되었다. 심지어 37세까지만 일을 했고, 젊은 나이에 번 돈으로 평생 맛있는 음식을 먹으러 다녔으며 요리를 만들어 파티를 열고 귀족 같은 삶을 살았다.

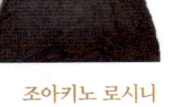

조아키노 로시니

시티 앤 더 클래식

도대체 얼마나 많이 벌었으면 그렇게 살았을까 싶은데, 나폴리 극장주 '도미니코 바바야'가 월급 2백 두카트 [49]에 나폴리의 극장 두 곳의 음악 감독 자리를 줬고, 극장 카지노에서 받는 수수료의 일부분도 러닝개런티로 주었다. 당시 카지노에서 나오는 수수료가 로시니의 연봉보다도 많았으니 말 다 한 거 아닌가.

로시니는 두 번 결혼했지만 자식이 없었다. 로시니가 세상을 떠나면서 남긴 재산이 250만 프랑인데, 현재 시서로 환산해 보면 수백억 원에 이르는 금액이다. 유언에 따라 재산의 일부는 둘째 부인에게 주고 친척들에게도 조금씩 나눠 주었고, 후반부 인생을 보낸 파리에 로시니 이름의 음악 학교와 재단을 설립했으며 고향 이탈리아 페사로에도 음악 학교를 세웠다.

로시니가 돈을 열심히 번 계기는 어린 시절로 거슬러 올라간다. 금관악기 연주자였던 아버지는 동네 잔치에 불려 다니며 연주를 했지만 생계유지가 어려웠고 도축업 감시원까지 했지만 형편은 나아지지 않았다. 연주를 해서는 큰돈을 벌지 못한다고 생각한 로시니는 한 번 작곡해 놓으면 연주할 때마다 수입이 들어오는 곡을 써야겠다고 마음먹었다. 밀라노, 베네치아, 로마 등 이탈리아뿐만 아니라 전

...

49 두카트(Ducat): 베네치아 공화국에서 처음 만들어져 1284년부터 1차 세계 대전 이전까지 유럽 각국에서 통용된 금화 또는 은화 단위를 말한다. 베네치아의 두카트 금화는 세계적으로 쓰였다.

유럽을 돌면서 상연할 수 있고, 악보 출판으로 엄청난 수익을 가져올 수 있는 것, 바로 오페라였다.

여기서 한 가지 더! 헨델처럼 귀족만을 위한 오페라를 쓸 게 아니라 누구나 즐길 수 있는 대중적인 오페라를 써야 큰돈을 벌 수 있다 판단했고, 쉬운 스토리에 볼거리 많은 오페라를 만들어 연달아 히트를 쳤다. 음악은 절대적으로 대중을 위해 존재한다고 생각했고 큰돈을 벌 수 있는 음악이 무엇인지 정확히 꿰뚫었으며 재테크 능력도 뛰어났다. 슈베르트에게 이런 능력이 있었다면 인생이 조금은 편안했을 텐데….

23세 젊은 로시니에게 엄청난 성공을 가져다준 오페라 〈세비야의 이발사〉는 속사포 랩에 가까운 화려한 기교의 아리아가 귀를 사로잡고, 해학과 재치가 넘치는 스토리가 가득하다. 모차르트 〈피가로의 결혼〉의 프리퀄에 해당하는 〈세비야의 이발사〉는 주인공들의 젊은 시절을 그린다. 억대 상속녀의 후원자가 그녀와 결혼해 재산을 가로채려는데, 그녀를 사랑하는 젊은 백작이 똑똑한 이발사 피가로의 도움으로 후원자를 골탕 먹이고 결혼에 골인한다는 전형적인 로맨틱 코미디이다.

스타 작곡가가 된 로시니는 대중이 원하는 오페라가 무엇인지 간파하고 다음 해 〈신데렐라〉[50], 이어서 〈도둑 까치〉[51]를 발표하면서 불과 25세에 오페라 황제가 되었다. 당시 유럽의 사람들은 프랑스

혁명의 여파로 지쳐 있었고, 어둡고 무거운 세상을 잊고 가볍게 즐길 수 있는 오페라를 필요로 했다. 대중은 베토벤보다 로시니를 선호했고, 결국 베토벤도 로시니의 〈세비야의 이발사〉를 관람한 후 로시니에게 의미심장한 말을 건넸다.

"로시니 선생, 당신이 바로 〈세비야의 이발사〉의 작곡가이군요. 이 작품은 이탈리아 오페라가 계속되는 한 공연될 것 같습니다. 하지만 앞으로도 계속 희가극[52]만 쓰세요. 다른 장르의 오페라는 당신에게 어울리지 않습니다."

베토벤은 하룻밤에 소비되는 가벼운 오페라를 경멸했고 그럼에도 대중이 열광하는 오페라라고 하니 보러 가긴 했는데 그냥 올 수 없었나 보다. 베토벤의 말이 가슴에 남았는지 그 후로 로시니는 〈세미

•••

50 신데렐라: 신데렐라의 엄마가 두 딸을 가진 남작과 재혼을 했으나 남작이 재혼 후 바로 사망하고 신데렐라는 하녀로 전락해서 남작 딸들에게 괴롭힘을 당한다는 내용으로, 현실에 맞게 새엄마에서 새아빠로 각색했다.

51 도둑까치: 프랑스에서 있었던 실화를 바탕으로 한 오페라이다. 은그릇을 훔친 죄로 사형 선고를 받은 하녀가 사형을 당한 후 까치가 범인이었음이 밝혀진 것인데, 흥행을 생각한 로시니가 상상력을 보태어 하녀가 사형당하기 전 누명을 벗고 사랑하는 연인과 행복하게 살게 되었다고 해피엔딩으로 각색했다.

52 희가극(Opera buffa): 정가극(오페라 세리아)의 반대 개념이다. 일반인이 쉽게 접할 수 있는 장르로, 서민의 삶을 묘사하며 가벼운 내용이다. 프랑스는 '오페라 코미크', 독일은 '징슈필', 영국은 '발라드 오페라', 스페인은 '사르수엘'이 있다.

라미데〉, 〈코린트의 함락〉, 〈윌리엄 텔〉[53] 등 비극적 오페라 대작들을 발표했다.

이 가운데 〈윌리엄 텔〉은 6시간에 달하는 장대한 길이와 높은 난이도로 잘 연주되지 않으며, 연주된다 하더라도 상당 부분 삭제된다. 테너의 아리아 중 높은 '도'음이 28번이나 등장하여 오죽하면 로시니가 37세에 작곡을 그만둔 몇 가지 이유 중 하나가 제대로 노래할 가수가 없어서라고 할까? 그래도 〈윌리엄 텔〉의 서곡만큼은 인기 서곡으로 꼽힌다. 서곡이 연주되고 대략 8분 이후 등장하는 스위스 군대의 행진은 말을 타고 달려올 것만 같은 역동성과 명쾌한 선율로 많은 사랑을 받고있다.

◆ ◆ ◆

베를린 필하모닉과 아바도 지휘로 비 오는 날 야외에서 연주되는 〈윌리엄 텔 서곡〉에 맞춰 우산이 움직이는 진풍경을 만나 보자.

로시니는 1792년 태어나 1868년까지 살았지만 1800년대 초반까지 작곡했기 때문에 고전파로 분류한다. 밝고 기지에 찬 아름다운 가락으로 당대 엄청난 인기를 얻었으며 짧은 기간에 많은 부를 축적했다.

전 세계에서 가장 인기 있는 오페라 부파를 뽑으라면 단연 먼저

• • •

53 윌리엄 텔: 실러의 빌헬름 텔을 기초로 로시니가 작곡한 4막의 정가극 오페라이다

꼽히는 〈세비야의 이발사〉 속 이발사 피가로가 부르는 〈나는 이 거리의 1인자 만능 해결사(Largo al factotum)〉는 래퍼들도 울다 갈 속사포 랩에 온갖 기교가 가득하고 재치가 넘친다. 노래 부르는 성악가의 가위질하는 퍼포먼스도 볼거리다. 투자 증권 광고에서 수수료가 저렴하다며 피가로(fee가 low)를 외치던 파바로티 이미테이션 가수 덕분에 한국에서 가장 유명한 아리아가 되었다.

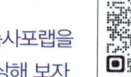

바리톤 피터 마테이의 〈Largo al factotum〉 속사포랩을
메트로폴리탄의 화려한 무대로 감상해 보자.

최고의 대우를 받은 셀럽, 푸치니

오페라만큼 자신의 생각과 작품 스타일을 여실히 보여 줄 수 있는 장르는 없다. 대사가 있기 때문에 생각을 피력하기 쉽고, 연기와 음악으로 감정을 전달하기 때문에 직접적이고 효과적이다. 귀족의 비도덕적인 삶을 지탄하기 위해 작곡가가 의도를 담아서 피아노 선율로 작곡했다면 작곡가의 설명을 듣지 않은 이상 의도를 파악하기가 쉽지 않다. 하지만 대사가 있다면 공감을 자아내기 훨씬 쉽다. 이 때문에 모차르트나 베르디 등 수많은 작곡가들이 오페라로써 세상을 비판하고 자신의 철학과 메시지를 전달했다.

"주말에 에어쇼 보러 알프스 갈까?"

　오로지 오페라 작품으로 백만장자 반열에 오른 푸치니는 벌기도 잘 벌었지만 쓰는 것도 잘 썼다. 차고에는 요일별로 탈 수 있는 최고급 자동차가 여러 대 있었고, 바람 쐬러 바다로 나갈 개인 요트와 모터 보트, 자동차 한 대 값만큼이나 비싼 비디오 카메라를 갖고 있었으며, 심심하면 에어쇼를 보러 알프스로 날아갔다. 사냥과 낚시를 즐겼으며 별장도 가지고 있었던 백만장자 푸치니의 사진을 보면 당당하고 여유 있고 자신감이 넘친다.

　주머니에 고가의 회중 시계, 화려한 커프스 버튼, 뿔로 만든 고급 지팡이, 머리 끝부터 발끝까지 센스 있게 입은 고급 의류들은 바로 완판되었다. 1900년대 초반, 푸치니의 인기는 어마어마했다. 전화도 인터넷도 없던 시절 전 세계가 푸치니에 열광하여 앞다투어 초청했다. 이탈리아와 정반대편에 있는 우루과이에서 '푸치니 페스티벌'이 열리고 푸치니 부부에게 1등급 왕복 여객선 티켓과 최고급 호텔, 천문학적 개런티를 제공했을 정도이다.

　그런데 최고의 대우를 받으며 셀럽의 삶을 살았던 푸치니가 처음부터 이렇게 여유로웠던 것은 아니다. 다섯 살 때 아버지가 세상을 떠나고 어머니와 힘들게 살았으며, 밀라노 유학 시절에는 돈이 없어서 친구들과 옥탑방의 월세를 나눠 내고 살았고, 야심차게 발표한

오페라는 연이어 실패했다. 비장의 각오 끝에 작곡한 〈마농레스코〉
가 히트하면서 오랜 무명 생활을 마치고 스타 작곡가가 되었다. 부
에노스아이레스, 리우데자네이루, 상트페테르부르크, 뮌헨, 함부
르크 등 여기저기에서 초청이 잇달았고 버나드 쇼는 이렇게 극찬을
했다.

"내가 보기에 푸치니는 다른 어떤 경쟁자들보다 베르디의 후계
자로 적합하다. 이탈리아 오페라가 다시 부활했다."

　다음 해 발표한 라보엠까지 연이어 히트를 치며 월드 스타 반열
에 오르고 백만장자라 부를 정도로 많은 돈을 벌었다. 물 밀듯이 들
어오는 인세로 잔고가 넘쳐났고, 최고급품으로 온몸을
치장하였으며, 머물고 싶은 곳마다 고급 저택을 구
입했다. 26편의 오페라를 작곡한 베르디에 비한다
면 겨우 12편밖에 안 되지만 〈토스카〉, 〈나비 부인〉,
〈잔니 스키키〉, 〈투란도트〉까지 계속해서 히
트작을 내놓았으니 성공률이 꽤 높았다
고 볼 수 있다. 한번 들으면 각인되는
멜로디, 노래 빼고 음악만 들어도 그
자체로 완벽한 관현악곡이 되는 뛰어

자코모 푸치니

난 작곡 기법, 음악만으로도 상황과 느낌이 전달되는 푸치니 오페라는 시대를 넘어 많은 사랑을 받고 있다.

그의 오페라 가운데 가장 많이 공연되는 〈라보엠〉 중 1막 로돌포의 아리아 〈그대의 찬 손(Che gelida manina)〉과 이어지는 미미의 아리아 〈네, 사람들이 미미라고 불러요(Sì, mi chiamano Mimi)〉, 2막 미미의 절친 무제타가 부르는 〈내가 거리를 걸을 때(Quando me'n vo)〉 등이 각각의 캐릭터를 잘 드러낼 수 있는 인기 아리아이다. 파리 배경의 라보엠은 뉴욕 뒷골목 젊은 예술가들을 배경으로 각색해 뮤지컬 〈렌트〉[54]로 탄생했다. 특히 무제타의 아리아는 뮤지컬 〈렌트〉의 〈Your Eyes〉로 탄생해 많은 사랑을 받는 인기 넘버가 되었다.

QR 링크를 따라가 무제타의 아리아를 허밍으로 따라 해 보자. 〈렌트〉의 링크를 열고 1분 40여 초경부터 흐르는 일렉 기타 선율에 귀 기울여 보기를.

오페레타를 쓴 왈츠의 왕, 요한 슈트라우스 2세

쿵작작 쿵작작~ 영화 〈타짜〉에서 김윤석 배우가 고니와 화투 대

---

54 렌트: 푸치니 오페라 라보엠을 원작으로 만든 뮤지컬로 토니상까지 수상한 록 뮤지컬 사상 최고의 히트작이다.

결을 벌이며 부르는 멜로디, 〈이상한 변호사 우영우〉에서 우영우가 회전문을 통과할 때 발맞춘 3박자 왈츠[55], 모두 요한 슈트라우스 2세의 곡이다. 빈 무도회장 올킬, 왈츠로 넘버원을 찍고 백만장자 반열에 오른 슈트라우스는 오스트리아 최대 카지노 '돈 마이어'와 전속 계약을 맺고 매일 히트곡을 내놓으며 엄청난 돈을 벌어들여 요리사와 마부에 고급 마차를 굴리며 큰 성까지 사서 성주가 되었다.

19세기 오스트리아는 식사와 카드 게임, 공연을 보는 카지노가 인기였고, 쉔부른 궁전 앞에 최고의 카지노 '돈 마이어'가 있었다. 19세기 초 빈에서는 왈츠 열풍이 불었고, 이에 따라 왈츠 음악의 수요가 늘어나면서 유럽을 넘어 미국에서도 작곡 의뢰가 이어졌다. 매일 파티를 즐기는 귀족들은 같은 곡으로 춤을 출 수 없었을 테고 그의 우아한 왈츠는 불티나게 팔려 나갔으니 시대를 정말 잘 타고난 것 아닌가.

그런데 재미있는 사실은, 슈트라우스는

요한 슈트라우스 2세

...

55 왈츠(Waltz): 독일 Walzer, 프랑스 Valse. 4분의3박자의 경쾌한 춤곡으로 오스트리아에서 발달된 가장 대중적이고 유명한 서양 고전 음악의 춤곡으로 특히 오스트리아의 '빈 왈츠'가 가장 유명하다. '돌고 돈다'는 뜻을 가진 독일어 '발처'에서 유래된 것으로 추측된다.

정작 왈츠를 전혀 못 췄고 사람들이 권해도 절대 추지 않았다고 한다. 만약 왈츠를 잘 췄다면 더 좋은 곡이 나왔으려나, 아니면 못 췄기 때문에 상상의 한계를 뛰어넘어 좋은 곡이 나온 것일까.

초창기 왈츠 음악은 현악 4중주[56] 정도였다가 규모가 커지면서 오케스트라로 만들어졌다. 단순 반주 음악에 지나지 않던 왈츠를 구성과 규모를 갖춘 연주용 음악으로 발전시킨 사람이 요한 슈트라우스 2세이다. 대표곡 〈봄의 소리〉는 단순히 춤의 반주 음악이 아니라 연주를 위한 왈츠곡으로, 소프라노와 오케스트라가 함께하는 대규모 편성의 활기 넘치는 작품이다.

〈빈 기질 왈츠〉, 〈황제 왈츠〉, 〈샴페인 폴카〉 등 74세까지 왈츠와 폴카, 행진곡 등 5백여 편의 곡을 썼고 춤과 음악이 함께 어우러진 18편의 오페레타[57]를 남겼다. 지금의 뮤지컬과 흡사한 오페레타는 재미있는 스토리, 춤과 음악이 어우러진 화려한 무대로 볼거리와 들을 거리가 많아서 인기였다. 언제까지 왈츠만 쓸 것이냐며 오페레타를 쓰면 어떻겠냐는 아내의 권유로 시작하였다.

...

56 현악 4중주(String quartet): 네 대의 현악기(바이올린 2, 비올라, 첼로)로 연주하는 것 또는 그러한 악곡.

57 오페레타(Operetta): 이탈리아어로 작은 오페라라는 뜻으로 대중적이고 가벼운 내용을 담고, 대사와 춤과 음악이 있어서 뮤지컬과 비슷한 점이 많다.

시티 앤 더 클래식

　특히 경제 공황으로 우울해하던 빈 시민들을 위해 작곡한 오페레
타 〈박쥐〉는 화려한 춤과 넘치는 유머로 대중을 열광시켰고, 역사
상 가장 성공한 오페레타로 꼽힌다. 〈박쥐〉 서곡[58]은 〈톰과 제리〉에
서 오케스트라를 지휘하는 에피소드 편에 등장했고, 김연아 선수의
2008년 ISU 쇼트 경기 음악으로 사용됐다. 두 손을 귀에 대고 '음악
을 들어 봐' 하는 포즈로 경기를 시작하여 경쾌하게 왈츠를 추는 김

• • •

58　서곡(Overture): 프랑스어에서 유래하였으며 'Opening'이란 뜻을 가지고 있다. 오페라, 연극, 발레,
　　　모음곡 등의 처음에 연주되는 곡으로, 아리아의 멜로디를 미리 보여 주기도 하고 분위기를 암시하기도
　　　한다.

연아의 모습은 흡사 발레리나를 연상시켰다.

〈톰과 제리〉 속 〈박쥐〉 서곡을 보며 웃을 준비!
2분여경 춤과 음악이 하나된 김연아의 피겨스케이팅에
감탄할 준비!

요제프 1세 황제도 슈트라우스의 오페레타를 높이 평가했고 〈니네타 대공녀〉 초연 때 후에 직접 만나 축하를 전했다. 슈트라우스는 30대에 왕족과 귀족들이 함부로 하지 못할 정도로 거물급 인사가 됐고, 마흔이 되기도 전에 궁정 무도회 총감독이 되었으며 부와 명예를 모두 얻었다. 그가 세상을 떠났을 때 오스트리아는 국상을 맞은 분위기였고 당대 최고 비평가였던 한슬리크가 황제의 사후에나 발표할 법한 추도문을 발표했다. 빈 중앙묘지에 안장되었고 그를 추모하여 바이올린을 연주하는 금빛 동상이 세워졌다.

천재 금수저, 멘델스존

위 작곡가들이 오페라를 열심히 작곡해서 돈을 벌고 성공한 경우라면 멘델스존은 태생부터 달랐다. 금수저 출신의 천재로, 할아버지는 당대 유명한 철학자였고 아버지는 대단한 인맥과 부를 지닌 은행가였다. '철학 배우고 싶어? 헤겔을 불러 줄게.'라고 할 정도였다.

"멘델스존만큼 환경이 완벽한 음악가는 없었다. 천재적인 재능, 유복한 집안, 우아한 외모, 세련된 사교성까지 모든 것을 다 갖췄다."

많은 음악학자들은 멘델스존에 대해 극찬을 쏟아 냈다. 작곡가로 성공하고 피아노 연주와 오르간 연주 등 악기 연주 실력도 뛰어났으며, 음악 해석 능력과 악단을 이끄는 지휘자로서 역량도 뛰어났다. 어디 그뿐인가. 시도 쓰고 전시회를 열 정도의 그림 실력을 갖췄고 영어, 이탈리아어, 그리스어, 프랑스어, 라틴어까지 자유롭게 구사했으니 이 정도면 완벽한 천재 아닌가.

어려서부터 수시로 멘델스존 집에 드나든 유명 음악가의 음악을 들을 수 있었으니 음악가로 성공할 수 있는 환경이 완벽히 제공됐다. 하루는 괴테가 어린 멘델스존의 연주를 듣고는 이렇게 말했다

"저 아이의 실력에 비하면 모차르트는 어린애가 삑삑거리며 소리 지르는 수준일 뿐이야."

모차르트의 연주도 평가절하한 괴테가 멘델스존의 연주에 매료되어 매일 그의 연주를 들으러 오고 함께 산책도 다녔다니, 그때 멘델스존의 나이는 겨우 12세! 부잣집은 생일 선물도 규모가 달랐다. 아

버지가 개인 오케스트라를 선물해 곡을 쓰면 오케스트라가 연주를 해 주니 작곡 실력이 늘 수밖에 없지 않은가. 12번째 생일에는 왕실 오케스트라가 오페라 〈병사들의 연애 사건〉을 연주해 주었고, 13세에 작곡한 〈피아노 4중주〉는 유명 출판사에서 출판되었다.

멘델스존의 작품에는 유독 나라 이름이 많다. 어릴 적부터 세계 여행을 많이 다닌 덕분에 스코틀랜드에 가서 받은 감동으로 〈핑갈의 동굴〉과 〈스코틀랜드 교향곡〉을 만들었다. '헤브리디스'로 불리는 〈핑갈의 동굴〉은 스코틀랜드 서북쪽에 위치한 헤브리디스 군도에 여행을 갔다가 스테파섬에서 거대한 동굴을 만나 압도된 풍광을 담은 곡이다. 멘델스존은 곧바로 누나에게 편지를 보내 이곳의 절경과 감동을 전했다.

"헤브리디스가 나를 얼마나 압도했는지 조금이라도 이해시켜 주고 싶어서 이렇게 편지를 보내. 그 자리에서 바로 떠오른 악상을 함께 보낼게."

멘델스존은 이 편지와 함께 주제 선율 20여 마디를 보냈다. 기암 절벽의 바위에 닿으며 부서지는 파도, 핑갈 동굴의 신비로운 절경이 관현악으로 섬세하게 묘사되어 있다. 바그너는 이 곡을 '일류 풍경 화가의 작품'이라며 극찬했다. 단일 악장으로 구성된 〈핑갈의 동굴〉은 연주회용 서곡으로 리스트가 창시한 '교향시'의 중요한 배경이 된다.

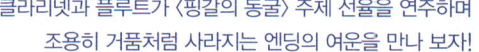
클라리넷과 플루트가 〈핑갈의 동굴〉 주제 선율을 연주하며
조용히 거품처럼 사라지는 엔딩의 여운을 만나 보자!

또 이탈리아 여행 중에 받은 영감은 〈이탈리아 교향곡〉으로 탄생했다. 1악장 선율을 듣자마자 이탈리아에 와 있는 착각이 들게 될 것이다. 특히 나폴리 지방의 타란텔라[59] 리듬을 사용한 4악장은 찬란한 태양과 화려한 색채가 가득한 자연의 영감을 활기차고 경쾌하게 그려 냈다. 슈만은 이탈리아 교향곡을 듣고 극찬을 쏟아 냈다.

"우리를 이탈리아의 밝은 하늘 아래로 이끌어 간다. 이 곡을 들으면 어느 누구도 이탈리아의 감명을 느끼지 않을 수 없을 것이다."

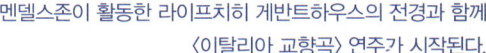
멘델스존이 활동한 라이프치히 게반트하우스의 전경과 함께
〈이탈리아 교향곡〉 연주가 시작된다.

•••

59 타란텔라(Tarantella): 이탈리아 나폴리 지방의 빠른 춤곡으로 8분의 6박자 또는 8분의 3박자와 같은 3박자 계열로 구성되어 있으며 장조와 단조가 교대로 나타나는 것이 특징이다.

가장 멘델스존스러운 교향곡이라 평하고 싶다. 따뜻하고 아름답게 바라보는 삶의 지향점과 일치한다. 긍정적인 사람이 비극을 쓰는 것, 여린 사람이 강하게 쓰는 것, 간혹 그럴 순 있지만 계속해야 한다면 이해 충돌을 겪게 된다. 배우들도 자신의 성향과 비슷한 배역을 맡을 때 즐겁고 편안한 것처럼 창작자에게 결과물은 삶이 담겨 있다. 멘델스존의 작품에서 비극을 만나기 어려운 이유이기도 하다.

삶이 여유로웠던 멘델스존은 악기에 대한 이해가 깊었고 오롯이 악기의 매력에 집중하여 곡을 쓸 수 있었다. 더욱이 멘델스존은 뛰어난 바이올린 연주 실력을 가지고 있었다. 그가 작곡한 두 곡의 바이올린 협주곡은 선율적인 매력과 테크닉적인 화려함을 동시에 느낄 수 있어서 바이올리니스트들에게 사랑받는 레퍼토리이다. 그중 〈바이올린 협주곡 E단조〉는 대중적으로 인기가 높아 베토벤의 〈바이올린 협주곡 D장조〉, 브람스의 〈바이올린 협주곡 D장조〉와 더불어 세계 3대 바이올린 협주곡으로 불린다.

독립된 악장이 있음에도 전 악장을 연결하여 연주하고, 협주곡임에도 오케스트라의 전주 없이 1악장 시작부터 바이올린 독주로 주제가 흘러 참신하다. 마음의 준비 없이 다가온 유려한 선율은 그대로 가슴 깊숙하게 박힌다. 베토벤의 곡이 남성미가 넘치는 왕자풍이라면 멘델스존의 곡은 감미롭고 부드러워 왕비풍이라고 평하지만, 3악장의 엔딩 부분을 듣고 나면 베토벤 못지않은 강렬함과 그럼에도 온화함을 잃지 않은 멘델스존만의 여유와 활기를 느낄 수 있다.

채드 후페스의 세련된 바이올린 연주로
멘델스존 〈바이올린 협주곡 E단조〉의 매력에 빠져 보자.

　부유한 집안 덕분에 책장에는 책이 가득했고, 다양한 책을 읽으며 교양을 쌓았다. 세련된 외모와 지적인 그의 곁에는 항상 사람들로 가득했다. 간결하면서도 유려하고 우아한 그의 음악을 많은 귀족들이 즐겼고 영국 왕실은 초청 연주회를 여러 번 열었다. 멘델스존은 여러 나라 중 특히 영국을 좋아해 10여 차례나 방문했다. 런던에 머물면서 작품을 발표하고 무도회와 연극과 오페라 관람을 즐겼다. 필하모니소사이어티의 명예회원으로 추대되었을 때가 불과 20세였다.

　영국에서 멘델스존이 유명해진 계기는 영국인들이 사랑하는 셰익스피어의 『한여름 밤의 꿈』을 곡으로 만들어 직접 지휘봉을 잡고 무대에 올랐기 때문이다. 문학과 철학 서적을 좋아한 멘델스존은 셰익스피어가 독일에서 유행하기 전에 이미 그의 작품을 읽을 수 있었고, 누나 파니도 셰익스피어의 작품에 심취해 일기에 이렇게 적었다.

"우리는 정말 아름다운 한여름 밤의 꿈속에 살았다."

이 이야기를 읽고 17세에 멘델스존은 〈한여름밤의 꿈〉 서곡을 단숨에 작곡했고, 16년 후 12곡을 마저 작곡해 5막의 희극에 총 13곡의 극음악을 탄생시켰다. 환상적인 상상력을 자극하는 서곡은 신비한 마법의 숲을 여는 몽환적인 화음과 평화롭게 뛰어다니는 요정과 사랑스러운 연인들의 모습, 나귀 머리로 변장한 아테네 장인 보텀의 나귀 울음소리들이 조화를 이루면서 환상적인 분위기를 그려 냈다. 목관악기들이 연주하는 네 번의 화음이 몽환적인 도입을 열어 주고 부드러운 현악기가 주제를 연주하는데, 이 곡을 듣고 슈만은 이같이 극찬했다.

"마치 요정들이 직접 연주하는 듯하다."

〈한여름 밤의 꿈〉의 음악 중 요정의 속삭임과 장난이 묘사된 것 같은 스케르초, 호른과 바순의 아름다운 사운드로 시작되는 녹턴도 유명하지만 가장 유명한 곡은 '딴딴따 딴~' 경쾌한 트럼펫 멜로디로 시작하는 결혼식의 퇴장 음악 '축혼 행진곡'이다. 〈한여름밤의 꿈〉의 아홉 번째 곡으로, 멘델스존의 팬이었던 영국의 빅토리아 여왕 장녀가 결혼식에 이 곡을 직접 선곡해 사용하면서 결혼식에 온 귀족들이 자신들의 결혼식에 사용하게 되었고, 이후 전 세계적으로 쓰이게 되었다. 가장 아름다운 날, 우리는 멘델스존의 음악을 들으며 시작하

시티 앤 더 클래식

는 것이다.

의대 출신 작곡가 VS 법대 출신 작곡가

아인슈타인은 물리학자가 되지 않았다면 바이올리니스트가 되었을 것이라 했고, 니체는 철학자였지만 많은 피아노곡을 작곡했으며, 장 자크 루소는 오페라 〈마을의 점쟁이〉를 작곡해 크게 히트했다. 클래 식 음악사에는 이처럼 독특한 이력을 가진 작곡가가 무척 많다. 비발 디와 리스트는 성직자였고, 해군 장교, 화학자. 그 외에 의대 출신부 터 법대 출신까지 다양하다.

해부학실에서 뛰쳐나온 베를리오즈

클래식사에서 의사 출신 작곡가로 가장 먼저 회자되는 사람은 베를리오즈이다. 프랑스 작은 도시 라 코트 생 앙드레에서 태어나 존경받는 의 사 아버지 덕분에 유복한 어린 시절을 보냈 다. 아버지는 유럽 최초로 동양 침술을 환자에게 적용한 의사였고, 베를리오즈 에게 음악을 가르친 장본인이기도 하다.

엑토르 베를리오즈

집에 있는 낡은 플래절렛[60]의 운지법을 가르쳐 주었고 그 후 독학으로 플루트, 기타, 클라리넷을 익혔으며 노트에는 작곡 습작이 가득하다.

하지만 아버지는 취미로 음악을 하라는 것이지 음악가가 되길 바란 것이 아니었고, 자신의 뒤를 이어 의대에 가기를 바랐다. 그것은 어머니도 마찬가지였다. 음악을 직업으로 삼으면 지옥에 떨어진다는 이상한 신념을 가지고 있었다. 결국 베를리오즈는 17세에 의과대학에 합격했고 첫 해부학 시간에 수업 중간 뛰쳐나와 이날의 경험을 자서전에 상세히 적었다.

"으스스한 시체 안치소에 발을 들인 순간 널브러진 팔다리와 쪼개진 머리통, 공포에 질린 표정들이 눈에 들어왔다. 발밑으로 지독한 악취를 풍기는 핏빛 오물 웅덩이에서는 참새 떼가 살점 쟁탈전을 벌이고, 구석에 모여 있는 쥐들은 아직 피가 흐르는 사람 척수를 갉아 먹고 있었다. 순간 공포에 사로잡힌 나는 냅다 창문을 뛰어넘어 집으로 줄달음을 쳤다. 그 장면의 충격에서 헤어나는 데

...

60 플래절렛(flageolet): 리코더처럼 생긴 플루트류의 목관악기 일종으로 400년 동안 매우 다양하게 발전해 왔다. 앞면에 4개의 음정 구멍이 있고 뒷면에 2개의 음정 구멍이 있는 프렌치 스타일이 유명하다. 베를리오즈, 프레드릭 샬론, 사무엘 페피스 등에 의해 연주되었다.

스물네 시간이 걸렸다. 그 후로 나는 인체구조, 해부, 의학이라는 단어만 들어도 몸서리를 쳤고 내게 강요되는 의사라는 직업을 좇느니 차라리 죽으리라 다짐했다."

글만 읽어도 눈앞에 광경이 펼쳐지는 것만 같다. 당시 파리 대형 병원의 모습이 얼마나 끔찍했는지 알 수 있고, 의학도로서 힘들었을 베를리오즈의 심정이 느껴졌다. 아버지가 보내 준 넉넉한 생활비 덕분에 파리에서 음악회를 자주 다닌 것은 큰 위안이 되었고, 병원에 있는 시간보다 파리 오페라 극장과 파리음악원 도서관에서 보내는 시간이 더 많았다.

베를리오즈는 결국 의사를 그만두고 본격적인 작곡가의 길을 걷게 되는데, 어릴 적 재미 삼아 몇몇 악기를 연주해 본 것이 전부였기에 로열 채플의 파리음악원 교수이자 음악감독인 장 프랑수아 르 쉬에르를 찾아가 제자로 받아 달라고 간청했다. 그리고 4년 만인 1826년, 파리음악원에 입학하게 된다.

베를리오즈는 시대상으로 보면 초기 낭만시대인데 파격적이고 특이한 행보 때문에 후기 낭만 작곡가로 평가받고 있다. 표제 음악[61]의 실질적인 창시자로 리스트나 바그너, 리하르트 슈트라우스 등 많은 작곡가들에게 영향을 주었다. 물론 그전에도 비발디 〈사계〉나 베토벤 〈웰링턴의 승리〉 등 표제 음악이 없었던 것은 아니지만 음악 자체를 표제에 종속시켰다는 점에서 큰 차이가 있다. 인간의 감정이 움직이는 것을 중시 여겼고 작품 속에서 생생하게 구현해 내는 데 집중했다.

'어느 예술가의 일생의 이야기'라는 부제가 달린 〈환상교향곡〉은 실연한 청년 시절 자신의 모습을 담은 대표적인 표제 음악이다. 이 작품은 고전 시대부터 지켜 온 4악장의 교향곡 형식을 5악장으로 바꾸었고,[62] 극적 교향곡 〈로미오와 줄리엣〉에서는 아예 악장이 아니라 연극처럼 막과 장으로 곡을 나누었다. 'Symphonie dramatique', 극적 교향곡이라는 제목부터 심상치 않다.

셰익스피어의 『로미오와 줄리엣』은 수많은 명곡으로 탄생했다. 베토벤의 〈현악 4중주 1번〉 2악장은 『로미오와 줄리엣』의 무덤 장면에서 영감을 받아 아다지오로 작곡한다는 베토벤의 코멘트가 남아 있고, 차이콥스키 〈로미오와 줄리엣〉 환상 서곡, 프로코피에프의 발레 작품 등이 있다.

베를리오즈의 〈로미오와 줄리엣〉은 '교향곡'이라는 제목을 붙였지

•••

61 표제 음악: 문학이나 그림, 이야기나 사상의 내용을 표현한 음악으로 얼마나 생생하게 묘사하느냐가 감상 포인트이다. 19세기 낭만파 음악가들에 의해 본격적으로 발전했고 베를리오즈의 환상 교향곡이 대표적인데, 살인, 사형 그리고 지옥에서의 고통과 결부된 감성적인 시인의 짝사랑에 관한 몽환적이고 병적인 환상을 이야기하고 있다.

62 교향곡은 통상 4악장으로 구성된다. 낭만시대에 오면서 악장 수가 다양해졌다.

만 무대 장치만 없을 뿐, 비극적이고 치밀한 묘사가 돋보여 극음악에 가깝다. 오케스트라에 성악까지 동원되며 연주 시간이 100여 분에 이르는 대곡이다.

베를리오즈는 다양한 음색이 어우러지는 것을 좋아해서 바순 8대, 호른 12대, 튜바 4~6대, 팀파니 10대, 300여 명이 넘는 합창단에 테너 독창, 거기에다 금관 4명에서 8명이 동서남북으로 위치하는 등 온갖 악기가 동원된 상상 초월의 구성으로 만든 작품도 있다. 연주자가 부족해서 객원 연주자를 쓰거나 특수악기를 대여하느라 큰 비용이 들어 지휘자나 오케스트라와 잦은 마찰을 빚었다. 19세기 초반만 해도 오케스트라가 구성이 50명 내외였기에 비현실적인 데다 미친 짓이라고 비판을 받았지만 전혀 개의치 않았다.

"대규모 오케스트라가 시끄러울 것이라는 것은 무식한 편견이다. 균형을 잘 맞추고 잘 연습하면 힘이 넘치는 소리를 듣게 될 것이다."

멘델스존은 이런 베를리오즈를 처음 만나고는 무례하다며 이같이 말했다.

"외부로 분출하는 그의 열정, 자신의 천재성을 알리려는 작태를 나는 참아 주기 어렵다네."

하지만 그럼에도 흥미로운 사람이라는 것을 부정하지는 않았다. 한번은 멘델스존이 베를리오즈에게 지휘봉을 선물하자 베를리오즈가 답례로 나뭇가지를 보내고는 "잘 다듬어 쓰시게."라고 했으니 멘델스존이 혀를 찰 만했다. 슈만은 오히려 호의적으로 평가했다.

"베를리오즈는 남의 기분을 맞추거나 고상해 보이려고 노력하지 않는다. 무언가 싫으면 격렬하게 머리를 쥐어뜯고, 무언가 좋으면 열의를 불태운다."

'누구의 후계자도 아니며 누구도 그의 후계자가 아니다'는 음악전문가들의 베를리오즈에 대한 평은 아주 적절하다. 베를리오즈는 음악사에서 어느 사조에 딱 맞춰진 작곡가가 아니고 자신만의 유파를 만든 것도 아니다. 경험에서 나온 감정을 개성 있게 음악에 담아낸 것뿐이다.

베를리오즈가 가장 존경한 작곡가는 베토벤으로, 두 사람은 통하는 부분이 많다. 고전시대 양식을 따랐지만 1악장을 느리게 만든다거나[63] 3악장을 스케르초[64]로 바꾼다거나 협주곡에 카덴차를 넣는다거나[65] 하며 베토벤 역시 진보적인 행보를 걸었다. 베를리오즈의 〈로미오와 줄리엣〉은 베토벤의 〈교향곡 9번〉과 연결점이 많다. 교향곡에 독창과 합창을 사용했고, 4악장의 시작을 금관악기로 열었으며, 피날레를 성악으로 이끌었다는 점이다.

◆ ◆ ◆

정명훈 지휘로 프랑스 라디오 필하모닉의 〈환상 교향곡〉과 다니엘레 가티 지휘로 프랑스 국립오케스트라의 〈로미오와 줄리엣〉을 감상해 보자.

화학자이자 내과 의사이자 뛰어난 작곡가, 보로딘

"나의 일은 과학이고, 음악은 취미이다."

자칭 타칭 '선데이 뮤지션'으로 불리는 보로딘이 한 말이다. 그는 화학자, 의학자, 내과 의사이자 피아니스트다. 틈날 때 음악 활동을 한다고 붙여진 별명이지만 결코 아마추어로 평가받을 음악가가 아니며, 러시아 국민악파를 이끈 러시아 5인조[66]의 일원이다. 상트 페테르부르크 의과대학에서 화학과 의학을 전공한 후 하이델베르크

• • •

63 고전시대 기악곡은 주로 소나타 양식으로 작곡했다. 1악장은 소나타 형식을 사용하고 대부분 빠른 템포로 쓰인다.

64 스케르초: '농담, 해학'이라는 뜻으로 빠른 3박자, 격렬한 리듬, 악상의 급격한 변화가 특징이다. 고전시대 소나타의 3악장은 궁정 무곡인 미뉴에트로 작곡했지만 하이든이 〈현악 4중주〉 3악장에서 미뉴에트 대신 스케르초를 도입했고, 본격적으로 성장시킨 건 베토벤이다.

65 베토벤 전까지 협주곡의 카덴차는 독주 악기 연주자가 기교를 유감없이 발휘하도록 즉흥성에 맡겼는데, 베토벤은 미리 작곡해서 악보화했다.

66 러시아5인조: 발레키레프, 림스키 코르사코프, 무소르그스키, 보로딘, 큐이 등 5인의 러시아 작곡가로 구성되며 국민악파에 속한다. 민속적인 색채의 곡을 주로 작곡하여 세계적인 입지를 확보하는 데 큰 역할을 하였다.

대학에서 유학을 마치고 돌아와 모교의 교수로 재직하면서 알데하이드나 벤젠 같은 유기 화합물을 연구하였고, 그의 이름을 딴 '보로딘 반응[67]'이라는 학술 용어가 있다.

어릴 적부터 피아노, 플루트, 첼로 등 많은 악기를 배웠고 9세에 폴카를, 13세에 플루트 협주곡을 작곡할 정도로 실력이 뛰어났다. 10대 때 협주곡을 작곡하는 것이 어느 정도 실력인지 묻는다면, 작곡과 4년 동안 협주곡을 쓰는 학생이 몇 년에 한 번 나올까 말까 한 정도라고 말할 수 있다. 4권짜리 『전쟁과 평화』를 13세에 쓰는 정도?

관악기, 현악기, 타악기 등 모든 악기의 음역과 연주 기법들을 알아야 하고, 두 개 이상의 악기가 연주될 때 어떻게 해야 서로 어우러지는지 화성 법칙을 공부해야 하며, 어떤 악기가 주제를 연주하고 어떤 악기가 반주를 할지 역할도 생각해야 하고, 악상 크기는 어떻게 할지 등등 수많은 변수와 음향을 체크하며 한 시간가량의 곡을 만들어야

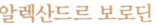

알렉산드르 보로딘

...

67 보로딘 반응: '훈스디커 반응'이라고도 불린다. 카르복실산의 은염이 할로겐과 반응하여 유기 하로겐 화물을 생성하는 유기 화학 반응을 말한다.

시티 앤 더 클래식

한다. 미시적인 작업과 거시적인 작업이 한 번에 이루어지는 것을 13세에 하다니 놀라울 따름이다.

다른 작곡가들이 본업을 포기하고 음악가가 된 것과 달리, 보로딘은 두 가지를 병행했고 모두 성공적이었다. 〈교향곡 2번〉이 프란츠 리스트에게 격찬을 받으면서 이름을 날리게 되었고, 〈현악 4중주 2번〉은 차이콥스키의 〈현악 4중주 1번〉과 함께 러시아가 자랑하는 최고의 실내악 작품으로 꼽힌다. 러시아적인 색채가 강하고 민요의 활용이 뛰어나며 특히 3악장 〈녹턴〉이 유명하다. 결혼 20주년을 맞아 아내에게 선물한 곡으로, 아내와 나눴던 사랑의 이야기들을 바이올린과 첼로가 대화하듯 달콤하게 그려 냈다.

1악장이 시작하자마자 등장하는 선율은 로맨틱하기 그지없다. 대부분의 현악 4중주 작품에서 바이올린이 주제를 연주하는 것에 반해 3악장은 시작부터 저음부의 첼로가 솔로 주제를 연주한다. 'Cantabile ed espressivo' 노래하듯이 감정을 풍부하게 담아서 연주하라는 지시어만큼이나 첼리스트의 연주에 따라 느낌이 많이 다른 곡이기도 하다. 저음부에서 첼로로 보로딘이 사랑을 표현하면, 고음부 바이올린에서 아내가 사랑스럽게 받아 준다. 평생 몸이 아파 아이를 가질 수 없었던 아내에 대한 애잔함이 담긴 사랑의 멜로디이다.

작곡가는 듣는 것만큼 악보를 많이 보는데, 좋은 곡은 음악만큼이나 악보도 아름답다. 보로딘의 악보는 공식처럼 정갈해서 좋다.

보로딘의 3악장 선율은 악센트와 스타카토가 반복함에도 너무나 우아하다. 특히 세게 연주하라는 악센트와 짧게 끊어 연주하라는 스타카토, 극과 극의 조화가 이렇게 부드러울 수 있을까. 3악장만 듣는다면 19세기 파리 어디쯤에 와 있는 듯하다. 아름다운 정장을 차려입고 고급스러운 레스토랑에서 정찬을 먹는 상상을 해 본다.

◆ ◆ ◆

보로딘 〈현악 4중주 2번〉, 에머슨 콰르텟의 연주로
러시아 서정성의 극치를 만나 보자!

법대 출신 작곡가들: 보첼리, 헨델, 시벨리우스

클래식 음악사에서 음악가들이 가장 많이 전공한 분야는 단연 법학이다. 당시 평민의 가정에서 태어나 안정적인 생활과 명예를 얻을 수 있는 것은 사제, 군인, 또는 법관이 되는 것이었다. 예능에서 배경 음악으로 자주 등장하는 〈Mai Più Così Lontano〉를 부른 안드레아 보첼리는 부모님의 반대로 피사 대학교 법대에 입학했고, 졸업 후에 변호사로 근무했다.

◆ ◆ ◆

딴딴딴딴~ 딴딴딴딴~ BG로 들으면서
보첼리의 이야기를 읽어 보자.

선천적인 녹내장을 가진 보첼리는 12세에 친구들과 축구를 하다가 친구가 찬 공에 맞아 내출혈을 일으켜 시신경이 끊어지며 시력을 잃게 되었다. 보첼리의 부모님은 시각 장애인 아들에게 음악가의 삶보다 변호사가 안정적이라 생각했겠지만, 음악에 대한 미련을 버리지 못한 보첼리는 변호사를 그만두고 음악가의 길을 걸었다.

하지만 오페라 무대에 설 기회는 오지 않다 카페에서 무명 가수로 노래를 부르며 지내던 어느 날, 그의 노래를 듣고 반한 한 여가수가 같이 노래할 것을 제안했다. 그렇게 탄생한 곡이 사라 브라이트먼과 듀엣으로 불러 1천 2백만 장의 판매 기록을 세운 〈Time to Say Goodbye〉이다. 14주간 독일 차트 톱에 머물렀고 골든 글로브 신인 가수상 및 ECHO[68] '올해의 최고 싱글곡'상을 수상했다.

아이컨텍이 어려운 보첼리의 손을 잡는 브라이트먼,
3분 15초에서 감동할 준비!

바로크 시대를 대표하는 작곡가 헨델은 할레대학[69]에서 법학을 공

---

68 에코상(ECHO) : 독일에서 매년 행해지는 저명한 음악상이다. 팝 카테고리는 3월, 클래식 카테고리 수상자는 10월에 발표된다.

69 할레대학 : 독일 작센 안할트주 할레와 비텐베르트 대학이 합쳐져 마르틴 루터 할레-비텐베르크 대학교(Martin-Luther-Universität Halle-Wittenberg)가 되었다. 인문 중점 대학이다.

부했다. 헨델의 아버지는 영특한 연주 실력으로 영주에게 신임받는 헨델이 자랑스러웠지만, 음악을 단순한 위안이나 오락거리에 불과하다고 생각했기 때문에 예순이 넘어 얻은 금지옥엽 아들에게 법대에 갈 것을 권유했다.

법대에 가려고 진학한 할레대학이었지만 다양한 인문학을 공부하면서 탄탄한 지식을 쌓았고, 인생을 바꾼 두 명의 교수를 만나게 된다. 토마지우스 교수에게 라틴어가 아닌 독일어 신학 강의를 들으며 인간에 대한 존중과 자유에 대한 중요성을 배우게 되었고, 신학자이자 박애주의자였던 아우구스트 프랑케 교수로 인해 교육의 중요성과 아동 복지에 눈을 뜨게 된다. 훗날 헨델이 궁정 음악가 생활을 접고 파운들링 고아원[70] 원장이 되는 계기와 모든 재산을 고아원에 기부하게 된 것도 할레대학에서의 가르침이 기반이 된 것으로 볼 수 있다.

법학을 공부하면서도 마음 한 구석에는 음악에 대한 미련이 남

게오르크 프리드리히 헨델

•••

70 파운들링 고아원: 런던에 설립된 최초의 공공 고아원.

시티 앤 더 클래식

아 있었던 헨델은 입학한 지 한 달 만에 오르간 주자로 활동하며 본격적으로 음악 공부를 시작한다. 젊은 시절 헨델은 시세에 밝고 처세에 능해 오페라 극장장까지 오르며 큰 성공을 거두었고, 영국에서 이탈리아 오페라 광풍을 불러일으키며 만드는 작품마다 히트를 쳤다.

18세기 블록버스터 오페라를 만든 헨델의 공연 날이면 극장 앞에 소방대가 대기할 정도로 스펙터클했고 천둥과 번개, 불을 쏘고 천장에 닿을 만한 공작새가 등장했다. 귀족들은 열광했고 왕실로부터 2백 파운드의 급여와 보너스 2백 파운드에 겸직 가능의 파격적인 대우와 오페라 극장 전권을 부여받아 제작부터 배급과 상연까지 모든 권한을 가졌다. 오페라 극장에 작품을 올리려면 헨델의 허락을 받아야 했고, 위상이 하늘을 찔러 기침만 해도 다들 허리를 숙인다는 말이 돌 정도였다. 헨델은 역사상 가장 위대한 작곡가로 인정받았고 살아생전 돈과 명예 때문에 고생한 적이 없다.

프랑스의 소설가 앙투안 프레보는 신문「찬성과 반대」에서 헨델을 이렇게 평했다.

"어떤 예술 분야에서도 한 사람이 이렇게 완벽한 작품을 동시에 이렇게 많이 만들어 내는 경우는 없었다."

프레보뿐만 아니라 퍼시벌 남작 등 영국과 유럽의 교양인들 대부분 비슷한 평가를 했다. 하지만 1720년대 후반 이탈리아 오페라 열풍은 사그라들었고 대중적이면서 이해하기 쉬운 발라드오페라[71]가 인기를 얻기 시작했다. 헨델의 오페라는 찾는 이가 없었고, 1만 파운드나 들여 차린 오페라 회사가 망하면서 전 재산을 잃었다. 설상가상으로 뇌졸중까지 찾아오는데 헨델의 마음을 아프게 한 건 잃어버린 돈이 아니라 믿었던 사람들의 배신이었다. 헨델의 음악 없이는 못살 것 같은 사람들이 등을 돌렸다.

하지만 여기서 주저앉을 헨델이 아니었다. 누구보다도 시대에 대한 통찰력이 뛰어났던 헨델은 병석에 누워 자신이 망한 이유에 대해 분석해 보았다.

첫째, 내 나라 언어로 노래하자.[72] 영국민을 위한 영어로.

둘째, 무대 장치, 드레스 등 비용을 줄이고 극과 음악만으로 이야기를 풀어 가자.

셋째. 어려운 신화, 영웅 이야기 말고 남녀노소 누구나 아는 성경 내용으로 만들자.

•••

71 발라드오페라(Ballad opera): 18세기 전반에 영국에서 일어난 서민적인 음악극. 이탈리아 오페라가 귀족 상류층의 전유물인 데 반해 대중 작가가 서민을 위하여 만든 것으로, 당시 유행하던 가요나 아리아를 곡으로 사용하였다. 대사가 있고 풍자적 성격이 강한 희극이다.

72 19세기까지 모든 오페라는 이탈리아어로 쓰여 있었고 귀족이나 이탈리아어를 배울 수 있었다.

시티 앤 더 클래식

이렇게 선택한 음악이 '오라토리오'이다. 연기를 하지는 않지만 등장인물과 스토리가 있고 노래와 합창을 부른다. 자신이 잘하는 오페라와 비슷해서 쓰는 데는 어렵지 않고, 비용은 줄이고, 사람들이 좋아할 법한 극과 음악을 모두 가지고 있으니 너무나 절묘한 선택 아닌가. 24일 만에 완성한 오라토리오가 헨델의 명작으로 남은 〈메시아〉이다. 신의 인도를 받고 써 내려간 악보가 눈물로 다 젖었다는 헨델의 말에 일부 학자들은 동정을 사기 위한 쇼라고 비판했고, 반대론자들은 내용만 성경일 뿐 신성한 종교 음악이 아니라고 폄하하기도 했지만 〈메시아〉는 크게 히트하며 헨델의 인기와 명성을 회복시켜 주었다.

공연 스폰서들은 사람들이 줄을 잇자 신문에 기사를 내어 공연을 보러 오려면 마차를 놓고 오고 귀부인들은 드레스 속 페티코트 후프를 빼고 오라며 부푼 드레스를 가라앉혀 한 명이라도 더 받으려 했다. 〈메시아〉를 쓰게 된 때를 시점으로 헨델은 삶의 전환점을 맞았고, 진정한 음악과 삶의 가치에 대해 깨닫게 된다.

파운들링 고아원에서 자선 음악회를 열고 수익금 전액을 기부했으며, 메시아 악보 및 자신이 아끼던 오르간과 많은 재산을 파운들링 고아원에 남겼다. 그의 마지막 직함은 궁정 음악가도 귀족의 음악가도 아닌 파운들링 고아원 원장이었으며, 은퇴한 음악인들을 위한 지원 기관 '영국왕립음악가협회'의 전신을 만들었다. 아버지 때문에 가게 된 법대였지만 훌륭한 스승의 가르침은 헨델에게 진정한 음악의 가치와 삶의 방향성을 일깨워 준 셈이다.

◆ ◆ ◆

사이먼 래틀의 지휘로 〈메시아〉 중
〈할렐루야〉를 감상해 보자.

　북유럽 국민악파를 대표하는 작곡가 시벨리우스의 아버지는 의사였지만, 그가 세 살 때 막대한 빚을 남기고 세상을 떠났다. 어머니는 모든 것을 정리하고 외갓집으로 거처를 옮겼고, 아버지처럼 따른 삼촌은 시벨리우스에게 바이올린을 선물해 주며 친구가 되어 주었다. 9세에 피아노를 배웠고 15세에 바이올린과 작곡법을 배웠지만 안정된 직업을 원한 가족들의 의견에 따라 핀란드 임페리얼 알렉산더 대학 법학과에 진학하게 된다.

　하지만 음악에 대한 미련을 버리지 못한 시벨리우스 1학년을 마치기도 전에 법대를 중퇴하고 헬싱키 음악원[73]에 입학해 1889년까지 음악 공부를 이어 갔다. 부조니 교수에게 작곡을 배우며 실력을 키워 음악원 졸업 후 베를린으로 유학을 떠났고, 빈에서 존경하는 브람스를 만나 큰 격려도 받았다. 27세에 고국으로 돌아와 모교의 교

•••

73　헬싱키음악원: 현재의 시벨리우스 아카데미.

수로 재직하면서 활발한 작품 활동을 이어 나갔다. 〈칼레발라〉, 〈쿨레르보〉, 〈카렐리아 모음곡〉, 〈네 개의 전설〉로 명성을 쌓았고 교향시 〈핀란디아〉가 대히트를 치며 국가로부터 5만 마르카의 연금을 받는 거장이 되었다.

관현악 작품만큼이나 소품곡도 많이 작곡했다. 당시 유럽에 피아노가 널리 보급되며 작곡가들은 오케스트라곡을 피아노로 편곡하거나 집에서 연주할 수 있는 피아노 소품을 악보로 출판하여 큰돈을 벌었다. 시벨리우스가 딸에게 한 말을 보니, 웃어야 할지 울어야 할지 모르겠다.

"아빠가 교향시를 쓰는 대신 피아노곡을 작곡하면 너에게 빵과 버터를 사 줄 수 있단다."

〈6개의 즉흥곡〉, 〈피아노를 위한 5개의 소품〉, 〈피아노를 위한 3개의 소품〉, 〈3개의 소나티나〉, 〈4개의 서정적 소품〉 등 피아노 소품곡을 셀 수 없이 많이 작곡했다. 핀란드의 민속음악을 소재로 많은 곡을 작곡했는데, 특히 전설과 설화가 가득한 카렐리아[74]를 배경으로 작곡한 〈카렐리아 모음곡〉

장 시벨리우스

은 빈에서 막 돌아온 28세의 젊은 시벨리우스의 초기 작품으로 대중에게 많은 사랑을 받았다. 카렐리아는 훗날 그가 신혼여행까지 가게 될 정도로 사랑한 곳이기도 하다. 카렐리아 모음곡 중 세 번째 곡 'Alla marcia'는 러시아와 스웨덴의 전쟁에서 스웨덴 군대의 진격을 묘사한 부분으로, 부드럽지만 강렬한 북유럽의 에너지가 느껴진다.

10분 4초로 점프!
〈카렐리아 모음곡〉 3악장만 들어도 좋다.

1865년 태어나 1957년 세상을 떠났기에 19세기보다 20세기에 보낸 시간이 많았지만, 독일의 진보적인 작곡가들처럼 무조음악이나 아방가르드한 현대적인 색채보다 조성을 기반으로 한 후기 낭만주의 색채 중심으로 작품을 썼다. 대규모의 사운드, 열정적인 리듬, 서정적인 멜로디를 기반으로 조국 핀란드의 민속적인 멜로디와 민담과 자연을 담아 누구보다 아름답게 핀란드를 표현했다.

악보 작성 프로그램 중 작곡가들이 많이 쓰는 유명한 프로그램 투탑 중 하나가 '시벨리우스'이고 처음 시작할 때 시동음이 무려 〈시벨

•••

74 카렐리아: 러시아와 핀란드 사이에 위치한 지역으로 원래 핀란드의 영토였는데 겨울전쟁으로 러시아에게 빼앗겼다. 삼림이 가득한 곳으로 세계에서 14번째로 큰 '라고다 호수'도 있다.

리우스 교향곡〉이다.[75]

문학 소년에서 법학도 음악가로, 슈만

슈만은 음악 배경이 전혀 없는 집안에서 태어났다. 아버지는 서적상을 하며 출판을 했고, 서재에 앉아 파이프 담배를 피우며 로맨스 소설 쓰는 것을 좋아한 문학도이기도 했다. 슈만은 어릴 적부터 아버지 서점에서 많은 책을 읽으며 자랐고 루드비히 티크, 장 파울, 호프만 같은 낭만주의 작품을 좋아했다.

한번은 장 파울의 책을 읽고 감동을 받아서 늦은 밤 피아노로 다가가 눈물을 흘리며 화음을 눌렀다는 기록이 있을 정도로 감수성이 뛰어났다. 즉흥 연주에 탁월했으며 일곱 살 때부터 작곡을 할 정도로 음악 재능도 천재적이었다. 아버지가 일찍 세상을 떠나고 문학과 음악 중에 어떤 길을 택할지 고민에 빠져 있을 때, 슈만의 어머니는 음악과 문학 모두 장래가 없기는 마찬가지이니 법대에 가라고 권유했다.

그렇게 18세에 라이프치히 법대에

로베르트 슈만

...

75 현재는 〈시벨리우스 교향곡〉이 아니라 다른 음악이 나온다.

입학하게 되었지만 그곳은 공부를 하기엔 음악이 넘치는 곳이었다. 오페라 극장에는 유럽 최고 수준의 발레단과 합창단이 상시 공연을 했고, 1781년 문을 연 라이프치히 게반트 하우스는 개관과 동시에 관현악단을 창단하여 매주 공연을 올렸으며, 100여 년 전 바흐가 지휘자로 있었던 라이프치히 성 토마스 성당에서는 100여 명의 소년으로 구성된 합창단이 노래를 불렀고, 니콜라이 교회에서는 수준 높은 음악을 상시 공연했으니 어찌 공부에 집중할 수 있겠는가. 오죽하면 라이프치히를 '음의 메트로 폴리스'라고 부를까.

슈만은 눈을 뜨자마자 담배를 물고 피아노 앞에 앉아 연습을 했고, 밤이면 친구들을 불러 연주회를 열었으며, 괴테, 셰익스피어, 바이런, 장파울의 작품을 암송하며 수없이 많은 밤을 청춘으로 불태웠다. 하지만 제대로 된 음악 교육을 받은 적이 없어 법대를 다니며 지역에서 가장 유명한 비크 교수를 찾아가 피아노를 배우기 시작했는데, 이분이 훗날 슈만과 결혼하는 클라라의 아버지이다. 당시 독일의 대학에는 음악 실기 전공이 없어서 사설 음악원에서 음악 교육을 대신했다.

슈만은 2학년이 되어 하이델베르크 법대 교수이자 팔레스트리나 고전 대위법 연구 모임의 지도 교수인 유스투스 티보 교수의 지도를 받기 위해 하이델베르크 법대로 전학을 갔다.[76] 부푼 꿈을 안고 드디

•••

76 독일은 전부 국립대학이라 대학 간의 전학이 가능하다.

어 티보 교수를 만났으나, 라이프치히에 손꼽히는 비크 교수가 있는데 왜 나한테 왔느냐며 비크에게 추천서를 써 줄 테니 돌아가라고 했다.

그렇게 1830년 라이프치히로 돌아온 슈만은 프랑크푸르트에서 신들린 듯 연주하는 파가니니를 보고 법대를 그만두기로 결심한다. 결국 자퇴를 하고 비크 교수의 문하생으로 들어가 본격적인 음악 교육을 받으며 피아노 실력을 키워 나갔다.

"손가락이 더 부드러워져야 해. 손가락에 힘이 골고루 들어갈 방법이 없을까?"

늦게 음악을 시작한 슈만은 당대 잘나가던 쇼팽과 리스트를 보며 마음이 다급해졌다. 따라잡기 위해 담배 상자와 줄을 이용한 테크닉 향상 장치를 만들어 연습하던 중 오른 손가락을 다쳐 영영 피아니스트로 활동할 수 없게 된다. 덕분에 작곡과 평론에 집중할 수 있었으니 전화위복이 된 셈이다. 『음악신보』의 편집장으로 많은 평론을 쏟아 냈고 브람스와 슈베르트 등 음악가를 발굴하여 신곡을 소개하면서 영향력을 키워 나갔다. 슈만은 박식하고 양심적이며 작은 재능이라도 아낌없는 찬사를 보내는 도량이 넓은 평론가였다.

법대를 그만둔 결정적 영향을 끼친 파가니니는 슈만의 작품에 주요 소재가 되었다. 〈파가니니 카프리스에 의한 6개의 연습곡 Op.3〉, 〈파가니니 카프리스에 의한 콘서트 연습곡 Op.10〉 등을 작곡했고, 정신병동에서 마지막까지 붙잡고 있던 악보가 파가니니의 카프리스였다.

그러고 보니 파가니니에게 사로잡힌 작곡가가 많다. 브람스는 〈파가니니 주제에 의한 변주곡〉을, 라흐마니노프는 〈파가니니 주제에 의한 랩소디〉를 만들었고, "나는 피아노계의 파가니니가 되겠다."고 선언한 프란츠 리스트는 파가니니의 〈바이올린 협주곡 2번 3악장〉을 발전시켜 〈라 캄파넬라〉를 발표했다. 파가니니의 작품을 전혀 다른 컬러로 만나 볼 수 있다.

한때 '슈만과 클라라'라는 이름의 카페가 동네마다 있었다. 음악사에서 이처럼 난타전 끝에 결혼한 커플이 또 있을까. 스승의 딸 클라라와 사랑에 빠져 미성년자(작센 민법에 21세부터 성인으로 간주)인 클라라와 결혼을 하겠다고 선언했으나, 비크 교수의 반대로 소송까지 가서 법정 공방을 이어 갔다. 슈만이 승소한 배경에 그의 법학 지식과 법대 친구들의 도움이 많이 작용했다는 후문이다.

비크 교수는 슈만이 어린 클라라를 유혹했으며 연주회를 제대로 진행할 수 없는 무능력자이고 알코올중독자라며 비방했고, 항소심에서 이길 것이라 확신했다. 하지만 슈만이 법대에 다닌 것을 간과

했다. 슈만을 비난하는 유인물을 뿌린 것에 대해 명예훼손으로 고소당했고, 형사소송으로 간주되는 명예훼손 사건은 신속하게 처리되었다. 결국 비크 교수는 형사 재판에 회부돼 유죄 판결을 받고 18일 동안 감옥에 수감되었다.

클라라가 20세였으니 1년만 기다리면 되는데 왜 이렇게까지 했을까? 결혼을 하고 싶은 마음도 컸겠지만 인격 모독에 가까운 비크 교수에게 화가 많이 났던 모양이다. 슈만이 소송에서 이기기는 했지만 클라라와 미래 장인어른과의 관계에는 돌이킬 수 없는 상처를 남겼다.

"당신과 결혼하지 않았으면 이런 노래는 쓸 수 없었을 것이오."

결혼을 하던 1840년 슈만은 138곡의 가곡을 작곡했고 클라라에게 가곡집 〈미르테의 꽃〉을 헌정했다. 괴테, 뤼케르트, 바이런, 하이네의 시 26편에 선율을 입힌 가곡집은 전곡이 주옥같다는 평가를 받고 있지만, 그중에서 클라라에 대한 사랑이 가득 담긴 1번 〈헌정(Widmung)〉이 가장 많은 사랑을 받고 있다.

당신은 나의 영혼 나의 심장
당신은 나의 기쁨 나의 고통
당신은 나의 세계, 그 안에서 살아간다네

(중략)

당신이 나를 사랑함은 나를 가치 있게 만들고

당신의 시선은 나를 환히 비춰 주며

너무도 사랑스럽게 나를 이끌어 준다오

– 리케르트

이보다 아름다운 시구가 있을까? 〈미르테의 꽃〉은 신부의 부케에
많이 사용하는 하얀 꽃으로, 예쁘기도 하지만 향기도 좋다. 슈만이
제목을 붙인 이유와 연관이 있을까? 소프라노, 테너, 바리톤 등 많은
성악가들이 애창하지만 조수미의 노래는 사랑 그 이상의 성스러움이
느껴진다. 리스트가 피아노 독주용으로 편곡한 〈헌정〉도 무척 좋다.
슈만이 아름답게 그려 낸 선율을 그대로 살리지만 한 마디 전주를 세
마디로 확장하고 선율을 왼손으로 이동시키며 음폭을 넓히는 등 피아
노의 기교가 어우러져 리스트만의 감성으로 만나 볼 수 있다.

조수미가 부르는 슈만 〈헌정〉과 루돌프 부흐빈더가
피아노로 연주하는 리스트 〈헌정〉을 감상해 보자.

슈만은 결혼 소송으로 힘든 시기에 슈베르트의 음악으로 위로를
받았다. 죽을 것 같은 고통의 시간을 고스란히 담은 〈피아노 5중주

시티 앤 더 클래식

Eb장조〉는 슈베르트를 오마주한 곡이다. 2악장에서 슈베르트의 〈피아노 트리오 2번〉 2악장의 감성이 가장 강하게 나타난다.

◆ ◆ ◆

콩쿠르 사냥꾼이라는 별명을 가진 다닐 트리포노프의 루빈스타인 콩쿠르 실황 연주로 슈만의 〈피아노 5중주〉를 감상해 보자.

슈만은 평론지에 신예 작곡가를 소개하고 새로운 작법을 알리는 데 앞장섰으며 문학가들과 깊게 교류하며 낭만시대의 꽃을 피웠다. 고전시대 작법을 따르지 않는다는 비난에는 이렇게 대응했다.

"어찌 모든 심상을 한두 개의 틀에 끼워 맞출 수 있는 것처럼 말하는가? 어찌 각각의 예술 작품이 독자적 의미를 갖지 못한다고 생각하는가? 때문에 독자적 형식도 취하지 못하는 것처럼 말하는가?"

베토벤이 '아름다움을 위해 파괴하지 못할 규칙은 존재하지 않는다.'고 말한 것과 연결되는 부분이다. 슈만의 악보를 분석해 보면 클리셰[77]를 찾기 어렵다. 〈피아노 소나타 2번〉은 가능한 '매우 빠르게

•••

77 클리셰(cliché): 의도된 힘이나 새로움이 없어진 진부한 상투구, 상투어·표현·개념을 가리키며 상황, 줄거리의 기법, 주제, 성격 묘사, 수사법 등 흔히 있던 것을 사용할 때 쓰인다.

연주하라'는 지시어와 함께 세 마디의 전주를 지나 주제가 등장한다. 2마디씩 발전해서 4마디가 되고 8마디를 이루는 통상적 구조가 아니라, 6마디 단위로 주제가 발전하더니 갑자기 8마디 단위로 바뀐다. 연결구를 지나 등장하는 제2주제는 갑자기 홀수 단위 3마디와 5마디로 발전한다.

계속 갈 것 같은데 갑자기 끝나고, 끝날 것 같은데 계속 진행하니 어디서 숨을 고를지 어디에 클라이맥스가 나올지 예측 불가하다. 더욱이 제시부가[78] 끝나는 93마디까지 쉬어 가는 구간이 단 한 곳도 없다. 그것은 마치 "늦게 일어나서 허둥지둥 학교에 가는데 버스까지 늦게 와서 학교 앞에 도착하자마자 뛰어서 교실에 도착했는데 이미 수업이 시작해서 고개를 숙이고 자리로 가서 앉아 가방을 열었는데 과제를 두고 와서…"와 같이 쉼 없이 말을 하는 것과 같다.

이렇게 쉼 없이 계속 말을 이어 간다면 지루할뿐더러 하고자 하는 말이 무엇인지 파악하기가 어렵다. 슈만이 이런 곡을 썼다는 것인데, 아이러니하게도 이해가 잘된다. 슈만은 1832년에서 1838년 사이 3개의 대규모 소나타를 작곡했고 대부분 고전시대 소나타처럼 4

...

78 제시부: 고전시대 가장 많이 사용한 소나타형식은 제시부, 발전부, 재현부로 나뉘며 제시부에 대립하는 2개의 주제가 등장한다. 제시부는 정확한 종지로 마무리된다. 제시부에 사용한 두 개의 주제를 이용해 발전부를 만들고 제시부의 주제가 다시 재현되며 강한 종지구로 재현부가 마무리된다.

시티 앤 더 클래식

개의 악장으로 구성했다.

> 1악장 소나타 알레그로 형식
> 2악장 변주곡 형식
> 3악장 스케르초 3부 형식
> 4악장 론도 형식

4개의 악장이 고전주의 소나타의 기본적인 틀을 따르고 있고 어려운 화음이나 필요 이상의 전조[79]를 하지 않았다. 특히 클라라모티브로 불리는 1악장의 주제가 반복적으로 사용되면서 구조의 일관성을 보여 준다. 이런 점이 슈만의 음악을 어렵지 않게 느끼게 해 주었을 것이다. 슈만은 피아노 음악 중 가장 높은 차원이 소나타라고 생각했고 〈소나타 2번〉에서 고전주의 구조 위어 낭만적인 어법을 적절히 조화시켜 고전시대와 차별화된 소나타를 완성시켰다.

◆ ◆ ◆

QR 링크를 열고 풍부한 음량과 다이내믹, 효과적인 페달 사용, 언제 나올지 모르는 당김음, 톡 쏘는 화음 등 독창적인 슈만의 피아노 소나타 세계를 만나 보자.

• • •

79 전조: 악곡이 진행되는 도중 조성을 바꾸는 것.

슈만의 음악 세계는 낭만의 절정이었지만 그의 삶은 우울증과 정신 착란과 싸워야 하는 고통의 연속이었다. 1854년 2월 27일 슈만은 슬리퍼를 신은 채 집에서 나와 라인강 다리에 올라가서 투신 자살을 시도했다. 마침 그곳을 지나는 사람들에게 구출되었지만 결국 스스로 엔데니히에 들어갔다. 본 인근의 엔데니히에 있는 프란츠 리하르트 박사의 요양소로 주로 말기 결핵 환자들과 정신질환 환자들이 감방처럼 격리되어 수용된 곳이었다.

슈만은 피폐해진 자신의 모습을 보이고 싶지 않았던 것인지 클라라의 병문안을 받아 주지 않았다. 1856년 7월 27일 마지막 만남에서 클라라를 알아보기는 했지만 말을 제대로 하지 못했고, 이틀 후 46세를 일기로 세상을 떠났다.

법무부에 사직서를 내고 작곡가가 되다, 차이콥스키

클래식음악사에서 법대를 간 작곡가는 많지만 졸업을 한 작곡가가 많지는 않다. 차이콥스키는 임페리얼 법률학교를 졸업하고 법무부에 발탁되어 하급 보좌관과 선임보좌관을 거쳐 수석 서기관에 올랐다.

러시아 우랄 지방의 관료이자 봇킨스크의 광산 감독관이었던 아버지는 우랄 지방 곳곳의 광산을 이동했고, 그때마다 가족들도 이곳저곳으로 이사를 다녔다. 어릴 적부터 잔병치레가 많고 예민하여

'도자기 아이'라 불린 차이콥스키는 잦은 이사 때문에 더욱 내성적이고 예민해졌다. 하지만 이런 예민함이 음악에는 장점으로 작용해 소리에 민감했고 청음도 뛰어나서 한 번 들은 음악은 바로 기억했다. 어느 정도로 예민했는지 이런 말을 한 적도 있다.

"이 음악을 제발 빼내 줘요. 머릿속에서 계속 울려서 잠을 잘 수가 없어요."

한번은 지휘하러 무대에 올라갔는데, 이같이 얘기할 정도로 소심했다.

"어깨가 밑으로 떨어지는 느낌을 받았고 그래서 머리를 붙여 놓으려고 왼손으로 턱을 받치고 있었다."

표트르 차이콥스키

부모님은 내성적인 아들에게 도움이 될 것 같아 어릴 적부터 피아노를 가르치기 시작했으나 뛰어난 실력으로 두각을 나타내면서 고민이 많아졌다. 음악가로 생계를 유지하는 것이 현실적으로 어려웠고, 러시아에서 음악가로 성공해 봐야 아카데미 교사나 국립극장에서 악기를 연주하는 것인데 둘 다 사회적으로 최하위 계급이었고 농민보다 못한 위치였기 때문이었다.

아들이 안정적인 직업을 갖길 원하여 10세가 되던 해 법률 예비학교에 입학시켰다. 하지만 가족과 떨어져 1,300km나 먼 곳에서 기숙사 생활을 하기엔 너무 어린 나이였다. 기차를 타고 법률 예비학교로 가던 날 엄마를 붙잡고 한참을 울었던 기억이 트라우마로 남아, 이후 차이콥스키는 신경 예민과 외로움, 정서적 불안감을 겪게 된다.

2년간의 예비학교를 마치고 임페리얼 법률학교에 입학 후 공부를 마친 차이콥스키는 부모님의 뜻에 따라 법무부 관료가 되었지만, 음악에 대한 미련은 커져만 갔다. 당대 러시아 최고의 음악가 안톤 루빈스타인이 주재한 음악 교실에 다니면서 성악, 화성학, 피아노 레슨을 받았고 관현악단 공연과 오페라 극장을 다니며 음악에 대한 꿈을 키워 나갔다. 하루는 넋을 잃은 채 문서를 한 장 한 장 씹어 먹다가 문서가 한 장도 남지 않은 걸 보고는 정신이 확 들어서 사직서를 제출하고 상트페테르부르크 음악원 정규 과정으로 전환해 본격적인 음악 공부를 시작했다.

당시 러시아는 전문적으로 음악 공부를 한 인재가 없어서 유럽에서 초빙해 오고 있었기에 러시아 출신의 음악가를 양성하겠다는 왕실과 귀족의 바람으로 상트페테르부르크 음악원이 설립되었다. 음악원을 졸업한 차이콥스키는 4년 후 개교한 모스크바 음악원의 교수로 임용되었다. 재직하면서 교향곡과 오페라, 서곡, 첫 번째 현악 4중주곡을 발표했고, 교수직을 사임한 후 〈1812년 서곡〉을 비롯해 아무도 관심 갖지 않던 발레음악 〈잠자는 숲속의 미녀〉, 〈호두까기 인형〉, 〈백조의 호수〉 등 많은 작품을 내놓았다.

이 가운데 〈로미오와 줄리엣 환상 서곡〉은 어느 화창한 5월 발라키레프[80]가 초록빛 가득한 전나무 숲속을 산책하다 로미오와 줄리엣에 대해 이야기하며 작곡을 해 보라고 권유하여 탄생한 곡이다. 『차이콥스키 전기』 작가 카슈킨은 그날을 회상하며 이렇게 전했다.

"차이콥스키의 재능을 높이 평가한 발라키레프는 그가 〈로미오와 줄리엣〉을 충분히 소화할 수 있을 것이라그 확신하였다. 이미 발라키레프도 이 주제에 큰 매력을 느끼고 있었고, 그것이 이미 완성된 음악인 듯 세밀하고 정확하게 그 구성을 설명해 나갔다. 이것이 계기가 되어 차이콥스키는 환상의 불꽃이 타오르기 시작한 것이다."

● ● ●

80 발라키레프: 1837~1910, 러시아의 피아니스트이자 작곡가이자 지휘자로 러시아 국민악파를 대표하는 러시아 5인조의 지도자이다.

셰익스피어의 『로미오와 줄리엣』을 모티브로 한 〈환상 서곡〉은 느리고 장중하게 시작하고, 사랑이라는 아름다운 주제와 죽음이라는 어두운 주제가 극적인 대비를 보여 준다. 림스키코르사코프는 잉글리쉬호른과 비올라가 함께 연주하는 우아한 제2주제 멜로디를 일컬어 '러시아의 모든 음악 중에서 가장 아름다운 테마'라고 극찬했다.

◆ ◆ ◆

의대 출신 작곡가 편 베를리오즈 〈로미오와 줄리엣〉을 떠올리며
차이콥스키 〈로미오와 줄리엣〉을 감상해 보자.

억 소리 나는 악기들의 실체

음대생들은 화장실에 갈 때도 악기를 가지고 간다. 잠시 테이블 위에 올려놓았다가 실수로 떨어지기라도 하면 집 한 채 값이 날아가는 참극이 벌어진다. 첼리스트 요요마는 250만 달러(약 33억 원)짜리 첼로를 뉴욕에서 택시 안에 두고 내렸다가 경찰의 도움으로 되찾은 적이 있다. 악기값도 고가(高價)이지만 악기 케이스 가격도 만만치 않다. 자동차가 밟고 지나가도 괜찮을 정도로 튼튼하다는 바이올린 케이스는 수백만 원을 호가한다.

음악대학에서 자가용을 가장 많이 가지고 다니는 학과는 관현악과로, 큰 악기를 가지고 다니기 불편함도 있고 대중교통 이용 시 악기의 안전이 걱정되어서이다. 연주자들은 비행기를 탈 때 대부분 악기 자리까지 두 좌석을 예매한다.

세상에서 가장 비싼 피아노

세상에서 가장 비싼 피아노는 얼마일까? 하인츠(Heinz)에서 내놓은 크리스탈 피아노가 322만 달러(약 42억 7천만 원)에 이른다. 콘서트홀의 공연을 위해 특별 설계되었지만 크리스탈 특성상 깨질 위험이 있어서 이동이 어렵고 상시 연주가 불가능하다.

상용 가능한 피아노로 전 세계 공연장 95%를 차지하고 있으며 피아니스트에게 절대적인 사랑을 받고 있는 피아노는 스타인웨이(Steinway & Sons)이다. 1만 2천여 개에 달하는 부품을 조립해 수작업으로 피아노를 제작하는 데 꼬박 1년이 걸린다. 대형 콘서트홀에서 사용하는 콘서트 그랜드 피아노 판매가가 2억 원이 넘는다. 피아니스트 아쉬케나지는 스타인웨이에 대해 이같이 말했다고 전해진다.

"피아니스트가 원하는 모든 것을 표현할 수 있는 유일한 피아노이다."

그리고 호로비츠와 미켈란젤리, 폴리니는 자신의 스타인웨이 피

아노로만 연주를 하기 때문에 해외 연주를 갈 때도 피아노를 가지고 다닌다. 그랜드 피아노는 크기가 커서 여러 명이 들어야 하고, 분해해서 운반 후 다시 조립해야 하며 조율도 해야 하기 때문에 운반에 비용이 많이 든다. 조율 금액도 일반 업라이트 피아노[81]에 비해 몇 배 비싸다.

세상에서 가장 비싼 바이올린

피아니스트에게 스타인웨이가 있다면 바이올리니스트에게는 스트라디바리우스가 있다. 세기의 명기로 불리는 스트라디바리우스 중 가장 고가는 지진 구호 기금 마련을 위한 경매에서 낙찰된 1721

년산 스트라디바리우스로 1,590만 달러(당시 약 190억 원)이다. 하지만 더 비싸게 팔린 바이올린은 1741년산 과르네리로 1,600만 달러(대략 229억 원)에 판매되었다.

전반적으로 과르네리 가격이 스트라디바티우스보다 높은 이유는, 우월해서라기보다는 공급이 적어서이다. 스트라디바리우스가 1644년 태어나 1737년까지 93년을 살면서 1,100여 대의 악기를 만든 데 반해 주세페 과르네리는 46세에 세상을 떠나 남아 있는 악기가 150여 대에 불과하다.

세계 150여 개만 남아 몸값이 상상을 초월하는 과르네리 바이올린은 남성적이며 힘이 넘치는 소리로 정경화, 이작 펄만, 기돈 크레머가 사용했고, 19세기 최고의 바이올리니스트 파가니니가 가장 아낀 바이올린은 소리가 커서 '대포'라는 애칭이 붙은 '과르네리 델 제수 캐논'이다.

스트라디바리우스 바이올린은 균형감이 뛰어나며 깊고 심오한 사운드를 가지고 있고 우아하면서도 세련된 음색이 특징으로, 예후디 메뉴인, 조슈아 벨,

파가니니 과르네리

• • •

81 업라이트 피아노 : 그랜드 피아노와 구분 짓기 위해 붙여진 이름으로, 현이 세워진 피아노를 의미한다. 그랜드 피아노에 비해 가격이 저렴하고 크기가 작아 보급화되어 있다. 가정집이나 피아노 학원에서 흔히 볼 수 있는 일반 피아노.

아이작 스턴 등 최고의 바이올리니스트가 사랑한 악기이다. 분명한 차이를 가진 두 악기는 연주자들마다 선호도가 다르다. 정경화는 스트라디바리우스를 가지고 있었지만 과르네리 바이올린을 사기 위해 처분했다. 그러니 오죽하면 '스트라디바리우스냐, 과르네리냐. 이것이 문제로다.'라는 말이 있을까?

"스트라디바리우스가 아무리 슬퍼도 차마 눈물을 보이지 못하는 귀족이라면, 과르네리는 땅바닥에 앉아서 통곡할 수 있는 솔직한 농부와 같다."

_바이올리니스트 정경화

"스트라디바리우스는 너무 예민해서 때론 다루기 힘들다. 하지만 제대로만 연주하면 신비로운 색채의 소리가 뿜어져 나온다. 과르네리는 두꺼운 음질을 갖고 있는데, 파워풀한 소리가 선사하는 매력이 크다."

_바이올리니스트 이성주

바이올리니스트들은 올드 악기의 소리가 뛰어나며 연주자의 실력만큼 악기가 중요하다는 것에 대부분 동의한다. 18세기산 올드 바이올린 중 연주 가능한 악기가 많지 않아 세습되거나 양도되는 경우가 많다. 유명 바이올리니스트 중 구매하는 경우도 있지만 대여하거나 후원을 받아서 대여받는 경우도 있다. 한국인 최초로 1666년산 스트라디바리우스를 평생 지원받는 바이올리니스트 한수진은 연주 실력도 뛰어나지만 그녀의 음악을 완성해 주는 최고의 스트라디바리우스 바이올린이 그녀 곁에 있다.

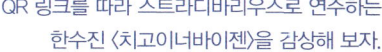

스트라디바리우스는 이탈리아의 스트라디바리 일가가 만든 현악기를 일컫는데, 흔히 우리가 '스트라디바리우스'라고 지칭하는 악기는 명장 안토니오 스트라디바리가 만든 것을 말한다. 바이올린, 비올라, 첼로 등 천 대 넘게 만들었으나 지금은 6백 대 정도 남아 있고, 전시품을 제외하면 연주 가능한 악기가 한정적이다. 3백 년이 지나도 맑고 아름다운 소리가 변하지 않아서 악기의 가격이 계속해서 오르고 있다.

스트라디바리우스파 VS 과르네리파

당대 스트라디바리우스 바이올린으로 활발한 연주 활동을 한 '지오반니 바티스타 비오티'는 이탈리아 출신으로 파리 오페라 극장 음악감독에 오른 18세기 최고의 바이올리니스트이다. 바이올린의 연주법을 확립해서 후대에 큰 영향을 끼쳤고, 29곡의 바이올린 협주곡을 작곡해 당대 많은 사랑을 받았을 뿐만 아니라 베토벤의 바이올린 작품에 많은 영향을 끼쳤다. 29곡의 바이올린 협주곡 중 영국에 머물던 시절 작곡한 〈바이올린 협주곡 22번〉이 매우 유명하고 브람스의 〈바이올린 협주곡 D장조〉를 만드는 데 큰 동기가 되었다.

◆ ◆ ◆

이탈리아 출신 귀도 리몬다의 바이올린 연주로
비오티 〈바이올린 협주곡 22번〉을 감상해 보자.

비오티가 스트라디바리우스파라면, 19세기 최고의 바이올리니스트 파가니니는 과르네리파이다. 가장 아낀 바이올린 '과르네리 델 제수 캐논'을 들고 유럽 전역을 다니며 최고의 연주를 선보였다. 하지만 10대 시절 부와 명성을 얻은 파가니니는 이른 성공으로 자만에 빠져 도박에 손을 대어 거액의 빚을 지고 과르네리 바이올린마저 잃게 된다. 현재 그의 바이올린은 제노바 시청에서 보관 중이다.

바이올린 역사는 파가니니 전과 후로 나뉜다는 말이 있을 정도로 큰 영향을 끼쳤다. 10대 초반에 이미 바이올린의 모든 연주 기법을 마스터했고, 10대 중반에 하루 10시간 이상 연습하며 새로운 연주 기법을 만들었다. 4옥타브에 걸친 넓은 음역을 자유자재로 왔다

갔다 하며 연주하고, 활을 내려놓고 오른손으로 현을 뜯는 피치카 토가 아니라 활을 연주하면서 왼손으로 현을 뜯는 피치카토를 구사했으며, 손가락을 현에 대어 휘파람 같은 소리를 내는 하모닉스 등 화려한 연주 기법을 선보였다.

아무도 따라올 수 없는 독창적인 기교를 보이는 파가니니에게 악마가 들지 않고 저렇게 연주할 수 없다며 오죽하면 '악마의 바이올리니스트'라는 별칭을 붙여 줬을까. 한편에서는 이 별명이 오해에서 비롯된 것이라는 설도 있다. 병마와 싸우며 고통에 시달리는 파가니니에게 사제가 찾아와 캐물었다.

> "바이올린에 무슨 비밀이 있기에 그런 스
> 리가 나는 것이오?"
> "나의 바이올린에 악마가 들어 있나 보죠.
> 알아서 생각하십시오."

집요한 질문에 이렇게 답하는
바람에 악마의 바이올리니스트
라는 소문이 났고, 종부 성사[82]조차

니콜로 파가니니

...

82 종부 성사: 마지막 숨을 거둘 때 행하는 성사로, 병자 성사라고도 부른다.

받을 수 없었다. 파가니니는 주교를 탐탁히 여기지 않아 기부 요청을 매번 거절했고, 믿음이 없다고 판단한 주교는 파가니니 사망 후 그가 신자가 아니었다고 선언했다. 악마와 계약한 바이올리니스트라는 소문은 이탈리아 전역에 퍼져 나갔다. 결국 사망 후 교회법에 따른 장례 절차도 허락되지 않았으며, 공동 묘지에 묻히길 원했지만 그의 시신은 50년이나 떠돌았다.

이 때문에 아들 아킬레스는 니스법원에 소송을 제기하는 등 평생 아버지의 시신 안치를 위해 노력했고, 치열한 법정 공방 속에서 고통받았다. 아킬레스는 아버지의 깊은 사랑에 보답하고 싶었을까? 살아생전 아들 사랑이 끔찍했던 파가니니는 전 유럽으로 연주 여행을 다니며 아들에게 편안한 분위기를 만들어 주고자 자신에게 호텔이 편함에도 불구하고 가는 곳마다 집을 빌려서 아들과 지냈다. 화려한 연주자였지만 하나밖에 없는 아들을 살뜰하게 챙기는 파가니니의 모습을 생각하니 마음 한구석이 짠하다.

파가니니의 화려한 테크닉이 부각된 〈카프리스〉 등의 작품도 뛰어나지만, 어려운 기교를 사용하지 않고 우아한 아리아풍의 선율을 매력적으로 담은 〈바이올린과 피아노를 위한 칸타빌레 D장조 Op.17〉을 들으며 아버지 파가니니의 따뜻한 매력에 빠져 보는 건 어떨까?

영화 〈파가니니: 악마의 바이올리니스트〉는
바이올리니스트 데이빗 가렛이 파가니니 역으로
출연하여 큰 화제가 되었다. 영화나 드라마에서
대역과 편집 기술로 피아니스트를 대신하는 것
은 쉽지만, 바이올린 연주를 커버하기란 쉽지
않다. 그래서 바이올리니스트를 그린 영화는 많
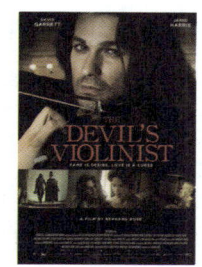

지 않다. 모델 같은 외모와 뛰어난 연주 실력으로 많은 팬층을 확보
하고 있는 데이빗 가렛은 11세에 대통령으로부터 스트라디바리우스
를 선물 받았다.

190억 원 바이올린의 비법은 살충제?

1700년대 명품 바이올린은 어떻게 만들어졌기에 지금도 최고의
음색을 내는 걸까? 음악가는 물론이고 과학자들까지 명기의 비밀을
밝히기 위해 엄청난 연구를 해 왔다. 텍사스 A&M 대학교의 생화학

자 '조셉 네지바리' 교수 연구팀은 당시 벌레가 나무를 너무 많이 갉아 먹었고 바이올린 제작자가 해충을 퇴치하기 위해 명반, 붕사, 구리, 석회수, 아연 등을 사용해 화학 처리를 했으며 알루미늄과 염화나트륨 성분도 바이올린에서 발견됐다고 분석했다.

스트라디바리와 그 제자들이 북이탈리아의 숲속에 널리 서식하는 벌레로부터 바이올린을 보호하기 위해 바른 도료들이 잡음을 제거하는 효과를 주어 스트라디바리우스 특유의 음색을 만들었다는 내용을 네이처지에 발표해 화제가 되었다. 연구팀이 3대의 명품 악기, 1717년산 스트라디바리우스 바이올린과 1731년산 스트라디바리우스 첼로와 1741년산 과르네리 델 제수 바이올린, 그리고 1840년산 그랑 베르나델 바이올린, 1769년산 헨리 제이 비올라에서 나무 샘플을 채취해 분석한 결과이다. 바이올린의 부식과 해충을 막기 위해 바른 살충제가 악기의 소리를 유지시킨 비밀이라니 정말 놀랍지 않은가.

사실 그전에도 스트라디바리우스에 사용된 도료가 비밀의 열쇠라는 주장은 여러 차례 제기됐는데, 체계적으로 도료의 성질을 연구하고 학술지에 발표한 건 처음이다. 하지만 단지 도료 때문에 그런 소리를 낸다는 건 말이 안 된다며 스트라디바리우스만이 낼 수 있는 천상의 음색은 한두 가지 이유로 만들어진 것이 아니라 수백 가지 요소들이 복합적으로 만들어 낸 결과라고 이 발표에 대한 이견을 제시한 학자들도 많다. BBC에서도 스트라디바리우스에 대해 제작한 다큐멘터리에 다른 바이올린과 달리 울림통의 구멍이 비대칭이고 악기 위에 칠해진 붕사, 크롬, 염철 등의 도료 등이 명기의 이유라고 분석했다.

또한 미국 테네시 대학의 연구팀은 스트라디바리우스가 제작된 당시 기후가 최고의 소리를 탄생시킨 열쇠라고 주장했다. 1645년부터 1750년까지 유럽은 소빙하기에 해당될 만큼 유난히 추웠고, 당시 날씨 때문에 나무의 나이테가 촘촘하고 나뭇결의 밀도가 높아져 소리의 스펙트럼이 균일하고 음정 변화가 거의 없는 명기가 제작되었다는 분석이다. 추운 날씨에 단단해지고 밀도가 높아진 단풍나무가 명기의 배경이라는 것인데, 살충제 도료를 사용했다는 것과 함께 어느 정도 설득력이 있어 보인다.

클래식 악기에 서열이 있다?

악기에 서열이 있다니 무슨 소리인가 싶겠지만 18세기 후반 들면서 출판 문화가 전 유럽에 확대되고 대부분의 음악 소비층이 귀족이었기 때문에 출판사는 그들의 취향이 반영된 곡을 선호했다. 작곡가들은 가성비 높은 곡을 작곡해야 귀족에게 인정받을 수 있었고, 경제적 안정과 사회적 지위가 보장되었기 때문에 많은 것을 보여 줄 수 있는 곡을 써야 했다. 그렇다면 가성비 높은 서열 1위 악기는 무엇일까?

> 1위 피아노류의 건반악기
> 2위 바이올린처럼 높은 음역대의 현악기
> 3위 플루트, 오보에 같은 높은 음역대의 관악기

나머지 악기들은 비주류 악기로 구분된다. 귀족이 작곡을 의뢰했다고 하자. 어떤 작곡가는 트롬본으로 팡파르나 몇 번 불고 끝나고, 어떤 작곡가는 양손으로 다채로운 음향과 화려한 기교를 보여 준다면 누구에게 계속 의뢰가 가겠는가?

순위가 매겨진 이유는 간단하다. 피아노류의 건반악기는 도부터 도까지 여러 옥타브의 음역을 연주할 수 있고, 리듬과 선율과 화성이 모두 가능해 다양한 테크닉을 보여 줄 수 있다. 더욱이 한 피아노에 두 명의 피아니스트가 연주한다면 오케스트라 같은 효과를 낼 수 있다.

바이올린은 네 개의 현으로 네 옥타브 이상의 넓은 음역을 낼 수 있고, 다양한 음색을 내며 고난이도의 테크닉을 보일 수 있다. 바이올린은 활로 연주하는 찰현악기[83]이기 때문에 발현악기[84]에 비해 음량이 크고 오래 지속되며 네 줄을 이용해 화음도 낼 수 있다. 같은 현악기라도 첼로나 콘트라베이스처럼 크고 낮은 소리를 내면 화려한 파티에 어울리지 않을뿐더러 팔을 접어 빠르게 움직이는 바이올린에 비한다면 상대적으로 큰 악기들은 팔을 펴고 긴 활로 빠르게 움직이거나 고난이도의 테크닉을 구사하기 어렵다.

같은 높은 음역대 악기인데 플루트은 왜 바이올린보다 아래 급일까? 세상에 입이 두 개인 사람은 없지 않은가. 동시에 두 개 이상의 음을 연주할 수 없기 때문에 화음 연주가 불가능한 관악기는 음향적 색채감을 만드는 데 한계가 있다. 두 음을 동시에 연주하려면 두 명의 연주자가 필요하니 추가 비용까지 발생한다. 또한 호흡을 해서 소리를 내기 때문에 무한대로 연주가 불가능하고, 숨을 쉬어야 하니 맥락이 끊어진다. 모차르트 같은 뛰어난 작곡가도 초창기에 플루트이 불안정하다며 플루트곡을 잘 쓰지 않았다.

결국 음역이 넓고, 리듬과 선율과 화성이 모두 가능하며, 악상의 폭이 넓고, 다양한 기교를 표현할 수 있으며, 소리의 변화를 줄 수 있는 다채로운 악기가 우선시된다는 결론이다. 악기의 권력도 시대에 따라 변한다. 왕의 행차와 전쟁이 많던 시절에는 직진성이 좋고

•••

83 찰현악기: 현악기의 줄을 활로 마찰시켜 소리를 내는 악기로, 손으로 뜯는 악기에 비해 소리가 크고 오래 지속된다.

84 발현악기: 현악기를 줄을 손가락 또는 피크 같은 도구로 퉁겨 연주하는 악기이다. 서양 음악에서는 기타, 류트, 만돌린, 하프 등이 있고, 국악기로는 가야금, 거문고 등이 있다.

소리가 큰 관악기가 인기였고, 18세기 귀족 중심의 행사가 많아지면서 실내악기인 현악기의 위상이 높아졌다.

그런데 20세기 미국으로 넘어간 금관악기가 흑인과 만나면서 다시 최고 인기 악기로 거듭났다. 19세기 전까지 금관악기는 1악장에서 살짝 등장하고 2악장과 3악장에서 푹 쉬다가 4악장에 와서야 팡파르 울리러 잠깐 등장한다. 우스갯소리로 금관악기는 2~3악장에서 책을 봐도 된다는 얘기도 있다. 1악장이나 4악장에서도 주요 악기를 보조하는 역할을 하는 것이지, 다양한 기교를 보인다거나 주요 선율을 연주하는 것은 아니었다.

그들의 역할을 제대로 바꿔 놓은 작곡가가 바로 베토벤이다. 누구나 주인공이 될 수 있고 아무도 소외되지 않으며 모두의 역할이 동등하게 중요한 작품을 완성시켰다. 〈교향곡 5번〉의 1악장은 바이올린뿐 아니라 비올라, 첼로, 베이스, 클라리넷 등 모든 악기가 '솔솔솔 미' 주제 선율을 연주한다. 오죽하면 처음 곡이 발표되고 저런 천박한 곡은 나오면 안 된다고 혹평을 했을까?

2악장은 비올라와 첼로가 주제 선율을 연주하고, 3악장에서는 첼로와 더블베이스의 도입부 선율을 따라 호른이 주제를 연주한다. 금관악기가 주제를 이끌다니 깜짝 놀랄 일이다. 4악장에서는 호른과 트럼본 등 금관악기가 총출동한다. 트럼본을 교향곡에 최초로 사용한 작곡가가 베토벤이다. 베토벤보다 1년 앞서 요아힘 니콜라스가 교향곡에 사용했지만 역할이 크지 않아 음악사적으로 큰 의의는 없다. 베토벤 이후 슈베르트 〈교향곡 8번〉과 〈교향곡 9번〉, 멘델스존과 슈만 등 오케스트라에 트롬본이 자리를 굳히게 되었다.

베토벤의 〈교향곡 5번〉은 뛰어난 화성의 구축과 치밀한 동기 발전의 전개 등 위대함이 너무나 많은 곡으로, 흡입력 있는 주제를 다양한 악기의 사운드로 들을 수 있어서 더욱 매력적이다.

베토벤의 악보는 건축 설계 도면과 같다. 보통의 곡은 2마디 내외의 동기가 확장하거나 장식을 하거나 하면서 발전해 나간다. 그런데 베토벤은 '빰빰빰 빠(솔솔솔 미)' 네 개의 음으로 5번 교향곡을 이끌어 간다. 아무도 단 네 개의 음이 이렇게 멋지게 발전하리라 상상하지 못했을 것이다.

복잡한 선율도, 화음도, 리듬도 없다. '솔솔솔 미'는 다음 마디에서 '파파파 레'가 된다. 약간의 긴장감을 주기 위해 한 마디를 늘린 것이 전부이다. '라라라 솔'('라라라 파'가 아니라 같은 음 세 번 치고 간격을 줄여서 내려감), '솔솔파 미'(같은 음을 두 번 치고 내려감), '미미파 솔'(같은 음을 두 번 치고 올라감), 마치 레고를 조립하듯 몇 개의 피겨를 가지고 거대한 성을 만든다.

작곡을 공부한 사람이라면 이 악보를 보고 감탄하지 않을 수 없다. 말하자면 두부 하나로 12첩 반상을 완성한 것이다. 처음 악보를 분석하고 절망했던 기억이 난다. 화려한 장식이나 미사여구 없이 재료 자체의 매력을 발산한 진정한 명곡!

 ◆ ◆ ◆

네 음을 생각하며 5번 교향곡을 감상해 보자.
파보 예르비가 지휘하는 강렬한 베토벤을 만나 보자.

작곡가들이 사랑한 악기들

당시 작곡가들을 보면 피아니스트이거나 바이올리니스트인 경우가 많다. 금관악기나 낮은 음역대의 현악기를 연주하는 작곡가는 거의 없었다. 비발디는 바이올린, 바흐는 오르간, 하이든은 바이올린과 하프시코드[85], 모차르트는 바이올린과 피아노를 연주했으며, 베토벤은 최고의 피아니스트였다.

작곡가들의 작품만 봐도 피아노곡과 바이올린곡이 얼마나 많은지 알 수 있다. 하이든은 호보겐넘버[86]로 정리된 완성 교향곡만 104개이고, 83곡의 현악 4중주 중 위작으로 판명되거나 의심되는 작품들을 제외하고 미완성 작품을 포함해 68곡이다. 당초 5곡으로 알려져 있으나 위작을 제외한 첼로 협주곡 3곡, 호른 협주곡 2곡, 트럼펫 협주곡은 단 1곡, 동생인 미하엘 하이든의 작품으로 의심되는 오보에 협주곡 1곡, 바이올린 협주곡은 4곡으로 가장 많다. 제자 플레옐의 작품으로 밝혀진 2곡을 제외한 43곡의 피아노 3중주와 피아노 소나타 52곡까지 합해 100여 곡이 다 되니 피아노 작품의 수가 다른 악기에 비해 현저히 많다.

모차르트는 41개의 교향곡을 작곡했는데 이 가운데 호른 협주곡은 4곡, 플루트 협주곡 2곡, 오보에 협주곡 1곡, 클라리넷 협주곡 1곡, 바순 협주곡 1곡에 비한다면 바이올린 협주곡이 5곡으로 가장 많다. 현악 4중주, 현악 5중주, 피아노 3중주, 플루트 4중주, 클라

•••

85 하프시코드(Harpsichord): 독일어로 쳄발로(Cembalo)로 불리는 피아노의 전신과 같은 악기이다. 피아노는 해머로 현을 치는 데 반해 쳄발로는 현을 뜯는 것에 가까워 셈여림 변화가 어렵다.

86 호보겐 넘버: 하이든이 작곡한 750여 곡을 분류한 작품 목록으로 안토니 판 호보켄이 정리했다. 약자로 'Hob'를 쓴다.

리넷 5중주 등 수많은 실내악 작품을 발표했으며 바이올린 소나타 45곡, 피아노 소나타는 18곡, 피아노 3중주 6곡, 그 외에 미뉴에트, 푸가, 변주곡, 피아노 소품과 27곡의 피아노 협주곡까지 합하면 피아노가 들어간 곡이 100여 곡이다.

피아노 협주곡을 많이 작곡한 또 다른 이유는 작곡 능력을 보여 주는 동시에 직접 무대에서 화려한 테크닉으로 피아노를 연주할 수 있어 귀족들에게 능력을 인정받기에 일석이조였기 때문이다. 음대에 작곡과 전공생들이 곡을 써서 작품을 발표하는 '연주 발표'라는 과목이 있다. 곡을 쓴 작곡가가 직접 무대에 올라가서 뛰어난 실력으로 악기까지 연주하면 효과가 크다. 그중에서도 피아노는 음역이 넓고 화려한 기교가 많아서 더욱 그러하다.

베토벤은 9개의 교향곡을 작곡했고, 관현악을 위한 많은 서곡과 부수음악과 수많은 현악앙상블을 작곡했다. 바이올린 소나타와 첼로 소나타는 합쳐서 20여 곡, 피아노 3중주 7곡, 작품번호가 붙은 피아노 소나타 32곡, 피아노 독주를 위한 변주곡 20곡 등 피아노 작품이 독보적으로 많다.

베토벤이 피아노곡을 많이 작곡한 이유는 여러 가지이지만 음악적 상상력과 다양한 시도(선율과 리듬과 화성 등)를 해 볼 수 있는 최적의 악기였기 때문이다. 피아노로 테스트해 보고 오케스트라로 옮기거나 다른 악기에 활용하기도 했다. 오른손으로 연주한 부분은 바이올린이나 플루트로 바꿀 수 있고, 왼손으로 연주한 부분은 첼로나 바순 등의 악기로 연주되는 것을 상상해 볼 수 있다. 작곡가들이 피아노곡을 많이 만들면 찾는 사람이 많아지고, 결과적으로 악기가 개량되고 발전할 수밖에 없다. 피아노는 이렇게 짧은 기간 동안 가장 많은 발전을 하게 된다.

베토벤이 피아노곡을 많이 쓴 또 다른 이유는 피아노를 정말 사랑했기 때문이다. 영화 〈불멸의 연인〉에서 하인들을 모두 내보낼 테니 새로 제작된 피아노를 맘껏 연주해 보라는 연인의 말에 청각을 잃어가는 베토벤이 소리를 느끼기 위해 피아노에 얼굴을 대고 '월광'을 연주하는 장면은 명장면으로 꼽힌다. 베토벤은 자신의 곡을 얼마나 듣고 싶었을까? 음악을 더 잘 느끼기 위해 피아노 바퀴를 자르기도 하고 입에 긴 막대기를 물고 피아노 뚜껑을 열어 현 위에 놓기도 했다.

> "바흐의 평균율 클라비어는 건반 음악의 구약성서이고, 베토벤의 피아노 소나타는 신약성서이다."

한스 폰 뷜로가 한 말에 대부분의 음악가들은 동감한다. 작곡가의 상상력을 잘 전달해 주는 이 멋진 악기를 어찌 사랑하지 않을 수 있을까. 베토벤은 1795년과 1822년 사이 32곡의 피아노 소나타를 작곡했다. 그중 가장 많은 사랑을 받고 있는 〈소나타 14번 월광〉은

1801년 작곡된 초기 작품이다. 당시 소나타 1악장은 빠른 소나타 형식이라고 정해져 있음에도 베토벤은 '아다지오 소스테누토(Adagio sostenuto)' 매우 느리게 충분히 끌어서 연주하라고 지시했다. 고전 시대에 느린 1악장이라니! 음악을 위해서라면 템포나 형식의 변화를 줄 수 있는 낭만주의적 표현을 몇십 년 앞서 실행했다.

몇 해 전 자신의 작품을 수줍게 가져온 학생이 '광월'이라고 곡을 소개했다. '솔도미 솔도미'로 시작하는 베토벤의 〈월광〉을 '미도솔 미도솔'로 바꾸어 멋지게 발전시킨 제자의 작품이 생각나서 웃음이 잠깐 나왔다. 나에게는 잊지 못할 작품이기도 하다.

◆ ◆ ◆

영화 〈불멸의 연인〉 속 명장면! 〈월광〉이 흐르고 베토벤은 피아노에 얼굴을 대어 본다. 감동의 순간으로 가 보자.

식탁 위, 아주 맛있는 클래식 한입

클래식 음악을 들으면 3배 비싼 와인을 산다

음악이 없는 광고 또는 음악이 흘러나오지 않는 매장이 있을까? 음악에 따라 각기 다른 결과를 보이는 만큼 상업 공간에서 배경 음악의 선택은 매우 중요하다. 대형마트는 고객들이 빠른 걸음으로 움직이면서 더 많은 상품을 보게 하기 위해서 경쾌한 음악을 들려주고, 백화점은 고가의 상품이 많기 때문에 매장에 오래 머물면서 가능한 비싼 제품을 구매하도록 부드럽고 느린 클래식 음악을 틀어 준다. 패스트푸드점은 빨리 먹고 나가라고 빠른 음악을 권장하고, 10대가 타깃층인 의류 매장은 빠른 비트의 전자음악이나 최신 팝 음악을 들려준다.

Part 2 Story : 지극히 사적인 클래식

263

우범 지역이나 지하철역에 클래식 음악을 틀어 주어 범죄나 반사회적인 행동이 줄게 되었다는 연구도 매우 많다. 1990년대 몬트리올 지하철역에서 처음 테스트한 이래 뉴욕에서는 낙서와 부정 승차가 절반가량 줄었고 포틀랜드에서는 2010년 시범 방송 기간 동안 경찰 신고 건수가 40%나 줄었다는 분석이다. 런던에서도 클래식 음악 방송을 하고 엘름파크역에서 18개월간 강도 33%, 승무원 공격 25%, 기물 파손 37%가 감소한 것으로 나타났고 런던 지하철 전체적으로 육체적, 언어적 희롱 행위가 3분의 1가량 줄었다는 보고도 있다. 영국 더비의 한 학교에서는 2010년 벌칙 대신 한 시간 정도 클래식 음악을 듣게 한 결과 반항과 부정행위가 50% 가까이 줄었다는 분석도 있다.

클래식 음악이 와인 구매에 영향을 준다는 연구 결과가 발표되어 화제가 되고 있다. 영국 '헤리엇 와트 대학교' 연구팀은 성인 250명에게 네 종류의 음악을 들려주고 와인을 평가하도록 하였는데, 클래식 음악을 들었을 때 평점이 60%나 높게 나왔다.

미국 테크대학교에서는 와인 매장의 음악이 클래식인지 팝인지에 따라 소비자 행동이 달라진다는 것을 실험을 통해 증명했다. 와인셀러에 방문한 손님에게 동일 조건에 동일한 음량으로 한쪽에는 모차르트, 멘델스존, 쇼팽, 비발디 등 클래식 음악을 들려줬고 다른 한

시티 앤 더 클래식

쪽에는 인기 팝 음악 Top 40을 들려주었다. 어떻게 됐을까?

고객들이 와인셀러 안에 얼마나 머물렀는지, 몇 병을 들었다 놓았는지, 몇 병을 구입했는지 두 그룹의 차이가 없었지만 아주 특별한 차이가 있었다. 클래식 음악을 들은 쪽이 팝 음악을 들은 쪽보다 3배나 비싼 와인을 구입했다는 것이다. 이 결과에 대해 연구팀은 클래식 음악을 듣게 되면 자신이 좀 더 고상하다고 생각하게 되고, 이런 생각이 결국 비싼 와인 구매로 이어지게 된다는 분석이다.

작곡가가 사랑한 와인, 토카이

"신은 물을 만들었지만 인간은 와인을 만들었다."

_빅토르 위고

"와인을 마셔라, 시를 마셔라, 순수를 마셔라."

_보들레르

"맨정신으로 쓴 소설은 시시해. 그건 감정 없이 이성으로만 쓴 글이니까."

_피츠 제럴드

"맛없는 와인을 먹기에는 인생이 너무 짧다. 와인을 마시면 사고력이 향상되는데 최소 한 병 이상을 마셔야 시를 쓸 수 있다."

_괴테

와인 사랑이 유별난 괴테가 가장 좋아했던 와인 토카이[87]는 베토벤, 슈베르트, 요한 슈트라우스 2세, 하이든이 좋아한 와인이다. 당시 토카이 와인이 건강에 좋다며 약국에서 약용으로 판매했고 시럽처럼 스푼으로 떠먹기도 했다. 18세기 귀족은 하인에게 급여를 현금 대신 현물로 주기도 했다. 와인을 급여로 받은 하이든의 편지를 보면 토카이 사랑이 어느 정도였는지 가늠이 된다.

"친애하는 후작님, 와인을 주실 거라면 저의 건강을 위해서 토카이를 주시면 감사하겠습니다. 나이가 많은 저의 건강에 도움이 될 테니까요."

30년을 근무한 에스테르하지 후작에게 하이든이 보낸 편지이다. 에스테르하지 와이너리 와인은 클래식 연주자들이 즐겨 마시는 와인으로 불리며, 괴테는 회고록에서 이 와인을 '에스테르하지의 요정 나라'라고 극찬했다. 2009년에 하이든 서거 200주년을 기념하여 카베르네소비뇽과 메를로 품종을 블렌딩해서 '호마지 조셉 하이든' 와

• • •

87 토카이 와인: 2002년 유네스코 세계 문화유산으로 지정된 와인 산지 헝가리 동북쪽 토카이(Tokaj) 지방에서 만드는 귀부 와인으로 귀부 와인의 원조로 불린다. 토카이는 1737년 공적인 등급제를 실시하여 밭에 제1급부터 제3급까지 등급을 매기고 있다. 루이 14세가 '와인들의 왕, 왕들의 와인'이라고 칭해 유명하다.

시티 앤 더 클래식

인을 만들어 판매했고 에스테르하지성을 오픈해 전시하기도 했다.

토카이의 열렬 팬이었던 또 한 명의 작곡가 요한 슈트라우스 2세는 오페레타 〈박쥐〉 2막에 헝가리 민속춤을 추며 토카이를 들고 노래하는 장면을 넣었다.

나의 헝가리여, 얼마나 그곳은 태양이 맑게 빛을 발하는지!
목마른 술꾼들이여, 술잔을 잡아라, 그것을 돌려라!
토카이 와인을 채우고 축배를 들어라!

〈고향의 노래여(Klange Der Heimat)〉에서 토카이는 헝가리를 대표하는 와인이며 파티를 장식하는 멋진 와인임을 보여 준다. 이어서 등장하는 또 하나의 권주가가 있다. 빠른 템포의 2박자 폴카 리듬에 맞춰 샴페인 송 〈짜릿한 포도주 속에는(Im Feuerstrom Der Reben)〉을 부르며 축배를 들고, 1막에서는 〈마셔요, 내사랑, 빨리 마셔요(Trinke, Liebchen, Trinke Schnell)〉를 부른다. 이렇게 권주가가 많이 나오니 술을 좋아하는 사람이라면 〈박쥐〉는 꼭 봐야 한다.

연말 파티 느낌 물씬 나는 〈샴페인 폴카〉는 빠르고 경쾌한 음악과 함께 샴페인 따는 장면을 연출하며 관객에게 즐거움을 선사한다. 심지어 와인을 예찬한 〈와인, 여자 그리고 노래〉라는 왈츠도 작곡했다. 베르디 라트라비아타와 모차르트 돈조반니에도 권주가가 등장

하지만 요한 슈트라우스 2세만큼 작품 속에 권주가를 많이 등장시킨
작곡가가 있을까?

와인을 준비하고 〈샴페인 송〉과 〈샴페인 폴카〉
QR 링크를 열어 보자.

진정한 와인 애호가, 로시니

와인 사랑의 끝판왕, 소믈리에라고 말해도 손색이 없는 작곡가는
다름 아닌 로시니이다. 와인 셀러에는 프랑스 보르도 와인부터 카나
리아제도에서 온 와인까지 전 세계 유명 와인이 가득했다. 로시니의
열혈 팬이었던 왕가에서 직접 재배한 포트 와인, 오스트리아의 장관
'메테르니히'가 보낸 '요하네스버그 리슬링', 희귀하다고 손에 꼽는
'마데이라 와인'까지 로시니가 선물 받은 와인은 클래스가 달랐다.
백만장자 오페라 작곡가의 포스!

하루는 로시니의 열혈 팬이었던 '로칠드'가 자신의 포도밭에서 수
확한 포도주를 선물했는데,

"감사하지만 총알처럼 생긴 와인은 좋아하지 않습니다."

라면서 로칠드에게 '브리야 샤바랭(Jean Anthelme Brillat-Savarin)'

의 말을 인용해 보르도 와인을 원한다는 말을 풍자 섞인 대답으로 보냈다. 로칠드는 바로 '샤또 라피트 로칠드'를 상자에 한가득 담아 보냈고, 그제야 로시니가 만족해했다고 전해진다.

맛있는 와인이 있다고 하면 어디든 달려가서 와인을 구해 올 만큼 와인 사랑이 넘쳤던 로시니는 작품도 열정적으로 썼다. 〈세비야의 이발사〉 같은 희가극부터 6시간이나 연주되는 〈빌헬름 텔〉 같은 정가극까지 다양한 악곡을 시도한 로시니답게 묵직하고 드라이한 와인부터 달콤하고 가벼운 와인까지 편견 없이 와인을 즐긴 진정한 애호가였다.

와인회사 '아리에타' 대표가 영감을 얻는 법

나파 밸리 수퍼 프리미엄 와인회사 '아리에타'의 대표 '프리츠 해튼'은 새로운 와인을 개발할 때 피아노 연주를 하며 영감을 받는다고 밝힌 바 있다. 여러 품종을 섞어 최상의 맛을 만들어 내는 아리에타 와인과 여러 악기가 모여 아름다운 화음을 만들어 내는 오케스트라가 서로 닮았다고 표현했다.

피아노 연주 실력이 뛰어난 해튼이 회사명을 만들게 된 재미있는 에피소드가 있다. 어느 날 친구들과 와인 한잔하며 베토벤 〈피아노 소나타 32번〉 작품번호 111을 연주하다가 곡을 마치고 시계를 보니 1시 11분을 가리키고 있었다는 것이다. 운명이라 생각한 해튼은 베

아리에타 와인

토벤의 32번 마지막 악장 〈아리에타〉를 회사명으로 정하고 와인 라벨에 악보를 그려 넣었다. 베토벤 〈아리에타〉 악보에 적힌 'Adagio molto semplice e cantabile', 즉 '충분히 느리게, 간결하게, 그리고 노래하듯이'가 해튼 와인의 지향점과 맞다고 생각한 것이다.

오선지 레이블 아리에타는 연간 3만 병밖에 만들지 않아서 가격도 비쌀뿐더러 희귀템으로 많은 사랑을 받고 있다.

브렌델의 연주로
〈아리에타〉를 감상해 보자.

편의점에 베토벤 와인이 있다

와인을 사랑한 수많은 예술가들이 명작을 탄생시켰다면 반대로 명작을 담아서 히트한 와인이 있다. GS25편의점에서 출시 20일 만에 1만 병을 팔며 편의점 신제품 중 가장 많은 판매량을 기록했고, SNS에서 가성비 갑 와인으로 꼽히는 '베토벤 넘버 9 크로이처'이다. 오랜 역사를 가지고 깊이를 더해 가는 클래식 명작과 시간이 지나서 숙성될수록 품질이 높아지는 와인이 비슷한 속성을 가졌으며, 사랑하는 사람과 함께 작품에 담긴 스토리를 나누면서 와인을 즐긴다는 콘셉트와 〈크로이처 소나타〉가 딱 맞았다고 출시 이유를 인터뷰에서 밝혔다.

"베토벤 바이올린 소나타 크로이처를 듣다 눈물을 흘린 적이 한두 번이 아니라네."

라고 표현한 톨스토이는 소설 『크로이처 소나타』를 썼고 프랑스 화가 '르네 프리네'는 그림으로 표현했다. 크로이처 와인 라벨 왼편 아래의 QR코드를 인식하면 베토벤의 음악을 들을 수 있다.

크로이처 와인의 성공으로 두 번째 출시한 와인은 로맨틱한 감성을 담은 '로만체 넘버 2'이다. 연인의 사랑을 감미롭게 표현한 베토벤의 명곡 〈로망스 2번〉을 모티브로 했고, 레이블에는 프랑스 화가

'피에르 오귀스트 콧'의 〈봄날〉이 그려져 있다.

'에로이카' 와인은 베토벤 탄생 250주년과 GS25 창립 30주년을 기념해 2020년 출시되었으며 베토벤 와인 시리즈 중 세 번째이고 가장 고가이다. 천재 와인 메이커 장 뤽 튀르방의 대표 와인이자 세계 50대 컬트 와인으로 선정된 샤토 발랑드로와 동일한 블렌딩으로 20개월 동안 프랑스산 오크통에서 숙성하여 풍부한 과일향과 바닐라향을 느낄 수 있다.

막심 벤게로프 연주로 〈크로이처〉,
르노 카푸송의 연주로 〈로망스 2번〉을 감상해 보자.

"섭섭하구나, 섭섭해. 늦어도 너무 늦었어."

베토벤의 유언이다. 무엇이 늦었다는 것일까. 가장 좋아하는 와인이 죽기 직전 도착한 것을 안타까워한 말이다. 1827년 3월 26일 천둥과 폭우가 몰아치던 저녁, 참기 힘든 통증으로 고통받는 베토벤 앞에 쇼트사[88]에서 보낸 최상급 마인츠산 와인이 도착했다. 아버지

• • •

88 쇼트출판사: 베토벤과 출판 계약을 맺은 1770년 독일 마인츠에 세워진 음악출판사다. 모차르트, 베토벤, 바그너, 힌데미트, 스트라빈스키 등 현대 클래식 거장들의 저작권을 가진 곳이다.

의 학대에 가까운 연습과 청각 장애, 열두 살 때부터 가장의 짐을 진 베토벤에게 힘든 삶의 위안이 되어 준 와인! 오죽하면 와인 없이는 작곡이 안 된다고 표현했을까.

다른 예술가들이 젊어서부터 와인을 즐긴 것과 달리 베토벤은 가난과 난청으로 힘들어지면서 와인을 마시기 시작했다. 만성 설사와 소화불량, 난청으로 인한 스트레스는 고통의 연속이었고 와인을 마시면 잠시라도 잊고 작품을 쓸 수 있었다. 베토벤의 와인 사랑은 대단했다. 식사 때 보통 1리터의 와인을 마셨으니, 지금의 와인 용량으로 계산하면 한 병 반을 마셨다는 것 아닌가.

하지만 가난 속에서 와인값을 충당하려니 저렴한 헝가리산 와인을 살 수밖에 없었고, 그래서 간이 손상되었다는 분석도 있다. 베토벤의 가계부를 보면 저렴한 와인을 샀음에도 와인 사는 비용이 꽤 많이 들어갔다는 것을 알 수 있다. 로시니가 전 세계 값비싼 와인을 선물받고 즐긴 것에 비하면 영웅의 와인치고 너무 소박하지 않은가.

베토벤이 가장 힘든 시기 요양을 떠난 하일리겐슈타트, 죽을 생각까지 했던 그곳에서 청각을 잃어 가는 절망 속에서 거닐었던 숲, 아름답고 평화로운 언덕과 넓게 펼쳐진 포도밭, 그곳에서 위로를 받고 〈교향곡 5번〉과 〈교향곡 6번〉을 완성했고, 이 무렵 고통의 심경은 〈피아노 협주곡 3번〉에 고스란히 담겨 있다. 이곳에서 베토벤이 즐긴 선술집의 마이어 와인은 베토벤이 〈교향곡 9번 합창〉을 만드는 데 큰 힘을 실어 줬고, 20년 넘게 구상해 온 곡에 박차를 가하게 된다.

베토벤의 작품은 피아노곡부터 교향곡까지 매우 다양하다. 13세에 피아노 변주곡 〈드레슬러의 행진곡 주제에 의한 아홉 개의 변주곡, WoO 63〉을 처음으로 출판했지만 즉흥 연주가 뛰어나 피아니스트로 먼저 명성을 얻었다. 피아노가 발달된 시기여서 피아노 작품을 많이 작곡했다. 1795년부터 27년 동안 작곡한 32개의 피아노 소나타는 피아노 전공자라면 반드시 쳐야 하는 곡이고, 작곡 전공생이라면 꼭 분석해야 할 만큼 중요한 작품이다.

1700년대 중반이 넘어가면서 피아노는 더욱 개량되었고 1780년대 영국의 존 브로드우드가 댐퍼 페달[89]을 고안하면서 음색의 표현이 훨씬 넓어져 모차르트를 비롯한 많은 작곡가들이 앞다투어 피아노곡을 작곡하기 시작했다. 당시 피아노는 하프시코드처럼 흰 건반이 위에 있고 검정 건반이 아래에 있었는데, 건반 색이 바뀐 오늘날의 피아노 구조가 이때쯤 완성된다.

베토벤은 6옥타브 피아노[90] 건반이 등장하자마자 작품 속에 바로 시도하여 〈피아노 협주곡 5번 황제〉를 완성했다. 나폴레옹의 빈 침공으로 프랑스군의 포격이 쏟아지고 악화된 난청으로 매우 힘든 시기였음에도 베토벤은 피아노 협주곡의 정점을 이룬 역작을 만들어냈다. 피아노 협주곡 시작부터 피아노 독주로 카덴차[91]라니, 이렇게 파격적일 수가 있을까?

악곡의 의도에 맞게 이 부분도 악보에 적어 넣은 치밀한 베토벤! 웅장함과 화려함이 어우러지는 강력한 피아니즘을 펼친 곡이다. 심장을 파고들 것처럼 강력하게 다가온 1악장과 대조적으로 2악장은

•••

89 댐퍼 페달: 지속 페달이라 부르며 피아노의 페달 중 가장 오른쪽에 위치한다. 페달을 밟으면 모든 페달을 놓을 때까지 음이 계속 울린다.

90 6옥타브 피아노: 도부터 도까지 한 옥타브가 6번 있는 음역대로 현재의 피아노는 88건반으로 7옥타브가 조금 넘는다.

91 카덴차: 반주를 멈추고 독주자가 화려하고 기교적인 연주를 통해 역량을 과시하는 부분을 말한다. 원래는 연주자가 즉흥연주를 했지만 베토벤 등의 작곡가들이 직접 카덴차를 악보에 기입한 후 대세가 되었다.

차분하고 애상적이다. 베토벤의 2악장은 너무나 사랑스럽다. 세상 풍파를 다 겪은 남자가 이렇게 서정적인 선율을 만들 수가 있을까? 〈바이올린 소나타 9번〉 2악장을 들었을 때의 감동보다 더 강렬하게 다가온다.

황제 2악장의 첫 음을 듣는 순간 심장이 내려앉는다. 들리지 않는 고요 속에서 베토벤이 전하는 가장 슬픈 멜로디랄까. 조성진이 연주하는 2악장은 50년 연륜의 피아니스트가 인생을 담아 연주하는 듯하다. 섬세한 터치로 한 음 한 음 누를 때마다 감성을 자극한다.

철저한 고요 속에서 자신의 음악도 들을 수 없는 베토벤, 와인은 그에게 위안을 주는 친구이자 아픔을 잊게 하는 마취제였다. 어쩌면 술의 힘을 빌려 그 시간만큼은 오롯이 작품 속에서 살 수 있었던 것이 아닐까.

베토벤 〈피아노 협주곡 5번〉 QR 링크를 열고
조성진과 정명훈의 하모니를 감상해 보자.

커피 한 잔 속 60개 멜로디

"악마같이 검고, 천사같이 순수하고 지옥같이 뜨겁고 키스처럼 달콤하다."

_탈레랑

"커피는 우리를 진지하고 엄숙하고 철학적으로 만든다."

_조나단 스위프트

"커피가 독약이라면, 그것은 천천히 퍼지는 독약이다."

_볼테르

"진한 커피는 나를 일깨워 주고, 따뜻하게 감싸 주고 놀라운 힘을 준다."

_나폴레옹

"아, 이제 더 이상 커피 잔을 들 수 없구나."

_루소

커피를 향한 멋진 말들이 많지만 루소의 말이 가장 와 닿는다. 이제 커피 잔을 들 수도 없다니 너무 슬프다. 하루에 커피를 40~50잔을 마시는 볼테르에게 주치의는 커피 때문에 죽을 수 있다고 경고했으나, 염려와 달리 무려 84세까지 장수했다. 과다한 카페인도 커피가 주는 위로를 넘어서진 못했나 보다. 볼테르 못지않게 커피를 많이 마신 발자크는 15시간씩 글을 쓰면서 잠을 쫓기 위해 독한 튀르키에식 커피를 하루에 50~60잔 정도 마셨다. 한 통계학자의 분석에 따르면, 발자크가 평생 마신 커피가 5만 잔 정도 될 것이라고 한다.

17세기 런던에는 커피하우스가 3천 개를 넘었고 입장료 1페니를 내면 커피를 무제한으로 즐기며 무역 정보를 교환하고 문학과 과학에 대해 토론할 수 있었다. 유럽에 커피하우스가 있다면 한국에는 다방이 있었다. 전시회와 문학의 밤이 열리고 문인과 화가, 배우, 가수들이 교류하며 활동을 이어 간 공간으로 시인 '이상'은 아예 다방을 오픈해서 사랑방으로 삼았다. 무기, 제비, 쯔루, 다방 69 등 많이 열고 자주 망했다.

이렇듯 예술가들의 커피 사랑은 유별나다. 쓴맛, 단맛, 신맛 등 풍성한 아로마로 섬세한 맛을 즐길 수 있고 술과 다르게 이성을 흐트러뜨리지 않고 각성 효과까지 있으니 딱이지 않은가. 술을 몇 시간 동안 계속 마신다면 작품을 쓰기는커녕 펜대도 제대로 잡지 못할 것이다.

베를리오즈, 로시니, 모차르트, 비제, 토스카니니 등 수많은 음악가들이 커피를 즐겼다. 카공족 슈만은 카페 바움[92]에서 커피를 마시면서 작곡을 했고, 여느 때와 같이 커피를 마시고 있던 바그너 앞을 지나던 오스트리아 군악대가 경의를 표하기 위해 〈탄호이저〉를

•••

92 카페 바움: Kleine Fleischergasse 4, 04109 Leipzig, 독일에 위치, 1694년 문을 연 라이프치히 카페로 '아라비아의 커피나무'라는 뜻이다. 괴테, 바흐, 멘델스존, 리스트, 바그너, 슈만, 나폴레옹이 사랑했던 카페로 커피인들의 성지와 같은 곳이었는데 2018년 문을 닫았다.

시티 앤 더 클래식

연주했다는 에피소드도 전해진다. 미식가이자 요리사인 작곡가 로시니의 아침 식사는 얼마나 특별할까 싶은데, 의외로 롤빵 한 개와 커다란 잔에 가득 따른 커피였다.

최고의 커피 CM송을 남긴 거장, 바흐

바흐는 커피를 매일 마시고 싶었지만 라이프치히의 비싼 커피값을 감당하기 어려웠다. 당시 커피 17g이 방적공의 하루 품삯과 맞먹을 정도였으니 8g을 한 잔으로 본다면 커피 한 잔 값이 반나절 품삯인 셈이다. 물론 바흐가 가난에 허덕일 정도는 아니었지만 스무 명이나 되는 자녀를 키우기 위해 평생을 바쁘게 살았고 늘 검소한 생활을 했다. 라이프치히 네 군데 교회의 연주와 지휘와 작곡을 맡았고, 오르간 조율사로 일했으며, 장례 음악을 작곡하며 부가 수입을 올렸다.

하루는 바흐가 진지하게 말했다.

"장례식이 많은 때는 그만큼 사례금이 많이 들어오지. 하지만 도시에 건강한 바람이 불면 그만큼 사례금도 내려간다네. 작년에는 평상시 장례식에서 벌어들이는 수입보다 100탈러[93]나 적게 벌었다네."

카페 짐머만 (Cafe Zimmermann)

바로크시대는 문화를 향유하는 중산층이 늘어난 시기로 음악 학
교가 생겼고, 궁정이나 교회에서 연주하던 음악이 대중화되었으며,
커피하우스에서도 연주회가 열렸다. 바흐는 당시 콜레기움 무지쿰
에서 학생들을 가르치며 매주 금요일 저녁 8시부터 10시까지 짐머
만 커피하우스에서 연주를 했다.

어느 날 짐머만 커피하우스 주인이 바흐에게 커피에 대한 이미지
를 높이고 홍보할 겸 커피하우스에 어울리는 음악을 만들어 달라고

•••

93 탈러: 15세기 중엽부터 수백 년간 유럽에서 사용한 은화로, 스페인에서 사용하던 탈러가 신대륙에서
유통되면서 달러로 불렸다.

의뢰했고, 그렇게 탄생한 곡이 〈BWV 211 커피 칸타타〉[94]이다. 커피를 너무 좋아하는 딸 때문에 힘든 아버지의 심경을 그린 세속 칸타타로, 해설자의 레치타티보로 노래가 시작된다. 시끌벅적한 커피 하우스에 해설자가 등장해 "조용히 하세요."라고 말하며 칸타타가 시작된다. 커피를 끊지 않으면 산책을 못하게 하고 스커트를 사 주지 않겠다며 협박을 늘어놓지만 딸은 커피를 찬미하며 노래한다.

"커피 맛은 정말 기가 막히죠. 수천 번의 키스보다 더 달콤하고, 맛 좋은 포도주보다 더 부드럽죠. 커피, 커피, 난 커피를 마셔야 해요. 누가 나에게 즐거움을 주려거든 커피 한 잔 따라 주세요."

딸이 부르는 아리아로 당시 커피가 얼마나 유행이었는지 알 수 있다. 바로크 음악의 거장이 최고의 커피 CM송 한 편을 남기게 된 것인데, 연주하며 마음껏 커피를 마실 수 있었으니 금상첨화! 가족 부양에 바빴던 바흐가 잠시 휴식을 즐길 수 있었던 시간이 커피를 마시는 시간이 아니었을까.

•••

94 칸타타: 이탈리아어로 '칸타레(노래하다)'라는 뜻으로 기악으로 반주하는 성악곡 스토리가 있고 독창, 중창, 합창이 있다. 작은 규모의 오페라로 볼 수 있고 종교 칸타타와 세속 칸타타로 나뉜다.

◆ ◆ ◆

QR 링크를 열고 카페처럼 연출한
〈커피 칸타타〉 콘서트 무대로 가 보자.

1인당 60알의 커피를, 베토벤의 커피 사랑

헝클어진 머리로 지저분한 방 안에 오선지가 가득한 남자, 베토벤의 방 안 가득 커피 향이 넘친다.

> "나는 아침 식사에 나의 벗을 한 번도 빠뜨린 적이 없다.
> 나의 벗인 커피를 빼놓고서는 어떠한 것도 좋을 수가 없다.
> 한 잔의 커피를 만드는 원두는 나에게 60가지의 영감을 준다."

베토벤의 커피 사랑은 유명하다. 매일 아침 빈의 커피하우스에서 커피를 마셨고 생활이 궁핍했을 때도 포기하지 않은 것이 커피였다. 집에서 커피를 직접 내려 마실 때면 원두 60알을 정확히 세어 갈아 마셨고, 손님이 오면 "커피나 마시고 가겠나?"라고 항상 묻고는 사람 수에 맞게 60알, 120알, 180알 세어서 커피를 내렸으니 커피 하나도 그냥 마시는 법이 없다. '원두 60알 = 8g' 드립으로 내렸을 때 가장 맛있는 원두 개수라니 놀랍지 않은가. 맛있는 커피를 마시기 위해 커피 알을 가감해 가며 맞춰 간 베토벤을 생각하니 그 열정에 놀라울 따름이다.

어느 날 작곡가 베버가 베토벤의 집을 방문했을 때 '방 안이 온통 악보와 옷으로 어질러져 있었고 테이블에는 악보 용지 한 장과 끓고 있는 커피가 있었다.'라고 묘사할 정도로 베토벤에게 커피는 삶의 일부였다. 커피를 추출할 때도 작곡할 때만큼이나 굉장히 계획적이고 신중했다. 삼투압 방식으로 추출되는 퍼콜레이터(Percolator)를 사용했고, 특히 유리로 된 제품을 좋아했다.

당시에 꽤나 비싼 가격이었고 지금도 다른 기구에 비해 10만 원대로 가격대가 높은 편이며 커피도 더 많이 들어간다. 그럼에도 베토벤은 이 방법을 고수했으니 맛있는 커피를 위해 비용과 노력을 감수한 것이다. 매일 아침 신식 퍼콜레이터에 커피를 추출해 마신 베토벤, 말년에 간 질환으로 고생하는 베토벤에게 결국 주치의가 와인과 커피를 금지할 것을 처방했다.

청각을 잃어 가는 절망과 암흑 속에서 자살까지 생각하며 하일리겐슈타트 유서까지 작성한 베토벤이었지만, 그 시기 작곡한 명작이 너무나 많다. 특히 〈교향곡 2번〉은 밝고 에너지가 넘치며 어디에도 고통의 흔적을 찾아보기 힘들다. 이 곡을 작곡할 즈음 친구에게 보낸 편지를 보면 창작에 대한 욕구가 불탄다.

"이제부터 나는 육체적으로나 정신적으로 전보다 더 많은 힘이 솟고 있어. 매일 나는 내 목표에 더욱 가까워지고 있음을 느끼고

한 작품이 마무리되기도 전에 벌써 다른 작품이 시작되고 있어."

바흐처럼 대대손손 음악 자산이 넘쳐난 집안도 아니고, 모차르트 처럼 완벽한 매니저 아버지가 있었던 것도 아니며, 음악가로 평생 살 아야 할 그에게서 청력마저 앗아 갔으니 이렇게 가혹한 인생이 또 있 을까. 몇 시간을 방에 가둬 놓고 연습시킨 아버지의 학대에 가까운 채찍질에도 음악을 포기하지 않았고, 초등학교 중퇴라는 볼품없는 학력에도 괴테와 실러의 작품을 읽으며 교양을 쌓아 갔으며, 10대에 가장과 다름없는 역할을 해야 했던 베토벤이었지만 희망을 잃지 않 은 그에게 음악의 성인 '악성'이라는 별칭을 붙여 줄 만하지 않은가.

청각 장애가 심해진 후 의사의 권유에 따라 하일리겐슈타트로 요 양을 내려갔다가 커피를 마신 후 산책을 즐기던 어느 날, 푸른 자연 과 시골 풍경을 담아 작곡한 교향곡이 6번 〈전원〉이다. 시골에 도착 했을 때의 즐거움, 시냇가의 풍경, 시골 사람들의 즐거운 모임, 뇌 우와 폭풍우, 목동의 노래 등 행복과 평화와 감사가 각각의 악장 속 에 듬뿍 담겨 있다.

대부분의 곡명이 후대에 붙여진 것에 반해 베토벤이 직접 제목을 붙인 몇 안 되는 작품으로 〈교향곡 5번〉과 동시에 발표했음에도 빈 의 청중들에게 〈교향곡 6번〉이 더 인기였다. 강하고 스트레이트한 베토벤 곡을 원하지 않는다면 〈교향곡 6번〉을 추천하고 싶다. 청력과 건강을 잃어 가던 가장 힘든 시기에 평소코다 더 우아하고 더 여유로운 교향곡을 작곡하다니, 여기에 베토벤의 위대함이 있는 것 아닐까.

작곡가는 자신의 삶을 작품에 투영시키기 마련이다. 브람스처럼 진중하게, 슈베르트처럼 슬프게, 멘델스존처럼 우아하게. 하지만 베토벤은 참담하고 힘든 삶 속에서 희망과 빛을 담아 우리에게 선사했다. 들리지 않는 암흑 속에서 원두 한 알 두 알 세어 가며 향과 맛을 음미하고 자신만의 음악을 그려 간 베토벤. 그에게 커피를 마시는 것은 기쁨의 시간이자 유일한 위안이 아니었을까.

베토벤의 교향곡은 많은 지휘자와 관현악단이 연주했기 때문에 명반도 많다. 하지만 평상시 보기 어려운 연주자의 악보와 지휘자의 정면 모습, 솔로 연주자들과 빈 무지크페라인 홀을 영상에 잘 담은 빈 필하모닉의 연주는 콘서트홀에 가지 않아도 생생한 현장감을 느낄 수 있어서 QR 링크로 수록했다.

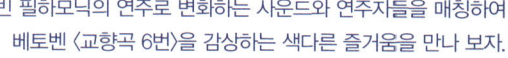

빈 필하모닉의 연주로 변화하는 사운드와 연주자들을 매칭하여
베토벤 〈교향곡 6번〉을 감상하는 색다른 즐거움을 만나 보자.

커피 그라인더를 갈다가 영감을 얻은 슈베르트

18세기 말부터 빈은 경제적으로 번성하여 중산층이 많았고 베토벤을 비롯한 많은 음악가들이 활동한 예술의 중심지였다. 시내 곳곳에 커피하우스가 들어섰고, 멋을 아는 가정마다 커피 그라인더가 있을 만큼 커피가 유행했다. 파리 커피, 밀라노 커피는 못 들어 봤어도 빈 커피(aka. 비엔나 커피)는 들어 보았을 텐데 무려 3백 년이나 넘는 역사를 가지고 있다.

마차에서 내리기 힘들었던 마부들이 부실한 끼니를 때우기 위해 한 손으로 고삐를 잡고 한 손으로 설탕과 생크림이 올려진 커피를 마신 것이 시초가 되었는데, 진짜 이름은 '아인슈페너'이다. 한 마리 말을 이끄는 마차라는 뜻으로 빈 커피라고 불린 이유는 오스트리아 빈에서 유래했기 때문이다. 하지만 정작 빈에 가서 "빈 커피 주세요." 하면 점원들이 잘 모르니 아인슈페너를 달라고 해야 한다.

빈 출신 슈베르트의 커피 사랑도 대단하여 '슈베르티아데'[95] 를 커피하우스에서 자주 가졌고, 당구를 치거나 커피를 마시면서 작곡을 하기도 했다. 보헤미안 기질이 가득했던 슈베르트는 평생 큰돈을 가

•••

95 슈베르티아데: '슈베르트의 밤'이라는 뜻으로 슈베르트가 작곡에 몰두할 수 있도록 후원하는 모임이다. 시와 문학, 미술에 대한 토론을 하고 슈베르트의 신곡을 발표하기도 했고 오로지 슈베르트의 곡만 연주했다.

시티 앤 더 클래식

져 본 적이 없고 이 친구 저 친구 집을 옮겨 다니며 기거했고 많은 시간을 커피하우스에서 보냈다.

"국가가 나를 먹여 살려야 해. 난 오로지 작곡만 하러 이 세상에 왔거든."

슈베르트는 친구에게 이런 말도 했을 정도였다. 1816년 6월 17일의 일기를 보면 왜 이런 말을 했는지 짐작할 수 있게 된다.

"나는 오늘 돈을 받고 처음으로 작곡을 했다. 바트로트 교수님의 영명 축일에 연주할 칸타타인데 2 플로린[96]을 받았다."

칸타타가 1분짜리 노래도 아니고 수많은 등장인물이 나오고 독창, 중창, 합창까지 작곡해야 하는데 겨우 50달러라니…. 프로 작곡가의 보수 치고는 너무 적지 않은가. 천 곡을 넘게 작곡했지만 흥행성을 중요시 여기는 출판업자들은 상품성이 떨어진다고 10분의 1도 출판해 주지 않았다. 10여 편의 오페라와 교향곡은 한 곡도 출

• • •

96 플로린: 13세기 이탈리아 피렌체 지방의 금화에서 시작되었다. 2플로린은 대략 50달러이다. 1 베네치아 두카트=2 플로린.

판되지 못했고, 15개의 현악 4중주 중에 1곡, 21개의 피아노 소나타 중 3곡, 6백 곡이 넘는 가곡을 작곡하고도 187곡만 출판되었다. 슈베르트가 출판으로 평생 벌어들인 돈을 현재로 가치로 환산하면 12,500달러 정도이다.

그래도 친구들 덕분에 평생 외롭지 않았으니 그런 점에서 행운일 수도 있겠다. 평생 큰 연주회 한 번 제대로 열지 못했고, 피아노도 없어서 필요할 때면 친구의 집을 찾아야 했으며, 출판사와 계약할 때도 계산적이지 못했다. 호탕하게 웃기보다는 무표정하게 싱긋 웃는 성격으로, 오죽하면 세상에 흥겨운 노래라는 것은 존재하지 않는다고 말했을까.

아침에 일어나 오후 2시까지 작곡을 하고 시내에 나가 커피하우스에 들른다. 단골 커피하우스 앙코어나 보그너에서 신문을 보거나 밤 늦게까지 담배를 피우고 커피와 와인을 마시며 친구들과 시간을 보냈다. 형편이 어려웠지만 커피 마니아였던 슈베르트는 낡은 커피 그라인더 하나를 장만하여 집에서 커피를 즐기던 어느 날, 커피를 갈다 엄청난 곡을 탄생시키게 된다.

노먼 레브레히트의 저서에 따르면, 친구 라흐너가 슈베르트를 찾아왔는데 악상이 떠오르지 않아 시큰둥하게 앉아 있던 슈베르트가 그를 반갑게 맞으며 낡은 커피 그라인더를 꺼냈다. "커피나 한잔하지! 내 재산 목록 1호라네." 하며 원두를 넣고 갈기 시작했다. 그러다 갑자기 흥분해서 외쳤다.

"생각났다! 생각났어! 요 낡고 작은 기계야!"

그러더니 슈베르트는 커피 그라인더를 한쪽으로 밀었고 갈다 만 커피 원두들이 사방으로 튀었다. 깜짝 놀란 라흐너가 "무슨 일이야, 프란츠?" 하고 묻자, 슈베르트는 흥분하며 설명했다.

"이 커피 그라인더는 정말 놀라워. 멜로디와 주제들이 날아 들어오고 있어. 자 봐, 라-라-라…. 며칠째 아이디어를 떠올리기 위해 노력했는데, 저 작은 기계는 1초 안에 그걸 찾아냈어."

그리고 그는 〈죽음과 소녀〉의 주제를 흥얼거리기 시작했고, 라흐너는 충실하게 받아 적어 내려갔다. 〈죽음과 소녀〉는 15곡의 현악 4중주 중 14번으로 슈베르트가 죽기 2년 전에 완성한 작품이다. 2악장에 슈베르트 가곡 〈죽음과 소녀〉의 멜로디가 사용되어 붙여진 이름으로, 가곡에서 다 보여 주지 못한 긴박감과 두려움이 더욱 잘 나타난다. 마티아스 클라우디우스의 시에 곡을 붙인 것으로, 소녀와 그녀를 저승으로 데려가려는 죽음과의 대화로 이루어져 있다.

"아, 지나가세요, 제발 지나가세요. 무시무시한 죽음이여!

저는 아직 어리니, 제발 내버려 두세요."

소녀가 얼마나 두려울지 내용만 봐도 느껴진다. 현악 4중주로 그려 낸 죽음과 소녀는 네 악기가 동시에 등장하기도 하고, 제2 바이올린과 비올라가 2중주, 제1 바이올린과 제2 바이올린과 비올라, 제2 바이올린과 비올라와 첼로가 3중주를 하기도 하며 어떤 악기도 치우침 없이 주제 안에서 밸런스를 이룬다. 주제를 가지고 이렇게 잘 발전한 변주 작품이 있을까?

변주곡[97]이지만 주제와 연관성을 찾기 어렵고 기교만 중심이 된 곡들도 많다. 〈죽음과 소녀〉의 2악장은 원형과의 긴밀한 연대가 살아 있고 극단적으로 변주된 것 같은 부분도 주제가 잠복되어 있다. 대학 입시 때 작곡 실기 시험이 6개의 변주곡을 만드는 것이어서 수많은 변주곡을 분석하고 외웠었다. 주제와의 연대를 가지고 가면서 다양하게 변주하는 것은 작곡가의 테크닉과 역량이 많이 필요하기 때문에 얼마나 고민하고 만들었을지 상상이 된다. 네 악기가 큰 소리로 강렬하게 하행하는 1악장도 인상적이다.

이 곡을 작곡할 즈음, 슈베르트가 친구에게 보낸 편지에 이렇게

...

97 변주곡: 어떤 주제를 바탕으로 하여 리듬, 선율, 화성, 박자, 조성 등에 변형을 주어 만든 악곡.

시티 앤 더 클래식

쓰여 있다.

"나는 세상에서 가장 불행하고 불쌍한 인간이라네. 건강이 회복될 기미는 안 보이네. 빛나던 희망도 없어지고 사랑과 우정으로 가득했던 행복이 고통으로 바뀌고 있다네."

자신의 죽음을 예감했던 것일까? 평소 베토벤을 무척 존경했던 슈베르트는 베토벤과 비슷한 점이 많다. 커피를 사랑하고 와인을 즐겼으며 괴테의 작품을 좋아했고 누구에게도 소속되지 않았다. 〈죽음과 소녀〉시작 부분은 베토벤의 〈교향곡 5번〉과 오마주된다. '빰빰빠빠 빰~' 시작 부분에서 제1바이올린과 첼로가 동음을 연주하고 제2바이올린과 비올라가 아래로 내려가는 선율을 연주하는 것이 흡사 베토벤의 〈5번 교향곡〉 시작 부분에서 세 번의 동음 이후 하행하는 선율과 비슷하다.

그렇지만 전혀 다른 음악 세계를 펼쳐 내는 두 사람의 작품에서 같은 듯 다른 대가(大家)의 면모가 느껴진다. 강렬하게 ff포르티시모[98]로 시작하는 1악장을 지나 2악장은 pp피아니시모[99]로 네 악기가

...

98 포르티시모: 아주 세게 연주하라는 악상 기호이다.

99 피아니시모: 아주 여리게 연주하라는 악상 기호이다.

동시에 비장한 선율을 연주한다. 두 악장의 강렬한 대비와 한 번 들으면 잊을 수 없는 2악장의 멜로디만으로도 〈죽음과 소녀〉는 너무나 매력적인 작품이다.

〈죽음과 소녀〉를 르네 플레밍이 부른 가곡으로 감상하고, 세계 최고의 자리를 지킨 전설적인 현악 4중주단 에머슨 콰르텟 연주로 감상해 보자.

브람스, 치커리 커피는 싫어요

독일은 맥주의 영향력과 정부의 반대 때문에 다른 유럽 국가에 비해 커피가 늦게 유행했다. 독일인에게 맥주는 음료이자 수프를 끓여 먹는 식사였고 삶의 일부였다. 하지만 커피는 에티오피아에서 아라비아 반도를 거쳐 유럽 북부의 독일까지 육로로 수송해 오는 데 비용이 많이 들어 사치품으로 분류되었다.

하지만 대중은 달랐다. 여행을 좋아하는 독일인들은 맥주 통을 싣고 휴가를 가느라 마차를 빌리는 비용이 만만치 않았는데, 공간과 무게를 크게 차지하지 않는 커피가 들어오자 자연스럽게 맥주를 대신하게 되었다. 커피 소비량이 늘면서 많은 돈이 원두 수출국으로 흘러 나가자 정부는 커피의 소비를 막기 위해 높은 세금을 부과하고 부정적인 여론을 형성시켰다. 의사들은 커피를 계속 복용할 경우 불임이 올 수 있다 주장했고 피부가 검어진다는 소문까지 전 지역에

퍼졌다.

브람스가 살았던 19세기 독일, 커피가 본격적으로 대량 유통되기 시작하며 거리마다 커피하우스가 들어서고 사람들이 커피를 즐기기 시작했다. 하지만 높은 세금 때문에 커피의 단가를 낮추려고 치커리 뿌리를 볶아서 원두에 섞어 사용한 커피하우스가 많았다. 로스팅해서 잘게 부순 치커리 뿌리를 보면, 생김새나 닷이 원두와 매우 비슷하다.

식민지 시대 미국에서 커피에 야생 치커리 뿌리를 넣었다는 언급이 있고, 1806년 나폴레옹이 대륙 봉쇄령을 내리고 커피가 부족해지자 치커리를 커피에 첨가해 마셨다는 자료가 남아 있다. 당시 프랑스 사람들은 치커리가 커피 맛을 향상시킨다 여겼고 많이들 애용했다. 나폴레옹이 즐겨 마신 치커리 커피는 브랜드화되어 현재 세계 여러 나라에서 판매되고 있고, '블루 보틀'의 시그니처 메뉴 중에 치커리를 넣은 '뉴올리언스 커피'가 있다.

한국에서는 보리를 볶아 커피에 섞어 팔다가 적발되고 담배 가루를 섞었다가 식품 위생법 위반 혐의로 구속된 사건이 있었다. 2019년 농촌진흥청이 검정 보리를 원료로 카페인 함량이 낮은 커피를 개발해 특허 출원을 마쳤다. 단가를 줄이려고 섞어 팔았던 보리로 진짜 커피를 만들게 된 것인데, 카페인이 없기 때문에 몸에 좋은 대안 커피로 각광받고 있다.

커피 사랑이 유난했던 브람스는 치커리 때문에 크게 화가 난 적이 있다. 동네 커피하우스에서 커피를 마시다 치커리를 넣은 커피라는 것을 단번에 알아차린 후 점잖게 말했다.

"혹시 여기에 치커리 있습니까?"

"예."

"그럼 제가 그 치커리를 다 살 수 있을까요?"

"그럼요. 여기 다 가져왔습니다."

"이게 전부인가요?"

"네."

그러자 브람스는 치커리를 가방에 넣고 이렇게 말했다.

"그럼 이제 진짜 커피를 만들어 주세요."

참 브람스다운 컴플레인이다. 브람스는 많은 음악 평론가와 클래식 마니아들 사이에서 커피와 가장 잘 어울리는 작곡가라는 평가를 받고 있다. 옷이나 집도 크게 관여치 않고 최소한의 것만 갖추며 살았으며, 저렴한 식당에서 소박한 식사를 했지만 포기하지 못한 것은 '고슴도치'[100]의 커피였다. 스승 슈만의 단골 가게에서 커피를 마시는 게 유일한 사치였다.

아침은 자신이 직접 만든 진한 커피를 마셨는데, 그 누구도 자신만큼 향기가 진한 커피를 끓일 수 없다고 생각했기 때문이다. 교향곡 한 곡을 위해 20년을 쓰고 지우고, 현악 4중주를 수십 편 쓰고도 마음에 안 드는 곡은 다 버리고 오직 세 편만 출판한 브람스답게 커피 한 잔에도 완벽함을 추구했다.

그의 사랑도 완벽했을까? 스승의 아내 클라라를 평생 사랑하고도 그녀를 위해 한 발자국 뒤에서 지켜본 브람스. 마흔이 되면 이해할 수 있을 것이라던 음대 선배들의 말처럼 어느 순간 그의 사랑이 이해되었다. 슈만이 세상을 떠나고 그해 가을 〈피아노 협주곡 1번〉을 작곡한 브람스는 2악장을 쓰면서 클라라에게 편지를 썼다.

...

100 고슴도치: 19세기 빈의 식당으로 슈베르트와 슈만과 멘델스존이 단골이었다.

"요 며칠 저는 협주곡의 제1악장을 정서했습니다. 요아힘[101]은 마지막 악장을 무척 기대하고 있지요. 지금은 당신의 아름다운 초상화를 그리고 있는데, 그것은 아다지오가 될 것입니다."

어쩌면 이렇게 시적일까. 브람스가 생각한 클라라는 아다지오 느낌이었구나. 슈만을 잃고 슬픔에 빠진 그녀를 위로하고 자신의 애틋한 마음을 담아 써 내려간 2악장은 '클라라의 초상'이라는 별칭이 붙어 있다. 20대 브람스가 얼마나 사려 깊고 따뜻한 청년이었는지 보여 주는 곡으로, 차분히 시작되는 바순의 멜로디는 아름다움을 넘어 경건하고 감동적이다. 피아노와 관현악이 주고 받는 멜로디를 들으며 '꽃으로라도 때리지 말라'는 말이 생각났다. 사랑하는 여인을 향한 소중한 마음이 가득 담겨 있고 그녀와 나누는 연인의 부드러운 대화가 흐르는 듯하다.

삶의 모토가 '자유롭게, 그러나 고독하게(Frei Aber Einsum)'였던 브람스가 평생을 사랑한 그녀에게 바친 〈피아노 협주곡 1번〉 2악장 아다지오(Adagio).[102] 커피 한 잔과 브람스 음악 어떠세요?

•••

101 요아힘: 19세기에 대표 바이올린 연주자로 브람스와 우정을 나눴고 브람스는 바이올린 협주곡을 헌정했다.

102 아다지오(Adagio): 차분하게 매우 느린 속도로 연주하라는 뜻이다.

에밀 길레스의 연주로 고즈넉하게 밀고 들어오는
브람스의 〈피아노 협주곡 1번〉 2악장을 만나 보자.

파리에 가면 로시니 스테이크를 먹자

까다로운 미식가 파바로티

20세기 최고의 테너 파바로티[103]는 미식가이자 대식가로 꼽는다. 파바로티의 몸무게가 얼마나 되는지 지금까지 밝혀진 바가 없고 기자들이 질문하면 "지난달보다 10파운드 빠졌어.", "지난달보다 5파운드 늘었어."라고 위트 있게 대답하곤 했다. 음악 애호가이자 제빵사였던 아버지 덕분에 집과 빵 가게에는 늘 음악이 넘쳤고, 어릴 적부터 빵을 많이 먹으며 자라 특히 빵을 좋아했다. 외로움을 많이 타는 편이어서 공연이 없는 날이면 친구들과 함께 시간을 보냈고, 공연이 끝난 후 음식을 만들어 친구들과 함께 먹는 것을 좋아했다.

먹는 것만큼이나 요리를 즐겨 1991년부터 고향 모데나에서 레스토랑 'Europa 92'를 운영해 왔다. 암 투병 중인 파바로티를 위문하

• • •

---

103 파바로티: 이탈리아 출신의 테너로 도밍고, 카레라스와 함께 3대 테너로 불린다. 한국인이 좋아하는
성악가 1위로 선정되었다.

러 간 주빈메타[104]에게 "당신이 매운 파스타를 좋아하는 것을 내가 잘 알지." 하며 직접 요리를 만들어 주어 놀랐다는 인터뷰를 본 적이 있다.

파바로티의 단골 레스토랑에서는 '파바로티 게살 새우 수프', '파바로티 토르텔리니' 등 아예 파바로티 이름을 붙여 메뉴판에 넣었다. 세계 투어를 다닐 때 개인 쉐프를 동반할 것이며, 호텔 내에 미니 바 대신 대형 냉장고를 준비해 주어야 하고, 침실 옆은 부엌으로 개조해 달라는 등 계약 조건이 까다로운 것으로 유명하다. 전통 방식으로 소량만 생산하는 이탈리아 전통 파스타 면 '루스티켈라 디 아브루초'를 가장 좋아했고, 어디를 가나 레드 와인 '람부르스코'을 항상 가지고 다녔다.

어떤 성악가는 에비앙 생수만을 준비해 달라고 하거나, 특정 가습기로 원하는 습도에 맞춰 달라고 한다거나 하는 이야기를 듣고 참 별나게 군다고 생각한 적이 있다. 하지만 잦은 강연과 공연 스케줄 때문에 오랫동안 차를 타느라 소화기가 약해져 따뜻한 물과 도시락을 싸 가지고 다니는 나를 생각해 보니 이제는 이해가 된다. 좋은 컨

• • •

104 주빈 메타: 세계적인 지휘자이다. LA필하모닉, 뉴욕필하모닉, 바이에른주립가극장, 이스라엘 필하모닉의 상임 지휘자를 역임했고 빈 필하모닉 오케스트라와 베를린 필하모닉 오케스트라의 주요 객원 지휘자이다.

시티 앤 더 클래식

디션을 유지해야 최고의 무대를 선사할 수 있기에 늘 조심하고 신경
쓴 것이다.

먹는 것을 좋아한 만큼 몸집이 거대했음에도 매년 베스트드레서
로 뽑힐 만큼 패셔니스타였으며, 그의 트레이드 마크인 흰 손수건은
시선 분산 효과도 있지만 감정과 발성에 필요한 호흡의 깊이를 조절
하기 위한 선택이었다고 한다. 흰 손수건을 가슴으로 모으며 부르는
〈남몰래 흐르는 눈물〉은 정말 최고의 감성을 보여 준다.

클래식 대중화에 기여했다는 평을 받는 한편, 쓰리 테너라는 타이
틀로 상업적인 쇼를 했다는 비평도 있다. 런던 공연에서 2시간 30분
동안 13억 원의 수입을 올렸다며 당시 언론이 '한 단어에 70만 원씩
벌었다.'고 악평을 쏟아 냈다. 하지만 파바로티를 비롯한 쓰리 테너
의 출현으로 클래식에 대한 관심이 급증하고 음반 판매량이 증가했
으며 클래식 음악 공연이 활성화된 점을 부인할 수는 없다.

13접시를 단번에 해치운 대식가, 헨델

바로크 시대 작곡가 중 최고 대식가를 꼽으라면 단연 '헨델'이다.
그의 사생활은 철저히 비밀로 관리되어 자료가 많지 않은데, 찰스
버니[105]의 『음악사 총론(A General History of Music)』에서 일부분 찾
아볼 수 있다.

덩치가 매우 크고 비대했으며 두꺼운 오다리를 하고 걸음걸이가 부자연스럽다. 행동은 충동적이고 거칠지만 고약한 심성이나 악의를 찾아볼 수 없다.

결혼도 하지 않고 평생 먹고 마시는 것에 돈을 아끼지 않았던 헨델은 '고기는 옳아!' 하며 육식을 즐긴 덕분에 비만과 성인병으로 고생을 했다. 어느 날 작품을 쓰다 끼니를 놓쳐 허기진 배를 움켜쥐고 레스토랑에 가서 주문을 했다.

"소고기, 닭고기, 거위 고기, 생선, 푸딩, 치즈, 맥주, 와인 모두 가져다주시오."

테이블 3개 분량의 열세 접시의 요리를 주문했지만 아무리 기다려도 요리가 나오지 않자 화가 난 헨델이 물었다.

"음식이 왜 안 나오는 거요?"

"같이 드실 분은 언제 오나요?"

"뭐요? 같이 드실 분은 나란 말이오! 빨리 가져다주시오."

라고 말하고는 주문한 음식을 순식간에 먹어 버렸다. 헨델의 절친이자 오페라 무대 설치가였던 조셉 구피는 조지 1세가 죽고 헨델과

• • •

105 찰스 버니(Charles Burney, 1726~1814): 영국의 음악 역사가, 작곡가 및 음악가로 하이든의 친구로 알려짐.

시티 앤 더 클래식

의절한 후 경쟁 관계의 오페라 쪽에 선 후 거꾸로 매달린 새 요리, 끓고 있는 냄비, 술병과 널브러진 음식들 속에서 돼지 얼굴을 하고 오르간을 연주하는 헨델을 캐리커처로 그려 폭식하는 습관과 무절제한 음악 양식에 대해 비판했다. 현재 피츠윌리엄박물관에 전시되어 있다.

이것저것 가리지 않고 빨리 먹는 헨델은 성격이 매우 급하고 다혈질이어서 작품도 빨리 쓰는 편이었다. 최고의 대작 〈메시아〉를 3주도 안 되어서 작곡했으며, 작품 목록이 수십 페이지에 달할 만큼 다작을 했으니 런던에서 제일 바쁜 사람이라는 말이 맞는 것 같다.

괴테의 정어리 예찬, 베토벤의 민물고기 예찬

"세상은 한 접시의 정어리 샐러드, 낮에도 밤에도 맛있어."

괴테의 정어리 예찬 시이다. 괴테는 식물학, 해부학에 능했고 오페라 제작에도 관심이 있었으며 미식가이자 요리연구가이기도 했다. 어릴 적부터 먹는 것을 좋아해서 맛있는 거 준다고 하면 울다가 그칠 정도였고, 늘 초콜릿을 가지고 다녔으며, 엄마가 상으로 복숭아를 준다고 하면 힘든 일도 혼자서 거뜬히 해냈고, 갓 튀긴 생선을 먹기 위해 수업을 빼먹은 적도 있다.

요하임 슐츠의 책 『훌륭한 요리 앞에서는 사랑이 절로 생긴다』에는 괴테의 요리 사랑이 담긴 글과 편지가 가득하다. 책 이름도 참 멋지지 않은가? 47편은 괴테가 며느리에게 보낸 위트 넘치는 편지 내용이다.

'며느리를 위해 후라이팬에서 갓 구워 낸 시'

사랑하는 며느리에게
내 부엌살림에 대해 설명해 주마
궁중요리사가 나를 위해 요리하기로 결정되었다
지금으로서는 꽤 견딜 만하구나
게는 더 이상 보내지 말거라
여기까지 오는 동안에 상하기 쉽더라
하지만 양배추는 보내다오
아침밥으로 훈제한 소 혀, 쇠고기 스테이크를 먹었으면 좋겠구나
또 그 밖에 갈비, 잘게 썰어 구운 고기 완자,
또는 뭐 그 비슷한 이름의 것 등을 먹으면 좋겠다
네가 시를 좋아한다니,
방금 후라이팬에서 갓 구워 낸,
아직 인쇄도 되지 않은 시를 몇 편 보내마

잘 있거라

_오틸리에 폰 괴테에게, 1820년 6월 12일

바덴 칼스바트에서 아내에게 쓴 편지에도 요리에 대한 이야기가
빠지지 않는다.

기회가 생겨, 라이프치히에 있을 당신에게 소포를 하나 보냈소.
아마 지금쯤은 받지 않았을까 싶군요.
별로 값비싼 것은 아니지만 최고급 훈제 소 혀랍니다.
잘 있기를. 그리고 내 생각하길 바라며, 빨리 답장 써 주길 바
라오.

_G. (1808년 7월 2일)

오죽하면 괴테를 키운 8할이 맛난 음식이라는 말이 있을까? 어린
시절부터 이러한 괴테를 우상으로 생각한 베토벤은 그의 작품을 달
달 외울 정도였고 〈에그몬트 서곡〉, 〈조용한 바다와 즐거운 항해〉,
〈벼룩의 노래〉 등 괴테의 작품을 기반으로 많은 곡을 탄생시켰다.
베토벤의 〈8개의 가곡 Op.52〉 중 4곡 〈5월의 노래〉는 괴테의 시로
작곡한 가곡이다.

가곡집은 1805년 출판되었지만, 수록곡 대부분 10년여 전 본에

거주하던 시절 작곡된 것이라 초기 작품이다. 슈베르트 가곡에 앞서 베토벤의 가곡을 듣는다면 변모하는 독일어 가곡의 정수를 느낄 수 있다. 바리톤 '디트리히 피셔 디스카우'의 노래로 슈베르트와 베토벤을 비교하며 들어 보기를 추천한다.

셰익스피어는 "음악은 우리에게 사랑을 가져다주는 분위기 좋은 음식이다."라고 말했고, 베토벤은 "마음이 깨끗한 자만이 맛있는 음식을 요리할 수 있다."라고 했다. 얼마나 요리를 잘하길래 이런 말을 했을까 싶지만, 사실 베토벤의 요리는 최악이었다. 까맣게 탄 요리, 국물만 멀건 수프, 설익은 야채 요리 등 베토벤의 초대를 받은 친구들은 그의 요리 때문에 곤욕이었다. 오죽하면 '형편없는 요리사'라는 별명까지 지어 줬을까.

그런데 왜 요리도 못하면서 계속했을까? 식당 음식이 싫증 나서 요리를 시작했다고 한다. 창의성 넘치는 베토벤은 요리에도 새로운 시도를 많이 했을 듯하다. 아마도 생소한 그의 요리에 친구들이 당황하지 않았을까? 베토벤은 자신이 만든 음식을 끝까지 먹었다는데, 이유가 뭘까? 맛있다고 생각한 걸까, 아니면 자존심 때문이었을까?

베토벤이 가장 좋아한 민물 생선 요리 때문에 사망이 앞당겨졌다는 주장이 있다. 음악학자 '러셀 마틴'의 저서에 따르면, 베토벤이 몸져누워 있을 때 어린 제자가 찾아와서 "스승님, 머리카락을 조금 잘라도 될까요?"라고 하였다. 베토벤은 제자의 청을 허락을 했다. 160년 후 소더비 경매에 밀폐된 유리 용기에 담긴 베토벤의 머리카락이 나왔고, 낙찰자는 DNA와 함량 성분을 의뢰해 납 성분이 정상인의 100배나 넘게 함유됐다는 것을 알게 되었다고 밝혔다.

그렇다면 베토벤은 왜 납에 중독됐을까? 당시 도나우강 주변에 공장이 많아서 중금속 오염 물질이 많이 배출됐고, 수도관 기술이 발달되지 않아 납이 많이 녹아 있었다. 곡이 잘 써지지 않을 때면 주전자에 수돗물을 담아서 머리에 부었고, 도나우강에서 잡은 오염된 민물고기를 자주 먹은 것도 문제였다는 분석이다. 당시에는 납이 인체에 해롭다는 사실을 몰랐기 때문에 대부분 수도관을 납으로 만들었고, 이러한 방법은 고대 로마 제국 시대부터 이어져 내려오던 전통이었다.

초창기 납 중독자들은 주로 납 공장 노동자와 와인을 많이 마시는 사람들이었다. 납의 단맛이 와인의 풍미를 좋게 하여 20㎎/L을 넣어 유용하게 사용되었기 때문이다. 또한 납 중독은 언어 장애, 두통, 복통, 운동 마비, 그리고 청력 장애를 일으킬 수 있다. 베토벤이 20대 후반 청력 장애가 온 것이 납 중독 때문이 아닐까 생각해 볼 수 있고, 식사 때마다 1리터의 와인을 즐긴 것도 납 중독을 배가시켰을 수 있다는 추측도 있다.

대부분의 작곡가는 일기를 쓰거나 모차르트처럼 편지를 남긴 경우가 많으나, 베토벤은 가계부를 썼다. 가계부에 작품 판매 대금과 같은 수입 금액과 스승 하이든과 마신 커피값과 초콜릿값 등 일상의 지출도 꼼꼼히 적었다.

두 자리 세 자리 계산도 틀리기 일쑤였던 베토벤이 작품을 고가로 판매하는 것에는 뛰어났으니 계산을 못한다고 할 수 있을까? 시간 투자와 노력에 대한 값어치를 정확히 계산해 한 푼의 에누리도 없이 팔았고, 작곡료를 받지 않고 곡을 쓰는 일은 없었다. 괴테의 작품을 기반으로 쓴 〈에그몬트 서곡〉은 그에 대한 존경과 위대한 작품에 대한 감동으로 대가 없이 작곡한 유일한 곡이다.

〈C장조 미사〉는 출판사 네 곳에서 각각 출판료를 받은 후 다른 출판사와 125프랑에 이중 계약을 했다. 당시 출판업자가 베토벤의 곡을 수록하지 못하는 것은 아주 창피한 일이기 때문에 그것을 안 베토벤이 역이용한 것으로 생존을 위한 나름의 방법이었다. 출판업자와 귀족의 횡포가 심했던 당시, 음악의 순수성과 예술의 독립적 가치를 지키려면 돈이 절실히 필요했다. 큰돈을 벌려는 것도 아니고 돈이 탐이 났던 것도 아니고, 그저 누구에게도 휘둘리지 않고 작품을 만들기 위한 수단이었다.

귀족들의 작품이나 연주 의뢰에 거액을 불렀고, 감사히 받으라는 듯 음악가를 무시하기라도 하면 곧바로 받아쳤다. "세상에 당신 같은 후작은 얼마든지 있으나 베토벤은 이 세상에 나 하나뿐이요."라며 자리를 박차고 나가 버리기도 했다. 그러다 보니 생활이 곤궁한 날이 많았다. 남에게 웬만해선 도움을 요청하지 않는 베토벤이 동생에게 돈을 보내 달라고 부탁을 하니 이런 편지가 왔다.

> "형이 선택한 직업은 원래 생활을 곤궁하게 하는 것 아닌가요.
> 형의 궁핍은 형 스스로 선택한 것이니 책임도 형 스스로 져야
> 할 것입니다."
> _토지 소유자 동생 요한

베토벤은 곧바로 답장을 보냈다.

> "너의 돈은 필요 없다. 너의 설교도 필요 없다."
> _두뇌 소유자 형 루드비히

생활이 곤궁하여 힘든 상황에 이런 대답을 하다니, 베토벤을 어찌 사랑하지 않을 수 있을까. 예술가로서의 자존심을 굽히지 않았지만 약자를 대하는 태도는 달랐다. 하일리겐슈타트에서 요양 중일 때 동네 작은 악단이 찾아와 지역을 상징하는 음악을 만들고 싶은데 드릴 수 있는 돈이 얼마 없다며 작곡 의뢰를 했다. 베토벤은 이런 작은 마

을에 악단이 있는 것이 대단하다며 헐값에 작곡을 해 줬고, 현재 하일리겐슈타트의 베토벤 관련 박물관에 악보와 관련 기록이 전시되어 있다.

대략 162㎝의 키, 사방으로 뻗은 곱슬머리, 돌출된 치아, 까무잡잡한 피부 때문에 '스페인 사람'이라고 놀리듯 붙여진 별명만 보아도 그의 외모가 수려함과 거리가 멀다는 것을 알 수 있다. 아픈 어머니와 알코올중독 아버지 밑에서 보호받지 못하고 자랐으며, 20대에 이르러 점차 청각을 잃고 끊임없는 전쟁의 포화 속에서 살았지만 이런 모든 악상황에도 불구하고 명곡을 탄생시켰다.

귀족의 음악가로 살았던 그전 음악가들과 달리 베토벤의 편지와 논평에는 '예술가', '예술성'이라는 단어가 자주 등장한다. 그의 위대함은 명작을 탄생시킨 천재성이 아니라 예술가로서의 권리를 지킨 자부심에 있다. 귀족과 타협하지 않았으며 눈앞의 이익에 현혹되지 않았고 예술성을 위해서라면 새로운 형식도 취할 수 있다고 생각했다.

모국어로 표기한 속도 표시[106], 교향곡에 노동요 사용, 저음 악기와 금관 악기 등 비주류 악기를 중앙에 편성했으며, 불협음을 교향곡에 도입하고 귀족 취향에 맞춘 미뉴에트 대신 3악장을 스케르

•••

106 이전까지 대부분의 음악용어는 이탈리아어를 사용했다.

시티 앤 더 클래식

초[107]로 바꿨다. 작곡가의 철학과 성향을 음악 속에 드러낸 최초의 낭만주의 관점을 취한 작곡가로 가장 혁명적으로 음악적인 사고를 한 사람이다. 그가 후대 작곡가들에게 끼친 영향은 헤아릴 수 없다.

명언 제조기 베토벤, 그가 남긴 말들을 상기해 본다.

"나는 작곡하고 너희는 지불한다."

"아름다움을 위해서 파괴하지 못할 규칙은 존재하지 않는다."

작곡가를 은퇴하고 요리사가 된 로시니

"먹고, 사랑하고, 노래하고, 소화시켜라. 이것은 4막의 오페라 부파와 같다. 이 네가지는 샴페인 거품같이 순식간에 사라진다. 이것들을 즐기지 못하는 것은 바보와 같다."

이탈리아 오페라 작곡가 로시니의 말이다. "위(stomach)는 위대한 지휘자"라고 말했으니 요리를 얼마나 열정적으로 사랑했는지 알 수 있다. 로시니 이름의 요리 대회가 열리고 그의 이름을 딴 요리가 많

•••

107 미뉴에트를 교향곡에 양식화한 첫 음악가는 요한 슈타미츠로 알려져 있다. 교향곡 3악장에 미뉴엣을 넣은 최초의 작곡가는 게오르그 마티아스 몬의 1740년 D장조 작품이다. 베토벤은 교향곡에서 미뉴에트 대신 스케르초를 확실히 자리매김했다.

아서 로시니가 요리사인 줄 아는 사람도 많다. 유튜브에서 로시니를 검색하면 음악 채널보다 요리 채널에 더 많이 나올 정도이다. 그는 요리사가 맞다. 작곡하는 요리사!

로시니는 살면서 딱 세 번 울었다. 첫 번째는 오페라 초연에 실패했을 때, 두 번째는 파가니니의 연주를 듣고 감동받아서, 세 번째는 뱃놀이를 하다가 도시락으로 싸 간 트러플 칠면조 요리가 물에 빠졌을 때이다. 작품 속에 요리를 넣으려고 한 적도 많았다. 〈세비야의 이발사〉 1막에 샐러드 레시피를 묘사하는 장면을 끼워 넣으려고 했고, 〈알제리의 이탈리아 여인〉 속에는 무척 엉뚱하지만 재치 있는 '파파타치'라는 식사 모임이 등장한다. 파파타치 모임은 무슨 일 있어도 묵묵히 먹기만 할 것이 전제 조건이다. 르시니는 오페라 속에서 만이 아니라 실제 이런 미식 모임을 오랫동안 개최했다.

한번은 로시니가 점심 식사 대접을 받고는 양이 터무니없이 적어 불편한 기색을 보이자 초대한 지인이 말했다.

"괜찮으시다면 나중에 이런 자리를 다시 마련하겠습니다"

그러자 로시니가 대답했다.

"괜찮으시다면 지금 당장 이런 자리를 마련해도 좋습니다."

단것과 기름진 음식을 좋아해서 몸은 점점 두꺼워졌고, 관절염과 성인병으로 고생하다 보니 작곡도 주로 침대에서 했다. 악보가 바닥에 떨어지면 내려가서 줍기 귀찮아 처음부터 다시 썼다는 얘기를 듣고 웃음이 터졌다. 헨델 버금갈 정도로 곡을 쓰는 속도가 빨라서 오페라 〈세비야의 이발사〉를 3주 만에 썼다. 하지만 본인은 이것도 길다고 생각했는지 10일 만에 썼다고 주장했다.

10일이든 3주든 이 정도 속도면 음악 재능이 뛰어나야 하겠지만 귀차니즘 때문에 오늘 할 일을 내일, 모레, 글피로 미루다 마감 시간이 되어서 촉박하게 곡을 썼기 때문에 빨리 쓴 것일 수도 있다. 한

번은 오페라를 맡긴 극장장이 공연 날은 다가오는데 로시니가 곡을 안 쓰고 빈둥대자 오페라 극장 다락방에 가둬 놓고 하인들에게 지키게 하고는 곡을 쓰는 대로 악보를 창밖으로 던지라고 지시한 적도 있다.

유명 인사가 된 최초의 작곡가로 파리 방문 시 프랑스 언론들은 로시니의 음악과 요리를 연일 화제로 삼았고 일거수일투족을 밀착 취재했다. 프랑스 대극장에서 오페라 〈윌리엄 텔〉[108]이 초연됐을 때, 윌리엄 텔의 사과에서 힌트를 얻은 한 요리사가 로시니를 위해 사과 타르트에 설탕을 입힌 화살을 장식해 내놓은 일화가 있을 정도로 프랑스에서 인기가 높았다.

이탈리아에서뿐만 아니라 프랑스에서도 로시니의 요리를 만날 수 있다. 로시니는 37세에 작곡을 그만두고 프랑스에서 거주하며 왕들의 요리사이자 평생 절친이었던 마리 앙투안 카렘과 함께 많은 요리를 만들었다. 카렘은 프랑스 요리의 기초를 세웠고 나폴레옹, 로마노프 왕, 조지 4세 등 왕들의 요리사였다. 카렘은 로시니만이 나를 이해한 단 한 사람이라며 두터운 신뢰를 보였고, 로시니는 그런 카렘에게 애정을 담아 아리아를 선물했다.

로시니 요리 중에 가장 유명한 요리는 '투르네도 알라 로시니', 일

•••

108 윌리엄 텔: 실러의 희곡으로 만든 4막의 로시니 오페라.

로시니 스테이크

명 로시니 스테이크이다. 로시니가 가장 사랑한 푸아그라와 트러플을 올린 안심스테이크로, 가장 사치스러운 요리로 불리며 요리 대회에 과제로 나오기도 한다. 세계 최고의 미식 메뉴이기 때문에 랭킹화시키는 것도 모독[109]이며 세계에서 가장 비싼 재료가 드는 요리이다. 로시니 이름을 따서 마체라타대학이 '조아키노 로시니 미식 국제 경연대회'라는 요리 대회를 주최하고 있다니 놀랍지 않은가.

샴페인과 푸아그라와 소 혀로 만든 '로시니 리조또', 푸아그라와

• • •

109 백만 요리 유튜버 육식맨의 육식 명예의 전당에서 랭킹을 매길 수 없을 만큼 최고의 요리라고 소개했다.

트러플을 넣고 조리한 생선 요리 '로시니 도버솔', 트러플과 베이컨과 마데이라를 넣어 구운 '로시니 스터프 칠면조', 푸아그라가 들어간 스프 '로시니 벨루테', 원통형의 면에 야채와 고기와 치즈, 와인 등을 넣은 '로시니 칸넬로니'[110] 파스타 등 트러플과 푸아그라가 들어간 요리를 많이 개발했다. 마스카르포네 크림과 다양한 베리에 딸기 소베트까지 올린 달콤한 디저트는 쿠페글라스에 담겨 '로시니 쿠페'로 불린다. 샴페인을 담았던 잔에 디저트를 담다니 플레이팅까지 완벽한 로시니!

37세 은퇴 후 매주 토요일 '요리와 음악의 밤'이라는 파티를 열어 친구들과 각계각층의 유명 인사들을 초청해 최고급 재료로 만든 요리로 저녁 식사를 하고 살롱 음악회까지 즐겼는데 음악가 중에는 슈만 부부, 리스트, 생상스, 베르디가 자주 초대되었다. 그중 리스트는 흥이 오르면 가끔 피아노 연주를 선사하기도 했다. 이 모임을 10년 넘게 지속했으니 진귀한 요리 재료며 연주회 비용까지 상당했을 텐데 재력에 놀라고 열정에 놀랄 일이다.

더욱이 파리 저택에는 화실까지 만들어 놓고 그림을 그렸으며 가끔은 누드화도 그렸다. 그때 모델을 했던 '올랭프 펠리시에'는 살롱을 운영하며 많은 화가들의 누드 모델이기도 했는데, 발자크는 그녀

•••

110 칸넬로니(cannelloni): 원통의 형태로 그 속을 채워 먹는 이탈리아 파스타.

를 '파리에서 가장 아름다운 창녀'라고 묘사했다. 로시니는 첫 번째 아내가 떠나고 이듬해인 1846년 오랜 동거 끝에 그녀와 재혼했다.

로시니가 37세에 은퇴한 이유에 대해 여러 분석이 있다. '성공하려면 오페라를 작곡하라' 편에서 언급했듯이 제대로 노래할 가수가 없어서이기도 하고, 좋아하는 송로버섯[111]을 찾을 돼지를 키우기 위해서라고도 한다. 또 다른 이유로, 빠르게 급변하는 시대에 뒤처졌다고 생각하는 순간, 과감하게 은퇴를 선택한 것이라는 추측도 있다. 박수칠 때 떠나다니, 21세기에 너무나 잘 어울리는 유연한 사고의 소유자이다.

37세 이후에 곡을 아예 쓰지 않은 것은 아니다. 다만 무대에 올리려고, 돈을 벌려고, 기한 내에 납품하려고 작곡한 게 아니라 쓰고 싶은 곡을 즐기며 썼을 뿐이다. 요리를 주제로 한 작품 중 피아노곡 〈네 가지 에피타이저(Hors d'oeuvre)〉는 1악장 〈무〉, 2악장 〈앤초비〉, 3악장 〈오이 피클〉, 4악장 〈버터〉이다. 제목만 들어도 즐겁다. 얼마나 행복하게 작곡했을지 상상이 간다.

로시니의 작품 가운데 〈세비야의 이발사〉가 가장 유명하지만, 당시 유럽에서 엄청난 사랑을 받았던 오페라는 스물 한 살에 작곡한 〈알제리의 이탈리아 여인〉이다. 초연부터 히트를 친 작품으로 3년

•••

111 송로버섯: 땅속 깊이 자라기 때문에 개나 돼지 등 후각이 발달한 동물을 이용하여 채취한다.

후 발표하게 될 〈세비야의 이발사〉의 전신 같은 작품이다. 실화로 만든 코믹 오페라로, 베니스 라 페니체 극장에서 초연했을 때 청중의 박수 소리가 멈추지 않자 로시니는 관객들의 반응에 놀라워하며 이같이 말했다.

"베니스의 청중은 나보다 훨씬 미친 사람들이었다."

QR 링크를 열고 라 페니체 극장에서 연주하는 〈알제리의 이탈리아 여인〉 서곡을 만나러 가 보자. 요리를 주제로 작곡한 〈앤초비〉도 감상해 보자.

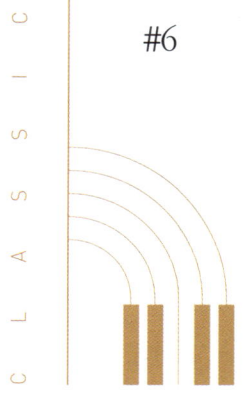

#6

천재 클래식 음악가의
은밀한 사생활

◆ ◆ ◆

경고! 이 챕터를 읽기 전 QR 링크를 따라 브람스 〈현악 6중주 1번〉 2악장
을 듣거나 또는 음악을 들으며 읽으면 가슴이 미어지고 눈물이 흐를 수 있
으니 주의할 것.

스승의 아내를 사랑한 브람스

작곡가에게 사랑만큼 중요한 모티브가 있을까? 사랑은 가장 사적
이면서 내밀한 경험이다. 신경과학자들은 사랑이 단순히 뇌의 한 영
역에만 미치는 것이 아니라 보상, 정서, 동기, 사회 인지 등을 조절
해 주는 신경에 영향을 준다고 분석한다.

사랑을 연구한 인류학자 헬렌 피셔 박사는 사랑에 빠진 연인들은 필로폰 중독 환자들이 필로폰을 복용했을 때 활성화되는 보상 중추 영역에서 활발한 반응을 보였다는 연구 결과를 발표했다. 사랑에 빠지면 도파민 수치가 올라가면서 초집중력을 보이고, 흔들리지 않는 동기 부여와 목적 지향적인 행동을 수행하며, 달콤한 감정을 더욱 열망하게 된다는 것이다. 사랑하는 상대가 주는 에너지는 모티브가 되고, 계속 느끼고 싶은 달콤함은 작품 탄생으로 연결되기에 충분하다.

작곡가들의 사랑은 방식이 다른 만큼 작품에서 표현해 내는 방법도 다양하다. 바흐는 사랑하는 아내를 위해 작품집을 묶어 선물했고, 슈만은 상상 속 여인의 이름을 음계로 만들어 〈아베크 변주곡〉을 작곡했으며, 요한 슈트라우스 2세는 아내의 마음을 되돌리기 위해 〈키스 왈츠〉를 바쳤다.

평생 스승의 아내를 사랑한 브람스의 마음은 어떤 곡으로 탄생했을까? 음악가 이름이 들어간 영화나 문학 작품 중 가장 로맨틱한 제목으로 『브람스를 좋아하세요…』가 꼽힌다. 프랑수아즈 사강은 소설을 발표할 때 제목 속에 물음표를 붙이면 안 된다고 강조했다. 질문을 받고 생각하는 여주인공이 중점이 되어야 한다며 '…'를 넣은 이유를 설명했다.

여주인공은 '내가 진정 좋아하는 것은 무엇일까? 익숙한 것을 그냥 지속할 것인가?' 하는 고민에 빠지게 된다. 당시 프랑스에서 보편적인 인기를 얻은 베토벤이나 모차르트에 비해 브람스는 비주류 음악가였다. 새로운 세계로의 초대, 진정한 사랑을 찾아 나의 세계로 와 주었으면 하는 시몽의 메세지이다.

사강의 소설은 영화 〈이수(Goodbye again)〉로 탄생하여 잉글리드 버그만(폴 역), 이브 몽땅(로제 역), 안소니 퍼킨스(시몽 역)가 사랑과 이별을 연기한다. 시몽이 "브람스를 좋아하세요?"라며 폴에게 데이트를 신청하는 장면은 보는 사람의 마음을 설레게 만든다. 소설에는 '브람스의 콘체르토'라고 표현되어 있지만, 폴과 시몽이 음악회에 가서 듣는 음악은 브람스 〈교향곡 1번〉 4악장이고 영화의 중심을 이루는 음악은 〈교향곡 3번〉 3악장이다. 이 곡에 가사를 붙여 이브 몽땅이 부른 곡이 〈그대가 내 곁에 잠들 때(Quand tu dors près de moi)〉이다.

한스 리히터는 〈교향곡 3번〉을 일컬어 "브람스의 영웅 교향곡이다."라고 극찬했고, 한 평론가는 "가장 미학적으로 완벽하다."라고 표현했다. 3악장의 시작과 함께 밀려드는 현의 선율은 지난날의 추억에 대한 브람스의 독백과도 같다. 브람스는 클라라에게 사랑을 가득 담아 곡과 함께 헌사를 보냈다.

"산은 높고 골짜기는 깊고 나는 당신에게 천만 번의 인사를 보냅니다."

◆ ◆ ◆
브람스 〈교향곡 3번〉 3악장을 듣고 이브 몽땅의 노래를
감상해 보자. 교향곡이 이렇게 멋진 샹송으로 탄생함에 놀
라고 확연히 다른 두 분위기에 놀라게 된다.

2020년 SBS에서 동명의 음악 로맨스 드라마의 〈브람스를 좋아하세요?〉를 방영했다. 바이올린을 전공 후 뉴욕 필하모닉 마케팅부와 소니 뮤직에서 근무한 류보리 작가는 음악계의 생태계를 누구보다 잘 이해하고 있기에 드라마를 생생하게 그려 냈다. 인터뷰에서 제목을 브람스로 지은 이유에 대해 이렇게 답했다.

"'평생 스승의 아내였던 클라라를 사랑한 브람스가 자신의 사랑을 이루지 못했다고 과연 불행했을까?'라는 생각을 해 보면서 무언가를 사랑하고 똑같이 돌려받지 못했다고해서 짝사랑을 해 온 시간이 무의미하다거나 쓸모없는 것이 아니라는 것을 그려 보고 싶었습니다."

그녀의 인터뷰를 보고 브람스의 사랑에 대해 다시 한번 생각해 보았다.

독일 항구 도시 함부르크에서 태어난 청년 브람스가 낯선 도시 뒤셀도르프로 상경해 아버지처럼 의지한 스승의 아내를 사랑한 것만으로도 사람들의 입방아에 오르내리기 충분했다. 브람스가 언제부터 클라라를 사랑하게 되었는지 알 수 없다. 그녀를 거론하기에 앞서 스승 슈만에 대한 설명이 필요하다. 브람스의 실력을 인정한 것은 물론이고 음악 평론지에 천재라고 소개하여 스타 작곡가로 만들어 준 것도 슈만이었다.

슈만이 자살을 시도했다는 소식을 들은 브람스는 충격에 빠져 스승의 집으로 달려갔다. 그의 집에 머물며 아이들을 돌보고 클라라에게 든든한 친구가 되어 주었다. 브람스의 어머니는 "슈만이 입원하지만 않았어도 다른 일을 찾았을지 모르는데….".라며 아들의 장래를 걱정했다. 결국 슈만은 1856년 엔데니히 정신병원에서 생을 마감했고, 브람스는 클라라의 곁에서 그녀를 끝까지 보살폈다. 클라라에게 느낀 것이 연민이었을지 음악 동료애였을지 사랑이었을지 모르지만, 그녀를 향한 마음만큼은 깊었다.

브람스와 클라라에 대한 호사가들의 상상은 끝이 없다. 중요한 것은 브람스가 클라라를 사랑했느냐가 아니라 상대를 어떻게 대하고 어떤 식으로 표현했느냐 아닐까? 친구 요아힘에게 그녀를 안고 싶은 마음이 가득해 참아내는 게 고통스럽다고 털어놓은 것을 보면 브람스가 얼마나 그녀를 진지하게 사랑하

클라라 슈만

는지 알 수 있다. 마음이 간다고 온전히 표현해선 안 되는 사랑이 있으며 참아 내는 것도 자신의 몫이라고 생각했었던 것이 아닐까?

남편을 떠나보내고 아이들을 키워야 하는 클라라에게 사랑은 사치였다. 브람스에 대한 마음이 어떤 것인지 알 수 없지만 그를 받아 줄 여유가 없었던 것은 알 수 있다. 두 사람은 고전적 낭만적주의를 추구하는 음악적 견해가 같았고, 서로 영감이 되어 주며 정서적으로 깊은 교감을 나누었다. 클라라는 브람스의 모티브가 되었고, 그의 작품은 클라라의 연주로 완성되었다.

리스트 같은 화려한 기교를 상상한 청중들에게 브람스의 〈피아노 협주곡 1번〉이 실망스러울 수 있지만 클라라만큼은 그의 작품을 인정해 주었다. 브람스 음악은 '와! 아름답다, 너무 서정적이라 감동했어.' 이런 느낌보다는 시간이 지나 '아! 그거였구나!' 하면서 천천히 감동이 밀려온다. 마치 10년은 묵은 레드 와인 같은 풍미랄까. 〈피아노 협주곡 1번〉 2악장 시작 부분의 현악기와 목관악기의 묵직하면서도 잔잔한 진입은 조심스럽고 드러내지 않는 절제가 느껴진다.

20대 초반 브람스의 사랑은 이랬구나! 누군가를 사랑하는 마음이 이럴 수도 있다니 브람스를 한층 더 이해하게 된다. 평생 클라라에 대한 사랑을 멈추지 않았던 브람스의 사랑법은 열정적으로 타오르기보다는 기다려 주고, 한 발짝 뒤에서 바라봐 주며, 침잠되고 사색적이다. 그의 〈피아노 협주곡 1번〉[112]처럼.

영화 〈클라라〉 속 젊은 시절
브람스와 클라라를 만나 보자.

브람스는 열 살에 이미 실내악 연주회에서 피아노 파트를 연주할 정도로 연주 실력이 뛰어났다. 그에게 음악을 가르치기 시작한 건 아버지였다. 어머니는 아버지가 세 들어 살던 집주인의 딸이었고, 무려 열일곱 살이나 연상이었다. 여기서 우리는 브람스가 열네 살이나 연상이었던 클라라를 사랑하게 된 배경을 이해할 수 있다.

콘트라베이스 주자로 동네잔치에 불려 다니고 오브리로 근근이 생계를 이어 가던 브람스의 아버지는 교양 있는 음악가와는 거리가 멀었다. 오죽하면 자신이 자주 드나들던 술집에 아들을 취직시켰을까. 형편이 어려웠던 브람스는 생활비를 벌기 위해 열두 살 때부터 극장 가수들의 반주를 하거나 부둣가의 술집과 사창가에서 새벽까지 왈츠나 폴카를 연주했다.

이러한 어린 시절의 기억은 평생 마음의 상처로 남았다. 어둡고 음습한 항구 도시의 뒷골목만큼이나 브람스의 음악은 무거운 음울함이 배어 있다. 그렇다고 엉엉 울며 '아! 너무 슬퍼!' 이런 것은 아니

●●●

112 브람스 〈피아노 협주곡 1번〉은 '커피 한 잔 60개 멜로디' 편에서 자세히 소개하고 QR 링크도 수록되어 있다.

다. 절제하는 슬픔이 그의 고전적 낭만주의 음악과 연결된다.

〈현악 6중주 1번〉 2악장은 '봄 6중주'라는 별칭과 다르게 '비가(悲歌)'로 불린다. 2악장을 피아노로 편곡해 클라라의 생일에 선물한 것을 보면, 브람스가 가장 정성을 들인 악장이 아닐까 싶다. 비올라로 시작하는 멜로디는 시작과 동시에 가슴이 저며 온다. 이루어질 수 없는 그림을 그린 듯 격렬한 현악의 하모니와 부드럽고 서정적인 멜로디의 대비는 브람스의 심경 같아 마음이 아려 오기까지 한다.

브람스 음악은 복잡하고 어렵지만 과시하지 않는다는 말처럼 클라라에 대한 사랑은 넘치지만 그녀가 원하는 거리만큼 뒤에서 평생 그녀를 지켜 준다. 그래서 지휘자들이 브람스 곡은 50대는 되어서 지휘해야 제맛이라고 하는 것일까? 젊은 패기에 어울리는 작품이 있고 인생의 깊이를 알아야 표현되는 작품이 있는 것처럼 브람스의 작품은 밀도 높은 중후함이 느껴진다. 교양을 갖춘 흰머리의 멋있는 신사처럼.

물론 브람스가 평생 클라라만 사랑한 건 아니다. 사랑도 해 보고 결혼도 하려 했으나 결국 평생 혼자 살았고 두 사람이 선을 넘었을 것이라는 수많은 추측이 있지만 확실한 증거는 없다. 젊은 시절 클라라의 딸 율리에게 관심을 보이기도 했지만, 율리는 백작과 결혼했고 잠시 해프닝으로 끝났다. 브람스의 곡처럼 그의 사랑은 복잡하고 어렵다. 율리에게 느낀 감정이 스승의 가족을 보살피며 느낀 연민인지 스승의 아내는 안 되지만 딸은 괜찮지 않을까 스스로 허락한 감정일지 모르지만 그럼에도 그의 행동은 진중하고 그의 사랑은 가치 있다.

율리에게 한 번도 자신의 감정을 드러내지 않았으며 마지막까지 그녀를 축복해 줬다. 상대가 나의 마음을 알았을 때 갖게 되는 부담감까지 걱정했던 브람스의 사랑은 그 자신 안에서만 자유로웠다. 사창가에서 피아노를 치며 틈틈이 소설을 읽는 것이 유일한 낙이었던 청년 브람스의 사랑은 작품 속에서 비로소 완성된다.

브람스의 작품 중에 꼭 들어야 할 〈피아노 트리오 1번〉에는 클라라에 대한 사랑이 가득 담겨 있다. 21세 브람스의 마음은 "Allegro con moto−Tempo un poco più Moderato", 즉 '빠른 템포로 움직임을 가지고 − 한 발자국씩 조금씩 보통 빠르기로 연주하라'였고, 56세가 된 브람스는 곡을 수정하여 "Allegro con brio − Tranquillo − In tempo ma sempre sostenuto", 즉 '빠른 템포로 열정을 가지고 − 조용하게 − 템포 안에서 항상 충분히 표현하여 연주하라'고 지시어를 바꿨다.

책상 한곳에 늘 올려 두었던 악보, 35년간 지우고 고치며 예순을 바라본 나이에 비로소 완성된 그의 〈피아노 트리오 1번〉은 그의 사랑만큼이나 오래 묵었다. 르노 카푸송과 고티에르 카푸송의 연주는 브람스의 마음을 너무나 잘 그려 냈다. 표현력과 테크닉뿐만 아니라 작곡가의 감정적 해석이 뛰어나다. 곡의 빠르기를 약간 느리게 잡은 것도 너무나 절묘하다.

QR 링크를 따라 바로 클릭! 〈피아노 트리오 1번〉 1악장 시작하자마자 가슴을 후벼 파는 첼로 선율이 시작된다.

제자의 아내를 빼앗은 바그너

"나랑 발가락이 닮았네."

시티 앤 더 클래식

김동인의 소설 속 주인공이 양말을 벗더니 아내가 낳은 아이와 발가락을 비교하며 던진 말이다. 독일판 『발가락이 닮았다』의 주인공 '한스 폰 뷜로'는 스승 바그너와 사랑에 빠진 아내 코지마가 낳은 아이를 자신의 아이인 것처럼 행동했다. 딸 이졸데가 바그너의 딸임을 알고도 출생 신고를 했고, 바그너는 이졸데의 세례식에도 참석했다. 뷜로의 마음이 오죽했을까. 이제나 저제나 돌아올까 기다렸지만 그녀는 2년 후 둘째 딸 에바를 낳았고, 다시 2년 뒤 아들 지크프리트를 낳았다.

코지마는 끊임없이 이혼을 요구했고 이혼 조정의 난항 끝에 지크프리트를 낳은 다음 해인 1870년 이혼했다. 뷜로의 아내이자 바그너의 아내였던 코지마는 당대 최고 음악가 프란츠 리스트의 딸이다. 바그너는 아버지 리스트와 친구 사이로 코지마보다 무려 24살이나 많았다. 리스트는 친구 바그너와 딸의 열애 스캔들을 알고는 연락을 끊어 버렸고, 두 사람의 결혼 소식도 신문을 보고 알았을 정도였으니 딸에 대한 실망감과 친구에 대한 배신감이 무척 컸나 보다.

"독일 정통 음악계보를 잇는 3B는 바흐와 베토벤과 브람스를 말한다."

굳이 '알파벳 B'라고 국한하고 바그너(Wagner)를 넣지 않은 사람은 바그너에게 아내를 빼앗긴 뷜로이다. 진짜 제대로 역사에 남길 복수를 한 셈이다. 만약 아내를 빼앗기지 않았다면 독일 4대 음악가는 바흐, 베토벤, 브람스, 바그너라고 하지 않았을까.

뷜로도 코지마와 한때 열렬한 사랑을 했다. 자식 교육에 열정이 많았던 리스트는 코지마를 큰 도시 베를린으로 보내 가장 총애하던 제자 한스 폰 뷜로의 집에서 그의 어머니에게 숙녀로서 예의와 에티켓을 배우고 뷜로에게 음악을 배우게 했다. 같이 보내는 시간이 많아지면서 두 사람은 사랑에 빠졌다.

"나의 곡을 연주할 수 있는 사람은 세상에서 오직 나와 한스 폰 뷜로밖에 없습니다."

코지마 바그너

리스트가 한 말이다. 뛰어난 음악 재능으로 리스트에게 총애를 받았던 뷜로는 베를린 필하모닉 상임지휘자로 세계 최초의 직업 지휘자였다. 뛰어난 음악 안목으로 아무도 거들떠보지 않았던 차이콥스키의 〈피아노 협주곡 1번〉을 미국에서 초연시킨 것도 뷜로였다.

하지만 코지마에 비하면 새 발의 피였다. 아버지 리스트의 유전자와 테크닉을 그대로 물려받은 코지마는 범접할 수 없는 피아노 실력을 가졌을 뿐 아니라 문학적 재능도 뛰어나 프랑스 잡지의 번역자 겸 기고가로 활동했으며 오페라 대본을 쓸 정도였다. 코지마는 인기가 많았고 그녀를 좋아한 수많은 남자들 중에 니체도 있었다.

결혼 후 뷜로의 출장이 잦아지면서 집에 홀로 남겨진 코지마는 처음에 바그너의 개인 비서처럼 그를 도왔다. 하지만 두 사람이 함께 하는 시간이 많아지면서 서로에게 빠져들었고, 1863년 여름 베를린에서 콘서트를 마치고 드라이브를 하며 사랑을 고백했다. 바그너는 그날을 회상하며 이렇게 적었다.

"우리는 흘러나오는 눈물을 주체할 수 없었으며 우리가 서로 혼자가 아니라 함께 속하여 있다는 사실을 고백하였다."

오랜 기다림 끝에 1870년 8월 25일 코지마와 바그너는 루체른에서 결혼식을 올렸다. 그때 바그너의 나이는 57세였다. 그해 코지마의 33번째 생일에 바그너는 아침 일찍 소규모 오케스트라를 침실 앞 계단에 배치하고 코지마가 일어나기를 기다리며 생일 축하곡을 연주했다. 아름다운 멜로디에 잠을 깬 코지마에게 바그너는 그녀를 위해 작곡한 〈지크프리트 목가〉의 악보를 선물했다. 코지마는 이 곡을 '계단 음악'이라고 불렀다.

웅장하고 무거운 곡만 작곡할 것 같은 바그너도 사랑하는 연인 앞에서는 아름다운 세레나데로 사랑을 고백하는 로맨틱한 남자였다. 바그너 곡 중에서 불협적인 요소가 적은 편이고 멜로디도 사랑스러워서 자주 연주되는 레퍼토리이다. 아내이자 완벽한 예술 동반자를 얻은 바그너는 수많은 작품을 쏟아 냈고 그의 남은 생을 함께 보냈다. 노년에 바그너가 움직이지 못할 정도로 병세가 악화되어 침상에 누워 저술했던 저서들은, 바그너가 말로 하면 코지마가 받아 적어서 완성했다.

바그너가 죽고 코지마는 남편이 떠난 상실감에 외부 활동을 전혀 하지 않고 집 안에 칩거하며 은둔했다. 1년 만에 세상에 나타난 코지마는 마음의 결심이라도 한 듯 남편의 오페라 연출에 대한 자료를 수집하고 생전에 바그너가 의도했던 바에 최대한 가깝게 모든 공연을 직접 연출했으며 바이로이트 페스티벌을 재개하는 데 성공한다.

바그너의 여성 편력은 유명하다. 원하는 것은 모두 가져야 했던 나쁜 남자 바그너는 제자의 아내를 빼앗은 것도 모자라 친구의 아내와 사랑에 빠지질 않나, 집까지 제공해 준 은인의 아내와 불륜을 저지르고, 빚까지 갚아 준 후원자의 아내와도 사랑에 빠졌다.

1834년 베트만 극장의 감독으로 채용되고 프리마돈나 미나에게 첫눈에 반해 결혼까지 하게 된다. 결혼 후 안정된 삶을 꿈꿨지만 실

시티 앤 더 클래식

직과 함께 빚은 늘어만 갔고, 채권자들에게 쫓겨 도주하다 선박 창고에 숨는 수모를 겪기도 했다. 그러던 중 드레스덴 왕립 극장에서 바그너의 오페라 〈리엔치〉가 상연된다는 소식을 듣고 달려가 작센 왕실의 음악가로 임명되고 재기에 성공한다.

하지만 드레스덴 폭동이 벌어지고 혁명 주도자들을 도왔다는 이유로 수배를 당하게 되고 또 한 번 야반도주를 한다. 그때 바이마르로 도망칠 수 있도록 도와준 친구가 리스트였다. 그 후 바그너는 취리히로 거처를 옮겼고, 자리를 잡을 수 있도록 도와준 포도주상의 아내와 불륜에 빠져 도주하려다 실패했다.

하지만 그의 사랑은 여기서 멈추지 않았다. 뉴욕과 유럽을 오가며 크게 견직물 사업을 하는 재력가이자 예술 애호가였던 베젠동크는 바그너의 열렬한 팬으로, 바그너가 자존심 상하지 않도록 배려하며 후원했다. 하지만 그의 아내 마틸데에게 온통 마음을 빼앗겨 〈트리스탄과 이졸데〉 초고를 완성해 그녀에게 바쳤다. 크게 감명을 받은 그녀는 "나는 더 이상 바랄 게 없다."며 마음을 고백했고, 바그너는 그녀에 대한 사랑을 담아 〈베젠동크 가곡집〉을 탄생시켰다. 천국에서라도 함께하고 싶다는 그녀의 시에 바그너가 선율을 입힌 가곡집이다.

당시 바그너의 일기를 보면 이 가곡집에 대한 자신감이 가득하다.

"이 노래만큼 뛰어난 노래를 쓴 적이 없으며, 나의 모든 작품 중에서도 극소수의 작품만을 이 곡과 비교할 수 있을 것이다."

코지마에게 바친 〈지크프리트 목가〉와 마틸데에게 바친 〈꿈〉을 함께 감상해 보자. 슈투트가르트 보컬 앙상블의 노래로 듣는 〈꿈〉은 성스럽기까지 하다.

하지만 거처까지 마련해 준 후원자를 배신한 사랑은 그리 오래가지 못했다. 마틸데와 헤어지고 찾아온 새로운 사랑은 평생을 함께한 코지마였다. 바그너의 지칠 줄 모르는 사랑은 수많은 명작을 탄생시켰고, 시대를 초월한 마니아층을 형성했다. 바그너의 음악을 좋아하고 추종하는 열성팬 '바그네리안' 중 일원이 코지마였다.

바그네리안의 충성도는 거의 종교 수준이다. 바그너의 모든 음반을 컬렉션하고, 생가를 비롯해 반프리트의 정원에 있는 코지마와 바그너의 무덤을 방문하며, 그의 곡을 듣기 우해 바이로이트 페스티벌까지 달려간다. 말러, 글렌 굴드, 부르크너, 쇤베르크 등 수 많은 음악가들과 르누아르, 달리, 스티븐 호킹, 즈지 버나드 쇼, 메르켈 총리가 바그너의 팬이다.

아돌프 히틀러는 오페라 〈로엔그린〉을 관람하고 바그너에게 매료되어 코지마를 찾아가 그녀와 가족의 보호자가 될 것을 맹세했다. 여름 한 달간 열리는 바이로이트 페스티벌의 티켓은 몇 년 후의 것까지 예매되고 있으며, 지금도 변함없이 전 세계 바그네리안들을 열광시키고 있다.

친구의 아내와 결혼한 푸치니

'효자도 악처만 못하다.'

정말 그럴까? 남편을 끝없이 의심하고 주변에 있는 모든 여자들을 질투하며 동네방네 추문을 내고 다니는 아내가 있다. 클래식 음악사의 3대 악처로 꼽히는 푸치니의 아내 엘비라 이야기다. 질투의 여신을 아내로 맞은 플레이보이 푸치니와 아내 엘비라, 그리고 하녀 도리아의 스캔들은 「저명한 작곡가 푸치니, 불륜의 스캔들로 법정 공방」이라는 제목으로 전 유럽의 신문 1면을 장식했고, 푸치니의 명예는 땅으로 떨어졌다. 천문학적인 벌금과 합의금까지 오고 간 사건의 전말은 이렇다.

엘비라는 푸치니의 친구 제미냐니의 아내였다. 루카[113]에서 같이 자란 성공한 사업가로 잦은 출장 때문에 아내를 혼자 둘 때가 많아서 친구 푸치니에게 아내의 음악 레슨을 부탁했다. 하지만 사랑꾼 푸치니는 예쁘고 당당한 그녀에게 반했고, 두 사람은 금세 사랑에 빠졌다. 보수적인 동네 사람들의 눈총과 가족들의 만류에도 불구하고 그들의 불륜은 멈추지 않았고 엘비라는 임신까지 했다. 얼마 후 제미냐니가 사망하자 둘은 곧 결혼했다.

하지만 그들의 사랑은 오래가지 못했다. 인적이 드문 해안가 마을 '토레 델 라고'에 머물며 사냥을 즐기고 작곡에 전념한 푸치니는 행복했지만 엘비라의 일상은 지루할 뿐이었다. 성미가 까다롭고 감정 기복이 큰 엘비라는 점점 신경질적으로 변해 갔고 푸치니의 사랑이 변할까 늘 불안했으며 주변의 모든 여자를 의심하기 시작했다. 감정

•••

113 루카: 이탈리아 중부 토스카나주에 위치한 가장 오래된 도시 중 하나이다.

시티 앤 더 클래식

조절이 안 되는 그녀의 성격도 원인이지만, 화려한 푸치니의 여성 편력도 한몫했다. 젊은 코리나에게 푹 빠진 푸치니의 마음을 돌리기 위해 다투기도 하고 단식 투쟁도 했지만 효과가 없었다.

　어느 날 푸치니가 사냥을 간다며 집을 나서자 몰래 뒤를 밟은 엘비라는 두 사람의 은신처를 발견했다. 하지만 푸치니는 이미 떠난 상태였고, 마차에 오른 코리나를 발견하고는 소리를 지르며 우산으로 찌르며 쫓아가다 도랑에 처박히고 말았다. 븐이 안 풀린 엘비라는 집으로 돌아와 푸치니를 보자마자 손톱으로 긁고 할퀴며 사정없이 주먹질을 해댔다. 다음 날 사람들이 상처에 대해 물어보자 푸치니는 가시나무에 찔렸다고 둘러댔지만, 아무도 그의 말을 믿지 않았다.

엘비라의 의심은 점점 심해져 푸치니의 편지를 뜯어보고 손님과의 대화를 엿들었으며 옷 속의 메모들을 샅샅이 살피기도 했다. 푸치니는 오페라를 쓸 때마다 여성을 바꿔 가며 연애를 했고 오페라 〈나비부인〉을 작곡할 당시에도 큰 싸움이 벌어졌다. 여주인공에 대한 영감을 얻어야 한다며 일본인 소프라노를 집에 머물게 해 동네 떠들썩하게 다툰 것이다. 푸치니는 가장 좋아하는 본인의 작품으로 〈나비부인〉을 꼽았다. 오죽하면 자신의 요트에 '초초상'[114]이라는 이름을 붙였을까. 엘비라에게 지친 푸치니가 착하고 지고지순한 초초상 캐릭터를 만들어 냈을지도 모른다.

엘비라의 질투심은 결국 한 소녀를 죽음으로 내몰았다. 자동차 광이었던 푸치니가 드라이브 중에 전복되는 사고가 발생했고, 병간호를 위해 16세의 소녀 도리아를 들이게 된다. 정성껏 간호해 준 덕분에 병세가 호전되었고 푸치니도 그녀에게 친절을 베풀었다. 하지만 엘비라는 남편과 도리아의 관계를 의심했고, 사제를 압박해 그녀를 마을에서 내쫓으려 했다.

그래도 분이 안 풀렸는지 도리아의 집까지 찾아가 온갖 욕설을 퍼

• • •

114 초초상: 푸치니 오페라 〈나비부인〉 여주인공이다. 집안과 의절하고 일본에 온 미 해군 핑커튼과 결혼하여 아이를 낳았지만 버림받아 자살한다.

붓고 푸치니와 밀회를 하고 정사를 벌였다며 거짓 소문을 퍼뜨렸다. 이탈리아 시골 사람들은 명예를 중요하게 여겼기에 크게 상처를 입은 도리아는 농약을 사 들고 돌아와 방문을 걸어 잠그고 그대로 삼켜 버렸다. 5일간 극심한 고통으로 괴로워하던 도리아는 결국 숨을 거뒀다.

이에 충격받은 푸치니가 죄책감에 시달렸으나, 엘비라는 도리아가 유산 후 죽었다는 소문을 퍼뜨렸다. 도리아의 가족들은 어린 딸의 결백을 밝혀 주고자 법원에 부검을 의뢰했고, 검시관은 도리아가 처녀였다는 감정서를 내어 주었다. 하녀를 박해했다는 죄목으로 엘비라는 5개월 형과 벌금형을 선고받았고 즉각 항소에 나섰지만, 더 이상 일이 커지는 것을 원치 않았던 푸치니는 도리아의 가족들에게 벌금의 몇 배가 되는 1만 2천 리라를 주고 합의했다. 어쩌면 엘비라는 푸치니에게 큰 망신을 주고 싶어서 이런 소동을 벌였는지도 모르겠다.

푸치니는 도리아에게 평생 미안함 마음을 가지고 있었던 듯하다. 마르코 폴로의 『동방견문록』에 등장하는 투란도트 설화를 모티브로 오페라를 만들던 중, 설화에 나오지 않는 하녀 류라는 인물을 만들어 냈다. 사랑하는 왕자의 목숨을 구하기 위해 스스로 목숨을 끊는 하녀 류에게서 결백을 주장하며 극단적 선택을 한 도리아를 투영시킨 것이다. 푸치니는 이전의 오페라는 다 버려도 좋다고 얘기할 만

투란도트 세트 디자인

큼 〈투란도트〉에 대한 자신감과 애정을 보였는데, 안타깝게도 완성하지 못하고 세상을 떠났다.

여인들을 열렬히 사랑하고, 섬세한 감정들을 작품에 담아낸 사랑꾼 푸치니의 인생 최고작 〈투란도트〉는 푸치니 작품 중 가장 사랑받는 오페라로 꼽힌다. 칼라프 왕자가 부르는 〈네순 도르마〉는 영화 〈파파로티〉, 〈해바라기〉, 〈죽지 않는 인간들의 밤〉, 〈폰조〉 외에 페레로 로쉐 초콜릿 광고와 김연아의 피겨스케이팅 음악 등 수많은 매체의 배경 음악으로 사용되었다.

높은 음역대의 파워풀한 가창력을 요구하여 테너들도 컨디션을 조절해야 부를 수 있을 정도로 고난이도의 곡이지만, 매력적인 선율 때문에 인기가 많다. 쓰리 테너 콘서트로 인해 대중에게 크게 알려졌지만 그전부터 유명하여 파바로티의 주요 레퍼토리였으며, 워낙에 잘 불러서 오페라 팬들 사이에서 '네순 도르마=파바로티'라고 불리기도 했다.

◆ ◆ ◆

전성기 시절 파바로티의 〈네순 도르마〉를 감상해 보자.
김연아 피겨 영상 1분 38초 클릭! 우리가 기다리던
아름다운 멜로디가 시작된다.

클래식 FM에서 조사한 한국인이 가장 사랑하는 오페라 1위는 푸치니의 〈라보엠〉이다. 미미에게 반해 부르는 로돌포의 〈그대의 찬손(Che gelida manina)〉 역시 많은 사랑을 받고있다. 많은 테너들이 불렀지만 미미를 향한 첫 이끌림을 강렬하게 담은 프랑코 코렐리의 노래를 추천한다.

그 외 '남자를 울리는 아리아'로 불리는 드라마틱함의 집결체 〈별은 빛나건만(E lucevan le stelle)〉을 추천한다. 오페라 〈토스카〉에서 카바라도시가 총살당하기 전 사랑하는 연인 토스카에게 편지를 쓰며 부르는 아리아로 슬프지만 멜로디가 아름다워서 갈라쇼나 콘서트에서 많이 불린다. 세련된 요나스 카우프만의 노래와, 전성기 시절 플라시도 도밍고의 노래를 추천한다.

◆ ◆ ◆

도밍고와 카우프만의 노래로 〈별은 빛나건만〉을 감상해 보자. 뛰어난 연기력의 카우프만은 꼭 감상해 보기를!

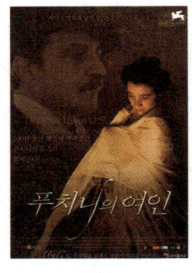

영화보다 더 영화 같은 푸치니의 스토리는 2008년 이탈리아의 유명 영화 감독 '파올로 벤베누티'에 의해 〈푸치니의 여인〉이라는 제목으로 제작되어 베니스국제영화제에서 큰 화제를 모았다. 피렌체 인상주의 대가인 벤베누티 감독의 뛰어난 미적 연출과 아름다운 음악이 어우러진 한 편의 명작을 감상할 수 있다.

◆ ◆ ◆

QR 링크를 따라 영화 〈푸치니의 여인〉 명장면을 만나 보자.

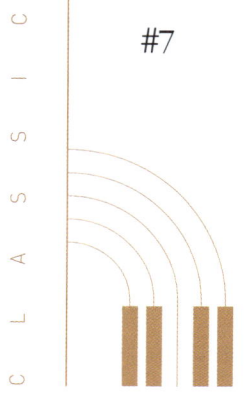

7

알고 보면 황당한
클래식 음악가의 죽음

위대한 작곡가의 황당한 죽음

후원자 못 찾아 굶어 죽은 비발디

세계인이 사랑하는 클래식 음악 1위는 비발디 〈사계〉이다. 그렇다면 세계인이 싫어하는 클래식 음악 1위는? 역시 〈사계〉이다. 하지만 그렇게 폄하하기에 우리는 〈사계〉를 너무 사랑한다. 〈사계〉는 합주와 솔로 부분으로 나뉘어 있어서 솔리스트의 역할이 무척 중요하다. 누가 솔로 연주를 하느냐에 따라 티켓 판매가 달라지고 연주자들 사이에서 기 싸움이 벌어지기도 한다. 〈봄〉, 〈여름〉, 〈가을〉, 〈겨울〉 한 명의 솔리스트가 연주하는 경우가 있고 악장별로 다른 경우가 있는데 그럴 경우 비교가 되기 때문에 서로 견제할 수밖에 없다.

바흐가 비발디의 곡을 공부하며 작곡 연습을 할 정도였고 그의 곡을 편곡하여 발표하기도 했으며, 실제 바흐의 곡으로 알려졌다가 비발디의 곡으로 밝혀진 곡이 무려 17여 곡에 이른다. 비발디는 당시 바흐나 헨델보다 훨씬 유명했지만 세상을 떠나고 그대로 묻혔다가 2백 년이 훨씬 지난 1959년 '이무지치'[115]의 앨범에 수록돼 디스크 대상을 수상하면서 세계적인 밀리언셀러가 되어 재조명되었다.

대비가 강하고 파트별로 다양한 선율이 존재하는 바로크 음악은 록 음악과 상당 부분 닮아 있어 뉴트롤즈[116]나 아트반체[117] 등 많은 록 뮤지션들이 사용했다. 비발디 협주곡 대부분이 합주와 독주를 번갈아 가며 연주하는 형태여서 독주 부분을 기타리스트가 솔로로 연주하면 매우 효과적이다. 아트반체의 록으로 탄생한 비발디의 〈사계〉를 꼭 감상해 보기를.

QR 링크를 따라 아트반체의 연주로 비발디 〈겨울〉을 감상해 보자.
바쁘다면 1분 16초로 점프!

• • •

115 이무지치(I Musici) : 1951년 이탈리아 로마에서 결성된 챔버오케스트라로 비발디와 알비노니를 비롯한 바로크 음악 해석이 뛰어나다.

116 뉴트롤즈(New Trolls) : 록과 클래식 음악의 융합으로 유명한 이탈리아의 프로그레시브 록 밴드이다.

117 아트반체(At Vance) : 독일에서 결성된 신고전주의(Neoclassical) 메탈 밴드이다.

이탈리아 베네치아에서 태어나 생애 대부분을 고향에서 보낸 비발디는 7개월 만에 태어난 데다 어릴 적부터 천식을 앓았다. 사제 서품을 받아 신부가 되었지만 몸이 병약하여 장시간 라틴어로 된 성경 구절을 낭송하며 미사를 이끌어 가는 것이 불가능했다. 미사 집전을 면제받고 그 시간을 음악 공부에 집중할 수 있었으니, 그의 단점이 음악가로 성장하는 데 오히려 도움을 준 셈이다.

결국 국립 베네치아 소녀 보육원 '오스페달레 델라 피에타'의 음악 교사로 임명되어 미사에 사용될 곡을 작곡하고 합창단의 지휘도 하며 실력을 인정받아 고속 승진을 했다. 피에타 보육원의 음악 수준은 비약적으로 발전했고, 초청 공연 및 전 유럽에서 피에타의 공연을 보기 위해 베네치아에 방문했다. 피에타 보육원은 뛰어난 시설과 수준 높은 교육이 제공되었기 때문에 부모가 있는 집안, 계급이 높은 집안에서도 자식들을 보내고 싶어 했다. 사순 시기 전 열리는 카니발 축제로 유명한 베네치아는 종교 행사의 의미를 잃어버리고 문란한 도시가 되었고, 그 기간 동안 많은 고아들이 탄생하여 그들을 돌보기 위한 공공 보육 시설이 설립되었는데, 그 시설이 바로 피에타 보육원이다.

비발디의 명성은 하늘을 찌를 기세였다. 루이 15세가 최고의 음악은 〈사계〉라 극찬하며 베르사유궁에 초청했고, 카를 6세는 기사 작위까지 내렸다. 25두카트에서 시작해 5만 두카트(약 40억 원)를 벌어들일 정도로 많은 돈을 벌었지만, 대부분 피에타 보육원에 기부하거나 오페라 제작에 투자했다.

음악가 치고는 비즈니스 감각이 뛰어나 출판사를 통하지 않고 VVIP들에게 직접 악보를 팔았다. 대부분의 작곡가들이 출판사를 통해서 출판하거나 악보를 판매한 것과 달리, 구매할 만한 귀족들의 명단을 뽑아서 원본을 비싼 값에 판 것이다. 그럼 악보를 가진 사람이 적으니 악보의 가치도 높아지고 금액도 자신이 리드할 수 있었으니, 헨델에 버금가는 비즈니스 감각이다.

하지만 수많은 곡을 작곡했음에도 개인이 악보를 소유하고 있던 까닭에 현재 대부분의 악보가 남아 있지 않기도 하다. 작품을 많이 쓴 것으로도 유명한 비발디는 1713년부터 1739년 사이에 거의 50여 편의 오페라를 썼고, 작곡한 기악곡도 수백여 곡에 이른다.

재계약 시 보육원 원장은 연임 보장의 대가로 비발디의 연봉을 깎았고, 교사 업무에 방해된다며 연주회의 횟수도 제한했다. 결국 비발디는 페라라에 가서 오페라를 올리려고 추진했다. 하지만 자신의 입지가 좁아질 것을 우려한 페라라 쪽 담당 음악가가 시간을 끌었고, 비발디가 두 명의 여인과 동시에 사귀었다는 스캔들까지 퍼뜨리면서 상황은 악화되었다. 결국 공연은 그렇게 무산되었다.

오페라를 준비하느라 이미 상당 부분 비용을 썼고 가수와 스태프

들을 연습시키느라 비용이 들어간 데다 섭외 계약금까지 지불하느라 비발디는 전 재산을 잃고 결국 파산하고 베네치아를 떠날 결심을 한다. 비발디는 자신의 열렬한 팬이었던 카를 6세에게 도움을 청했고, 빈에 오면 오페라 공연도 주선해 주고 왕실 음악가로 받아 주겠다는 약속을 믿고 귀중품과 악보까지 헐값에 팔고 빈으로 떠났다.

당시 빈은 음악의 중심지로 부상했고 모든 음악가가 꿈꾸는 무대였다. 하이든, 모차르트, 슈베르트의 나라이고 베토벤이 독일을 떠나 인생의 대부분을 보낸 곳이기도 하다. 낯선 대도시 빈에서 잘나가던 과거를 뒤로하고 62세의 고령임에도 신예 음악가로의 도전을 시도한 비발디의 열정이 정말 대단하지 않은가.

힘든 여정 끝에 드디어 빈에 도착하였으나, 얼마 지나지 않은 1740년 카를 6세가 세상을 떠났다. 왕 하나 믿고 전 재산 다 팔아서 멀리 타향까지 왔는데 이게 웬 날벼락인가. 기거할 곳도 마땅치 않아서 안장을 만드는 마구 제작자 집 한구석에 머물다 열악한 환경에서 제대로 먹지도 못하고 장염까지 악화돼 1741년 7월 28일, 결국 세상을 떠나고 만다.

27일 밤에서 다음 일자로 넘어가는 28일에 세상을 떠났는데, 장례식이 28일에 바로 치러졌다. 장례 비용은 아주 적은 금액이었고 슈테판 성당에서 연주도 없이 치러졌으며 공공 매장터에 묘비도 없이 묻혔다. 인맥도 없는 비발디가 빈 귀족들에게 작품을 파는 것도 쉬운 일이 아니고, 후원자 없이 오페라를 올린다거나 교회의 음악가로 자리를 잡는 것은 더더욱 힘들었을 것이다.

이제나 저제나 후원자를 기다리다 멀리 타향에서 삶을 마감한 비발디에게 사치와 낭비벽으로 재산을 탕진해 객사했다는 후문은 맞지 않다. 근래 자료에 따르면 확실한 증거가 없는 낭설이며, 평생 부모와 형제를 부양한 충실한 가장이었다는 해석이 설득력 있다. 간혹 비발디가 사제로서 자질이 없다고 폄하하는 학자들도 있으나, 그의 신앙심은 의심의 여지가 없으며 작곡할 때를 제외하고는 항상 손에 묵주를 쥐고 있었다.

다음의 비발디의 말을 보면 자신에 대한 자존감이 얼마나 높았는지 알 수 있다.

"난 대지휘자요. 30년간 음악가로 살아오면서 한 번도 추문에 연루된 적이 없단 말이오."

목숨 대신 발레를 선택한 륄리

음악사에서 황당하게 죽음을 맞이한 작곡가로 륄리를 가장 먼저 꼽는다. 피렌체의 가난했던 열네 살 소년은 프랑스로 넘어가 태양왕 루이 14세의 음악가가 된다. 루이 14세가 발레를 사랑하던 젊은 시절에는 발레 음악 작곡에 집중했고, 노쇠하여 발레를 할 수 없게 되었을 때는 오페라에 집중했다.

　루이 14세는 콩쿠르를 개최해 뛰어난 음악가들에게 로마 유학의 기회를 줬고, 귀족이든 평민이든 누구에게나 오디션 기회를 줬으며, 오페라 극장을 지어 시민들에게 개방하여 프랑스 예술을 발전시켰다. 머리에 황금 왕관을 쓰고 세상을 구할 주인공이 되어 발레 무대에 올랐고, 성직자와 귀족을 희화하는 스토리로 권력을 권고히 했다. 자신의 연주회에는 무대가 꽉 찰 정도로 수백 명의 음악가를 세웠지만, 다른 귀족들의 연주회는 바이올린 2명과 성악가 2명만 허락했다. 웅장하고 강렬한 음악은 나만을 위해 존재해야 한다고 여겼고, 예술을 사랑한 만큼 정치적으로 잘 이용한 왕이었다. 그 중심에 바로 륄리가 있다.

　왕심 저격 음악을 아주 잘 만든 륄리는 타악기와 금관악기로 파워풀한 생동감에 화사한 사운드를 얹어 루이 14세를 빛나게 만들었고, 때론 왕과 함께 발레 무대에 올랐다. 이탈리아식 오페라가 중심이던 시절 대화와 발레가 접목된 화려하고 장대한 프랑스식 오페라를 만들었으며, 고전 신화나 낭만 서사시를 바탕으로 한 서정 비극을 탄생시켰다. 루이 14세는 륄리에게 독점 출판권과 독점 공연권을 주었고, 누구든 파리 내에서 음악을 출판하거나 공연을 올리려면 륄리에게 허가를 받아야 했으니 이런 권력이 또 있을까.

　1681년 왕실 비서로 임명되어 드디어 이탈리아 가난한 소년은 프랑스에 와서 귀족이 되었다. 하지만 이 권력은 오래가지 못했다. 병상에서 일어난 루이 14세를 위해 작곡한 〈테 데움〉을 리허설하던 중에 지휘봉으로 발을 내리치게 되었다. 륄리의 상처 부위는 점점 곪아들어 겨울이었음에도 급속히 썩어 들어갔고, 발가락을 잘라야 한다는 의사의 말을 듣지 않고 버티다 결국 그해를 넘기지 못하고 사망했다.

처음 이 얘기를 들었을 때 손에 들고 지휘를 하다 어떻게 지휘봉으로 발을 찍을 수 있나 의아했다. 당시 지휘는 긴 막대기를 바닥에 쿵쿵 치며 박자를 맞추거나 신호를 보내는 개념이어서 륄리뿐만 아니라 많은 지휘자들이 위험에 노출되어 있었다. 음악가이자 발레리노였던 륄리는 왕과 발레 무대에 오르기 위해 발가락을 자르지 못했고, 그렇게 허망하게 세상을 떠나게 되었다.

루이 14세의 발레와 륄리의 음악을
영화 〈왕의 춤〉에서 감상해 보자.

죽음을 부른 쇼베르트의 고집

프랑스 궁정 음악가 중 황당하게 세상을 떠난 작곡가가 또 있었으니 18세기 중반 콩티 공 루이 프랑수아[118]의 왕실 음악가로 활동한 요한 쇼베르트(Johann Schobert, 1720~1767)이다. 슈베르트가 아니라 쇼베르트이니 혼동하지 않기를. 무려 모차르트가 그의 제자이고 작품 속에 많은 영향을 받았다.

모차르트의 전기 작가 '다이넬리 하세'는 1928년 출판한 『볼프강 아마데우스 모차르트』에서 고전적인 우아함, 활기, 낭만적인 요소의 상당 부분을 쇼베르트에게서 영향을 받은 것이라고 썼다. 아버지와 파리로 연주 여행을 온 모차르트와의 첫 만남은 그리 유쾌하지 않았다. 모차르트 아버지가 쇼베르트에게 우리 아들 모차르트가 선생님의 음악을 연주하는 것은 너무 쉬운 일이라고 말하는 바람에 기분을 상하게 만들었기 때문이다.

쇼베르트가 작곡한 하프시코드와 여러 악기를 위한 20여 곡의 협주곡과 소나타는 프랑스 스타일의 바로크와 고전 음악을 좋아하는 팬들에게 여전히 사랑받고 있다. 재능이 넘쳤던 쇼베르트는 바흐 같은 독일 감성, 비발디처럼 열정적인 이탈리아 감성, 우아한 프랑스 궁정 음악의 영향까지 합쳐져 상상력 넘치는 작품을 탄생시켰다. 하지만 안타깝게도 32세에 세상을 떠났다.

왕실의 작곡가로 파리에서 여유롭고 럭셔리한 삶을 살던 쇼베르트는 친구들과 지인을 초대해 집에서 자주 만찬을 가졌다. 어느 날

•••

118 콩티 공 루이 프랑수아: 이름은 루이 프랑수아 드 부르봉(Louis François de Bourbon, 1717~1776) 으로 프랑스 왕족이다. 그이 어머니는 루이 14세의 딸 루이 프랑수아즈의 딸 루이세 드 부르봉이다.

쇼베르트는 가족과 파리 근교로 여행을 갔다가 먹음직스러운 버섯을 따게 됐다. 그 지역 요리사에게 따 가지고 온 버섯으로 요리해 달라고 부탁했으나, 요리사는 독성이 있는 것 같다며 거절했다. 집으로 돌아온 쇼베르트는 버섯 수프를 끓이라 명했고, 하녀가 들고 온 버섯을 유심히 보던 친구가 말했다.

"여보게, 이건 독버섯인 듯하네. 먹지 말게나."

하지만 쇼베르트는 "말도 안 되네, 독버섯이라니. 내가 먹어서 증명해 보이겠네."라고 말하고는 보란 듯이 버섯을 먹고 가족과 친구에게 권했다. 그런데 얼마 지나지 않아 쇼베르트는 물론이고 아내와 한 명의 아이를 제외한 쇼베르트의 아이들과 의사 친구 그리고 요리를 서브했던 하녀까지, 쇼베르트의 말을 믿고 버섯을 먹었다가 손쓸 틈도 없이 숨을 거두었다. 그렇게 쇼베르트는 친구의 만류에도 고집을 피우다 파리 집에서 1767년 8월 28일 세상을 떠났다.

QR 링크를 따라 쇼베르트의
〈미뉴에트〉를 감상해 보자.

동전으로 죽음 방식을 택한 제레미아 클라크

영국 출신 '제레미아 클라크'는 우리에게 익숙한 작곡가는 아니지만 〈덴마크 왕자의 행진〉을 들으면 '아! 이 곡이구나!' 할 만큼 유명하다. 덴마크 왕자에서 앤 여왕의 부군이 된 조지공을 위해 작곡한 곡으로, 신랑 입장이나 행사의 주요 레퍼토리이다.

클라크는 30세 청년 시절 아름다운 귀부인과 사랑에 빠졌다. 하지만 귀족 출신과 가난한 음악가의 신분 차이는 너무나 컸고, 결혼까지 한 그녀와 사랑을 이룬다는 것은 불가능한 일이었다. 이루어질 수 없는 사랑을 비관한 클라크는 동전을 던져서 앞면이 나오면 목매달아 죽기로 하고, 뒷면이 나오면 템즈강에 빠져 죽기로 결심했다. 드디어 동전을 던져 바닥에 떨어지나 했는데 진흙 바닥에 빠져 동전이 똑바로 꽂힌 것이다. 뒷면도 아니고 바닥도 아니고 서 있는 동전, 목매달아 죽어서도 물에 빠져 죽어서도 안 된다는 신의 계시라 생각한 클라크는 권총 자살을 선택했다.

자살하지 말라는 것으로 해석할 줄 알았는데, 결국 그녀와 함께하는 것이 아니라면 살고 싶지 않았던 것일까. 1701년 12월 1일 클라크는 33세의 나이로 세상을 떠났다.

친구들은 그가 봉사했던 성 바오로 대성당 묘지에 그를 안치하고 싶었으나 자살을 죄악시 여기는 교회의 거절로 좌절되었다. 하지만 클라크가 오르가니스트로 오랜 기간 교회에 봉사한 점을 감안해 달라는 요청 끝에 예외로 간주하고 허가하여 성 바오로 대성당 묘지에 묻힐 수 있었다.

◆ ◆ ◆
영국 대표 관현악단 로얄필하모닉오케스트라의 연주로
〈덴마크 왕자의 행진〉을 감상해 보자.

아내를 구하려다 죽음을 맞은 엔리케 그라나도스

근대 스페인을 대표하는 작곡가 '엔리케 그라나도스'. 그의 〈12개의 스페인 무곡〉은 남유럽 열정이 가득하며, 특히 5번 〈안달루시아〉가 유명하다. 어릴 적부터 음악 실력이 뛰어났고 20세에 파리로 유학을 떠나 많은 음악을 접하며 음악의 폭을 넓혀 갔다. 36세 마드리드 왕립 음악원 주최 콩쿠르에서 거의 만장일치로 우승했고 세계적인 주목을 받으며 얼마 후 발표한 피아노곡 〈고예스카스〉가 큰 성공을 거두면서 세계적인 음악가가 되었다.

그러던 어느 날, 토머스 윌슨 대통령의 초청을 받아 미국을 가게 되었다. 프랑스에서 미국을 가려면 영국으로 가서 미국행 배를 타야 했기에 영국에 도착한 후 뉴욕으로 가는 서섹스호를 타게 되었다. 당시는 1차 세계 대전 중이었고, 영국 해협을 지날 때 독일의 공격을 받게 되었다. 배는 두 동강이 나고 선장의 배려로 구명정에 오르려는데, 바다에 빠져 허우적거리는 아내를 발견하고 그라나도스는 그대로 바다에 뛰어들었다.

하지만 그라나도스는 수영을 할 줄 몰랐고, 아내를 구하려다 그라나도스와 아내 둘 다 결국 죽음을 맞게 되었다. 하지만 더 안타까운 사실은 어뢰의 공격으로 배가 두 동강이 나긴 했지만, 직접 어뢰를 맞은 한쪽만 80명의 승객과 함께 침몰했고 그라나도스가 묵었던 선실 쪽은 손상을 입지 않아서 선실에 남아 있던 승객들 모두 살았다는 점이다.

◆ ◆ ◆

QR 링크를 따라 〈고예스카스〉 1번 〈사랑의 속삭임〉과 〈스페인 무곡〉 5번 〈안달루시아〉를 들으며 스페인의 정취에 빠져 보자.

30대에 단명한 작곡가

호주 퀸즐랜드 대학교 연구팀이 뉴욕 타임스에 부고가 실린 1,000명을 분석해 대중적으로 유명세를 타는 사람들은 수명이 짧아진다는 연구를 발표했고, 국제의학저널 QJM과 BBC가 보도했다. 배우, 음악, 스포츠 스타들은 평균 연령이 77세로 가장 짧았고, 작가나 작곡가나 예술가 등은 79세, 역사학자나 경제학자 등 학계에서 성공을 거둔 이들이 82세, 기업계와 정치 계에서 성공을 거둔 이들이 83세인 것으로 분석됐다. 이에 대해 연구를 수행한 교수는 이같이 설명했다.

"젊어서 성공을 거둔 연예인과 스포츠 스타들은 나이 들어서 대중들로부터 잊힌 뒤에 건강이 나빠지는 경우가 많고, 또는 대중적 유명세를 유지하는 데 많은 긴장을 쏟게 되거나 스스로에게 압박감을 주거나 긴장을 풀기 위해서 담배나 술, 약물 등에 의존하게 되는 것 등이 건강을 해치게 될 수 있다."

클래식 음악사에도 일찍 세상을 떠난 작곡가들이 많다. 요절한 천재라는 타이틀이 붙은 모차르트가 35세에 세상을 떠났고, 슈베르트는 그보다 짧은 31세에 세상을 떠났다. 〈카르멘〉을 작곡한 조르주 비제는 37세, 멘델스존은 38세, 쇼팽은 39세에 세상을 떠났다.

천재의 짧은 생, 모차르트 죽음의 이유

모차르트는 대규모의 관현악과 독창, 합창이 유기적으로 결합된 작품성 높은 레퀴엠의 전형을 만든 장본인이다. 모차르트의 작품번호 K.넘버의 마지막 작품이 바로 626번 〈레퀴엠〉이다. 안타깝게도 3곡 6번 〈라크리모사〉의 8마디까지 작곡하고 숨을 거두었다. 어찌 천재 작곡가의 마지막 작품이 다른 작품도 아닌 진혼곡이란 말인가. 모차르트는 마지막 순간에 레퀴엠 악보를 보고 눈물을 흘리며 이렇게 되뇌었다.

"내 자신을 위한 레퀴엠이라고 했었지."

주위의 증언을 고려해 볼 때, 모차르트가 자신의 죽음을 예감하며 작곡했다는 주장이 설득력 있어 보인다. 레퀴엠을 의뢰받았을 때 이미 계약금으로 작곡료의 절반 50두카트(금3.45g=1천4백만 원)를 받았기 때문에 곡이 완성되지 않으면 잔금을 받을 수 없었다. 또한 위약금을 물을 수도 있었기에 모차르트 사후에 아내 콘스탄체는 작품을 완성하기 위하여 동분서주했다. 여러 판본이 남아 있지만 모차르트 생전에 조수로 많은 작품을 보조한 쥐스마이어 판본이 가장 유명하다. 영

화 〈아마데우스〉에서도 모차르트의 장례식 장면과 함께 배경음악으로 흘러나온다. 레퀴엠 〈라크리모사〉를 듣는 순간, 장엄한 슬픔 속에 빠지게 된다.

 빈 악우협회 합창단, 베를린 필하모닉,
카라얀 지휘로 〈라크리모사〉를 감상해 보자.

35세 짧은 인생을 살다 간 모차르트의 단명 이유로 몇 가지 꼽는다면, 첫 번째로 어린 시절부터 해 온 장거리 여행이다. 모차르트는 다섯 살 때부터 집을 떠나 엄마 품에서 토닥토닥 사랑받을 나이에 독일, 영국, 프랑스, 로마 등 전 유럽을 돌며 인생의 3분의 1에 달하는 10년간을 길 위에서 보냈다.

당시 KTX가 있는 것도 아니고, 곳곳에 휴게소가 있는 것도 아니었으며, 아스팔트가 깔린 도로도 아니었다. 쿵쾅쿵쾅 산길을 지나 몇 끼를 굶으며 목숨 걸고 가는 여정이었다. 오랜 시간 마차를 타고 이동하느라 엉덩이가 짓무르고 고름이 나와 손으로 엉덩이를 받치고 탔다는 증언도 있다. 어릴 적 어머니의 모유가 나오지 않아 곡물가루로 대신했고, 영양실조와 잦은 병치레로 발육이 또래보다 두 배나 늦어 키도 150㎝를 겨우 넘었다. 길 위에서 쪽잠을 자고 먼 길을 이동하느라 끼니를 거르기 일쑤였으니, 건강을 기대하는 건 무리이다.

어린 시절 음악 교육에 집중하느라 다른 교육을 제대로 받지 못했고, 또래 친구 대신 어른들과 시간을 보내며 비정상적인 유년기를 보냈다. 귀가 무척 예민한 데다 절대 음감이어서 바이올린 음이 4분의 1 틀리게 조율된 것을 알아차렸고, 아무리 어려운 곡도 30분 내에 익혔으며, 세 살에 클라비어를 연주했고 다섯 살에는 작곡을 시작했다.

파리의 한 남작은 일곱 살이 채 되지 않은 므차르트의 연주를 듣고 너무 놀라워 정신을 차릴 수 없었다고 증언했다. 현대의 심리학자들이 모차르트의 IQ를 역산해 측정해 보니 230~250 정도 된다는 분석을 내놓았다. 한 시간 길이의 곡을 듣고 한두 개 정도를 제외하고는 거의 맞게 적었으며, 한 번 들은 곡을 그대로 연주해 낼 정도의 암기력이다.

초청 연주 시 매니저이자 스승이었던 아버지와 반주자였던 누나가 동반했고 엄마는 늘 떨어져 있었다. 그렇다 보니 모차르트에게 엄마는 늘 그리운 존재였다. 잘츠부르크 대성당의 부악장으로 공무원 신분이었던 아버지는 허가를 얻어 모차르트와 연주 여행을 다니고 있었다. 그러던 어느 날, 파리 연주 여행 때 허가를 받지 못해 어머니가 동행하게 되었다.

모차르트는 직장을 구하러 아침마다 나갔고, 난방도 안 되는 방에서 프랑스어도 못하는 어머니는 자수만 놓으며 아들을 기다리다 멀리 타향에서 죽음을 맞이했다. 어머니의 죽음이 자신 때문이라고 자책하던 모차르트는 슬픔에 빠져 힘든 시간을 보내다 2~3년 후 프랑스에서 어머니와 보낸 시간을 추억하며 함께 프랑스에서 들었던 민요 〈아, 어머니께 말씀드리죠(Ah, vous dirai-je, maman)〉에 멜로디를 입혀 갔다.

〈작은 별 변주곡〉으로 불리는 이 곡은 '반짝반짝 작은 별'로도 알려져 있고 'ABC 노래'로도 불린다. 경쾌한 동요 멜로디 같지만 얕봤다가는 큰코다칠 곡으로, 뒤로 갈수록 고난도의 테크닉을 요구한다. 특히 12개의 곡 중 8 변주곡은 밝고 경쾌한 장조에서 단조로 전조되는 부분으로, 어머니를 그리는 모차르트의 마음 같아 매우 슬프게 다가온다. 모차르트 스페셜리스트로 불리는 클라라 하스킬, 존재 자체가 장르인 파질 세이의 연주는 꼭 감상해 보아야 한다.

◆ ◆ ◆

QR 링크를 따라 하스킬의 연주로
〈작은 별 변주곡〉을 감상해 보자.

어머니가 떠나고 13년 후 모차르트가 세상을 떠났을 때 누구보다 슬퍼했던 친구가 있다. 모차르트와 24세나 차이 났음에도 친구처럼 지낸 하이든이다. 모차르트는 하이든을 '파파'라고 부르며 따랐고,

궁정 악장을 은퇴한 하이든이 런던행을 앞두고 마지막으로 브런치를 먹은 사람도 모차르트였다. 즐거운 식사를 하며 모차르트가 하이든에게 놀리듯 말했다.

"얼마 안 지나 곧 돌아오게 될 거예요. 이제는 젊지 않잖아요."
"아니야, 난 아직 기운이 넘치고 건강해."

이렇게 받아칠 정도로 둘은 가까운 사이였다. 하이든을 런던으로 초청한 유명한 기획자 잘로몬은 모차르트도 초청하겠다고 약속했지만, 하이든이 런던에 도착한 지 얼마 지나지 않아 모차르트가 사망했다는 청천벽력 같은 소식을 듣게 된다. 깊은 충격에 빠진 하이든은 지인에게 보낸 편지에 "100년 이내 그 같은 천재를 보지 못할 것입니다."라고 전했고, 모차르트의 아내 콘스탄체에게 아들을 무료로 개인 지도를 해 주고 싶다는 편지를 보냈다. 일찍 세상을 떠난 친구에게 무언가 해 주고 싶었던 하이든의 마음이 너무나 이해된다.

모차르트가 일찍 세상을 떠난 두 번째 이유로 정신적인 스트레스를 꼽고 싶다. 국왕이나 교황 등 불편하고 어려운 자리에서 연주해야 했고, 심지어 눈을 가리고 외워서 연주하라고 하거나 멜로디 한두 마디 던져 주고는 즉흥으로 연주하라고 했으니 이런 테스트가 한

번인 것도 부담스러운데 전 유럽을 다니며 계속 받아야 했다. 하지만 모차르트를 더욱 힘들게 한 것은 이상과 현실의 차이였다. 내가 원하는 곡을 쓰면 가족들이 굶어 죽고, 귀족이 원하는 곡을 쓰자니 예술가로서 자존심이 허락하지 않았다. 음악의 주 소비층인 귀족이 원하는 음악을 써야만 생계를 유지할 수 있었던 봉건 사회 작곡가의 씁쓸한 삶이라니.

마지막 단명의 이유는 과도한 업무량과 지나친 노동 시간이다. 정리된 곡만 626곡이니, 다섯 살 때부터 곡을 썼다고 가정할 때 한 해에 20여 권의 두꺼운 책을 출판한 것과 같다. 바흐나 헨델도 많은 작품을 썼지만 1분짜리 곡도 많다. 하지만 모차르트는 세 시간이 넘는 오페라부터 교향곡, 협주곡, 칸타타, 현악 4중주 등 장대하고 방대한 곡들을 쉬지 않고 작곡했다.

모차르트가 세상을 떠나던 1791년 작곡하고 초연한 곡을 보면 엄청나다. 오페라 〈마술피리 K.620〉, 레오폴트 2세의 대관식 축하를 위한 오페라 〈티토 황제의 자비 K.621〉, 〈피아노 협주곡 27번 K.595〉[119], 〈클라리넷 협주곡 K.622〉, 〈프리메이슨 칸타타

...

---

119 모차르트 피아노 협주곡 27번 악보에는 1791년 1월 5일이라고 쓰여 있지만 그전에 작곡되었을 것이라는 주장이 있다. 초연은 1791년으로 추측된다.

K.623〉, 〈성가 아베베룸 코르푸스 K.618〉, 〈현악 5중주 K.614〉 등 이렇게 많은 곡을 쓰고 연주했으니 어찌 무리가 가지 않았겠는가.

건강을 해칠 정도의 업무량, 인생의 3분의 1을 바깥 잠을 자고 제 때 먹지도 못한 연주 여행, 마음 터놓고 이야기 나눌 친구도 없었으며, 음악 외에 어떻게 자신을 표현하는 방법도 몰랐던 천재는 35년의 짧은 인생을 살고 안타깝게 세상을 떠났다.

모차르트의 죽음에 대한 당시 기록을 보면, 가족들이 급작스러워 했고 충격을 받았다는 자료가 있다. 무수히 난 좁쌀만 한 발열로 죽었다는 기록만 있어서 선모충증으로 죽었다거나 류머티즘 때문에 고열이 나서 죽었다는 등 여러 추측이 있다. 도한 자유와 평등을 추구하는 '프리메이슨'에 가입하여 그들의 사상이 담긴 오페라 〈마술피리〉와 〈프리메이슨 칸타타〉 등의 작품을 발표해 황제의 비밀경찰에 의해 타살되었다는 의혹도 여전히 존재한다. 하지만 현대 의학자들은 모차르트의 기록과 아버지 레오폴트 모차르트의 서신을 분석한 결과, 오랜 연주 여행 때부터 앓아 온 류머티즘에 의한 고열로 사망했다는 것에 의견을 모은다.

모차르트의 죽음에 대한 오해가 더 있다. 말년에 방탕하고 사치스럽게 살다 재산을 탕진해 너무 가난해지는 바람에 묘비도 없이 묻혔다는 것은 사실이 아니다. 작품 속에 자유와 평등 사상을 담은 행보 때문에 귀족들과 왕족들이 외면했고, 작품 의뢰와 레슨을 끊으면서 빈곤한 최후를 맞이했다.

모차르트의 시신이 어디에 있는지 묘비가 왜 없는지에 대한 것은 당시 시대상을 살펴보면 알 수 있다. 마리아 테레지아의 아들 요제프 2세가 즉위해 왕가의 많은 빚을 탕감하기 위해 화려한 장례를 치르는 것을 금지했고, 전염병으로 죽어 간 사람들이 너무 많아 감당하기 어려웠다. 시신을 관이나 방부 처리 없이 알몸의 상태로 마포 부대에 넣어 묻고 유가족들은 성 밖 무덤까지 다니지 말라는 금지령을 내렸다. 모차르트는 규정에 따라 묻혔을 뿐이다.

현재는 빈 중앙공원 중앙에 시신 없이 후대에 묘비만 세워진 모차르트의 묘가 있다. 장례식이 진행된 슈테판 대성당 십자가 예배당은 모차르트가 죽기 전에 부악장으로 임명됐던 곳이고 결혼식과 자녀들의 세례식을 가졌던 의미 있는 곳이다.

◆ ◆ ◆

QR 링크를 따라 모차르트 인생 35년을 25분에 만나 보자.
〈교향곡 25번〉 1악장으로 영상이 시작된다.

여긴 베토벤이 없어, 슈베르트의 마지막

150㎝가 조금 넘는 키, 갈색 곱슬머리, 불룩한 배, 앞짱구, 고도 근시로 두꺼운 안경을 쓰고 있는 슈베르트에게 친구들은 '꼬마 버섯'

이라는 별명을 붙여 줬다. 잠잘 때 안경을 쓰고 자는 슈베르트에게 한 친구가 이유를 물으니 "꿈꿀 때 잘 보여서"라고 대답했다. 작곡가들은 휴식을 취할 때나 침대에 누워 있다가 갑자기 악상이 떠오르곤 하는데, 오선지를 찾다가 아이디어를 잊어버리는 일이 많다. 아마 슈베르트도 안경을 찾다가 낭패를 본 경험이 있지 않을까? 슈베르트의 안경은 현재 빈의 슈베르트 출생 기념관에 전시되어 있다.

시골 초등학교 교장 선생님인 아버지와 요리사 어머니 사이에서 태어난 슈베르트는 16명의 자식 중 13번째였다. 여유롭지 않았지만 음악을 좋아하는 부모님 덕분에 어릴 적부터 음악을 배울 수 있었고 가족이 함께 연주를 하곤했다. 하지만 아버지의 반대로 음악가가 될 수 없었고 아버지의 학교에서 보조 교사로 근무했다. 당시 오스트리아는 대체 복무제를 허용하고 있어서 일정 기간 교사 생활을 하면 군복무를 대신할 수 있었다. 하지만 슈베르트는 음악의 꿈을 접지 못하고 매일 밤 악상을 펼쳐 나갔다.

"나는 매일 아침 곡을 쓴다. 한 곡이 끝나면 바로 다른 곡을 시작한다."

슈베르트가 유독 가곡을 많이 작곡한 이유는 시를 사랑해서이기도 하지만, 일을 하며 작곡하기에 5분 내외의 가곡이 적당했기 때문이다. 하지만 얼마 지나지 않아 교사 생활을 그만두었다. 출근길에 악상이 떠올라 바로 곡을 쓰고 싶은 흥분에 휩싸이는데 머릿속에 작품 생각을 버리고 아이들을 지도하는 것은 너무나도 힘든 일이었다.

평생 큰돈을 벌어 본 적 없고, 몇몇 친구들과 소규모 살롱 음악회를 즐겼으며, 그랜드 콘서트도 죽기 직전에 딱 한 번 가졌고, 어쩌다 넉넉하게 작품값을 받으면 친구들에게 나누어 주거나 같이 식사를 하느라 모두 소진했다. 부족한 생활비를 가지고 주로 사 먹던 떨이 음식은 상하지 않게 하려고 소금을 많이 뿌려서 팔았기 때문에 슈베르트가 퉁퉁 부어 보인 것이라는 주장도 있다.

슈베르트의 사인에 대해서는 장티푸스, 매독, 식중독 등 추측이 난무하다. 많은 학자들은 에스테르하지궁에 방문했다가 하녀한테 성병을 얻은 것으로 추정하고, 직접적인 사인은 장티푸스로 보고 있다. 19세기 한때 유럽 인구의 15%가 매독 환자였다는 연구도 있다.

죽음을 앞둔 3기 매독에 이르면 균이 대뇌를 침범해 의식이 명료해지거나 천재적인 창의성이 나타나기도 하여 슈베르트가 작곡한 아름다운 마지막 가곡들이 매독 때문이라고 분석하는 학자들도 있다. 작곡의 과정이 간단하지 않은데 단지 병세 때문에 명곡을 작곡했다니? 세상과 단절된 청년이 처절하게 혼자 병마와 싸우며 극한의 감정에서 절규를 담아 탄생시킨 작품을 이렇게 폄하할 수는 없다.

건강이 점점 악화된 슈베르트는 형과 함께 시골로 내려가 요양하며 치료를 받았다. 병치레를 하는 동안 머리카락도 많이 빠지고 사람들과 관계도 거의 끊었다. 절친이었던 쇼버에게 죽기 며칠 전에 보낸 편지를 보면 얼마나 힘들었는지, 그럼에도 열정이 끊이지 않았음을 알 수 있다.

"잘 있었어? 나는 너무나도 아프다네. 고열과 어지러움이 계속되고 정신을 유지하기도 힘들다네. 먹는 즉시 토해 버리고 열하루째 물만 마시고 있어. 페르디난트 형과 린나 누이가 정성을 다해 간호하고 있어 줘서 얼마나 고마운지 몰라. 간혹 좀 낫기도 하고 그러면 책을 읽고 있다네. 지금『모히칸족의 최후』라는 소설을 재미있게 읽고 있네. 이 책의 작가인 쿠퍼의 다른 책이 있으면 좀 빌려줄 수 있겠나?"

_1828년 11월 12일 자네의 친한 친구인 프란츠가

현재 이 편지는 슈베르트 생가 박물관에 액자로 전시되어 있다. 슈베르트는 베토벤의 음악을 사랑했고 평생 만나고 싶어 했지만 베토벤이 죽기 전에 잠깐 만날 수 있었다. 하지만 이미 들을 수 없는 그와 깊은 대화를 나눌 수 없었다. 슈베르트는 작곡한 악보를 수줍게 베토벤에게 건넸고, 그의 악보를 본 베토벤이 감탄을 금치 못하

여 한 말이 전해진다.

"자네를 조금만 더 일찍 만났으면 좋았을 것을…. 내 명은 이제
다 되었네. 슈베르트, 자네는 분명 세상을 빛낼 수 있는 훌륭한 음
악가가 될 것이네. 그러니 부디 용기를 잃지 말게."

베토벤이 와인을 바라보며 유언을 남겼다면,[120] 슈베르트는 베토
벤을 나지막히 부르며 "여긴 베토벤이 없어."라고 말하고는 떠났다.
불행인지 다행인지 살아생전에는 베토벤과 많은 시간을 보내지 못
했지만, 베토벤의 장례식에 초상화를 들었고 베토벤이 떠난 다음 해
생을 마감한 슈베르트는 빈 중앙 묘지에 베토벤과 나란히 묻혔다.
빈 국립 묘지의 안치 비용이 매우 고가였음에도 슈베르트를 사랑하
는 친구들이 돈을 모아 그의 유언을 따라 준 것이다.
　지인들은 31세의 짧은 생을 살았지만 천여 곡을 작곡한 슈베르트
를 일컬어 머릿속에서 쉴 새 없이 멜로디가 솟아 나왔다고 표현했
다. 슈베르트가 세상을 떠나고 남긴 유품은 정장 3벌, 셔츠 4장, 조
끼 9벌, 모자 하나 정도였고 생애 첫 피아노가 생겼지만 결국 연주
하지 못하고 세상을 떠났다.

...

120 베토벤 유언: "클래식 음악을 들으면 3배 비싼 와인을 산다" 베토벤 편에서 자세히 소개했다.

하스링거 출판사는 마지막 해에 작곡된 14개 가곡을 모아 '백조의 노래'라고 이름을 붙여 출판했으나 수록된 노래와 연관성은 없다. 마지막에 한 번 운다는 백조처럼 슈베르트의 최후 작품이라는 의미에서 붙인 것이다. 마지막 가곡집이 지금까지 많은 사랑을 받고 있는 것은 뛰어난 작품성 때문이기도 하지만 출판사가 붙인 제목 덕도 톡톡히 본 듯하다. 렐슈타프 시에 붙인 7곡, 하이네의 시에 붙인 6곡, 자일드의 시에 붙인 1곡까지 총 14곡으로 구성되어 있고 제4곡 〈세레나데〉는 아름다운 멜로디 때문에 특히 많은 사랑을 받고 있다.

코로나가 한창이던 2020년 4월, 도이체 그라모폰 주최로 베를린의 콘서트홀 마이스터잘에서 조성진의 온라인 콘서트가 진행되었다. 5월 정식 발매를 앞둔 네 번째 앨범 〈방랑자(THE WANDERER)〉에 수록된 베르크와 리스트의 소나타를 비롯해 슈베르트의 〈방랑자 환상곡〉을 연주했다. 40여 분 동안 진행된 온라인 콘서트는 전 세계의 4만 8천 관객이 실시간으로 함께했다.

솔스베르크 페스티벌에서 조성진의 〈방랑자 환상곡〉을 듣고 관객 모두 눈물을 흘렸다는 보도를 보았다. 1악장에서 보여 준 파워도 엄청나지만, 2악장 첫 음을 누르는 순간 심장이 멎을 것 같았다. 조성진의 연주는 심장이 뛴다고 표현하기보다는 멎을 것 같다고 표현하고 싶다.

◆ ◆ ◆

눈을 감고 〈방랑자 환상곡〉 2악장 첫 주제를 연주하는
조성진의 표정이 압권!

예민한 감수성이 독이 되다, 조르주 비제

오페라 〈카르멘〉을 작곡한 '조르주 비제'는 37세의 짧은 생을 살다
세상을 떠났다. 가장 인기 있는 히트작 카르멘은 그의 목숨을 앗아
간 유작이 되었고, 예민한 감수성은 가장 큰 무기이면서 그를 벼랑
끝으로 내몬 독이 되었다. 어릴 적부터 재능이 뛰어나 10세
에 파리음악원에 입학했고, 18세에 로마 대상[121]에서 칸
타타 〈다윗〉으로 상을 받은 후 19세에 대상까지 거머쥐
었다.

25세 〈진주조개 잡이〉로 성공을 거두지만,
그 후 이렇다 할 성과를 내지 못했고 바그너와
베르디의 아류작이라는 평론가들의 혹평에 시
달려야 했다. 극심한 스트레스와 떨어지는 자
존감에 폭음을 일삼았고, 쉼 없이 피워 대는

조르주 비제

• • •

121 로마 대상(Grand Prix de Rome): 1663년 루이 14세가 예술보호정책의 일환으로 제정한 장학 제도로
프랑스의 예술가에게 주어지는 상이다. 작곡, 건축, 회화, 조각 부분 등에 수상되는데 음악상은 파리
음악원 작곡과 학생 중에 선발된다.

시티 앤 더 클래식

담배로 인해 목의 통증은 더욱 심해졌으며 피로는 쌓여만 갔다. 예술가들의 섬세한 감수성은 작품에 도움이 되기도 하지만 한편으로 큰 고통이 되기도 한다. 라흐마니노프도 〈피아노 협주곡 1번〉의 실패로 우울증까지 앓으며 고통을 받았다.

34세 '알퐁스 도데'의 소설을 각색한 〈아를르의 여인〉이 큰 성공을 거두자, 비제는 하루 16시간씩 일하며 매달린 〈카르멘〉을 세상에 내놓았다. 하지만 '실패작이다. 이 공연은 오래가지 못한다.'라며 대중에게 외면당했다. 실패의 이유는 여러 가지가 있지만, 당시 시대 분위기와 맞지 않았던 점이 가장 크다. 오페라를 의뢰한 파리 오페라 코미크 극장은 부르주아의 여흥을 위한 전용 극장으로 가족과 함께 오는 경우가 많았다. 신화나 귀족 이야기 등 우쾌하고 화려한 내용으로 즐겁게 해 주기는커녕 하층민 노동자와 집시 여인이 등장하니 기겁하지 않았을까.

한 남자를 파멸에 이르게 한 팜므파탈 카르멘, 수동적 사랑이 아니라 본능에 충실한 사랑과 자유 의지에 대한 추구는 고상하게 오페라를 감상하고 싶은 상류층 남녀들을 불편하게 했다. 대중의 정서에 맞게 여러 번 수정했지만 비난은 계속되었고, 상처받은 마음은 건강 악화로 연결되었다. 프랑스에서 혹평을 받은 〈카르멘〉은 정작 다른 나라에서 큰 사랑을 받았다.

"전통적인 오페라 형식에서 벗어나 경쾌한 음악과 파격적인 내
용이다."

빈 오페라 극장에서 찬사가 이어졌고 독일의 반응도 뜨거웠다. 비
스마르크까지 오페라를 보러 왔고, 니체는 극찬을 쏟아 냈다.

"습기와 우울을 날려 버릴 태양의 오페라이다. 풍요롭고 정밀
하며 완벽하여 바그너에 필적할 작품이다."

비제는 1871년부터 3년간 〈카르멘〉을 작곡하며 목과 가슴의 심각
한 발작으로 매우 큰 고통을 받았고 지인에게 "나는 개처럼 고통받
았다."라고 호소할 정도로 힘든 시간을 보냈다. 1875년 3월 〈카르
멘〉 초연의 실패로 병세는 더욱 악화되었고, 별장에서 요양하며 호
전되는 듯하다가 6월 3일 아침 심근경색으로 세상을 떠났다. 안타깝
게도 이날은 비제의 결혼기념일이었다.

갑작스러운 죽음으로 인해 평소의 예민한 성격 때문에 자살이 아
니냐는 추측도 있었지만, 최종적으로 내과 의사들이 '급성 관절 류
머티즘의 합병증에 의한 협심증'이 정확한 사인이라고 밝혔다. 대중
의 사랑을 받는 직업군이 일반인에 비해 기대감과 부담감이 커서 단
명하게 된다는 연구 결과와 연결되는 부분이다.

시티 앤 더 클래식

그의 사망 소식은 전 음악계에 충격이었고, 당대 최고의 메조소프라노 '갈리 마리에'는 슬픔에 빠져 그날 오페라 무대에 오르지 못했다. 6월 5일 장례식에 4천 명이 넘는 사람들이 참석했고, 오르간 연주자는 〈카르멘〉을 주제로 한 환상곡을 즉흥으로 연주했다. 장례식 날 저녁 비제를 기리는 〈카르멘〉 특별 공연이 오페라 극장에 올랐고, 불과 세 달 전 〈카르멘〉을 졸작이라고 비난했던 언론들은 최고의 걸작이라는 기사를 쏟아 냈다. 비제가 세상을 떠나고 불과 몇 년 사이 〈카르멘〉은 전 유럽으로 퍼져 나갔고 비제가 살아 있었다면 프랑스 오페라에 혁명을 일으켰을 것이라며 음악 전문가들의 극찬이 이어졌다.

"정말 오랜만에 드디어 머리에 뭔가 좀 든 사람이 나왔군."
_바그너
"〈카르멘〉의 작곡가를 부둥켜안을 수 있다면 지구 끝까지라도 가겠다."
_브람스
"음표 하나 버릴 게 없는 완벽한 작품이다."
_리하르트 슈트라우스

오페라 〈카르멘〉에 등장한 음악은 노래 없이 반주만 들어도 완성도가 뛰어나서 콘서트 연주용으로 모음곡집을 따로 만들어 큰 사랑을 받고 있다. 이전까지 이탈리아 스타일 오페라는 노래가 우선시되어 오케스트라는 반주에 지나지 않았지만, 비제는 독자적인 프랑스 스타일의 오페라를 구축하며 완성도가 높은 오케스트라 반주를 작곡해 콘서트용으로 따로 연주해도 손색이 없을 만큼 작품성을 높였다.

〈카르멘 서곡〉은 인기 서곡으로 항상 꼽히고, 〈투우사의 노래〉는 바리톤 가수들이 가장 많이 부르는 레퍼토리 중 하나이며, 메조소프라노의 매력이 가득 담긴 〈하바네라〉 등 수많은 히트곡을 남겼다. 〈카르멘〉의 〈하바네라(사랑은 길들지 않은 새: L'amour est un oiseau rebelle)〉는 화려한 춤과 함께 중저음의 관능적인 목소리로 자신을 거들떠보지 않는 순수 청년 돈 호세를 유혹하며 부르는 노래이다. 매혹적인 여인을 대표하는 곡으로 대중에게 사랑을 받음과 동시에 메조소프라노 가수들이 가장 사랑하는 아리아이다. 메트로폴리탄오페라, 로얄오페라 등 세계적인 오페라단의 뛰어난 공연이 많지만, 파격적이고 관능적으로 카르멘을 표현한 파리국립오페라의 무대를 꼭 감상해 보기를 추천한다.

◆ ◆ ◆

두다멜 지휘로 정열이 넘치는 〈카르멘 서곡〉을 감상해 보자.
마음의 준비를 하고 파리국립오페라의 〈하바네라〉 클릭!

시티 앤 더 클래식

심장만큼은 조국에 묻히길, 쇼팽

폴란드에서 날아온 피아노의 시인 쇼팽은 21세에 프랑스로 건너와 39세의 짧은 생을 마감했다. 파리에 처음 왔을 때 그야말로 바르샤바 출신의 시골뜨기였는데, 파리 살롱의 스타 음악가로 발돋움하면서 우아하고 서정적인 쇼팽표 낭만 음악이 완성되었다. 파리에 온지 2년 만에 최상류층과 어울리게 되었고, 파리에서 가장 비싼 레슨비를 받는 피아니스트가 되었다.

레슨 1회에 30프랑을 받았으니 지금 금액으로 환산했을 때 30만 원이 넘는 금액이었다. 학생들은 벽난로 위에 레슨비를 올려놓았고 쇼팽은 창밖으로 고개를 돌렸다. 아마도 신사는 그런 품격이 있어야 한다고 생각했던 모양이다. 당시 쇼팽의 편지를 보니 23세 청년의 성공에 찬 기대감과 품격 있는 예술인이 되고 싶은 마음이 느껴진다.

"어느덧 사교계 최상류층으로 발을 들이게 되었어요. 무슨 기적이 일어난 건지 대사, 왕자, 장관 틈에 제가 있어요. 오늘은 학생을 다섯 명이나 가르쳐야 해요. 돈을 많이 번다고 생각하시겠지만 마차 대여료와 흰 장갑이 교습비보다 비싸답니다. 그것들을 갖추지 못하면 기품이 없어 보일 테니까요."

리스트 소개로 살롱에서 만난 여섯 살 연상의 상드는 쇼팽에게 연인이자 누나이자 뮤즈였다. 유명 문학가 상드와 스타 피아니스트의 만남은 세간의 화제를 낳았고, 1838년 스캔들을 피해 마요르카섬으로 떠났다. 두 사람이 거주한 발데모사 수도원 근처의 오두막은 습한 날씨 탓에 늘 축축했고, 계속되는 악천후에 쇼팽의 병약한 폐는 기능을 상실했으며 건강은 최악의 상태가 되었다. 쇼팽이 당시를 회상하며 친구에게 보낸 편지가 있다.

"섬에서 제일 유명하다는 의사 세 사람이 진찰하러 왔어. 첫 번째 의사는 내가 기침하고 뱉은 것에 코를 킁킁댔고, 두 번째 의사는 그걸 손가락으로 두드려 보고는 죽는 중이라 말하고, 세 번째 의사는 기침을 해 보라고 하더니 곧 죽게 될 거라고 말하더군."

쇼팽은 그 절박한 시기에 〈24개의 전주곡 Op.28〉을 비롯한 많은 명곡들을 탄생시켰다. 인기 높은 제15번 〈빗방울 전주곡〉의 아름다운 탄생 스토리는 무척 유명하다. 육지로 나간 상드를 기다리던 쇼팽이 '혹시나 돌아오지 않을까, 무슨 일이 생기지는 않았을까' 떨어지는 빗방울에 기다림을 담아 작곡했다고 알려져 있다. 사실 여부를 확인할 수는 없지만 끝까지 반복되는 8분음표 동음[122]은 〈빗방울〉이

•••

122 동음: 같은 음을 반복하며 연주하는 것.

라는 제목을 붙여 줄 만하다. 마지막 다섯 마디에서 39번이나 반복되는 딸림음[123]은 기다림의 절정과 같고, 마지막 마디에서 드디어 으뜸음에 도착했을 때는 상드가 도착한 것처럼 안도의 한숨을 내뱉게 된다.

마요르카섬은 쇼팽에게 아픈 기억만 가득한 곳이다. 불륜으로 의심되는 두 사람에게 동네 사람들은 비난을 퍼부었고, 식재료나 물건들을 아주 비싸게 팔거나 아예 팔지 않은 상점도 있었다. 상처를 준 마요르카섬의 현재 홈페이지에는 쇼팽과 상드가 살았던 곳이라며 얼굴까지 띄워 홍보하고 있으니, 쇼팽이 알면 놀랄 일이다. 1839년 겨울을 보내고 파리로 돌아온 쇼팽은 그때 이후로 건강을 회복하지 못했고 급격히 악화되었다.

쇼팽이 건강을 잃은 결정적 계기는 영국과 스코틀랜드로의 여정이었다. 후원자이자 제자인 제인 스털링의 부탁으로 아픈 몸을 이끌고 영국에 도착해 명사들 앞에서 연주를 했고, 귀부인들은 그를 위해 매일 밤 파티를 열어 주었다. 얼마 지나지 않아 파리로 돌아온 쇼팽은 피를 토하고 신발을 신을 수 없을 정도로 손과 발이 부었으며, 도움 없이는 몸을 일으킬 수도 없었다. 유명한 결핵 전문가 쟝 크뤼베이에

• • •

123 딸림음: 음계의 다섯번 째 음으로 가장 많은 가능성을 가지고 있는 음이고 으뜸음으로 진행하면 끝나는 느낌이 든다.

르 박사가 들렀지만 치료 방법이 없다며 그저 편히 쉬라고 말했다.

결핵에 햇빛이 잘 드는 방이 좋다 하여 방돔 광장의 새 아파트로 이사했지만 증세는 호전되지 않았다. 연주나 레슨은 고사하고 작곡도 할 수 없을 지경이었음에도 마지막 마주르카 〈Op. 68 No. 4 F단조〉를 완성했고 사후 출판되었다. 러시아 지배를 받는 고국 폴란드를 생각하며 쓴 곡으로, 전통적인 마주르카답지 않게 왈츠와 녹턴이 그려지는 서정성이 가득 담겨 있다. 미묘한 빠르기의 변화, 우아한 당김음, 섬세한 멜로디, 마주르카가 이렇게 우미하고 슬플 수 있을까. 쇼팽의 마지막 선율에 가슴 한구석이 아려 온다.

쇼팽의 임종

시티 앤 더 클래식

쇼팽은 1849년 10월 17일 결핵에 의한 합병증으로 사망했고, 그의 유언에 따라 장례식에서는 평생 사랑한 모차르트 〈레퀴엠〉이 연주되었다. 프랑스에서 생을 마감하지만 자신의 심장만큼은 조국에 묻히길 바란 쇼팽의 유언에 따라 그의 심장은 꼬냑과 함께 유리 단지에 담겨 누나에 의해 폴란드로 옮겨졌고, 바르샤바 성십자가 교회 기둥에 안치되었다.

◆ ◆ ◆

마리아 조앙 피레스의 맑은 음색과 섬세한 터치로
쇼팽의 마지막 작품을 감상해 보자.